U0139693

国家社会科学基金重大项目
"《文心雕龙》汇释及百年'龙学'学案"
（批准号：17ZDA253）阶段性成果

国家出版基金项目
NATIONAL PUBLICATION FOUNDATION

「龙学」前沿书系

文心雕龙学史论

戚良德 主编

戚良德 著

长江出版传媒
崇文书局

图书在版编目（CIP）数据

文心雕龙学史论 / 戚良德著. -- 武汉 ：崇文书局，
2023.8
（龙学前沿书系）
ISBN 978-7-5403-7387-0

Ⅰ．①文⋯ Ⅱ．①戚⋯ Ⅲ．①《文心雕龙》－研究
Ⅳ．① I206.2

中国国家版本馆 CIP 数据核字（2023）第 121484 号

丛书策划：陶永跃
责任编辑：郑小华　叶　芳
封面设计：杨　艳
责任校对：董　颖
责任印制：李佳超

文心雕龙学史论
WENXINDIAOLONGXUE SHILUN
出版发行：长江出版传媒 ｜ 崇 文 书 局
地　　址：武汉市雄楚大街 268 号 C 座 11 层
电　　话：(027)87677133　　邮政编码：430070
印　　刷：湖北新华印务有限公司
开　　本：880mm×1230mm　　1/32
印　　张：15
字　　数：380 千
版　　次：2023 年 8 月第 1 版
印　　次：2023 年 8 月第 1 次印刷
定　　价：98.00 元
（如发现印装质量问题，影响阅读，由本社负责调换）

总　序

《文心雕龙》是一部什么书？

戚良德

　　四十年前的 1983 年，中国《文心雕龙》学会在青岛成立，《人民日报》在同年 8 月 23 日以《中国〈文心雕龙〉学会成立》为题予以报道，其中有言："近三十年来，我国出版了研究《文心雕龙》的著作二十八部，发表了论文六百余篇，并形成了一支越来越大的研究队伍。"因而认为："近三十年来的'龙学'工作，无论校注译释和理论研究，都取得了丰硕的成果。"至少从此开始，《文心雕龙》研究便有了"龙学"之称。如果说那时的二十八部著作和六百余篇论文已经是"丰硕的成果"，那么自 1983 年至今的四十年来，"龙学"可以说取得了令人瞩目的巨大成就。据笔者统计，目前已出版各类"龙学"著述近九百种，发表论文超过一万篇。然而，《文心雕龙》是一部什么书？这一看起来不成问题的问题，却在"龙学"颇具规模之后，显得尤为突出，需要我们予以认真回答。

　　众所周知，在《四库全书》中，《文心雕龙》被列入集部"诗文评"之首，以此经常为人所津津乐道。近代国学天才刘咸炘在其《文心雕龙阐说》中却指出："彦和此篇，意笼百家，体实一子。故寄怀金石，欲振颓风。后世列诸诗文评，与宋、明杂说为伍，非其意也。"他认为，《文心雕龙》乃"意笼百家"的一部子书，将其归入"诗文评"，是不符合刘勰之意的。无独有偶，现代学术大家刘永济先生虽然把《文心雕龙》当作文学批评之书，但也认为其书性质乃属于子书。他在《文心雕龙校释》中说，《文心雕龙》为我国文学批评论文最早、最完备、最有系统之作，而又"超出诗文评之上而成为一家之言"，从中"可以推见彦和之学术思想"，因而"按其实质，名为一子，允无愧色"。此论更为具体而明确，可以说是对刘咸炘之说的进一步发挥。王更生先生则统一"诗文评"与"子书"之说，指出"《文心雕龙》是'文评中的子书，子书中的文评'"，并认为这一认识"最能看出刘勰的全部人格，和《文心雕龙》的内容归趣"（《重修增订文心雕龙导读》）。这一说法既照顾了刘勰自己所谓"论文"的出发点，又体现了其"立德""含道"的思想追求，应该说更加切合刘勰的著述初衷与《文心雕龙》的理论实际。不过，所谓"文评"与"子书"皆为传统之说，它们的相互包含毕竟只是一个略带艺术性的概括，并非准确的定义。

那么，我们能不能找到更为合乎实际的说法呢？笔者以为，较之"诗文评"和"子书"说，明清一些学者的认识可能更为符合《文心雕龙》一书的性质。明人张之象论《文心雕龙》有曰："至其扬榷古今，品藻得失，持独断以定群嚣，证往哲以觉来彦，盖作者之章程，艺林之准的也。"这里不仅指出其"意笼百家"的特点，更明白无误地肯定其创为新说之功，从而具有继往开来之用；所谓"作者之章程，艺林之准的"，则具体地确定了《文心雕龙》一书的性质，那就是写作的章程和标准。清人黄叔琳延续了张之象的这一看法，论述更为具体："刘舍人《文心雕龙》一书，盖艺苑之秘宝也。观其苞罗群籍，多所折衷，于凡文章利病，抉摘靡遗。缀文之士，苟欲希风前秀，未有可舍此而别求津逮者。"所谓"艺苑之秘宝"，与张之象的定位可谓一脉相承，都肯定了《文心雕龙》作为写作章程的独一无二的重要性。同时，黄叔琳还特别指出了刘勰"多所折衷"的思维方式及其对"文章利病，抉摘靡遗"的特点，从而认为《文心雕龙》乃"缀文之士"的"津逮"，舍此而别无所求。这样的评价自然也就不"与宋、明杂说为伍"了。

清代著名学者章学诚在其《文史通义》中则有着流传更广的一段话："《诗品》之于论诗，视《文心雕龙》之于论文，皆专门名家，勒为成书之初祖也。《文心》体大而虑周，《诗品》思深而意远；盖《文心》笼罩群言，而《诗品》深从六艺溯流别也。"这段话言简意赅，历来得到研究者的肯定，因而经常被引用，但笔者以为，章氏论述较为笼统，其中或有未必然者。从《诗品》和《文心雕龙》乃中国文论史上两部最早的专书（即所谓"成书"）而言，章学诚的说法是有道理的，但"论诗"和"论文"的对比是并不准确的。《诗品》确为论"诗"之作，且所论只限于五言诗；而《文心雕龙》所论之"文"，却决非与"诗"相对而言的"文"，乃是既包括"诗"，也包括各种"文"在内的。即使《文心雕龙》中的《明诗》一篇，其论述范围也超出了五言诗，更遑论一部《文心雕龙》了。

与章学诚的论述相比，清人谭献《复堂日记》论《文心雕龙》可以说更为精准："并世则《诗品》让能，后来则《史通》失隽。文苑之学，寡二少双。"《诗品》之不得不"让能"者，《史通》之所以"失隽"者，盖以其与《文心雕龙》原本不属于一个重量级之谓也。其实，并非一定要比出一个谁高谁低，更不意味着"让能""失隽"者便无足轻重，而是说它们的论述范围不同，理论性质有异。所谓"寡二少双"者，乃就"文苑之学"而谓也。《文心雕龙》乃是中国古代的"文苑之学"，这个"文"不仅包括"诗"，甚至也涵盖"史"（刘勰分别以《明诗》《史传》论之），因而才有"让能""失隽"之论。若单就诗论和史论而言，《明诗》《史传》两篇显然是无法与《诗品》《史通》两书相提并论的。章学诚谓《诗品》"思深而意远",尤其是其"深从六艺溯流别",这便是刘勰的《明诗》所难以做到的。所以,这里有专论和综论的区别,有刘勰所谓"执一隅之解"和"拟万端之变"(《文心雕龙·知音》)的不同;作为"弥纶群言"(《文心雕龙·序志》)的"文苑之学",刘勰的《文心雕龙》确乎是"寡二少双"的。

令人遗憾的是,当西方现代文学观念传入中国之后,我们对《文心雕龙》一书的认识渐渐出现了偏差。鲁迅先生《题记一篇》有云:"篇章既富,评骘遂生,东则有刘彦和之《文心》,西则有亚理士多德之《诗学》,解析神质,包举洪纤,开源发流,为世楷式。"这段论述颇类章学诚之说,得到研究者的普遍肯定和重视,实则仍有不够准确之处。首先,所谓"篇章既富,评骘遂生",虽其道理并不错,却显然延续了《四库全书》的思路,把《文心雕龙》列入"诗文评"一类。其次,《文心》与《诗学》的对举恰如《文心》与《诗品》的比较,如果后者的比较不确,则前者的对举自然也就未必尽当。诚然,《诗学》不同于《诗品》,并非诗歌之专论,但相比于《文心雕龙》的论述范围,《诗学》之作仍是需要"让能"的。再次,所谓"解析神质,包举洪纤,开源发流,为世楷式",这四句用以评价《文心雕龙》则可,用以论说《诗学》则未免言过其实了。

鲁迅先生之后,传统的"诗文评"演变为文学理论与批评,《文心雕龙》也就理所当然地成了文学理论或文艺学著作。1979 年,中国古代文学理论学会在昆明成立,仅从名称便可看出,中国古代文论已然等同于西方的所谓"文学理论"。作为中国古代文论的代表,《文心雕龙》也就成为继承和发扬中国古代文学理论的重点研究对象。在中国《文心雕龙》学会成立大会上,周扬先生对《文心雕龙》作出了高度评价:"《文心雕龙》是一个典型,古代的典型,也可以说是世界各国研究文学、美学理论最早的一个典型，它是世界水平的，是一部伟大的文艺、美学理论著作。……它确是一部划时代的书，在文学理论范围内，它是百科全书式的。"一方面是给予了崇高的地位，另一方面则把《文心雕龙》限定在了文学理论的范围之内。这基本上代表了20世纪对《文心雕龙》一书性质的认识。

实际上，《文心雕龙》以"原道"开篇，以"程器"作结，乃取《周易》"形而上者谓之道，形而下者谓之器"之意。前者论述从天地之文到人类之文乃自然之道，以此强调"文"之于人类的重要性和必要性；后者论述"安有丈夫学文，而不达于政事哉"，强调"摛文必在纬军国，负重必在任栋梁"，从而明白无误地说明，刘勰著述《文心雕龙》一书的着眼点在于提高人文修养，以便达成"纬军国""任栋梁"的人生目标，也就是《原道》所谓"观天文以极变，察人文以成化，然后能经纬区宇，弥纶彝宪，发挥事业，彪炳辞义"。因此，《文心雕龙》的"文"，比今天所谓"文学"的范围要宽广得多，其地位也重要得多。重要到什么程度呢？那就是《序志》篇所说的："唯文章之用，实经典枝条：五礼资之以成，六典因之致用，君臣所以炳焕，军国所以昭明。"即是说，社会生活的各个方面——政治、经济、军事、法律、制度、仪节，都离不开这个"文"。如此之"文"，显然不是作为艺术之文学所可范围的了。因此，刘勰固然是在"论文"，《文心雕龙》当然是一部"文论"，却不等于今天的"文学理论"，而是一部中国文化的教科书。我们试读《宗经》篇，刘勰说经典乃"恒久之至道，不刊之鸿教"，即恒久不变之至理、永不磨灭之思想，因为它来自于对天地自然以及人事运行规律的考察。"洞性灵之奥区，极文章之骨髓"，即深入人的灵魂，体现了文章之要义。所谓"性灵镕匠，文章奥府"，故可以"开学养正，昭明有融",以至"后进追取而非晚,前修久用而未先",犹如"太山遍雨,河润千里"。这一番论述,把中华优秀文化的功效说得透彻而明白,其文化教科书的特点也就不言自明了。

明乎此,新时代的"龙学"和中国文论研究理应有着不同的思路,那就是不应再那么理所当然地以西方文艺学的观念和体系来匡衡中国文论,而是应当更为自觉地理解和把握《文心雕龙》以及中国文论的独特话语体系,充分认识《文心雕龙》乃至更多中国文论经典的多方面的文化意义。

目　录

"龙学"述评

"龙学"薪火

附　录

后　记

从黄侃到范文澜：百年"龙学"之开篇

黄侃（1886—1935）是名冠天下的语言文字学大师，却在"龙学"史上留下一部不朽名著，堪称现代"龙学"学术经典，那就是《文心雕龙札记》。居今而言，学术史上出版次数最多、因而版本最多的"龙学"著作，应该非这部黄氏《札记》莫属了。据笔者不完全统计，自1927年7月北平文化学社的第一个版本开始，截至2020年底，海峡两岸即有近30个版本的《文心雕龙札记》（个别版本书名不同），这不能不说是一个学术奇迹。当然，这些版本大多为近二十多年来所出版，近十年出版者尤多，这与这个时期重视民国学术有关，但黄氏《札记》被看重，主要由其本身深厚的学术根基所决定，不完全是跟风所致。黄侃之后，史学名家范文澜（1893—1969）亦留下一部"龙学"名著，那就是《文心雕龙注》。这部著作不像黄氏《札记》那样拥有众多版本，其早期版本有两个，一是北平文化学社于1929、1931年出版的上中下三册本，一是开明书店于1936年出版的七册本。近数十年来，该书除了曾被收入《范文澜全集》，一直只有人民文学出版社于1958年推出的一个版本流行于大陆。直到2018年9月，才由经济科学出版社推出一个新版的《文心雕龙注》（中南财经政法大学经典文库"先贤文集系列"之一），但流传不广。2020年1月，华东师范大学出版社亦有新版《文心雕龙注》问世。据笔者所知，大陆新版《文心雕龙注》仅此两种，这与黄氏《札记》近年来被各家出版社争相出版的情形形成鲜明对比。但范注之书同样创造了自己的学术奇迹，那就是直到今天，它仍然是大陆各类学术论著之中引用《文心雕龙》原文最常见的版本依据。黄侃和范文澜在"龙学"上的贡献已有不少探讨，但着眼百年"龙学"史，他们二人到底有什么样的贡献和地位？还需要一个更为准确而宏观的把握。尤其是将师徒二人合论，不仅能够更加清晰地认识其"龙学"成就，而且可以展示百年"龙学"如何开篇。

一、黄侃对百年"龙学"的独特影响

关于《文心雕龙札记》，黄侃的门人、台湾学者李曰刚在其《文心雕龙斠诠》的"附录六"中有一段著名的话："民国鼎革以前，清代学士大夫多以读经之法读《文心》，大别不外校勘、评解二途，于彦和之文论思想甚少阐发。黄氏《札记》适完稿于人文荟萃之北大，复于中西文化剧烈交绥之时，因此《札记》初出，即震惊文坛，从而令学术思想界对《文心雕龙》之实用价值、研究角度，均作革命性之调整，故季刚不仅是彦和之功臣，尤为我国近代文学批评之前驱。"[①]此说高屋建瓴，颇中要害，但多数研究者忽略了一个问题：此论来源于王更生先生的《文心雕龙研究》[②]，李先生只是略作改编，主要是添加了后两句结论，即"季刚不仅是彦和之功臣，尤为我国近代文学批评之前驱"。黄氏《札记》与清代及其以前对《文心雕龙》的研究相比，确实有了"革命性之调整"，即"对《文心雕龙》之实用价值、研究角度"的调整，这是毫无疑问的，但在今天看来，这种调整不仅有利，亦且有弊。从而谓季刚先生"尤为我国近代文

---

① 李曰刚：《文心雕龙斠诠》，台北：南天书局有限公司，2018年，第2515页。

② 参见王更生：《重修增订文心雕龙研究》，台北：文史哲出版社，1979年，第41页。

学批评之前驱"则可，至谓"彦和之功臣"，虽亦言之不虚，却不只是"功臣"这么简单了。李先生说黄侃的贡献尤其表现在其为"我国近代文学批评之前驱"，则意味着：黄侃对《文心雕龙》的研究和阐释必然带有浓厚的"六经注我"之色彩，我们谓其"有弊"者，正以此也。著名龙学家牟世金先生也曾指出："《文心雕龙札记》的意义还不仅仅是课堂教学的产物，更是《文心雕龙》研究史上的一个巨大变革。"① 在笔者看来，如果撇开其把《文心雕龙》搬上大学讲台这一点，那么这个"巨大变革"就只能是把《文心雕龙》作为文学批评著作来阐释了，所谓"我国近代文学批评之前驱"者是也。应该说，在"中西文化剧烈交缓之时"，黄侃的选择可能是身不由己的，或谓其乃历史的必然；实际上，也正是由于这种特定的角度，奠定了百年"龙学"的基调，也成就了百年"龙学"的辉煌，以此而论，谓黄侃为"彦和之功臣"，可以说是当之无愧的。但历史从来不是简单的线性发展，而是复杂的立体呈现。所谓"巨大变革"者，其本身便意味着要忽略甚至抛弃一些东西，就《文心雕龙》而言，被抛掉的是什么，被摒弃的有哪些，便正是黄侃作为"功臣"之外的历史责任，也是不可忽略的。

　　黄侃把《文心雕龙》搬上大学讲坛，显示出对这部书的高度肯定和特别重视，这既以清代对《文心雕龙》的研究为背景，又有着黄氏自己的想法。其曰：

　　　　论文之书，鲜有专籍。自桓谭《新论》、王充《论衡》，杂论篇章。继此以降，作者间出，然文或湮阙，有如《流别》《翰林》之类；语或简括，有如《典论》《文赋》之侪。其敷陈详核，征证丰多，

---

① 牟世金：《"龙学"七十年概观》（上），《社会科学战线》1987年第3期。

枝叶扶疏，原流粲然者，惟刘氏《文心》一书耳。[①]

黄侃认为，"论文"之专书，《文心雕龙》乃独一无二，此论较之清代章学诚所谓"成书之初祖"[②]，显然更进一步，亦更加准确。刘勰之作的独到之处，黄侃讲了四个方面：一是"敷陈详核"，亦即论说充分；二是"征证丰多"，亦即资料丰富；三是"枝叶扶疏"，亦即主次分明、条理清晰；四是"原流粲然"，亦即本末相承、自成体系。这一评价要言不烦，却又具体而准确，显示出黄侃的标准已经颇具现代色彩，亦说明《文心雕龙》之走上大学讲坛，乃是理性之选，而非权宜之计。这一举动之奠定"龙学"百年基业者，正以此也。

至如具体的讲说方式，黄侃有着更为详细的说明，一则曰："今为讲说计，自宜依用刘氏成书，加之诠释。引申触类，既任学者之自为；曲畅旁推，亦缘版业而散见。"亦即对刘勰原作进行阐释，并搜罗相关资料予以佐证，亦便于学习者举一反三、触类旁通。再则曰："如谓刘氏去今已远，不足诵说，则如刘子玄《史通》以后，亦罕嗣音，论史法者，未闻庋阁其作。故知滞于迹者，无向而不滞；通于理者，靡适而不通。"这里，黄侃再次说明之所以选择《文心雕龙》进行讲说，要在看重刘勰之书，犹如"论史法"而不能不读刘知几的《史通》一样，欲论文法，就不能不讲《文心雕龙》。虽然"刘氏去今已远"，但黄氏自认堪为"嗣音"，只要不拘形迹，便可找到古今相通之理。三则曰："自愧迂谨，不敢肆为论文之言，用是依旁旧文，聊资启发，虽无卓尔之美，庶几以免庋为贤。若夫补苴罅漏，张皇

---

① 黄侃：《题辞及略例》，《文心雕龙札记》，北京：中华书局，1962年，第1页。

② 〔清〕章学诚著，叶瑛校注：《文史通义校注》，北京：中华书局，2014年，第648页。

幽眇,是在吾党之有志者矣。"①即是说,之所以"依旁旧文"者,乃为"聊资启发"也,则借题发挥便为题中应有之义;所谓"张皇幽眇",即是要接着刘勰的话往下说。这便是《札记》之作的独有特色:因为欣赏《文心雕龙》,所以我们不时看到黄侃对刘勰之说不吝赞扬;因为与彦和心有灵犀,所以我们不难读到黄侃对《文心雕龙》的准确阐释;因为需要"肆为论文之言",所以我们也就看到不少并非刘勰原意的黄氏之说。

黄侃《文心雕龙札记》最早由北平文化学社于 1927 年出版,除卷首《题辞及略例》之外,正文部分共二十篇,包括《序志》一篇以及《神思》至《总术》的十九篇札记,后附骆鸿凯所撰《物色》札记一篇。潘重规先生曾提到:"先师平生不轻著书,门人坚请刊布,惟取《神思》以次二十篇畀之。"②可见,这并非黄氏所撰《札记》之全貌。黄侃先生哲嗣黄念田先生则谓:"先君以公元 1914 年至 1919 年间任教于北京大学,用《文心雕龙》等书课及门诸子,所为《札记》三十一篇,即成于是时。"③即是说,《文心雕龙札记》的全璧为三十一篇。除了 1927 年所出二十篇,其余十一篇分别为《原道》《征圣》《宗经》《正纬》《辨骚》《明诗》《乐府》《诠赋》《颂赞》《议对》《书记》,即五篇"总论"之全部,加上文体论六篇。

然而,曾为黄氏门人的金毓黻先生却有着不同的说法。其云:"黄先生《札记》只缺末四篇,然往曾取《神思》篇以下付刊,以上则弃不取,以非精心结撰也……"④所谓"只缺末四篇",概指《时序》《才略》《知音》《程器》四篇,而文体论部分的《札记》该有多少篇呢?

① 黄侃:《题辞及略例》,《文心雕龙札记》,第 1 页。
② 潘重规:《文心雕龙札记跋》,黄侃:《文心雕龙札记》,台北:文史哲出版社,1973 年,第 232 页。
③ 黄念田:《后记》,黄侃:《文心雕龙札记》,第 235 页。
④ 金毓黻:《静晤室日记》卷一一八,沈阳:辽沈书社,1993 年,第 5162 页。

黄念田先生指出:"三十一篇实为先君原帙,固非别有逸篇未经刊布也。"①实际上,黄侃曾于1919、1925、1926年分别在《新中国》、《大公报》(天津)、《华国月刊》等发表过《文心雕龙札记》的一些篇章,其中文体论部分只有《明诗》《乐府》《诠赋》《颂赞》四篇②,此亦可证明黄念田先生的说法是较为可信的。

同为黄氏门人的范文澜先生则提到,"黄先生授以《文心雕龙札记》二十余篇",又说:"《文心》五十篇,而先生授我者仅半,殆反三之微意也。"③既然黄氏《札记》已有三十一篇刊出,则其篇数即使不能增多,亦当不会再减少,这是可以肯定的,但这并不能证明范说必误。此或可说明,后来作为著作的《札记》是一回事,黄氏在课堂上所讲则是另一回事了。当然,范说所指,亦可理解为文化学社本的《文心雕龙札记》。但无论哪种情况,所谓"授以《文心雕龙札记》二十余篇",这是一个值得我们尤为关注的问题,毕竟,《札记》三十一篇虽为全璧,却是黄侃先生去世之后方得面世的。要之,无论课堂的讲授还是最初的出版,黄侃的《文心雕龙札记》主要就是"剖情析采"的创作论部分,这是显然可见的。并非巧合的是,整个20世纪的《文心雕龙》研究,其重点一直都在"剖情析采"的创作论部分,而占《文心雕龙》五分之二篇幅的"论文叙笔"部分则一直未能得到充分的重视和研究,这不能不说与黄侃的影响是有关系的。

我们探讨黄侃《札记》的篇目,意在说明一个问题,那就是作为"龙学"的奠基人,黄氏对《文心雕龙》五十篇的取舍,其所看

① 黄念田:《后记》,黄侃:《文心雕龙札记》,第235页。

② 参见戚良德:《文心雕龙学分类索引》,上海:上海古籍出版社,2005年,第169—179页。

③ 范文澜:《文心雕龙讲疏·自序》,《范文澜全集》第三卷,石家庄:河北教育出版社,2002年,第5页。

重者何在，这对后世将产生重要影响。我们从其生前所刊《札记》
二十篇以及范文澜先生所说，可以明确无误地知道：黄氏所推重者，
乃《文心雕龙》之创作论也。换言之，其所不太重视者，乃《文心雕龙》
之文体论也。这不仅有着上述明显的证据，而且还有黄氏自己的说明。
其《神思》札记有云：

> 自此至《总术》及《物色》篇，析论为文之术，《时序》及《才略》
> 已下三篇，综论循省前文之方。比于上篇，一则为提挈纲维之言，
> 一则为辨章众体之论。诠解上篇，惟在探明征证，榷举规绳而已，
> 至于下篇以下，选辞简练而含理闳深，若非反复疏通，广为引喻，
> 诚恐精义等于常理，长义屈于短词；故不避骈枝，为之销解，如
> 有献替，必细加思虑，不敢以瓶蠡之见，轻量古贤也。①

应该说，细绎黄先生之本意，其于《文心雕龙》之上、下篇并
无轩轾，只是以其功能不同，故有诠释方式之异；但上述理解本身，
又说明其所看重者，乃为下篇，所谓"选辞简练而含理闳深"，所
谓"诚恐精义等于常理"，这些说法固为《文心雕龙》下篇之实际，
但在不同的研究者看来，其实是不一样的。一个明显的例子是，黄
叔琳作《文心雕龙辑注》时，其最为用力者乃文体论，其于创作论
各篇甚少加注，这说明其与黄侃的想法便颇有不同。因此，黄侃对
《文心雕龙》创作论之"反复疏通，广为引喻"，当然不错，而且以
此为我们留下了一部"龙学"经典，但这并不说明其于创作论部分
的偏重就是理所当然的，也并不说明读《文心雕龙》之文体论，真
的就是"惟在探明征证，榷举规绳而已"。要之，这些认识和选择
有着黄侃鲜明的个性色彩，这便是《文心雕龙札记》的实际。

---

① 黄侃：《文心雕龙札记》，第91页。

　　黄侃对创作论的格外重视，除了上述一般的说明，还有更深层的原因，那就是文学观问题。其《原道》札记在引阮元《与友人论古文书》之说后，指出："窃谓文辞封略，本可弛张，推而广之，则凡书以文字，著之竹帛者，皆谓之文。"他说，这是"文"之"至大之范围"，"故《文心·书记》篇，杂文多品，悉可入录"。但他又认为，"若夫文章之初，实先韵语；传久行远，实贵偶词；修饰润色，实为文事；敷文摛采，实异质言"。即是说，所谓"文章"，便意味着"修饰润色"，正因如此，黄侃指出：

　　　　即彦和泛论文章，而《神思》篇以下之文，乃专有所属，非泛为著之竹帛者而言，亦不能遍通于经、传、诸子。然则拓其疆域，则文无所不包；揆其本原，则文实有专美。特雕饰逾甚，则质日以漓；浅露是崇，则文失其本。又况文辞之事，章采为要，尽去既不可法，太过亦足召讥，必也酌文质之宜而不偏，尽奇偶之变而不滞，复古以定则，裕学以立言，文章之宗，其在此乎？[①]

　　所谓"专有所属"，这大约是黄氏看重《文心雕龙》之创作论的真正原因了。他明确认识到"文"有广狭之分，其大可以"无所不包"，但从根本而言，"则文实有专美"，"而《神思》篇以下之文"，正是对文之"专美"的探讨。只不过，要把握"专美"之度，既不能过分"雕饰"，又不能过于"浅露"，但既然是文章，终究是"章采为要"，所以只要做到"不偏""不滞"即可，这便是"文章之宗"。《序志》篇有云："古来文章，以雕缛成体。"[②]黄侃解释说："此与后章文绣鞶帨、离本弥甚之说，似有差违，实则彦和之意，以为文

---

　　① 黄侃：《文心雕龙札记》，第 8 页。

　　② 戚良德辑校：《文心雕龙》，上海：上海古籍出版社，2015 年，第 286 页。

章本贵修饰，特去甚去泰耳。全书皆此旨。"① 即是说，《文心雕龙》全书之宗旨，与黄氏对文章宗旨的理解，乃是完全一致的。《文心雕龙》之能够走上大学讲坛者在此，《文心雕龙》之创作论得到青睐者亦在此了。

二、百年"龙学"传承的关键一环

历经百年发展之后，我们现在来看黄侃之于现代"龙学"的意义，当然可以说他是独一无二的一代"龙学"宗师，是现代"龙学"最重要的奠基人。然而，又不能不说，黄侃对"龙学"大厦之建造，最初并没有一个完整的规划和设计，只是顺势而为，顺意而作。尤其是他对刘勰论文宗旨的理解，对《文心雕龙》的取舍，归根结底体现了他自己的旨趣。因此，黄侃的《文心雕龙札记》固然前无古人，其于理论研究之用心，固然开启了现代"龙学"之新篇章；但对百年"龙学"之传承而言，另一个历史事实更为值得大书特书，那就是黄侃有两位"龙学"高徒：范文澜和李曰刚。正是范、李二人高擎"龙学"之火炬，才照亮了现代"龙学"的百年征程。范文澜对整个现代"龙学"的规划意义，李曰刚对台湾"龙学"发展的奠基作用，都是无可替代的；而着眼百年"龙学"之早期传承，范文澜及其《文心雕龙注》可以说是关键的一环。

范文澜先生的《文心雕龙注》乃以其《文心雕龙讲疏》为基础，《讲疏》之作，则同样来自课堂。其云："予任南开学校教职，殆将两载，见其生徒好学若饥渴，孜孜无怠意，心焉乐之。亟谋所以餍其欲望者。会诸生时持《文心雕龙》来问难，为之讲释征引，惟恐惑迷，口说不休，则笔之于书；一年以还，竟成巨帙。以类编辑，因而名

---

① 黄侃：《文心雕龙札记》，第218页。

之曰《文心雕龙讲疏》。"① 实际上，师生互动之所以"竟成巨帙"者，显然源于范先生对《文心雕龙》一书的认知，所谓"会诸生"云云，这个"会"字透露了其中的消息，那就是"龙学"乃久蕴于心之事，只是等待时机而已。所谓"讲释征引，惟恐惑迷"者，所谓"口说不休，则笔之于书"者，正说明《文心雕龙》之巨大的吸引力。其曰："论文之书，莫善于刘勰《文心雕龙》。旧有黄叔琳校注本，治学之士，相沿诵习，迄今流传百有余年，可谓盛矣。惟黄书初行，即多讥难……今观注本，纰缪弘多，所引书往往为今世所无，展转取载，而不著其出处，显系浅人之为。纪氏云云，洵非妄语。然则补苴之责，舍后学者，其谁任之？"② 即是说，一方面早就认识到"论文之书"乃以《文心雕龙》为最善，另一方面亦对旧有的黄注本不满意，而又恰逢学生持书问难，则"补苴之责"，可谓责无旁贷了。

所谓"舍后学者，其谁任之"，范文澜先生立志注释《文心雕龙》之热情和底气，真是沛然浩然，不同凡响；在一定程度上，这也正是其《文心雕龙注》必将取得巨大历史成就并成为百年"龙学"传承之关键一环的根本所在。然则，如此之底气，又来自何处呢？当然来自范先生独特的从学黄侃之经历，其曰：

> 曩岁游京师，从蕲州黄季刚先生治词章之学。黄先生授以《文心雕龙札记》二十余篇，精义妙旨，启发无遗。退而深惟曰："《文心》五十篇，而先生授我者仅半，殆反三之微意也。"用是耿耿，常不敢忘，今兹此编之成，盖亦遵师教耳。异日苟复捧手于先生之门乎，知必有以指正之，使成完书矣。③

---

① 范文澜：《文心雕龙讲疏·自序》，《范文澜全集》第三卷，第5页。
② 范文澜：《文心雕龙讲疏·自序》，《范文澜全集》第三卷，第5页。
③ 范文澜：《文心雕龙讲疏·自序》，《范文澜全集》第三卷，第5页。

可见，诸生持书问难者，其来也有自；"补苴之责"在肩者，亦洵非一日；而舍我其谁者，谅有《札记》在手也。所谓"用是耿耿，常不敢忘"，则充分说明《文心雕龙讲疏》之作，实乃久有之志，则黄侃先生之"龙学"衣钵，岂非注定可传？当然，能让范先生具有如此"反三之微意"者，乃黄侃当初讲授之成功也，所谓"精义妙旨，启发无遗"，如此名师高徒，方奠定了百年"龙学"之宏大基业，也注定了其后之兴旺发达。

作为"龙学"史上最重要的奠基作之一，范文澜《文心雕龙注》的重要性，丝毫不亚于黄侃《文心雕龙札记》，甚或有所过之。诚如梁启超所言，"其征证详核，考据精审，于训诂义理，皆多所发明，荟萃通人之说，而折衷之，使义无不明，句无不达，是非特嘉惠于今世学子，而实有大勋劳于舍人也"①。然而，凡开创之作，必难趋于完美。范先生自己曾提到："读《文心》，当知崇自然、贵通变二要义；虽谓为全书精神可也。讲疏中屡言之者，即以此故。又每篇释义，多陈主观之见解，自知鄙语浅见，无当宏旨，惟对从游者言，辄汩汩不能自已，因亦不复删去也。"②其实，范注中的主观见解多有启发之义，未必是缺陷。曾与范先生共同受业于黄侃的金毓黻先生则说：

> 范君因先生旧稿，并用其体而作新注，约五六十万言，用力甚勤，然余犹以为病者：一用先生之注释及解说，多不注所出，究有攘窃之嫌；二书名曰注，而于黄、李二氏之注之称引，亦有以后铄前之病；三称引故书连篇累牍，体同札记，殊背注体；

---

① 梁启超：《文心雕龙讲疏序》，范文澜：《范文澜全集》第三卷，第4页。
② 范文澜：《文心雕龙讲疏·自序》，《范文澜全集》第三卷，第6页。

四罅漏仍多，诸待补辑。总此四病，不得谓之完美。①

应该说，金先生所指"四病"，其中不乏实情，但衡诸范注之作的缘起，有些则不免苛求。如所谓"殊背注体"的问题，范先生自己说过："窃本略例之义，稍拓其境宇，凡古今人文辞，可与《文心》相发明印征者，耳目所及，悉采入录。"② 这在当时来看，是有其必要性的；从"龙学"史而言，其筚路蓝缕之功，更是应当铭记的。正如日本著名汉学家户田浩晓所指出的："范注虽本黄叔琳注及黄侃《札记》等书，但却是在内容上更为充实、也略显繁冗的批评著作，不可否认是《文心雕龙》注释史上划时期的作品……"③ 王元化先生则云："《范注》对《文心雕龙》作了详赡的阐发，用力最勤，迄今仍是一部迥拔诸家、类超群注的巨制……"④ 王更生先生亦曰："此书是继黄侃《札记》以后，一部划时代的著述。"⑤ 可以说这些评价都是并不为过的。

需要指出的是，作为黄侃的弟子，范文澜先生的《文心雕龙注》对黄氏《札记》多有承袭⑥，如陈允锋先生所说："范注的出现，标志着《文心雕龙》注释由明清时期的传统型向现代型的一大转变，即在继承发展传统注释优点的基础上，受其业师黄侃《文心雕龙札记》的影响，对《文心雕龙》的理论意义、思想渊源及重要概念术

---

① 金毓黻：《静晤室日记》卷一一八，第 5162 页。

② 范文澜：《文心雕龙讲疏·自序》，《范文澜全集》第三卷，第 6 页。

③〔日〕户田浩晓：《文心雕龙小史》，王元化选编：《日本研究〈文心雕龙〉论文集》，济南：齐鲁书社，1983 年，第 24 页。

④ 王元化：《文心雕龙讲疏》，桂林：广西师范大学出版社，2004 年，第 100 页。

⑤ 王更生：《重修增订文心雕龙导读》，台北：华正书局，2004 年，第 98 页。

⑥ 参见戚良德、李婧：《论范文澜〈文心雕龙注〉对黄侃〈文心雕龙札记〉的承袭》，《山东大学学报》2007 年第 5 期。

语的内涵进行了较为深刻清晰的阐释。"① 但是，范注与黄氏《札记》究为性质不同之作。不仅在一些具体问题的认识上，他们并不完全一致，更重要的是，范注从《讲疏》开始即为着眼《文心雕龙》全书五十篇的注释之作，其于百年"龙学"的影响便有所不同了。从范注到杨明照先生的《文心雕龙校注》以及王利器先生的《文心雕龙新书》和《文心雕龙校证》，直到周振甫先生的《文心雕龙注释》以及陆侃如、牟世金先生的《文心雕龙译注》，范注对《文心雕龙》之"注释"的影响是巨大的。直到今天，范注一直被作为《文心雕龙》文本引用最常见的书目，便说明了这一点。

三、范文澜对现代"龙学"的奠基作用

对范文澜先生在"龙学"上的贡献已有不少探讨，但其在百年"龙学"史上到底有什么样的地位？笔者以为，不管有意无意，范文澜可以说是现代"龙学"大厦的设计师，对现代"龙学"之建构起了关键作用。我们看百年"龙学"的主要内容，诸如刘勰的生平、家世及其基本思想，《文心雕龙》的理论体系，《文心雕龙》文本的校注整理以及内容的阐释，都在范先生这里发端。可以说，现代"龙学"的基本架构是范文澜完成的。

首先是刘勰的生平和家世。范先生在清代刘毓崧之说的基础上作了进一步考证，虽还较为简略，但其中不少说法令人信服，因而产生了重要影响。在引录清人刘毓崧《通谊堂集·书文心雕龙后》之后，范先生指出："刘氏此文，考彦和书成于齐和帝之世，其说甚确，兹本之以略考彦和身世。"② 正如范先生所说，刘勰之"本传

① 陈允锋：《评范文澜的〈文心雕龙注〉》，《文心雕龙研究》第五辑，保定：河北大学出版社，2002年，第354页。
② 范文澜注：《文心雕龙注》，北京：人民文学出版社，1958年，第730页。

简略，文集亡逸，如此贤哲，竟不能确知其生平，可慨也已"①，但通过其此番缀缉，刘勰一生之重大关节，令人豁然在目。一是"彦和之生，当在宋明帝泰始元年前后"，即公元 465 年前后；二是"母没当在二十岁左右"，因正值"丁婚娶之年，其不娶者，固由家贫，亦以居丧故也"；三是"永明五六年，彦和年二十三四岁，始来居定林寺，佐僧祐搜罗典籍，校定经藏"；四是"齐明帝建武三四年"，即公元 496、497 年，"乃感梦而撰《文心雕龙》，时约三十三四岁，正与《序志篇》齿在逾立之文合"；五是"《文心》体大思精，必非仓卒而成，缔构草稿，杀青写定，如用三四年之功，则成书适在和帝之世，沈约贵盛时也"；六是刘勰卒年"当在武帝普通元二年间"，即公元 520、521 年。如此，"彦和自宋泰始初生，至普通元二年卒，计得五十六七岁"。②虽然这些结论不乏猜想之处，但范先生以其深厚的史家功底，对刘勰一生事迹进行了合理推断，不少说法成为此后考定相关问题的重要参照。如关于刘勰生年，牟世金先生考定为宋泰始三年（467）③；《文心雕龙》始撰与完成之年，牟先生考定为齐建武五年（498）、梁天监元年（502）④；刘勰之卒年，牟先生考定为梁普通三年（522）⑤。这些考定均与范说相去不远，而被学界认为"提出系列卓越见解"，从而"贡献尤为突出"⑥，则范先生之考的功绩亦由此可见了。

其次是对刘勰基本思想的认识。范先生认为刘勰的思想属于儒

---

① 范文澜注：《文心雕龙注》，第 731 页。

② 范文澜注：《文心雕龙注》，第 730—731 页。

③ 牟世金：《刘勰年谱汇考》，成都：巴蜀书社，1988 年，第 6 页。

④ 牟世金：《刘勰年谱汇考》，第 50—57 页。

⑤ 牟世金：《刘勰年谱汇考》，第 108 页。

⑥ 韩湖初：《牟世金先生考证〈文心雕龙〉成书年代和刘勰生卒之年的贡献》，《中国文论》第三辑，上海：上海古籍出版社，2016 年，第 219 页。

家古文学派，此说至今仍是很有道理的。其云："刘勰撰《文心雕龙》，立论完全站在儒学古文学派的立场上。……刘勰自二十三四岁起，即寓居在僧寺钻研佛学，最后出家为僧，是个虔诚的佛教信徒，但在《文心雕龙》（三十三四岁时写）里，严格保持儒学的立场，拒绝佛教思想混进来，就是文字上也避免用佛书中语……可以看出刘勰著书态度的严肃。"① 应该说，范先生此论的出发点未必合适，如谓"刘勰著书态度的严肃"在于"严格保持儒学的立场"等，这在今天看来，有着明显的时代烙印。但范先生对刘勰思想本身的认定，则有着相当的合理性，是值得重视的。一则曰"完全站在儒学古文学派的立场上"，这是一个实事求是的认识。王元化先生后来也认为："刘勰撰《文心雕龙》，基本上是站在儒学古文派的立场上"，并指出："刘勰的原道观点以儒家思想为骨干，这是不容怀疑的。他撰《文心雕龙》，汲取了东汉古文派之说。他的宇宙起源假说也的确接近于汉儒的宇宙构成论。"② 二则曰"拒绝佛教思想混进来"，这一说法固然有些绝对，但从基本事实而言，仍是大致不错的。正如范先生所指出，刘勰"是个虔诚的佛教信徒"，但《文心雕龙》究为"论文"之作，虽然不一定有所谓"拒绝"的态度，也未必明确"避免用佛书中语"，但《文心雕龙》中确乎极少使用佛学概念，这是毋庸置疑的。

第三是对《文心雕龙》一书的基本认识。范先生认为："《文心雕龙》的根本宗旨，在于讲明作文的法则，使读者觉得处处切实，可以由学习而掌握文术，即使讲到微妙处（'言所不追'处），也并

① 范文澜：《中国通史简编》修订本第二编，北京：人民出版社，1964年，第418—419页。

② 王元化：《刘勰的文学起源论与文学创作论》，《文心雕龙讲疏》，桂林：广西师范大学出版社，2004年，第64页。

无神秘不可捉摸的感觉。"①此论极为平实，却不啻"知音"之言。范先生认为《文心雕龙》的根本宗旨在于"讲明作文的法则"，这不仅符合刘勰"为文之用心"的说明，而且衡诸《文心雕龙》一书的实际，可以说是最为切实的判断。尤其是较之后来把《文心雕龙》作为文学概论或文艺学的认识，范先生之论显然更为准确。这说明，"龙学"之巨大发展虽为事实，但在一些问题的认识上，却并非总是后来居上的。范先生还进一步指出，《文心雕龙》的特点在于具有可操作性，让读者觉得切实可行，从而真正掌握为文之术。他还特别提到，即使那些看似微妙之处，在刘勰那里也并无神秘之感。如此之论，堪为真正的知言，可谓深得刘勰之"用心"，若非涵泳《文心雕龙》日久，若非深入刘勰思想之堂奥，是断不可能轻易说出的。我们只要一读《神思》之篇，看刘勰怎样回答"思理为妙"②，便可对范先生之说感同身受。可惜的是，范先生这一平易之论，很少引起人们的注意，反而被大量不着边际的虚饰之说所淹没，令人唏嘘。范先生又说："《文心雕龙》是文学方法论，是文学批评书，是西周以来文学的大总结。此书与萧统《文选》相辅而行，可以引导后人顺利地了解齐梁以前文学的全貌。"③此说已显示出现代文艺学的影响，但指出刘勰之书可"与萧统《文选》相辅而行"，其独具慧眼，已为后来学术之发展所证明。

第四是对《文心雕龙》理论体系的把握，这是范文澜先生之于"龙学"的巨大贡献。其云："刘勰是精通儒学和佛学的杰出学者，也是骈文作者中希有的能手。他撰《文心雕龙》五十篇，剖析文理，体大思精，全书用骈文来表达致密繁富的论点，宛转自如，意无不达，

---

① 范文澜：《中国通史简编》修订本第二编，第 419 页。
② 戚良德辑校：《文心雕龙》，第 173 页。
③ 范文澜：《中国通史简编》修订本第二编，第 419 页。

似乎比散文还要流畅，骈文高妙至此，可谓登峰造极。"① 这些说法
言简意赅，却又极为准确，对后世有着极大影响。一则曰"剖析文理，
体大思精"，此虽继承清代章学诚之观点，但范先生有着自己的理
解。其云："《文心雕龙》五十篇（其中《隐秀篇》残缺），总起来
是科条分明，逻辑周密的一篇大论文。刘勰以前，文人讨论文学的
著述……都只是各有所见，偏而不全。系统地全面地深入地讨论文
学，《文心雕龙》实是唯一的一部大著作。"② 正是这种切实的理解
和评价，使得"体大思精"③之语成为《文心雕龙》之定评，与章
学诚所谓"体大而虑周"具有异曲同工之妙。二则曰"骈文高妙至此，
可谓登峰造极"，这不仅符合《文心雕龙》的实际，而且从"为文"
的角度而言，这实在是一个至关重要的问题。在刘勰的时代，以骈
文而"论文"并无稀奇，但以高妙的骈文来论文就不多见了，至若
达到"登峰造极"之境，则成为一个值得研究的重要问题。换言之，《文
心雕龙》之成功，与其骈文写作的成功有无密切关系呢？答案应该
是肯定的。

更为重要的是，范先生对《文心雕龙》理论体系之把握，不仅
有上述准确认识和概括，而且更对其进行了具体的分析，并以图表
来展示，这对后来的"龙学"产生了深远影响。如所周知，刘勰把
《文心雕龙》分为上、下篇，范先生指出："《文心》上篇凡二十五

① 范文澜：《中国通史简编》修订本第二编，第 418 页。

② 范文澜：《中国通史简编》修订本第二编，第 419 页。

③ 按："体大思精"一语，古人常用以评价网罗宏富、集其大成者，如南朝宋代
范晔《狱中与诸甥侄书》自谓其《后汉书》云："自古体大而思精，未有此也。"（〔梁〕
沈约：《宋书》卷六十九《范晔传》，北京：中华书局，2018 年修订本，第 2001 页。）
明代著名诗论家胡应麟评价杜甫亦谓："李才高气逸而调雄，杜体大思精而格浑。"
（〔明〕胡应麟：《诗薮》内编卷四，上海：上海古籍出版社，1979 年，第 70 页。）清
代黄叔琳评价《文心雕龙·才略》篇云："上下百家，体大而思精，真文囿之巨观。"
（〔清〕黄叔琳注、〔清〕纪昀评：《文心雕龙辑注》，北京：中华书局，1957 年，第 404 页。）

篇，排比至有伦序"①，因而可以"列表"表示。范氏之表并不复杂，却有着重要影响：一是把《辨骚》篇列为"文类之首"；二是把《辨骚》至《哀吊》的九篇作为"文类"，把《杂文》《谐讔》两篇作为"文笔杂"，把《史传》至《书记》的九篇作为"笔类"。② 这些认识或为后世"龙学"所取法，或成为此后讨论的话题，如关于《辨骚》篇的归属问题，便一直为"龙学"家们所关注的问题。

当然，范先生对《文心雕龙》下篇之把握尤为成功，其云："《文心》上篇剖析文体，为辨章篇制之论；下篇商榷文术，为提挈纲维之言。上篇分区别囿，恢宏而明约；下篇探幽索隐，精微而畅朗。孙梅《四六丛话》谓彦和此书，总括大凡，妙抉其心，五十篇之内，百代之精华备矣，知言哉！"③ 为了显示《文心雕龙》下篇"组织之靡密"，范先生精心制作了一个图表，我们摹制如下：

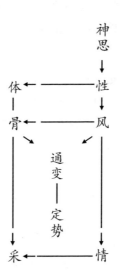

---

① 范文澜注：《文心雕龙注》，第4页。
② 范文澜注：《文心雕龙注》，第4—5页。
③ 范文澜注：《文心雕龙注》，第495页。

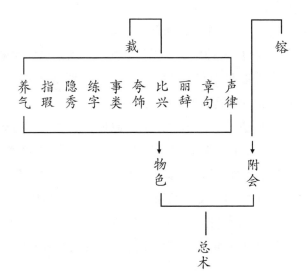

这个图表对《文心雕龙》创作论的理论体系作了简明扼要的概括，影响极大：一是它把《物色》篇纳入了创作论，使得后来不少研究者也认为《物色》篇位置有错；二是它把《声律》至《养气》的十篇作为一个单元，成为《文心雕龙》创作论集中探讨文采问题的一部分，亦对后世之研究产生了较大影响；三是以图表的形式表示《文心雕龙》之理论体系，具有一目了然之功效，后来研究者多有借鉴，如李曰刚先生的《文心雕龙斠诠》一书，便以图表丰富而著称。在笔者看来，除了将《物色》篇纳入创作论值得商榷，范先生此表颇为精巧，后来表格虽夥，却无出其右者。

第五是范先生之注释具有极大的创造性，较之历史上的注本，用焕然一新来形容，是一点也不过分的。这是其成为现代"龙学"最重要的奠基作之一、并风行近百年而不衰的根本原因。如其注"心哉美矣"之句曰："《阿毗昙心序》'……探其幽致，别撰斯部，始自界品，讫于问论，凡二百五十偈。以为要解，号之曰心。'彦和精湛佛理，《文心》之作，科条分明，往古所无。自《书记篇》以上，即所谓界品也，《神思篇》以下，即所谓问论也。盖采取释书法式而为之，故能纲理明晰若此。"①且不论此说是否完全合理，其令人耳目一新的创造性是显然可见的。又如其注"原道"篇名，首引高诱注《原道训》之语，以明"原道"之"原"的本义；次列刘勰《原道》数语，以证"道"乃"自然之道"；再引《周礼》及郑玄注、孙诒让疏之语，以论刘勰所称之道乃为"圣贤之大道"，并指出此与后世所谓"文以载道"完全不同；最后则详列纪昀之评语，以佐证上述之论断。②如此广征博引而又申以己意，这样的注释确乎可以较为彻底地回答学生之"问难"，所谓"讲释征引，惟恐惑迷"③者，信不虚也。

---

① 范文澜注：《文心雕龙注》，第 728 页。
② 范文澜注：《文心雕龙注》，第 3—4 页。
③ 范文澜：《文心雕龙讲疏·自序》，《范文澜全集》第三卷，第 5 页。

李曰刚：建构真善美的"龙学"大厦

由于众所周知的原因，大陆"龙学"在二十世纪六七十年代停滞了，但却在台湾地区生根开花，并结出了丰硕的果实。如果把近百年来的现代"龙学"比作一座大厦，那么在二十世纪六七十年代的台湾地区有着不少"龙学"大厦的建造师，其中李曰刚（1906—1985）和王更生（1928—2010）无疑是最重要的两位。从辈分上讲，李曰刚先生是当之无愧的前辈，虽其《文心雕龙斠诠》一书的行世略晚于王更生的《文心雕龙研究》，但其早就作为讲义流传，王更生先生曾说："时从李师健光游，读其《文心雕龙斠诠讲义》，即惊为纲举目张，内容充实，足解学者之惑，甚宝爱之。"①可以说，他们两位同为台湾地区的"龙学"柱石，而分工略有不同。李曰刚类似于大陆的范文澜，对台湾地区的"龙学"架构进行了重要规划，并准备了大量的建筑材料；王更生则奋力建造，整固完备，为台湾"龙学"大厦的建成作出了重大贡献。本文拟对李曰刚先生《文心雕龙斠诠》一书的历史贡献略予概括。

一、真善美的"龙学"巨著

李曰刚的《文心雕龙斠诠》由台湾"国立"编译馆中华丛书编审委员会1982年印行，该书并无书号，因而只能算是内部资料。直到2018年，台北南天书局有限公司才将此书影印出版。但这部著作在台湾地区流传颇广，影响很大，如牟世金先生所说："台湾对《文心雕龙》的研究，从文字的理解到理论的阐发，大都源出于李氏此书。

---

① 王更生：《文心雕龙读本》，台北：文史哲出版社，1985年，第9页。

因此，这是研究台湾《文心雕龙》学的一部重要著作。"① 该书分为上、下编装订，共有2580页，据笔者测算，版面字数当超过180万，堪称目前规模最大的"龙学"专著。书前有序言、例略、原校姓氏、斠勘据本；书后有附录，分别为：一、刘勰著作二篇，二、《梁书·刘勰传》笺注，三、刘毓崧《书文心雕龙后》疏证，四、刘彦和身世考略，五、刘彦和世系年谱，六、《文心雕龙》板本考略，引用书目。正文部分分为上、下编，上编自卷一至卷五，下编自卷六至卷十，每卷五篇，合为五十篇。其体例为：每篇分为"题述"和"文解"两大部分，"题述"阐明每篇旨要及结构段落；"文解"部分则将原文分段列出，每段后再分为"直解""斠勘""注释"三项，"直解"翻译文意，"斠勘"订正文字，"注释"诠解词义。牟世金先生认为："如此宏构，实为海内外龙学之第一巨制。"② 的确言之不虚。

《文心雕龙斠诠》之作亦源于三尺讲台，乃黄侃"龙学"在台湾地区的发扬光大。对此，李先生有着详细说明，其曰：

> 笔者蚤岁肄业于南雍，选读是书于蕲春黄季刚师，即入其滋味，醰醰沁脾，欲罢不能；嗣后复寻章摘句，不断钻研，并陆续搜集有关资料，盈箱累架；加之近十数年开此课于台湾师范大学，初授诸生选修，继导硕博专研，逐篇编撰讲义，日积月累，不禁装订六大厚册。从游屡请付梓，今承"国立"编译馆为中华丛书征稿，谨愿以一己寝馈斯业十数年之所得，就正同好，期能披沙拣金，借石攻错，而可玉成一真善美之读本，有裨后进之讲习。③

这里，李先生还提到了其大作的特点或著述目标，那就是真、善、美。其曰："所谓'真'，指文字斠订精确，文章绎解信达，而求其

---

① 牟世金：《台湾文心雕龙研究鸟瞰》，济南：山东大学出版社，1985年，第98页。
② 牟世金：《台湾文心雕龙研究鸟瞰》，第100页。
③ 李曰刚：《文心雕龙斠诠》，台北：南天书局有限公司，2018年，"序言"，第8页。

实质之本真；所谓'善'，指题旨阐发透辟，词义诠释详明，而求其体用之完善；所谓'美'，指辞说铺叙雅丽，关节排比清新，而求其形式之优美。必也三者具备，则雕龙之董治，乃可谓有成；而《斠诠》之撰著，亦可告不虚矣。"① 即是说，作者不仅追求内容上的精确和完善，而且亦讲究形式上的整齐和优美，从而自觉贯彻刘勰所谓"雕龙"之精神。

对此，牟世金先生曾作了热情洋溢的肯定，他说："其博大如此，主要就是它在校、注、释、论各个方面，都相当详尽而又力图各方面皆集前人之大成。黄侃之论、范文澜之注、刘永济之释、王利器之校、杨明照的校笺，以及台湾诸家、日本的斯波六郎等，各家之精论妙解，几毕集于是书。王更生评此书说：'他这部巨著实具有黄札、范注、刘释、杨校的优点'，这是并不为过的。特别是黄札、刘释，差不多已被全转录于《斠诠》之中。偶有一篇之内，黄、刘二家之说并不一致，亦取一说而兼录另一说以备参考。"牟先生一以指出其集大成的特色，一以赞扬作者"虚怀若谷的态度"，并将其归之于中华文化的发展问题。其曰：

象李曰刚先生这样一位颇负盛望的学者，其能若此，固与其虚怀若谷的态度有关，而目的却是为我中华民族文化的发展。故其自序有云："笔者末学肤受，明知蚊力不足以负山，蠡瓢不足以测海，然不揣谫陋，勉成斯编者，冀能存千虑之一得，为复兴中华文化、发展民族文学，而略尽其绵薄耳！"这种精神是令人钦佩而值得发扬的。②

显然，牟先生的介绍和评价既着眼于"龙学"发展史，又有

① 李曰刚：《文心雕龙斠诠》，"序言"，第9页。
② 牟世金：《台湾文心雕龙研究鸟瞰》，第100页。

着"更加广阔与深远"的考量，有着"比纯粹的学术讨论更加深厚的底蕴"①。应该说，这种"底蕴"并非强加上去的非学术的色彩，而是原本深深地蕴含其中的。当李曰刚先生建构其"海内外龙学之第一巨制"的时候，他想到的原本就是"为复兴中华文化、发展民族文学，而略尽其绵薄耳"，所谓"天下兴亡，匹夫有责"②，所谓"为往圣继绝学，为万世开太平"③，人文学术原本就承载着许多不可推卸的历史使命，则牟先生考察台湾"龙学"的独特视角，实在就是必须而重要的了。

如果说，牟先生的上述评价属于较为纯粹客观的论说，那么王更生先生的认识就是一种切身的体会了。王先生曾跟随李先生学习《文心雕龙》，他总结了《文心雕龙斠诠》的五大特色：一是在结构方面，有气象宏伟、体大虑周的特色；二是在内容方面，有纲举目张、充实完备的特色；三是在选材方面，有会通古今、资料丰富的特色；四是在态度方面，有取精用宏、折中一是的特色；五是在图表方面，有绘制图表、以助说解的特色。因此，王先生认为，"这不仅是刘勰的功臣，更是当前'《文心雕龙》学'研究领域的先驱，可以不朽矣"。④王先生所列举的这些方面确乎都是《文心雕龙斠诠》一书的突出特点，尤其是其"气象宏伟"的结构、"会通古今"的内容和"折中一是"的态度，体现出李先生"龙学"之当仁不让的气势，不愧为黄季刚先生的"龙学"传人。

不过，人无完人，著述亦然。尤其如此鸿篇巨制，欲求完美无瑕，几无可能。同处台湾的陈拱先生便对《文心雕龙斠诠》一书提

①　萧华荣：《着眼于中华"全龙"的腾飞》，《社会科学战线》1986 年第 4 期。
②　梁启超：《痛定罪言》，《梁启超全集》，北京：北京出版社，1999 年，第 2778 页。
③　〔宋〕张载：《张子全书》卷十四，上海：商务印书馆，1935 年，第 292 页。
④　王更生：《文心雕龙管窥》，台北：文史哲出版社，2007 年，第 271—277 页。

出了较为严厉的批评，认为该书有不少"怪诞"之举。如《文心雕龙》每篇赞词为四言八句，而李曰刚先生之"直解"则"将其扩充为十六句"；又李先生书中多有图表，如创作论之"组织系统图"等，陈先生亦颇不以为然。尤其对《斠诠》之作的巨大篇幅，陈先生颇有微词。其曰："其书两大册……或有为之估计，以为当在二百万言以上。视彦和原作，不及四万言（实际三万七千余言）之《文心》，何啻五十倍以上？不仅空前，恐亦绝后。是则其务外之风、侈滥之情，殊非言辞所能宣也。吾则以其不愧为今日之秦延君也。"①陈先生的许多指摘虽不无道理，但亦不乏吹求之嫌。如《斠诠》一书的篇幅，无论"空前"还是"绝后"，显然都未必是缺点。其实，刘业超先生的《文心雕龙通论》（人民出版社，2012 年）一书达 176万字，篇幅已几近于李先生之作了。即如陈拱先生自己所著《文心雕龙本义》，亦为两大册，超过 1300 页，字数达到百万言，亦不啻《文心雕龙》二十五倍以上，又何尝"侈滥"呢？

在笔者看来，《文心雕龙斠诠》一书确非无可挑剔，最可指摘的当是对《文心雕龙》篇次的调整。李先生有云：

> 《文心雕龙》有少数篇目，以传钞翻刻而错乱，已予调整。其经调整之错乱篇目，凡为《谐讔》第十四与《杂文》第十五，原互倒为《杂文》第十四、《谐讔》第十五；《养气》第二十九，原错为第四十二；《附会》第三十，原错为第四十三；《章句》第三十五与《声律》第二十六，原互倒为《声律》第三十三、《章句》第三十四；《物色》第四十三，原错为第四十六；《时序》第四十六，原错为第四十五。②

---

① 陈拱：《文心雕龙本义》，台北：商务印书馆，1999 年，"序论"，第 16、17 页。
② 李曰刚：《文心雕龙斠诠》，"序言"，第 9—10 页。

在李先生看来，这些"调整"都是必须的，而且有着充分的理由，当然也就不算瑕疵，甚或可以视为该书的一个特色，但作为古籍校注类的学术著作，这样大规模的调整原著篇次，事实上已经打乱了原书的篇章结构，无论如何是不应该的。更何况，这些调整绝大多数都未必合适，至少缺乏足够的依据。对此，吾师牟世金先生论之已详①，此不赘述。

二、五十万言的《文心雕龙》"题述"

不少《文心雕龙》的译释之作均有"题解"之类的项目，分别对各篇题旨予以介绍、说明，一般篇幅较短。《文心雕龙斠诠》于《文心雕龙》五十篇亦均有"题述"，以阐明各篇要旨，但与一般著述不同的是，李先生把各篇"题述"都当成学术论文来作，从而成为该书最具理论色彩的部分。据笔者统计，其五十篇"题述"总计达730多页，约有五十万字。其中中等规模的"题述"，如《原道》近万字，《宗经》约一万三千字。篇幅较短的"题述"，如《征圣》近三千字；最短的为《谐讔》，亦有两千余字。其下篇的"题述"一般较长，最长的为《体性》篇，近四万言；其次为《练字》《时序》两篇，均三万余言。其他如《指瑕》篇约两万五千字，《隐秀》篇约两万字。尤其是一些研究者通常并不十分重视的篇章，如《练字》《指瑕》等，均有长篇"题述"予以论说。可以说，仅"题述"一项，实已成五十万言之理论专著，《文心雕龙斠诠》一书之非同一般的气势，于此亦可见一斑了。

在《文心雕龙》创作论的研究中，自《神思》至《情采》六篇

---

① 参阅牟世金：《文心雕龙研究》之第三章第一节"《文心雕龙》的性质和篇次问题"，北京：人民文学出版社，1995年。

因其理论性较强而受到较多关注,研究也较为充分;而自《镕裁》至《总术》的十余篇,尤其如《章句》《丽辞》《事类》《练字》《指瑕》等篇,因其主要论述修辞之术而受到的关注较少。但李先生的"斠诠"却没有这样的厚此薄彼,其于这部分的"题述"反而极为用力,这实在是难能可贵的。如《练字》篇,李先生为其作"题述"三万余言,对相关问题不惮辞费而敷陈其义,令人颇有满目琳琅之感。我们即以此为例,一窥其鸿风懿采。《练字》篇"题述"分为四个大部分:(壹)练字之意义,(贰)练字之必要,(叁)练字之途径,(肆)练字之法式。李先生重点研究的是第四部分"练字之法式",又包括三个方面的内容:甲、先言四项避忌,一是避诡异,二是省联边,三是权重出,四是调单复;乙、次言七项揣摩,一是改字法(包括"用字自改"和"用字他改"),二是叠字法,三是虚字法,四是配字法,五是增字法,六是删字法,七是类字法;丙、再言八项调整,一是反复法,二是兼摄法,三是贯省法,四是成套法,五是转折法,六是交错法,七是复语法,八是谐叶法。如此细致而系统的练字法,这就难怪要用三万字的篇幅来论述了。

我们看上述"七项揣摩"之第五"增字法",其云:"增字者,增润诗文之词字,使其语句更加圆活,表述更加完善者也。语其效用,最显著者有六端。"① 一曰可以尽情态,二曰可以属文理,三曰可以畅气脉,四曰可以美声调,五曰可以明指称,六曰可以成对文。看上去简单的"增字法",竟然有如此多的讲究。如"尽情态"之用,其举唐代李嘉祐诗曰:"水田飞白鹭,夏木啭黄鹂。"王维各增二字成为:"漠漠水田飞白鹭,阴阴夏木啭黄鹂。"确乎具有"尽情态"之功效,正如宋代叶梦得《石林诗话》所说:"此两句好处,正在添

---

① 李曰刚:《文心雕龙斠诠》,第 1767 页。

'漠漠''阴阴'四字，此乃摩诘为嘉祐点化，以自见其妙。"① 又如"成对文"之用，其举《论语·学而》："子贡曰：'贫而无谄，富而无骄。何如？'子曰：'可也。未若贫而乐，富而好礼者也。'"② 一般而言，这里似乎没有什么问题，但清代阮元考察各本注释，认为应在"贫而乐"后增一"道"字。李先生说："按增一'道'字，则'贫而乐道'与'富而好礼'对偶成文，语辞匀整，而上句'贫而无谄，富而无骄'，亦自然成对也。"③ 不能不说，此一字增与不增，语言效果是大不一样的；更重要的是，从"成对文"的角度而言，其原文确有可能是"贫而乐道"的。

再看上述"七项揣摩"之第六"删字法"，其云："删字者，删去多余之词字，以求语句之精炼，与夫意境之高妙者也。其效用亦有六端。"④ 一曰可以归简洁，二曰可以芟骈枝，三曰可以免重出，四曰可以避冗复，五曰可以省诘词，六曰可以成对文。看起来更为简单的"删字法"，竟然也有如许奥妙。如"避冗复"之用，李先生说："句有闲字，意有重沓，名曰冗复，文必一句不可削，一字不得减，始称精炼。"⑤ 这样的要求，说起来容易，做起来则难。其举《史记·屈原列传》之文："每一令出，平伐其功，曰以为非我莫能为也。"⑥ 李先生指出："王若虚以为'曰'字与'以为'意重。按若删去'以为'二字，可避冗复。"⑦ 可以说，这确为语法错误，却又很少有人计较。

---

① 〔宋〕叶梦得：《石林诗话》，何文焕辑：《历代诗话》，北京：中华书局，1981年，第411页。

② 〔宋〕朱熹：《四书章句集注·论语集注》，北京：中华书局，2016年，第52页。

③ 李曰刚：《文心雕龙斠诠》，第1770页。

④ 李曰刚：《文心雕龙斠诠》，第1770页。

⑤ 李曰刚：《文心雕龙斠诠》，第1772页。

⑥ 〔汉〕司马迁：《史记》卷八十四《屈原贾生列传》，北京：中华书局，2013年，第2993页。

⑦ 李曰刚：《文心雕龙斠诠》，第1772页。

又举欧阳修赞唐太宗有曰："自古功德兼隆，由汉以来未之有也。"①
李先生指出："若虚以为，既曰'由汉以来'，则'自古'字，亦重复。
按二者可任删其一。"②这里的问题更为隐蔽，一般情况下很难追究，
但从"一字不得减"的要求而言，王若虚之论显然是有道理的。

仅由上述"增字法"和"删字法"两项的具体内容，我们已不
难看出，李先生所论完全着眼于中国古代文章的写作实践，具有极
强的可操作性，堪称文章写作之指南。尤其需要指出的是，这些看
起来相当琐碎的为文之术，在现代文艺学之中是难以见到的，但在
中国古代的诗词文话之中，却是极为常见的；在现代文学理论之中，
这些具体的写作方法或者只是文章修改技巧，是经常被忽略的，是
不登大雅之堂的，也是难以进入高论宏裁之法眼的，但对中国文章
的写作而言，这才是真正的所谓"为文之用心"③，所谓"雕琢其
章"④、"雕缛成体"⑤，没有这样的精雕细刻之功，何来花团锦簇
之文章？以此而论，李先生在这些问题上所下的功夫不仅不是浪费，
而且这才是真正符合刘勰所谓"文心雕龙"之精神的。实际上，在
《文心雕龙》的研究中，能够如此下功夫的人，有能力下如此功夫
的人，实在是太少了，这不禁让我们想起黄侃在《文心雕龙·章句》
篇上所下的功夫，《文心雕龙札记》不过十余万言，而《章句》一
篇之札记即达两万言，尽展黄氏语言学家之所长，不过其只一篇而
已，仅具实验之意义，然而李先生于每篇"题述"均戛戛独造，尤

---

① 〔宋〕欧阳修、宋祁：《新唐书》卷二《太宗本纪》，北京：中华书局，1975 年，
第 48 页。

② 李曰刚：《文心雕龙斠诠》，第 1772 页。

③ 〔梁〕刘勰：《文心雕龙·序志》，戚良德辑校：《文心雕龙》，上海：上海古
籍出版社，2015 年，第 286 页。

④ 〔梁〕刘勰：《文心雕龙·情采》，戚良德辑校：《文心雕龙》，第 194 页。

⑤ 〔梁〕刘勰：《文心雕龙·序志》，戚良德辑校：《文心雕龙》，第 286 页。

于《事类》《练字》《隐秀》《指瑕》等篇章用力，其"雕龙"之功，既得黄季刚先生之真传，更不负刘彦和之"用心"也。仅此而言，《文心雕龙斠诠》的不少"题述"看起来似乎连篇累牍，实则不应嫌其长，而当虑其短，无乃多多益善乎？此正王充所谓"为世用者，百篇无害；不为用者，一章无补"①之谓也。此无他，对于各种文体的汉语文章写作而言，这是切实有用、立竿见影的写作指南，这是真正实现汉语文章之美的必由之路。所谓发展民族文学、复兴中华文化，此正为入手之紧要处也，则李先生之良苦用心，亦于此展露无遗矣！

三、功力深厚的《文心雕龙》"文解"

《文心雕龙斠诠》之"文解"部分为全书之主体，又分为"直解""斠勘""注释"三个部分。李先生以"文解"概括这部分内容，"文"乃指《文心雕龙》之原文，"解"当然是理解和阐释，即是要对《文心雕龙》这部"论文"之作予以解读，解读的方式则包括对文本的直接译述、校勘和注释。

李先生将对《文心雕龙》之原文的译述列为第一项，表示对这一内容的重视，且称之为"直解"，意味着这并非一般的文本翻译，或者说与一般现代语译不完全相同，而是重在"解"，只是此"解"离原文、原意不远，或曰以原文为中心，故有"直"之谓，乃直截了当、直达本意也。我们以《原道》第一小节为例，来领略一下李先生之"直解"的风采。本节开篇曰："文之为德也，大矣！与天地并生者，何哉？夫玄黄色杂，方圆体分。日月叠璧，以垂丽天之象；山川焕绮，以铺理地之形：此盖道之文也。"李先生"直解"为："文章之德业至为盛大矣！其能与天地同生并存，究何缘故乎？盖夫天

―――――――――

① 〔汉〕王充：《论衡·自纪》，黄晖：《论衡校释》，北京：中华书局，1990年，第1202页。

玄地黄，颜色错杂；戴圆履方，体用分明。日月往来，如璧圜之重叠，以悬示其附丽天体之景象；山川砺带，若绮彩之焕发，以铺陈其条理地面之形势：此乃天地大道之表征而蔚为自然之文采也。"①应该说，这一段与一般的现代语译大致相同，但又有所区别，最明显的是带有"解"的色彩，如将"玄黄色杂，方圆体分"翻译为"天玄地黄，颜色错杂；戴圆履方，体用分明"，即将原文进行了拆解，以彰显其丰富的内容。这大约是李先生所谓"直解"的要义所在，这在接下来的几句中就更明显了。《原道》原文为："仰观吐曜，俯察含章；高卑定位，故两仪既生矣。惟人参之，性灵所钟，是谓三才。为五行之秀，实天地之心。心生而言立，言立而文明，自然之道也。"这几句的"直解"为：

> 仰观天文，吐发三光之辉耀；俯察地理，含藏万物之美章。天高地卑，乾坤定位，故两体容仪已生矣。惟人生于两大之间，禀独厚之性，而为万物之灵，与天地并立为三，故有三才之称。人其所以秉有仁义礼智信五常之善性，为由于感受金木水火土五行之秀气；又人居于天地之中央，动静与天地相应，亦如心居于人之体腔，动静与人相应然，故人实在成为天地之心，是宇宙间最有灵性之生类。成为"天地之心"之人既然产生，表达心意之言语因而成立；言语成立，文词因而章明：此乃自然之道也。②

这一段的篇幅为原文三倍以上，与一般译文已经明显不同了。如"仰观吐曜，俯察含章"二句，被拆解为"仰观天文，吐发三光之辉耀；俯察地理，含藏万物之美章"，较之原文，语义更为充实

---

① 李曰刚：《文心雕龙斠诠》，第16页。
② 李曰刚：《文心雕龙斠诠》，第16页。

而丰富了。尤为明显的是，"为五行之秀，实天地之心"二句，其对应的"直解"为："人其所以秉有仁义礼智信五常之善性，为由于感受金木水火土五行之秀气；又人居于天地之中央，动静与天地相应，亦如心居于人之体腔，动静与人相应然，故人实在成为天地之心，是宇宙间最有灵性之生类。"这显然是对原文的阐释了，不过这一阐释又紧扣原文，只是将其中隐而不显的内容予以揭示，所谓"直解"者，于此体现最为明显。这种介于翻译和理论阐释之间的所谓"直解"，断非一般研究者所能为，充分显示了李先生非同一般的功夫，这是应当引起我们注意的。

李先生之"直解"的另一个明显特点是语言相当典雅，甚至带有文言色彩。这在上面《原道》一段已有所体现。又如《神思》开始一节："文之思也，其神远矣。故寂然凝虑，思接千载；悄焉动容，视通万里。吟咏之间，吐纳珠玉之声；眉睫之前，卷舒风云之色：其思理之致乎！"其"直解"为：

> 文章之构思想像，其神妙至为深远矣。故寂静无声，聚精会神以谋虑，则其思力可以上接千古圣贤；悄忧有得，惊心动魄于形容，则其视野可以广达万方景物。于铺采摛文之时，密咏恬吟，悉心推敲，则丽辞秀句，如珠玉联翩，吐纳于唇吻之间；当体物写志之际，穷形尽相，着意点染，则幻景奇情，若风云变化，卷舒于眉睫之前：此乃思想理致之极诣乎！ [1]

与《原道》相比，这里的"解"显然更为精炼，但语言却更为讲究，如"寂然凝虑，思接千载；悄焉动容，视通万里"四句，对应的是"寂静无声，聚精会神以谋虑，则其思力可以上接千古圣贤；悄忧有得，

---

[1] 李曰刚：《文心雕龙斠诠》，第 1128 页。

惊心动魄于形容，则其视野可以广达万方景物"。李先生将原有的
四句扩展为六句，且句子明显加长，因而字数增加不少，但对仗极
为工整；与此相应，下文的"吟咏之间，吐纳珠玉之声；眉睫之前，
卷舒风云之色"四句，李先生的"直解"则以短句进行，将四句扩
展成了十二句，而其对仗依然工整。其妙笔生花，显示出非凡的功力。
相较于大陆众多直白的《文心雕龙》译本，李先生之"直解"无疑
更符合刘勰"为文之用心"的精义，是值得学习的。

颇为值得一提的是李先生对各篇赞词的"直解"，如《原道》
之赞词曰："道心惟微，神理设教。光采玄圣，炳耀仁孝。龙图献体，
龟书呈貌。天文斯观，民胥以效。"李先生之"直解"为：

> 宇宙道心，惟其微妙，依据神理，设施政教。
> 玄圣创典，光采普照，素王述训，炳耀仁孝。
> 河龙负图，八卦体肖，洛龟献书，九畴呈貌。
> 观天察地，斯文是造，自然文理，民皆法效。[①]

如上所述，这一将原文翻倍的做法曾受到陈拱先生的批评，认
为较为"怪诞"，但实际上，这是李先生拆解刘勰文意的常用做法，
对《文心雕龙》精致的骈文而言，这样的拆解方式既保留了原文的
精致形式，又对其文意予以展开和揭示；对每篇赞词而言，还保留
了其四言体的诗歌形式，乃是颇具创造性的。就其具体效果而言，
我们读完《原道》的这篇"直解"，应该说对刘勰原作有了更直观
的理解，虽然其中文意仍然并非完全清晰，但如果以对前面正文的
理解为基础，则这里的"直解"就较为明白了。

"直解"之后的"斠勘"部分，李先生同样下了极大功夫，这

---

① 李曰刚：《文心雕龙斠诠》，第 43 页。

基于他对《文心雕龙》校勘工作的重视，其云："至于斠勘关系綦重，差之毫厘，即失之千里，未可等闲视之。"① 这是完全正确的，是每一个从事过校勘的人都可心领神会的。李先生的"斠勘"功夫，主要体现在两个方面：一是对已有校勘成果的继承和集成，二是展现李先生自己对原文的理解。就前一个方面而言，李先生之校，尽可能地搜罗了已有各家之说，并多所继承，充分表示了对前人的尊重，可以说具有集大成之功；就后一个方面而言，李先生不囿成见，大胆提出个人之见解，尤其是多用"理校"之法，颇有会心之处。这里我们仅就后一个方面，略为例述。

　　《神思》篇有"秉心养术，无务苦虑"之句，其中"秉心养术"一语，很少有人提出异议，但细究起来，"秉"和"养"的运用似有不合常理之处。故杨明照先生特别注曰："按《诗·鄘风·定之方中》：'秉心塞渊。'毛传：'秉，操也。'又《小雅·小弁》：'君子秉心。'郑笺：'秉，执也。'"② 如此说来，所谓"秉心"是有来历的。然而李先生将其校作"养心秉术"。其曰："'养心秉术'原作'秉心养术'，盖传写之误倒。兹依文义并征他篇有关用词订正。上文谓'陶钧文思，贵在虚静，疏瀹五藏，澡雪精神'，即是'养心'；上文谓'驭文之首术，谋篇之大端'，即是'秉术'。本书之论创作方法，于斯篇开端而后，更有《养气》与《总术》两篇，以重申此'养心'与'秉术'之要义。心、气体用一贯，秉、总字义相通。又《养气》篇曰：'清和其心。'《镕裁》篇曰：'博不溺心。''心'之尚'养'可知。《总术》篇曰：'执术驭篇。'《定势》篇曰：'秉兹情术。''术'之宜'秉'益显。今颠倒其词而曰'秉心养术'，则不当其命意矣。"③

---

① 李曰刚：《文心雕龙斠诠》，"序言"，第 11 页。
② 杨明照校注拾遗：《增订文心雕龙校注》，北京：中华书局，2000 年，第 375 页。
③ 李曰刚：《文心雕龙斠诠》，"序言"，第 13—14 页。

我们不能不说，李先生之体察是非常细致的，不仅着眼全篇，而且从创作论其他各篇辗转互证，令人益觉确有其理。

再如本篇下文有"鉴在疑后，研虑方定"之句，一般也很少有异议，但李先生将其校为"疑在虑后，研鉴方定"，李先生说："案此二句与上文'敏在虑前，应机立断'对言，'疑''敏'相对，所谓'敏'，以其能断于'虑'前；所谓'疑'，以其须定于'虑'后。本篇以神思命题，虑即思，故此文之论'敏''疑'两层，皆当以'虑'为立脚点，而别其'敏'与'疑'之前后。又'鉴''机'相对，敏者事能应机，疑者动必研鉴，此人情之常！今本'疑、虑、鉴'三字错乱为'鉴、疑、虑'，则不应合矣。"① 相应地，下文"机敏故造次而成功，虑疑故愈久而致绩"之句，其中"虑疑"亦改为"鉴疑"。应该说，这样的改动较大，且并无版本依据，很难得到认可；但细思李先生所述，以"敏在虑前"与"疑在虑后"相对，又并非全无道理。尤为值得称道的是，我们看李先生之校语，两两相对，娓娓道来，确乎达到了"铺叙雅丽""排比清新"之要求。

又如《丽辞》开篇有"造化赋形，支体必双，神理为用，事不孤立"之句，其中"支体必双"一语，也很少有人提出疑义，李先生则将其校作"体必双支"。其曰："'支'字原倒在句首'体'上，依下文'事不孤立'相对句并征《左·昭二十二年传》史墨对赵简子'物生有两……体有左右'语义乙正。"② 应该说，仅以《左传》之"体有左右"句为凭，显然证据并不充分，但以"体必双支"与"事不孤立"相对，又确乎完美得多了。实事求是地说，以校勘古书而言，李先生如此之校，未可遽然而从，但这里体现出的某种精神是有意

---

① 李曰刚：《文心雕龙斠诠》，"序言"，第 16 页。

② 李曰刚：《文心雕龙斠诠》，"序言"，第 14 页。按：其中"左·昭二十二年"当为"左·昭三十二年"。

义的，那就是对《文心雕龙》文本的细读。尤其对《文心雕龙》之下篇而言，很多篇章的文本是有问题的，只是缺乏版本依据，令人无所适从，在这种情况下，具有功力的一些合理推断，对研究者是有启发意义的。不过，笔者也觉得，提出问题并做出某些猜想是完全可以的，但仅可作为个人之见；类似证据不足之处，是断不可贸然修改文本的。

"斠勘"之后的"注释"部分，最为突出的特点是周详而典正，充分体现出作者博览而精阅之功。李先生有云："夫斠诠古籍，本非易事，况舍人斯书，又属论文之古典名著，欲考合文辞，辨章名物，发掘其曲意密源，自非深思博采，不能有得。"① 应该说，《斠诠》之注，确乎做到了"深思博采"，因而颇为难得。如《辨骚》开篇有"自《风》《雅》寝声，莫或抽绪"之句，其中"《风》《雅》寝声"一语，多数注本略加解说而已，一般不会有引经据典之举。李先生于此四字注曰：

> 《孟子·离娄篇》曰："王者之迹熄而《诗》亡。"清顾镇《虞东学诗》："王者之政，莫大于巡守述职。巡守则天子采风，述职则诸侯贡俗，太师陈之。以考其得失，而庆让行焉。洎乎东迁，而天子不省方，诸侯不入觐，庆让不行，而陈诗之典废，所谓迹熄而《诗》亡也。"寝声，见《文选·班固·西都赋序》："昔成、康没而颂声寝。"《汉书·礼乐志》："汉典寝而不著。"颜师古注："寝，息也。"②

这里不仅详注"寝"字出处，以明其"寝声"之意，而且征引《孟子·离娄篇》和清人顾镇《虞东学诗》之有关说法，从而确证所谓

---

① 李曰刚：《文心雕龙斠诠》，"序言"，第 17 页。
② 李曰刚：《文心雕龙斠诠》，第 160 页。

"《风》《雅》寝声"的背景，令人对此问题有一个较为深入的了解。作者不予置评，完全以资料说话，亦可见《斠诠》之书固然篇幅巨大，李先生仍是惜墨如金的。又如《辨骚》开篇稍后的"轩翥诗人之后，奋飞辞家之前"之句，其中"奋飞"二字，因为其意简明，故很少有注本会予以注释。李先生却注曰："奋飞：振翼而飞。亦高举远引之意。《诗·邶风·柏舟》：'静言思之，不能奋飞。'毛传：'不能如鸟奋翼而飞去。'"① 如此一注，令人对看起来并无深意的"奋飞"一语有了更为深切的理解，且明其典出何处，这样的注释，不亦多多益善乎？

---

① 李曰刚：《文心雕龙斠诠》，第 161 页。

杨明照：功力非凡的"龙学"巨匠

范文澜先生之后，在大陆学者之中，按照范先生所设计的"龙学"蓝图进行全方位建构的"龙学"家，首推杨明照（1909—2003）。从对刘勰生平事迹的细心钩稽，到对《文心雕龙》文本的全力校注；从对"龙学"资料的多方搜集，到对"龙学"重要问题的深入探究：杨先生均不遗余力，对刘勰及其《文心雕龙》倾注了极大的热情和心力，留下了《文心雕龙校注》《文心雕龙校注拾遗》《文心雕龙校注拾遗补正》《增订文心雕龙校注》《学不已斋杂著》以及《杨明照论文心雕龙》等多种著述。杨先生之高足曹顺庆先生说："综观杨先生整个人生及其学术历程，其学术上的最大的成就就是校注和研究《文心雕龙》，无论在资料的搜集、文本的校勘，还是理论研究上，他都能独树一帜。"[1] 这一评价是非常中肯的。

一、一部"龙学"小百科

杨明照先生可以说是现代"龙学"大厦在大陆的第一个最重要的建造师，他从刘勰生平资料的挖掘入手，不辞辛劳，为现代"龙学"奉献出一砖一瓦，为大陆"龙学"大厦之建设做出了不可磨灭的卓越贡献。

杨明照先生之于"龙学"的意义，首先在于一部厚厚的《文心雕龙校注拾遗》，虽其名曰"拾遗"，但这并非一部普通的拾遗补缺的资料汇编。当翻开这部书的时候，我们会惊讶地发现，八百多

---

[1] 曹顺庆：《杨明照先生评传》，曹顺庆主编：《文心永寄：杨明照先生纪念文集》，成都：巴蜀书社，2007年，第17页。

页的篇幅之中，正文不足四百页，"附录"接近五百页，其中广博、系统的"龙学"分类资料，即使在检索手段颇为先进的今天，也是很难做到的，无怪乎人们誉为"龙学"的小百科全书了。张少康等先生认为："本书资料丰富、引述完备，校勘精审，论断有据，是研究《文心雕龙》的版本、校勘及其理论渊源和刘勰生平与著述的最为重要的一部著作，具有极高的学术价值，对推动刘勰和《文心雕龙》的深入研究，产生了重大影响。"①且不说其正文部分对《文心雕龙》文本的大规模校勘，即以其"附录"而论，在20世纪80年代初期，杨先生凭借一己之力刀耕火种，奉献出这样一部"龙学"百科巨著，这对当时刚刚起步的新时期"龙学"而言，犹如久旱之后的甘霖，其浸润浇灌之功，确乎是不可磨灭的。令人称奇的是，四十年后的今天，《文心雕龙校注拾遗》的百科之功仍未失效，其中很多重要资料，仍是生活于信息时代的研究者所不易寻觅的。

更重要的是，杨先生虽将这部分内容谦称为"附录"，但其经过深度整理而至有伦序，分别以"著录""品评""采摭""因习""引证""考订""序跋""版本""别著"等归类编排，徜徉其中，不啻涉猎一部古典"龙学"史，其琳琅满目而丰富多彩，较之一般的史著有过之而无不及。尤堪称道者，杨先生于每一个部分均有小序，提点指要，使其更具史论之功。如其"著录第一"曰："《文心》著录，始于《隋志》；自尔相沿，莫之或遗。虽卷帙无殊，而部次则异。盖由疏而密，渐归允当，斯乃簿录之通矩，不独舍人一书为然也。"②这里不仅说明了《文心雕龙》一书在历代的著录情况，而且指出"虽卷帙无殊，而部次则异"，即其所分卷数相同（皆为十卷），但将其

① 张少康、汪春泓、陈允锋、陶礼天：《文心雕龙研究史》，北京：北京大学出版社，2001年，第335页。

② 杨明照：《文心雕龙校注拾遗》，上海：上海古籍出版社，1982年，第416页。

归于四部中的哪一部，则有不同，或为集部或为子部，意味着对《文心雕龙》一书性质的认识是不一样的。再其"品评第二"曰："品评《文心》者，无代无之。见仁见智，言人人殊。间尝为之搜集，共得九十有七家①。其载诸专书者，（如杨慎、钟惺、曹学佺、陈仁锡、叶绍泰、黄叔琳、纪昀诸家评是。）不与焉。历代之褒贬抑扬，观此亦思过半矣。"②即是说，除去专书之外，历代品评《文心雕龙》一书者亦不乏其人，所谓"无代无之"，看似简单的一句断语，实则表明《文心雕龙》在历代的流传及其影响；若非竭力搜罗而得百有余家，安能言之？又其"采撷第三"曰："舍人《文心》，翰苑要籍。采撷之者，莫不各取所需：多则连篇累牍，少亦寻章摘句。其奉为文论宗海，艺圃琳琅，历代诗文评中，未能或之先也。涉猎所及，自唐至明，共得五十六书。"③所谓"各取所需""连篇累牍"，所谓"文论宗海，艺圃琳琅"，《文心雕龙》之于历代文论的广泛影响，于此斑斑可考，实而有征。又其"因习第四"曰："《文心》一书，传诵于士林者殆遍。研味既久，融会自深。故前人论述，往往与之相同，未必皆有掠美之嫌。或率尔操觚，偶忽来历；或展转钞刻，致漏出处，亦非原为干没。然探囊揭箧，取诸人以为善者，则异于是。此又当分别观也。"④这里，杨先生提出一个重要问题，那就是历代因习《文心雕龙》者，或以各种情况而未注明出处，却并不意味着即为抄袭，而是应当区别对待，此堪为知言，令人心服。"因习"之外，又有"引证第五"曰："前修之于《文心》，多所运用：引申其说者，有焉；证成己论者，有焉；征故考史，辑佚刊误者，亦有

---

① 杨明照先生后又将"九十有七家"修订为"百有三家"。参见杨明照校注拾遗：《增订文心雕龙校注》，北京：中华书局，2000 年，第 643 页。

② 杨明照：《文心雕龙校注拾遗》，第 432 页。

③ 杨明照：《文心雕龙校注拾遗》，第 471 页。

④ 杨明照：《文心雕龙校注拾遗》，第 541 页。

焉。范围之广，已遍及四部。其影响巨大，即此可见。今就弋钓所得，依次迻录如左。世之研治舍人书者，或亦有取乎斯。"① 较之"因习"，后世对《文心雕龙》之"引证"，更显其影响之巨，范围之广，所谓"遍及四部"，此充分证明刘勰固在"论文"，却又决非文论所可范围，而是深及中华文化的方方面面。又其"考订第六"曰："《文心》弥纶群言，通晓匪易；传世既久，脱误亦多。昔贤书中，间有零星考订。其征事数典，正讹析疑，往往为明清注家所未具。特为辑录，以便参稽。孰得孰失，必有能辨之者。"② 这些所谓"零星考订"或"正讹析疑"，不惟关乎《文心雕龙》文本之校正，亦且属于"龙学"史不可或缺之内容了。

　　正如杨明照先生所说："从上面所钞的第二、三、四、五、六附录短序中，已不难看出《文心雕龙》在历史上地位之高、影响之大。其范围远远超出文学理论批评之外，遍及经史子集四部，绝非《诗品》《二十四诗品》《六一诗话》《后山诗话》《四六话》《韵语阳秋》《四六谈麈》《文则》《沧浪诗话》《修辞鉴衡》《姜斋诗话》《渔洋诗话》《谈龙录》《随园诗话》等诗文评论著所能望其项背。"③ 早在四十年前，杨先生便发出如此宏论，其之所以掷地有声者，盖以上述系统详实之资料为据也。所谓"远远超出文学理论批评之外"，所谓"遍及经史子集四部"，这样的认识，并非对《文心雕龙》一书之泛论，而是关乎此书的理论性质，更关乎中国文论之独特价值及其话语体系问题。

　　在《文心雕龙校注拾遗》这部"龙学"小百科之中，有一篇近两万字的《梁书刘勰传笺注》，这是杨先生半世心血之结晶。如所

---

① 杨明照：《文心雕龙校注拾遗》，第576页。
② 杨明照：《文心雕龙校注拾遗》，第663页。
③ 杨明照：《文心雕龙校注拾遗》，"前言"，第17页。

周知，《梁书·刘勰传》乃有关刘勰生平最重要的文献，除去其中所引《序志》篇原文，仅有 339 字。杨先生以雅正之文言为之"笺注"，篇幅超过原著 50 倍，其用力之勤，实彦和之功臣也。正如日本著名汉学家户田浩晓所说："文中用了丰富的史料来注释《梁书·刘勰传》，有关刘勰传记的注释，全都详细地采用了。……我想，到现在为止，关于刘勰传记的研究，还没任何其他著述超过了它。"① 正因如此，其中关于刘勰生平事迹的研究，直到今天仍具有重要的参考价值。

如《梁书·刘勰传》有"勰早孤，笃志好学，家贫不婚娶"之语，叙述颇合情理，看起来似无问题。然而杨先生指出："按舍人早孤而能笃志好学，其衣食未至空乏，已可概见。而史犹称为贫者，盖以其家道中落，又早丧父，生生所资，大不如昔耳。非即家徒壁立，无以为生也。如谓因家贫，致不能婚娶，则更悖矣。"② 杨先生用语简洁，却论证精细而严密，尤能于看似没有问题之处发现问题。所谓"勰早孤，笃志好学"，一般而言，我们关注的是刘勰虽成了孤儿，却仍能发奋图强，"笃志好学"，不坠其志，从而最终成就其"论文"事业，然而杨先生却从中发现了一个重要的问题，那就是这一记述说明"其衣食未至空乏"，即是说，"笃志好学"是需要条件的，至少应当衣食无忧，否则何以可能？此理一经说破，可谓平常之至，但又不啻是一个重要的发现，其关乎一系列的问题，那就是所谓"家贫"，乃意味着只是"家道中落"而已，决非家徒四壁，否则生计尚成问题，又怎能读书？既然生计不再是问题，则所谓不婚娶者，也就并非因为家贫，而当另有原因了。

---

① 〔日〕户田浩晓：《杨明照氏〈文心雕龙校注〉读后》，曹顺庆编：《文心同雕集》，成都：成都出版社，1990 年，第 311—312 页。

② 杨明照：《文心雕龙校注拾遗》，第 391 页。

正是在此基础上，杨先生征诸史实，找出了数个因"精心学佛"而不婚娶的例证，认为："谓舍人之不婚娶，纯由家贫，可乎？或又以居母丧为说，亦复非是。因三年之丧后，仍未婚娶也。"从而得出著名的结论："然则舍人之不婚娶者，必别有故，一言以蔽之，曰信佛。"[①] 近二十年前，笔者曾指出："多数研究者不同意这个意见，但我觉得，这是颇有道理的。"[②] 其理不仅在于杨先生找出的那些"皆非寒素"而不婚娶的例证，更在于僧祐之榜样的力量，正如杨先生所说："舍人依居僧祐，既多历年所，于僧祐避婚为僧之事，岂能无所闻知，未受影响？若再证以上引褚伯玉、刘讦之避婚，则舍人因信佛而终身不娶，更为有征已。"[③] 可见不仅发现"家贫不婚娶"一语的问题需要慧眼，而且回答何以不婚娶更是需要多方面周密的思考。杨先生之后，尽管已有不少文章探索这个问题，且亦皆有其理，但笔者以为，杨先生的论证和结论仍是最具说服力的。

二、《文心雕龙》校注

《文心雕龙校注拾遗》出版之后，杨先生"无日不涉猎四部有关典籍。凡可补正《文心雕龙校注拾遗》的资料，皆一一录存"，并于 1996 年暑期"又贾余勇重新校理刘舍人书，前著之漏者补之，误者正之；《文心》原文及黄、李两家注，亦兼收并蓄，以便参阅，名曰《增订文心雕龙校注》"[④]，该书于 2000 年出版，成为杨先生一生校注《文心雕龙》的集成之作。张文勋先生曾指出："杨明照

---

① 杨明照：《文心雕龙校注拾遗》，第 391 页。

② 戚良德：《文论巨典——〈文心雕龙〉与中国文化》，开封：河南大学出版社，2005 年，第 8 页。

③ 杨明照：《文心雕龙校注拾遗》，第 392 页。

④ 杨明照校注拾遗：《增订文心雕龙校注》，北京：中华书局，2000 年，"前言"，第 19 页。

毕生研究《文心雕龙》，其成就主要在校注……"① 杨先生于《文心雕龙》校注所花费的心血，确乎是值得记取的。

杨先生之校，以上述广博而深厚的文献资源为功底，充满首创和发现之功。如《原道》篇有"日用而不匮"一句，黄叔琳、李详、范文澜三家皆未及出处，斯波六郎之《范注补正》则举三国时期袁宏《三国名臣赞》"仁义在躬，用之不匮"②，亦不为无据。杨先生则指出，《左传·襄公二十九年》正有"用而不匮"之句③，则不言而明也。再如《声律》篇有"良由内听难为聪也"一句，明代王惟俭"训故本"作"良由外听易为□，而内听难为聪也"④，而其下文则曰："故外听之易，弦以手定，内听之难，声与心纷。"明显涉及"外听""内听"两个方面，故"训故本"显然是有道理的，但这个漏掉的字又是什么呢？杨先生翻检类书，发现明徐元太《喻林》卷八九正有此文，其曰："良由外听易为察，内听难为聪也。"⑤ 不仅证明了王惟俭之本的正确，而且又找出了其未明之字。这一字之校，其于恢复刘勰原文之功，何其大焉！又如《总术》有"动用挥扇，何必穷初终之韵"之句，范文澜注云："'动用挥扇'二句，未详其义。"⑥ 杨先生于此校曰："按此文向无注释，殆书中之较难解者。然反覆研求，亦有迹可寻：二语既承上'张琴'句，其义必与鼓琴之事有关。《说苑·善说篇》：'雍门子周以琴见乎孟尝君。……雍门子周引琴而鼓之，徐动宫、徵，微挥羽、角……'舍人遣辞，即出于此。如改'用'为'角'，

① 张文勋：《文心雕龙研究史》，昆明：云南大学出版社，2001年，第177页。
② 〔日〕斯波六郎：《文心雕龙范注补正》，黄锦铉编译：《文心雕龙论文集》，台北：学海出版社，1979年，第5页。
③ 杨明照校注拾遗：《增订文心雕龙校注》，第16页。
④ 〔明〕王惟俭：《文心雕龙训故》，《〈文心雕龙〉资料丛书》，北京：学苑出版社，2004年，第684页。
⑤ 杨明照校注拾遗：《增订文心雕龙校注》，第435页。
⑥ 范文澜注：《文心雕龙注》，北京：人民文学出版社，1958年，第659页。

改'扇'为'羽',则文从字顺,涣然冰释矣。"①一旦将"动用挥扇"改成"动角挥羽",确乎就"涣然冰释"了,杨先生之校有理有据,令人拍案叫绝。又如《序志》篇有"自生人以来,未有如夫子者也"之句,《南史》所引则改"人"为"灵"字,杨先生校曰:"按'灵'字非是。'人'当作'民',盖唐避太宗讳改而未校复者也。《孟子·公孙丑上》:'……自生民以来,未有夫子也。'即此文之所自出。《原道》篇'晓生民之耳目矣',亦作'生民'。"②此校一则指出原句致错之源,二则找到原文典出何处,三则以内证作补充,令人无可辩驳。

杨先生对《文心雕龙》的校勘,不仅以其深厚的文献之功见长,而且因其毕生浸淫彦和之书,对刘勰之用语习惯颇为熟悉,故每有会心之解。如《明诗》篇有"召南行露"之语,其中"召"字,唐写本、宋御览本及一些钞本均作"邵"字。"召""邵",音同而形别。杨先生校云:"按《诗大序》'故系之召公'《释文》:'召',本亦作'邵',同上照反;后'召南''召公'皆同。舍人用字,多从别本;再以《诠赋》篇'昔邵公称公卿献诗'相证,此必原作'邵'也。"③此字之校,于文义关系不大,但关乎刘勰用语习惯,也就不仅是一个字的问题了。再如《丽辞》篇有"长卿上林"之语,有的版本在"林"后加一"赋"字,看起来似有道理,但杨先生校曰:"按本书引赋颇多,其名出两字外者,皆未著赋字,此不应补。《通变》《事类》两篇,并有'相如上林云'之句,尤为切证。梅氏补一'赋'字,盖求与下'宋玉神女赋云'句相配耳。其实此'赋'字乃浅人所增,匪特与本书选文称名之例不符,且与下'仲宣登楼''孟阳七哀'二句亦不相偶也。"④可见,只有熟悉刘勰用语习惯,方可得览文本真相。

---

① 杨明照校注拾遗:《增订文心雕龙校注》,第536页。
② 杨明照校注拾遗:《增订文心雕龙校注》,第617页。
③ 杨明照校注拾遗:《增订文心雕龙校注》,第75页。
④ 杨明照校注拾遗:《增订文心雕龙校注》,第451页。

总之，正如户田浩晓先生所说："在《校注》中发前人所未发的卓见，随处都有。"①

关于《文心雕龙》之注释，杨先生曾于1988年的广州《文心雕龙》国际研讨会上发表宏论，认为《文心雕龙》有重注的必要。杨先生此论乃针对范《注》所发，其谓："由于成书的时间较早，网罗未周，好些资料没有见到（有的则不可能见到：如元至正本、明弘治本、徐㷆批校本、王惟俭《训故》本等）；另外，对文字的是正，词句的考索，也有所不足。解放前，国内外虽曾有专文举正，范《注》又一再翻版，却未见征引。因而书中某些谬误，至今仍在相承沿用，以讹传讹。可见《文心雕龙》这部古典文学理论名著，确有重注必要。"又说："范《注》是在黄《注》基础上发展起来的，固然提高了一大步，有很多优点；但考虑欠周之处，为数也不少。"②杨先生列举了二十条：一是底本不佳；二是断句欠妥；三是《注》与正文含义不一致；四是《注》与正文不相应；五是正文未误而以为误；六是正文本误而以为不误；七是正文未衍而以为衍；八是正文本衍而以为不衍；九是不明出典误注；十是不审文意误注；十一是黄《注》未误而以为误；十二是黄《注》本误而因仍其误；十三是引书未得根柢；十四是引书不完整，致与正文不相应；十五是引书篇名有误；十六是原著具在，无烦转引；十七是引旧说主名有误；十八是引书混淆不清；十九是引书未注意版本；二十是移录前人校语有误。③

这里详细列出杨先生对范《注》的指摘，一以说明杨先生心思之细密、目光之深邃；一以说明《文心雕龙》的确需要重注；但更

---

① 〔日〕户田浩晓：《杨明照氏〈文心雕龙校注〉读后》，曹顺庆编：《文心同雕集》，第315页。

② 杨明照：《杨明照论文心雕龙》，上海：上海科学技术文献出版社，2008年，第147页。

③ 杨明照：《杨明照论文心雕龙》，第147—159页。

重要的是想说明，三十多年前杨先生指出的这些问题，我们不仅尚未能很好地解决，而且目前来看，范《注》依然是人部分学术论文引用《文心雕龙》所遵循的文本。"龙学"发展到今天，这不能不说是令人遗憾的；这也说明，杨先生之论仍然需要我们时时温习，不可或忘。

至于重注的初步设想，杨先生谈了七条，仅以第一条而言，其云："广泛收集与《文心雕龙》直接有关而又可以作《注》的资料。约略估计：从宋代的洪兴祖、罗苹、王应麟到现代的章太炎、刘鉴泉、余季豫等学者，不下七十家。在他们的论著中，凡是用得上的（只限于注释方面的资料），都一一甄录。特别是王惟俭的《训故》、梅庆生的《音注》以及郝懿行的批注，正确的部分，更应采纳。"① 我们且不说杨先生所谓"七十家"了，仅以这里说到的这六人，宋代的洪兴祖、罗苹、王应麟和现代的章太炎、刘鉴泉、余季豫，迄今为止，我们充分注意到的有几人？尤其是这里说到的刘鉴泉，也就是刘咸炘，我是在 2009 年《推十书》出版之后的两三年才注意到他的《文心雕龙阐说》，并著文加以介绍②，我当时以为从未有人提到过刘咸炘的"龙学"成就，但杨先生显然在二十年前就看到了，只是没有来得及具体引用而已。其对资料的搜罗之功，即使身处信息时代的我们，也是不能不服气的。说到这里，我们不能不再次提到号称"龙学"小百科的《文心雕龙校注拾遗》之"附录"，那不仅是几代"龙学"人"纵意渔猎"的园圃，而且即使在当今信息发达、检索方便的条件下，它仍然是我们不可或缺、随时需要翻检的资料书，因为其中的许多资料，并非随便检索便能得到的，这真是堪称"龙学"

---

① 杨明照：《杨明照论文心雕龙》，第 159 页。
② 戚良德：《一部尘封百年的"龙学"开山之作——评近代国学大师刘咸炘的〈文心雕龙阐说〉》，《纪念中国〈文心雕龙〉学会成立三十周年国际学术研讨会暨中国〈文心雕龙〉学会第十二次年会论文集》，中国济南，2013 年。

奇迹!

三、《文心雕龙》理论研究

杨明照先生的"龙学"论文不算多，但凡有所论，均精心独创，识见超拔，一些判断不仅在"龙学"史上产生过重要的影响，而且历久弥新，在今天看来仍然概括准确，令人信服，这同样是非常了不起的成就。这里我们举两个例子，以为说明。

一是刘勰的思想问题。1962 年，杨先生发表《从〈文心雕龙·原道·序志〉两篇看刘勰的思想》一文，仅从这一题目便可看出，杨先生一下子抓住了探索刘勰思想的关键之处。这不仅因为《原道》为《文心雕龙》之第一篇，而《序志》则为最后一篇，更因为刘勰在这两篇所论，乃直言不讳地阐述了自己的世界观、人生观和价值观。欲探求刘勰的思想，虽然不能说仅此两篇足矣，却可以说非此两篇不可。这看起来似乎也是不难理解的，却又毫无疑问地显示了杨先生非凡的识见。当然，更重要的是具体的考察结果。杨先生首先认真分析《序志》的有关论述，指出："刘勰从事《文心雕龙》的写作，是由于他那浓厚的儒家思想所指使"，"刘勰在《序志》篇里所表现的思想确为儒家思想"。[①]然后回头考察历史上的"原道"之论，认为："刘安所原之道，是道家之'道'；韩愈所原之道，是尧、舜、禹、汤、文、武、周公、孔子之'道'。而刘勰所原之道，则为自然之'道'。"[②]杨先生并实事求是地指出："文原于'道'的论点是刘勰的创见吗？个人看法它来源于《周易》。"继而推论："文原于'道'，是刘勰对文学的根本看法，也是全书的要旨所在。篇中的论点既然出自《周易》，而《周易》又是儒家学派的著作，从总的倾向来看，

---

① 杨明照：《学不已斋杂著》，上海：上海古籍出版社，1985 年，第 476—477 页。
② 杨明照：《学不已斋杂著》，第 477 页。

刘勰写作《文心雕龙》时的主导思想应该是儒家思想。"从而,"刘勰在《原道》篇里所表现的思想,也只能说是儒家思想"。①

　　既然对《序志》和《原道》的考察都有了结论,则"刘勰在《文心雕龙》中所表现的思想为儒家思想,当无疑义。但他究竟属于儒学的古文学派抑或是今文学派,还得略为说明。由《序志》篇'敷赞圣旨,莫若注经,而马郑诸儒,弘之已精'的话句来玩索,已可知其消息。因为马融、郑玄都是东汉的古文经学大师,刘勰对他们那样恭维,足见他是崇信或倾向古文经学派的。再拿全书来考查,也无不吻合。……只此六端,就大可看出刘勰所受古文经学派的影响是很深的"。杨先生最后得出结论:"刘勰在《文心雕龙》中所表现的思想为儒家思想,而且是古文学派的儒家思想。"② 这不禁让我们想起范文澜先生的大致相同的见解:"刘勰撰《文心雕龙》,立论完全站在儒学古文学派的立场上。"③ 对此,笔者曾有这样的感慨:"现在很多《文心雕龙》的研究者可能颇不以为然。但认真考察刘勰的思想及《文心雕龙》写作的背景、动机和目的,我们不难发现,范先生所论基本是符合实际的。反思现代'龙学'的百年历程,我们可以清晰地看到,儒学角度的《文心雕龙》研究一是从未得到真正的重视和开展,二是越来越受到忽视,因而关于《文心雕龙》的一些根本问题也就没有得到很好的说明和阐发;在很多问题的研究中,我们不是离刘勰及其《文心雕龙》越来越近,而是越走越远了。"④
正因如此,我们不能不说,两位"龙学"大家于半个多世纪以前有关刘勰思想的大致相同的认识,在今天不仅没有过时,而且仍然有

　　① 杨明照:《学不已斋杂著》,第479—481页。
　　② 杨明照:《学不已斋杂著》,第483页。
　　③ 范文澜:《中国通史简编》修订本第二编,北京:人民出版社,1964年,第418页。
　　④ 戚良德:《文章千古事——儒学视野中的〈文心雕龙〉》,《文史哲》2014年第2期。

着极为重要的价值和意义。

　　二是"文之为德也"一句的释义。如所周知，这是《文心雕龙》开篇之语，对它的理解至关紧要。正如杨先生所说："《原道》是《文心雕龙》的开宗明义第一篇，'文之为德也大矣'又是统摄全篇的第一句，理解得正确与否，关系至巨。"①范文澜先生将"文之为德"简化为"文德"②，固然如杨先生所说"已觉非是"，而后来不少研究者在这一句上大费周章，绕了很多圈子，但最终的理解却似乎亦愈发偏离刘勰的本意。我们回头看杨先生的阐释，要言不烦，却证据确凿。他说："《礼记·中庸》'鬼神之为德其盛矣乎'的'鬼神之为德'，《论语·雍也》'中庸之为德也其至矣乎'的'中庸之为德'，与'文之为德'语式差不多。'文之为德'不能简化为'文德'，犹如'鬼神之为德''中庸之为德'不能简化为'鬼神德''中庸德'一样。道理很简单：都不符合各自原有的含义。"又举孔融《难曹操表制酒禁书》"酒之为德也久矣"句，并结合《原道》之论而谓："把人文宣扬得如此伟大，目的就是要突出文之为德。两文的谋篇布局既如出一辙，'酒之为德'与'文之为德'的语言结构又完全相同，'为德'虽各有所指，但都应作功用讲则一。……'文之为德也大矣！'犹言文的功用很大啊！这一极为重要的论点，不仅与《原道篇》的主旨吻合，而且是自始至终贯穿着全书的。"③笔者也认为，这样的理解与刘勰著《文心雕龙》的整体思路乃是吻合的。试想，《文心雕龙》乃"论文"之作，"文"何以需要专门为"论"？作为这样一部著作的开篇语，刘勰说"文的功用很大啊"，正是回答了《文

　　① 杨明照：《〈文心雕龙·原道篇〉"文之为德也"句试解》，《文史》第三十二辑，北京：中华书局，1990 年，第 282 页。

　　② 范文澜注：《文心雕龙注》，第 6 页。

　　③ 杨明照：《〈文心雕龙·原道篇〉"文之为德也"句试解》，《文史》第三十二辑，第 282 页。

心雕龙》之作的必要性问题，可谓顺理成章。所以，尽管对刘勰这句话有不少新的解说，但杨先生的阐释朴实而确切，最为符合刘勰"为文之用心"。

杨先生的"龙学"识见还有很多，但上述已能说明一些问题：第一，能够经得住历史检验的识见建构于对资料的广泛而全面的搜集和掌握之上，所谓有一分材料说一分话，这一朴素的道理永远不会过时，杨先生的文章便是最好的明证；第二，什么才是非凡的识见？历史证明，不是故作惊人之语，不是哗众取宠，不是为了求新而求新，惟有实事求是才能经得住历史的检验。第三，学术的脚步总体而言是向前的，但并非总是进步的，更不是今人一定胜过前人的。这需要我们时时回顾和温习，所谓"学而时习之"，盖谓此也。就"龙学"而言，我们必须时刻不忘站在前人的肩膀上，经常翻检一下前人说过了哪些话，有过哪些识见，我们不能数典忘祖，也不必另起炉灶。第四，特别值得一提的是，杨先生的文章简洁明快，主要观点说得明白，支撑观点的证据列举清楚，得出的结论毫不含糊，决不拖泥带水，没有回环往复，要言不烦而说理透彻，符合刘勰一再推崇的"辞尚体要"之风，这与今天不少难以卒读的文章相比，是格外值得我们学习取法的。

王更生：“龙学”园丁，“龙”的传人

王更生（1928—2010）是 20 世纪台湾地区出版“龙学”论著最多的人，他数十年在“龙学”园地里耕耘不辍，先后出版了《文心雕龙研究》《文心雕龙导读》《重修增订文心雕龙研究》《文心雕龙范注驳正》《文心雕龙读本》《重修增订文心雕龙导读》《文心雕龙新论》《中国古代文学理论的秘宝——文心雕龙》《文心雕龙选读》《台湾近五十年〈文心雕龙〉研究论著摘要》《岁久弥光的“龙学”家——杨明照先生在“文心雕龙学”上的贡献》《文心雕龙管窥》等“龙学”论著十余种，并编有《文心雕龙研究论文选粹》一书。尤为可贵的是，王先生宣称自己是刘勰的小学生，一生不仅研究《文心雕龙》，更用心践行《文心雕龙》的写作理念，把文章写得花团锦簇，美不胜收，令人向往。

一、“龙”的传人

王先生一生不仅勤于著述，成果丰赡，不断为“龙学”大厦添砖加瓦，而且甘为人梯，善做园丁，用心培养和浇灌“龙学”新秀，终于使得台湾“龙学”园地“子孙相续”，乃至“桃李梅杏，菴丘蔽野”①，用王先生自己的话说是“已将原本一片荒漠的焦土，化为百花竞艳的沃壤”②，为“龙学”在台湾地区的流传和发展做出了重大贡献，谓之“龙”的传人，可谓名副其实。

---

① 〔汉〕王充：《论衡·超奇》，黄晖：《论衡校释》，北京：中华书局，1990 年，第 616 页。

② 王更生：《文心雕龙新论》，台北：文史哲出版社，1991 年，第 313 页。

台湾地区的"龙学"在20世纪60年代末70年代初有一定发展，出版了一些有一定分量的专著，如张立斋的《文心雕龙注订》《文心雕龙考异》，李景溁的《文心雕龙评解》《文心雕龙新解》，张严的《文心雕龙通识》《文心雕龙文术论诠》，李中成的《文心雕龙析论》，唐亦男的《文心雕龙讲疏》，黄锦铉指导、王久烈等译注的《语译详注文心雕龙》等，但这些著述较为零散，尤其是规模较小，难以构成对《文心雕龙》的系统研究。至1976年3月，王更生推出其《文心雕龙研究》，不仅台湾地区的"龙学"面貌为之焕然一新，而且这部书也是整个"龙学"史上第一部分量较重的《文心雕龙》综合研究著述。以此而言，王先生不仅是台湾地区"龙"的传人，也可以说是"龙学"史上重要的传人之一。而且，尤为值得称道的是，这部著作并不以其推出较早而显得粗陋，而是以其宏大的气魄和结构成为"龙学"史上的重要著述，其中有些专题讨论具有深远的意义。牟世金先生曾指出，该书把较大的篇幅用在对《文心雕龙》美学、经学、史学、子学之研究上，"不仅独步当时，至今仍无出其右者"①。

更重要的是，这部著作出版之后，王先生不仅认真反思修改，使其臻于完善，很快推出重修增订本，且一发而不可收，相继推出诸如《文心雕龙导读》《文心雕龙范注驳正》等明显具有学科建设意义的著述，并主编《文心雕龙研究论文选粹》，以全面推动"龙学"的发展；至1985年推出八十万言的《文心雕龙读本》（上、下），对《文心雕龙》全书进行了"注释"和"语译"，可以说初步建构起了比较系统的"龙学"体系。当此之际，加上此前已经印出的李曰刚先生的《文心雕龙斠诠》，台湾地区的"龙学"大厦可谓耸立云霄。此时的大陆也已经出版了周振甫先生的《文心雕龙注释》，陆侃如、牟世金先生的《文心雕龙译注》等大批"龙学"著作，并于1983年

① 牟世金：《台湾文心雕龙研究鸟瞰》，济南：山东大学出版社，1985年，第79页。

成立了中国《文心雕龙》学会，开启了一个"龙学"新时代。尽管当时的两岸信息并不通畅，然而今天看来，各自的"龙学"步伐可以说迈得基本一致，这真是历史的安排。从这个意义上说，王更生先生也成为台湾地区当之无愧的"龙学"传人。

当然，王先生成为台湾地区最重要的"龙"的传人，一个不可忽视的因素是他对"龙学"后辈的不懈培养。朱文民先生曾指出："王更生先生在整个教学生涯中，从小学、中学、大学专科、本科生，已经没法统计培养了多少学生，但是他指导的硕士、博士生是可数的，见于记载的有 50 人，其中硕士生 31 人，博士生 19 人。这些研究生以《文心雕龙》作为学位论文研究对象的就我所知有 13 篇，这些论文大都是王先生以自己的论题或观点，指导学生进一步阐发而成为学位论文的。例如《文心雕龙》与经学，即是王先生研究的老课题，他又交给学生蔡宗阳作深入研究，进而成为一篇学位论文，日后出版为专著《刘勰〈文心雕龙〉与经学》。综观王更生指导的无论是硕士论文还是博士论文，都是掷地有声的宏论。例如方元珍教授的《〈文心雕龙〉与佛教关系之考辨》、黄端阳《刘勰〈文心雕龙〉枢纽论研究》等等。"① 可以说，此乃"龙"脉绵延、"龙学"生生不息之源泉。

王先生也是积极推动两岸"龙学"交流，为我中华"全龙"鸣锣开道的人。1988 年 11 月，《文心雕龙》国际学术研讨会由广州暨南大学主办，王先生即积极准备与会，"并写了一篇《台湾文心雕龙学的研究与展望》准备发表；想不到当时台湾方面尚未开放到可以赴大陆从事学术交流的程度，以至事到临头，未能成行。事后，收到香港大学陈耀南教授的来信，和中文大学黄维樑教授在《星岛

---

① 朱文民：《"龙学"家牟世金与王更生先生比较研究》，戚良德主编：《儒学视野中的〈文心雕龙〉》，上海：上海古籍出版社，2014 年，第 112 页。

日报》十一月二十一日刊出的专栏《三思篇》，才知道世金先生偕夫人赵璧清女士抱病赴会。终丁因为我的缺席，使原本期盼已久的二龙珠岛之晤未能实现"①。当得知牟先生于1989年6月份去世之时，王先生致信牟先生夫人赵璧清老师，言辞之恳切，令人动容，其曰："他那种具有深度和广度的分析与组织，洋溢着智慧的火花，给台湾学者极大的鼓励。先生不仅学有专精，对龙学的研究和推广，付出极大的心力，从每本书的行文措词上，还肯定知道他是一位古道热肠、外刚内柔、彬彬多礼的君子。所以先生的去世，不但在学术上，使我失去一位可供切磋的知己，就在为人处世方面，也使我失去一位学习取法的楷模。"②翌年2月6日，王先生便"远从台湾专程来吊祭这位志同道合永未谋面的知音"，当得知牟先生遗著《雕龙后集》即将出版之际，王先生为之作序，其中谈到牟先生在《台湾文心雕龙研究鸟瞰》一书中对自己的评价时，王先生说："当时觉得世金先生措语虽不修饰，自有一股撼人心弦的力量，从他那行文如流水的字里行间，透出高妙的学养和皎洁的人格。"③海峡两岸两位"龙"的传人虽未曾谋面，但其互为知音、心系"龙学"之情，令人难忘。

此后，王先生一有机会，便积极参与两岸的"龙学"交流活动。1993年7月，王先生赴内蒙古呼和浩特市参加中国古代文学理论学会第八次年会暨国际学术会议，笔者有幸聆听了先生在大会上的发言，未改的河南乡音，不变的文心之情，其掷地有声的话语至今萦绕耳畔："我是刘勰的一个小学生。"④1995年7月，王先生又赴北京参加《文心雕龙》国际学术讨论会，并受聘为中国《文心雕龙》

① 王更生：《〈雕龙后集〉序》，牟世金：《雕龙后集》，济南：山东大学出版社，1993年，第2页。

② 此段引文摘自王更生先生给牟先生家人的书信。

③ 王更生：《〈雕龙后集〉序》，牟世金：《雕龙后集》，第1—2页。

④ 按：该发言后来是否整理刊出，笔者尚未检索到。

学会顾问。1999 年 5 月，王先生在台湾主持举办刘勰《文心雕龙》学术研讨会，邀请大陆学者 16 人参加会议，并于会后亲为导游，组织参观、访问活动。2000 年 4 月，先生又赴江苏镇江参加《文心雕龙》国际学术讨论会，并发表了《龙学研究的回顾与展望》的论文。直到 2009 年 11 月，王先生还以八十多岁高龄参加了在安徽芜湖召开的《文心雕龙》国际学术讨论会暨中国《文心雕龙》学会第十届年会，提交了《中国大陆近五十年（1949—2000）〈文心雕龙〉学研究概观——以戚良德著的〈文心雕龙学分类索引〉为依据》的长篇论文，并作大会主题报告。王先生指出："经过'改革开放'后二十年的努力，《文心雕龙》研究，不但赢得了'龙学'的雅号，而从事研究的学者们，更被学术界尊之为'龙学家'。不仅如此，它更和当前所谓的'甲骨学'、'敦煌学'、'红学'同时荣登世界'显学'的殿堂。受到国际汉学家的重视。"① 可以说，王先生正是这一过程的重要见证人、全力推动者，他不仅是台湾地区"龙"的传人，也是海峡两岸"龙学"的使者，为中华"龙"的腾飞做出了不可磨灭的贡献。

二、《文心雕龙研究》之作

在"龙学"史上，名之为《文心雕龙研究》的著作有不少，但意义不同。多数此类著述取其宽泛之义，即其内容属于对《文心雕龙》的研究，但并不考虑整体性、综合性，并非对《文心雕龙》的全面研究。而王更生先生以及后来牟世金先生的《文心雕龙研究》则显然着眼《文心雕龙》全书，企图对这本书进行全面综合论述。

王先生于 1976 年便推出了他的《文心雕龙研究》。该书共分为

---

① 王更生：《中国大陆近五十年（1949—2000）〈文心雕龙〉学研究概观——以戚良德著的〈文心雕龙学分类索引〉为依据》，《文心雕龙研究》第九辑，保定：河北大学出版社，2011 年，第 96 页。

十四章，第一章为"绪论"，第二章为"梁刘彦和先生年谱"，第三章为"文心雕龙史志著录得失平议"，第四章为"文心雕龙版本考略"，第五章为"文心雕龙之美学"，第六章为"文心雕龙之经学"，第七章为"文心雕龙之史学"，第八章为"文心雕龙之子学"，第九章为"文心雕龙文体论"，第十章为"文心雕龙风格论"，第十一章为"文心雕龙风骨论"，第十二章为"文心雕龙声律论"，第十三章为"文心雕龙批评论"，第十四章为"文心雕龙在中国文学史上之地位"。从这一章节结构看，其着眼《文心雕龙》全书之综合研究的目的显然可见，但又有着一定的随意性。如牟世金先生所说："其书最大的不足，是忽视了创作论部分的研究。……其书有关这方面的研究，只风格、风骨和声律三章，而略于《神思》《通变》《情采》《物色》等大量重要的论题。"① 王先生自己也意识到了这个问题，他说："拙作'文心雕龙研究'问世后，立即发觉许多不容掩饰的缺点。"这些缺点，"其中第三章'文心雕龙史志著录得失平议'，性属资料的著录，和'文心雕龙研究'的主题，似未吻合。第五章'文心雕龙之美学'，因当时仓促成稿，于《文心雕龙》行文造境之美，亦未尽得环中。第十章'文心雕龙风格论'、十一章'文心雕龙风骨论'、十二章'文心雕龙声律论'，从刘彦和文学创作的整体上来看，此三章无疑是别题单行；他如运思养气问题、情采配合问题、裁章谋篇问题、比兴夸饰问题，以及隐秀、镕裁、事类、指瑕等，诸般必备的要目，均待详加阐释。仅此，势难见其文学创作的全貌"。②

正因如此，王先生于1979年推出《重修增订文心雕龙研究》，"将原书第六章'文心雕龙之经学'，改为'文心雕龙文原论'，并移于'史

① 牟世金：《台湾文心雕龙研究鸟瞰》，第78—79页。
② 王更生：《重修增订"文心雕龙研究"序》，《重修增订文心雕龙研究》，台北：文史哲出版社，1979年，第17页。

学''子学'之后，以正本清源。原书第十、十一、十二各章经删除后，另作'文心雕龙文术论'补之，以综述刘彦和文学创作之理论体系与实际，使前此之所谓别题单行，疏略不备者，举而纳诸本文之中，期能理圆事密，了无遗珠"。至如原来"文心雕龙版本考""文心雕龙之美学""文心雕龙文体论"等章内容，则均作了程度不同的扩充，尤其是"美学"一章，由原来的七千字增加到三万五千字。正如王先生所说："重修增订后的'文心雕龙研究'较原本十四章之数少三章。其中除第二章'梁刘彦和先生年谱'，十一章'结论'（《文心雕龙》在'中国文学史'上之地位），完全保有原作面目，很少更动外；其他九章，均作了彻底而大幅度的调整，并甚而完全改写者亦有之。"① 他指出：

> 重修增订本"文心雕龙研究"的最大特色，是掌握了《文心雕龙》"为文用心"的精神。把"文原论""文体论""文术论""文评论"，像四支擎天的玉柱，先架设在全书的主体部位，构成研究的中坚。然后前乎此者，是《文心雕龙》之"美学""史学""子学"。藉着"美学"的认知，可以逆推作者刘彦和文艺哲学的真象，藉着"史学"和"子学"的关系，可以略窥刘彦和纳"史""子"以入文学领域的胸襟与胆识。②

即是说，重修增订后的《文心雕龙研究》共十一章，第一章为"绪论"，对《文心雕龙》研究状况进行回顾和展望，最后一章为"结论"，论述《文心雕龙》一书在"中国文学史"上之地位。中间九章为主体，

---

① 王更生：《重修增订"文心雕龙研究"序》，《重修增订文心雕龙研究》，第18—19页。

② 王更生：《重修增订"文心雕龙研究"序》，《重修增订文心雕龙研究》，第19页。

可以分为三个部分：一是第二、三章，分别对刘勰生平和《文心雕龙》的版本情况进行考察；二是第四、五、六章，分别研究《文心雕龙》之美学、史学和子学；三是第七、八、九、十章，按照《文心雕龙》一书的结构，分为"文原论""文体论""文术论""文评论"，这是全书的核心内容，"构成研究的中坚"。如此建构，使其成为一部着眼"龙学"全局的《文心雕龙》综合研究之作。

在笔者看来，王先生此著不仅其"架设在全书的主体部位"充分体现了《文心雕龙》独特的话语体系，从而"掌握了《文心雕龙》'为文用心'的精神"，而且其"美学""史学"和"子学"三章尤具特色。正如王先生自己所说，由对"美学"之认知，可以把握刘勰之文艺哲学；由对"史学"和"子学"的理解，可以窥见《文心雕龙》理论体系的巨大包容性。更为重要的是，前者乃西方理论的视角，后者则属传统国学的范围，以此中西结合之研究方式，既可发掘《文心雕龙》之于当代文艺学和美学的现实意义，亦可充分体现中国传统文论的独特智慧。尤其是对《文心雕龙》美学的研究，初版还仅有七千字，增订本则扩展至五倍，这在 20 世纪 70 年代末期的"龙学"史上，是引人瞩目的。

如所周知，"美学"乃舶来品，王先生何以要辟出专章且在论述"史学""子学"之前探讨《文心雕龙》之美学？他说："《文心雕龙》固不明言美学，但并不代表《文心雕龙》绝无美学。何况其陶冶万汇，组织千秋，吾人诚欲知中国传统美学的真象恐怕除问津《文心》之外，似别无他途可循。"原来，王先生虽借"美学"之名，要探讨的却是"中国传统美学"，这就更加令人期待了。其云："探讨《文心雕龙》之美学，首须了解《文心雕龙》五十篇，即为艺术的化身。诸如思想的统一性、理论的完整性、字句的对称性、叙事的递进性、语调的感染性、结构的和谐性等，极富多样性的变化。

涵泳其间，真乃千门万户，令人目不暇接。"即是说，所谓《文心雕龙》之美学，首先是其本身所表现出的艺术之美，这个"美"字不仅不是舶来品，而且本为刘勰一贯的追求，其"以'美'字构成的文句，共六十三条之多，其中或论人物，或衡事理，或美文辞，或称德操"①，更重要的是，"《文心雕龙》全书之分卷别篇，均经彦和刻意经营，苦心安排，为一部生机活泼的艺术整体。所以从思想、理论、字句、叙事、语调、结构各方面，去鸟瞰《文心》的多样化，真是柳暗花明，别具洞天"②。以此而言，这个"美学"便首先与"史学""子学"具有相同的性质，仍然是立足于《文心雕龙》之本位的探讨。

当然，王先生既然选择"美学"这一概念，原本要借以"逆推作者刘彦和文艺哲学的真象"，故不会无视"美学的基础"问题，其曰："《文心雕龙》的美学，不是架空腾说，而是实有其事，实有其理。在其理论与事实的结合上，又必有一肯定的立足点，就是《文心雕龙》的美学基础。"③这样的立论及其视角，便兼顾"美学"之本意了。他说：

> 《文心雕龙》的美学，显然是建立在自然的基础上。刘勰从天人合一的思想出发，化心物为一体，天道、人事断不可分。因为由天道可睹人事，从人事反映天道，所以自然、群经与道德，就成了《文心雕龙》美学的三环节，没有自然，群经与道德，便失去了产生的媒体。没有群经，则自然与道德，即失去了依存的

---

① 王更生：《重修增订文心雕龙研究》，第 200 页。
② 王更生：《重修增订文心雕龙研究》，第 242 页。
③ 王更生：《重修增订文心雕龙研究》，第 242 页。

活力。没有道德，自然与群经，就丧失了运行的轨道……①

 显然，王先生对美学基础的探讨既是文艺哲学的，又是立足于
《文心雕龙》之实际的。正是从这样的原则出发，他找到了《文心
雕龙》美学基础的"三环节"：一曰自然。他认为，"文以自然为美"
乃是"《文心雕龙》文学思想的重点"，"其言自然环境与文学之关
系，可谓合则两美，背则两伤。自然不仅可以洞风骚之情，亦《文
心雕龙》美学之重要基础"。二曰群经。"既知'自然'是《文心雕龙》
美学之基础，则人为之文，必本于自然之文，所以从人文发展的过
程，来透视《文心雕龙》美学与群经之关系，显然正确，并有其必
要。"② 王先生指出，刘勰"从庖牺创典，迄孔子述训，推原天地自
然之理，明察人文变化之要，归功于古圣先哲。所以'道沿圣以垂
文，圣因文以明道'。圣心合天地之心，而自然之文便经圣人的努力，
转变为人为之文，所以六经为人文的总荟。尊经矩圣，即所以原道
法天。天道不可见而法，圣经得以取而尊。故美学之与群经，亦如
美学之与自然，构成《文心雕龙》理论的基础"③。三曰道德。"《文
心雕龙》之所以伟大，所以尊为千古文论之宗，不在其能弥纶群言，
不在其体大虑周；最重要的在于讲明了文学的究竟。有究竟才有主
从，才有是非；有是非才有善恶，有善恶，人生悲欢离合之情才发
而中节；发而中节，则悲天悯人至圣至情之文学可达矣。故文学者，
悯人生之颠倒，思有以增进其乐于无穷也。"④ 王先生特别指出："彦
和理想中的文士，是'君子藏器，待时而动……'他以为'丈夫学文'，

① 王更生：《重修增订文心雕龙研究》，第214页。
② 王更生：《重修增订文心雕龙研究》，第216—217页。
③ 王更生：《重修增订文心雕龙研究》，第218页。
④ 王更生：《重修增订文心雕龙研究》，第219页。

要'达于政事'：既可'华身'，又能'光国'，不同乎流俗，不合乎污世。宁可孤芳自赏，亦无须卑躬乞怜。这种光风霁月的人格和修养，求之当世，还是凤毛麟角。刘勰既以悲天悯人的胸襟，作文章淑世的努力。所以道德标准，就成了《文心雕龙》美学的另一基础。"①这一番论述，确乎是"美学"的视角，而又完全着眼刘勰思想之实际，与那些欲论述《文心雕龙》之美学便必将其纳入西方美学体系的做法是根本不同的。

正是基于这样的思路，王先生在论述了《文心雕龙》之美学基础之后，便集中精力研究《文心雕龙》创作论之美学思想，因为"美学之所以谓美，在于实际应用于创作，如置而不用，虽美无功"②，这显然是极为符合刘勰之思想实际的。王先生对刘勰创作论美学的研究分为"能量的涵藏"与"情感的表出"两个部分，前者研究创作主体之于美的创造的能动性，其云："一言美学之为用，从事创作的作家，其本身能量之何所自，可以说为古来研究美感经验之学者一致关注，《文心雕龙》亦不例外。故笔者根据彦和的卓见，分由'灵感与想像'，'才气与学习'两方面加以剖析。"这样的研究视角可谓无论中西，而以《文心雕龙》为本。后者则研究各种具体的写作方法，亦即美的实践，其曰："人既有艺术能量的涵藏，必有将个人死生新故之感，悲欢离合之情，寄身于翰墨，见意于篇籍的欲望。有此欲望，即思表出，而表出之方式，是隐言？是显言？是夸张？是设喻？或如何命意？如何安章？如何谋篇？甚而又如何据事类义，援古证今？用功能有限的文字，抒写文思不尽的情感，这就是所谓文学家必须工于修辞之理由。也正是美学的具体实践。"③

---

① 王更生：《重修增订文心雕龙研究》，第 220 页。
② 王更生：《重修增订文心雕龙研究》，第 242 页。
③ 王更生：《重修增订文心雕龙研究》，第 242 页。

显然,这里把《文心雕龙》创作论大部分篇章纳入了所谓"情感的表出"问题,而且王先生"于此特不惜笔墨,逐条阐释。使《文心雕龙》的美学,不假外求,有自我落实之感"①。这些阐释包括八个方面:甲、标三准以立意;乙、讨字句以安章;丙、综附会以谋篇;丁、本比兴以烘托;戊、用夸饰以传神;己、会隐秀以抒情;庚、据事类以明理;辛、因声律以和谐。这样的《文心雕龙》美学确乎就成为"中国传统美学"了。

三、《文心雕龙》新论

在《重修增订文心雕龙研究》完成以后,王更生先生并未停止探索的步伐,而是"又赓续地上考群言,旁搜新说,对刘勰著述《文心雕龙》,其苦心孤诣的微旨,有更多的参悟。并在感应兴发之余,搦笔和墨,发表专门论著"②。专著之外,则有不少单篇论文发表,后集成《文心雕龙新论》一书,其中收录十三篇论文,另有"附录"三篇。2007 年,王先生又推出《文心雕龙管窥》一书,收录其晚年重要论文十三篇,另有"附录"五篇,代表了王先生关于刘勰及其《文心雕龙》研究的最新观点。

上述三十余篇各类文章,乃王先生各种专著之外,有关"龙学"的重要成果,其中多有个人的独特之见。牟世金先生曾特别提到王先生的"研究态度"问题,其云:"著者在《文心雕龙导读》的自序中曾说:'我认为学问之道,贵求自得。'这并非空话,确是王更生做学问的一大特色,也是台湾龙学家中最可宝贵之处。在很多具体问题的研究中,王更生都显示了他师心自见的特点。"③如《刘勰

---

① 王更生:《重修增订文心雕龙研究》,第 243 页。
② 王更生:《文心雕龙新论》,台北:文史哲出版社,1991 年,"自序",第 2 页。
③ 牟世金:《台湾文心雕龙研究鸟瞰》,第 82 页。

是个什么家？》一文，便显示出王先生思考不停而新见不断的不懈追求。他指出，有些学者往往以《文心雕龙》和西方所谓"文学论""文学评论"相比较，并袭用西方的名词，向刘勰和《文心雕龙》身上贴标签，认为其乃中国最具系统的一部"文学评论"专著，刘勰是"中国古代文学评论专家"。但实际上，"东西方是两个不同的文化体系，其意识形态、表达方式，大多如方枘圆凿，难以铢两无差；有时即令勉强帮凑，也会搞得似是而非，有莫所适从之感！尤其像刘勰及其《文心雕龙》这种'陶冶万汇，组织千秋'的巨著，不要说在当代不曾有，即令后世也未之见"。所以王先生认为："《文心雕龙》决非'文学评论'或'文学批评'所能范围；刘勰也决不是'文评家''文学理论家'或'文学家'任何一个名号能盖棺论定的！"①

何以如此呢？王先生指出，《文心雕龙》至少有五个方面独有的特质，一是对民族文化的高度认同，二是征圣宗经的思想体系，三是文学济世的伟大抱负，四是骈绩垂文的高尚风骨，五是折衷古今的卓越眼光。"由此观之，我们只有尊称刘勰为'文学思想家'，才能得其为文用心之'真'和用心之'全'。否则，不仅扭曲了刘勰在中国文坛上的地位，更是自贬学术研究的身价。"进而，王先生认为：

> 像《文心雕龙》这部书，顾其名，不能知其义；知其义，不能知其用；知其用，不能知其体。可是它无一字无来历，无一义不落实，不仅将我国六朝以前的文论，融一炉而冶之；更选精拔萃，整纷理蠹，提出完整的思想体系，为千年万代的中国文学，找到大本大源，以及补偏救弊的灵丹妙方。这种金针渡人、救国救世

① 王更生：《刘勰是个什么家？》，《北京大学学报（哲学社会科学版）》1996年第2期。

的绝大著作，实在是我们百读不厌，应当终身奉行的一部宝典。①

　　如此论断，既以对《文心雕龙》的精深研究和全面把握为根基，又充满对这部中华文论宝典之无限热爱；既立足《文心雕龙》之于中国文论史的典型和枢纽意义，又着眼其文论思想之巨大的现实应用价值；尤其是所谓"应当终身奉行的一部宝典"，在笔者看来，这样的认识才真正体现了所谓"龙学"的价值和意义。

　　值得注意的是，王先生的《文心雕龙新论》之中，有很大部分的内容是关于"龙学"史的研究。《文心雕龙新论》约有一半篇幅为这方面的内容，分别为《文心雕龙史志著录得失平议》《王应麟和辛处信文心雕龙注关系之探测》《日藏明刊本王惟俭文心雕龙训故之评价》《范文澜文心雕龙注驳议》《台湾"文心雕龙学"的研究与展望》等。《文心雕龙管窥》亦有约三分之一篇幅为"龙学"史内容，分别为《晏殊〈类要〉与〈文心雕龙〉古注》《杨明照教授"龙学"的未竟之业》《李曰刚先生的〈文心雕龙斠诠〉》《潘师石禅在"〈文心雕龙〉学"方面的贡献》等。还有未及收入文集的长文《中国大陆近五十年（1949—2000）〈文心雕龙〉学研究概观——以戚良德著的〈文心雕龙学分类索引〉为依据》等。这充分说明王先生的《文心雕龙》研究，已然把目光投向了未来。如其《台湾"文心雕龙学"的研究与展望》一文指出："从《文心雕龙》的成长过程，及其具体的成就，来展望将来的发展，我们虽然处在研究高原而出现平缓的现象，但只要抱持信心，锲而不舍，必能继近期（一九七一至一九八〇）的辉煌成就更上层楼。今后我们的做法，最好在思想观念、研究内容、科际整合、人才培育、组织计划、资料搜集等六

---

① 王更生：《刘勰是个什么家？》，《北京大学学报（哲学社会科学版）》1996年第2期。

方面彻底检讨改进,则山穷水尽之时,又何尝不是柳暗花明之日呢。"①
其着眼学科发展的战略眼光令人敬佩。与此同时,王先生又把视野
扩展为中华"全龙",其曰:

> 迨一九四九年,中共建政后,历经改革开放的激荡,与有心
> 人士对西方文学理论、学说、样式、派别、方法的大量引进;兹
> 不但丰富了中国古代文学理论的园地,同时也掀起了研究刘勰及
> 其《文心雕龙》的狂热。根据戚良德编著的《文心雕龙学分类索
> 引》中的记载,特别是在近五十年(1949—2000),其"单篇论文"
> 之富,"专门著作"之多,参与"学者"之众,研究"风气"之普及,
> 盛况之空前,可谓一千五百多年来,中国"龙学"研究史上所仅见!
> 这种现象的发生,绝对不是学术上的奇迹,而是其来也有自。②

王先生以如椽之笔论定:历经千百年峰回路转而愈加繁花似锦
的"龙学",其之所以成为"显学",并非学术奇迹,而是事出有因,
所谓"其来也有自";而其根本原因,当然是《文心雕龙》本身无
与伦比的巨大价值,所谓"为千年万代的中国文学,找到大本大源",
所谓"救国救世的绝大著作",如此旷世之作,方有研究"风气"
之普及,乃至盛况之空前,则所谓柳暗花明之境界,于是可期也。

---

① 王更生:《文心雕龙新论》,第305页。
② 王更生:《中国大陆近五十年(1949—2000)〈文心雕龙〉学研究概观——以
戚良德著的〈文心雕龙学分类索引〉为依据》,《文心雕龙研究》第九辑,第58—59页。

冯葭初：《文心雕龙》语体翻译的尝试者

　　牟世金先生在《"龙学"七十年概观》一文中曾指出："龙学进入新的时期之后，研究者和读者的面日益扩大，特别是到60年代之初，学术界对中国古代文论的现实意义有所注视后，学习和研究《文心雕龙》，开始成为群众性的要求，《文心雕龙》的今译工作就刻不容缓了。"① 牟先生以"刻不容缓"一语形容《文心雕龙》今译工作在20世纪60年代初的紧迫性，既说明今译的重要，又说明在此之前，人们还很少开展这一工作。然而，爬梳近百年"龙学"史，我们不难发现，早在1927年10月，浙江湖州五洲书局便出版了一部《(言文对照)文心雕龙》(上、下册)，该书以黄叔琳注、纪昀评本为基础，对《文心雕龙》五十篇一一作了"白话演述"，亦即语体翻译，演述者为冯葭初。可以说，此乃对《文心雕龙》进行语体翻译的最早尝试，但一直被埋没至今。

一、一部最早的《文心雕龙》语体翻译

　　在我们上引牟先生的这段话之后，他还紧接着指出："当时《文艺报》主编张光年同志，就在给编者们讲《文心雕龙》的同时，开始了'语体翻译的最早的尝试'。接着，陆侃如、周振甫、赵仲邑、郭晋稀、刘禹昌等，都在此期间做了大量的今译工作。1962年，陆侃如、牟世金的《文心雕龙选译》开始出版，第二年又有郭晋稀的《文心雕龙译注十八篇》和陆侃如、牟世金的《刘勰论创作》出版。其

---

　　① 牟世金：《雕龙后集》，济南：山东大学出版社，1993年，第11页。

它译文，此期内单篇发表共四十余篇。这些译文虽难尽是，但对龙学的普及和发展，是起了重要作用的。"① 这段话概括了"龙学"史上有关今译问题的大量信息，需要略予说明。

首先是老会长张光年先生对《文心雕龙》进行"语体翻译的最早的尝试"，这句话来自张先生在《文心雕龙》学会成立大会上的讲话，其云：

> 一九六一年，毛主席提出文风问题，周扬同志当时也倡导对古代文论包括《文心雕龙》要加以重视。那时我是《文艺报》主编，给《文艺报》和作家协会一些编辑同志讲《文心雕龙》。为避免在字句上花费时间，我利用夜晚休息时间，翻译了十几篇。《文艺报》编辑部打印了其中六篇，分发给参加学习的同志们。现在看来可能是语体翻译的最早的尝试。《文心雕龙》的文章那么美，我们提倡文艺批评也应当有文采。学习《文心雕龙》，也应当注意这一点。所以我的译文有意识地试用白话骈体文，稍致意于平仄古韵的协调。②

实际上，20世纪60年代初，一批学者不约而同地开始了对《文心雕龙》的今译，除了张光年先生，还有陆侃如、牟世金、郭晋稀、周振甫、赵仲邑和刘禹昌等先生。牟世金先生曾谈到：

> 解放前，我在四川老家的一所中学任教，当时还年少无知，但听到同事中的年长者谈起《文心雕龙》，引起我的兴趣，便从

① 牟世金：《雕龙后集》，第11—12页。
② 张光年：《研究古代文论为现代服务——在〈文心雕龙〉学会成立大会上的讲话》，《文史哲》1983年6期。

书店买来一本标以"广注"的《文心雕龙》①，却根本看不懂。因而萌生一种愿望：能读到一种今译本就好了。当时还绝无自己来译的奢望，只希人家译出，以利自己学习而已。直到1958年，山东大学成仿吾校长亲率中文系师生编写文学史，陆侃如先生和我被任命为汉魏六朝段的负责人，分工时只好任别人先选，最后剩下绪论和《文心雕龙》两个部分，便由陆先生写绪论，我写《文心雕龙》。这就再一次促使我产生读到《文心雕龙》译本的强烈愿望。但那时仍然没有译本可读，历史就为我安排了这样的道路：三年之后，陆先生和我决定，自己来译。②

即是说，陆侃如和牟世金先生也是从1961年开始进行《文心雕龙》的今译工作的。从1962年年初开始，两位先生便联合在《文史哲》和《山东大学学报》刊出《文心雕龙·序志》《文心雕龙·诠赋》《文心雕龙·镕裁》等篇的"译注"或"今译"。至1962年9月，他们合作的《文心雕龙选译》上册由山东人民出版社出版，其中对《序志》《原道》《征圣》《宗经》《辨骚》《明诗》《乐府》《诠赋》《谐隐》《诸子》等十篇进行了译注；1963年7月又出版了该书下册，对《神思》《体性》《风骨》《通变》《定势》《情采》《镕裁》《比兴》《夸饰》《附会》《总术》《时序》《物色》《知音》《程器》等十五篇进行了译注。可见《文心雕龙选译》上、下册正好译注了《文心雕龙》的二十五篇，其选目侧重于刘勰自己所谓的"下篇"，主要是"剖情析采"的创作论部分。同时，两位先生还于1963年5月出版了《刘勰论创作》（安徽人民出版社），该书对《文心雕龙》创作论的《物色》《通变》《情采》《风骨》《体性》《神思》《夸饰》《镕裁》（该书篇目顺序不

① 牟先生原注："杜天縻注，世界书局1947年版。此书至今尚存身边。"
② 牟世金：《文心雕龙研究》，北京：人民文学出版社，1995年，"自序"，第1—2页。

同于刘勰原著）等八篇进行了译注。

需要进一步说明的是，上述20世纪60年代诸位先生的今译成果，从公开发表的角度而言，最早的应该是郭晋稀先生发表在《红旗手》1961年第2期的《〈文心雕龙〉选译：〈体性〉》，其次是周振甫先生发表在《新闻业务》1961年第4期的《〈征圣〉（〈文心雕龙〉选译）》。此后，郭先生又在《甘肃文艺》1961年的10—12月号分别发表了《风骨》《通变》《定势》三篇，周先生则从《新闻业务》1961年第4期开始，直到1963年第8期，几乎每期均有一篇甚至两篇译文刊出，分别为《征圣》《宗经》《史传》《诸子》《论说》《诏策·檄移》《神思》《体性》《风骨》《通变》《定势》《情采》《镕裁》《声律》《章句》《丽辞》《比兴》《夸饰》《事类》《隐秀》《指瑕》《养气》《附会》《总术》《物色》《知音》，可以看出，周先生基本把《文心雕龙》创作论的篇章翻译了一遍。期间，中共中央高级党校还于1962年10月印制了周先生选译的《〈文心雕龙〉译注》，作为"文艺理论专业学习参考材料"之七。接着，郭晋稀先生的《文心雕龙译注十八篇》也由甘肃人民出版社于1963年8月出版。

与此同时，赵仲邑先生在《作品》1962年第2期至1963年第2期，也差不多用每期一篇的速度，刊出了《〈文心雕龙·神思〉试译》《〈文心雕龙·风骨〉试译》《〈文心雕龙·比兴〉试译》《〈文心雕龙·夸饰〉试译》《〈文心雕龙·情采〉试译》《〈文心雕龙·物色〉试译》《〈文心雕龙·镕裁〉试译》《〈文心雕龙·体性〉试译》《〈文心雕龙·附会〉试译》。刘禹昌先生则在《长春》1962年第8期至1963年第5期，刊出了《〈文心雕龙〉选译》的《情采篇》《风骨篇》《镕裁篇》《通变篇》《知音篇》。

基于上述情况，可以说在20世纪60年代初有一批学者开始了对《文心雕龙》"语体翻译的尝试"，但似乎不能说是"最早的尝试"，因为有冯葭初的"白话演述"在前，早了三十多年时间，且其对《文心雕龙》五十篇全部进行了翻译。不过，也有学者注意到了这个问题。张可礼先生在谈到张光年先生对中国《文心雕龙》学会的贡献时，曾写下这样一段话：

> 1961年，他任《文艺报》主编时，还给《文艺报》和作家协会的一些编辑同志讲《文心雕龙》。他利用夜晚和休息的时间，用骈体白话文翻译了《文心雕龙》中的十几篇。用白话文翻译《文心雕龙》，早在1927年10月，浙江湖州五洲书局就出版了冯葭初编的《文心雕龙》。此书原文与白话译文对照，有眉批。但用骈体文翻译《文心雕龙》，光年同志是首创。他开拓了用骈体白话文译《文心雕龙》的新领域。当时他的译文没有公开，但还是不胫而走，传播较广。①

据笔者所见，张先生是少数在文章中提到冯葭初译本的学者。②他在这里对冯氏译本的叙述，当是根据北京图书馆所编《民国时期总书目（1911—1949）》，这个书目不仅较为详细地记载了"（言文对照）文心雕龙（上、下册），（梁）刘勰著，冯葭初编，浙江湖州五洲书局1927年10月版，2册（492页），36开"，而且又有说明曰："系《文心雕龙》原文与白话译文对照本，有眉批。有冯大舍《文

---

① 张可礼:《忆念中国〈文心雕龙〉学会的成立》，戚良德主编:《儒学视野中的〈文心雕龙〉》，上海：上海古籍出版社，2014年，第25—26页。
② 周兴陆先生曾提到："20世纪上半叶古代文论研究成为显学……在这五十年中，关于《文心雕龙》的单篇论文48篇；专著方面，有黄侃《文心雕龙札记》、范文澜《文心雕龙讲疏》和《文心雕龙注》、冯葭初编《（言文对照）文心雕龙》……"（黄霖主编，周兴陆著:《20世纪中国古代文学研究史·总论卷》，上海：东方出版中心，2006年，第141页。）

心雕龙演绎语体序文》、《黄叔琳例言》及《文心雕龙序》。末附跋文。"① 实际上,这里所谓"有眉批",这个"眉批"乃是纪昀、黄叔琳对《文心雕龙》的评语,并非出自冯葭初本人,因其底本用的就是纪评、黄注本。至谓"用骈体文翻译《文心雕龙》",当然是根据张光年先生"我的译文有意识地试用白话骈体文"之语,但笔者觉得,《文心雕龙》本身是骈文,再用骈体文翻译它,严格说来是不太可能的。至于所谓"白话骈体文",这一说法可能是不够准确的。张光年先生的译文固有"稍致意于平仄古韵的协调"之特点,但仍为白话文无疑,当与冯葭初的"白话演述"属于同一性质,也就是所谓"语体翻译"。

综上所述,就现在所知,"语体翻译的最早的尝试"者当属冯葭初,他的《(言文对照)文心雕龙》乃是一部最早的《文心雕龙》语体翻译,且与黄侃的《文心雕龙札记》同年出版②,这应属"龙学"史上的重要事件,是值得关注的。

二、冯葭初对《文心雕龙》的认识和评价

冯葭初,浙江湖州吴兴人,20 世纪 30 年代初期,曾为国民党创办的湖州地方报纸《湖报》(1929 年创刊)的主笔、社长,后为上海《光华日报》的编辑和撰稿人。他何以想起要对《文心雕龙》进行"白话演述"呢? 其云:

> 现在中国文学,已有人加以整理。就是小说故事,也都日渐的发挥。何况这一部重要的文学论,尤其是值得注意的。所以我们应该取来整理。……不过我想它的原文本身,是因为时代的关系,

---

① 北京图书馆编:《民国时期总书目(1911—1949):文学理论·世界文学·中国文学》(上),北京:书目文献出版社,1992 年,第 118 页。

② 黄侃:《文心雕龙札记》,北平:北平文化学社,1927 年。

是用一种当时通行的骈俪的体裁；在实质上固然很是优美，但是
到现在已不合于时代的应用。甚至有人本想取此书来研究，一看
它的文字艰深，不能完全通会，因此便不细心阅读。不比一般国
学专家，研究起来可以完全不费工夫。那一般普通根柢稍浅的人们，
仍然不能得到实际的赏鉴。这是很可惜的！所以五洲书局的主人，
拿此书来命我演成语体。我初念以为这是很难的工作，不愿进行。
但是后来一想，无论什么艰深的文字，只要条理分明，不难细心
寻绎。因此不惮烦难，担承下来。费了几个月的工夫，勉强绎成。
只求将原文的意义完全表白出来，求得一般普通的人们可以阅读，
便是于愿已足，至于专门名家，不难阅他的原文。我的演绎，真
是等于佛头点粪了。①

一方面，冯氏演绎《文心雕龙》缘于五洲书局的邀约，而出版
商的这种约请之举，恰说明当时社会有阅读《文心雕龙》的需求，
冯氏自己的目标首先也是"求得一般普通的人们可以阅读"，亦证
明这种需求的存在；而所谓"时代的应用""实际的赏鉴"，乃至"取
此书来研究"等，也便都是顺理成章的了。另一方面，冯氏之所以"不
惮烦难"而承担这份工作，则源于他对《文心雕龙》一书的基本认
识和评价，那就是这是"一部重要的文学论"，比"小说故事"显
然重要得多，因而是"应该取来整理"的。至于整理的方向和方式，
那就是解决一般阅读的障碍，对其进行语译。因此，可以说出版商
与冯氏之间乃是一拍即合的。他们远在1927年的这一举动，把对《文
心雕龙》的今译工作提前了三十多年，其筚路蓝缕之功不仅是值得
表彰的，更是值得研究的。

冯葭初不仅认真翻译了《文心雕龙》五十篇，而且写了三千多

---

① 冯葭初编:《(言文对照)文心雕龙》序文，湖州：五洲书局，1927年，第7—9页。

字的《文心雕龙演绎语体序文》，既说明了自己"演绎原文为语体的原由"，也对刘勰的生平进行了简单介绍，更重点阐述了"文心雕龙的内容及对于文学上的重要供献"。他在这篇序文的"引言"中说：

> 中国的文学范围最广，研究也最是不易，数千年来，惟有《文心雕龙》一书，是从散漫的文学中寻清了条理，成为最有统系的论述。所以我们研究国学的人，都不能不取来一读。……它的重要价值，是含有一种科学的赏鉴和批评的精神。能将以前的各个文学家，推原他们的身世环境，作为客观的考察；又能将以前的文学作品，逐部推原它的因果，而定为主观的批评；而且能推阐到时间的关系，表明各个时期的风尚不同；这真是空前的杰作了。我们不能不推重作者——刘勰——的精神，能使后来研究中国文学的人得到这样一种开豁的途径。尤其是中国缺少一部完备的文学史，研究文学的人，都感到有许多困难。将来如果有人从事这项工作，一定要感谢这位作家——刘勰——已成的模范，给予我们不少的有力的帮助了。①

显然，冯葭初已然接受了现代所谓的"文学"观念，但他明确地感受到了在这种文学观念之下"中国的文学范围最广"，因而"研究也最是不易"，作为"最有统系的论述"，《文心雕龙》也就成为研究国学的人不能不读的著作。至于这部书的重要价值，他认为"是含有一种科学的赏鉴和批评的精神"，这种精神的表现，便是对作家作品既有"客观的考察"，又有"主观的批评"，并顾及时代的发展和变迁，因而"能使后来研究中国文学的人得到这样一种开豁的

---

① 冯葭初编：《（言文对照）文心雕龙》序文，第1—2页。

途径"，从而有助于将来"文学史"的研究和建构。我们不能不说，近百年来，冯氏的"预言"在很大程度上已成为现实，在众多的中国文学史著述中，不仅《文心雕龙》的大量论断都被吸收和运用，而且刘勰的精神及其"开豁的途径"和"已成的模范"，也给了研究者不尽的启发，成为文学史书写的重要参照。但另一方面，我们也能明显地感受到，冯氏在现代文学观念支配下，其对刘勰"精神"的概括，是不完全符合刘勰的初衷和《文心雕龙》的理论实际的。而这与整个近百年"龙学"的文艺学视野是完全一致的，甚至不仅仅是"一致"的问题，以冯葭初所处的时代而言，可以说他是以现代文艺学观念考察《文心雕龙》的发轫者之一。

正因如此，冯氏认为："《文心雕龙》是一部批评文学的专书，这是后人所认定的了。……他自著的《文心雕龙》，是惩于以前数人的失，而加以极意的整理经营。其组织的严密，条理的分明，真前无古人，后无来者，可称独一无二的文学专书了。"① 那么，什么是冯氏所谓"文学"和"文学专书"呢？他说："中国在周秦时代的文学作品，大都包含着政治、经济、史学、哲学、伦理，多种。自从《楚骚》首创，词赋盛行。汉代的文学，极是发达。一直到魏晋时代，中间有数百年之久，一般人对于文学上渐渐有了具体的认识；所以那时代批评文学的著作，如春雷抽笋一般，不期然的一一发现。"② 显然，这里所谓"文学作品"等说法，乃是现代文学革命之后的新概念，与中国古代的"文学"是极不相同的。他的这段论述，很容易让我们想起鲁迅先生的名论："汉末魏初这个时代是很重要的时代，在文学方面起一个重大的变化""曹丕的一个时代可说是'文

① 冯葭初编：《（言文对照）文心雕龙》序文，第4—5页。
② 冯葭初编：《（言文对照）文心雕龙》序文，第4—5页。

学的自觉时代'"①,等等。事实上,鲁迅先生那篇著名的《魏晋风度及文章与药及酒之关系》的演讲也恰好发表于1927年11月。

不过,对他们这一代人来说,虽然已经热情地拥抱了新的文学观念,但旧学的根柢依然牢固,传统文化和文学的修养仍会不时流露。正像鲁迅先生"文章""文学"并用一样,冯葭初对《文心雕龙》的把握,也依然不会远离刘勰的理论实际,体现出新旧并存的思想观念。如谓:"它的内容,共分五十篇。上二十五篇,是讲的文章体裁。下二十五篇,是讲的修词方法。不过下篇内末篇《序志》,完全同他书的篇首的序文一样。不能算在论文的篇内。"②这样的说法,所谓"文章体裁",所谓"修词方法",应该说基本上是对《文心雕龙》的事实描述,仍属于传统文章观念的范畴。

关于"文章体裁"的认识,他说:

> 彦和对于文学上的观察,既有那邃密的工夫。他自己的作品,当然能超过以前的作者,而有特殊的供献出来。最重要的,就是含有两种——评识创作——的精神。《文心雕龙》的上篇二十五篇,就是首者的表现。他把各种文体,如经、纬、骚、诗、乐府、辞赋、颂、赞、祝、盟、铭、箴、诔、碑、哀、吊、杂文、谐、隐、史、传、诸子、论、说、诏、策、檄、移、封禅、章、表、奏、启、议、对、书记,等;除《原道》《征圣》两篇外,都是一一的详加辨晰,使那条理分明,根源尽出。就是《文选》所分别的,也没有那种详尽。或者有许多地方,是《文选》所不能分清;他能归聚到一种体裁之内,使后来没有混淆的弊。又能一一加以切实的评判,

---

① 鲁迅:《魏晋风度及文章与药及酒之关系》,《鲁迅全集》第三卷,北京:人民文学出版社,2005年,第523、526页。

② 冯葭初编:《(言文对照)文心雕龙》序文,第5—6页。

没有模棱或皮相的话。这是第一特点。①

这段论述中，除了所谓"文学"之语，冯氏可以说完全立足于
刘勰"论文叙笔"的实际，肯定其"详加辨晰"的"邃密的工夫"，
所谓"条理分明，根源尽出"，乃至"切实的评判"等，对《文心雕龙》
之文体论的肯定，显然不是以现代文学观念为原则的。他还指出："尤
其是传里说：'深被昭明太子爱接'一语，就此可以考见昭明编成
《文选》，也曾得到他的帮助；他的著成《文心雕龙》，也赖《文选》
给予的一种印象，作为他参考的资材。所以上篇所论文体，虽则和
《文选》有出入的地方很多，但是相同的归聚也是不少；这是应该
注意的。"② 这样的认识更是富有见地的实事求是之论了。

对"修词方法"的论述，其云：

> 下篇二十五篇完全是修词的方法，这是前人所未曾发现的绪
> 论。虽则陆机的《文赋》，也有笼统的论述。但是比彦和所作，
> 其精粗疏密之间，真是大不相同。而且他能分出《神思》《风骨》《体
> 性》《通变》《定势》《情采》《镕裁》《声律》《章句》《比兴》《夸饰》
> 《事类》《练字》《隐秀》《指瑕》《养气》《附会》《总术》《时序》
> 《物色》《才略》《知音》《程器》——除《序志》外——等篇；都
> 是修词学上的重要条件。把古来许多散漫的文学，寻出了一种有
> 统系的方法。这种创作的精神，也是古今少有的。所以我们研究
> 《文心雕龙》，必须明了它的精神所在。它这两种——评识创作——
> 的精神，都是后来研究文学的人，所应当注重的。可算是他对于

---

① 冯葭初编：《（言文对照）文心雕龙》序文，第6页。
② 冯葭初编：《（言文对照）文心雕龙》序文，第3—4页。

文学上最重要的供献了。①

这里以《文赋》与《文心雕龙》相比，认为二者有"精粗疏密"的"大不相同"，并谓刘勰寻找到了"一种有统系的方法"，具备"古今少有"的"创作的精神"，从而要求研究文学的人必须重视《文心雕龙》一书，应该说都是不错的。尤其值得注意的是，冯氏认为《文心雕龙》下篇所论全部问题"都是修词学上的重要条件"，这不能不让我们想起陈延杰的说法，他认为《文心雕龙》"可标目为二：曰文体论，曰修辞说"②。但早在五年前，杨鸿烈便批评过这样的看法，他指出："在这骈偶猖獗的时代，就暗伏着一位抱文学革新的刘彦和，可惜当时既无人唱和，后人又只以他那部极有价值的《文心雕龙》当做修辞书去读，就把他立言的宗旨失掉了。"同时又说："他这书最大的缺点，最坏的地方，就是'文笔不分'；换句话说，就是他把纯文学的界限完全的打破混淆不分罢了。"③这真是一个饶有趣味的现象，在杨鸿烈看来，把"《文心雕龙》当做修辞书去读"显然是埋没了它的价值，而其"极有价值"的部分，则肯定不是"文笔不分"的文体论；但在冯葭初看来，刘勰的精神就表现在"评识创作"两个方面，也就是陈延杰所说的"文体论"和"修辞说"，并且认为这"可算是他对于文学上最重要的供献"。我想，从事新闻工作的冯葭初或许应该读过杨鸿烈的文章，尤其是当他要为《文心雕龙》作"白话演述"，并撰写"序文"的时候；但他不为所动，仍然采用了一种较为传统的说法。这与他认真翻译《文心雕龙》，从而对刘勰的用心所在有着更深的领悟有没有关系呢？

---

① 冯葭初编：《（言文对照）文心雕龙》序文，第 7 页。
② 陈延杰：《读文心雕龙》，《国学月报》第 2 卷第 3 期（1927 年 3 月 31 日）。
③ 杨鸿烈：《文心雕龙的研究》，《晨报》副刊，1922 年 10 月 24 日至 29 日。

当然，如上所述，"文学革命"的观念同样扎根于冯氏的思想之中。因而，他又不能不指出："将现在的文学眼光，来看古代的文学作品，当然不能作为满意的赏鉴。不过换一方面说，要得到古代文学的知识，那末研究古代的文学作品，也是必取的途径。何况这一部有批评、创作的精神的惟一作品——《文心雕龙》，——更是必须研究的了。"①笔者觉得，冯葭初毕竟是认真把《文心雕龙》演述了一遍的人，他的思维方式略具刘勰"擘肌分理，惟务折衷"的气象：这里既体现出了他的现代文学观念，又没有以这种观念去要求刘勰，而是仍然给予《文心雕龙》以充分的肯定和赞赏。

而且，他还进一步指出："对于本书原文，说有如何的缺点。我敢说：'非经过极深的文学研究，不能妄意举出。'因为中国的文学上，有许多地方，都有相对的价值。一方说是重要，一方可说是非重要的。一方说是合理，一方可说是不合理的。这是凭各人的观念不同，不能一概而论。现在所最要说明一句的话：——大凡研究本书的人，最好能将同时同类的作品，如《典论》《文赋》《流别论》等书，作为参考并读，必能引起不少的兴味，而且更能觉得本书的完备和优美的价值了。"② 我们不能不说，冯氏堪为刘勰的知音。

三、冯葭初《文心雕龙》语体翻译的特点

冯葭初颇为谦虚，他说自己的翻译是"只求将原文的意义完全表白出来，求得一般普通的人们可以阅读"③，又说："我现在将这部书绎成语体，有人说：'不配原文的价值。'那是我完全承认的。不过我的演绎宗旨，注重疏通意义，要使普通的人们，便于阅看原

---

① 冯葭初编：《（言文对照）文心雕龙》序文，第9页。
② 冯葭初编：《（言文对照）文心雕龙》序文，第9—10页。
③ 冯葭初编：《（言文对照）文心雕龙》序文，第8页。

文；这是谁都不能反对。谅不至引起重大的责言罢。"① 应该说，能够将原文的意义完全表达出来，这样的要求其实并不低，尤其是在既无详尽注本又没有其他译文参照的情况下，若能做到"疏通意义"而使普通人可以"阅看原文"，则功莫大焉，其难度也是可想而知的。笔者觉得，冯氏的翻译虽然说不上完美，但他确乎是在认真按照自己的"演绎宗旨"来做，而且在很大程度上达成了自己的目标。

《文心雕龙》的开篇语是"文之为德也大矣"，对这句的翻译可以说五花八门。郭晋稀先生开始译为"文章的德业，真是伟大呀"②，后来改译为"文章的作用真大呀"③，周振甫先生译为"文章的属性，是极普遍的"④，陆侃如、牟世金先生译为"文的意义是很重大的"⑤，王运熙、周锋先生译为"文的性质、意义真是大啊"⑥，笔者的翻译则是"文章是何等重要啊"⑦，每个人的思路显然都是不一样的。作为最先翻译《文心雕龙》的人，冯葭初的译文是："文章的德用可称远大了！"⑧ 他保留了"德"字，加上一个"用"字，既不失原文的风貌，又有了白话的味道；他把原文的"大"译为"远大"，显然是考虑到了下一句"与天地并生"的含义。仅此一句，可见冯氏的翻译是用心的。又如"心生而言立，言立而文明，自然之道也"几句，冯氏译为："天地既生了这个中心，那言语就创立了；言语创立，那文采也显明了：这都是自然的道理。"⑨ "心生"之句，

---

① 冯葭初编：《（言文对照）文心雕龙》序文，第9页。

② 郭晋稀译注：《文心雕龙译注十八篇》，兰州：甘肃人民出版社，1963年，第4页。

③ 郭晋稀注译：《文心雕龙》，长沙：岳麓书社，2004年，第3页。

④ 周振甫：《文心雕龙选译》，成都：巴蜀书社，1991年，第7页。

⑤ 陆侃如、牟世金：《文心雕龙译注》（上），济南：齐鲁书社，1981年，第4页。

⑥ 王运熙、周锋：《文心雕龙译注》，上海：上海古籍出版社，1998年，第3页。

⑦ 戚良德：《文心雕龙校注通译》，上海：上海古籍出版社，2008年，第8页。

⑧ 冯葭初编：《（言文对照）文心雕龙》卷一，第5页。

⑨ 冯葭初编：《（言文对照）文心雕龙》卷一，第6页。

乃接上句"实天地之心",陆侃如、牟世金先生特别指出"意指处于天地之间的人,犹如人体中的心,是起主宰作用的重要机构"①,因而冯氏把"心生"译为"天地既生了这个中心",乃是颇近原意的。"文明"之语,他译为"文采显明",这与后世大多数译者把"文"理解为"文章"也是不同的,显示了其对刘勰之重视文采有着明确的体悟。

可以看出,冯氏的"白话演述"既尽力"绎成语体",也就是力图将原文的意义"表白"出来,又不离刘勰的原文左右,客观上也就保证了其译文的准确,也就是更接近《文心雕龙》的原意,这是其与后世译文最大的不同。但所谓有得必有失,离刘勰原文不远的结果,便是其译文不够通达,语意不够显明,如上述"德用"一词,固然很接近原文,但在今天看来,不免有文白夹杂之虞了。我们不妨看一下他对《神思》开始一段话的翻译。原文为:"故思理为妙,神与物游。神居胸臆,而志气统其关键;物沿耳目,而辞令管其枢机。枢机方通,则物无隐貌;关键将塞,则神有遁心。是以陶钧文思,贵在虚静;疏瀹五藏,澡雪精神。积学以储宝,酌理以富才,研阅以穷照,驯致以绎辞。然后使玄解之宰,寻声律而定墨;独照之匠,窥意象而运斤。此盖驭文之首术,谋篇之大端。"冯氏的译文是:

> 所以那思理是很巧妙,他那心神可和物象同游:——心神居在胸臆,而意气是统领他的关键;物象依沿耳目,而辞令总管他的枢机;那枢机正在通会,那末物象没有隐藏;那关键将要塞滞,那末神思有所不属。所以陶融那文思,贵重在那虚静;疏灌在那五脏,洗涤在那精神。聚积学力,用来兴储宝藏;斟酌情理,用来丰富才思;研究观感,用来参透耳目;温驯意致,用来怡怿文词:

① 陆侃如、牟世金:《文心雕龙译注》(上),第3页。

然后使那"元解之宰",可以寻那声律而定那绳墨;"烛照之匠",可以窥阈意象而运那斧斤:这个是驾驭文词的要法,筹谋篇翰的大纲了。[①]

我们不能不说,除了其中过多的"那"字带有所谓"白话"的意味,这段译文乃是古色古香、颇为雅致的。一方面,他确乎让刘勰的原文变得更为明白了,其中诸如"物象""心神""意气""通会""学力""情理""才思""观感""意致"等用语,皆为精心挑选的翻译之词,具有一定的概括力而又不失清楚明白;但另一方面,他又沿用了刘勰原文的不少用语,诸如"思理""关键""枢机""神思""虚静""玄解之宰""意象"等,有些应当翻译而没有翻译的词语,必然使得译文不够通畅,也就很难说能够"完全表白"原文的意义了。

应该说,这既与冯葭初的译文无所依傍有关,也与当时人们的文言水平相关。但总体而言,冯氏的译文属于"白话演述"无疑,即便在今天,我们读起来依然是基本通畅的,因而总体上是能够初步实现让普通读者借助这一译文而"可以阅读"《文心雕龙》原文的初衷和愿望的。由于冯氏的译本流传极少,我们不妨再引几段他的译文,以体会其"白话演述"的语体翻译风貌。一则是《风骨》的一段,原文为:"夫翚翟备色,而翾翥百步,肌丰而力沉也;鹰隼无采,而'翰飞戾天',骨劲而气猛也。文章才力,有似于此。若风骨乏采,则鸷集翰林;采乏风骨,则雉窜文囿。唯藻耀而高翔,固文笔之鸣凤也。"其译文为:

　　大凡那彩雉备齐五色,而小飞不过百步之远:因为他的肌肉丰厚而骨力沉重。鹰隼没有彩色,但是振翰而飞,可以冲天:这

———————
① 冯葭初编:《(言文对照)文心雕龙》卷六,第5—6页。

是骨骼刚劲而气息雄猛的缘故。文章的才力，很有些像这个：设或徒有风骨，而没有彩藻，那末同那鸷鸟集在翰林；徒有彩藻而没有风骨，那末同那雉鸡走在文囿：只有那文藻显耀而才力高翔，固然是文笔中的鸣凤了。①

不难体会，这一段译文不仅精确典雅，而且亦较为通畅流利，较之后来的许多翻译，不仅毫不逊色，而且实在是堪称典范了。另一则是《序志》的那段著名论述，原文为："唯文章之用，实经典枝条。五礼资之以成，六典因之致用；君臣所以炳焕，军国所以昭明：详其本源，莫非经典。而去圣久远，文体解散。辞人爱奇，言贵浮诡；饰羽尚画，文绣鞶帨：离本弥甚，将遂讹滥。盖《周书》论辞，贵乎体要；尼父陈训，恶乎异端：辞、训之异，宜体于要。于是搦笔和墨，乃始论文。"其译文为：

惟有那文章的功用，实在是经典的枝条，那五礼因他而创立，六典因他而资用，君臣的善德因之显传，军国的鸿业因之昭晰：推详它的本源，没有不从经典而出；不过去圣很远，那文体分散：工词的人爱好奇异，出言贵在浮诡，穷尽那刻画雕饰的技能，乖离那根本已到极点，势将就此愈形错乱。从前《周书》的论词，贵重在那体要；尼父的述训，嫉恶在那异端；可见那文词和经训的不同，应该体会在那切要。所以我提笔和墨，开始论文的了。②

与上一段相比，这段的流畅性显然差了一些，因为很多词语没有翻译，诸如"五礼""六典""文体""浮诡""体要"等，但我们

---

① 冯葭初编：《（言文对照）文心雕龙》卷六，第17页。
② 冯葭初编：《（言文对照）文心雕龙》卷十，第43页。

仔细体会，译者亦并非偷懒，而是在紧要处有着点睛之笔，如"切要"之语便是如此。由上述两段，透出冯氏译文的一个显著特点，那就是原文理论性强的段落，其译笔稍为晦涩而逊色，而描述性或叙述性的原文，则译文较为畅达而流利。何以如此？这是笔者下文想要探讨的问题。

四、从冯氏之译看《文心雕龙》的阐释

一般而言，古文的今译属于普及性的工作，但对"龙学"来说，这一普及性的工作却并不容易。王更生先生曾指出："近代言翻译，已成专门的学术，而《文心雕龙》的翻译，更是专门学术中的专门学术。有志于学术普及与文化交流的同好，在这一方面也是一个新辟的天地，取之不尽，用之不竭，正等待技术纯练的园丁们去垦殖哩！"① 实际上，上述 20 世纪 60 年代初的那批翻译者，均为对《文心雕龙》研究有素的"龙学"大家，正说明了王更生先生所谓"专门学术中的专门学术"，乃是言之不虚的。与之相比，作为对《文心雕龙》进行语体翻译的最早尝试者，无论从主观上还是客观上来看，冯葭初的准备显然是有所欠缺的。从主观上来看，所谓"无论什么艰深的文字，只要条理分明，不难细心寻绎"②，所谓"只求将原文的意义完全表白出来，求得一般普通的人们可以阅读"③，虽然不能说错，且实属不低的要求，但对《文心雕龙》这一体大思精的"论文"之作而言，显然又是不够的。从客观上来说，冯氏阅读原文所能依赖的只有黄叔琳辑注本，除此之外，就全靠他自己的古文修养了。黄注本的最大特点是详于释事而略于解词④，对文论

---

① 王更生：《重修增订文心雕龙导读》，台北：华正书局，2004 年，第 90 页。
② 冯葭初编：《（言文对照）文心雕龙》序文，第 8 页。
③ 冯葭初编：《（言文对照）文心雕龙》序文，第 8 页。
④ 参见戚良德辑校：《文心雕龙·前言》，上海：上海古籍出版社，2015 年。

术语基本不作阐释，这应该是导致冯氏之译在理论术语的翻译上有所欠缺的一个重要原因。

关于今译与注释的关系，牟世金先生曾就王更生先生之论提出过这样的看法：

> 尊《文心雕龙》今译为"专门学术中的专门学术"，窃以为实有识之论。其为"专"者甚多，主要是难于确切地转达原意。海峡两岸学者虽经二十多年的努力，至今仍难得一本公认的准确译本……究其原因，关键是在对原文的理解。信达的译文，必以准确的注释为基础。若得精确翔实的注本为据，则所谓"信达雅"的译事，无论今译或外译，就和一般翻译相去不远了。故所谓专门中的"专门"，其根在注。①

在牟先生看来，准确的译本来自对原文的确切理解，而这又"必以准确的注释为基础"，黄叔琳的《文心雕龙辑注》显然还称不上一个"精确翔实的注本"，则冯葭初以此为基础进行"白话演述"，其困难也就可想而知了。试看其对《宗经》一段话的翻译，便典型地体现出没有以"注"为"根"的问题所在。原文为："故文能宗经，体有'六义'：一则情深而不诡，二则风清而不杂，三则事信而不诞，四则义贞而不回，五则体约而不芜，六则文丽而不淫。"其译文为：

> 所以文章能宗尚《经书》，他的体例有六种特点：第一是情意很深，不至怪异；第二是风尚很清，不至混乱；第三是事实很真，不至虚假；第四是主义很直，不至歪斜；第五是体例很简，不至

---

① 牟世金：《台湾文心雕龙研究鸟瞰》，济南：山东大学出版社，1985年，第19页。

芜杂；第六是文词很美，不至淫荡。[1]

应该说，冯氏对一般词语的理解能力是很强的，但对刘勰"论文"的专门术语，则就经常有所忽视了。如"体"译为"体例"，"风"译为"风尚"，"事"译为"事实"，"义"译为"主义"等，都是并不准确的翻译；而这些词语在黄叔琳的辑注本中，亦均未加注释，所谓"其根在注"，信不虚也。又如《知音》的"六观"，原文为："是以将阅文情，先标'六观'：一观位体，二观置辞，三观通变，四观奇正，五观事义，六观宫商。斯术既形，则优劣见矣。"其译文为：

> 所以将阅那文情，须先标明那六观：一，观位体；二，观置词；三，观通变；四，观奇正；五，观事义；六，观宫商；这个法术既然显明，那末优劣也可见了。[2]

这样的翻译应该算是冯氏"白话演述"中最不成功的段落了，问题很明显，那就是基本没有翻译，什么是"位体"，什么是"奇正"，什么是"事义"，一仍原文之旧，读者自然也难以明白。耐人寻味的是，黄注本于此亦是付之阙如。由此可见，翻译并非只是一个简单的传声筒，而是基于对原文的融会贯通，而如《文心雕龙》这样专门的文论经典，其今译乃为"专门学术中的专门学术"者，正以此也。

十几年前，笔者曾在一本小书的"后记"中说过这样的话："我以为，如果真能准确地将刘勰的思想用现代汉语翻译出来，就是对

---

[1] 冯葭初编：《（言文对照）文心雕龙》卷一，第23页。
[2] 冯葭初编：《（言文对照）文心雕龙》卷十，第28页。

《文心雕龙》最好的阐释。"①当然,严格地说,翻译并不等于阐释,阐释亦有别于翻译,但翻译肯定是阐释的起点,阐释必从准确的翻译开始。换言之,不能准确地予以翻译,进一步的阐释也就是不可能的了。这里不妨以《序志》的一段话来说明这个问题。原文为:"夫铨序一文为易,弥纶群言为难。虽复轻采毛发,深极骨髓;或有曲意密源,似近而远:辞所不载,亦不胜数矣。"我们把冯氏译文与各级译文并列来看:

冯葭初:大凡叙述那一文是容易,包括众言是很难;虽则已是轻浅的采到毛发,深刻的极于骨髓;有些似近而实远,文词所没有载述,也不能详尽的了。②

郭晋稀:评述一篇作品是比较容易的,要综合历代作家的作品而讨论创作方法便困难了。在《文心雕龙》里,虽然枝节问题谈得少,主要深入地探讨了核心问题,但是,作家的委婉用心和文章的深隐根源,看来似乎浅近实质上却很深远,本书中没有谈到的,就难以数计了。③

周振甫:评价一篇文章容易,包举历代文章困难,虽然注意到毛发那样微细,探索到骨髓那样深入,而有的用意曲折根源细密,看似浅近却很深远,文辞中没有记下的,也是多得无法计算。④

---

① 戚良德:《文论巨典——〈文心雕龙〉与中国文化》,开封:河南大学出版社,2005年,第393页。
② 冯葭初编:《(言文对照)文心雕龙》卷十,第45页。
③ 郭晋稀译注:《文心雕龙译注十八篇》,第232页。
④ 周振甫:《文心雕龙选译》,第222页。

　　陆侃如、牟世金：评论一篇作品，那是比较容易的，但要综合评论许多作品，就比较困难了。虽然这本书中对文章的表面细节讲得很少，而对重要的问题进行了深入地探讨，但是仍有某些曲折细微的地方，好象就在眼前，却又溜到远处去了；因而论述中未能表达出来的，也就很多了。①

　　王运熙、周锋：衡量评定一篇作品较为容易，而要综合系统地评价许多作品就较困难了。虽然涉及了写作的枝节方面，又深入研究了写作的根本问题，但仍有一些曲折隐微的意思，看似浅近，实际很深奥，本书中没有加以论述，这种情况也多不胜数。②

　　戚良德：评论一篇作品是比较容易的，而综合概括历代文章就较为困难了。即使所论属于细枝末节，也可能牵涉根本性的问题；有时一些曲折细微之处，看似就在眼前，却并不容易抓住：因此未能表达出来的意思，也就不在少数了。③

　　对刘勰这段话的前面两句"夫铨序一文为易，弥纶群言为难"，大家的分歧不大，翻译也就大同小异；而后面的几句，各家的理解就差别很大了。显然，这里并无难解的词汇，亦无生僻的典故，只是一个文意的理解和阐释问题。尤其对"轻采毛发"一语的理解，除了笔者的翻译，上述译文可大别为二：一谓"轻浅的采到毛发""注意到毛发那样微细"，指的是"涉及了写作的枝节方面"；一谓"枝节问题谈得少"。但假如衡诸《文心雕龙》全书，不仅前者显然不

---

① 陆侃如、牟世金：《文心雕龙译注》（下），济南：齐鲁书社，1982 年，第 423 页。
② 王运熙、周锋：《文心雕龙译注》，第 467 页。
③ 戚良德：《文心雕龙校注通译》，第 575 页。

符合实际，而且后者亦远非确切。实际上，此数语乃承前面"弥纶群言为难"而言，说的是"弥纶群言"难在何处，那就是"即使所论属于细枝末节，也可能牵涉根本性的问题"，所谓牵一发而动全身是也。有了对这两句的准确把握，则后面的"曲意密源，似近而远"也就不难理解了。由此可见，对《文心雕龙》这样的"论文"之作而言，欲求翻译之准确，其与阐释无异也。然则，冯葭初于九十多年前便奉献于世的《文心雕龙》全文译本，其于现代"龙学"的开创之功，乃是不应被埋没，而当予以大力表彰并认真研究的。

"龙学" 源流

《文心雕龙》的三大版本

《文心雕龙》写成于公元 6 世纪初，我们今天能看到的最早文本则是"8 世纪中叶盛唐时期中原的写本"，甚至还要晚一点。虽然这个唐写本仅存十三篇，却具有无可替代的校勘学上的意义。更重要的是，它从一个侧面向我们展示了《文心雕龙》一书在唐代的流传情况，并意味着刘勰的著书理想初步得以实现。《文心雕龙》在两宋时期的传播，一方面流传渐广，另一方面完整的《文心雕龙》版本却又无一留存，宋本《太平御览》引《文心雕龙》的传世，让我们略窥唐代以后《文心雕龙》版本的流传情况。元代《文心雕龙》至正刻本的诞生，则结束了《文心雕龙》问世八百五十多年来尚无完整文本传世的历史，从而成为古典"龙学"史上一个划时代的事件。《文心雕龙》之唐、宋、元三大版本之间有着较为复杂的承继关系，它们均为孤本，却又难说一线单传，并无明确的前后延续关系。

一、唐写本《文心雕龙》

1907 年，原籍匈牙利的英国探险家斯坦因（Marc Aurel Stein，1862—1943）从中国敦煌莫高窟的藏经洞盗走了大批极为珍贵的文物古籍，其中有一部残缺不全的唐写本《文心雕龙》，后为英国伦敦大英博物馆收藏，现藏于大英图书馆（亦称英国国家图书馆），编号 S.5478。据潘重规先生描述:"原本蝴蝶装小册子,共廿二叶,四界,乌丝栏。每半叶十行或十一行,行廿二、廿三字不等。"[1] 日本学者池田温则说:"就是写在用两层上等质地的薄麻纸粘贴在一起制作成的粘叶装册子上的珍贵写本。"[2] 该本系用行草(或谓行书、草书)抄写,字体娟秀俊逸,确如饶宗颐先生所说:"虽无钩锁连环之奇,而有风行雨散之致,可与日本皇室所藏相传为贺知章草书《孝经》相媲美。"[3] 这部残卷自《原道》篇"赞"语的最后几句话,即"……体,龟书呈貌;天文斯观,民胥以效"开始,至"谐讔第十五"这一篇名为止,完整的内容实际上只有十三篇,即《征圣》《宗经》《正纬》《辨骚》《明诗》《乐府》《铨赋》《颂赞》《祝盟》《铭箴》《诔碑》《哀吊》《杂文》。从篇数而言,其为《文心雕龙》原书的四分之一略强;从篇幅而言,则仅有九千余字(《文心雕龙》篇幅较长的篇章为《史传》《书记》《时序》《才略》四篇,均不在其中),尚不足原书的四分之一。

唐写本《文心雕龙》具体抄于何时呢?日本学者铃木虎雄以为"盖系唐末钞本"[4],赵万里先生则指出:"卷中渊字、世字、民字,均阙笔,笔势遒劲,盖出中唐学士大夫所书,西陲所出古卷轴,未能或之先也。"[5] 杨明照先生亦说:"字作草体,卷中渊字、世字、民字,均阙笔。由铭箴篇张昶误为张旭推之,当出玄宗以后人手。"[6]

---

① 潘重规:《唐写文心雕龙残本合校》,香港:新亚研究所,1970年,第1页。

② 〔日〕池田温著,张铭心、郝轶君译:《敦煌文书的世界》,北京:中华书局,2007年,第39页。

③ 饶宗颐:《敦煌写卷之书法》,《饶宗颐二十世纪学术文集》第十八册,台北:新文丰出版股份有限公司,2003年,第38页。

④ 〔日〕铃木虎雄:《黄叔琳本文心雕龙校勘记》,《支那学研究》第一编,东京:斯文会,1929年,第161页。

⑤ 赵万里:《唐写本文心雕龙残卷校记》,《清华学报》第三卷第一号(1926年6月)。

⑥ 杨明照校注拾遗:《文心雕龙校注》,北京:中华书局,1961年,第440页。

林其锬先生认为："此卷书写时间至迟不会晚于开、天之世，也有很大可能出于初唐人之手。"①张涌泉先生则谓："该卷的抄写时间当在睿宗朝或睿宗朝以后。而从卷中'隆''豫''恒'等字不缺避而'旦'字及'旦'旁严格缺避的情况来看，尤以睿宗朝抄写的可能性为大。"②日本学者池田温说："赵万里认为这个册子是中唐的，而范文澜认为这是晚唐写本，我认为这恐怕是8世纪中叶盛唐时期中原的写本。"③近年来，李明高先生通过多个角度的研究指出："综合上述诸多因素而论，敦煌本《文心雕龙》的抄写时间应为中唐，上限为玄宗开元时期，下限很可能在代宗李豫朝。"④

居今而言，在《文心雕龙》的传播、接受和研究史上，这不到原书四分之一篇幅的唐写本《文心雕龙》具有无与伦比的重要意义，那就是它是我们现在能看到的最早的《文心雕龙》文本，它使我们看到了《文心雕龙》之最接近刘勰原著的面目。正因如此，其于《文心雕龙》版本校勘的意义，亦堪称第一可靠之本，正如赵万里先生所说："据以移校嘉靖本，其胜处殆不可胜数，又与《太平御览》所引，及黄注本所改辄合，而黄本妄订臆改之处，亦得据以取正，彦和一书传诵于人世者殆遍，然未有如此卷之完善者也。"⑤杨明照先生亦谓："原本既不可见，景片亦未入观，爰就沈兼士先生所藏晒蓝本移录，比对诸本，胜处颇多。吉光片羽，确属可珍。"⑥今天我们虽仍难得一窥原本，但较为清晰的影本已可见到，其"胜处"

① 林其锬：《〈文心雕龙〉主要版本源流考略》，林其锬、陈凤金集校：《增订文心雕龙集校合编》，上海：华东师范大学出版社，2011年，第864页。
② 张涌泉：《敦煌本〈文心雕龙〉抄写时间辨考》，《文学遗产》1997年第1期。
③ 〔日〕池田温著，张铭心、郝轶君译：《敦煌文书的世界》，第39页。
④ 李明高：《敦煌本〈文心雕龙〉抄写时间考论》，《文心雕龙研究》第十一辑，北京：学苑出版社，2015年，第287页。
⑤ 赵万里：《唐写本文心雕龙残卷校记》，《清华学报》第三卷第一号（1926年6月）。
⑥ 杨明照校注拾遗：《文心雕龙校注》，第440页。

也就不只"吉光片羽"了。兹略举数例，以见一斑。

一是《征圣》："虽欲訾圣，不可得也。"① 这里的"不"，通行本作"弗"，唐写本作"不"。这里的"也"，通行本作"已"，唐写本作"也"。显然，这两个字改与不改，均不影响文义，所以后来的各种《文心雕龙》读本一般就作"弗可得已"。杨明照先生曾提出"'已'，亦当从唐写本作'也'"，并举《议对》篇"虽欲求文，弗可得也"② 之句，认为"句法与此同，可证"③。实际上，"弗"也应从唐写本作"不"，不能因为"弗"字更近文言便予以保留。《诏策》篇有："卫觊禅诰，符采炳耀：不可加也。"④ 这个"不"，通行本亦作"弗"，而宋本《太平御览》则引作"不"。这里的"也"，通行本亦作"已"，而宋本《太平御览》则引作"也"。可见宋本《太平御览》所引正与唐写本符合，则证"不可……也"很可能原本是刘勰的用语习惯，且其渊源有自。检《论语》一书，发现"不可……也"实在是孔夫子师徒喜用的句式，如《公冶长》："子曰：朽木不可雕也，粪土之墙不可杇也。"⑤《雍也》："子曰：何为其然也？君子可逝也，不可陷也；可欺也，不可罔也。"⑥《子罕》："子曰：三军可夺帅也，匹夫不可夺志也。"⑦《子路》："子曰：居处恭，执事敬，与人忠。虽之夷狄，不可弃也。"⑧《微子》："子路曰：不仕无义。

① 〔梁〕刘勰：《文心雕龙·征圣》，戚良德辑校：《文心雕龙》，上海：上海古籍出版社，2015 年，第 10 页。

② 〔梁〕刘勰：《文心雕龙·议对》，戚良德辑校：《文心雕龙》，第 154 页。

③ 杨明照校注拾遗：《增订文心雕龙校注》，第 24 页。

④ 〔梁〕刘勰：《文心雕龙·诏策》，戚良德辑校：《文心雕龙》，第 127 页。

⑤ 杨伯峻译注：《论语译注》，北京：中华书局，1980 年，第 45 页。

⑥ 杨伯峻译注：《论语译注》，第 63 页。

⑦ 杨伯峻译注：《论语译注》，第 95 页。

⑧ 杨伯峻译注：《论语译注》，第 140 页。

长幼之节，不可废也。"①《子张》："子贡曰：无以为也，仲尼不可毁也。"②如此等等，则刘勰习用这个句式，似乎就更是必然的了。若准此论，则可作为其他无唐写本之篇章的校勘依据。如上述《议对》"虽欲求文，弗可得也"之句，这个"弗可"，很可能原本作"不可"。

二是《宗经》："《春秋》辨理，一字见义：五石六鹢，以详略成文；雉门两观，以先后显旨。"③《春秋·僖公十六年》云："十有六年春，王正月戊申朔，陨石于宋五。是月，六鹢退飞，过宋都。"④刘勰所谓"五石六鹢"，即为此事。惟"鹢"字，通行本作"鹝"，但唐写本和宋本《太平御览》均作"鹢"。那么，一定要从唐写本改为"鹢"吗？范文澜先生曾引臧琳《经义杂记》云："《说文》鸟部：'鹢，鸟也，从鸟，兒声。'按：《春秋》僖十六年'六鹢退飞'……三传本皆作'鹢'，与《说文》同。……盖唐时《左传》已有作'鹝'者，故后人据以易二传也。"⑤从唐写本看，刘勰引文多用古本，故此处"六鹢"，当从唐写本和宋本《太平御览》所引，不作"六鹝"。这里的"以详略成文"之"略"，宋本《太平御览》引为"备"，诸家皆据以释义，以为刘勰所谓"详略"当作"详备"，方与所谓"五石六鹢"之说相符合。然而，唐写本作"略"，难道错了吗？"详略"是否真的解释不通呢？其实，"以详略成文"，与下面的"以先后显旨"正相呼应；若改成"以详备成文"，则"详备"与"先后"便了不成对了，刘勰断不会如此作文的。《春秋·僖公十六年》关于"五石"的记载，具体到了正月初一（朔），是为"详"；而关于"六鹢"的记载，则只说到月份，是为"略"。这便是刘勰所谓"以详略成文"了。

---

① 杨伯峻译注：《论语译注》，第 196 页。
② 杨伯峻译注：《论语译注》，第 205 页。
③ 〔梁〕刘勰：《文心雕龙·宗经》，戚良德辑校：《文心雕龙》，第 13 页。
④ 杨伯峻编著：《春秋左传注》（修订本），北京：中华书局，1990 年，第 368 页。
⑤ 范文澜注：《文心雕龙注》，北京：人民文学出版社，1958 年，第 28 页。

三是《乐府》："'好乐无荒'，晋风所以称美。"① 这里的"好乐无荒"一语，出自《诗·唐风·蟋蟀》。这个"美"字，通行本作"远"，但唐写本作"美"。诸家《文心雕龙》校本及读本亦皆作"远"而不取唐写本之"美"。何以如此呢？盖以《左传·襄公二十九年》所载吴公子季札观周乐为据。当季札听到《唐风》时说："思深哉！其有陶唐氏之遗民乎？不然，何忧之远也？"② 陶唐氏，即唐尧，其后裔建立唐国，周成王时改为晋国，所以刘勰称"唐风"为"晋风"。既然这里有"何忧之远"之说，当然也就是"晋风所以称远"了，似乎证据确凿。但"远"与"美"二字不同，唐写本何以抄成"美"字？其实，根据还在《左传》的这段话，只要我们继续往下看，"何忧之远也"一句的后面，紧接着还有两句话："非令德之后，谁能若是？"③ 这才是吴公子季札这段话的中心所在。"令德"者，美德也。所以，还是唐写本更符合刘勰之本义。所谓"称美"，乃是称赞其美德之意，较之"忧远"之"远"，实在是更为合适而贴切的。

四是《铨赋》："序以建言，首引情本；乱以理篇，写送文势。"④ 首先是"铨赋"之"铨"，后世流行的《文心雕龙》读本皆写作"诠赋"，但唐写本实作"铨"，只是诸家均失校。王利器先生于"诠赋"篇名校曰："王惟俭本'诠'作'铨'。"⑤ 没有提到唐写本。詹锳先生则指出："'诠赋'就是对赋体及其流变的解说。'诠'字，弘治本，张之象本、王惟俭本作'铨'，具有铨衡评论的意思。按以'诠'字为长。"⑥ 也没有提到唐写本。林其锬、陈凤金先生的《敦

① 〔梁〕刘勰：《文心雕龙·乐府》，戚良德辑校：《文心雕龙》，第 42 页。
② 杨伯峻编著：《春秋左传注》（修订本），第 1163 页。
③ 杨伯峻编著：《春秋左传注》（修订本），第 1163 页。
④ 〔梁〕刘勰：《文心雕龙·铨赋》，戚良德辑校：《文心雕龙》，第 49 页。
⑤ 王利器校笺：《文心雕龙校证》，上海：上海古籍出版社，1980 年，第 51 页。
⑥ 詹锳义证：《文心雕龙义证》，上海：上海古籍出版社，1989 年，第 270 页。

煌遗书文心雕龙残卷集校》和《增订文心雕龙集校合编》均作"诠赋",是以唐写本作"诠赋"。按以前国内所见唐写本残卷照片的"铨赋第八"确有漫漶之处,但"铨赋"二字还是可辨的;至若《增订文心雕龙集校合编》所载经过处理的唐写影本,更是非常清晰了。"铨"乃衡量鉴别、解说评论之意,正好符合"铨赋"的题旨,因此,历来所谓"诠赋",当据唐写本作"铨赋"。其次是"写送文势"一语,通行本作"迭致文契",唐写本和宋本《太平御览》均作"写送文势",对此,诸家校勘均予肯定,这是完全正确的。"迭致文契"一语不知所云,幸赖唐写本及《太平御览》存真证伪,令人欣喜。这里的"写",乃是"尽""竭"之意,刘勰用以指文章之结束;这里的"送",则是"终了""完成"之意。因而这里的"写"和"送"是两个词,与前面的"首"和"引"相对。所谓"首引情本",意谓开篇说明创作之缘起;所谓"写送文势",是说结语完成文章之气势。

五是《颂赞》:"及三闾《橘颂》,辞彩芬芳;比类寓意,乃覃及乎细物矣。"① 这里的"辞彩芬芳"一语,各种《文心雕龙》读本无一例外地写作"情采芬芳",且这句话经常被引用,因为其关乎刘勰的基本文学观念,《序志》有"剖情析采"之称,创作论有"情采"之论,这个"情采芬芳"一语可以说从来没有被怀疑过。但唐写本何以写作"辞彩"?难道两个字都抄错了吗?其实,从这几句话来看,刘勰先言文辞,后说语义,上句说"辞彩芬芳",下句言"比类寓意",前后相对,符合刘勰一贯的骈文立说风格;如果改成"情采芬芳",则与下文的"比类寓意"了不成对了。熟读《文心雕龙》的清人刘熙载亦谓"《橘颂》品藻精至"②,其理解与刘勰所论完全一致,所以这句里面的"情"字是断不可有的。至于"采"还是"彩",于

① 〔梁〕刘勰:《文心雕龙·颂赞》,戚良德辑校:《文心雕龙》,第56页。
② 〔清〕刘熙载撰,袁津琥校注:《艺概注稿》,北京:中华书局,2009年,第424页。

文义关系并不大，但从《原道》之"郁然有彩"，《明诗》之"比彩而推"，《铨赋》之"铺彩摛文"，《情采》之"缛彩名矣"等看，这里作"辞彩"更为符合刘勰的用语习惯。诚然，"辞采"之语，在《文心雕龙》之"下篇"有三见，一为《镕裁》之"辞采苦杂"，一为《附会》之"辞采为肌肤"，一为《时序》之"辞采九变"，但恰恰"下篇"没有类似唐写本的根据，也就不足以证明那是否刘勰的用语习惯了。

六是《哀吊》："腹突鬼门，怪而不辞。"①这里的"腹突鬼门"一语，当为刘勰所引崔瑗哀辞中的一句话，但崔瑗之文今已不存。这个"腹"字，通行本作"履"，然"履突鬼门"颇为难解。王利器《文心雕龙校证》谓："唐写本、《御览》'履'作'復'。"②但"復突鬼门"亦不知何意，所以迄今为止的各种《文心雕龙》读本就仍作"履突鬼门"。林其锬、陈凤金《文心雕龙集校合编》从王利器之说，认为唐写本实作"復"字，但又指出"《御览》实作'腹'"③；只是两位先生的新校本仍为"履突鬼门"④，并未改"履"为"复"或"腹"，盖以两本不合而无所适从。查宋本《太平御览》所引，确作"腹"字，因而林、陈说为是而王说为非；同时，经过对唐写本照片的反复辨认，认定其实为"腹"字无疑。可见《太平御览》所引与唐写本原本是一致的，此句当作"腹突鬼门"。林、陈两位先生在《增订文心雕龙集校合编》中，已吸收笔者的看法，以唐写本为"腹突鬼门"。⑤

① 〔梁〕刘勰：《文心雕龙·哀吊》，戚良德辑校：《文心雕龙》，第81页。
② 王利器校笺：《文心雕龙校证》，第92页。
③ 林其锬、陈凤金集校：《文心雕龙集校合编》，台南：台湾暨南出版社，2002年，第149页。
④ 林其锬、陈凤金：《新校白文〈文心雕龙〉》，张光年译述：《骈体语译文心雕龙》，上海：上海书店出版社，2001年，第128页。
⑤ 林其锬、陈凤金集校：《增订文心雕龙集校合编》，第179、630页。

由于唐写本《文心雕龙》残卷之抄写字体近于草书，因而给整理、校勘带来了极大的困难，加之流传国内的影本大多"字迹漫漶，殊难审理，以致过去校勘者，文字互异，歧义叠出"①。正如潘重规先生所说："辨别是非，考校文字，要必以卷子底本为依归，今诸家各执一词，或相非难，皆云同据唐本，而乃文字互异，读者未见原卷，自难判断是非。"②自民国以来，就校勘唐写本《文心雕龙》残卷而言，成就最大者首推赵万里的《唐写本文心雕龙残卷校记》，共出校343条。但是，赵先生乃以嘉靖本作为底本，而以唐写本《文心雕龙》残卷作为对校本，这就使唐写本成了校勘资料，"据以移校嘉靖本"了③。其后有潘重规先生的《唐写文心雕龙残本合校》，"其书与今本《文心雕龙》相校，共得五百七十六条，实为历来以唐写本校俗本所得最多者。书中于唐写本之是非得失，亦颇多参考赵万里、杨明照之研究成果"④。1991年10月，林其锬、陈凤金先生推出《敦煌遗书文心雕龙残卷集校》，由于他们选用的底本更为清晰，因而其校勘弥补和纠正了此前学者因版本造成的失察或漏校。如《杂文》篇"然讽一观百"之"观"字，其他版本如黄注本、《太平御览》本、《文心雕龙训故》本、元至正本皆作"劝"字，赵万里、潘重规、杨明照等亦皆未能校出，而林其锬、陈凤金先生校曰："至正本'一'作'以'；'观'作'劝'。《御览》、《训故》、黄本作'一'同；'观'作'劝'。……按：唐写本实作'观'，不作'劝'，乃形近而误耳。"⑤类似情况，所在多有。林、陈两位先生的"集校"共出校记

① 王元化：《王元化序》，林其锬、陈凤金集校：《增订文心雕龙集校合编》，第1页。
② 潘重规：《唐写文心雕龙残本合校》，第3—4页。
③ 赵万里：《唐写本文心雕龙残卷校记》，《清华学报》第三卷第一号（1926年6月）。
④ 张少康、汪春泓、陈允锋、陶礼天：《文心雕龙研究史》，北京：北京大学出版社，2001年，第266—267页。
⑤ 林其锬、陈凤金集校：《增订文心雕龙集校合编》，第191页。

六百三十五条，每条所用的资料也多于潘先生。据此以论，迄今为止，真正对唐写本《文心雕龙》残卷予以校勘者，前为潘重规先生，后乃林其锬、陈凤金先生。林、陈两位先生对敦煌遗书《文心雕龙》残卷的校勘和整理，继承前人的校勘成果，并不断补充和完善，可以说是校勘敦煌唐写本《文心雕龙》残卷用力最勤、资料最全的一个校本；其所载影本，还将原微缩影片加以处理，去垢除瘢，印刷精美，清晰可辨，其嘉惠"龙学"，亦可谓功德无量了。这不仅对《文心雕龙》文本的整理而言，具有重要意义，同时也为我们深入研究和理解唐写本，从而对整个《文心雕龙》的研究都具有深远的意义。

除了上述无可替代的校勘学上的重要意义，唐写本《文心雕龙》还具有两方面的重要历史意义：第一，它从一个侧面向我们展示了《文心雕龙》一书在唐代的流传情况。唐代著名史学家刘知幾说："敦煌僻处西域，昆戎之乡也。求诸人物，自古阙载。盖由地居下国，路绝上京，史官注记，所不能及也。"[①] 然而，《文心雕龙》的手抄本恰恰传到了这样的僻壤远方，岂非耐人寻味？王更生先生说："从文化交流上看：'龙学'在隋唐，不仅受到国内学术界的注意，同时它更远离中土，在西域敦煌落地生根，在东方日本大放异采。如果以今臆古，则刘勰《文心雕龙》早已跨出国门，走向世界。这不仅是刘勰个人的荣耀，也为中国文学理论，树立了一块历史的丰碑。"[②] 第二，它意味着刘勰的著书理想初步得以实现，那就是："按辔文雅之场，环络藻绘之府，亦几乎备矣。"[③] 可以想见，如若不是《文心雕龙》有着指导文章写作的切实意义，何来奋力手抄，又何能传

---

① 〔唐〕刘知幾：《史通·杂说下》，〔清〕浦起龙释：《史通通释》，上海：上海古籍出版社，1978年，第520—521页。

② 王更生：《隋唐时期的"龙学"》，《文心雕龙研究》第一辑，北京：北京大学出版社，1995年，第25页。

③ 〔梁〕刘勰：《文心雕龙·序志》，戚良德辑校：《文心雕龙》，第287页。

至"僻处"？正如王更生先生所说："'龙学'在隋唐，从唐写敦煌遗书残卷蠡测，它不一定是家喻户晓，但必因知识份子的熟知而广为传习着。"① 上引初唐诗人卢照邻所谓"异议蜂起，高谈不息"② 者，正说明《文心雕龙》流传一时之盛况，手持这部书而驰骋文坛之梦想，在其问世之后的两百年已然实现。

　　同时，唐写本也给我们留下了好多难解之谜。比如，这个唐写本是《文心雕龙》全本吗？如上所述，我们目前看到的唐写本，完整的内容实际上只有从《征圣》至《杂文》的十三篇。既然已经见到了《原道》篇的最后几句，那么应该可以肯定此篇是抄完了的，除此之外，我们需要谨慎询问的一个重要问题是：这位抄写者只抄到《谐讔》篇的篇名为止呢，还是抄完了《文心雕龙》全书？显然，其中还存在着其他各种可能性，已然无从猜测。但事实是，目前已发现的存世的唐写本乃是《文心雕龙》"上篇"的前一半；换言之，被保存下来的《文心雕龙》抄本的主体是"论文叙笔"的"论文"部分。无论是否原抄写者只抄了这一部分，还是只有这一部分被完好地保存了下来，都说明这部分内容可能是非常重要的，是值得珍视的。日本学者甲斐胜二先生认为："面临'去圣久远，文体解散'的情况，刘勰将真正的'文体'安排在上篇'纲领'。对写作文章的人来说，也应该重视上篇，因为他们在实际书写文章的时候，最具有参考性的就是分析具体作品的文体论部分。"因而他在这段话的注释中说："有意思的是，敦煌文书中，只发现文体论部分，这

① 王更生：《隋唐时期的"龙学"》，《文心雕龙研究》第一辑，第16页。
② 〔唐〕卢照邻：《南阳公集序》，李云逸校注：《卢照邻集校注》，北京：中华书局，1998年，第317页。

好似说明当时文章家对上篇的重视。"① 这的确是一个有趣的问题，也是一个很难解开的谜。再如，唐写本的抄写者所用的底本是哪一个？当然，无论是哪一个，我们今天都见不到了，至少还没有见到，但这个问题却不仅仅令人好奇，更重要的是，就目前我们所能看到的各种《文心雕龙》版本而言，仅有十三篇内容的唐写本显然具有无与伦比的准确性，而它只是一个抄写本而已，这只能说明抄写者所依靠的版本是极为可靠的，然则，它何以没有被保存下来？进而，第三个重要的谜就是，后来的《文心雕龙》版本，比如宋代《太平御览》所引《文心雕龙》以及元至正本《文心雕龙》，其所依赖的底本又是哪个呢？

二、宋御览本《文心雕龙》

《文心雕龙》在两宋时期的传播，一方面流传渐广，另一方面完整的《文心雕龙》版本却又无一留存，这是一件令人颇感困惑的事情。南宋学者周煇在其《清波杂志》中曾记载北宋文人宋祁有这样一段话：

> 沈隐侯曰："古儒士为文，当从三易：易见事，一也；易识事，二也；易读诵，三也。"邢子才曰："沈侯文章，用事不使人觉，若胸臆语。"深以此服之。杜工部作诗，类多故实，不似用事者，是皆得作者之奥。樊宗师为文奥涩不可读，亦自名家。才不逮宗师者，固不可效其体。刘勰《文心雕龙》论之至矣。②

---

① 〔日〕甲斐胜二：《关于〈文心雕龙〉文体论的问题——〈文心雕龙〉的基本特征余论》，戚良德主编：《儒学视野中的〈文心雕龙〉》，上海：上海古籍出版社，2014年，第580页。

② 〔宋〕周煇撰，刘永翔校注：《清波杂志校注》，北京：中华书局，1994年，第428页。

其中沈约与邢子才之论，均见于《颜氏家训·文章》篇，文字略有出入。关于这条资料的来源，周煇有云："向传《景文笔录》，复得一编名《摘粹》，四十八事，如辨碑刻及字音三四条，皆互出，前所论文见于《摘粹》。"① 杨明照先生则谓其出于《宋景文杂志》②，然现存宋祁《宋景文公笔记》《宋景文杂说》均不见此条记载。这里的"《文心雕龙》论之至矣"，自然是说刘勰在《事类》篇的有关论述，所谓"用事不使人觉""不似用事者"等说法，确与刘勰"用人若己"③ 之论完全一致。作为北宋著名文人，宋祁的这一态度显示，其于刘勰及其《文心雕龙》，一是非常熟悉，二是极为肯定。这或许可以说明，《文心雕龙》在宋代，确乎作为一部文论名著在流传。如汪春泓先生曾指出，宋人陈应行所编《吟窗杂录》中，"连续征引《文心雕龙》创作论及文学评论篇什中的文字，说明《文心雕龙》创作论作为一个自足的体系，全方位地为宋代诗歌创作提供理论滋养，而时人对这一体系的接受，也逐渐习惯于整体领会，而非截取片段，甚或断章取义"④。特别是南宋著名学者王应麟，"对于《文心雕龙》十分倾心，他所编纂的《玉海》较多引用《文心雕龙》，尤其他所著《困学纪闻》颇以《文心雕龙》为谈助，足见在两宋学者中，王氏是与《文心雕龙》因缘最深者之一"。汪先生还指出："王应麟几乎将《文心雕龙》视作学术圣典，在其整个学术活动中，他将《文心雕龙》学

---

① 〔宋〕周煇撰，刘永翔校注：《清波杂志校注》，第 428 页。按：此条资料，亦见于南宋张镃《仕学规范》卷三十二，谓"出宋文景公杂志"（"文景公"当为"景文公"之误，景文为宋祁谥号），"易识事"作"易识字"；又见于元代王构《修辞鉴衡》卷二，不载出处，"易识事"作"易见字"。

② 杨明照校注拾遗：《文心雕龙校注拾遗》，第 434 页。

③ 〔梁〕刘勰：《文心雕龙·事类》，戚良德辑校：《文心雕龙》，第 222 页。

④ 汪春泓：《文心雕龙的传播和影响》，北京：学苑出版社，2006 年，第 214 页。

贯穿于其治学的所有领域，此种倍加尊重的态度，也反映出《文心雕龙》在博通四部的一流学者心目中的份量。"① 可见，《文心雕龙》在两宋时期的影响，在一定范围内已然相当深刻。

正如林其锬、陈凤金先生所指出："有宋一代，随着印刷术的发明与进步、文化事业的发达，《文心雕龙》也从写本到刊本，传播范围是更加广泛了。从今存史料可以见到：宋人于《文心雕龙》著录者八，品评者七，采摭者十二，引证者十一，考订者三。其中不仅如李昉等人的《太平御览》、潘自牧的《记纂渊海》、王应麟的《玉海》等类书有大量采摭，而且还有'辛处信注《文心雕龙》十卷'（见《宋史·艺文志》、《通志·艺文略》、《宋四库缺书目》）的纪载。令人感到遗憾的是：在流传下来的三千多部二千多版种的宋椠书籍中，宋版单刻本《文心雕龙》竟一部也没有。而采摭数量较大的前述几部类书，只有宋椠《太平御览》尚存，从中可窥见宋时流传的《文心雕龙》之一斑。"② 宋本《太平御览》引《文心雕龙》的传世，让我们略窥唐代以后《文心雕龙》版本的流传情况，也稍稍弥补了"辛处信注《文心雕龙》十卷"③ 失传之遗憾，这确乎是非常幸运的事情。

据林、陈两位先生的统计，宋本《太平御览》中采摭的《文心雕龙》篇目，上篇涉及《原道》《宗经》《明诗》《铨赋》《颂赞》《铭箴》《诔碑》《哀吊》《杂文》《史传》《论说》《诏策》《檄移》《章表》《奏启》《议对》《书记》等十七篇，下篇涉及《神思》《风骨》《定势》《事类》《指瑕》《附会》等六篇，合为二十三篇；采摭内容为上述各篇的大部或部分，共计四十三则，总字数达九千八百六十八字。从采摭篇目来看，所涉篇章占《文心雕龙》五十篇的百分之四十六；从采摭

---

① 汪春泓：《文心雕龙的传播和影响》，第219、225页。
② 林其锬、陈凤金集校：《增订文心雕龙集校合编》，"前言"，第12页。
③ 〔元〕脱脱等：《宋史》卷二百九，北京：中华书局，2011年，第5408页。

内容而言，则超过《文心雕龙》全书总字数的百分之二十六，比唐写本《文心雕龙》残卷的字数还多出一千多字。其中采摭最多的是《明诗》《铨赋》《颂赞》《铭箴》《诔碑》《哀吊》《史传》《诏策》《檄移》《章表》《奏启》等十一篇，几近全文引录；采摭较多的则是《原道》《杂文》《论说》《议对》《书记》等五篇，也引录了大部分内容。[①]毫无疑问，这样的规模已经不同于一般的征引，而具有了等同于唐写本《文心雕龙》残卷的意义；尤其是在宋本《文心雕龙》无一流传的情况下，其弥足珍贵是显然可见的，正因如此，我们可将宋本《太平御览》所引《文心雕龙》称之为宋御览本，以示其在《文心雕龙》版本学上之独特的价值和意义。

从上述宋本《太平御览》对《文心雕龙》采摭的具体情况来看，一个引人注目的现象，是对《文心雕龙》上篇的重视，尤其是对"论文叙笔"之文体论部分的重视。可以看出，除《乐府》《祝盟》《谐讔》《诸子》《封禅》五篇之外，文体论的其余十五篇不仅被全部采摭，而且几近全文引录或大部引录者，也正是这十五篇。与之形成鲜明对照的是，《文心雕龙》下篇的二十五篇，不仅采摭篇目只有六篇，而且其引录内容也明显偏少，其中《神思》篇引录两段，《风骨》《定势》《事类》《指瑕》各篇分别引录一段，《附会》篇引录三段，这六篇引录总字数仅有六百余字，虽未可忽略不计，但与文体论之引录情况相比，显然是不成比例的。这不能不再次引起我们的思考。

如前所述，唐写本残卷正是《文心雕龙》"上篇"的前一半，主体则是"论文叙笔"的"论文"部分。因此，无论是否原抄写者只抄了这一部分，还是恰好只有这一部分被保存了下来，都说明这部分内容可能有其特殊的重要意义。但那只是一个残卷，我们毕竟不能肯定原本是否只有文体论。然而宋本《太平御览》对《文心雕

---

① 参见林其锬、陈凤金集校：《增订文心雕龙集校合编》，"前言"，第13页。

龙》的引用则不同了，其明确无误的信息再次证明了文体论的被看重，因而不仅确证了上述对唐写本的判断，而且更进一步说明，在一个相当长的历史时期之内，《文心雕龙》最受重视的部分是"论文叙笔"的文体论，而不是"剖情析采"的创作论。换言之，自《神思》篇开始的创作论之受到研究者的重视或偏爱，可能是近现代"龙学"的突出特点了。

一个值得研究的问题是，宋御览本《文心雕龙》与唐写本是什么关系呢？或者说，能否认定唐写本便是宋御览本的母本呢？看起来，这两个版本一为唐本，一为宋本，且皆具有单一性，其作为前后相沿的版本，恰好构成《文心雕龙》版本史的完整系列，似乎是顺理成章的。但也正因其传世的单一性，欲确证为同一个版本系列，反而是并不容易的，加之它们均为残本，因而两者之间到底是什么关系或者有没有关系，实在是难以遽为定论的。我们且以《明诗》篇为例，具体看一下两个版本的异同。

唐写本《明诗》曰："三百之蔽，义归无邪，持之为训，信有符焉尔。"宋御览本则无此"信"字，与通行本相同。"至尧有《大章》之歌"，其中"大章"，宋御览本作"大唐"，与通行本相同。"自王泽殄竭，风人辍采，春秋观志，讽诵旧章"，这段话里的"殄""采"，宋御览本分别作"弥""采"；"讽诵旧章"，宋御览本作"以讽诵旧章"。"李陵、班婕，见疑于后代也"，这里的"后代"，宋御览本作"前代"。"《邪径》童谣，近在成世"，其中"邪径"，宋御览本作"邪淫"。"又《古诗》佳丽，或称枚叔"，其中"枚叔"，宋御览本作"放叔"。"比彩而推，固两汉之作乎"，这里的"彩"，宋御览本作"采"。"婉转附物，怊怅切情"，其中"婉转""怊怅"，宋御览本分别作"宛转""惆怅"。"暨建安之初，五言腾跃"，这里的"腾跃"，宋御览本作"腾涌"，与通行本相同。"并怜风月，狎池苑，述恩荣，叙酣宴"，这段话里的"怜""恩""叙",宋御览本分别作"邻""思""序"。"驱辞逐貌,唯取昭晢之能,此其所同也",这里的"昭晢",宋御览本作"昭晰",与通行本相同;"所同",宋御览本作"所用"。"辞谲义贞,亦魏之遗直也",这里的"贞",宋御览本作"具"。"或析文以为妙,或流靡以自妍",其中"析""妙""妍",宋御览本分别作"折""武""研"。"江左篇制,溺乎玄风",其中"乎",宋御览本作"於"。"虽各有雕采,而辞辄一揆,莫能争雄,所以景纯《仙》篇,挺拔而为俊矣",这段话里的"辞辄",宋御览本作"词趣",与通行本相同;"俊矣",宋御览本作"俊也"。"庄老告退,而山水方滋",其中"庄老",宋御览本作"严老"。"俪采百字之偶,争价一句之奇;情必极貌以写物,辞必穷力而追新,此近世之所竞也",这段话里的"百字",宋御览本作"百家";"辞必穷力"之"辞",宋御览本漏掉;"近世",宋御览本作"近代";"竞",宋御览本作"竟"。"景阳震其丽",其中的"震",宋御览本作"振",与通行本相同。"兼善则子建、仲宣",其中"兼善",宋御览本作"若兼善"。"忽以为易,其难也方来",其中的"方来",宋御览本作"方来矣"。[①]

可以看出,上述这些不同之处,其中不少属于明显的辨认、抄写错误,如"珍"误为"弥","径"误为"淫","枚"误为"放","怊"误为"惆","怜"误为"邻","同"误为"用","贞"误为"具","析"误为"折","妍"误为"研","辄"误为"趣"等。但除此之外,其他很多不同并非抄写的问题,从这个意义上说,也就很难说它们同属于一个版本系列。然而,另一方面,也是在《明诗》篇中,宋御览本又有一些与唐写本相一致而与通行本不同的地方,显示出这两个版本之间似乎有着非同寻常的关系。如唐写本"张左潘陆",通行本作"潘左";唐写本"羞笑徇务之志,崇盛忘机之

---

① 〔梁〕刘勰:《文心雕龙·明诗》,戚良德辑校:《文心雕龙》,第31—32页。

谈"二句，其中"羞""忘"二字，通行本分别作"嗤""亡"；尤
其是唐写本"叔夜合其润，茂先拟其清"二句，其中的"合""拟"
二字，《文镜秘府论》所引与通行本相合，均作"含""凝"①，
独宋御览本与唐写本一致；唐写本"随性适分，鲜能圆通"，其中
"圆通"二字，通行本作"通圆"。唐写本与通行本这些明显的文字
相异之处，对正确理解《文心雕龙》的原文具有极为重要的意义，
而宋御览本独与唐写本相同，因而是颇为引人注目的，显然难说只是
巧合；以此而言，则宋御览本与唐写本之间，又决非毫不相干的。至
少可以说，在后世流传的各版本之中，宋御览本不仅在时间上更近于
唐写本，而且在文本的相似度上也与唐写本有着更为密切的关系。

上述关于《明诗》篇的文本对比还提醒我们，在文本的准确可
靠性上，宋御览本显然要差了很多，可以说与唐写本是难以比拟的。
同时，其与唐写本又有八个篇目(《宗经》《明诗》《铨赋》《颂赞》《铭
箴》《诔碑》《哀吊》《杂文》)是重合的，则可想而知，虽然宋御览
本的总字数是多于唐写本的，但其在校勘学上的意义则是略逊一筹
的。不过，这只是问题的一个方面。另一方面，由于其更近于唐写本，
因而其中唐写本所没有的篇目，尤其是引录较多的文体论中的《史
传》《论说》《诏策》《檄移》《章表》《奏启》《议对》《书记》等八篇，
对《文心雕龙》的文本校勘显然具有重要价值。概括而言，约有以
下三端：

一曰补其未备。这当然主要是指唐写本没有而宋御览本引录较
多的篇目，但在一些重合篇目之中，宋御览本也并非一无是处，有
时仍有重要的补充之用。如唐写本《颂赞》有"仲冶《流别》"之句，
其中"仲冶"，通行本作"仲洽"，而宋御览本作"仲治"；而据《世

①〔日〕弘法大师原撰，王利器校注：《文镜秘府论校注》，北京：中国社会科学
出版社，1983年，第329页。

说新语·文学》篇，挚虞之字当为"仲治"，范文澜注引铃木虎雄《校勘记》亦曰："挚虞字仲治，作洽作冶皆误。"① 又唐写本《哀吊》篇有"汝阳王亡"句，范文澜注曰："汝阳王，不知何帝子。"② 而在宋御览本中，"王"作"主"，则说明崔瑗为作哀辞者本为公主，而非帝子。周振甫注曰："《后汉书·后纪》，汝阳长公主，和帝女，名刘广。"③ 可见差之毫厘谬以千里。当然，宋御览本对于通行本的补正之功就更为明显了。如《史传》篇有"左史记事者，右史记言者"二句，范文澜注曰："《礼记·玉藻》曰'动则左史书之，言则右史书之。'……彦和用《玉藻》说。"④ 而宋御览本作"左史记言，右史书事"，正合《汉书·艺文志》之说："左史记言，右史记事，事为春秋，言为尚书。"⑤ 再如《论说》篇有"仰其经目"之句，范文澜注曰："疑当作抑其经目，谓谦不敢称经也。"⑥ 宋御览本正作"抑其经目"。又如《书记》篇有"巫臣之遗子反，子产之谏范宣"二句，其中"遗子反"，宋御览本作"责子反"。据《左传·成公七年》载："巫臣自晋遗二子书，曰：'尔以谗慝贪婪事君，而多杀不辜。余必使尔罢于奔命以死。'"⑦ 据此，所谓"遗子反"并不错。然而从这段话来看，责备之意溢于言表，则所谓"责子反"，似乎更为贴切；尤为重要的是，以"责子反"与"谏范宣"相对，显然更为恰当。《书记》篇又有"赵至赠离，乃少年之激昂也"二句，其中"激昂"二字，通行本作"激切"，宋御览本之"激昂"显然更为允当。

---

① 范文澜注：《文心雕龙注》，第173页。
② 范文澜注：《文心雕龙注》，第243页。
③ 周振甫注：《文心雕龙注释》，北京：人民文学出版社，1983年，第140页。
④ 范文澜注：《文心雕龙注》，第289页。
⑤ 〔汉〕班固：《汉书》卷三十，北京：中华书局，2011年，第1715页。
⑥ 范文澜注：《文心雕龙注》，第330页。
⑦ 杨伯峻编著：《春秋左传注》（修订本），第834页。

《文心雕龙》之下篇，宋御览本引录不多，但其中亦颇有益于文本校勘者。如《神思》篇有"临篇缀虑，必有二患"之句，其中"缀虑"二字，宋御览本作"缀翰"。"缀虑"者，思绪之整合也；"缀翰"者，提笔而为文也。应该说，二者均符合《神思》之旨。然"虑"与"翰"二字差别甚巨，何以致误？则其原始文本便难说一定为"虑"或"翰"，乃各有其理也。在此情况之下，鉴于宋御览本在前，则其说便应当受到尊重。或谓"神思"之论，思绪、意念之连缀似乎更为合适，实则《神思》之论，本就关乎提笔写作阶段，所谓"方其搦翰"云云，正出自本篇。再如《风骨》篇有"唯藻耀而高翔，固文笔之鸣凤也"二句，其中"文笔"一词，宋御览本作"文章"。这两个词皆可通，且"文笔"亦为刘勰常用语，《体性》有"笔区云谲，文苑波诡"，《总术》有"文场笔苑"等，则"文笔之鸣凤"的说法是毫无问题的。然而，作为《风骨》篇较早的文本，这里的"文章之鸣凤"还是值得重视的。这不仅因为"文章"乃《文心雕龙》的核心范畴，而且就《风骨》而言，上文刚刚说完"文章才力，有似于此"，则谓风骨、文采兼备之作为"文章之鸣凤"，岂非顺理成章？又如《指瑕》篇有"浮轻有似于蝴蝶，永蛰颇疑于昆虫"二句，其中"颇疑"二字，宋御览本作"颇拟"，显然更为恰切。又如《附会》篇有"夫才量学文，宜正体制。必以情志为神明，事义为骨髓，辞采为肌肤，宫商为声气"一段，其中"才量""骨髓"二语，宋御览本作"才童""骨鲠"，研究者普遍以为宋本更为准确、合理。《附会》篇又有"豆之合黄"之语，颇为难解，而宋御览本则作"石之合玉"，便较为明白了，因而也得到研究者的认同。《附会》篇还有"驷牡异力，而六辔如琴"之句，其中"驷"字，宋御览本作"四"，正合《诗·小雅·车舝》之句："四牡骓骓，六辔如琴。"①

---

① 程俊英、蒋见元：《诗经注析》，北京：中华书局，1991 年，第 692 页。

二曰互为印证。此借用林其锬、陈凤金先生的说法，其云："宋本《太平御览》因其与敦煌唐写本较近，不少文字可以互为印证，阐发《文心雕龙》之本义。"① 例如《宗经》篇有"礼以立体"句，其中"以"字，元至正本作"季"，另有不少版本如王惟俭训故本、梅庆生音注本等作"记"，而唐写本和宋御览本同作"以"。范文澜先生说："《汉书·艺文志》'《礼》以明体'，《法言·寡见》'说体者莫辩乎《礼》'，立体犹言'明体'。"② 詹锳先生亦云："作'以'为是。"③ 又如上述《明诗》篇"张左潘陆"之句，元至正本以及通行的黄叔琳辑注本等并作"张潘左陆"，而唐写本和宋御览本则皆作"张左潘陆"。杨明照先生指出："按《诠赋》《时序》《才略》三篇所叙西晋作者，皆左先于潘，此亦应尔。《宋书·谢灵运传论》'潘陆特秀'，《南齐书·文学传论》'潘陆齐名，机岳之文永异'，《梁书·文学上·庾肩吾传》'太子与湘东王书……近则潘陆颜谢'，《诗品》上'景阳潘陆，自可坐于廊庑之间矣'，亦并以潘陆连称。"④ 因此，林其锬、陈凤金先生认为："敦煌唐写本和宋本《太平御览》引，可能更近于原貌。"⑤

三曰帮助识读。唐写本与宋御览本《文心雕龙》具有相互补充的价值和意义，不仅在于唐写本只有十三篇，宋御览本可以补其未备，而且还在于，唐写本字体偏草，且常有漫漶不清之处，而清晰的宋御览本有时正可帮助我们解决唐写本的识读问题。如笔者曾辨认出唐写本《哀吊》篇"腹突鬼门"一语之"腹"字，正是由御览本所提供的线索。"腹突鬼门"一语为刘勰所引崔瑗哀辞中的一句话，

① 林其锬、陈凤金集校：《增订文心雕龙集校合编》，"前言"，第14页。
② 范文澜注：《文心雕龙注》，第27页。
③ 詹锳义证：《文心雕龙义证》，第70页。
④ 杨明照校注拾遗：《文心雕龙校注拾遗》，第50—51页。
⑤ 林其锬、陈凤金集校：《增订文心雕龙集校合编》，"前言"，第14页。

但崔瑗之文今已不存。这个"腹"字，元至正本和通行本均作"履"，然"履突鬼门"颇为难解。王利器先生谓："唐写本、《御览》'履'作'復'。"① 但"復突鬼门"亦不知何意，所以各种《文心雕龙》读本就仍沿用通行本，作"履突鬼门"。林其锬、陈凤金先生在其初版的《文心雕龙集校合编》中沿用了王利器先生对唐写本的判断，认为唐写本作"復"字，但又指出"《御览》作'腹'"，因而指出"王说非，《御览》实作'腹'"。② 笔者顺着这一线索，复检唐写本影件，发现这个字确乎有些难以辨认，但并不像"復"字，而是颇疑其正是《御览》之"腹"字，于是查检唐写本中其余带"月"边字的行笔，终于断定这个字确为"腹"字。可见宋本《太平御览》所引与唐写本原本是一致的，此句当作"腹突鬼门"无疑。林、陈两位先生在增订本中已吸收这一意见，改为"腹"字③。显然，如果没有宋御览本的提示，要认出唐写本这个草体的"腹"字是有难度的；校勘功力深厚的王利器先生之所以认定唐写本为"復"字，也大约正是因其一时疏忽，首先搞错了《太平御览》，认为其作"復"，从而认错了唐写本。

综上可见，宋御览本《文心雕龙》有着独一无二的版本学意义，对《文心雕龙》的文本校勘有着无可替代的价值。但与唐写本相比，我们对宋御览本的重视和利用还远远不够。由于它藏身在类书之中，不仅一般读者难以想到和见到，即使专业研究者有时也难免忽略。实际上，在唐写本之后，能够为我们在文本理解上提供帮助的，首先是宋御览本《文心雕龙》。大约正是出于这样的认识和目的，林

① 王利器校笺：《文心雕龙校证》，第 92 页。
② 林其锬、陈凤金集校：《文心雕龙集校合编》，第 149 页。
③ 林其锬、陈凤金集校：《增订文心雕龙集校合编》，第 179、630 页。

其锬、陈凤金两位先生作《宋本〈太平御览〉引〈文心雕龙〉辑校》①，辑文悉依原书加以标点，并用唐写本、元至正本、明王惟俭《文心雕龙训故》本、清黄叔琳《文心雕龙辑注》本加以校对，写出校记。他们还为辑文添加了篇名，并按照通行本的篇次进行编排，文末加注卷数和页码。这样一个方式，不仅便于阅读和查找、使用，而且真正提供了一个宋御览本《文心雕龙》。因此，毫不夸张地说，这其实是挖掘出了一个堪与唐写本媲美的《文心雕龙》的较早文本，从而在一定程度上弥补了唐写本《文心雕龙》残卷的不足，尤其是略补了缺少宋本《文心雕龙》的遗憾，从而为《文心雕龙》文本的还原做出了贡献。可以说，这一工作的意义是不亚于对唐写本的校勘的，其泽被"龙学"，乃是有目共睹的。

三、元至正本《文心雕龙》

从时间上看，金元两代有二百多年。这一时期在文论方面或许没有十分突出的成就，但在《文心雕龙》的传播史上却具有极为重要的意义，那就是元代《文心雕龙》至正刻本的诞生，结束了《文心雕龙》问世八百五十多年来尚无完整文本传世的历史，从而成为古典"龙学"史上一个划时代的事件。

元至正本《文心雕龙》刊刻及其样貌的基本情况，林其锬、陈凤金两位先生曾有描述，其云："元至正本系于元至正十五年（公元一三五五年），由刘贞主持刻于嘉兴郡学。此本乌丝栏，蝴蝶装，框高二三二毫米，宽一五六毫米，每半叶十行，行二十字，五篇相接为一卷，分卷另起，共计十卷。卷前有'曲江钱惟善'作于'至

---

① 该作先附于作者《敦煌遗书文心雕龙残卷集校》，后收于《文心雕龙集校合编》和《增订文心雕龙集校合编》二书。

正十五年龙集乙未秋八月'的序,继有'《文心雕龙》目录'二叶。"①
自公元 502 年刘勰撰成《文心雕龙》以来,这部近四万言的"论文"
之作方得有基本完整的文本传世,所谓"名山"事业,这对刘勰而言,
亦可谓名副其实了。

根据卷首钱惟善之"序"记述:"嘉兴郡守刘侯贞,家多藏书,
其书皆先御史节斋先生手录。侯欲广其传,思与学者共之,刊梓郡庠,
令余叙其首。"②林其锬、陈凤金先生据以推断:"此刻本之母本系
刘贞家藏其先人刘节斋的'手录'本,刘贞'欲广其传'故主持刻
于嘉兴郡学的。……至于刘节斋'手录'本《文心雕龙》所据的底
本何属?因无资料难以确考,但从此刻本字体秀逸刚劲,犹存宋椠
遗风,以及书中诸如《议对篇》'鲁桓务议'之'桓'沿宋本真宗
讳缺末笔作'桓'而未及改,还有沿唐、宋本'標'作'摽','以'
作'已'等未及改的情祝看,源于宋椠大概是可信的。"③

作为现存最早的一个《文心雕龙》刻本,元至正本可谓稀世珍本,
得到海内外学者普遍关注。该本用娟秀的赵孟頫体刊刻,疏朗悦目,
犹有宋刊遗风。林其锬、陈凤金指出:"元代《文心雕龙》至少有
三种刻本:元至正本、黄丕烈校元本、伦明校元本。……可是,黄
丕烈和伦明所校之元本均已佚传……今可见者,唯有上海图书馆藏
的元至正刊本。此本因是孤本,长期以来鲜为人知,包括范文澜在
内的许多学者未能亲见,更有不知天地间犹存此瑰宝者,以为'徒
存其名,至今并无实物传世'。"④因此,该本在《文心雕龙》版本
史上之重要性,是可想而知的。

① 林其锬、陈凤金集校:《增订文心雕龙集校合编》,"前言",第 15 页。
② 〔元〕钱惟善:《文心雕龙序》,林其锬、陈凤金集校:《增订文心雕龙集校合编》,
第 567 页。
③ 林其锬、陈凤金集校:《增订文心雕龙集校合编》,"前言",第 16 页。
④ 林其锬、陈凤金集校:《增订文心雕龙集校合编》,"前言",第 15 页。

　　不过，元至正本却并非完美无缺。其所存在的问题主要有两个：一是从版面看，内容缺少整一叶，即自《议对》篇"辞气质素以"之"以"字后，至《书记》篇"详观四书"之"书"字前，中间一叶为白版。以"每半叶十行，行二十字"计算，所缺这一叶的版面字数应为 400 字，但实际所缺则肯定不足 400 字。由于这部分内容正好是《议对》篇的最后部分和《书记》篇的开头部分，按照其版式规则，《议对》篇最后之"赞曰"二字应占一行，赞词内容 32 字应占两行，下一篇篇题"书记第二十五"六字应占一行，此四行合计应空出 40 字，则所缺内容最多为 360 字。从《文心雕龙》通行本来看，所缺部分实为 348 字，则说明《议对》篇正文（即"赞曰"之前）的最后一行可能仅有八字。二是《隐秀》篇篇幅较短，仅 279 字（包括篇题），没有后世补入的 400 余字。詹锳先生曾指出："今传元朝刻本《文心雕龙》，每半叶十行，每行二十字。缺的这四百字，正合一板。"①此盖从明清人之说，但从现存元至正本来看，这是不准确的，可能詹先生当时未见该本原貌。《隐秀》篇之缺并不像《议对》篇之缺，正合一叶，且为空白。从版面的角度说，元至正本《隐秀》篇其实是完整无缺的，只是其篇幅明显短一些、内容少一些而已；所谓"缺的这四百字"云云，乃以后人所补而逆推，是未必合适的。当然，就《隐秀》篇而言，与《文心雕龙》其他篇章相较，其篇幅明显太短，且内容并不完整，应该是有缺文的，但所缺是否"正合一板"，至少从元至正本是看不出来的。即是说，就《隐秀》篇的情况来看，多半应该是元至正本所依据的母本有问题，而不是像《议对》篇那样缺少了一叶，两种情况是完全不同的。要之，从版本的角度而言，元至正本《文心雕龙》的最大瑕疵即有一叶为空白；除此之外，《序志》篇的最后一叶（亦即全书最后一叶）亦有较多缺字（空白）。

---

① 詹锳：《〈文心雕龙〉的风格学》，北京：人民文学出版社，1982 年，第 78 页。

总体而言，此为《文心雕龙》第一善本，乃是当之无愧的。

正因如此，元至正本对于此后《文心雕龙》的版本刊刻和流传具有至关重要的意义。林其锬、陈凤金指出："《四库全书总目》内府藏本《文心雕龙》提要云：'是书自至正乙未刻于嘉禾（兴），至明弘治、嘉靖、万历间凡经五刻。'这里指出了元明间《文心雕龙》版刻的情况。元至正本不仅是现存最早的一部《文心雕龙》单刻本，同时也是明、清诸多版本的祖本，实际形成了元至正本——弘治本——汪一元私淑轩本——何焯校本——黄叔琳辑注本的版本系列，其中还派生了诸如佘诲本、何允中《汉魏丛书》本、王谟《汉魏丛书》本等等，由此可见此本的地位与影响。"① 即是说，自元至正本开始以至清末，《文心雕龙》一书的版本流传情况已然有章可循、线索清晰了。

然而，令人颇感兴趣的问题是，元至正本与此前的宋御览本是什么关系？其与唐写本又是什么关系？按照钱惟善之说，元至正本的底本乃是刘贞所藏其先人刘节斋的"手录"本，但刘氏从何本而录，正如林其锬先生所说，已经"难以确考"了，惟既有宋御览本在前，则按照常理推论，它们之间是不会没有关系的。不过，其与唐写本的关系就没有这么简单了。一方面，这有赖于宋御览本和唐写本之关系，即是说，假如刘氏的"手录"本与宋御览本有关，则元至正本与唐写本之关系也就取决于宋御览本与唐写本的关系，这是不难理解的。另一方面，刘氏的"手录"本也完全有可能直接与唐写本有关，只是这个唐写本不一定是我们今天所见的唐写本残卷，抑或与我们未曾见过的唐写本之母本有关，这都是不得而知却又存在可能性的问题了。要之，从理论上说，元至正本基本可以肯定与宋御览本有着难以分割的关系，但与唐写本的关系就若即若离、难以说

---

① 林其锬、陈凤金集校：《增订文心雕龙集校合编》，"前言"，第16—17页。

清了。

然则，具体情况又如何呢？王元化先生曾通过分析杨明照先生的校注成果，指出："通过杨著的校语，可以看出元至正刻本有这样几个特点：一、在校出的异文中，有四分之三左右较底本为优。二、与唐写本残卷相比，在同样的篇幅内，元至正本的异文有一半与唐写本完全一致。三、弘治甲子吴门本、嘉靖庚子新安本、嘉靖癸卯新安本、万历己卯张之象本、万历壬午《两京遗编》本等，与元至正本出入甚少，由此可推出它们大抵属于同一版本系统。以上三点，说明此一刻本在校定《文心雕龙》原文方面所具有的资料价值，弥足珍贵。"① 王先生总结的这三个特点，第一条说明元至正本的底本亦即上述刘氏的"手录"本是较为准确的，从而说明刘氏"手录"本的母本乃是较为可靠的，这让我们想起唐写本的准确可靠性，以此而言，似乎元至正本与唐写本不能无关。第二条则又说明，元至正本与唐写本乃是若即若离的，犹如宋御览本与唐写本的关系。至于第三条，则再次证明了上述林其锬、陈凤金先生的观点，即元至正本乃是"明、清诸多版本的祖本"。

林其锬、陈凤金先生也根据他们集校的结果进行了统计，其云："按照笔者集校统计，元至正本同唐写本一致者一〇五条，同宋本《太平御览》一致者八十条，同黄叔琳注本一致者一五四条（均以四种版本相涉部分统计）。这表明：此本虽是沿唐源宋，但却已经校改更正了唐写本和宋刊本中存在的许多讹误。"② 可以看出，两位先生的着眼点与王先生相同，意在说明元至正本的优长，但同时也说明，所谓"沿唐源宋"而又有"校改更正"，显示唐、宋、元三个版本

---

① 王元化：《前言》，〔梁〕刘勰：《文心雕龙》（影印至正本），上海：上海古籍出版社，1984年，第3—4页。

② 林其锬、陈凤金集校：《增订文心雕龙集校合编》，"前言"，第17页。

之间的承继关系是较为复杂的。它们均为孤本，却又难说一线单传，并无明确的前后延续关系。

就元至正本而言，其巨大的版本价值早已得到研究者的公认。正如王元化先生所说："明清以来，研究《文心雕龙》的学者都很重视这个版本，凡见到此书的莫不引为刊刻或校勘的依据。今人王利器先生的《文心雕龙校证》、杨明照先生的《文心雕龙校注拾遗》，都以之作为主要的对校本之一。特别是杨著，校勘周详精审；作者以养素堂本为底本，采用包括唐写本残卷本在内的对校本有三十余种，综其雠校元至正本所得，计一百七十多条。"[1]如唐写本《征圣》有"书契决断以象史"之句，其中"史"字，元至正本作"夬"，则该句"书契决断以象夬"，与下文"文章昭晰以效离"互为对文，"夬""离"均为易卦名，显然是更为合理的。再如《辨骚》有"称汤武之祗敬"句，明刻诸本均相同，然唐写本作"禹汤"，而元至正本作"汤禹"。范文澜先生指出："据《离骚》应作汤禹。"[2]可见元至正本既有所本，又近于唐写本。当然，就此处而言，正如林其锬、陈凤金先生所说，"作'禹汤'是"，当"从唐写本改"。[3]又唐写本于此句下脱"典诰之体也。讥桀纣之猖披，伤羿浇之颠陨，规讽之旨"等二十一字，元至正本则完整无缺，确显示出其"校改更正"之长处。正如有研究者所指出："较之明刻诸本，元本正而明本误者更不乏其数。"[4]

不过，正如上述林其锬、陈凤金先生所说，元至正本"因是孤本，长期以来鲜为人知，包括范文澜在内的许多学者未能亲见"，以前

① 王元化：《前言》，〔梁〕刘勰：《文心雕龙》（影印至正本），第2—3页。

② 范文澜注：《文心雕龙注》，第53页。

③ 林其锬、陈凤金集校：《增订文心雕龙集校合编》，第587页。

④ 府乐：《雕龙此推第一箓》，《古籍书讯》第19期（1984年11月9日）。

对它的利用也就很不充分，从而影响到对《文心雕龙》文本的校正，进而影响研究者对文义的理解。如《原道》篇有"旁通而无涯，日用而不匮"句，其中"无涯"二字，黄注本作"无滞"，范注本亦作"无滞"，以致影响到大多数《文心雕龙》读本均作"无滞"，如周振甫《文心雕龙注释》，陆侃如、牟世金两位先生的《文心雕龙译注》，詹锳的《文心雕龙义证》等，可以说多数研究者已经习惯了这个字，笔者也是如此（直到最近的国学典藏本《文心雕龙》才改过来）。但元至正本却作"无涯"。林、陈两位先生不仅校曰："'涯'，《御览》《训故》同"，从而肯定此字当作"涯"，而且指出："黄本改作'滞'，版本无据，追求表面上文从字顺而径改古书，乃校书之大忌。"① 实际上，王利器先生早就指出："'滞'各本作'涯'，黄本从《御览》改。案今所见宋本、明钞本、铜活字本、万历薛逢本、汪本、张本、鲍本、学海堂本、日本安政聚珍本、《御览》皆作'涯'，不知所据何本。"② 这里王先生列举了多种版本，却唯独没有最重要的元至正本，其虽疑黄注"不知所据何本"，却不如林先生这般理直气壮而掷地有声了。杨明照先生亦曾谓："'滞'，黄校云：'一作涯'，从御览改。"并就此指出："按钱谦益藏赵氏钞本御览作'滞'……本为误字……黄氏据冯舒校语径改为'滞'，非是。"③ 但杨先生亦未提到元至正本。显然，林、陈两位先生对元至正本的集校，对这一问题的彻底解决起到了至关重要的作用。

关于元至正本的价值和意义，有一点容易被忽略，那就是该本卷首的钱惟善之"序"。这篇序言虽不足八百字，却是学术史上第一篇专门对《文心雕龙》一书进行评述的文章。此前有关《文心雕龙》

---

① 林其锬、陈凤金集校：《增订文心雕龙集校合编》，第 574 页。
② 王利器校笺：《文心雕龙校证》，第 5 页。
③ 杨明照校注拾遗：《增订文心雕龙校注》，第 15—16 页。

的评语并不少，但均为零散之论，钱氏如此之专论，乃为存世第一篇，因而其于"龙学"史而言具有重要的意义。其中除上述所引记叙该本刊刻情况的内容之外，钱氏之序的主要内容是对《文心雕龙》一书进行把握，诸如刘勰著书的背景、《文心雕龙》的思想倾向及其理论体系的特点等，皆有要言不烦的评价。其开篇云：

> 六经，圣人载道之书，垂统万世，折衷百氏者也。与天地同其大，与日月同其明，亘宇宙相为无穷而莫能限量，后虽有作者，弗可尚已。自孔子没，由汉以降，老佛之说兴，学者日趋于异端，圣人之道不行，而天地之大，日月之明，固自若也。当二家滥觞横流之际，孰能排而斥之？苟知以道为原，以经为宗，以圣为征，而立言著书，其亦庶几可取乎？呜呼！此《文心雕龙》所由述也。[①]

这段话论述"《文心雕龙》所由述"，亦即刘勰的著书缘起，看起来没有什么惊人的见解，却深得彦和"为文之用心"。其由对"六经"的赞美开篇，似属泛泛之议，然所谓"载道之书""折衷百氏"者，均符合刘勰的思想，足证钱氏对《文心雕龙》是熟悉的。具体到刘勰"论文"之思想背景，钱氏归为"老佛之说兴"以至"趋于异端"，既由对《序志》的推论而来，又并不完全符合刘勰的想法，是值得注意的。刘勰之"搦笔""论文"，确以"去圣久远，文体解散"，但其着眼点在于"文体"和文章，因而其欲"征圣""宗经"不假，却并不意味着排斥"老佛之说"；刘勰确以"尼父陈训，恶乎异端"为立论之根据，但其着眼点在于文章之"贵乎体要"，并非以老佛为异端邪说。因此，刘勰虽然"以道为原，以经为宗，以圣为征"，

---

① 〔元〕钱惟善：《文心雕龙序》，林其锬、陈凤金集校：《增订文心雕龙集校合编》，第567页。

但其"立言著书"之目的，在于"论文"，而不是针对佛老，"排而斥之"，《文心雕龙》毕竟不同于纯粹的思想著作。可见，钱氏之论，表现了元人对刘勰及其"论文"之作的独有认识，却未必是符合刘勰初衷的。

正因有此思想差异，钱氏对刘勰文论本身的把握，也体现出其独有的特点。其云：

> 夫佛之盛，莫盛于晋宋齐梁之间，而通事舍人刘勰生于梁，独不入于彼而归于此，其志宁不可尚乎！故其为书也，言作文者之用心，所谓"雕龙"，非昔之邹奭辈所能知也。……自二卷以至十卷，其立论井井，有条不紊，文虽靡而说正，其旨不谬于圣人，要皆有所折衷，莫非六经之绪余尔。①

钱氏仍然着眼于排斥思想异端的问题，认为刘勰生当佛教隆盛之际，却以儒学为尚而"论文"，这当然是符合事实的，但其"独不入于彼而归于此"者，乃出于"论文"之目的，其与佛学是并不矛盾的；则所谓"雕龙"，确乎"非昔之邹奭辈所能知也"，但邹奭辈不能知者，也只能是刘勰所谓"为文之用心"，而不是其他。至于钱氏对《文心雕龙》本身体系的把握，则是非常准确的。所谓"立论井井，有条不紊"，所谓"要皆有所折衷"等，显然是符合刘勰理论之实际的。不过，必须指出的是，总体而言，钱氏的思想宗尚颇为狭窄，其于文章之道的认识更与刘勰相去万里，以此而言，其为元至正本作序的行为，正如其本人所说，"因念三十年前，尝获

---

① 〔元〕钱惟善：《文心雕龙序》，林其锬、陈凤金集校：《增订文心雕龙集校合编》，第567页。

聆节斋先生教而拜床下……故不敢辞"①,乃属偶然行为,则其对《文心雕龙》的认识和评价,也就称不上"知音"之论了。

综上而言,元至正本在《文心雕龙》学术史上的意义是独一无二的,其于《文心雕龙》校勘和研究的重要价值,也是毋庸置疑的。但对这个本子的大规模的整理和研究却远远不够。自1992年开始,林其锬、陈凤金两位先生不惮繁琐,对元至正本《文心雕龙》进行全面而深细的校勘和整理。他们以上海古籍出版社1984年影印出版的上海图书馆藏元至正十五年(1355年)嘉兴郡学刊本《文心雕龙》为底本,以唐写本《文心雕龙》残卷、宋御览本《文心雕龙》、明王惟俭《文心雕龙训故》、清黄叔琳《文心雕龙辑注》为对校本,以范文澜《文心雕龙注》、王利器《文心雕龙校证》、杨明照《文心雕龙校注拾遗》、詹锳《文心雕龙义证》、郭晋稀《文心雕龙注译》、周振甫《文心雕龙注释》、黄侃《文心雕龙札记》、刘永济《文心雕龙校释》、姜书阁《文心雕龙绎旨》等为参考本,可以说是对这一珍稀版本的大规模集校,令人瞩目。他们的校勘成果,对学者们充分利用元至正本《文心雕龙》提供了极大方便。如杨明先生在其《文心雕龙精读》之"后记"中说:"本书所引《文心雕龙》原文,据林其锬、陈凤金先生校编《文心雕龙集校合编》中的《元至正刊本〈文心雕龙〉集校》……林、陈二位先生的校本最后出,广泛吸取众家成果,最便于使用。"②这一说法是实事求是的。

---

① 〔元〕钱惟善:《文心雕龙序》,林其锬、陈凤金集校:《增订文心雕龙集校合编》,第567页。

② 杨明:《文心雕龙精读》,上海:复旦大学出版社,2007年,第214页。

《文心雕龙》何以影响《史通》

　　有唐一代,《文心雕龙》之名并不彰显,但其影响却是多方面的,只是"有的明引,有的暗用"而已,"唐代注疏家如孔颖达、李善、吕向、张铣、李周翰等,撰《五经正义》……他们著书立说,无不采取刘勰《文心雕龙》作依据,而干没其名"。①《文心雕龙》在唐代的巨大影响,典型地体现在著名史学家刘知幾及其《史通》一书。正如蒋祖怡先生所说:"在唐代,受《文心雕龙》影响最深的莫过于刘知幾的《史通》了。"②应该说,这是一个令人深思的现象。《文心雕龙》是文论,《史通》是史学,在刘知幾那里,文史已经分得很清楚,何以一部文论作品会对一部史学著作产生深刻影响?即使《文心雕龙》有《史传》篇,但那也是"论文"中的一篇,又如何成为《史通》之本?宋代黄庭坚早就指出《文心雕龙》与《史通》有着密切关系,他说:"刘勰《文心雕龙》,刘子玄《史通》,此两书曾读否?所论虽未极高,然讥弹古人,大中文病,不可不知也。"③明人王惟俭对此深信不疑,而谓:"余既注《文心雕龙》毕,因念黄太史有云,论文则《文心雕龙》,评史则《史通》,二书不可不观,实有益于后学,复欲取《史通》注之。"④但如果说《文心雕龙》"大

---

　　① 王更生:《隋唐时期的"龙学"》,《文心雕龙研究》第一辑,北京:北京大学出版社,1995年,第25、19页。

　　② 蒋祖怡:《〈文心〉与〈史通〉》,《文心雕龙学刊》第三辑,济南:齐鲁书社,1986年,第43页。

　　③ 〔宋〕黄庭坚:《与王立之》,刘琳等校点:《黄庭坚全集》,成都:四川大学出版社,2001年,第1370页。

　　④ 王惟俭:《〈史通训故〉序》,《四库全书存目丛书》史部第279册,济南:齐鲁书社,1996年,第300页。

中文病"，自然没有问题，《史通》之作，何以亦"大中文病"？这除了说明黄庭坚心目中的"文"较为宽泛，更说明《文心雕龙》所论之"文"，决非后世纯艺术性的"文学"之文，从而《文心雕龙》也就决非一般的谈文论艺之作所可比拟，而是一部有着广泛覆盖面的文化经典。王更生先生指出："从学术领域上看：它影响范围广阔，无论是经部、史部、子部、集部，尤其集部，更旁涉总集和别集，可以说凡是文学理论的问题，不管是明滋或暗长，总与《文心雕龙》有关系。"① 其实，既然影响及于四部，也就决非仅仅关乎"文学理论"了，这正是两部书可以密切相关的奥秘之所在。

一、润物无声：《文心雕龙》对《史通》的沾溉

《文心雕龙》对《史通》的具体影响是什么呢？明代胡应麟说："《史通》之为书，其文刘勰也，而藻绘弗如。"② 清人孙梅亦谓："《史通》一书，心摹手追者，《文心雕龙》也。观其纵横辨博，固足并雄；而丽藻遒文，犹或未逮。"③ 他们都认为《史通》在行文写作上取法《文心雕龙》，但文采尚有不足。这似乎意味着，刘知幾所向往的只是刘勰的文章笔法而已。然而，傅振伦先生认为："《文心》论文笔法，亦即所以言史法也。知幾之书多出于刘勰，故其书亦全模拟之，立意亦多取之也。两氏史学思想，亦多相同。"④ 他指出："《文心雕龙》为文史类之书，然《史传》一篇，则论史之功用、源流利病、史籍得失及撰史态度，实为史评之先河。《史通》一书，即就《文心·史传篇》意推广而成。其全书亦即就《史传篇》'寻繁领杂之术，

---

① 王更生：《隋唐时期的"龙学"》，《文心雕龙研究》第一辑，第 25 页。

② 〔明〕胡应麟：《少室山房笔丛》卷十三，北京：中华书局，1958 年，第 176 页。

③ 〔清〕孙梅著，李金松校点：《四六丛话》卷三十二，北京：人民文学出版社，2010 年，第 644 页。

④ 傅振伦编：《刘知幾年谱》，北京：中华书局，1963 年，第 22 页。

务信弃奇之要，明白头讫之术，品酌事例之条'诸义，而详加发挥者。……一论文学，一论史学，并具卓识。"① 正因如此，傅先生认为："《史通》各篇，亦多仿《文心》。"② 他甚至具体列出了两部书篇目之间一一对应的关系：

> 《文心》《原道》《征圣》诸篇概论文学并及其起源，而《史通》有《六家》之篇。《文心》《宗经》至《书记》诸篇述文章派别，而《史通》有《二体》《杂述》诸篇。《文心》《神思》以下诸篇详治文之方法——文学艺术，而《史通》有《载言》以次三十一篇。《文心》有《体性篇》，而《史通》有《叙事篇》；《文心》有《镕裁篇》，而《史通》有《烦省篇》；《文心》有《时序》《才略》等篇，而《史通》有《言语》《核才》等篇；《文心》有《知音篇》，而《史通》有《鉴识》《探赜》《忤时》诸篇；《文心》有《程器》篇，而《史通》有《直书篇》；《文心》有《序志篇》，而《史通》有《自叙篇》。③

不仅如此，傅先生还从十七个方面详细列举了《史通》与《文心雕龙》众多说法的相同或一致之处，最后又列举刘知幾甚至沿袭了刘勰的一些错误说法，因而指出："盖知幾深信勰说，故取之而不疑。知幾熟读勰书，故行文构句，亦因习之而不改。知幾之学多导源于勰，信不诬也。"④ 如此说来，两书深厚的渊源关系乃是并不多见的。

事实也是，在《文心雕龙》撰成两百年后，第一个认真分析这

---

① 傅振伦编：《刘知幾年谱》，第21页。

② 傅振伦编：《刘知幾年谱》，第21页。

③ 傅振伦编：《刘知幾年谱》，第21—22页。按：张舜徽先生亦有大致相同的说法，当为沿袭傅先生之说。参见张舜徽：《史学三书平议》，北京：中华书局，1983年，第98—99页。

④ 傅振伦编：《刘知幾年谱》，第27页。

部文论著作之所以问世的，正是刘知幾。他在《史通》的《自叙》篇中列举了《淮南子》《法言》《论衡》《风俗通》《人物志》《典语》等诸书的著作缘起，在谈到《文心雕龙》产生的必然性时，他说："词人属文，其体非一，譬甘辛殊味，丹素异彩；后来祖述，识昧圆通，家有诋诃，人相掎摭，故刘勰《文心》生焉。"①这里，刘知幾没有很直接地评价《文心雕龙》，但实际上却评价不低。他从文章写作艺术风格的多样性谈到人们对文章认识的偏颇，说明正确而公正的文章和文学理论批评是并不容易产生的，从而说明《文心雕龙》产生的历史必然性，这就给了这部书非同一般的重要历史地位。同时，刘知幾在指出一般的文章批评"识昧圆通"的时候，也就肯定了《文心雕龙》之"圆通"的理论特色。所谓"圆通"，乃是议论通达而不失之过激，观点全面而不失之偏颇；可以说近于刘勰所说的"折衷"之境。《文心雕龙》超出齐梁时代古今文体之争的一个重要特点，正是理论认识上的"圆通"。按照刘知幾的意思，那就是刘勰能够理解文章的"其体非一"，也就是艺术风格的多种多样，能够体验到文章写作的"甘辛殊味"，从而做到理论和批评的公正。应该说，刘知幾主要的着眼点在于《文心雕龙》产生的现实针对性，也就是"家有诋诃，人相掎摭"的文章批评的混乱情形；所谓"圆通"，首先便是较之一般人认识上的更为通达，其与沈约"深得文理"②的评价相比较，是可以互相补充的。

不过，刘知幾对《文心雕龙》的认识不仅更为具体，而且其将《文心雕龙》纳入一系列重要思想论著的产生链条之中，对其产生原因

---

① 〔唐〕刘知幾：《史通·自叙》，〔清〕浦起龙释：《史通通释》，上海：上海古籍出版社，1978年，第291页。

② 〔唐〕姚思廉：《梁书》卷五十《文学下》，北京：中华书局，2020年修订版，第791页。

予以认真分析，这种理论上的自觉重视显然是空前的。当然，他的《史通》也正是在这一链条上的重要著作。其云：

> 若《史通》之为书也，盖伤当时载笔之士，其义不纯，思欲辨其指归，殚其体统。夫其书虽以史为主，而余波所及，上穷王道，下掞人伦，总括万殊，包吞千有。自《法言》已降，迄于《文心》而往，固以纳诸胸中，曾不懘芥者矣。夫其为义也，有与夺焉，有褒贬焉，有鉴诫焉，有讽刺焉。其为贯穿者深矣，其为网罗者密矣，其所商略者远矣，其所发明者多矣。①

张舜徽先生就此指出："上文分举《淮南子》《法言》《论衡》《风俗通》《人物志》《典语》《文心雕龙》诸书既竟，此处又总言固已纳诸胸中，曾无懘芥，以明《史通》之作，乃继诸家而起。综观《史通》全书，大抵勇于纠谬，能言人之所不敢言，与《论衡》为近。而论列史法，扬搉体例，则胎袭于《文心雕龙》者尤多。"②

实际上，刘知幾并不讳言自己对《文心雕龙》的倚重，他也是史上第一个大量引用《文心雕龙》，而且数次明确标注刘勰之名及其著作的人。如："昔刘勰有云：'自卿、渊已前，多役才而不课学；向、雄已后，颇引书以助文。'然近史所载，亦多如是。故虽有王平所识，仅通十字；霍光无学，不知一经。而述其言语，必称典诰。良由才乏天然，故事资虚饰者矣。"③此处引《才略》之说为据，批评"事资虚饰"之风。又如："然其撰《甘泉赋》，则云'鞭宓妃'云云，刘勰《文心》已讥之矣。然则文章小道，无足致嗤。观其《蜀

---

① 〔唐〕刘知幾：《史通·自叙》，〔清〕浦起龙释：《史通通释》，第291—292页。
② 张舜徽：《史学三书平议》，第98页。
③ 〔唐〕刘知幾：《史通·杂说下》，〔清〕浦起龙释：《史通通释》，第510页。

王本纪》，称杜魄化而为鹃，荆尸变而为鳖，其言如是，何其鄙哉！所谓非言之难而行之难也。"①此处引《夸饰》之语，说明虽"文章小道"，用词不慎尚且被讥笑，何况历史著作？不管刘知幾是否赞成刘勰之论，如此明确地引用，这在历史上是空前的，至少切实说明了《文心雕龙》在唐代的重要影响。

由于《文心雕龙》有《史传》篇，故多以为刘知幾作《史通》必先取法《史传》，这似乎是情理之中的事情。蒋祖怡先生便谓："《史通》中论'史'的观点，基本上本于《文心雕龙·史传篇》。"②王更生先生也认为："《文心雕龙·史传》篇，从字数多寡上看，虽仅及《史通》六十分之一，但由内容方面探讨，《史传》篇由史例、史评的阐发，旁推交通，论到著述的目的，和史家著述的观点，无一不和刘知幾《史通》息息相关。"③刘知幾当然不会忽视《史传》篇，但总体来看，对近十万字的《史通》而言，一千多字的《史传》篇并未成为其根本纲领。当然，更重要的还不是字数问题，从根本上说，作为一部文论著作之一篇的《史传》，并不符合刘知幾作《史通》的总体要求，也就难以承担纲领之任。实际上，刘知幾取法于《史传》篇的内容，决不比其他篇章更为突出。或者说，《史通》真正得之于《文心雕龙》的精髓，并不在《史传》篇。那么，《文心雕龙》之于《史通》的最大影响在哪里呢？笔者认为，主要是隐显两个方面。从隐而不彰的方面说，刘知幾熟读《文心雕龙》，从刘勰的思维方式到文章写作中的遣词造句，刘知幾对其熟悉程度和得心应手，可以说已经臻于化境。上述胡应麟、孙梅之语，皆有一半说得非常正确，

① 〔唐〕刘知幾：《史通·杂说下》，〔清〕浦起龙释：《史通通释》，第519—520页。
② 蒋祖怡：《〈文心〉与〈史通〉》，《文心雕龙学刊》第三辑，第45页。
③ 王更生：《隋唐时期的"龙学"》，《文心雕龙研究》第一辑，第18页。

那就是所谓"《史通》之为书，其文刘勰也"①，所谓"《史通》一书，心摹手追者，《文心雕龙》也"，所谓"纵横辨博，固足并雄"②也，刘知幾得刘勰为文真传，那是肯定没有问题的。但所谓"藻绘弗如"③，所谓"丽藻遒文，犹或未逮"④，则并非知言了，刘知幾有意为史，在他的心目中，文史的标准判然有别。其云：

> 自战国已下，词人属文，皆伪立客主，假相酬答。至于屈原《离骚》辞，称遇渔父于江渚；宋玉《高唐赋》，云梦神女于阳台。夫言并文章，句结音韵。以兹叙事，足验凭虚。而司马迁、习凿齿之徒，皆采为逸事，编诸史籍，疑误后学，不其甚邪！⑤

所谓"言并文章，句结音韵"，即是说其用语讲究文采和声韵，这对于"叙事"之作而言，是靠不住的。胡应麟所谓"藻绘"者，孙梅所谓"丽藻"者，皆等于刘知幾这里的"文章"，原非史之本分，以文例史，乃不得要领也。

作为文章之师，刘勰对刘知幾的影响可谓"润物细无声"，十分细微而并不彰显，却又无处不在，这就是上述傅振伦先生细辨《史通》与《文心雕龙》的根据所在；实际上，我们很难说《史通》的那些章节一定取法于《文心雕龙》，但又确乎有些影子。即使一些看上去较为明显的引用，如"轮扁所不能语斤，伊挚所不能言鼎"，确乎来自《文心雕龙·神思》，但实际上，刘知幾用来说明"华逝而实存，滓去而渖在"的"叙事"之理，所谓"能损之又损，而玄

---

① 〔明〕胡应麟：《少室山房笔丛》卷十三，第 176 页。
② 〔清〕孙梅著，李金松校点：《四六丛话》卷三十二，第 644 页。
③ 〔明〕胡应麟：《少室山房笔丛》卷十三，第 176 页。
④ 〔清〕孙梅著，李金松校点：《四六丛话》卷三十二，第 644 页。
⑤ 〔唐〕刘知幾：《史通·杂说下》，〔清〕浦起龙释：《史通通释》，第 521 页。

之又玄"①，这与刘勰在《神思》的运用已风马牛不相及了。再如刘知幾对"知音"或"知音君子"等词的大量运用，诸如"庶知音君子，详其得失者焉"②、"夫识宝者稀，知音盖寡"③、"适使时无识宝，世缺知音"④、"犹冀知音君子，时有观焉"⑤，等等，其显然取法刘勰，却与刘勰《知音》之意并不等同。至于杂糅《文心雕龙》之句式或文意而用于表达自己的想法，这样的情况就更多了，如："斯则物有恒准，而鉴无定识，欲求铨核得中，其唯千载一遇乎！"⑥短短的几句话中，化用了《物色》"物有恒姿，而思无定检"、《序志》"唯务折衷"、《知音》"逢其知音，千载其一乎"等句，甚至其"铨核"之语，也化用自刘勰喜欢用的"铨评""铨配""铨列""铨贯""铨别"等语。由此不难看出，《文心雕龙》对《史通》这种细微而巨大的影响，犹如盐溶于水，虽不能说无迹可求，但一一寻踪，却是并不容易的。

二、文史不二：《史通》取法《文心雕龙》之根本

《文心雕龙》对《史通》最大最明显的影响，并非《史传》篇，而是刘勰对文的基本观念。可以说，正是刘勰的文章观，使得刘知幾找到了史学的安身立命之所，找到了自己可以一显身手的天地。《史通·载文》有云：

> 夫观乎人文，以化成天下；观乎国风，以察兴亡。是知文之为用，远矣大矣。若乃宣、僖善政，其美载于周诗；怀、襄不道，

---

① 〔唐〕刘知幾：《史通·叙事》，〔清〕浦起龙释：《史通通释》，第171页。
② 〔唐〕刘知幾：《史通·邑里》，〔清〕浦起龙释：《史通通释》，第145页。
③ 〔唐〕刘知幾：《史通·叙事》，〔清〕浦起龙释：《史通通释》，第167页。
④ 〔唐〕刘知幾：《史通·鉴识》，〔清〕浦起龙释：《史通通释》，第206页。
⑤ 〔唐〕刘知幾：《史通·自叙》，〔清〕浦起龙释：《史通通释》，第292页。
⑥ 〔唐〕刘知幾：《史通·鉴识》，〔清〕浦起龙释：《史通通释》，第204页。

其恶存乎楚赋。读者不以吉甫、奚斯为诮，屈平、宋玉为谤者，何也？盖不虚美，不隐恶故也。是则文之将史，其流一焉，固可以方驾南、董，俱称良直者矣。①

《文心雕龙·史传》有"辞宗丘明，直归南、董"②之语，是要求史书写作要像春秋时期的南史氏和董狐那样秉笔直书，而刘知幾则说文史本为一脉，正因其"不虚美、不隐恶"的实录，才可以与南史、董狐并驾齐驱，才可以称得上是"良文直笔"。看起来其化用了刘勰的文句，实则悄悄进行了转换，那就是无论文史，均需实录，善政要载其美，不道应存其恶，这样才能"以察兴亡"，也才能"以化成天下"。实际上，也只有在这个意义上，才有所谓"文之将史，其流一焉"。从而，所谓"文之为用，远矣大矣"，这里的"文"乃是与"史"不二的，均为"不虚美、不隐恶"之作。也正是在这里，刘知幾找到了刘勰这位知音。《文心雕龙》开篇即云："文之为德也，大矣！"又说："木铎启而千里应，席珍流而万世响；写天地之辉光，晓生民之耳目矣！"③而刘勰这个"文"，正是"肇自太极"的"人文"，所谓"观天文以极变，察人文以成化；然后能经纬区宇，弥纶彝宪，发挥事业，彪炳辞义"④，这个"文"里面，正有着"史传"，则所谓"远矣大矣"的"文之为用"，不也正是"史"之为用吗？所以，说起来，刘知幾对刘勰所谓"直归南、董"的悄悄转化，并不违背《文心雕龙》的基本原则。这便是一个论文、一个论史，看起来原本属于两个领域的两部书，却有着密不可分关系的秘密所在。也正是在

---

① 〔唐〕刘知幾：《史通·载文》，〔清〕浦起龙释：《史通通释》，第 123 页。

② 〔梁〕刘勰：《文心雕龙·史传》，戚良德辑校：《文心雕龙》，上海：上海古籍出版社，2015 年，第 101 页。

③ 〔梁〕刘勰：《文心雕龙·原道》，戚良德辑校：《文心雕龙》，第 3 页。

④ 〔梁〕刘勰：《文心雕龙·原道》，戚良德辑校：《文心雕龙》，第 4 页。

这个意义上，我们说刘勰对刘知幾影响最大的是其文章观念。如果没有这样宽泛的文章观念和文体意识，比如像钟嵘《诗品》那样只是论诗（五言诗），那么无论所论如何精彩，都不会成为刘知幾取法的对象。

其实，不用说诗了，即便是文，对刘知幾而言，假如不符合实录的标准，也仍然是无用的。《载文》说："爰泊中叶，文体大变，树理者多以诡妄为本，饰辞者务以淫丽为宗。譬如女工之有绮縠，音乐之有郑、卫。……若马卿之《子虚》《上林》，扬雄之《甘泉》《羽猎》，班固《两都》，马融《广成》，喻过其体，词没其义，繁华而失实，流宕而忘返，无裨劝奖，有长奸诈，而前后《史》《汉》皆书诸列传，不其谬乎！"①饶有趣味的是，刘知幾这里的一些用词，皆取自刘勰，如对"诡妄""淫丽"的批判，"绮縠""郑卫"比喻之运用，"繁华失实""流宕忘返"之语，可以说这些用语本身均秉持刘勰之意，但它们整体要说明的问题则判然有别了。刘知幾要求的是"至如史氏所书，固当以正为主"，是"其理说而切，其文简而要，足以惩恶劝善，观风察俗者矣"②，总之是史之"良直"，并从而发挥劝善惩恶、移风易俗之效用。说起来，刘知幾所要求的这些效用，与刘勰的想法亦并不矛盾，甚至所谓"说而切""简而要"，也都是刘勰的文意；然而，对文论家的刘勰来说，并没有这么单纯，《文心雕龙》所论，原本有着多重指向和丰富的文意，因而具有相当的复杂性。但刘知幾似乎顾不上这么多，他只想取其所需，而在刘勰建构的理论大厦里，真可谓应有尽有，完全可以"任力耕耨，纵意渔猎"③，这便是《文心雕龙》的伟大，当然它又正好遇上了心有

---

① 〔唐〕刘知幾：《史通·载文》，〔清〕浦起龙释：《史通通释》，第123—124页。

② 〔唐〕刘知幾：《史通·载文》，〔清〕浦起龙释：《史通通释》，第124页。

③ 〔梁〕刘勰：《文心雕龙·事类》，戚良德辑校：《文心雕龙》，第222页。

灵犀的刘知幾。

那么，刘知幾所要的文章是什么样的呢？其云：

> 盖山有木，工则度之。况举世文章，岂无其选，但苦作者书之不读耳。至如诗有韦孟《讽谏》，赋有赵壹《嫉邪》，篇则贾谊《过秦》，论则班彪《王命》，张华述箴于女史，张载题铭于剑阁，诸葛表主以出师，王昶书字以诫子，刘向、谷永之上疏，晁错、李固之对策，荀伯子之弹文，山巨源之启事，此皆言成轨则，为世龟镜。求诸历代，往往而有。苟书之竹帛，持以不刊，则其文可与三代同风，其事可与《五经》齐列。古犹今也，何远近之有哉？①

可见，从文体而言，刘知幾并无特别要求，举凡诗赋论铭、箴表疏策，皆有可取，要在"言成轨则，为世龟镜"，也就是于世有用，不尚虚谈，所谓"拨浮华，采贞实"②，只有这样的文章方可"与三代同风""与《五经》齐列"。当然，刘知幾所说乃所谓"为史而载文"，即选择可以载入史书之"文"，但也正因如此，这个"文"反而格外重要，选择的标准自然也较为严格，于此也就可以看到其重要的文章观念。这个观念既在《文心雕龙》的笼罩之下，又与刘勰的"论文"宗旨并不完全相同。

《文心雕龙》之文章观念对《史通》的笼罩首先表现在两个方面，一是刘勰"文之为德也大矣"的理念，已被刘知幾贯彻到自己的史学观念之中，其所谓"远矣大矣"的"文"正相当于"史"。二是刘勰对晋宋以来"文体解散"③的批判，成为刘知幾的理论武器，

---

① 〔唐〕刘知幾：《史通·载文》，〔清〕浦起龙释：《史通通释》，第127页。
② 〔唐〕刘知幾：《史通·载文》，〔清〕浦起龙释：《史通通释》，第127页。
③ 〔梁〕刘勰：《文心雕龙·序志》，戚良德辑校：《文心雕龙》，第286页。

被他巧妙地运用到了史学理论的建树上，那就是其文史之辨。如上
所述，在均为"实录"的意义上，"文之将史，其流一焉"，然而，
另一个明显的事实，刘知幾无法视而不见，那就是大量的"文"并
非"实录"，从而文史也就未必"流一"。对此，他是有着明确意识的，
其云："昔尼父有言：'文胜质则史。'盖史者，当时之文也，然朴
散淳销，时移世异，文之与史，较然异辙。故以张衡之文，而不闲
于史；以陈寿之史，而不习于文。其有赋述《两都》，诗裁《八咏》，
而能编次汉册，勒成宋典。若斯人者，其流几何？"①即是说，文史
之所以"较然异辙"，走向了完全不同的道路，原因在于"朴散淳销"，
这也可以说是一种"文体解散"，而且也颇类刘勰所谓"辞人爱奇，
言贵浮诡；饰羽尚画，文绣鞶帨"，乃至"离本弥甚，将遂讹滥"②，
这种过分雕琢修饰之风的盛行，也就意味着质朴淳厚之风的消散。
只不过，刘勰说的是整个文风的变化，刘知幾说的却是文史之"异辙"。
刘知幾进一步指出：

> 昔夫子有云："文胜质则史。"故知史之为务，必藉于文。自
> 《五经》已降，《三史》而往，以文叙事，可得言焉。而今之所作，
> 有异于是。其立言也，或虚加练饰，轻事雕彩；或体兼赋颂，词
> 类俳优。文非文，史非史，譬夫乌孙造室，杂以汉仪，而刻鹄不成，
> 反类于鹜者也。③

以前的"史"也就是"文"，固然在于其有着淳朴的共同特征，
但所谓"文胜质则史"，说明史书要达成自己的目标，仍然离不开

---

① 〔唐〕刘知幾：《史通·核才》，〔清〕浦起龙释：《史通通释》，第250页。
② 〔梁〕刘勰：《文心雕龙·序志》，戚良德辑校：《文心雕龙》，第286页。
③ 〔唐〕刘知幾：《史通·叙事》，〔清〕浦起龙释：《史通通释》，第180页。

文的修饰，所谓"以文叙事"；文史之"异辙"在于，或者过分的
修饰，所谓"虚加练饰，轻事雕彩"，或者体裁之不清，所谓"体
兼赋颂，词类俳优"，以至于形成"文非文，史非史"的状态。这
就愈发类似刘勰所谓"文体解散"之弊了，但刘知幾的着眼点仍然
在于文史之"异辙"。有趣的是，刘知幾这里用的"刻鹄类鹜"，刘
勰也用过，但那是用以论"比"，刘知幾则用以谈"文非文，史非史"
的情形，可以说完全不同，但又确实来自《文心雕龙》。这便是典
型的彼刘对此刘的影响，刘知幾精熟文心之理且运用之妙，可谓不
留痕迹。但总起来看，他接受了刘勰的文章观念，只不过用以谈史学，
其之所以可能，原因就在于，在刘勰的观念体系中，文与史确乎是
并不矛盾的，《文心雕龙》中原本就有《史传》篇。

三、殊途同归：文史双美的《文心雕龙》与《史通》

于是，不仅刘勰对南朝文风的批判成了刘知幾的理论武器，而
且《文心雕龙》大量的文章写作之理，自然也成了《史通》的著述
之道，只不过仍然经过了刘知幾的悄悄转换。如谓："夫史之叙事也，
当辩而不华，质而不俚；其文直，其事核，若斯而已可矣。必令同
文举之含异，等公干之有逸，如子云之含章，类长卿之飞藻；此乃
绮扬绣合，雕章缛彩，欲称实录，其可得乎？"[1] 显然，刘知幾明确
要求不能"雕章缛彩"，只能以"实录"为目标，这和《文心雕龙》
所谓"古来文章，以雕缛成体"[2] 的说法截然不同。然而，所谓"辩
而不华，质而不俚"，这与《文心雕龙》对文章的基本要求则是并
不矛盾的；所谓"其文直"，与刘勰所谓"直而不野"[3]、"义直而

---

① 〔唐〕刘知幾：《史通·鉴识》，〔清〕浦起龙释：《史通通释》，第 205 页。
② 〔梁〕刘勰：《文心雕龙·序志》，戚良德辑校：《文心雕龙》，第 286 页。
③ 〔梁〕刘勰：《文心雕龙·明诗》，戚良德辑校：《文心雕龙》，第 31 页。

文婉"①的要求也是一致的,《史传》原本就赞成"良史之直笔"②;所谓"其事核",则正是来自刘勰的说法,如"体周而事核"③、"事核而言练"④、"事核理举"⑤等。再如:"夫史之称美者,以叙事为先。至若书功过,记善恶,文而不丽,质而非野,使人味其滋旨,怀其德音,三复忘疲,百遍无斁,自非作者曰圣,其孰能与于此乎?"⑥这里的"质而非野"显然即是《明诗》的"直而不野",所谓"味其滋旨",亦可视为刘勰"余味日新"⑦、"余味曲包"⑧、"滋味流于字句"⑨、"味之则甘腴"⑩等说法的化用;至于所谓"怀其德音",其中的"德音"即来自《文心雕龙》,如"有亏德音"、"德音大坏"⑪、"崇让之德音"⑫等。又如:"昔圣人之述作也,上自《尧典》,下终获麟,是为属词比事之言,疏通知远之旨。……然则意指深奥,诰训成义,微显阐幽,婉而成章,虽殊途异辙,亦各有差焉。谅以师范亿载,规模万古,为述者之冠冕,实后来之龟镜。"⑬从用词到文意,可以说皆取自刘勰,如"微显阐幽"之语,便化用"神道阐幽,天命微显"⑭之说,"婉而成章"之语则来自《比兴》篇。

---

① 〔梁〕刘勰:《文心雕龙·哀吊》,戚良德辑校:《文心雕龙》,第 81 页。
② 〔梁〕刘勰:《文心雕龙·史传》,戚良德辑校:《文心雕龙》,第 101 页。
③ 〔梁〕刘勰:《文心雕龙·哀吊》,戚良德辑校:《文心雕龙》,第 82 页。
④ 〔梁〕刘勰:《文心雕龙·诸子》,戚良德辑校:《文心雕龙》,第 109 页。
⑤ 〔梁〕刘勰:《文心雕龙·封禅》,戚良德辑校:《文心雕龙》,第 138 页。
⑥ 〔唐〕刘知幾:《史通·叙事》,〔清〕浦起龙释:《史通通释》,第 165 页。
⑦ 〔梁〕刘勰:《文心雕龙·宗经》,戚良德辑校:《文心雕龙》,第 13 页。
⑧ 〔梁〕刘勰:《文心雕龙·隐秀》,戚良德辑校:《文心雕龙》,第 232 页。
⑨ 〔梁〕刘勰:《文心雕龙·声律》,戚良德辑校:《文心雕龙》,第 200 页。
⑩ 〔梁〕刘勰:《文心雕龙·总术》,戚良德辑校:《文心雕龙》,第 247 页。
⑪ 〔梁〕刘勰:《文心雕龙·谐讔》,戚良德辑校:《文心雕龙》,第 93、94 页。
⑫ 〔梁〕刘勰:《文心雕龙·书记》,戚良德辑校:《文心雕龙》,第 160 页。
⑬ 〔唐〕刘知幾:《史通·叙事》,〔清〕浦起龙释:《史通通释》,第 165 页。
⑭ 〔梁〕刘勰:《文心雕龙·正纬》,戚良德辑校:《文心雕龙》,第 19 页。

　　当然，更重要的不仅是这些文词、文意的袭用，而是关于文章基本美学观的一致。刘勰曾不止一次地引用《尚书》所谓"辞尚体要，不唯好异"①之论，将"辞尚体要"转换为对文章的基本要求，这个"体要"乃是切实而简要之意，既要"简要"，又必须"辞约而旨丰，事近而喻远"②，以最少的语言表达最丰富的意蕴。刘知幾便完全继承了这一文章美学观。他说："夫国史之美者，以叙事为工，而叙事之工者，以简要为主。简之时义大矣哉！"又说："然则文约而事丰，此述作之尤美者也。"③其承袭刘勰之意，乃是显然可见的。其《叙事》篇又曰："夫饰言者为文，编文者为句，句积而章立，章积而篇成。篇目既分，而一家之言备矣。古者行人出境，以词令为宗；大夫应对，以言文为主。况乎列以章句，刊之竹帛，安可不励精雕饰，传诸讽诵者哉？"④不仅这里对章句的论述以《文心雕龙》为根据，而且所谓"励精雕饰"，其与刘勰"雕琢其章"⑤之论已经完全一致了，这说明从根本上说，刘知幾对文章的用心修饰是并不反对的，不仅不反对，而且其所谓"简约"，乃是经过精心修饰之后的一种境界。其云："然章句之言，有显有晦。显也者，繁词缛说，理尽于篇中；晦也者，省字约文，事溢于句外。然则晦之将显，优劣不同，较可知矣。夫能略小存大，举重明轻，一言而巨细咸该，片语而洪纤靡漏，此皆用晦之道也。"⑥这里看起来更为推崇"省字约文，事溢于句外"的所谓"用晦之道"，但所谓"一言而巨细咸

①〔汉〕孔安国传，〔唐〕孔颖达疏：《尚书正义》，北京：北京大学出版社，2000年，第817页。
②〔梁〕刘勰：《文心雕龙·宗经》，戚良德辑校：《文心雕龙》，第13页。
③〔唐〕刘知幾：《史通·叙事》，〔清〕浦起龙释：《史通通释》，第168页。
④〔唐〕刘知幾：《史通·叙事》，〔清〕浦起龙释：《史通通释》，第173页。
⑤〔梁〕刘勰：《文心雕龙·情采》，戚良德辑校：《文心雕龙》，第194页。
⑥〔唐〕刘知幾：《史通·叙事》，〔清〕浦起龙释：《史通通释》，第173页。

该，片语而洪纤靡漏"，这样的语言运用之境，没有精雕细刻的功夫，显然是难以达到的。

尤其值得注意的是，刘知幾这种对"用晦之道"的推崇，在很大程度上已经不是对史书的特别要求，或者说其着眼点已然不是专就史书而言了。纪昀曾指出："显晦云云，即彦和隐秀之旨。"[1]一般的文章写作之道固然可以适用于史书，但即使在《文心雕龙》中，刘勰对"史传"的要求也毕竟有所不同，所谓"文非泛论，按实而书"，所谓"若任情失正，文其殆哉"[2]，等等，对史书而言，"实录"应该是第一位的要求，而"隐秀"应该是比较远的要求了，或者说，它肯定不是史书的当务之急。然而，刘知幾却非常重视这个问题，或者说，很看重"隐秀"的文章境界。《叙事》有云：

> 昔古文义，务却浮词。……文如阔略，而语实周赡。故览之者初疑其易，而为之者方觉其难，固非雕虫小技所能斥非其说也。……斯皆言近而旨远，辞浅而义深；虽发语已殚，而含意未尽。使夫读者，望表而知里，扪毛而辨骨，睹一事于句中，反三隅于字外。晦之时义，不亦大哉！[3]

我们不能不说，刘知幾显然深谙艺术的辩证法，所谓"文如阔略，而语实周赡"，初看之下以为不难，真正做起来并不容易，这样的文章之境乃"言近而旨远，辞浅而义深"，具有言有尽而意无穷的艺术效果，从而能够反映事物的本质，使读者"睹一事于句中，反三隅于字外"，也就是达到了一唱三叹之境，令人流连忘返而陶

---

① 〔清〕纪昀：《史通削繁》卷二，上海：扫叶山房书局，1926年，第13页。

② 〔梁〕刘勰：《文心雕龙·史传》，戚良德辑校：《文心雕龙》，第101页。

③ 〔唐〕刘知幾：《史通·叙事》，〔清〕浦起龙释：《史通通释》，第173—174页。

醉其中。然而，这难道是史书的追求吗？或者说，一般的史书能够达到这样的境界吗？可以说，正是在这里，《史通》与《文心雕龙》殊途同归了，都进入了极高的文章境界。从这个意义上说，黄庭坚谓二书"大中文病"，要求后辈要读一读这两部书，乃是颇有道理的。

可以看出，作为体大思精的论文之作，《文心雕龙》所谈大量为文之"术"，当然也会为刘知幾所采择，为他的史论服务。即是说，《文心雕龙》的文章写作之道，自然对《史通》产生了重要影响。不过这种影响，一方面是巨大的，另一方面又仍然带有刘知幾的采择特点。那就是，他大量运用刘勰的思想理论，采择刘勰的用词和文意，但整体上仍然是为了他的史学著作服务；看起来有着《文心雕龙》的外衣，实际上也确实不违背刘勰的意愿，却又与刘勰的整体思路相距甚远。《文心雕龙》对《史通》的影响就是如此微妙，换言之，刘知幾是一个相当高明的学生，他深深懂得老师的价值，但弱水三千，只取一瓢饮，他要让《文心雕龙》为他的《史通》服务。也正因如此，我们才在中华文化史上看到了一部了不起的史学著作，它受到《文心雕龙》一书的影响，却并不是《文心雕龙》的翻版，而是有着自己无可替代的重要价值。

正因如此，黄叔琳评价《史通》一书说："观其议论，如老吏断狱，难更平反；如夷人嗅金，暗识高下；如神医眼，照垣一方，洞见五藏症结。间有过执己见，以裁量往古，泥定体而少变通，如谓《尚书》为例不纯，史论淡薄无味之类，然其荟萃搜择，钩鈲排击，上下数千年，贯穿数万卷，心细而眼明，舌长而笔辣，虽马、班亦有不能自解免者，何况其余书。在文史类中，允与刘彦和之《雕龙》相匹。徐坚谓史氏宜置座右，信也。"[1]纪昀甚至认为："彦和妙解文理，

---

① 〔清〕黄叔琳：《〈史通训故补〉序》，《四库全书存目丛书》史部第279册，第480—481页。

而史事非其当行。此篇文句特烦，而约略依稀，无甚高论，特敷衍以足数耳。学者欲析源流，有刘子玄之书在。"[①] 这也是有一定道理的。四库总目提要指出，《史通》"贯穿今古，洞悉利病，实非后人之所及"[②]。梁启超亦谓："自有左丘、司马迁、班固、荀悦、杜佑、司马光、袁枢诸人，然后中国始有史。自有刘知幾、郑樵、章学诚，然后中国始有史学矣。"[③] 就刘知幾《史通》的独特价值而言，这些评价都是正确的；而就《文心雕龙》一书对它的影响而言，则是并不矛盾的。《文心雕龙》的文章观念笼罩《史通》，却并未将其淹没，而是最终成就了文史双美的佳话，这正是中国文论的独特魅力之所在。

---

① 〔清〕黄叔琳注，〔清〕纪昀评：《文心雕龙辑注》，北京：中华书局，1957 年，第 155 页。

② 〔清〕永瑢等：《四库全书总目》卷八八，北京：中华书局，1965 年，第 751 页。

③ 梁启超：《中国历史研究法》，上海：上海古籍出版社，1998 年，第 25 页。

《文心雕龙·隐秀》的补文问题

在《文心雕龙》现存最早刻本元至正本中,《隐秀》一篇仅有279字(包括篇名,下同),为全书五十篇篇幅最短者。大约正因如此,明人认为该篇有阙文,并抄补四百余字,从而成为"龙学"史上的一段公案。看起来仅仅是四百余字的问题,但这是"龙学"的大事:一则关乎《文心雕龙》这部文论名著的完整性,二则关乎《文心雕龙》创作论一个重要理论的完整性。正如黄侃所说:"夫隐秀之义,诠明极艰,彦和既立专篇,可知于文苑为最要。"①詹锳先生甚至认为:"《隐秀》篇补文的真伪问题,是关系到如何全面认识、理解刘勰的全部文艺理论的关键问题。"②因此,这四百余字的补文是否刘勰的原作,也就成了一个非常重要的问题,历来受到研究者的关注。但另一方面,《隐秀》篇的完整性问题则很少有人提出;换言之,研究者一般认为现存《隐秀》篇肯定是残缺的、很不完整的,只是补文真伪存在问题。实际上,在笔者看来,《隐秀》篇补文的研究有三个密切相关的问题:首先是《隐秀》篇的完整性问题,其次才是四百字补文的真伪问题,第三则是该篇其他佚文的真伪问题。迄今为止,研究者主要关注的只是补文真伪问题,而且这个问题也并未得到解决;至于其他两个问题,则或以不成问题而少有认真讨论。

一

最早指出《隐秀》篇有阙文而内容不完整的是明代人。如朱谋

---

① 黄侃:《文心雕龙札记》,北京:中华书局,1962年,第196页。
② 詹锳:《〈文心雕龙〉的风格学》,北京:人民文学出版社,1982年,第104页。

埠说"《隐秀》一篇脱数百字，不可复考"①，又说："《隐秀》中脱数百字，旁求不得，梅子庚既以注而梓之。"与此同时，更完整的《隐秀》篇也在明代出现了。朱谋埠有云："万历乙卯夏，海虞许子洽于钱功甫万卷楼检得宋刻，适存此篇，喜而录之。来过南州，出以示余，遂成完璧。因写寄子庚补梓焉。子洽名重熙，博奥士也。原本尚缺十三字，世必再有别本可续补者。"②钱功甫的宋刻来自何处呢？钱氏有云："按此书至正乙未刻于嘉禾，弘治甲子刻于吴门，嘉靖庚子刻于新安……至《隐秀》一篇，均之阙如也。余从阮华山得宋本钞补，始为完书。"③如此言之凿凿，似乎确有宋本。徐𤊺也说："第四十《隐秀》一篇，原脱一板，予以万历戊午之冬，客游南昌，王孙孝穆云：'曾见宋本，业已钞补。'予亟从孝穆录之。予家有元本，亦系脱漏，则此篇文字既绝而复蒐得之，孝穆之功大矣。因而告诸同志，传钞以成完书。古人云：书贵旧本。诚然哉！"④他们所谓"宋刻"或"宋本"是单本的《文心雕龙》吗？这失而复得的《隐秀》篇阙文，是真还是假？从钱、朱、徐等人叙述的口吻来看，他们似乎并无怀疑。

首先表示怀疑的是清代的纪昀，其云：

> 此一页词殊不类，究属可疑。"呕心吐胆"，似㩁玉溪《李贺小传》"呕出心肝"语；"锻岁炼年"，似㩁《六一诗话》周朴"月

① 〔明〕朱谋埠：《万历梅本〈文心雕龙〉跋》，杨明照校注拾遗：《增订文心雕龙校注》，北京：中华书局，2000年，第975页。
② 〔明〕朱谋埠：《梅庆生天启二年重修本〈文心雕龙〉跋》，杨明照校注拾遗：《增订文心雕龙校注》，第975页。
③ 〔明〕钱允治：《冯舒手校本〈文心雕龙〉跋》，杨明照校注拾遗：《增订文心雕龙校注》，第979页。
④ 〔明〕徐𤊺：《徐𤊺校本〈文心雕龙〉跋》，杨明照校注拾遗：《增订文心雕龙校注》，第978页。

锻季炼"语。称渊明为彭泽，乃唐人语，六朝但有征士之称，不称其官也。称班姬为匹妇，亦摭钟嵘《诗品》语。此书成于齐代，不应述梁代之说也。且"隐秀"之段，皆论诗而不论文，亦非此书之体。似乎明人伪托，不如从原本缺之。[1]

纪昀怀疑的理由，可以分为两个方面，一方面是"词殊不类"，即其中一些用语不像出于刘勰，这又有三种情况：一是某些词语可以在唐宋人的著作中找到出处，如"呕心吐胆""锻岁炼年"等；二是某些特定的称谓不属于六朝，这是指"称渊明为彭泽"，纪昀认为此"乃唐人语"；三是某些称谓虽出于六朝，但亦在《文心雕龙》成书之后，这是指称班婕妤为"匹妇"，纪昀认为来自钟嵘的《诗品》。另一方面是"非此书之体"，即与《文心雕龙》的论述方式不同，这主要是指《隐秀》补文的最后一段，其列举"隐""秀"之例，只有诗歌而没有其他文体，纪昀认为这是不应该的。在《四库总目提要》中，亦可见到类似纪昀之说，除了认为"其词亦颇不类"，又指出："况至正去宋未远，不应宋本已无一存，三百年后，乃为明人所得。又考《永乐大典》所载旧本，阙文亦同。其时宋本如林，更不应内府所藏，无一完刻。阮氏所称，殆亦影撰，何焯等误信之也。"[2]

黄侃继之，在其《文心雕龙札记》中对纪昀之说表示赞同，并进一步指出：

> 详此补亡之文，出辞肤浅，无所甄明。且原文明云：思合自逢，

① 〔清〕黄叔琳注，〔清〕纪昀评：《文心雕龙辑注》，北京：中华书局，1957年，第353页。

② 〔清〕永瑢等：《四库全书总目》卷一九五，北京：中华书局，1965年，第1779页。

非由研虑,即补亡者,亦知不劳妆点,无待裁镕,乃中篇忽羼入驰心、溺思、呕心、煅岁诸语,此之才盾,令人笑诧,岂以彦和而至于斯!至如用字之庸杂,举证之阔疏,又不足诮也。案此纸亡于元时,则宋时尚得见之,惜少征引者,惟张戒《岁寒堂诗话》引刘勰云:"情在词外曰隐,状溢目前曰秀。"此真《隐秀篇》之文。今本既云出于宋椠,何以遗此二言?然则赝迹至斯愈显,不待考索文理而亦知之矣。①

黄先生除了认为补文"出辞肤浅""用字之庸杂"因而"不足诮",又指出两个问题:一是文意之矛盾,在现存《隐秀》篇中,刘勰说:"文集胜篇,不盈十一;篇章秀句,裁可百二:并思合而自逢,非研虑之所求也。"②同时,补文第一段亦有"烟霭天成,不劳于妆点;容华格定,无待于裁镕"之句,而后面却又有"驰心于玄默之表""溺思于佳丽之乡"以及"呕心吐胆""锻岁炼年"③等说法,黄侃认为这是令人可笑的矛盾。二是宋代张戒《岁寒堂诗话》曾引用《隐秀》篇的两句佚文,而这两句话却不见于四百字的补文,这充分证明补文乃伪作。

其后,范文澜、刘永济、杨明照、周振甫等诸先生皆赞同《隐秀》补文为伪作之见,并不断增补新证据以证其伪。正如詹锳先生所说:"到了今天,研究《文心雕龙》的人,几乎都同意这四百多字是明

---

① 黄侃:《文心雕龙札记》,第 196 页。
② 〔梁〕刘勰:《文心雕龙·隐秀》,戚良德辑校:《文心雕龙》,上海:上海古籍出版社,2015 年,第 232 页。按:以下所引《文心雕龙》原文均出此书,只随文注明篇名。
③ 范文澜注:《文心雕龙注》,北京:人民文学出版社,1958 年,第 635 页。按:以下所引《隐秀》之补文均见于此,不再一一出注。

人伪造，从来还没有人提出异议，似乎已成定论了。"① 然而，詹先生却认为，《隐秀》篇补文盖以"明人好作伪书"而"蒙了不白之冤"②，实则其并非伪作。他说：

> 明朝人的确有伪造古书和乱改古书的事，但这多半是私家刻书坊所干的。象《隐秀》篇的补文，在万历年间经过许多学者、藏书家和毕生校勘《文心雕龙》的专家鉴定校订过，而且补文当中还有避宋讳缺笔的字，显然是根据宋本传抄翻刻的。由于纪昀和黄侃武断的考证，使大家信以为伪，以致于不敢阐述《隐秀》篇的理论，实在是大可惋惜的。③

正如刘文忠先生所说："清代以来的学者，都认为这四百多字的补文是假的，出自明代学者的伪造。詹锳先生在《〈文心雕龙〉的'隐秀'论》一文中，首先翻了数百年的旧案，力主《隐秀》篇的补文是真的。……在真伪问题上，詹先生是力排众议而独树一帜，其考证，不可谓无见。"④

实际上，就纪昀和黄侃所提到的证据而言，确乎还难以说明《隐秀》补文为伪作。詹锳先生便指出，《文心雕龙》之《神思》篇有"扬雄辍翰而惊梦"之说，《才略》篇有"子云属意，辞人最深……而竭才以钻思"之论，"这些都和《隐秀》篇补文中所说的'呕心吐胆，不足语穷'的状态是一致的，不见得刘勰的'呕心吐胆'这句话就出于李商隐《李贺小传》中所说的'呕出心肝'"。《神思》篇又有

---

① 詹锳：《〈文心雕龙〉的风格学》，第 78—79 页。
② 詹锳：《〈文心雕龙〉的风格学》，第 78 页。
③ 詹锳：《〈文心雕龙〉的风格学》，第 94 页。
④ 刘文忠：《评〈《文心雕龙》的风格学〉——兼与詹锳先生商榷》，《文心雕龙学刊》第二辑，济南：齐鲁书社，1984 年，第 273 页。

"张衡研《京》以十年，左思练《都》以一纪"之说，"这和《隐秀》
篇补文'锻岁炼年，奚能喻苦'正可以互相印证。……不见得《隐秀》
篇补文的'锻岁炼年'一句话是从欧阳修来的"。詹先生认为："见
到《隐秀》篇和钟嵘《诗品》卷上都曾称班婕妤为'匹妇'，就说《隐秀》
篇补文是抄的《诗品》，尤其不成理由。至于纪批说：'称渊明为彭
泽，乃唐人语，六朝但有征士之称；不称其官也。'这尤其荒唐。"①
应该说，詹先生这些辩驳都是很有力量的。至于《四库提要》所谓
宋本何以"乃为明人所得"之质疑，以及"不应内府所藏，无一完刻"
云云，只能说是霸道的官话，也就不值一驳了。

　　在黄侃提到的证据中，还有一个引人瞩目的问题，那就是张戒
《岁寒堂诗话》那两句有可能出自《隐秀》篇的引文，何以未见于补文？
詹锳先生指出："黄侃的质问是毫无力量的，其实《隐秀》篇的脱
简不止一处，除去'澜表方圆'以下的四百字以外，还有几个地方……
可见《隐秀》篇在另外的地方还可能有脱简。因此，我们认为'情
在词外曰隐，状溢目前曰秀'两句，也一定是《隐秀》篇的原文，
这两句究竟应该补在什么地方，则是无法确定的。"②毫无疑问，詹
先生的回答是非常有力的，就算四百字补文是真的，也未必一定要
包括这两句佚文，因为那并非《隐秀》的全文，谁能确定这两句话
应该在什么地方呢？正因如此，周汝昌先生认为："黄氏此说，虽
然大家靡然从风，众口一词，其实却是无有多大价值的。"③应该说，
从论证补文真伪的角度而言，确是如此的。

---

① 詹锳：《〈文心雕龙〉的风格学》，第 89 页。
② 詹锳：《〈文心雕龙〉的风格学》，第 91 页。
③ 周汝昌：《〈文心雕龙·隐秀篇〉旧疑新议》，《河北大学学报》1983 年第 2 期。

二

由上可见，纪昀、黄侃指出的问题看起来不少，其中亦不乏真知灼见，如黄侃所指"呕心吐胆"等的矛盾之处（详下），但如詹锳、周汝昌先生所说，多数是缺乏力量、价值不大的。那么，这是否意味着《隐秀》的四百字补文确实来自宋本，进而可以相信其为刘勰之原文呢？笔者认为，答案仍然是否定的。

首先，作为目前存世的《文心雕龙》最早刻本，元至正本的重要性是举世公认的，则《隐秀》篇在其中的面貌是最值得尊重的。不可忽视的是，在元至正本中，《隐秀》篇是较为完整的，虽仅有279字，确为《文心雕龙》五十篇中之最短者，但这不能说明它就一定是残缺的。与第四十篇《隐秀》相隔一篇的第四十二篇《养气》是519字，而第二篇《征圣》则是521字，这两篇是除《隐秀》篇之外，《文心雕龙》中篇幅较短的篇章，其固然均比《隐秀》多出近一倍，但我们看《文心雕龙》中最长的两篇：第四十五篇《时序》是1543字，第四十七篇《才略》是1463字，均超过《养气》《征圣》近两倍。这说明《文心雕龙》各篇的篇幅本就是很不均匀的，刘勰完全着眼于内容而申论，并未追求篇幅上的大致相等。我们既然不能说《养气》《征圣》是不完整的，那么也就没有理由说《隐秀》是不完整的。我们不能先入为主地认为《隐秀》有残缺，然后再去分析四百字补文的真假，这是一个最重要的前提。

其次，就元至正本《隐秀》篇的结构来看，除最后的"赞"辞之外，全文明显分为三个段落，第一段延续刘勰在"剖情析采"（创作论）部分的一贯思路，从一般的写作原理谈起，所谓"夫心术之动远矣，文情之变深矣"，而后引出本篇的论题："源奥而派生，根盛而颖峻，是以文之英蕤，有秀有隐。"（《隐秀》）紧接着便对"隐""秀"进行了定义。第二段论"隐"，"澜表方圆"句之后似乎略感不足，尤其是所引西晋诗人王赞《杂诗》"朔风动秋草，边马有归心"[1]二句，其中缺少"朔"字，似乎成为阙文的证据。但从下文看，这里即使有残缺，也不会很多。第三段论"秀"，虽然篇幅不长，但相当完整。尤其是我们可以把第二段和第三段开始的几句话进行对比，一则曰："夫隐之为体，义生文外；秘响傍通，伏采潜发：譬爻象之变互体，川渎之韫珠玉也。"（《隐秀》）二则云："凡文集胜篇，不盈十一；篇章秀句，裁可百二：并思合而自逢，非研虑之所求也。"（《隐秀》）其句式、笔法遥相呼应，正是刘勰写作骈文的一贯作风，哪里容得下大段阙文？所以笔者认为，就算本篇文字略有残缺，也不至于多至四百字。总体而言，《隐秀》一篇字数虽少，但从其内容来看，应该说基本是完整的。历来所谓"原脱一板""缺此一叶"云云，很可能只是以讹传讹而已。

第三，《文心雕龙》每篇最后的"赞曰"均为一篇之总结，这是通例，我们看《隐秀》篇的这个总结："深文隐蔚，余味曲包；辞生互体，有似变爻。言之秀矣，万虑一交；动心惊耳，逸响笙匏。"显然，刘勰的思路很明确，即先论"隐"再论"秀"。如上所述，从现存《隐秀》篇看，除第一段总括而论、分别给"隐""秀"下定义之外，接下来便是一段论"隐"，一段谈"秀"，完全符合赞词的思路。但插入其中的四百字补文则显然不同，补者乃是以隐、秀对举成文，将二者综合为论，这是不符合刘勰本篇之思路的。尤其是"赞曰"八句，其所总结的内容，前文已然全部具备；即是说，赞辞的内容正是对前面三段的概括和总结。而另一方面，颇为有趣的是，"赞曰"八句内容竟然完全不涉及所补四百字，岂非耐人寻味？仅此一点亦足以说明，四百字补文是游离于本篇之外的。

第四，补文第一句"始正而末奇"，意欲描绘"隐"的特点或效果，

其意为"始读之觉其正常,最后才感到奇特"①,如此运用"奇正"这对概念,尤其是如此理解"奇"字,这在《文心雕龙》中是比较陌生的。如《辨骚》有"酌奇而不失其贞(正),玩华而不坠其实",《书记》有"兵谋无方,而奇正有象",《定势》有"奇正虽反,必兼解以俱通""辞反正为奇""执正以驭奇""逐奇而失正",《知音》有"四观奇正"等,一方面刘勰对"奇"的风格颇为谨慎,另一方面经常批评这样的文风,尤其是与"正"相对而言的时候,他不太可能用"始正而末奇"这样的句子肯定"隐"的文章效果。同时,接下来的补文中,又有"深浅而各奇""务欲造奇"等说法,这些对"奇"的运用也都是不太符合刘勰对"奇"的态度的,而且在不长的篇幅之内,如此重复运用这个字,也不符合刘勰为文的习惯。

第五,补文对"秀"的定义:"彼波起辞间,是谓之秀。"这显然是针对上文"夫隐之为体,义生文外"(《隐秀》)而来,但这样的骈文行文方式,对刘勰来说也是比较陌生的。试看刘勰的定义:"隐也者,文外之重旨者也;秀也者,篇中之独拔者也。隐以复意为工,秀以卓绝为巧……"(《隐秀》)这才是属于刘勰的对仗工整的骈文行文方式。假如"夫隐之为体,义生文外……"之后真的会有对"秀"的对等叙述,刘勰应该会用"秀之为用……"之类的句式。更重要的是,刘勰已经在上文给"隐""秀"下了定义,这里不可能再有"是谓之秀"这样的定义了;实际上,"夫隐之为体"已经不再是定义,而是在上述定义基础上的进一步阐述。所以,"彼波起辞间,是谓之秀"一句,根本是接不上刘勰前面的文章的。

第六,补文中"容华格定""格刚才劲"两句,其中"格"字的运用及其内涵,对刘勰而言是陌生的,倒是近于明人的格调论。在《文心雕龙》其他篇章中,"格"字凡五见:《征圣》之"夫子文章,

---

① 陆侃如、牟世金:《文心雕龙译注》(下),济南:齐鲁书社,1982年,第253页。

溢乎格言"，《祝盟》之"神之来格，所贵无惭"，《议对》之"亦有其美，风格存焉"，《章句》之"四字密而不促，六字格而非缓"，《夸饰》之"风格训世，事必宜广"。其中只有两处"风格"中的"格"字，与《隐秀》补文中的"格"字可能有所关联，但这两个"风格"均指"风"之品格，亦即教化之功用，与格调说意义上的"格刚才劲"之类，是很不一样的。这样的用语可能正反映出补文的时代特点，是值得注意的。

第七，纪昀和黄侃都提到补文中的这段话："夫立意之士，务欲造奇，每驰心于玄默之表；工辞之人，必欲臻美，恒溺思于佳丽之乡。呕心吐胆，不足语穷；锻岁炼年，奚能喻苦？"确乎有很大问题。这一段论述是否符合刘勰的全部文论思想姑且不论，但其与原有的《隐秀》之文相矛盾，则是必须正视的问题，在这一点上，黄侃之说是非常准确的。刘勰说："凡文集胜篇，不盈十一；篇章秀句，裁可百二：并思合而自逢，非研虑之所求也。或有雕削取巧，虽美非秀矣。故自然会妙，譬卉木之耀英华……"（《隐秀》）如此明确地反对"研虑""雕削"，强调"自然会妙"，怎么可能要求"呕心吐胆""锻岁炼年"？以此而言，黄侃谓之"令人笑诧"，虽未免苛刻，但其明显的矛盾是不容置疑的。当然，若着眼《文心雕龙》全书，如补文这样的要求也是未必符合刘勰思想的。《神思》有曰："是以秉心养术，无务苦虑；含章司契，不必劳情也。"《养气》更云："率志委和，则理融而情畅；钻砺过分，则神疲而气衰：此性情之数也。"又说："至于文也，则申写郁滞，故宜从容率情，优柔适会。"所谓"不足语穷""奚能喻苦"云云，与刘勰的思路实在是相去甚远的。

第八，补文所谓"将欲征隐，聊可指篇""如欲辨秀，亦惟摘句"，这种论述方式在《文心雕龙》创作论各篇的论述方式之中亦极为少见。刘勰在《隐秀》开篇有云："夫心术之动远矣，文情之变深矣！

源奥而派生，根盛而颖峻，是以文之英蕤，有秀有隐。"可见对文章来说，"隐秀"问题何等重要，怎么会有"聊可指篇"的无奈、"亦惟摘句"的勉强？这样的叙说方式，对踌躇满志、"搦笔和墨，乃始论文"（《序志》）的刘勰来说，是不太可能的；对结构谨严、"师心独见，锋颖精密"（《论说》）的《文心雕龙》而言，也是颇为少见的。所谓差之毫厘谬以千里，这些细微之别正是文风的不经意流露，是可以说明问题的。

第九，补文有"彭泽之……"一语，如詹锳先生所说，"彭泽"之称谓并无问题，但提到陶渊明却暴露了问题。如所周知，除了这个补文，《文心雕龙》在其他地方均未提到陶渊明，这甚至成为"龙学"的一个问题，有不少文章曾经进行探讨，刘勰何以不提陶渊明？但笔者认为，除了一个角度，其他的探讨可以说均无济于事，这个角度便是：刘勰之所以不提陶渊明，不是什么别的原因，就是刘勰自己所说的："宋代逸才，辞翰鳞萃；近世易明，无劳甄序。"（《才略》）一如刘勰不提谢灵运一样，这是刘勰撰写《文心雕龙》的基本体例。因此，《隐秀》补文把陶渊明写上，这无疑属于画蛇添足之举，无意中暴露出其作者并非刘勰。

第十，应该说，无论从内容的衔接、上下文的关联，还是用语的推敲来看，四百字补文水平不低，虽然其作者对《文心雕龙》说不上十分熟悉，但也决非等闲之辈，并非如黄侃先生所谓"不足消也"。然而，一方面，其所补的对象是《文心雕龙》，而不是一般的诗词文话；另一方面，假如真为明人所补，无论其水平有多高，均不可能做到天衣无缝，而一定会留下诸多破绽，这是相距千年必有的后果，不以补者的努力和水平为转移。换言之，如果这些文字是刘勰本人的，那么其理所当然应该与《隐秀》篇的其他文字乃至《文心雕龙》的整体风格水乳交融，不至于出现很明显的问题。我们看所补文字，不惟其句式与刘勰颇有不同，其工拙亦不可同日而语。如"烟霭天成，不劳于妆点；容华格定，无待于裁镕""每驰心于玄默之表""恒溺思于佳丽之乡"，等等，看起来颇为工整，但"不劳于""无待于""驰心于""溺思于"这样的累赘而重复之说，以及多至八个字的对句，刘勰是不会有的。又如"若挥之则有余，而揽之则不足矣""斯并不足于才思，而亦有愧于文辞矣"，这样散漫的句子亦决非《文心雕龙》之精炼而雅正的骈文所应有。客观而言，其与刘勰文风的区别是相当明显的。

由上十条可见，要肯定《隐秀》篇的四百字补文为刘勰原作，可以说是困难重重的。因此，我们可以得出两点"基本"认识：现存《隐秀》篇基本是完整的，纵有阙文，大概也只是个别字句的脱漏，不会多至四百余字；从而《隐秀》的四百字补文也就基本可以确定不是《文心雕龙》原文，而应为后人所补。

三

与之相关的另一个问题，如詹锳先生所说，除了这四百字补文，涉及《隐秀》篇的还有一些佚文，它们的真假又如何呢？

首先是张戒《岁寒堂诗话》所引的那两句话，黄侃先生认为"此真《隐秀篇》之文"，詹先生认为"一定是《隐秀》篇的原文"，杨明照先生也说"无疑是原本《隐秀篇》里的话"[1]，可见近乎众口一词，只是不确定应该在什么地方。这基本代表了大多数研究者的看法，笔者此前也是这样相信的，但真的有这么肯定吗？惟周汝昌先生对此明确提出怀疑，认为"张戒所谓的'情在词外曰隐，状溢目前曰秀'

---

① 杨明照：《〈文心雕龙·隐秀篇〉补文质疑》，《学不已斋杂著》，上海：上海古籍出版社，1985年，第506页。

十二个字，不是彦和原文"①，但并未引起研究者的关注。

应该说，张戒在《岁寒堂诗话》中曾两次引用刘勰之论，而且其中竟然有两句《隐秀》篇佚文，这确乎是令人惊喜的。其卷上有云：

> 《诗序》云："情动于中而形于言，言之不足，故嗟叹之。"子建、李、杜皆情意有余，汹涌而后发者也。刘勰云："因情造文，不为文造情。"若他人之诗，皆为文造情耳。沈约云："相如工为形似之言，二班长于情理之说。"刘勰云："情在词外曰隐，状溢目前曰秀。"梅圣俞云："含不尽之意，见于言外，状难写之景，如在目前。"三人之论，其实一也。②

张戒在这里两度引用刘勰之说，抓住了《文心雕龙》的两个重要理论观点，一是《情采》的"为情而造文"之说，认为其与《毛诗序》之论一脉相承；二是《隐秀》的"情在词外"之论，认为其与沈约、梅尧臣等人的观点相一致。但现存《隐秀》篇并没有这两句话，这对恰好不完整的《隐秀》篇而言，实在是弥足珍贵的；尤其是这两句话的内容，对补充刘勰关于"隐""秀"的定义，或许有着重要的意义。《隐秀》有云："隐也者，文外之重旨者也；秀也者，篇中之独拔者也。隐以复意为工，秀以卓绝为巧，斯乃旧章之懿绩，才情之嘉会也。"显然，"情在词外"可以与"文外之重旨"以及"复意"相印证，"状溢目前"则可与"篇中之独拔"以及"卓绝"相印证，但"情在词外"和"状溢目前"之说显然更为清晰而明确。

张戒的这两句引文是否确为《隐秀》之佚文呢？我们仔细体会

---

① 周汝昌：《〈文心雕龙·隐秀篇〉旧疑新议》，《河北大学学报》1983 年第 2 期。
② 〔宋〕张戒：《岁寒堂诗话》，丁福保辑：《历代诗话续编》，北京：中华书局，1983 年，第 456 页。

这两句话，其为刘勰原文的真实性是值得怀疑的。原因很简单，我们看张戒所引刘勰的上一句话："因情造文，不为文造情。"虽其明确说"刘勰云"，但这显然并非刘勰的原话。刘勰的相关原文为："昔诗人什篇，为情而造文；辞人赋颂，为文而造情。……此为情而造文也。……此为文而造情也。"（《情采》）不难看出，张戒所引，其实不能算是引文，而只能说是张戒对《情采》相关论述的概括。然则，同样标为"刘勰云"的"情在词外曰隐，状溢目前曰秀"二句，是否情况相同呢？可以说完全有可能。《隐秀》说："隐也者，文外之重旨者也；秀也者，篇中之独拔者也。"所谓"情在词外"，可以视为对"文外之重旨"的概括；所谓"状溢目前"，则可视为对"篇中之独拔"的概括。这不仅不牵强，而且符合张戒这里引文的规律。更重要的是，所谓"情在词外""状溢目前"二句，其内容虽然可以说与刘勰的观点并不违背，但这样的说法却未必会出于刘勰之口。试看张戒紧接着所引梅尧臣的几句话，所谓"含不尽之意，见于言外，状难写之景，如在目前"，与所谓"情在词外""状溢目前"之说何其相似！难怪他会说："三人之论，其实一也。"[1] 即是说，张戒这里的引文，重在贯通"三人之论"，他对《隐秀》的引述，属于他的理解和发挥，并非直接引用。

其实，如果进一步考究，"情在词外"这样的说法虽然可以作为"文外之重旨"的引申，但二者并不完全一致。刘勰所谓"文外之重旨"，其作为"隐"的定义是准确的，而"情在词外"却不一定是"隐"，而只是一种艺术效果，其与"言有尽而意无穷"更为接近，因而将"情在词外"视为身处宋代的张戒个人对"文外之重旨"的理解和简单概括，可能更为合适。实际上，作为"文辞尽情"论者，刘勰不太可能具有明确的"情在词外"这样的说法。类似

① 〔宋〕张戒：《岁寒堂诗话》，丁福保辑：《历代诗话续编》，第456页。

艺术效果的提倡，刘勰是有的，但他的表达方式是《物色》所谓"物色尽而情有余"，这与意在言外之论是有所不同的。同样的道理，"状溢目前"这样的说法也只能是对"篇中之独拔"的引申，二者不仅并不等同，而且可以说相去甚远。刘勰所谓"篇中之独拔"，其作为"秀"的定义是准确的，而"状溢目前"却显然并不合适，或者说它们谈的根本不是一回事。"篇中之独拔"者，乃秀句也，类似陆机所谓"石韫玉而山晖，水怀珠而川媚"[①]之说；而"状溢目前"者，则为文章描绘的艺术效果，与秀句相去远矣。因而，这句更应该视为张戒对"篇中之独拔"一语的个人理解和概括了。周汝昌先生认为"张戒诗话中的那两句之不会是彦和原文，其根本问题还是在于这十二个字意思与《文心》原旨不相契合"[②]，这是颇有道理的。而且，刘勰既然已经在第一段为"隐"和"秀"做了明确定义，怎么可能又出来"情在词外曰隐，状溢目前曰秀"这样的二次定义？因此，《岁寒堂诗话》的两句引文历来被作为《隐秀》之佚文的看法，或当修正了。事实很可能是，《文心雕龙》之《隐秀》篇并无"情在词外曰隐，状溢目前曰秀"这样两句原文，那不过是张戒对刘勰"隐秀"之意的个人理解和概括而已，一如其对"情采"之论的概括。若准此论，张戒的一句"刘勰云"可谓惑人不浅！

其次是"凡文集胜篇"一段，也有两处补文：一是"或有雕削取巧，虽美非秀矣"句，有明刊本补为"或有晦塞为深，虽奥非隐；雕削取巧，虽美非秀矣"[③]，即多出"晦塞为深，虽奥非隐"两句。

---

① 〔晋〕陆机：《文赋》，杨明校笺：《陆机集校笺》，上海：上海古籍出版社，2016年，第27页。

② 周汝昌：《〈文心雕龙·隐秀篇〉旧疑新议》，《河北大学学报》1983年第2期。

③ 詹锳义证：《文心雕龙义证》，上海：上海古籍出版社，1989年，第1505、1506页。

一是"秀句所以照文苑，盖以此也"句，詹锳先生说："曹批梅六次本的校补是'隐篇所以照文苑，秀句所以侈翰林，盖以此也。'"①显然，两处所补，对句精巧，初看之下，似觉天衣无缝，因而更让人信以为真。就连主张前面四百字补文为伪作的王达津先生也认为："这二句补得符合原意，就认为是刘勰所说也未为不可。但这二句补得好，并不能为前面伪《隐秀》文辩护……"②其实，假如着眼《隐秀》全篇的思路，这两处补文的真实性仍是大可怀疑的。两处补文的思路均以"隐""秀"对举为论，可以说与上述四百字补文的思路完全一致，因此这些补文当同出一源，而与刘勰构建《隐秀》篇的思路并不相同。如上所述，"凡文集胜篇"一段乃专论"秀"句，无论文意还是行文，可以说均无所缺，一补便为蛇足，不补才是合适的。试看刘勰原文：

> 凡文集胜篇，不盈十一；篇章秀句，裁可百二：并思合而自逢，非研虑之所求也。或有雕削取巧，虽美非秀矣。故自然会妙，譬卉木之耀英华；润色取美，譬缯帛之染朱绿。朱绿染缯，深而繁鲜；英华曜树，浅而炜烨：秀句所以照文苑，盖以此也。

此段全论"秀句"而一气呵成，如果在"雕削取巧"前面加上"晦塞为深，虽奥非隐"二句，不仅前无所承而显得突兀，亦且后援无继而令人困惑；尤其是将"秀句所以照文苑"改为"秀句所以侈翰林"，并在前面增加"隐篇所以照文苑"一句，可以说完全破坏了原来的思路：正以"英华曜树，浅而炜烨"，方有"秀句所以照文苑"，

---

① 詹锳：《〈文心雕龙〉的风格学》，第91页。
② 王达津：《论〈文心雕龙·隐秀〉篇补文真伪》，《古代文学理论研究论文集》，天津：南开大学出版社，1985年，第107页。

这显然是不可分割的相互为用，此与"隐篇"何干？

更明显的问题是，补文为了与"隐篇所以照文苑"句相对成文，将刘勰原文"秀句所以照文苑"句中的"照文苑"改为"侈翰林"，这三个字的改动，尤其是"侈"字的使用，与刘勰之意可谓南辕北辙。在《文心雕龙》中，"侈"字凡十二处，无一例外均为贬义，它们是："楚艳汉侈，流弊不还"（《宗经》）、"敷写似赋，而不入华侈之区"（《颂赞》）、"虽始之以淫侈，终之以居正"（《杂文》）、"恳恻者辞为心使，浮侈者情为文出"（《章表》）、"辨要轻清，文而不侈"（《奏启》）、"长卿傲诞，故理侈而辞溢"（《体性》）、"习华随侈，流遁忘反"（《风骨》）、"楚汉侈而艳"（《通变》）、"华实过乎淫侈"（《情采》）、"骈拇枝指，由侈于性；附赘悬疣，实侈于形"（《镕裁》）、"滥侈葛天，推三成万者"（《事类》）。试想，如此运用"侈"字的刘勰，怎么会造出"秀句所以侈翰林"这样的文句？仅此一点，篡改痕迹亦可谓昭然若揭。

综上所述，《文心雕龙》之《隐秀》篇在完整性上或有欠缺，但很可能没有以往想象得那么严重；对明代所补的四百余字，虽然尚难百分百确定其为"伪作"，但需慎重对待，不能轻易信以为真；对除此之外的其他佚文，亦应仔细甄别，不可贸然断定其为刘勰原文。要之，居今而言，《隐秀》篇的文本，当以元至正本为根本遵从。至于这些补文，笔者认为，虽然并非刘勰原作，但仍有助于我们理解《隐秀》篇的命意，尤其是在《隐秀》篇为《文心雕龙》最短篇章的情况下，这些补文的研究价值更是毋庸置疑的。同时，它展现了明代人对《文心雕龙》的喜好，这也是一种"用心"，因而对"龙学"史的研究而言，亦有其值得肯定的意义。平心而论，笔者颇不愿意称其为"伪作"。换一个角度看，早在明代，《隐秀》篇便有了超出其原作篇幅的阐释之作，应该说何其幸运！作者之良苦"用心"，实在是值得后人珍视的。

明人对《文心雕龙》的品评

在《文心雕龙》传播史上，作为元至正本的刊刻者，嘉兴知府刘贞的名字应当被记住，尽管此前有不少应当被记住却不知道姓名的人。元至正本的梓行，犹如春天播下的一粒种子，至明清时期收获了丰盛的果实。据林其锬先生统计："清代以前的版本就有一百零四种，其中写本十四种，单刻本三十四种，丛书本十种，选本十四种，校本二十七种，注本五种。"显然，这百余种版本主要都在明清时期，而仅"明代各类版本计有六十种"①，其基本都是元至正本这粒种子开出的花朵。

明代较为重要的版本，詹锳先生在《文心雕龙版本叙录》中列举了十八种②。如弘治十七年（1504）冯允中刻活字本、嘉靖十九年（1540）汪一元私淑轩刻本以及徐炆校汪一元私淑轩刻本，这三个本子是明代延续元至正本的重要刻本，尤其是徐炆校本，收罗了元明两朝各种板刻的《文心雕龙》，其用以校勘的许多版本，有的已经失传；万历三十七年（1609）梅庆生音注本、万历三十九年（1611）王惟俭自刻《文心雕龙训故》，这两个本子是较早的《文心雕龙》训释本；天启二年（1622）曹批梅庆生第六次校定本、合刻五家言本，前者每篇都加印了曹学佺的眉批，后者眉批列杨慎、曹学佺、梅庆生、钟惺四家评语，这两个本子可谓较早的《文心雕龙》

---

① 林其锬：《〈文心雕龙〉主要版本源流考略》，林其锬、陈凤金集校：《增订文心雕龙集校合编》，上海：华东师范大学出版社，2011年，第863、865页。

② 参见詹锳：《〈文心雕龙〉版本叙录》，《文心雕龙义证》，上海：上海古籍出版社，1989年，第11—29页。

集评本。

在这些版本中，传播较广、影响较大者有两种，其一为梅庆生《文心雕龙音注》，其二为王惟俭《文心雕龙训故》。尤其是前者，据林其锬先生的统计，"全书音注一百八十四字；字注七十二字；名注六百九十一条；校字三百五十六字（其中改正二百九十五字，补脱五十四字，删衍七字）；注释二百九十三条；批评二十条（零批十三条，总批七条）"，"它集中了自杨慎以下，特别是万历、天启年间几十位着意于《文心雕龙》校注家的长期积累成果，其中特别关键的人物就有杨慎、朱郁仪、徐兴公、曹学佺和谢兆申"。[①]汪春泓先生也认为："梅庆生《文心雕龙音注》堪称明代《文心雕龙》校勘之集大成的著作，其注释方面的成就也有承前启后的意义。"[②]

一、对《文心雕龙》的总评

上述各类明刊本一般均有序言或跋语，其中自然少不了对《文心雕龙》的评价，虽或有不实之词，但总体上代表了明代学者对《文心雕龙》这部文论名著的基本认识，值得重视。在明代最早的单刻本中，冯允中序曰："梁通事舍人刘勰撰《文心雕龙》四十九篇，论文章法备矣。观其本道原圣，暨于百氏，推崇起始，备陈其诀，自诗骚赋颂而下，凡篇体二十七家，一披卷而摘辞之道具；学者如不欲为文则已，如欲为文，舍是莫之能焉。盖作者之指南，艺林之关键，大可以施庙堂资制作，小亦可以舒情写物，信乎其为书之奇也。"[③]他认为《文心雕龙》是一部论"章法"之作，凡准备写文章之人，此书不可不读，故其为"作者之指南，艺林之关键"。如此

① 林其锬：《从王惟俭〈训故〉、梅庆生〈音注〉到黄叔琳〈辑注〉——明清〈文心雕龙〉主要注本关系略考》，《增订文心雕龙集校合编》，第876、878页。

② 汪春泓：《文心雕龙的传播和影响》，北京：学苑出版社，2006年，第75—76页。

③ 〔明〕冯允中：《弘治本〈文心雕龙〉序》，杨明照校注拾遗：《增订文心雕龙校注》，北京：中华书局，2000年，第951页。

高度的评价，应该说是前所未有的，所谓"信乎其为书之奇"，这与宋代黄庭坚"所论虽未极高"之语，显然是大不一样了。值得注意的是，其为"指南"者，乃"施庙堂资制作"也；其为"关键"者，则用于"舒情写物"也。即是说，后世以《文心雕龙》为文艺学论著，那不过是大材小用而已。因此，冯允中特别提醒："惟是石渠具草之用，皁囊封事之作，以迪后彦而备时需者，不可一日缺，则是编能无益乎……览者其毋徒以刘舍人所谓文一小技，与杨子云所云雕虫者埒观，则庶乎资有益之文，而余志副矣。"①这里明确指出，刘勰之文，决非雕虫小技，而是关乎军国大政，这正符合《序志》"唯文章之用，实经典枝条"之论，可谓深得彦和初衷。

在明代学者中，与冯允中有着相同思路和认知的，可谓不乏其人。如在私淑轩刻本中，方元祯序曰："今读其文，出入六经，贯穿百氏，远搜荒古之世，近穷寓内之事，精推颢穿之微，粗及尘砾之细，陈明王之礼乐，述大圣之道德，蔚如也。"这些用语虽经刻意雕琢，但其意不难领略，方氏着眼于刘勰及其《文心雕龙》者，乃其对儒家圣人及其道德文章之弘扬，则非雕虫小技也就可想而知了。其云："若夫论著为文之义，陈古绎今，别裁分体，如方圆之规矩，声音之律吕；虽使班马长云并列，将彬彬与揖，共升游夏之堂矣。"②所谓"班马长云"者，当为班固、司马迁、司马相如和扬雄也；则刘勰"彬彬与揖"者，岂文章小道？而"游夏之堂"者，乃子由、子夏之堂奥也；所谓"文学：子由、子夏"③，则《文心雕龙》之"论文"，正乃孔门之文教也。因此，方元祯此番论说，亦可谓深得彦和之用心。

---

① 〔明〕冯允中：《弘治本〈文心雕龙〉序》，杨明照校注拾遗：《增订文心雕龙校注》，第952页。

② 〔明〕方元祯：《私淑轩本〈文心雕龙〉序》，杨明照校注拾遗：《增订文心雕龙校注》，第952页。

③ 《论语·先进》，杨伯峻译注：《论语译注》，北京：中华书局，1980年，第110页。

再如在徐𤊺校本中，程宽序曰："文之义大矣哉！魏文典论，隘而未阳；士衡文赋，华而未精。若气扬矣，而法能玄博；义精矣，而词能烨烨：兼斯二者，其刘子之《文心》乎！扬搉古今，凿凿不诡；树之矩绳，彬彬可宗：诚文苑独照之鸿匠，词坛自得之天机也。"所谓"文之义大矣哉"，其开宗明义便明确了《文心雕龙》之"文"乃非同一般，则所谓"文苑独照之鸿匠，词坛自得之天机"，便与冯允中之论一样，涵盖了大、小两个方面，天机自得者乃着眼艺术创作，而鸿匠独照者则属于经国文章了。程宽格外看重的，当然是经国大业、不朽文章，正因如此，他特别欣赏刘勰的"原道"论，谓其"述羲皇尧舜相传之源流，阐天地万物自然之法象，其知识有大过人者"，他认为："实得此文心，则羲皇尧舜一也，禹汤文武周公一也，孔子孟轲一也，天地与我一也。顾刘子见其本，宋儒见其末；刘子见其华，宋儒见其实云。"①即是说，刘勰之道，乃直抵儒学根本；宋儒之道，则为儒家之末。故刘勰之文心论，堪称儒学之花，而宋儒之文道论，则为儒家之果实。此论妙解文心，殊为难得。

又如朱载堉亦序曰："典雅则黄钟大吕之陈，绮靡则祥云繁星之丽，该赡储太仓武库之积，考核拆黄熊白马之辩，羽陵玉笥，奥远毕收，牛鬼蛇神，秘怪悉录，语骈骊则合璧连珠，谈芬芳则佩兰纫蕙，酌声而音合金匏，绚采而文成黼黻，真文苑之至宝，而艺圃之琼葩也。"②此论夸丽之词虽多，但思路与冯允中完全一致，仍着眼大、小两个方面，故最后归结为"文苑之至宝，而艺圃之琼葩"。其他如佘诲序曰："史称勰博雅君子，酝酿篇章，今读其文，网罗古今，弥纶

---

① 〔明〕程宽：《徐𤊺校本〈文心雕龙〉序》，杨明照校注拾遗：《增订文心雕龙校注》，第953、954页。

② 〔明〕朱载堉：《徐𤊺校本〈文心雕龙〉序》，杨明照校注拾遗：《增订文心雕龙校注》，第956—957页。

载籍，溯文体之有始，要辞流之所终，析其义于毫芒，精其法于聋聩，诚文章之奥区，声音之律吕也。”[①]所谓“文章之奥区，声音之律吕”，其思路亦不出大、小两端，即文章大道与雕虫小技。在梅庆生音注本中，顾起元亦有序曰：“彦和之为此书也，浚发灵心，而以雕龙自命。末篇叙志，垂梦圣人，意益鸿远。前乎此者，有魏文之典，陆机之赋，挚虞之论，并为艺苑悬衡。彦和囊举而狱究之，疏瀹词源，博裁意匠，甄叙风雅，扬搉古今，允哉！述作之金科，文章之玉尺也。”[②]既不废其“浚发灵心”之意，亦注意其“垂梦圣人”之志，从而所谓“述作之金科，文章之玉尺”，实亦认为《文心雕龙》之作，不惟“疏瀹词源”而抒发心灵，更兼“甄叙风雅”而彰显大道；且所谓“金科”“玉尺”之说，显然本于《征圣》“含章之玉牒，秉文之金科”之论。

以上各论之中，从冯允中开始提出“作者之指南，艺林之关键”之论，此后类似说法一直不断，令人印象深刻，如方元祯所谓“方圆之规矩，声音之律吕”，程宽所谓“文苑独照之鸿匠，词坛自得之天机”，朱载玺所谓“文苑之至宝，而艺圃之琼葩”，佘诲所谓“文章之奥区，声音之律吕”，顾起元所谓“述作之金科，文章之玉尺”，加上经常被研究者提到的张之象所谓“作者之章程，艺林之准的”[③]，等等，这些对《文心雕龙》一书的基本定位，皆非泛泛之谈，却一反唐宋人有所保留的态度，给予刘勰“论文”之书以无与伦比的崇高评价，成为此后对《文心雕龙》一书评价的主基调，直至今日。

① 〔明〕佘诲：《佘刻本〈文心雕龙〉序》，杨明照校注拾遗：《增订文心雕龙校注》，第 954 页。

② 〔明〕顾起元：《梅庆生万历音注本〈文心雕龙〉序》，杨明照校注拾遗：《增订文心雕龙校注》，第 961 页。

③ 〔明〕张之象：《文心雕龙序》，杨明照校注拾遗：《增订文心雕龙校注》，第 958 页。

诚如程宽所说："后世讵知无沈之知音者耶！"① 不惟沈约堪为刘勰之知音，有明一代，刘勰可以说收获知音无数，则其所谓"逢其知音，千载其一"② 之论，不亦过于悲观乎？

上述明代各家之序的另一个重要内容，则是对《文心雕龙》文论体系及其理论本身的把握，正如程宽所说："君子诚欲启此文心，能无把玩于五十篇之文？"③ 把玩的结果是什么呢？在徐㶿校本中，叶联芳有序云："文生于心者也；文心，用心于文者也。雕，刻镂也；龙，灵变不测而光彩者也，又笼取也。观夫命名，则其为文也可知矣。孔子曰：'词达而已矣。'雕龙奚为哉？圣人道德渊鸿，吐词为经，宪垂亿世；下此则言以征志，文以永言；言之无文，行之不远，文固弗可已夫！"④ 所谓"文心"，首先是"文生于心"，其次是"用心于文"。何以"用心"？"刻镂"是也；如何"刻镂"？不拘一格而达"光彩"之境也。可以说，叶氏对刘勰"为文之用心"的理解是非常准确的。以此为基础，他提出一个问题：孔夫子的名言是"词达而已矣"，刘勰何以强调"雕龙"呢？他对这个问题的回答是，对圣人来说，可以"吐词为经"，但一般人则需要言之有文，文乃须臾不可离，刘勰故有"论文"之举。如此理解所谓"词达"，显然未必符合孔子之意，但以此为"雕龙"辩护，则可谓用心良苦。

对《文心雕龙》理论结构的把握，乐应奎有序曰："《文心雕龙》

---

① 〔明〕程宽：《徐㶿校本〈文心雕龙〉序》，杨明照校注拾遗：《增订文心雕龙校注》，第 953 页。

② 〔梁〕刘勰：《文心雕龙·知音》，戚良德辑校：《文心雕龙》，上海：上海古籍出版社，2015 年，第 276 页。

③ 〔明〕程宽：《徐㶿校本〈文心雕龙〉序》，杨明照校注拾遗：《增订文心雕龙校注》，第 954 页。

④ 〔明〕叶联芳：《徐㶿校本〈文心雕龙〉序》，杨明照校注拾遗：《增订文心雕龙校注》，第 955 页。

一书，文之思致备而品式昭矣。"①亦即思虑完备，纲领明晰。对此，朱载玺有准确认识，其云："惟梁通事舍人刘勰所著《文心雕龙》一书，凡十卷，合篇终《序志》为五十篇。见其纲领昭畅，而条贯靡遗；什伍严整，而行缀不乱；标其门户，而组织成章；雕镂错综，而辐辏合节。"②此论高度概括，却非泛泛之议。一则曰"纲领昭畅，而条贯靡遗"，这是从全书结构而言，谓其上下篇分工明确，即刘勰所谓"纲领明""毛目显"之意；二则曰"什伍严整，而行缀不乱"，这是从理论布局而言，谓其体系严整、秩序井然；三则曰"标其门户，而组织成章"，这是从论文主张而言，谓其有所遵循而观点明确；四则曰"雕镂错综，而辐辏合节"，这是从具体内容而言，谓其丰富多彩而前后照应，有类沈约所谓"深得文理"之意。朱氏之论，可以视为清代章学诚所谓"体大虑周""笼罩群言"之先声。

至如《文心雕龙》的"论文"主张，佘诲曾提到："顾拟迹前修，存乎体要，筌求是本，不异司南。"③他认为《文心雕龙》之所以成为文章"司南"，乃在于其论符合前人"体要"之主张。即是说，刘勰所论，乃为实现"体要"之目标。对此，伍让之序有着较为详细的阐述，其曰：

> 夫文之为用大矣，而其旨莫备于《书》，《书》之言曰："辞尚体要。"盖谓言以足志，文以足言，用虽不同，而其体各有攸当；譬天呈象纬，地列流峙，人别阴阳，其孰能易之？故书之典谟训

① 〔明〕乐应奎：《徐𤊹校本〈文心雕龙〉序》，杨明照校注拾遗：《增订文心雕龙校注》，第955页。
② 〔明〕朱载玺：《徐𤊹校本〈文心雕龙〉序》，杨明照校注拾遗：《增订文心雕龙校注》，第956页。
③ 〔明〕佘诲：《佘刻本〈文心雕龙〉序》，杨明照校注拾遗：《增订文心雕龙校注》，第954页。

诰，符采不同；诗之国风雅颂，音节自异；易之典奥，礼之闳该，
春秋之谨严，盖讽而可知其为体也。故曰六经无文法，非无法也，
夫文而能为法也。世未有不明于体而可以语法者。……《文心雕龙》
者，梁刘彦和所论著，其言文之体要备矣。①

伍氏认为，刘勰所论，"其言文之体要备矣"，这可以说抓住了《文
心雕龙》论文的宗旨和方向；同时，从《尚书》之中找到刘勰所谓"体
要"之本，则是非常正确的。何谓"体要"？伍氏有着自己的理解。
他认为，文之用不同，"而其体各有攸当"；其为体也自异，而文章
本身可显；由体而法，是为"文之体要"，此乃《文心雕龙》之作
的根本。什么是"体"？伍氏认为，五经各有其体，如"书之典谟
训诰""诗之国风雅颂"，其"符采不同""音节自异"，又如"易之
典奥，礼之闳该，春秋之谨严"，则所谓"体"，颇近文风之意；由
对这种文风的揣摩，进而掌握为文之法，必"明于体而可以语法"，
则《文心雕龙》虽为文章作法，却以明"体"为要，所谓"体要备矣"，
此之谓也。

二、曹学佺评《文心雕龙》

序跋之外，明人对《文心雕龙》多有评点，其中虽较少系统论
述，却不乏真知灼见，对理解刘勰"论文"之用心，可谓颇有启发，
因而值得注意。最早对《文心雕龙》进行评点的是明代著名学者杨慎，
他留下的评语虽不多，但其自谓"批点《文心雕龙》，颇谓得刘舍
人精意"②，实开有明一代评点《文心雕龙》之风，因而值得一提。

---

① 〔明〕伍让：《徐㶿校本〈文心雕龙〉序》，杨明照校注拾遗：《增订文心雕龙校
注》，第 959—960 页。

② 《杨升庵先生与张禺山公书》，中国文心雕龙学会、全国高校古籍整理委员会
编辑：《〈文心雕龙〉资料丛书》，北京：学苑出版社，2004 年，第 1299 页。

如评《明诗》篇曰："此评古之诗直至齐梁，胜钟嵘《诗品》多矣。"①
就篇幅而论，《明诗》显然比不上《诗品》，然而杨慎以为前者远远
超过后者；其所肯定者，当然是刘勰之识见。评《诸子》篇第一段曰：
"总论诸子，得其髓者，可见彦和洞达今古。"②话虽不多，但中肯
切实，令人信服。评《风骨》之"唯藻耀而高翔，固文笔之鸣凤也"
曰："此论发自刘子，前无古人，徐季海移以评书，张彦远移以评画。
同此理也。"③不仅高度肯定刘勰对"风骨"与辞采之关系的论述，
认为其"前无古人"，而且特别指出刘勰之说对书论、画论的影响，
具有重要的理论意义。评《风骨》之"文明以健"曰："明即风也，
健即骨也。诗有格有调，格犹骨也，调犹风也。"④其说对理解"风骨"
的含义颇有启发。评《情采》之"夫铅黛所以饰容，而盼倩生于淑姿"
曰："予尝戏云：美人未尝不粉黛，粉黛未必皆美人；奇才未尝不读书，
读书未必皆奇才。"⑤此虽戏言，却也是符合刘勰之论的。评《情采》
之"为情而造文"曰："屈原《楚辞》，有疾痛而自呻吟也；东方朔
以下拟《楚辞》，强呻吟而无疾痛也。"⑥可以说把刘勰之论予以具
体化了。黄叔琳曾认为："升庵批点，但标辞藻，而略其论文之大
旨。"⑦这是未尽符合实际的。正如汪春泓先生所说："杨慎批点《文
心雕龙》，在《文心雕龙》研究史上，具有比较特殊的意义，标志
着明代较为系统地研究刘勰文学理论的开端，也标志着明代借助《文

① 黄霖编：《文心雕龙汇评》，上海：上海古籍出版社，2005 年，第 27 页。
② 黄霖编：《文心雕龙汇评》，第 63 页。
③ 黄霖编：《文心雕龙汇评》，第 101 页。
④ 黄霖编：《文心雕龙汇评》，第 101 页。
⑤ 黄霖编：《文心雕龙汇评》，第 109 页。
⑥ 黄霖编：《文心雕龙汇评》，第 109 页。
⑦ 〔清〕黄叔琳：《〈文心雕龙辑注〉例言》，《文心雕龙辑注》，北京：中华书局，
1957 年，第 6 页。

心雕龙》以建构文学特别是诗学创作论的开端。"①

　　杨慎之后，对《文心雕龙》评点较多的首推曹学佺。曹氏对《文心雕龙》颇有研究，其凌云刻本序言有云："《雕龙》上廿五篇，铨次文体；下廿五篇，驱引笔术。而古今短长，时错综焉。其《原道》以心，即运思于神也；其《征圣》以情，即《体性》于习也。《宗经》诎纬，存乎风雅；《诠赋》及余，穷乎变通。良工心苦，可得而言。"②即是说，《文心雕龙》之上、下篇之间，在理论上有着密切关联，不少篇章互为应对而相与为用。因此，刘勰之良苦用心，是需要认真体会的。基于此，曹氏对《文心雕龙》的批点虽表面上较为零散，却有着统一思考和全局观念，这是难能可贵的。如评《原道》篇曰："其原道以心，即运思于神也。沈休文谓其深得文理，大抵理非深入不能跃然。惟彦和义炳而采流，故取重于休文也。"③所谓"原道以心"，当然是根据刘勰所谓"心生而言立，言立而文明，自然之道也"，何以过渡到"运思于神"呢？盖以"神"即心也，所谓"形在江海之上，心存魏阙之下：神思之谓也"④。由"原道"而"神思"，很少有人这么说，曹氏何意？他紧接着提到了沈约"深得文理"的评价，则其所看重者，刘勰之"文"论也；所谓"义炳而采流"，本为《文心雕龙》之追求。《征圣》篇之评亦采取了同样的角度，其曰："其征圣以情，即体性于习也。可谓云霞焕绮、泉石吹籁之文。"⑤所谓"征圣以情"，确乎亦来自刘勰自己的叙述，如"陶铸性情，功在上哲""志

---

① 汪春泓：《文心雕龙的传播和影响》，第230—231页。

② 〔明〕曹学佺：《凌云刻本〈文心雕龙〉序》，杨明照校注拾遗：《增订文心雕龙校注》，第963页。

③ 黄霖编：《文心雕龙汇评》，第15—16页。

④ 〔梁〕刘勰：《文心雕龙·神思》，戚良德辑校：《文心雕龙》，第173页。

⑤ 黄霖编：《文心雕龙汇评》，第18页。

足以言文，情信而辞巧"①等，但刘勰对圣人的推重是毋庸置疑的，曹氏却唯独看重"陶铸性情"之论，故有"体性于习"之说，进而又归结到了"文"。其评《宗经》之"文能宗经，体有六义"亦曰："此书以心为主，以风为用，故于六义首见之，而末则归之以文。所谓'丽而不淫'，即雕龙也。"②这里明确提出"归之以文"，特别点出"雕龙"之意，体现出曹学佺对《文心雕龙》之总论的独特把握，令人印象深刻。这不由得让人想起曹氏在其《文心雕龙序》中曾批评宋人对《文心雕龙》一书的态度，其云："'文'之一字，最为宋人所忌；加以'雕龙'之号，则目不阅此书矣。"③实际上，以我们对《文心雕龙》在宋代传播和接受情况的考察，曹氏之说并不完全符合事实，故杨明照先生曾指出："曹氏说非是。"④这是有道理的。然而，以曹氏之学，其言之凿凿者，必有其独特的角度，那就是宋人对《文心雕龙》的态度；所谓"目不阅此书"，并非真的说宋人不读《文心雕龙》，而是说他们不重视这部书，或者说重视程度还远远不够，更重要的是不知道从"文"的角度来理解这部书，不懂得刘勰"原道""征圣""宗经"的角度是"文"，而不是宋人所理解的文道关系。以此而言，曹氏之说则不仅有其道理，应该说还是颇为深刻的。

正因具有全局观念，故曹氏之评，有些虽仅只言片语，但其着眼整体，颇能抓住问题的关键和核心。如评《征圣》之"志足以言文，情信而辞巧，乃含章之玉牒，秉文之金科矣"曰："四句文之妙的。"⑤寥寥数字，既体现了曹氏一以贯之的"文"的着眼点，又抓住了《文

---

① 〔梁〕刘勰：《文心雕龙·征圣》，戚良德辑校：《文心雕龙》，第9页。

② 黄霖编：《文心雕龙汇评》，第20页。

③ 〔明〕曹学佺：《凌云刻本〈文心雕龙〉序》，杨明照校注拾遗：《增订文心雕龙校注》，第962页。

④ 杨明照校注拾遗：《增订文心雕龙校注》，第962页。

⑤ 黄霖编：《文心雕龙汇评》，第16页。

心雕龙》的理论中心。其评《乐府》之"诗为乐心，声为乐体"曰："先心后器，先诗后声，此极得论乐府之体。"[1]于刘勰论乐府之语中，准确抓住其中心之论，并予以高度评价。其评《铨赋》之"《诗序》则同义，《传》说则异体"曰："同义则重风骨，异体则流华靡，此是一篇之案。"[2]此评不仅抓住了所谓"一篇之案"，而且以"风骨""华靡"解读刘勰这两句话，可谓独具慧眼。其评《铨赋》之"繁华损枝，膏腴害骨"曰："末重风骨为是。"[3]既照应了前面之说的由来，又肯定了刘勰之卓识，可谓画龙点睛。其评《史传》篇则曰："论史处，彦和正而子玄偏。"[4]一"正"一"偏"，掷地有声，其于《文心雕龙》之偏爱，可见一斑。其评《诸子》之"诸子者，述道见志之书"曰："彦和以子自居。末《序志》内见之。"[5]此堪为知音之评。其评《体性》之"童子雕琢，必先雅制"曰："此入门之时要端正也，学者不可以不知。"[6]点评恰当而到位，具有重要的提醒之功。评《情采》之"二曰声文，五音是也"曰："形声之文本于情。"[7]不惟独具只眼，亦且表达了曹氏本人的文论观点。其评《情采》之"昔诗人什篇，为情而造文；辞人赋颂，为文而造情"曰："诗与赋别，正在情文先后。"[8]则可谓观点正确，理解到位。

曹氏对《文心雕龙》的某些篇章格外重视，评语明显较多。如《明诗》之评即是如此。其先评"人禀七情，应物斯感，感物吟志，莫非自然"曰："诗以自然为宗，即此之谓。"复评"尧有《大章》之

----

[1] 黄霖编：《文心雕龙汇评》，第32页。
[2] 黄霖编：《文心雕龙汇评》，第35页。
[3] 黄霖编：《文心雕龙汇评》，第37页。
[4] 黄霖编：《文心雕龙汇评》，第58页。
[5] 黄霖编：《文心雕龙汇评》，第63页。
[6] 黄霖编：《文心雕龙汇评》，第98页。
[7] 黄霖编：《文心雕龙汇评》，第108页。
[8] 黄霖编：《文心雕龙汇评》，第109页。

歌，舜造《南风》之诗，观其二文，辞达而已"曰："达者，自然也。"
再评"春秋观志，讽诵旧章，酬酢以为宾荣，吐纳而成身文"亦曰：
"此即自然也。"三则评语均标出"自然"之义，充分表现出曹氏对
这一创作宗旨的认同。又评"怜风月，狎池苑，述恩荣，叙酣宴"
曰："此四句，彦和寓伤时之意。"此可谓曹氏的独特体会，未必符
合刘勰之意了。其评"及正始明道，诗杂仙心"一段曰："正始之弊，
何晏之流，正是纬以乱经者，故特绌之。嵇、阮、应璩，犹存风雅
之意，所以补救万一。"所以"纬以乱经"，显然只是一个比喻，借
用纬书与经书之别，以评正始诗风与建安诗风的不同，亦可谓曹氏
独有之见。最后评"若妙识所难，其易也将至"曰："彦和不易言诗，
乃深于诗者。'其易也将至'，则近于自然矣。"①认为刘勰所谓"易"
与"不易"之论，乃于诗歌知之深者，而所谓"易"，又以"自然"
论之，既不悖刘勰之旨，亦体现了曹氏之偏好。

从文论观点而言，曹氏之评格外重视"风"，这是值得注意的。
其评《风骨》曰："风骨二字虽是分重，然毕竟以风为主，风可以包骨，
而骨必待乎风也；故此篇以风发端，而归重于气，气属风也。"②一
方面，他认为刘勰之"风骨"论乃"以风为主"，且"风可以包骨"；
另一方面，又认为《风骨》篇之所以有"重气之旨"，盖以"气属风也"。
充分体现出对"风"的看重。其评《通变》之"竞今疏古，风末气
衰也"曰："古今一风也。通变之术，亦主风矣。"③不仅"通变之
术"在于"风"，而且"古今一风"也。其评《定势》之"如机发
矢直，涧曲湍回，自然之趣也"曰："势亦主风，射矢、曲湍之喻，

① 黄霖编：《文心雕龙汇评》，第27、28、29、30页。
② 黄霖编：《文心雕龙汇评》，第99页。
③ 黄霖编：《文心雕龙汇评》，第103页。

往往见之。"①认为刘勰在《定势》篇中对"势"的解说，均离不开"风"。其评《声律》曰："声律以风胜，知风则律调矣。"又评《声律》之"外听之易，弦以手定；内听之难，声与心纷"曰："外听，风声也；内听，风骨也。"②以"风"来解释刘勰的"声律"论，可谓独具特色。其评《比兴》之"《诗》刺道丧，故兴义销亡"曰："兴近于风，比近于赋。兴义销亡，故风气愈下。"③谓"兴"与"风"相近，"兴"之消亡而致风气败坏。其评《时序》曰："时序者，风之递降也。观风可以知时，如薰风主夏，朔风主冬之类。"④认为"时运交移"亦即风气变换。其如此重视"风"，一切归于"风"，可谓前无古人。

刘勰是否真的如此重视"风"呢？在《文心雕龙》的理论体系中，"风"究竟是否真有如此重要意义？曹氏如此看重"风"的目的又是什么？最重要的是，如此具有普遍意义之"风"的内涵是什么？曹氏在凌云刻本的序言中，对上述各篇点评中对"风"的重视进行了总结和概括，其云：

> 夫云霞焕绮，泉石吹籁，此形声之至也，然无风则不行；风者，化感之本原，性情之符契。诗贵自然，自然者，风也；辞达而已，达者，风也。……岂非风振则本举，风微则末坠乎？故《风骨》一篇，归之于气，气属风也。文理数尽，乃尚《通变》，变亦风也。刚柔乘利而《定势》，繁简趋时而《镕裁》；律调则标清而务远，位失则飘寓而不安。风刺道丧，《比兴》之义已消；《物色》动摇，

---

① 黄霖编：《文心雕龙汇评》，第105页。
② 黄霖编：《文心雕龙汇评》，第113页。
③ 黄霖编：《文心雕龙汇评》，第121页。
④ 黄霖编：《文心雕龙汇评》，第144页。

形似之功犹接：盖均一风也。袭兰转蕙，足以披襟；伐木折屋，令人丧胆。倏焉而起，不知所自；倏焉而止，不知所终。善御之人，行乎八极；《知音》之士，程于尺幅。勰不云乎："深于风者，其情必显。"勰之深得文理也，正与休文之好易合；而勰之所以能易也，则有风以使之者矣。①

一曰"无风则不行"，这个"风"关乎自然之风，又是教化之本源，且合于人的性情；二曰"诗贵自然"，这个"风"乃诗风，是抛弃人为修饰的自热而然；三曰"气属风""变亦风"等等，这个"风"既属于诗人之主体，当然又是自然之一部分，有着自然之演变；至若《定势》《镕裁》《比兴》《物色》"盖均一风"者，亦都与"自然"分不开；所谓"倏焉而起，不知所自；倏焉而止，不知所终"者，乃自然而然，不加雕饰也。曹氏认为，沈约之所以称赞刘勰"深得文理"，正因为他们都重视自然之旨，大约与沈约所谓"志动于中，则歌咏外发"以及"直举胸情，非傍诗史""高言妙句，音韵天成，皆暗与理合，匪由思至"②等论相一致；而刘勰对自然的重视，正体现为对"风"之追求。如此说来，与其说曹氏把一切归于"风"，不如说他只是把刘勰的本意揭示出来而已。假如以"自然"而论，应该说这大致是不错的，只不过，曹氏那些对"风"的揭示，很多情况下只是一个不同的角度或者与"风"有关而已，并不意味着都是刘勰论述的重点。但需要特别指出的是，曹学佺在上述重视刘勰之"文"和"雕龙"之旨的基础上，又全力掘发《文心雕龙》的"自然"

---

① 〔明〕曹学佺：《凌云刻本〈文心雕龙〉序》，杨明照校注拾遗：《增订文心雕龙校注》，第963页。

② 〔梁〕沈约：《宋书》卷六十七《谢灵运传论》，北京：中华书局，2018年修订本，第1944、1945页。

之旨，不惟用心良苦，而且非常符合刘勰"论文"之初衷，亦深得刘勰"擘肌分理，唯务折衷"①思维方式之精髓，是极为难能可贵的。

三、叶绍泰评《文心雕龙》

明代出现了《文心雕龙》选本，这是值得注意的现象。选本之产生，显然更着眼于读者之需要，也就更能体现编选者的主观色彩，在一定程度上显示出对《文心雕龙》的某种研究，如选择篇目、解说评论等。刻于崇祯年间的"汉魏别解"本《文心雕龙》即是这样一个选本，该本由黄澍、叶绍泰编选，共选三十二篇，分别为《原道》《征圣》《宗经》《正纬》《明诗》《乐府》《诠赋》《颂赞》《祝盟》《铭箴》《诔碑》《哀吊》《杂文》《诸子》《诏策》《檄移》《封禅》《奏启》《议对》《神思》《体性》《风骨》《通变》《定势》《情采》《比兴》《事类》《养气》《时序》《物色》《知音》《序志》等。不久后叶绍泰又刊出"增定"本，所选篇目大为减少，仅有《宗经》《辨骚》《明诗》《乐府》《诠赋》《史传》《神思》《体性》《风骨》《情采》《夸饰》《时序》等十二篇，但篇目颇有不同。②两种选本各篇篇末皆有叶绍泰的总评，对所选各篇内容从不同角度进行了概括和评述。

这两个选本的选目很有特点，体现出编选者对《文心雕龙》的某种认识和评价。首先，其于上、下篇基本没有畸轻畸重之弊，这和自黄侃《文心雕龙札记》开始的大量选本偏重下篇尤其是创作论形成鲜明对照。特别是上述叶绍泰的"增定"本，其于上、下篇各选六篇，显然有意照顾到选目的均衡问题。其次，其于文体论部分，重视"论文叙笔"的"论文"，亦即重视有韵之文。从所选篇目的多寡看，这一倾向是明显的。第三，其于创作论部分，重视理论性

---

① 〔梁〕刘勰：《文心雕龙·序志》，戚良德辑校：《文心雕龙》，第287页。
② 参见黄霖：《〈文心雕龙〉评本提要》，黄霖编：《文心雕龙汇评》，第5—6页。

较强的前六篇，即《神思》《体性》《风骨》《通变》《定势》《情采》，这一倾向是非常明显的。第四，两种选本重合的篇章，上篇为《宗经》《明诗》《乐府》《诠赋》，下篇为《神思》《体性》《风骨》《情采》《时序》，则编选者的理论取向一目了然：于总论部分，重视"宗经"；于文体论部分，重视诗赋；于创作论部分，重视以"情采"为中心的基本理论；发展论部分，重视"时序"。总起来看，这两个选本的倾向性，指向了后世所谓文学理论。这一重大的理论取向，奠定了其后《文心雕龙》研究的基本特色，尤其是清代以后的近现代"龙学"，基本就是沿着这一道路前进的。以此而言，叶氏对所选各篇的评论也就值得格外注意了。

首先是对《宗经》的评价，其云："学不明经，终为臆说。刘子精研五经，既撮其要，又钩其玄，所以能成其一家之书者，有所本也。"这一观点非常明确，那就是"五经"乃学术根本，"学不明经，终为臆说"，刘勰之书能成一家之言者，正以其"体乎经"，即以儒家经典为根本遵循。这是其一。其二，叶氏指出："五经为群言之祖，后世杂体繁兴，穷高树帜，极远扬镳，亦云盛矣。然皆不能度越寰外，且蹰事既久，流弊不还，或艳或侈，去经益遥，欲返淳懿，何繇禀式也。仰山铸铜，煮海为盐，亦惟宗之于经而已。"① 即是说，对文章写作而言，"五经为群言之祖"，在"后世杂体繁兴"的情况下，欲找到为文之正途，必须追根返本，亦即"宗之于经"，别无他途。这样的思路，简直就是刘勰《序志》篇的翻版。刘勰首先说"盖《文心》之作也……体乎经"，然后说"文之枢纽，亦云极矣"②；叶氏首先说"刘子精研五经……有所本也"，然后说"仰山铸铜，煮海为盐，亦惟宗之于经而已"，连句式都是一样的，可见叶氏追踪刘勰，

---

① 黄霖编：《文心雕龙汇评》，第21页。
② 〔梁〕刘勰：《文心雕龙·序志》，戚良德辑校：《文心雕龙》，第287页。

已然"深极骨髓"。不过,这只是一个方面,另一方面则是,刘勰所谓"《文心》之作也",不仅仅是《宗经》,而是还有其他四个方面;刘勰所谓"亦云极矣"的"文之枢纽",自然也不只是《宗经》,同样还包括其他四个方面。叶氏则不同了,他最为看重的是五经,为文自然"亦惟宗之于经而已",就"宗经"本身而言,固然不违背刘勰之旨,而就刘勰"枢纽"论的五个方面来说,则显然不够完整了。

其次是对文体论的评述。其评《辨骚》曰:"风雅云亡,楚《骚》继作。知屈子者,汉惟淮南王安。淮南以后,梁惟彦和,谓其轩翥诗人之后,奋飞词家之前,去圣未远,后世作者,莫不蹑其迹,而屈宋逸步,杳然难追。以此读《骚》,可谓莫逆者矣。"①叶氏这段话,一方面是对《辨骚》篇基本内容的提要,另一方面则高度评价了刘勰之于屈原的"知音"之举。所谓"知屈子者",所谓"莫逆者",则叶氏亦堪称知彦和者矣!其评《明诗》曰:"自三百篇而下,能诗者数百家,变体易韵,浸以浮滥。彦和力维风雅,取诗家而差等之,合于持训之义矣。"叶氏所看重的,一是刘勰的"力维风雅",一是其"合于持训之义",这当然不违背刘勰的基本思想,而且可以说抓住了《明诗》的主干,但其于刘勰丰富的诗论而言,显然也不够完整了。值得注意的是,叶氏还指出:"是时七言未广,沈宋近体未兴,故仅以四言、五言、三六杂言,铺观列代,篇制既殊,体格亦异,而总以自然为宗,与夫子删诗之旨合。钟嵘《诗品》,《沧浪诗话》,其亦效此而作与?"②他似乎无意于指出《文心雕龙》的历史局限性,反而主要还是赞美刘勰"与夫子删诗之旨合",尤其是认为其"以自然为宗"的主张,甚至影响到了《诗品》和《沧浪诗话》,但我们不能不说,刘勰的《明诗》确乎"仅以四言、五言、三六杂

---

① 黄霖编:《文心雕龙汇评》,第27页。
② 黄霖编:《文心雕龙汇评》,第30、31页。

言"为研究对象，这是一个明显的问题，关乎正确认识和评价《明诗》篇乃至整部《文心雕龙》。其评《诔碑》曰："文家惟哀楚之辞易于形容，然求所云'观风似面，听辞如泣'，则文深乎情者易工也。"①这里的结论，所谓"文深乎情者易工也"，当然也不能说违背刘勰的主旨，要求文章"深乎情"本是《文心雕龙》的一贯主张，但就"诔碑"之作而言，刘勰所谓"观风似面，听辞如泣"，前一句指的主要是叙述的真切，后一句指的则是凄婉哀伤之情状，与一般文章之"深乎情"还是有着明显差别的。叶氏之论，较为忽略诔碑之独特性，而上升到了文章写作的一般规律，与其整体的文论取向乃是一致的。当然，叶氏在评《哀吊》篇时，也曾特别提到："彦和深明体格，尽文章之类者也。"②但总体而言，他看重的还是《文心雕龙》关于文章写作的普遍规律，尤其着重于艺术之文的写作特点。

第三是对创作论的评述。其评《神思》曰："文无神思，虽才富辞繁，仅同书肆。古来名手能于虚际行文，政其思力高妙也。"③刘勰说"神思"是"驭文之首术，谋篇之大端"，叶氏则谓文章高手必须"思力高妙"，"能于虚际行文"，否则即使"才富辞繁"，亦"仅同书肆"。我们仍然不能说叶氏所谈并非刘勰的想法，却又不完全是一回事。在刘勰那里，为文必从"神思"开始，其为所有文章之开端，其重要性亦主要系于此；而在叶氏这里，"神思"则为"名手"之擅，这种能力是"于虚际行文"，其重在艺术之文的创作是显然可见的。其评《体性》曰："先立八体，次第分属，体格严正。自贾生以下，凡十二名家，止一语断定。知人品物，莫此为确。"把刘勰所谓"体"理解为"体格"，不失为一种通俗易懂的解释；

① 黄霖编：《文心雕龙汇评》，第49页。
② 黄霖编：《文心雕龙汇评》，第52页。
③ 黄霖编：《文心雕龙汇评》，第96页。

认为刘勰对十二家的断语"莫此为确",当然是知言。又曰:"为文虽本性情,然亦有不尽然者。学习移人,表里非一,安能沿隐以至显乎?要其归途,不过八体,摹体定习,因性练才,文之司南,率用此道,舍是而谈体性,未有不流于郑紫者矣。"①此论一方面强调后天学习之重要性,另一方面则强调"摹体定习,因性练才",可以说完全符合刘勰的"体性"论。其评《风骨》曰:"文家专尚风骨。无风则意绪不抽,无骨则体格失实。风骨兼全,乃为宜称。具是者其西汉以上乎?下此不复论矣。"②叶氏首先肯定"风骨"之于文章的重要性,一则曰"专尚风骨",二则曰"风骨兼全";其次他从"无风""无骨"的表现理解什么是"风骨",不失为一个方便的思路;再次,他认为只有西汉以前之文能够风骨兼备。这些认识虽嫌简略,但与《风骨》之论是基本一致的。其评《通变》曰:"文体代变,皆由开国之初,其天子大臣,一时好尚,而后世遂以为风然,亦气运使然,不得不变者。至若豪杰之士,则能主张世运,挽回风气,如唐文竞趋靡丽,而韩愈力为芟除,八代之衰,一朝而起。信乎通变惟其人,不惟其时也。"③以"文体代变"论"通变",应该说准确抓住了刘勰的宗旨;至于强调"通变惟其人",固然并无错误,但主要体现了叶氏本人对历史的认识和总结,未必符合《通变》论文之旨了。其评《定势》曰:"辞已尽而势有余,此文家绝艺,腐史差可语此。若颠倒文句,回互不常,其韩退之乎?退之力学腐史,终不能及,则其势殊也。"④此以刘勰所引刘桢之语为论,以"辞已尽而势有余"为"文家绝艺",可能并未抓住刘勰"势"论的内涵。

---

① 黄霖编:《文心雕龙汇评》,第 99 页。
② 黄霖编:《文心雕龙汇评》,第 102 页。
③ 黄霖编:《文心雕龙汇评》,第 104—105 页。
④ 黄霖编:《文心雕龙汇评》,第 108 页。

其评《情采》曰："为情造文，为文造情。凡诗人篇什，辞人赋颂，与夫诸子之徒，莫不以情文为先后。然情经文纬，若能择源于泾渭之流，按辔于邪正之路，使华实并茂，则风雅之兴，即在今日。立文者可无意乎？"①这里对刘勰的"情采"论显然颇为欣赏，其所推重者，当然是"情经文纬"之论，而要求文章"华实并茂"，并认为若遵循这样的原则，"风雅之兴，即在今日"，可见叶氏颇为看重《文心雕龙》的现实意义，这可能也是其之所以编选此书的目的。

第四是对发展论的评述。其评《时序》曰："文人才士之盛，自稷下、兰陵、柏梁、建安而下，至东晋明帝，雅好文会，然未有如萧梁之隆也。自天子、诸王太子，皆著书成集，而群下之能文者，蔚然并兴，即彦和职不过通事，自号云门，其才不胜收也。"②叶氏认为萧梁时期文才极盛，自上而下著书立说蔚然成风，此论似乎是要说明《文心雕龙》何以产生在梁代，至少也是想描述成就刘勰这一文论名家的文化背景。然而，一般认为《文心雕龙》成书于齐代，所以叶氏之论倒是值得认真研究的。其评《知音》曰："'文人相轻，自古而然'，魏文帝志之矣。至若知己之难，千载同慨。彦和有如此才，惟沈休文以为奇绝，未闻梁帝宠而异之也。以文臣遇文主，竟等寻常，况不得其主，不际其时者乎！感慨系之。"③这里一方面对刘勰"知音"难逢之论表示感同身受，另一方面则以刘勰本人的际遇为例，说明"知音"之难，倒是一个新颖的思路。叶氏认为，以刘勰之文才，恰逢"雅好文会"的萧梁之世，"以文臣遇文主，竟等寻常"，何谈其他？可以想见，叶氏所谓"感慨系之"乃是发自肺腑的。

---

① 黄霖编：《文心雕龙汇评》，第110页。
② 黄霖编：《文心雕龙汇评》，第149页。
③ 黄霖编：《文心雕龙汇评》，第159页。

纪昀对《文心雕龙》的评语

清人对《文心雕龙》有着多方面的整理和研究，众多著名学者，如钱谦益、冯舒、何焯、卢文弨、纪昀、赵翼、章学诚、郝懿行、顾广圻、刘熙载、孙诒让等，从校勘到评点，均在"龙学"上留下了自己难以磨灭的足印。尤其是对《文心雕龙》的不少评语，虽还较为简略，但已是进入刘勰的理论世界而欲探幽发微了。其中最为著名的当然是借黄叔琳《文心雕龙辑注》一书而风行的纪昀的评语。

祖保泉先生曾指出："清朝人对《文心雕龙》研究很重视，取得了重要的研究成果，如《文心雕龙》黄叔琳的辑注和纪昀的评语，就是重要成果之一。《文心雕龙》黄注纪评合刊本，成了现代人研究《文心雕龙》的起点，例如在校注方面，范文澜、杨明照、周振甫诸先生的《文心雕龙》校注，都以黄注本为底本；在古代文学理论研究方面，今人撰述，时或提及'纪评'。"[1] 这确乎是符合事实的。王更生先生则指出："自 1731 年黄氏《辑注》问世，迄 1925 年范文澜《讲疏》发行，其间将近二百年，都是黄《注》纪《评》独领风骚的时光。"[2] 应该说，这也是不算夸张的。

与黄注多遭"讥难"不同[3]，对纪昀的评语，吴兰修在《文心雕龙辑注》跋语中给予很高的评价。其云："昔黄鲁直谓论文则《文心雕龙》，论史则《史通》，学者不可不读。余谓文达之论二书，尤

---

① 祖保泉：《〈文心雕龙〉纪评琐议》，《文心雕龙学刊》第二辑，济南：齐鲁书社，1984 年，第 255 页。

② 王更生：《民国时期的"〈文心雕龙〉学"》，《日本福冈大学〈文心雕龙〉国际学术研讨会论文集》，台北：文史哲出版社，2007 年，第 384 页。

③ 参见戚良德：《百年"龙学"探究》，上海：上海古籍出版社，2019 年，第 85 页。

不可不读。或曰：文达辨体例甚严，删改故籍、批点文字，皆明人之陋习，文达固常诃之，是书得无自戾与？余曰：此正文达之所以辨体例也。学者苟得其意，则是书之自戾，可无议也。虽然，必有文达之识，而后可以无议也夫！"①显然，吴氏对纪评的推崇可谓无以复加，颇有以其为是非之准绳的味道。

但饶有趣味的是，近人张尔田却对纪评不以为然。其谓《文心雕龙辑注》云："自古统论学术者，史则有《史通》，诗则有《诗品》，文则有此书；惟经、子二部无专书。余近纂《史微内外篇》，阐发六艺百家之流别。既卒业，复取八代文章家言掔治之，因浏览是编，证以《昭明文选》，颇多奥窔。而所藏本乃纪文达评定者，凭虚臆断，武断专辄，不一而足。继而又得此册，虽非北平原椠，尚无纰缪；以视纪评，判若霄壤矣。"②吴兰修对纪评近乎顶礼膜拜，张尔田却谓其"凭虚臆断，武断专辄"，一褒一贬，也真是"判若霄壤"了。

其实，纪评确有自己的特点，相对于黄注的注重释事，纪评注重对《文心雕龙》许多篇章的整体把握，并时涉理论内涵的阐释和发掘，这在"龙学"史上具有不可替代的价值和意义。正如祖保泉先生所说："纪氏对《文心雕龙》既赏其辞章，又评其义理，因而'纪评'所涉较广，可以说理论、批评和鉴赏，兼而有之。"祖先生认为，"就'纪评'整体看，缺点固然不少，但仍有可取之处，它仍不失为《文心雕龙》研究史上的一块里程碑。"③因此，我们需要对纪评进行认真的分析。

纪评最为值得关注的，乃是其对《文心雕龙》一些篇章的整体

---

① 〔清〕黄叔琳注，〔清〕纪昀评：《文心雕龙辑注》，北京：中华书局，1957年，第442页。

② 杨明照：《文心雕龙校注拾遗》，上海：上海古籍出版社，1982年，第740—741页。

③ 祖保泉：《〈文心雕龙〉纪评琐议》，《文心雕龙学刊》第二辑，第261、270页。

评述。《文心雕龙》五十篇，纪昀对其中十八篇作了总评，具体情况
是：总论五篇，每篇皆有总评；文体论部分，四篇有总评，分别为
《祝盟》《史传》《诸子》《封禅》；创作论部分，七篇有总评，分别
为《通变》《情采》《声律》《丽辞》《指瑕》《附会》《总术》；《时
序》之后，于《才略》有总评；最后的《序志》有总评。由此不难
看出，纪昀最为重视的是《文心雕龙》的总论部分，其次是创作论
部分。从其具体评论来看，总论五篇之中，其最为重视的是第一篇《原
道》；创作论之中，其最为看重的则为《通变》。这些信息，可以透
出纪昀之着眼点；通过这些最重要的评论，则可以看到其对《文心
雕龙》的基本理解和把握，当然也可以了解其本人的文论主张。

在整个纪评之中，为人引用最多的应属《原道》之总评了。其
曰："自汉以来，论文者罕能及此。彦和以此发端，所见在六朝文
士之上。文以载道，明其当然；文原于道，明其本然，识其本乃不
逐其末。首揭文体之尊，所以截断众流。"① 这段话确乎颇能反映纪
昀之眼光及其对《文心雕龙》的基本认识。首先，认为刘勰以"原道"
之论开篇，超乎六朝文士之见，从而充分肯定了《文心雕龙》之非
凡的价值，此与清人对《文心雕龙》的大量赞美可谓异曲同工，但
显然更为具体，更具本原意义。其次，纪昀进一步说明了刘勰"原道"
论本身的高明之处，那就是与"文以载道"相比，有着"明其当然"
与"明其本然"之区别，认为刘勰之论乃抓住了根本问题。此说从
表面看是对的，"原道"确属探本之论，但探的是什么本，纪昀并
未深究，而是简单地以之与中国文论史上流行的"文以载道"说进
行比较，这就走上了错误之路。从逻辑上来看，"文以载道"说属
于六朝之后的文论主张了，谓刘勰之论较之此说更为高明，这与前
面所谓"所见在六朝文士之上"有什么关系？然而，纪昀所谓"当

————————
① 〔清〕黄叔琳注，〔清〕纪昀评：《文心雕龙辑注》，第23—24页。

然""本然"之论，似乎又是为了进一步说明前面的观点，所以其逻辑实则是不通的。当然，作为评点，原非系统论述，所以也可以认为"文以载道"几句与前面之论无关，而是另为新说；但如此一来，前面的评述便为泛泛之谈，也就不清楚刘勰"所见在六朝文士之上"者是什么了。更重要的是，刘勰之"道"与后世"文以载道"之"道"并不一样，所谓"原道"和"载道"，也并非一个层面上的问题。简而言之，"文以载道"者，文章以周公、孔子之道为内容也；刘勰所谓"本乎道"者，乃谓无论《文心雕龙》之作还是一般的文章写作，均遵循自然之道的精神也。因此，纪昀所谓"当然""本然"之别，其实是不得要领的；则所谓"识其本乃不逐其末"，实则属于似是而非之说。

可见，纪昀对"载道""原道"的一番辨别，听起来似有其理，实属望文生义之解，缺乏对刘勰"原道"论的准确认知。正因如此，纪昀后面对《原道》的中心论点"道沿圣以垂文，圣因文而明道"二语的理解，所谓"此即载道之说"，也显然是错误的。这并不奇怪，《原道》乃《文心雕龙》之本，不是可以一望而知的。由此亦可看出，以《文心雕龙》之博大精深，初步阅读之后的简单评点，有时是靠不住的，诚如章学诚所言："以专门之攻习，犹未达古人之精微，况泛览所及，爱憎由己耶？"[1]即使高明如纪晓岚先生，也难免理解有误，这是无需责怪的，却也不必讳言。与"当然""本然"之辨密切相关，纪昀所谓"首揭文体之尊"而"截断众流"，此说则颇有不明之处。一是与前面的联系问题，若谓此论承上而言，则既然本末之说并不成立，那么源流之论亦无所附丽。二是其中"文体"

---

[1] 〔清〕章学诚著，叶瑛校注：《文史通义校注》，北京：中华书局，2014年，第427页。

的概念，指的是什么？《梁书·刘勰传》有"论古今文体"①之说，这里的"文体"具有文章体裁和文章风格等多重含义，纪昀似有取于此，但其所谓"文体"，应主要指文章本身而言；所谓"文体之尊"，大约是说刘勰对文章地位的肯定，指的是《原道》开篇之言："文之为德也，大矣！"②以此而言，纪昀之论当然是正确的。

另一条比较长的纪评，便是《通变》之总评了，其曰："齐梁间风气绮靡，转相神圣，文士所作，如出一手，故彦和以'通变'立论。然求新于俗尚之中，则小智师心，转成纤仄，明之竟陵、公安，是其明征，故挽其返而求之古。盖当代之新声，既无非滥调，则古人之旧式，转属新声，复古而名以'通变'，盖以此尔。"③纪昀首先研究了刘勰"通变"论提出的背景，那就是所谓齐梁绮靡文风，不仅盛行，而且"转相神圣"，结果"文士所作，如出一手"，即失去了创新性。以此而言，纪昀认为刘勰提出"通变"之本意，在于提倡创新，这一对"通变"之义的理解是完全正确的。其次，纪昀研究了刘勰提出的"通变"之路径。他认为，在当时绮靡文风盛行而又缺乏新意的情况下，如果要求在那样的基础上创新，那不过就是"小智师心"而已，结果只能是"纤仄"，亦即文风的纤细狭窄，不会有阔大的境界和创造性，所以刘勰采取了"求之古"的策略，亦即相对于当时的"滥调"而言，"古人之旧式，转属新声"。纪昀这番道理，大约相当于流行服饰的循环，十年前的旧衣服，可能被当成新的款式了。纪昀把这个模式叫作"复古而名以'通变'"，即是说，实际上为复古，但采取了创新之名义。那么，纪昀之说是否

---

① 〔唐〕姚思廉：《梁书》卷五十《刘勰传》，北京：中华书局，1973 年，第 710 页。
② 〔梁〕刘勰：《文心雕龙·通变》，戚良德辑校：《文心雕龙》，上海：上海古籍出版社，2015 年，第 3 页。
③ 〔清〕黄叔琳注，〔清〕纪昀评：《文心雕龙辑注》，第 285—286 页。

刘勰"通变"之本义呢？应该说并非如此，但又不完全错，而是有
一定道理。对"通变"篇名二字的理解，纪昀是完全正确的。在近
百年"龙学"史上，《通变》篇经常被认为是论述继承与革新的关系，
这并不符合刘勰的想法，因而是远远比不上纪昀之认识的。

问题在于，刘勰所谓"通变"真的只是名义上的创新，而事实
上是复古吗？不能不说，纪昀之所以会有这样的看法，不完全是他
的想当然，而是有着《通变》之根据。刘勰明确说过："练青濯绛，
必归蓝茜；矫讹翻浅，还宗经诰。"①这不是复古又是什么呢？问题
的复杂性在于，"征圣""宗经"原本是《文心雕龙》的枢纽论，是
刘勰"论文"的基本主张；如果"宗经"便意味着复古，那整部《文
心雕龙》就成复古论了。事实上，无论"征圣"还是"宗经"，刘
勰从中找到的是为文的法则，而不是要回到过去。所以，关键还是
要看刘勰所谓"通变"，具体的要求是什么？刘勰说："斟酌乎质文
之间，而櫽括乎雅俗之际，可与言通变矣。"这是大的原则，在这
个原则指导下，要做到"凭情以会通，负气以适变"，从而写出"采
如宛虹之奋鬐，光若长离之振翼"的"颖脱之文"，最终达到"文
律运周，日新其业"②的目的。这哪里是复古呢？这是真正的创新论，
所谓"凭情"，所谓"负气"，其实颇类纪昀所谓"师心"（当然未
必是"小智"），其结果都不可能是复古，而只能是每一位作者的创新。
所以，"复古而名以'通变'"之说，一半是纪昀对《通变》有关论
述理解不当，一半是他自己的想当然而已，《文心雕龙》是不存在
这样的理论倾向的。

正因如此，纪昀对《通变》所举"此并广寓极状，而五家如一"
的文章实例，认为"此段言前代佳篇，虽巨手不能凌越，以见汉篇

---

① 〔梁〕刘勰：《文心雕龙·通变》，戚良德辑校：《文心雕龙》，第185页。
② 〔梁〕刘勰：《文心雕龙·通变》，戚良德辑校：《文心雕龙》，第185、186页。

之当师，非教人以因袭，宜善会之。"① 此评同样出现了理解的偏差。一方面，刘勰确实"非教人以因袭"，"宜善会之"是完全应该的，以此而言，纪昀的理解是正确的。但另一方面，刘勰所举例子，又决非"前代佳篇"。刘勰明明谓之"五家如一"，断言其"莫不相循"，这哪里符合"参伍因革，通变之数"呢？更不必说离"凭情以会通，负气以适变"的要求相去甚远了，所谓"文律运周，日新其业"，那些"五家如一"的因循之作，只能是"庭间之回骤"，"岂万里之逸步哉"②？

上述《原道》与《通变》的两则总评，较为典型地体现出纪评的特点：一方面不乏眼光和高见，另一方面又时有错觉和谬误。至于纪昀对《文心雕龙》许多具体问题的随手之评，总体而言也都具有这样的特点。从评述的理论倾向来看，纪评的一个显著特点是重视文章写作，尤其是重视文章的艺术之美，用刘咸炘的话说是"未脱诗家科臼"，这体现了清代诗歌创作及诗论繁荣的背景特点。纪昀评《物色》之"赞曰"有云："诸赞之中，此为第一，政因题目佳耳。"③ 对此，刘咸炘谓："此篇之赞，较诸篇为轻隽，颇似司空《诗品》。纪公独取此篇，盖未脱诗家科臼。六代文章，无美不备，后人但取轻隽而厌其烦奥，此《知音》篇所谓深废浅售也，纪公亦此面目。"④ 这是一个颇为有趣的说法，"深废浅售"之评未必恰当，但《物色》篇之赞语确乎诗意浓郁，谓之"颇似司空《诗品》"是很有道理的，纪昀独取此篇，则其看重《文心雕龙》者何在，便是值得注意的了。即以其《物色》之评语而论，对其赞语的欣赏只是

---

① 〔清〕黄叔琳注，〔清〕纪昀评：《文心雕龙辑注》，第 288 页。
② 〔梁〕刘勰：《文心雕龙·通变》，戚良德辑校：《文心雕龙》，第 186 页。
③ 〔清〕黄叔琳注，〔清〕纪昀评：《文心雕龙辑注》，第 403 页。
④ 刘咸炘：《文心雕龙阐说》，《推十书》（增补全本）戊辑，上海：上海科学技术文献出版社，2009 年，第 972 页。

一个方面，其他如谓："'随物宛转，与心徘徊'八字，极尽流连之趣，会此方无死句。"① 这里的"流连之趣"一语，还真有点"但取轻隽"之意了。又如评"自近代以来，文贵形似；窥情风景之上，钻貌草木之中"而谓："此刻画之病，六朝多有。"② 实际上，刘勰这里的"文贵形似"之论，近世多数研究者是以其为肯定之说的，但纪昀却谓之"刻画之病"，事实究竟如何呢？从《物色》所论来看，刘勰总结《诗经》的写作特点是"以少总多，情貌无遗"，所谓"《诗》《骚》所标，并据要害"，所谓"善于适要，则虽旧弥新矣"，所以对"近代以来"的模山范水之作，所谓"吟咏所发，志惟深远；体物为妙，功在密附"，刘勰是颇有些不以为然的，他认为："四序纷回，而入兴贵闲；物色虽繁，而析辞尚简"，惟有如此，方能做到"味飘飘而轻举，情晔晔而更新"，才能达到"物色尽而情有余"③之效果。因此，纪昀以"窥情""钻貌"之说为六朝"刻画之病"，应该说是符合刘勰之意的。

可以看出，纪昀对《物色》之把握其实是非常到位的，并无"深废浅售"之偏颇。尤其是纪评《物色》之最后两句"然屈平所以能洞监《风》《骚》之情者，抑亦江山之助乎"而谓："拖此一尾，烟波不尽。"④此八字之评，堪称画龙点睛，亦入木三分地体现出纪晓岚先生的审美趣味。所谓"烟波不尽"，确乎相当准确地抓住了刘勰此论的功效。所谓"抑亦江山之助乎"，作为《物色》之结语，看似有意无意，实则相当准确地提示了屈原之所以成功的一个重要因素，有着无尽的意味；同时，所谓"江山之助"，更留给后人一

---

① 〔清〕黄叔琳注，〔清〕纪昀评：《文心雕龙辑注》，第400页。
② 〔清〕黄叔琳注，〔清〕纪昀评：《文心雕龙辑注》，第401页。
③ 〔梁〕刘勰：《文心雕龙·物色》，戚良德辑校：《文心雕龙》，第264、265页。
④ 〔清〕黄叔琳注，〔清〕纪昀评：《文心雕龙辑注》，第402页。

个说之不尽的重要话题。实际上,《文心雕龙》之后,文章须得江山助之论可谓屡见不鲜。以此而论,谓之"烟波不尽",真是惟妙惟肖,充分体现出纪昀之才气。但另一方面,作为"论文"之作的评语,"烟波不尽"的说法显然过于浪漫,可谓"轻隽"之至,毋宁是诗歌评语。因此,刘咸炘谓之"未脱诗家科臼",也真是言之不虚了。

章学诚对《文心雕龙》的转化创新

与纪昀相比，章学诚较少谈及《文心雕龙》，然而在笔者看来，真正读懂《文心雕龙》而与刘勰心有灵犀者，恰是章学诚，而非纪昀。这真如章氏所说："若可恃，若不可恃，若可知，若不可知，此同道之知所以难言也。"① 张文勋先生曾指出："著名史学家章学诚对《文心雕龙》深有研究，并深受其影响，他的史论专著《文史通义》，其篇章结构及论式，都有仿效的痕迹。"② 这是颇有道理的，不过与其说《文史通义》仿效《文心雕龙》，不如说《文史通义》与《文心雕龙》多有相通之处，章氏并对刘勰不少重要思想进行了多方面的阐释与发挥。其《与严冬友侍读》云："日月倏忽，得过日多。检点前后，识力颇进，而记诵益衰。思敛精神为校雠之学，上探班、刘，溯源官礼，下该《雕龙》《史通》，甄别名实，品藻流别，为《文史通义》一书。"③ 应该说，章氏基本达到了自己的目标；所谓"下该《雕龙》《史通》"，就其对二刘之书基本精神的把握来说，亦并非虚言。

章学诚对《文心雕龙》的直接论述并不多，但有两个说法极为有名，经常为研究者所引用。其一见于《文史通义·文德》：

> 凡言义理，有前人疏而后人加密者，不可不致其思也。古人论文，惟论文辞而已矣。刘勰氏出，本陆机氏说而昌论文心；苏

① 〔清〕章学诚著，叶瑛校注：《文史通义校注》，北京：中华书局，2014年，第426页。
② 张文勋：《文心雕龙研究史》，昆明：云南大学出版社，2001年，第87页。
③ 〔清〕章学诚：《章学诚遗书》，北京：文物出版社，1985年，第333页。

辙氏出，本韩愈氏说而昌论文气：可谓愈推而愈精矣。①

    其中所谓"本陆机氏说而昌论文心"，得到《文心雕龙》研究者的一致肯定，说明章氏之把握是较为到位的。如所周知，陆机在《文赋》之小序中说："余每观才士之所作，窃有以得其用心。"刘勰则曰："夫'文心'者，言为文之用心也。"因此，谓刘勰乃本陆机之说而"昌论文心"，可谓证据确凿。但需要进一步研究的是，他们二人的"用心"是否相同？陆机说："夫放言遣辞，良多变矣，妍蚩好恶，可得而言。每自属文，尤见其情，恒患意不称物，文不逮意，盖非知之难，能之难也。故作《文赋》，以述先士之盛藻，因论作文之利害所由，他日殆可谓曲尽其妙。"②即是说，陆机所谓"用心"，指的是"放言遣辞"问题，其关乎文章之"妍蚩好恶"；具体而言，则是"意不称物，文不逮意"之难，陆机认为，"物—意—文"的过程，其难在具体操作，亦即写作技术问题。从而，《文赋》之作，乃"述先士之盛藻"，所谓"作文之利害所由"，即在于如何"放言遣辞"。然则，章学诚所谓"古人论文，惟论文辞而已矣"，衡诸陆机《文赋》，正是如此。所以，我们必须明白的是，刘勰之于陆机固有所本，实则不仅"愈推而愈精"，而且有着根本不同了。《文心雕龙》之所谓"用心"，已不仅仅是"文辞"问题，而是从《原道》出发，至《程器》结束，构筑起一个由"道"而"器"的庞大体系。同时，从理论到实践，刘勰以《神思》篇全力寻找破解陆机所谓"物—意—文"难题的根本途径。为了解决陆机所谓"意不称物"的问题，刘勰指出"思理为妙，神与物游"，其关键在于"志气"和"辞令"之通畅；

---

① 〔清〕章学诚著，叶瑛校注：《文史通义校注》，第 324 页。

② 〔晋〕陆机：《文赋》，杨明校笺：《陆机集校笺》，上海：上海古籍出版社，2016 年，第 1 页。

为了解决陆机所谓"文不逮意"的问题，刘勰指出"意授于思，言授于意"，将"物—意—义"的难题落实为"思—意—言"的过程，亦即从"文思"入手，寻找切实解决问题的途径。这个途径便是"陶钧文思，贵在虚静"，在此基础上，"积学以储宝，酌理以富才，研阅以穷照，驯致以绎辞"①，从而彻底解决陆机之难题。可以看出，所谓"本陆机氏说而昌论文心"，刘勰之"昌论"，与《文赋》相比已是焕然一新了。

其二见于《文史通义·诗话》：

> 《诗品》之于论诗，视《文心雕龙》之于论文，皆专门名家，勒为成书之初祖也。《文心》体大而虑周，《诗品》思深而意远；盖《文心》笼罩群言，而《诗品》深从六艺溯流别也。……论诗论文，而知溯流别，则可以探源经籍，而进窥天地之纯，古人之大体矣。此意非后世诗话家流所能喻也。②

其中所谓"体大虑周""笼罩群言"八字，庶几成为对《文心雕龙》之定评而广为人知，章氏非凡之识见，于此亦可见一斑了。然而，为研究者所忽略的一个重要问题是，章氏这段话的主旨本不在论《文心雕龙》，而是谈《诗品》，由这段话所在的篇目《诗话》便可看出，对《文心雕龙》之评不过是顺带为言。实际上，章氏也正是从《诗品》开始谈起的，而后归结为"此意非后世诗话家流所能喻也"，正说明其根本目的在于赞扬《诗品》，这是非常明显的。随后他又指出："《诗品》《文心》，专门著述，自非学富才优，为之不易，故降而

---

① 〔梁〕刘勰：《文心雕龙·神思》，戚良德辑校：《文心雕龙》，上海：上海古籍出版社，2015年，第173页。

② 〔清〕章学诚著，叶瑛校注：《文史通义校注》，第648页。

为诗话。沿流忘源，为诗话者，不复知著作之初意矣。"① 虽然二书并论，但仍以《诗品》为中心，故最后批评后世"诗话"作者忘记了钟嵘所开创的"著作"之途。当然，这并非说明章氏不重视《文心雕龙》，而是本段主旨原本是谈"诗话"，其以《诗品》为中心无可厚非。同时，章氏对《文心雕龙》之准确评价，当然也不以其顺带为言而减色，这是毫无疑问的。问题在于，拿《文心雕龙》作陪衬而赞扬《诗品》，不经意之中，便会产生明显的不妥。道理很简单，它们确为"成书之初祖"，却又是性质并不相同的两部"成书"。《诗品》不仅是专门的诗论，而且仅仅是五言诗论；而《文心雕龙》所论之"文"，乃是包括诗歌在内的各类文章。所以，章氏所谓"论诗""论文"的对举，根本是并不对等的，则所谓"专门名家"云云，其意义也就完全不同了。

除了上述两则著名评论，章氏在《文史通义》之《文理》《文集》《知难》《和州文征序例》等篇，对《文心雕龙》均有论及。尤其是《知难》一篇，不仅对《文心雕龙》之《知音》篇有征引，而且可以说是对《知音》的引申与发挥。如果说，上述二则评论展示了章学诚高屋建瓴的史家卓见，那么其《文史通义·知难》一篇则充分表现了其于《文心雕龙》的"深识鉴奥"以及发扬光大和转换创新，值得格外关注。刘勰在《知音》开篇有云："知音其难哉！"纪昀对此评曰："'难'字一篇之骨。"② 因此，章学诚专门作《知难》之篇，其于《知音》篇的有感而发是显然可见的。

《知难》开篇曰："为之难乎哉？知之难乎哉？"两个问号，实为一个问题，那就是"知"与"行"，哪一个更难？人们常说知易行难，

---

① 〔清〕章学诚著，叶瑛校注：《文史通义校注》，第 649 页。

② 〔清〕黄叔琳注，〔清〕纪昀评：《文心雕龙辑注》，北京：中华书局，1957 年，第 418 页。

上引陆机《文赋》之小序便说"非知之难，能之难也"，因此章氏
之问的真实含义乃是："知"真的更容易、真的不难吗？故有"知
难"之作，其见识之不同凡响，也就可见一斑了。章氏说："夫人
之所以谓知者，非知其姓与名也，亦非知其声容之与笑貌也；读其书，
知其言，知其所以为言而已矣。读其书者，天下比比矣；知其言者，
千不得百焉。知其言者，天下寥寥矣；知其所以为言者，百不得一
焉。然而天下皆曰：我能读其书，知其所以为言矣。此知之难也。"①
这里的话可谓清楚明白，那就是"知"难，其难不仅在于"知其言
者"少，也不仅在于"知其所以为言者"更少，而且在于自以为"知"
实则并不"知"者太多，这才是真正的"知"之难。此理不难想见，
但一经说破，不啻振聋发聩！《知难》之引人入胜，也就不难想见了。
其曰：

> 刘彦和曰："《储说》始出，《子虚》初成，秦皇、汉武恨不同时，
> 既同时矣，韩囚马轻。"盖悲同时之知音不足恃也。夫李斯之严
> 畏韩非，孝武之俳优司马，乃知之深，处之当，而出于势之不得
> 不然，所谓迹似不知而心相知也。……心相知者，非如马之狎而
> 见轻，即如韩之谗而遭戮矣。丈夫求知于世，得如韩、马……亦
> 云盛矣；然而其得如彼，其失如此。若可恃，若不可恃；若可知，
> 若不可知：此遇合之知所以难言也。②

刘勰举韩非、司马相如之例，本以说明"贱同而思古"的现象，
进而证明"知实难逢"，亦即知音难遇。然而章学诚却悄悄地将其
转化成"同时之知音不足恃"，即是说，知音或有可遇，问题是靠

---

① 〔清〕章学诚著，叶瑛校注：《文史通义校注》，第425页。
② 〔清〕章学诚著，叶瑛校注：《文史通义校注》，第425—426页。

不住！一句"知之深"已然令人恍悟，再加"处之当"，则不免使人心惊了；更况还有"出于势之不得不然"，何可言哉！显然，章氏之发挥，是刘勰所不曾想见的，却不仅是合情合理的，而且是入木三分的，所谓"迹似不知而心相知也"，如此冷静而客观的分析，确是刘勰所谓"明鉴同时之贱"的简单结论所难以比拟的。章氏进一步指出，这并非真正的"心相知"，然而从韩非、司马相如之经历而言，能够有那样的前期际遇已然少见，则"丈夫求知于世"，其得失之间，又怎能说得清呢？

刘勰从两个方面论证知音之难，即所谓"音实难知，知实难逢"。"知实难逢"既如彼，"音实难知"又如何呢？刘勰认为，"夫篇章杂沓，质文交加；知多偏好，人莫圆该"①，即文章本身有其复杂性，而读者亦各有其喜好，这就决定了"文情难鉴"。章学诚则以唐代萧颖士对李华《古战场文》之赏识为例，而谓："夫言根于心，其不同也如面。颖士不能一见而决其为华，而漫云华足以及此，是未得谓之真知也。而世之能具萧氏之识者，已万不得一；若夫人之学业，固有不止于李华者，于世奚赖焉？"章氏首先运用了《文心雕龙》之"体性"论的观点，所谓"言根于心，其不同也如面"，即刘勰所谓"各师成心，其异如面"②之意，以此说明文章本身之复杂，从而说明萧颖士之见未必是"真知"；同时又指出，萧氏能肯定李华之文，无论真假，这样的结果已然可贵了；那些不具备萧氏之胸怀与眼光的读者，那些比不上李华之才能的作者，所谓"真知"又从何说起呢？显然，章氏的思路与刘勰是一致的，即从主客观两方面论证"文情难鉴"，从而说明"真知"难遇。但他并未止于此，而是进一步指出：

---

① 〔梁〕刘勰：《文心雕龙·知音》，戚良德辑校：《文心雕龙》，第276页。
② 〔梁〕刘勰：《文心雕龙·体性》，戚良德辑校：《文心雕龙》，第178页。

　　凡受成形者，不能无殊致也；凡禀血气者，不能无争心也。有殊致，则入主出奴，党同伐异之弊出矣；有争心，则挟恐见破，嫉忌诋毁之端开矣。惠子曰："奔者东走，追者亦东走；东走虽同，其东走之心则异。"今同走者众矣，亦能知同步之心欤？若可恃，若不可恃，若可知，若不可知，此同道之知所以难言也。①

　　这番道理说得很透彻，也令人惊心动魄。每个人都有自己特殊的才能，每个人都有一争高下之心。一朝成功者，不免党同伐异；患得患失者，难免嫉妒毁谤。看似步调一致，实则心意不同，所谓"真知"，又怎么可能呢？显然，这些道理一经说出，也不难理解，但又是刘勰所不曾提到的。其与《知音》的轻盈和乐观相比，《知难》实在是沉重而悲观得多了。然则，章氏之论意欲何为呢？

　　《知音》之作，虽以"难"字发端，但其目的在于解决"文情难鉴"的问题，因而其旨归所在，恰恰是不难，是达成"知音君子"之目标。为此，刘勰找到了"知音"之路，亦发现了"知音"之理。所谓"凡操千曲而后晓声，观千剑而后识器"，所谓"将阅文情，先标六观"，所谓"斯术既形，则优劣见矣"，有了正确的方法，则知音便不难。同时，"夫缀文者情动而辞发，观文者披文以入情：沿波讨源，虽幽必显"，从理论上说，知音也是可能的，所谓"夫志在山水，琴表其情；况形之笔端，理将焉匿？"②应该说，刘勰是信心满满的。对此，章学诚自然是心知肚明的，他是否不以为然呢？其云："人之所以异于木石者，情也；情之所以可贵者，相悦以解也。贤者不得达而相与行其志，亦将穷而有与乐其道；不得生而隆遇合于当时，亦将殁而俟知己于后世。"可见，对"知音"之可能性，章氏并未

----

① 〔清〕章学诚著，叶瑛校注：《文史通义校注》，第426页。
② 〔梁〕刘勰：《文心雕龙·知音》，戚良德辑校：《文心雕龙》，第276、277页。

完全否定；对"知音"之渴望，章实斋丝毫不亚于刘彦和。但他又说："然而有其理者，不必有其事；接以迹者，不必接以心。若可恃，若不可恃；若可知，若不可知。后之视今，亦犹今之视昔。嗟乎！此伯牙之所以绝弦不鼓，而卞生之所以抱玉而悲号者也。"即是说，虽然有可能性，但真正的"知音"，还是太难得了。所谓"若可恃，若不可恃；若可知，若不可知"，短短一千多字的《知难》篇，章先生数次重复这几句话，其犹疑不决之情，其无可奈何之叹，可谓跃然纸上。正是在这样的心态之下，他得出了如下的结论：

> 夫鹍鹊啁啾，和者多也；茅苇黄白，靡者众也。凤高翔于千仞，桐孤生于百寻，知其寡和无偶，而不能屈折以从众者，亦势也。是以君子发愤忘食，暗然自修，不知老之将至，所以求适吾事而已。安能以有涯之生，而逐无涯之毁誉哉？[①]

所谓曲高和寡，刘勰在《知音》篇中也表达过这样的意思，其云："俗监之迷者，深废浅售；此庄周所以笑《折杨》，宋玉所以伤《白雪》也。"然而刘勰这番话是在"目瞭则形无不分，心敏则理无不达"的基础上说出的，其目的是提醒人们"见异，唯知音耳"，所谓"夫唯深识鉴奥，必欢然内怿"[②]，其归宿乃是"知音君子"目标之达成，因而终究是积极而乐观的。实斋先生则不同了，其"发愤忘食"者，乃孤芳自赏也；其"不知老之将至"者，乃自得其乐也。他说，人的生命有限，而外在之是非褒贬却是无穷无尽的，既然如此，由他去吧！岂非如诗人但丁所言："走自己的路，让别人说吧！"以此而言，我们不能不说，章学诚之《知难》，就其深刻性而言，是刘勰之《知

---

① 〔清〕章学诚著，叶瑛校注：《文史通义校注》，第 427 页。
② 〔梁〕刘勰：《文心雕龙·知音》，戚良德辑校：《文心雕龙》，第 277 页。

音》所难望项背的。但其显然又是受《知音》之触发，并在与《知音》相摩相荡的互动中完成的。仅此而论，章学诚之于《文心雕龙》一书，显然并非浅尝辄止而已。

"龙学"述评

百年"龙学"的世界地图

《文心雕龙》不仅是三千年中国文论史上独一无二的元典，更是中国传统文化的一道独特风景，正是这种独特性吸引了大批学者来研究它，进而形成百年"龙学"之奇观。在众多的研究者之中，既有鼎鼎大名的文化宗师，更有术业专攻的文论学人，亦有跃跃欲试的年轻新秀，还有各个领域的《文心雕龙》爱好者；有人穷毕生时光探究"龙学"之奥秘，有人以学余之力采撷"文心"之花朵，有人系统钻研而图弥纶群言，有人小题大做而成一家之说。凡此种种，产生了众多的"龙学"著述，并在不断产生着新的成果，牟世金先生谓之"'龙'门深似海"①，良有以也。

就目前笔者所掌握的情况而言，在中华大地上，除了西藏，其他所有省市自治区以及特别行政区均有"龙学"研究者，均有"龙学"著作出版。尤为令人鼓舞的是，有不少地域的《文心雕龙》研究颇富特色，并具有较为自觉的学术承传，可以说已初步形成了"龙学"流派，从而彰显出"龙学"的巨大生命力。同时，亦有相当数量的外国学者对《文心雕龙》产生兴趣并进行研究。有鉴于此，我们尝试对百年"龙学"进行初步的地域划分，并试图从学术流派的角度进行名称之概括，最终以图表的方式予以呈现。显然，这样的概括

---

① 牟世金:《文心雕龙研究》，北京：人民文学出版社，1995年，"自序"，第1页。

还是非常简单的，无论名称的表述、地域的归属、学者的搜集以及呈现方式等，均存在种种不当，但这无疑是一个有意义的尝试。之所以要这样做，最重要的是，它将非常直观而简洁地地展现百年"龙学"之盛况。

下面即为"龙学"地域分布简表：

序号	名称	地区	姓　名
1	京津龙学	北京	刘师培、黄侃、王利器、周振甫、张光年、向长清、杜黎均、艾若、钟子翱、黄安祯、禹克坤、沈锡麟、蔡钟翔、童庆炳、缪俊杰、刘文忠、张少康、詹福瑞、左东岭、袁济喜、张晶、汪春泓、陶礼天、陈允锋、刘乐贤、王峰、陈咏明、姚爱斌
		天津	范文澜、罗宗强、李逸津
		河北	顾随、詹锳、胡海、杨青芝
2	东北龙学	辽宁	丛甫之、涂光社、于景祥、王少良、海丁、马骁英
		吉林	毕万忱、李森、贾树新、金宽雄、金晶银
		黑龙江	王明志、褚世昌、陈建农
3	内蒙龙学	内蒙古	王志彬（林杉）、王志民、杨效春、万奇、高林广、李金秋、孔祥丽、何颖

续表

序号	名称	地区	姓　名
4	西北龙学	甘肃	郭晋稀、权绘锦
		陕西	朱恕之、寇效信、苏宰西、陈蜀玉、王学礼、姜晓洁、李长庚
		山西	蔡润田、邢建堂、傅锦瑞、郭鹏
		宁夏	杨森林、梁祖萍、赵耀锋
		新疆	马宏山、钟兴麒、钟鸣
		青海	董家平、安海民
5	中州龙学	河南	温绎之、李炳勋、徐正英、罗家湘、王承斌
6	齐鲁龙学	山东	陆侃如、牟世金、于维璋、张可礼、冯春田、戚良德、贾锦福、刘凌、朱文民、萧洪林、王守信、孔德志、刘小波、唐正立、李明高、钟国本、刘硕伟、李婧、杨倩
7	巴蜀龙学	四川	刘咸炘、杨明照、陈思苓、龙必锟、李天道、曹顺庆、刘颖、王万洪
		重庆	熊宪光
8	珞珈龙学	湖北	刘永济、包鹭宾、吴林伯、贺绥世、刘纲纪、罗立乾、易中天、李建中、高文强、陈志平
9	江左龙学	江苏	李详、钱基博、叶长青、庄适、石家宜、吴圣昔、周明、顾农、钱永波、孙蓉蓉、左健
		安徽	祖保泉、李平

续表

序号	名称	地区	姓名
10	沪上龙学	上海	骆正深、王元化、王运熙、李庆甲、林其锬、陈凤金、萧华荣、杨明、黄霖、彭恩华、朱迎平、胡晓明、陆晓光、汪洪章、周锋、周兴陆
11	钱塘龙学	浙江	冯葭初、杜天縻、蒋祖怡、韩泉欣、朱广成、徐季子
12	湖湘龙学	湖南	姜书阁、张长青、张会恩、刘业超、陈书良、周绍恒、李映山、陈祥谦
13	闽赣龙学	福建	穆克宏
		江西	李蓁非、吴中胜
14	云贵龙学	云南	张文勋、杜东枝、骆文心、张国庆、孙兴义、朱供罗
		贵州	张灯
15	岭南龙学	广东	黄海章、赵仲邑、邱世友、卓支中、饶芃子、马白、韩湖初、吴美兰、孙多杰、雍平、王毓红、陈迪泳
		广西	赵盛德、王弋丁、胡大雷、张利群、胡辉
		海南	杨清之
		香港	潘重规、饶宗颐、程兆熊、石垒、高凤、胡纬、陈耀南、黄维樑、黄兆杰、卢仲衡、林光泰、刘庆华
		澳门	邓国光、欧阳艳华

续表

序号	名称	地区	姓名
16	台湾龙学	台湾	张立斋、李景溁、徐复观、李日刚、李中成、王梦鸥、张严、易苏民、郑蕤、黄锦铉、彭庆环、唐亦男、王礼卿、王叔岷、蓝若天、陈拱、王更生、王久烈、龚菱、黄春贵、蔡宗阳、张仁青、陈兆秀、沈谦、王金凌、李农、冯吉权、刘荣杰、刘宗修、颜昆阳、方元珍、游志诚、王忠林、华仲麐、吕武志、李慕如、黄亦真、赖欣阳、黄端阳、简良如、许玫芳、王义良、卓国浚、温光华、陈秀美、尤雅姿、刘渼、李德才、吕立德、郭章裕、施筱云、杨晓菁、林显庭、洪增宏、郑宇辰
17	日本龙学	日本	铃木虎雄、斯波六郎、目加田诚、冈村繁、兴膳宏、户田浩晓、门胁广文、甲斐胜二
18	韩国龙学	韩国	车柱环、崔信浩、李民树、崔东镐、金民那
19	美国龙学	美国	施友忠、宇文所安、汪荣祖、蔡宗齐、林中明、杨国斌、邵耀成

序号	名称	地区	姓　名
20	欧洲龙学	俄罗斯	波兹涅耶娃、李谢维奇
		德国	李肇础
		法国	朱利安
		意大利	兰珊德、贾西媚
		西班牙	雷琳克
		匈牙利	费伦茨·杜克义
		捷克	奥德什赫·格拉尔

上列图表中，有几个问题需要说明：一是学派之划分与名称，主要从学术传统、习惯称谓以及地域归属等方面综合考量，真正形成"龙学"流派的可能还是少数，故不甚严格；二是学派之排列顺序，大致由北而南，自西而东，由大陆而港台地区及国外；三是学者之入选标准，除少数情况之外，一般以是否有"龙学"著作出版为限；四是学者之排列顺序，大致以辈分而论，但台湾地区情况多有不明，暂参照著作出版时间之先后，亦并非绝对；五是学者之学派或地域归属，主要从学派着眼，视具体情况而论，如易中天先生现为厦门大学教授，但将其归为珞珈龙学。显然，这些问题都较为复杂，难以做出一个完全合适的选择，因而目前的安排可以说远未成熟，其中不妥之处尚多，重要遗漏亦在所难免，还需进行多方面的论证和进一步调整、补充，以便使其更趋完善。

21 世纪 "龙学" 的三大发展

据笔者的最新统计,《文心雕龙》研究的专著、专书已超过六百种,专题论文近万篇,因此有不少研究者一再慨叹 "龙学" 何以拓展和创新? 但令人欣喜的是,进入 21 世纪以后,随着对传统文化的重视乃至国学热的兴起,"龙学" 进入新的发展时期。从 2000 年至今的十五六年时间里,大陆出版各类 "龙学" 著作超过两百种,发表 "龙学" 专题论文千篇以上,无论从数量还是质量而言,成绩都是相当可观的。尤其是较之 20 世纪的《文心雕龙》研究,新世纪 "龙学" 表现出三大突出的变化和发展,一是 "龙学" 专著空前繁荣,二是大学讲坛上的 "龙学" 异彩纷呈,三是新生代 "龙学" 异军突起,从而展现出空前的新风貌,令人鼓舞。本文即拟对此予以初步总结和概括。

一、"龙学" 专著空前繁荣

21 世纪刚刚走过了十几个年头,"龙学" 在新世纪一方面取得了不少新的成就,另一方面还处于飞速发展的过程中。在笔者看来,新世纪 "龙学" 在十数年的时间里已取得不少重要成果,可以有两个基本判断,一是总体成就令人鼓舞,在很多方面甚至是空前的;二是最重要的 "龙学" 成果均以专著的形式体现出来,这是值得重视的一个特点。

首先,大部头的 "龙学" 著作不断出现,充分展示出 "龙学" 的厚重及其强大的生命力。《文心雕龙》一书只有不到四万字,《文心雕龙》研究被叫作 "龙学",可以说一直是有人表示怀疑的,虽然随着百年 "龙学" 的不断发展和进步,怀疑的声音逐渐淡出,但包括不少《文心雕龙》研究者自己也在思考，所谓"龙学"，其合法性和可能性到底有多大？实际上，若干年前便有研究者在质疑，我们如何超越前贤？笔者以为，新世纪"龙学"的不少厚重之作，可以在一定程度上回答这样的问题了。如吴林伯先生的《文心雕龙义疏》（武汉大学出版社，2002年）、林其锬和陈凤金先生的《增订文心雕龙集校合编》（华东师范大学出版社，2011年）、刘业超先生的《文心雕龙通论》（人民出版社，2012年）、张灯先生的《文心雕龙译注疏辨》（复旦大学出版社，2015年）、周勋初先生的《文心雕龙解析》（凤凰出版社，2015年）、张国庆和涂光社先生的《〈文心雕龙〉集校、集释、直译》（中国社会科学出版社，2015年）等，大部分为超过80万字的"龙学"专著，其中《文心雕龙通论》一书更是达到176万字，成为大陆近百年"龙学"史上规模最大的专著，仅次于台湾李曰刚先生的《文心雕龙斠诠》一书。当然，字数不能说明一切，但毋庸置疑的是，面对四万字的《文心雕龙》，我们说了这么多的话，涉及到如此众多的问题，这正是"龙学"之所以成为"龙学"的根本；我们还有很多话要说，其中还有很多问题要阐明，这才是"龙学"的生命力之所在。

其次，不少20世纪卓有成就的"龙学"家在新世纪推出新的成果，延续了"龙学"传统，包括延续老一辈"龙学"家的学术传统和延续研究者自身在20世纪的研究传统。如杨明照先生的《文心雕龙校注拾遗补正》（江苏古籍出版社，2001年）、石家宜先生的《〈文心雕龙〉系统观》（江苏古籍出版社，2001年）、王志彬先生的《文心雕龙新疏》（内蒙古大学出版社，2001年）、穆克宏先生的《文心雕龙研究》（鹭江出版社，2002年）、周绍恒先生的《〈文心雕龙〉散论及其它》（增订本，学苑出版社，2004年）、王运熙先生的《文心雕龙探索》（增补本，上海古籍出版社，2005年）、邱世友先生的《文心雕龙探原》（岳麓书社，2007 年）、孙蓉蓉先生的《刘勰与〈文心雕龙〉考论》（中华书局，2008 年）、张长青先生的《文心雕龙新释》（湖南大学出版社，2009 年）等。特别是张少康先生，在新世纪先后出版了《文心与书画乐论》（北京大学出版社，2006 年）、《刘勰及其〈文心雕龙〉研究》（北京大学出版社，2010 年）两部重要著作，并推出了应该是正在进行的《文心雕龙新注》（载《古代文论的现代诠释》，北京大学出版社，2015 年）的部分成果，一方面对自己在 20 世纪的《文心雕龙》研究进行了全面更新，另一方面又推出了不少全新的作品。应该说，新世纪一大批"龙学"著述就是这样产生的。

第三，一大批较为深入的专题研究著作产生，这是新世纪"龙学"的一个显著特点。首先是从文艺学和美学角度研究《文心雕龙》的一批专著：王毓红的《在文心雕龙与诗学之间》（学苑出版社，2002 年）以及《言者我也——〈文心雕龙〉批评话语分析》（商务印书馆，2011 年）、钟国本的《文心雕龙审美研究》（中国文史出版社，2002 年）、郭鹏的《〈文心雕龙〉的文学理论和历史渊源》（齐鲁书社，2004 年）、胡大雷的《〈文心雕龙〉的批评学》（广西师范大学出版社，2004 年）、汪洪章的《〈文心雕龙〉与二十世纪西方文论》（复旦大学出版社，2005 年）、李映山的《文心撷美——〈文心雕龙〉与美育研究》（吉林科学技术出版社，2005 年）、童庆炳先生的《童庆炳谈文心雕龙》（河南大学出版社，2008 年）以及《〈文心雕龙〉三十说》（北京师范大学出版社，2016 年）、权绘锦的《中国文学批评与〈文心雕龙〉》（光明日报出版社，2008 年）、戚良德的《〈文心雕龙〉与当代文艺学》（中央编译出版社，2012 年）、胡海和杨青芝的《〈文心雕龙〉与文艺学》（人民出版社，2012 年）、姚爱斌的《〈文心雕龙〉诗学范式研究》（湖南人民出版社，2012 年）、马骁英的《〈文心雕龙·谐隐〉的诙谐文学理论》（辽宁大学出版社，2014 年）、高林广的《〈文心雕龙〉先秦两汉文学批评研究》（中华书局，2016年）等。

第四，除了传统的文艺学和美学的角度，又有不少从多个角度研究《文心雕龙》的一批重要专题研究著作：汪春泓的《文心雕龙的传播与影响》（学苑出版社，2002年）、杨清之的《〈文心雕龙〉与六朝文化思潮》（南方出版社，2002年）、戚良德的《文论巨典——〈文心雕龙〉与中国文化》（河南大学出版社，2005年）、王志民、林杉、杨效春、高林广编著的《〈文心雕龙〉例文研究》（内蒙古人民出版社，2005年）、陈书良的《〈文心雕龙〉释名》（湖南人民出版社，2007年）、罗宗强先生的《读文心雕龙手记》（三联书店，2007年）、张利群的《〈文心雕龙〉体制论》（广西师范大学出版社，2010年）、陈蜀玉的《〈文心雕龙〉法译及其研究》（上海社会科学院出版社，2011年）、简良如的《〈文心雕龙〉之作为思想体系》（中国社会科学出版社，2011年）、万奇和李金秋主编的《文心雕龙文体论新探》（中央民族大学出版社，2012年）以及《〈文心雕龙〉探疑》（中华书局，2013年）、董家平和安海民的《〈文心雕龙〉理论体系研究》（华龄出版社，2012年）、邓国光的《〈文心雕龙〉文理研究：以孔子、屈原为枢纽轴心的要义》（上海古籍出版社，2012年）、刘颖的《英语世界〈文心雕龙〉研究》（巴蜀书社，2012年）、黄维樑的《从〈文心雕龙〉到〈人间词话〉——中国古典文论新探》（北京大学出版社，2013年）、赵耀锋的《〈文心雕龙〉研究》（阳光出版社，2013年）、陈允锋的《〈文心雕龙〉疑思录》（中央民族大学出版社，2013年）、邵耀成的《〈文心雕龙〉这本书：文论及其时代》（中国社会科学出版社，2014年）、陈迪泳的《多维视野中的〈文心雕龙〉——兼与〈文赋〉〈诗品〉比较》（中国社会科学出版社，2014年）、欧阳艳华的《征圣立言——〈文心雕龙〉体道思想研究》（上海古籍出版社，2015年）、胡辉的《刘勰诗经观研究》（云南大学出版社，2015 年）等。

第五，一批各有特点的综合性的"龙学"著作，如校注译释类的著作：张光年先生的《骈体语译文心雕龙》（上海书店出版社，2001 年）、张灯的《文心雕龙新注新译》（贵州教育出版社，2003 年）、周明的《文心雕龙校释译评》（南京大学出版社，2007 年）、戚良德的《文心雕龙校注通译》（上海古籍出版社，2008 年）、李明高的《文心雕龙译读》（齐鲁书社，2009 年）、雍平的《文心发义》（广东人民出版社，2016 年）；再如着眼"龙学"史的专题性著作：张少康编《文心雕龙研究》（湖北教育出版社，2002 年）以及《〈文心雕龙〉资料丛书》（学苑出版社，2004 年）、黄霖编著《文心雕龙汇评》（上海古籍出版社，2005 年）、戚良德编《文心雕龙学分类索引》（上海古籍出版社，2005 年）、朱文民主编《刘勰志》（山东人民出版社，2009、2010 年）、李建中主编《龙学档案》（武汉大学出版社，2012 年）、戚良德辑校《文心雕龙》（黄叔琳注、纪昀评、李详补注、刘咸炘阐说，上海古籍出版社，2015 年）等。另外，还产生了几种刘勰的传记作品，如杨明的《刘勰评传》（南京大学出版社，2001 年）、朱文民的《刘勰传》（三秦出版社，2006 年）、唐正立的《旷世刘勰》（中国文史出版社，2014 年）、缪俊杰的《梦摘彩云：刘勰传》（作家出版社，2015 年）等。

上述五个方面的"龙学"专著虽难免挂一漏万，但已足以展示新世纪"龙学"的鸿风懿采，其总体特点，短笔可陈者，一是对 20 世纪"龙学"的总结，并在此基础上推出集成性的成果，从而为新世纪"龙学"奠定新的研究基础，引发新的开端。二是对 20 世纪"龙学"的反思，并通过反思进行切实的学术开拓，从而展示新世纪"龙学"的新面貌。三是进行深入的学术开掘，对"龙学"园地进行精耕细作，从而开拓新的"龙学"空间，产生新的"龙学"成果。

这里，笔者想举一个看似很小的例子，以展示新世纪"龙学"的新风貌。如所周知，《文心雕龙》五十篇，每篇均以二字名篇，言简意赅，具有丰富的内涵，有些篇名早已成为重要的文论范畴。但在众多的《文心雕龙》译注本中，极少有人对这些篇名进行翻译。这是一个小问题，但真的要翻译起来，却显然并不容易。就笔者所见，海丁的《〈文心雕龙〉新论》（吉林文史出版社，2008 年），以及王学礼、姜晓洁的《文心雕龙骈体语译》（三秦出版社，2012 年），对此做了尝试。他们的翻译各有特点，我们列表对比如下：

《文心雕龙》篇名	海丁 译	王学礼、姜晓洁 译
原道第一	论文章源起	本着大道
征圣第二	论以圣人为师	体验圣人
宗经第三	论创作参照（解析五经）	正宗经典
正纬第四	正确对待纬书	矫正纬书
辨骚第五	讨论离骚	辨析《离骚》
明诗第六	诗歌史论	明了诗体
乐府第七	乐府史论	话说乐府
铨赋第八	赋史论	诠释赋体
颂赞第九	颂赞史论	谈颂说赞
祝盟第十	祝盟流别考	祝盟之类
铭箴第十一	铭箴流别考	铭文箴文
诔碑第十二	诔碑流变考	诔文碑文
哀吊第十三	哀吊流变考	哀吊之文
杂文第十四	杂文流别考	杂文杂谈
谐讔第十五	谐隐流变考	诙谐隐语
史传第十六	史传流变考	史传漫话
诸子第十七	诸子流变考	诸子浅说
论说第十八	论说流别考	论体说体

续表

《文心雕龙》篇名	海丁 译	王学礼、姜晓洁 译
诏策第十九	诏策流别考	诏书策书
檄移第二十	檄移流别考	檄文移文
封禅第二十一	封禅流别考	封山禅地之文
章表第二十二	章表流别考	章文表文
奏启第二十三	奏启流别考	奏启之文
议对第二十四	议对流别考	议对之文
书记第二十五	书记流别考	书记之文
神思第二十六	论思维（精神活动）	心神与文思
体性第二十七	论个性与风格的关系	体格与性情
风骨第二十八	论对思想内容的要求	文风与文骨
通变第二十九	论继承和发展	通古变新
定势第三十	意向论	确定态势
情采第三十一	论文章美质	感情与文采
镕裁第三十二	创作总论	熔炼与裁剪
声律第三十三	语音论（语言总论）	声音韵律
章句第三十四	论文章单位	章情造句
丽辞第三十五	论对偶（骈体）	骈句俪语
比兴第三十六	论比兴	比象兴义
夸饰第三十七	论夸张修辞	夸张形容
事类第三十八	论用事	用事联类
练字第三十九	文字的发展和运用	熟练用字
隐秀第四十	论含蓄和警策修辞	隐义秀句
指瑕第四十一	文病类举	指示瑕疵
养气第四十二	论创作前的精神修养	修养气息
附会第四十三	论行文起草	附辞会义

续表

《文心雕龙》篇名	海丁 译	王学礼、姜晓洁 译
总术第四十四	总论文章之体和术（总术为统领文情文思之术）	总揽之术
时序第四十五	论时代和文章的关系	各代概述
物色第四十六	论情景关系及景物描写	外物声色
才略第四十七	作家论	才学谋略
知音第四十八	论批评与鉴赏	知音·音知
程器第四十九	论成才	前程·器量
序志第五十	自序	叙志为序

值得一提的是，海丁先生自谓"草野平民"[①]，而王学礼先生则为退休中学教师，他们的"龙学"成果，可能少有人知。笔者以为，他们翻译得如何倒在其次，重要的是能想到把《文心雕龙》的篇名翻译出来，这是"龙学"精细化的一个表现，是值得肯定的。

二、大学课堂上的"龙学"

随着近年来国学热的持续升温，《文心雕龙》作为国学必修课走上大学讲台，"龙学"的普及和提高可以说取得了良性互动。一方面，越来越多的青年学子认识到《文心雕龙》作为中国文论经典的重要性，从而认真研读；另一方面，百年"龙学"的巨大成就和硕果为他们提供了丰富的阅读素材，使他们站在了更高的学术起点上。显然，几代人不懈的探求使得百年"龙学"异彩纷呈，这正是《文心雕龙》成为大学必修课的背景和基础，而随着《文心雕龙》的普及，其作为国学经典的地位更加稳固而日益突出，这又成为"龙学"

---

① 海丁：《〈文心雕龙〉新论》，长春：吉林文史出版社，2008 年，第 326 页。

进一步发展的强大动力和源泉。这里我们以武汉大学和中国人民大学的《文心雕龙》课程为例，来看一下大学课堂上的"龙学"。

2008年，广西师范大学出版社出版了武汉大学李建中先生的《文心雕龙讲演录》。该书为"大学名师课堂实录"系列之一，它不是一本教材，而是李先生课堂讲授《文心雕龙》的实录，我们可以据此较为完整地看到李先生这门课的讲授内容，体验到李先生的授课风采。随着信息时代的到来，这样的文本越来越多，但对"龙学"而言，可能还绝无仅有，因而是非常珍贵的。全书正文共八讲，分别为："《文心雕龙》的思想资源""《文心雕龙》的思维方式""《文心雕龙》的话语方式""《文心雕龙》的文体理论""《文心雕龙》的创作理论""《文心雕龙》的接受理论""《文心雕龙》的作家理论""《文心雕龙》的文学史观"，每讲均为整齐的三节，如第一讲的三节为："文师周孔""道法自然""术兼佛玄"，全书前有"引言"，分为两节："孤寂人生""诗性智慧"，后有"结语"，也分为两节："千年文心""世纪龙学"，并有"附录"四篇，最后是"后记"。这样一个整饬的讲稿体现出李先生的良苦用心，笔者以为这是与《文心雕龙》非常相配的，是不负刘勰精心结撰之《文心雕龙》的一个真诚表现，令人敬佩。因此，笔者既为曾经在武大讲授《文心雕龙》的黄侃、刘永济等先贤感到欣慰，更为李先生的学生们感到庆幸，他们能聆听这样的"龙学"课程，应该是感到幸福的。

这份"讲演录"之"附录"的第一篇是"治学感言：我是刘勰的学生"。二十多年前，笔者曾聆听台湾著名"龙学"家王更生先生说过"我是刘勰的小学生"这样的话，让笔者觉得振聋发聩而一直铭记心中。李先生亦有此说，其意何在呢？他的这篇"治学感言"不长，表达了这样三层意思：一是"感谢刘勰，有了他，摛文无虞。"二是"感谢刘勰，有了他，余心有寄。"三是"感谢刘勰，有了他，永不失语。"① 我们仅凭这几句话，应该就可以明白李先生为什么说自己是刘勰的学生了。三个"感谢"，不仅发自肺腑，而且言之有物；更重要的是，如此对待先贤和传统文化的态度，令人感动和欣赏。李先生有《古代文论的诗性空间》（湖北人民出版社，2005 年）、《中国古代文论诗性特征研究》（武汉大学出版社，2007 年）等专著，其于中国古代文论的诗性特征有着深入的领悟，这份领悟也体现在了他自己的学术研究和话语表达中。在笔者看来，李先生的这几句"治学感言"便是富有诗性智慧的表达，其整饬的"讲演录"更是充满这样的诗性言说。

在 2008 年于北京首都师范大学举办的"《文心雕龙》与 21 世纪文论研究国际学术研讨会"上，李先生曾有"创生青春版文心雕龙"的发言，引起与会学者的浓厚兴趣。何谓"青春版"？李先生说："青春的文心青春的（文）体！青年刘勰对青春文心的唯美言说，正是我们这个时代所匮乏的。刘勰当年写《文心雕龙》，是要回应他那个时代的文学和文学理论问题。刘勰的时代问题是什么？佛华冲突、古今冲突以及'皇齐'文学的浮华和讹滥。青年刘勰内化外来佛学以建构本土文论之体系，归本、体要以救治风末气衰之时弊。我们今天研究《文心雕龙》，同样需要回应我们这个时代的文学和文学理论问题。我们的时代问题是什么？东西方文化及文论冲突中的心理焦虑、古今文化及文论冲突中的立场摇摆以及文学理论和批评书写的格式化。而青年刘勰在定林寺里的文化持守与吸纳，在皇齐年间的怊怅与耿介，在 5 世纪末中国文坛的诗性言说，对于救治 21 世纪中国文论之时弊有着非常重要的意义。"② 李先生说："《文心雕

---

① 李建中：《文心雕龙讲演录》，桂林：广西师范大学出版社，2008 年，第 231—232 页。

② 李建中：《文心雕龙讲演录》，第 242 页。

龙》毕竟是一千五百年前的文本，如何能使它活在当下文坛，活在
21 世纪的青春校园，活在全球化时代广大读者的精神生活之中？这
是我写作《文心雕龙讲演录》的心理动机，也是我对这本书之社会
反响的心理期待。"①李先生这些充满深情的诗性言说，笔者无不深
以为然，尤其是其中"青年刘勰对青春文心的唯美言说，正是我们
这个时代所匮乏的"一句，笔者觉得切中肯綮而具有紧迫的现实意义。
以此而论，大学讲坛上的《文心雕龙》不仅要延续百年前黄侃等"龙
学"先贤的血脉，更有着新世纪的独特担当和承载。笔者稍可补充
的是，从李先生"讲演录"的全部内容而言，其文艺学的视野是显
然可见的，但笔者觉得这还远远不够。《文心雕龙》固然可以为"文坛"
提供无尽的资源，但其决不仅仅是"文学和文学理论问题"，所谓"唯
美言说"，是可以做一点广义的理解和应用的。然则，新世纪大学
讲坛的"龙学"当有更广阔的视野。在笔者看来，那就是超出文艺
学的藩篱，回到《文心雕龙》的本位，回归中华文化的沃土。

应该说，与武汉大学相比，中国人民大学的《文心雕龙》课程
就有些不同了。袁济喜先生曾介绍："随着经典文化在今天社会生
活中的复兴，《文心雕龙》的人文价值重新得到认同，比如中国人
民大学今年的人文艺术通识课程中，首次将《文心雕龙》作为重要
的经典列入全校必修的人文通识课程序列；人民大学国学院也将《文
心雕龙》作为经典研读的重要课程来讲授。"②2008 年，中国人民
大学出版社推出了袁济喜、陈建农编著的《〈文心雕龙〉解读》，作
为"国学经典解读系列教材"之一，该书选《文心雕龙》37 篇，每

---

① 李建中：《文心雕龙讲演录》，第 242—243 页。
② 袁济喜：《论〈文心雕龙〉的人文精神与当代意义》，《文心雕龙研究》第八辑，
保定：河北大学出版社，2009 年，第 422 页。

篇均有"注释"和"解读"，有些篇还有"汇评"。① 全书前有"导论"，后附"主要参考书目"。"导论"从"刘勰的生命体验与《文心雕龙》的写作"和"《文心雕龙》的思想与文体特点"两个方面，对《文心雕龙》予以导读。作者认为"《文心雕龙》是中国文学批评史上的一部经典之作，其内容博大精深，体系完备，不仅全面总结了南朝齐梁以前各类文体的源流和文章写作的丰富经验，而且还贯穿了作者对人文精神的深沉思考和执著追求，其开阔的视野，恢弘的气度，使它超越了一般的'诗文评'类著作，成为一部重要的国学经典。"②笔者以为，这一对《文心雕龙》的认识和定位具有足够的思想高度和时代精神，尤其是超出了近百年来对《文心雕龙》作为文艺学著作的主流认识，具有回归元典本位的意义。也许这正是中国人民大学国学院把《文心雕龙》作为本科生必修课的重要原因。可以说，这是具有重要意义的事情，乃是百年"龙学"的巨大成果，当然也是新世纪"龙学"的一个重要转变，代表着一个"龙学"新时代的到来。正是在人大国学院之后，山东大学儒学高等研究院也把《文心雕龙》列入了尼山学堂本科生的必修课。笔者也曾为中文系的本科生开过十余年的《文心雕龙》课，但那一来是选修课，二来是为中文系的学生开设的。但尼山学堂是打通文史哲的国学实验班，《文心雕龙》成为他们的必读书和必修课，这既是因应时代需求的表现，更是百年"龙学"发展的结果。从笔者讲授的实际情况来看，也切实感受到了与给中文系学生讲授《文心雕龙》的不同，尤其是学生对《文心雕龙》的认识不同，他们学习和阅读《文心雕龙》的出发

---

① 后该书又出"大众阅读系列"版，改题《文心雕龙品鉴》(袁济喜、陈建农编著，北京：中国人民大学出版社，2010年)，篇目压缩为31篇，并删掉了原书有些篇后所附的"汇评"。

② 袁济喜、陈建农编著：《〈文心雕龙〉解读》，北京：中国人民大学出版社，2008年，第1页。

点大为不同。最大的不同，那就是袁先生所说的《文心雕龙》成为"一部重要的国学经典"。实际上，《文心雕龙》原本就是"一部重要的国学经典"，但近百年"龙学"的主要视角并非如此，这导致我们经常忘记了它原本是"一部重要的国学经典"。《文心雕龙》回归大学国学院本科生课堂的实践说明，"龙学"回归国学视野的脚步已然迈出，这便是笔者所谓一个"龙学"新时代的到来。

百年"龙学"原本发端于大学课堂，黄侃著名的《文心雕龙札记》正是课堂教学的产物。新世纪"龙学"的精彩表现之一也在大学课堂上，同样也产生了不少重要的"龙学"著作。如复旦大学的杨明先生说："自复旦大学中文系开设原典精读课程以来，我为好几届本科同学上过《文心雕龙》精读课。现在的这本小书就是在备课、上课的基础上写成的。"① 周兴陆先生也说到："'《文心雕龙》精读'是复旦大学汉语言文学专业本科阶段'精读'系列课程之一，起初由杨明先生领衔主讲，并撰著出版了《文心雕龙精读》教材。杨先生荣休以后，讲授这门课的任务就落到了我肩上。我努力将王运熙先生、杨明先生讲授和研究《文心雕龙》的传统坚持下去，在几轮课程的讲稿基础上，撰写了这薄薄小册，得到了复旦大学本科教学研究及教改激励项目资助，希望出版后能对教学有所帮助。"② 他们的这两本精读教材均功力深湛，不仅是出色的教本，其实也是优秀的"龙学"专著。

三、新生代的"龙学"

新世纪"龙学"的另一个精彩表现，是新一代《文心雕龙》研究者的崛起。周勋初先生曾讲到这样一个问题：

---

① 杨明：《文心雕龙精读》，上海：复旦大学出版社，2007 年，第 213 页。
② 周兴陆：《〈文心雕龙〉精读》，北京：北京大学出版社，2015 年，"前言"，第 1 页。

上一世纪八九十年代,《文心雕龙》出现过一个高潮,发表的论文多,专著也多。学会成立,名家辈出,专业会议多次举办,《文心雕龙学刊》出版多期,一派欣欣向荣的气象。然盛极则衰,到了世纪之末,已呈难乎为继之势。进入新世纪后,随着老一代专家的退出,以往活跃于《龙》学界的专家不断趋于老龄化,新的一代成长的态势似乎不太明显,于是一些后学逐渐发出哀叹,以为《文心雕龙》这块阵地已经开发殆尽,后人再难措手。据说在一次《文心雕龙》的会议上甚有一位前辈学者的再传弟子哀叹,像他祖师那样的水平犹如泰山北斗,后人无法企及;像他这一辈人,已成残废。这种过度自我贬损的言论,据说颇引起他人的反感,但那些持异议的人,实际上也奉他们的师辈为泰山北斗,以为无法超越。我虽已难出席各地的专业会议,本人也非专业人员,但我还是感到,应该和大家一起,寻找摆脱困境的道路。①

周先生谈到的这次有趣的"龙学"会议场景,恰好是笔者的亲身经历,其实那是一次气氛热烈而轻松的学术讨论和会议总结,当时确实有学者表示了对"龙学"发展前景的担忧,笔者曾作了一个幽默的回应,并无"反感"的言论。实际上,当时那位学者的担忧,代表了不少人的看法,在很大程度上描绘了学术发展过程某些阶段的真实情况。但所谓"一代有一代之文学"②,学术亦然。由于某些特定的历史原因,阶段性的学术断层可能会出现,但学术的发展脚步是不会停止的。这里,我们以三位较为年轻的《文心雕龙》研

---

① 周勋初:《文心雕龙解析》,南京:凤凰出版社,2015年,第901—902页。
② 王国维:《宋元戏曲考·序》,《王国维戏曲论文集》,北京:中国戏剧出版社,1984年,第3页。

究者的著作为例，一睹新生代"龙学"的风采。

　　一位是权绘锦先生，他是一位70后，光明日报出版社于2008年出版了他的博士论文《中国文学批评与〈文心雕龙〉》。该书分为四章，分别是"鲁迅与《文心雕龙》""周作人与《文心雕龙》""茅盾与《文心雕龙》""朱光潜与《文心雕龙》"，另有"附录"一篇，为"胡风与《文心雕龙》"。按照一般的理解，鲁迅与《文心雕龙》是有关系的，但其他几位现代文学的大家，研究者很少考虑其与《文心雕龙》的联系。但正因如此，笔者觉得这一选题是较为新颖的。作者指出：

　　　　自1990年代中期"文论失语症"提出以来，中国现代文学理论与批评被认为是"全盘西化"的产物，是与古代文论"断裂"的结果。在此后"中国文论话语重建"和"古代文论现代转换"的讨论中，现代文学理论与批评的历史价值与现实意义也被完全忽视。……本文认为，"民族性"也是现代文学理论与批评固有的属性与品格。自"五四"以来，中国文学理论与批评在实现现代化转型的同时，在积极吸纳外来文论影响和立足于现代文学发展实际的基础上，也批判地继承了古代文论的优秀传统，吸收了其中的有益营养，从而保证了自己的民族文化身份。因此，为了纠正上述观点的偏颇，也为了在"民族性"论域中与当代文论建设和批评实践形成对话关系，更为了转换研究思路，为现代文学理论与批评研究寻求新的学术增长点，从"民族性"出发，重新审视现代文学理论与批评就成了一个紧迫而重大的课题。①

---

　　① 权绘锦：《中国文学批评与〈文心雕龙〉》，北京：光明日报出版社，2008年，第8页。

为此，作者采取了"古今比较"的办法。"通过这一办法，既可以使古代文论中仍然有生命力的部分凸现出来，也可以使现代文学理论与批评和民族文化文论传统之关系得以彰显。"① 但这显然是有难度的。从作者的实践看，应该说取得了不小的成功。如对周作人与《文心雕龙》的比较，作者指出："'人情物理'、'自然'、'味'是周作人文学理论与批评的常用术语，也是古代文论中的重要范畴，其源头均可追溯到《文心雕龙》。尽管有所改造和变化，但对这些术语的承袭本身就体现了周作人对古代文论的有意撷取。况且，这些概念、术语的内涵和外延在周作人这里仍然有所延续，是在继承基础上的改造，变化中又不乏贯通。"② 再如朱光潜与《文心雕龙》，作者将他的《文艺心理学》与《神思》进行互释，将他的"创造的批评"与《知音》加以比较，"不仅能够揭示朱光潜理论的'民族性'特征，还能够使《文心雕龙》中的一些文学思想更为明晰"③。笔者觉得，不仅作者比较的具体成果是值得重视的，更重要的是这样的选题和思路，为"龙学"开拓了无尽的学术空间和想象力。

另一位是陈迪泳女士，出生于 1969 年的准 70 后，她出版了一部《多维视野中的〈文心雕龙〉——兼与〈文赋〉〈诗品〉比较》（中国社会科学出版社，2014 年）。这本不算厚的著作有着开阔的视野，作者借用古今中外的文学、文艺心理学、美学、哲学、艺术学等相关的理论和方法的多维视野，对《文心雕龙》与《文赋》《诗品》相比较以展开新的探索性研究和追根溯源。"《文心雕龙》研究的新视野着眼于心物关系新探、生命体验、艺术品格三个方面。《文心雕龙》与《文赋》的比较研究立足于物象美、艺术思维、文体风格

---

① 权绘锦：《中国文学批评与〈文心雕龙〉》，第 8 页。
② 权绘锦：《中国文学批评与〈文心雕龙〉》，第 9 页。
③ 权绘锦：《中国文学批评与〈文心雕龙〉》，第 10 页。

等理论形态，从道家哲学、海德格尔哲学、生命哲学、存在主义哲学等方面进行哲学视阈下的比较性解读与溯源。《文心雕龙》与《诗品》的比较研究立足于文学形式、心物关系、情感符号等理论形态，从民族与时代文化、作家心理、生命意识、审美人格等方面进行溯源。《文心雕龙》与《文赋》《诗品》的比较研究立足于鉴赏批评的理论形态，从立体主义艺术观念进行溯源。"① 应该说，这些角度主要还是文艺学、美学的，但在此范围内也确乎称得上多维视野了。正是通过这种多角度的比较，作者对很多传统的"龙学"问题，提出了自己的新认识，如关于"风骨"和"比兴"，作者指出其"内含隐喻思维"。其云：

> 刘勰提出的"风清骨峻"不只是艺术美，更是理想的人格美在文学作品中隐喻式的体现，它和中国古代文人崇尚高洁的情操、刚正不阿的骨气相关。隐喻思维原是人类基本和原始的认知方式。隐喻实为比喻，由于原始人对宇宙万物感到茫然无知、难以把握，故而只能用自己的身体感知、判断万事万物，这是比喻的手法、隐喻的思维。隐喻作为心理活动，通过类比联想，用一种事物"替代"另一种事物。隐喻思维运用一套基本喻象系统，把人们熟悉的身体和大自然相联系，把疏远的非我之物同化到自我结构和感觉中。同时，随着开放的喻象系统的获得，隐喻思维超越自我局限，走进宽广的天地。②

总体而言，作者多维视野的比较虽有不少未尽成熟之处，但通

---

① 陈迪泳：《多维视野中的〈文心雕龙〉——兼与〈文赋〉〈诗品〉比较》，北京：中国社会科学出版社，2014 年，第 2 页。

② 陈迪泳：《多维视野中的〈文心雕龙〉——兼与〈文赋〉〈诗品〉比较》，第 11 页。

过这种比较而取得的诸多新的认识却是最为重要的；其提供给"龙学"的意义，主要还不在这些具体的认识本身，而是所昭示的一种思维模式及其方法论意义。

第三位是出生于 1984 年的马骁英先生，他出版了一部《〈文心雕龙·谐隐〉的诙谐文学理论》（辽宁大学出版社，2014 年）。作者认为，《谐隐》"这篇在《文心》五十篇中毫不出众的短小文章，在中国古代诙谐文学理论史上却具有非凡的意义"①，正因如此，作者以此为论，写成了一本书。尤其值得赞赏的是："本书以乾嘉学风为指归，力求考信征实，实事求是，追源溯流，阐幽发微，钩沉训故，析理弘义，意在深入全面、细致入微地阐述《文心雕龙·谐隐》的诙谐文学理论。"②全书分为十章，第一章研究《文心雕龙·谐隐》的诙谐文学理论对前代诙谐文学观念的继承，第二章研究《文心雕龙·谐隐》的诙谐文学理论出现的社会政治、经济、文化背景，第三章对元至正十五年本《文心雕龙·谐隐》进行汇校，第四章研究《文心雕龙·谐隐》的诙谐文学理论的体系性，第五章研究研究《文心雕龙·谐隐》的诙谐文学理论的主干部分——对"谐"这种诙谐文学体裁的理论阐释，第六章研究《文心雕龙·谐隐》的诙谐文学理论的附属部分——对"谬辞诋戏"之"隐"的理论阐释，第七章研究《文心雕龙·谐隐》的诙谐文学理论的自身独具的不同于西方理论的鲜明特色，第八章研究《文心雕龙·谐隐》的诙谐文学理论对后世诙谐文学理论的影响，第九章研究《文心雕龙·谐隐》的诙谐文学理论对当代文化中的诙谐、滑稽、幽默、喜剧性的现实问题的启示，第十章对《文心雕龙》其他四十九篇与《谐隐》篇有关的

① 马骁英：《〈文心雕龙·谐隐〉的诙谐文学理论》，沈阳：辽宁大学出版社，2014 年，"前言"，第 1 页。

② 马骁英：《〈文心雕龙·谐隐〉的诙谐文学理论》，"前言"，第 1 页。

内容进行梳理。如对《文心雕龙·谐隐》的诙谐文学理论的体系性，作者指出：

> 在中国古代诙谐文学理论发展史上，《文心雕龙·谐隐》的诙谐文学理论，是第一个拥有比较完善、比较严密的体系的理论成果，这种体系性具有里程碑式的意义，前无古人，后启来者。《文心雕龙·谐隐》的诙谐文学理论的体系性，与西方幽默、喜剧理论的体系性，截然不同。西方幽默、喜剧理论的各种体系，都建立在逻辑理性、工具理性和实证科学思维的基础之上。而《文心雕龙·谐隐》的诙谐文学理论，则使自己成为一个鲜活的流动的生命体，运用寄托着生命动态意蕴的、富于民族特色的理论话语和范畴——"本、体、用"等等，在生命体验的基础上，来建立自己的体系，来体现诙谐文学的动态发展，形成了以心理根源论、心理外化论、文体起源论、主旨论、形式论、功能论、主旨与形式反差流弊论等为理论脉络的较为完备的体系。①

无论从作者的选题而言，还是从作者具体构建的这个体系来看，笔者觉得一是体现了 80 后的气魄和胆识，二是体现了"龙学"的精细化趋势，三是对台湾地区以及国外人文学科研究思路和趋势的借鉴。然则，其具体的论述和结论以及其中尚存的一些粗疏之处就是次要的了，重要的是其所体现出的新世纪"龙学"的新的气象和风景。

除了上述几个方面，我们还必须谈到的是，进入 21 世纪的十几年间，中国《文心雕龙》学会每两年召开一次年会，共召开了七次年会（国际学术讨论会）和一次专门国际学术讨论会，共编辑出版了七辑《文心雕龙研究》（丛刊），较之前几个时期，有组织的"龙

---

① 马骁英：《〈文心雕龙·谐隐〉的诙谐文学理论》，第 4 页。

学"的脚步可以说迈得沉稳而坚实。特别值得一提的是，每次"龙学"会议均有相当规模的台湾地区"龙学"代表队参加，可以说海峡两岸的"龙学"已初步融为一体，"龙学"国际化的趋势亦日益明显。另一个可喜的变化则是，每次会议均有为数不少的年轻学者参予，这说明"龙学"队伍正增加不少生力军，新老交替有序进行，"龙学"在悄然更新，毫无疑问，这是"龙学"的最大希望。

台湾地区著名"龙学"家王更生先生曾指出：

> 迨一九四九年，中共建政后，历经改革开放的激荡，与有心人士对西方文学理论、学说、样式、派别、方法的大量引进；兹不但丰富了中国古代文学理论的园地，同时也掀起了研究刘勰及其《文心雕龙》的狂热。根据戚良德编著的《文心雕龙学分类索引》中的记载，特别是在近五十年（1949—2000），其"单篇论文"之富，"专门著作"之多，参与"学者"之众，研究"风气"之普及，盛况之空前，可谓一千五百多年来，中国"龙学"研究史上所仅见！这种现象的发生，绝对不是学术上的奇迹，而是其来也有自。①

王先生的这段话是对 20 世纪后五十年"龙学"的概括，实际上，以之延伸到新世纪"龙学"，可能更为合适。所谓"盛况之空前"，在昌明中国传统文化的大背景下，新世纪"龙学"的盛况较之 20 世纪不仅毫不逊色，而且更为系统、深化而全面了，特别是更加回归《文心雕龙》本体及产生、滋养它的中国文化本身，而在笔者看来，这

---

① 王更生：《中国大陆近五十年（1949—2000）〈文心雕龙〉学研究概观——以戚良德著的〈文心雕龙学分类索引〉为依据》，《文心雕龙研究》第九辑，保定：河北大学出版社，2011 年，第 58—59 页。

正是王先生所谓"其来也有自"。《文心雕龙》研究之所以发展成一门"龙学"，与"'甲骨学''敦煌学''红学'同时荣登世界'显学'的殿堂"①，乃是一种历史的选择，其必将为中华文化的复兴增添力量，更会为世界文化和文明的发展做出自己的贡献。

---

① 王更生：《中国大陆近五十年（1949—2000）〈文心雕龙〉学研究概观——以戚良德著的〈文心雕龙学分类索引〉为依据》，《文心雕龙研究》第九辑，第96页。

2019年"龙学"专著述评

笔者曾指出:"进入新世纪以后,随着对传统文化的重视乃至国学热的兴起,'龙学'进入新的开拓发展时期",并认为,"在昌明中国传统文化的大背景下,新世纪'龙学'的盛况较之上个世纪不仅毫不逊色,而且更为系统、深化而全面了,特别是更加回归《文心雕龙》本体及产生、滋养它的中国文化本身"[①]。2019年,"龙学"深化与拓展的脚步可以说迈得沉稳而扎实。无论专著的出版、论文的发表还是学术会议的举办,都为新世纪的"龙学"增添了浓墨重彩的一笔。

据不完全统计,本年度出版和再版"龙学"专著20种,其中新出研究专著7部,论文集1部,研究集刊2种,普及读本和研究资料5部,再版和修订再版著作5部。除此之外,刘跃进先生主编的《汉魏六朝集部珍本丛刊》在第九十七至一百册,收录自唐至明代《文心雕龙》版本七种。无论品种还是数量,都显示了"龙学"强大的生命力;而其中不少研究专著的质量更是彰显出"龙学"切实走在深化发展的道路上。这里我们按照出版时间顺序重点对其中的7部著作予以简要述评。

一、涂光社《〈文心雕龙〉范畴考论》

涂光社先生的《〈文心雕龙〉范畴考论》(北京:中国书籍出版社,2019年3月)为"博士生导师学术文库"之一种,也是国家社科基金重大项目"《文心雕龙》汇释及百年'龙学'学案"(17ZDA253)

---

① 戚良德:《百年"龙学"探究》,上海:上海古籍出版社,2019年,第47、73—74页。

的中期成果之一，更是涂光社先生的心血之作。该书从中国文论范畴的生发、演进及形成入手，考察《文心雕龙》创用系列范畴的来龙去脉，厘清文论范畴从生成到《文心雕龙》系统建构的历程，从而理解刘勰如何以系统的范畴创用完成文论各层面的经典性论证，并由此廓定古代文论的范畴体系，成就体大思精的文论元典，并葆有逾越时空的理论价值。全书除"导论"外，分为三大章，第一章论述"文论范畴生成的文化背景与思想渊源"，又分为三节："传统思维方式、理论形态和范畴特征的形成""古代文论范畴的哲学依据""先秦：传统文学观成型前文论概念的不同渊源"；第二章探讨"文论范畴创用的前提条件与理论准备"，亦分为三节："传统文学观念形成的轨迹""两汉：美文文学观形成时期的范畴、概念""玄化为本，德化为宗：汉魏六朝的儒道互动与学术发展"；第三章阐释"魏晋文论与《文心雕龙》的范畴建构"，同样是三节："魏晋文论范畴概念的运用""玄学影响下的文论范畴创用""《文心雕龙》：缜密体系中各得其所的范畴系列"。全书"导论"则探讨了三个问题："古代文论范畴生成的文化土壤和理论特征""文论范畴创用和理论升华的前提条件在汉魏六朝渐臻完备""《文心雕龙》范畴创设和系统建构的理论意义和导向作用"。如此整饬的结构显示了作者精心的设计和对研究对象之系统把握，更显示出一位"龙学"老将的深厚功力。

这部书题名《〈文心雕龙〉范畴考论》，是在涂先生几部文论、美学范畴专著的基础上成书的。涂先生数十年致力并执着于中国古代文论、美学范畴的研究，卓然有成，著述不断。从《文心十论》到《势与中国艺术》《原创在气》，是一个个重要范畴的专题研究；从《中国美学范畴发生论》到《中国古代文论范畴生成史》，则是文论、美学范畴生成、发展的历史梳理；这部《〈文心雕龙〉范畴考论》则属于对一部专书的范畴专题研究，但其突出特点却是并不专论《文心雕龙》，甚或相当的篇幅放在了《文心雕龙》成书之前，以探究中国文论范畴的生发、演进及形成，而其指向则是《文心雕龙》的范畴系列，所谓"考论"者，乃考察刘勰创用系列范畴的来龙去脉也。正如其自述所云："作这些方面的考察皆有探源述流、宣示其然和所以然的必要。"①因此，此书不惟揭示《文心雕龙》庞大的范畴系列，更是厘清文论范畴从生成到《文心雕龙》系统建构的历程，从而理解刘勰如何以系统的范畴创用完成文论各层面（尤其是文学的基本理论问题）的经典性论证，由此，作者得出这样的结论："刘勰在完成《文心雕龙》各层面理论系统建构的同时，也廓定了古代文论范畴的体系；他正是以文学理论范畴全面系统的创用，成就了体大思精的文学理论经典著述。"②应该说，这样的认识无论对《文心雕龙》还是整个中国古代文论而言，都是非常重要的，它说明范畴建构之于中国文论的独特意义，或谓中国文论的内在体系正可经由范畴的把握而得以彰显。

正是出于这种对中国文论范畴的独特认识，该书不遗余力地对范畴赖以形成的各种条件予以追索和探求。作者认为："研讨《文心雕龙》的范畴创设运用，开掘其理论价值，首先须明了古代文学及其理论范畴生成的土壤，揭示华夏民族思维方式和理论建构（包括范畴概念创用）的特点和优长所在；厘清汉魏六朝传统文学观念演进、学术发展的脉络和理论思辨水平跃升的所以然。然后全面解析《文心》的范畴体系、发掘其理论意义，宣示其历史地位，一窥

① 涂光社：《〈文心雕龙〉范畴考论》，北京：中国书籍出版社，2019年，"前言"，第7页。

② 涂光社：《〈文心雕龙〉范畴考论》，第1页。

华夏民族思维方式和文学艺术追求的文化价值。"① 正因如此，作者致力于认识中国古代范畴生成的土壤、独特的文化个性及其生成衍化过程，揭示其学术思考与理论建构上之优长，尤其是探究汉字运用对思维和语言表述以及范畴创用、传统文学观念形成的影响等，以此从根本上回答《文心雕龙》乃至中国文论范畴何以如此，从而进一步研究或回答去向何方的问题。涂先生说："沉潜其中，愈加认识到只有通过比较，厘清传统的思维和范畴创用的文化特征，才可能全面开掘和认识古代文学艺术创造与理论思考这笔遗产的价值和意义。"②

可以说，该书对《文心雕龙》范畴的考索以及由此得出的认识，都是值得认真对待的。涂先生曾指出："体大思精的理论，必有统合有序、思考严密精深的范畴系列。刘勰是文学领域创用范畴概念最多的理论家，他以民族文化特征鲜明的概念组合所作的逻辑论证覆盖文论的各个层面，并达至'思精'之境，经受住了千百年来中外文学创造和理论批评的验证，葆有逾越时空局限的理论价值。这正是《文心》被一些近现代学者称许和赞叹的缘由。"③ 他认为，"大思想家和理论家刘勰在范畴概念创用上的卓越贡献不仅当时无人可比，就是整个文艺理论史上的后继者也望尘莫及"④，因此，"除了那些以基础性理论名篇的专题之外，散见全书的其他范畴概念也在不同理论层面各得其所。刘勰移植和创用的范畴系列几乎覆盖了古代文论的各个层面，其中不少发挥着为后来理论批评发展导向的作用。当然，那些在未作为专题论证的范畴理论意义上一般有更大的

---

① 涂光社：《〈文心雕龙〉范畴考论》，第1—2页。

② 涂光社：《〈文心雕龙〉范畴考论》，"前言"，第5页。

③ 涂光社：《刘勰在〈文心雕龙〉范畴创用上的卓越建树》，《中国文论》第四辑，上海：上海古籍出版社，2018年，第124页。

④ 涂光社：《〈文心雕龙〉范畴考论》，第391页。

开拓、深化的空间。古代文学理论批评运用的所有范畴概念都不难在《文心》中找到自己的归属或者渊源"①。

当然，既以"《文心雕龙》范畴"名书，自然决非仅止于渊源的梳理，而是通过追源溯流的疏浚，最终汇成《文心雕龙》范畴系列的一片汪洋。涂先生不仅对《文心雕龙》中以范畴名篇的专论进行了系统的阐释，并把它们分为"针对文学基础性理论问题的论证"和"文化特色尤为鲜明的论题"两个系列，前者有"神思""体性""定势""通变""情采""镕裁""附会""知音"等著名范畴，后者有"声律""章句""丽辞""练字""风骨""比兴""隐秀""物色"等著名范畴；而且还对《文心雕龙》中那些"不见于篇名、用而未释的范畴概念"进行了挖掘和整理，拈出"自然""中和""性灵""雅俗（郑）""韵""滋味""味""趣""巧""拙""圆""境""悟"等一系列范畴。如此全面而系统的范畴阐释，切实而有力地说明："古代文学批评史上出现的所有范畴概念几乎都能在《文心雕龙》中找到渊源，或者能寻觅到它们生成、演化的一段历史印记。"②可以说，现代"龙学"历经百年，名家专论异彩纷呈，但这种大规模集中论述《文心雕龙》范畴的专著，还是很少见的，因而仍然具有开创性的独特价值。

二、李天道《文心雕龙审美心理学》

李天道先生的《文心雕龙审美心理学》（北京：中国书籍出版社，2019 年 4 月）也是"博士生导师学术文库"之一种，曾由电子科技大学出版社于 1996 年出版，但流传不广。此次作者对上一版内容做

---

① 涂光社：《刘勰在〈文心雕龙〉范畴创用上的卓越建树》，《中国文论》第四辑，第 125 页。

② 涂光社：《〈文心雕龙〉范畴考论》，第 391 页。

了一些修订，增加了两篇附录，一篇是《〈文心雕龙〉论"文"的构成论意义》，一篇是《中国古代"文"符论》，并增列了"参考文献"163 种。对不少研究者来说，这本书属于"龙学"新作，尤其是该书专注于《文心雕龙》的审美心理学思想研究，更是难得的"龙学"专著。

全书分为四编十三章，第一编为"审美主体心理智能结构"，分为四章："心生言立：审美主体作用论""以气为主：审美主体心理智能结构论""各师成心：审美主体个性结构论""才气学习：审美主体智能结构论"；第二编为"审美主体修养"，分为两章："积学储宝：审美主体心理智能结构建构论之一""研阅穷照：审美主体心理智能结构建构论之二"；第三编为"审美创作体验"，分为六章："感物吟志：审美创作动机生成论之一""志思蓄愤：审美创作动机生成论之二""情动言形：审美创作构思论之一""贵在虚静：审美创作构思论之二""神与物游：审美创作构思论之三""神用象通：审美创作构思论之四"；第四编为"审美接受"，即第十三章："知音见异：审美接受心理论"。

作者开篇有云："本书所加以阐释和解读的，是《文心雕龙》中的审美心理学思想。作为被鲁迅誉为'解析神质，包举洪纤，开源发流，为世楷式'的'体大思精'的文艺美学巨著，《文心雕龙》系统地总结了齐梁之前中国古代文艺审美创作的实践经验，既博采众长，又独具睿智。其在世界文艺美学理论史上的地位，堪与西方的亚里斯多德《诗学》相媲美。究其实际而论，《文心雕龙》与《诗学》相比，其理论体系更为严密、博大，其内容也远较《诗学》丰富，在许多方面都超过《诗学》，故而，把刘勰看作是东方的亚里斯多德，把对《文心雕龙》的研究称之为'龙学'，则是理所当然的。"①这段话较为概括，却并非泛泛之谈。其一，李先生认为《文

---

① 李天道：《文心雕龙审美心理学》，北京：中国书籍出版社，2019 年，第 1 页。

心雕龙》是一部文艺美学巨著,这一明确的定位不仅奠定了作者探索《文心雕龙》之审美心理学的坚实基础,而且也是对《文心雕龙》一书性质的深刻认识。其二,李先生指出《文心雕龙》在世界文艺美学理论史上的地位,不仅"堪与西方的亚里斯多德《诗学》相媲美",而且"其理论体系更为严密、博大,其内容也远较《诗学》丰富,在许多方面都超过《诗学》",这样的说法是实事求是的。其三,李先生认为"把对《文心雕龙》的研究称之为'龙学',则是理所当然的",这一说法在今天看来似乎也是"理所当然"的,但李先生此书初版于 20 世纪 90 年代,之所以特别点出这一点,显然是有其深意的。

《文心雕龙》是否有审美心理学?是否值得作专门研究?这对不少人来说可能是个问题。李先生指出:"《文心雕龙》是中国古代审美心理学思想的源头,具有丰富的审美心理学思想。……对《文心雕龙》审美心理学思想的剖析和探究,从某种意义上看,可以说是对整个中国古代审美心理学思想之源的挖掘。"① 因此,《文心雕龙》虽然并不是一部审美心理学专著,但是,"《文心雕龙》一书中有大量的篇章涉及人们在美的欣赏和美的创造中的心理活动规律,涉及主体的审美心理智能结构的建构、审美能力、审美修养、审美个性、审美体验、审美接受活动等诸方面的问题。"李先生认为,刘勰不仅有着非常丰富的审美心理学方面的思想,而且"《文心雕龙》一书中的审美心理学思想已经具有一定的完整性和系统性","刘勰以'文心雕龙'题其著作,就已经表明他对文艺创作审美活动中的心理现象及其心理活动规津的注意。……从某种程度上看,刘勰就是把审美创作看作是'心'的表现。"② 正是从这一基本认识出发,李先生较为系统而深入地阐释了刘勰的审美心理学。

---

① 李天道:《文心雕龙审美心理学》,第 2 页。
② 李天道:《文心雕龙审美心理学》,第 3 页。

一是审美主体心理智能结构论。李先生认为，刘勰继承中国古代审美心理学思想中"美"的生成必须依靠人的审美活动去创造、去发现的观点，认为美的生成，离不开人的作用，从而坚持主体性原则，强调审美活动的发生与进行是"由人心生"，是"应物斯感"，离不开文艺创作者的介入。他指出："受古代人学的影响，《文心雕龙》审美心理学思想极为注重人与人生。以人为中心，通过对'人'的透视，妙悟人生的真谛，也揭示宇宙生命的真谛，是《文心雕龙》审美心理学确立思想体系的要旨。"[1]

二是审美主体修养论，包括"积学储宝"与"研阅穷照"等命题，涉及文艺创作者心理智能结构建构方面的内容。李先生指出，刘勰不仅肯定先天气质、性格情趣在主体审美心理智能结构构成中的决定性作用，而且还强调后天的学习和阅历，即生活的陶染对于主体审美心理智能结构的建构也具有非常重大的作用，认为"学业在于勤""素气资养"，从而文艺创作者的个性化审美心理智能结构可以通过"积学""研阅"和"养气"等途径得到习染和培育。[2]

三是审美创作构思论，包括"感物吟志""志思蓄愤""情动辞发""贵在虚静""神与物游""神用象通"等命题及其所规定的内容。李先生认为，《文心雕龙》审美心理学思想是从生命体验的角度来讲审美创作体验的，因而与西方不同，"以《文心雕龙》为代表的中国古代审美心理学所标举的体验论强调'生命'在具体时空中的躁动或寂静，着重个体生命与生存环境的冲突及某个体对冲突的独特感悟；而西方体验美学则把'体验'解释为神秘的心理体验与超时空的自身运动。"[3]他指出，《文心雕龙》审美心理学体验论的中

---

① 李天道：《文心雕龙审美心理学》，第 15 页。
② 李天道：《文心雕龙审美心理学》，第 20 页。
③ 李天道：《文心雕龙审美心理学》，第 24—25 页。

心范畴是"神游"。刘勰认为，文艺创作者要进入审美体验，则必须超脱于日常生活的干扰，摆脱利害计较等对物的欲求，"疏瀹五藏，澡雪精神"，"率志委和"，以进入一种忘利欲和无物我的心境。由此始能进行"神与物游""神用象通"的心灵体验活动，由"物"出发，再"与心徘徊"，以反观自身，从而获得宇宙自然的生命奥秘。①

四是审美接受心理论，包括"知音"与"见异"等美学命题。由于文艺创作者的才能、禀性和兴趣各有不同，其身世、经历也各不一样，因而接受主体在进入审美接受活动之前，必须了解艺术作品及其所包孕的审美创作动机和审美创作情趣，以求得与创作者的同步，以便对艺术作品的主体性予以还原和再观，做到"知音""圆该"。同时，接受主体还必须"涤虑""洗心"，使自己进入一种特定的审美心态，从而"听之以气"，在虚静的心境中把握艺术作品的审美特征，并深刻地体验到物化于艺术作品中的作者之志气，最终觅得其理趣、情趣、意趣，获得极大的审美愉悦。李先生指出，在审美接受的一般过程及其特点上，《文心雕龙》审美心理学强调以感性解悟的"玩味""寻绎"为中心，由追溯文艺创作者在作品中所表现的"文外之旨""言外之意"和品尝体味作品中匠心独运的审美意象，以达成"情迁感会"，得到审美的自由和心灵的慰藉。②

显然，有了上述对《文心雕龙》审美心理学思想的系统开掘和建构，则谓其"中国古代审美心理学思想中内容最丰富、最有系统、最早的一部著作"，则可谓信而有征了。李先生指出："诚如日本学者国原吉之助所说的，与《文心雕龙》相比，'亚里士多德的《诗学》、贺拉斯的《诗艺》等西欧古代文艺批评或文艺审美理论著作顿时黯然失色'……我们用今天的审美心理学理论去解释、审视《文心雕龙》

① 李天道：《文心雕龙审美心理学》，第25页。
② 李天道：《文心雕龙审美心理学》，第25—26页。

所描述的大量审美活动现象，并给以科学的解释，为整理我们民族丰富的美学思想找到一个合适的理论框架，以弘扬中华民族的文化宝藏，这无疑是必要的和有益的。"① 笔者觉得，这样的结论是令人信服的。更重要的是，类似的工作我们做得还很不够，李先生这部推陈出新的著作提醒我们，对《文心雕龙》美学思想的研究，乃是大有可为的。

三、权绘锦《〈文心雕龙〉与现代文学批评》

权绘锦先生的《〈文心雕龙〉与现代文学批评》（北京：光明日报出版社，2019 年 6 月）为"光明社科文库"之一种，原为作者之博士学位论文，曾由光明日报出版社于 2008 年出版，题为《中国文学批评与〈文心雕龙〉》。但由于种种原因，当时发行不畅，甚至连作者本人都未曾见到，这是令人遗憾的，因此该书虽为重版，却有类新书，这又是令人庆幸的。该书除"引言"外，分为四章，第一章为"鲁迅与《文心雕龙》"，分为三节："在褒与贬之间""'风骨'的意义""批评的文学性"；第二章为"周作人与《文心雕龙》"，再分为三节："'人情物理'""文贵'自然'""'味'之流变"；第三章为"茅盾与《文心雕龙》"，又分为三节："作家论美学""文学发展观""文学真实论"；第四章为"朱光潜与《文心雕龙》"，亦分为三节：《神思》与《文艺心理学》"《谐隐》与诗的'趣'与'美'""《知音》与'创造的批评'"。显然，从其具体内容而论，书名改为《〈文心雕龙〉与现代文学批评》是更为合适的。

笔者认为，该书最大的意义即在于这一选题，敢于探索《文心雕龙》与现代文学批评的关系，这是需要一定的学术识见和功力的。尽管作者只是选择了现代文学上的四五家，还不是完整意义上的现

---

① 李天道：《文心雕龙审美心理学》，第 26 页。

代文学批评，但厘清这些大家与《文心雕龙》的关系，亦足以说明问题了。按照一般的理解，鲁迅与《文心雕龙》是有重要关系的，因为他曾不止一次提到《文心雕龙》，对刘勰及其著作有着高度评价和深刻认识，但其他几位现代文学的大家，无论周作人、茅盾、朱光潜，还是胡风，他们似乎很少提到《文心雕龙》，研究者也就很少想到其与《文心雕龙》的联系。但正因如此，也便显出这一选题的新颖和意义所在。

当然，更重要的是作者之所以做出这一选择的理由。权先生指出：

> 自 20 世纪 90 年代中期"文论失语症"提出以来，中国现代文学理论与批评被认为是"全盘西化"的产物，是与古代文论"断裂"的结果。在此后"中国文论话语重建"和"古代文论现代转换"的讨论中，现代文学理论与批评的历史价值与现实意义也被完全忽视。……本书认为，"民族性"也是现代文学理论与批评固有的属性与品格。自"五四"以来，中国文学理论与批评在实现现代化转型的同时，在积极吸纳外来文论影响和立足于现代文学发展实际的基础上，也批判地继承了古代文论的优秀传统，吸收了其中的有益营养，从而保证了自己的民族文化身份。因此，为了纠正上述观点的偏颇，也为了在"民族性"论域中与当代文论建设和批评实践形成对话关系，更为了转换研究思路，为现代文学理论与批评研究寻求新的学术增长点，从"民族性"出发，重新审视现代文学理论与批评就成了一个紧迫而重大的课题。[1]

---

[1] 权绘锦：《〈文心雕龙〉与现代文学批评》，北京：光明日报出版社，2019 年，第 1 页。

显然，作者不是从一般意义上探索《文心雕龙》与现代文学批评的关系，而是要从所谓"民族性"出发，重新审视现代文学理论与批评，挖掘其"民族性"的固有属性与品格，从而纠正历来所谓现代文学理论批评与中国古代文论的"断裂"认识，进而回应"中国文论话语重建"和"古代文论现代转换"等重要学术论争。应该说，这样的认识和出发点，无论在古代文论还是现代文学理论与批评的研究中，都是比较少见的，因而是极有意义的。

为了达到上述学术初衷，作者采取了"古今比较"的办法。希望可以通过这一办法，既可以使古代文论中那些仍然有生命力的部分凸现出来，也能够使现代文学理论批评与民族文化文论传统之关系得以彰显。但这显然是有难度的。从作者的实践看，应该说取得了不小的成功。如谈到周作人与《文心雕龙》的关系，作者指出："'人情物理''自然''味'是周作人文学理论与批评的常用术语，也是古代文论中的重要范畴，其源头均可追溯到《文心雕龙》。尽管有所改造和变化，但对这些术语的承袭本身就体现了周作人对古代文论的有意撷取。况且，这些概念、术语的内涵和外延在周作人这里仍然有所延续，是在继承基础上的改造，变化中又不乏贯通。"① 再如朱光潜与《文心雕龙》，作者将他的《文艺心理学》与《神思》进行互释，将他的"创造的批评"与《知音》加以比较，认为这样不仅能够揭示朱光潜理论中的"民族性"特征，而且能够使《文心雕龙》中的一些文学思想变得更为明晰。笔者觉得，作者比较的具体成果固然是值得重视的，更重要的是这样的选题和思路，提出了一个重大学术问题，那就是古代文论与现代文论的关系问题。当作者以详实的论证说明周作人、茅盾、朱光潜等人与《文心雕龙》有着千丝万缕的联系之时，这便有力地提醒我们，尽管中国现代文学

---

① 权绘锦：《〈文心雕龙〉与现代文学批评》，第 2 页。

看起来与古代文学有着非常不同的面貌，但它们还是有着血缘关系的，则我们对现代文学及其理论的认识和研究，就可能需要换一个思路了。同时，对《文心雕龙》和中国古代文论的研究而言，这不仅将为"龙学"开拓无尽的学术空间和想象力，而且也将给整个中国古代文论的研究增添鲜活的生命力，从而有助于"中国文论话语重建"和"古代文论现代转换"等命题的深入思考。简言之，若能真正架起中国古代文论与现代文论之间的桥梁，则将二者予以融会贯通的希望才有可能实现，此虽任重道远，但权先生已迈出切实的一步，因而是值得重视的。

四、梁祖萍《〈文心雕龙〉的修辞学研究》

梁祖萍教授的《〈文心雕龙〉的修辞学研究》（北京：中国社会科学出版社，2019 年 7 月）亦由其博士论文修改而成，全书除"绪论"和"结语"外，分为五章，第一章为"《文心雕龙》的修辞学思想"，分为三节："《文心雕龙》修辞学理论产生的背景及其对语言运用的重视""《文心雕龙》'宗经'的修辞学思想""《文心雕龙》修辞学思想的核心——文质论"；第二章为"《文心雕龙》的字句章篇修辞论"，亦分为三节："'章句'的涵义及字句章篇之关系""《文心雕龙》关于字词章句修辞的总原则——安章宅句""篇章结构修辞论"；第三章和第四章为"《文心雕龙》论修辞方式"，分别对"练字""声律""丽辞""比兴""夸饰""事类""隐秀"等进行了专题研究；第五章为"《文心雕龙》的鉴赏修辞论"，分为三节："'文情难鉴'原因论析""对鉴赏者的具体要求与鉴赏修辞的途径""鉴赏修辞的方法'六观'"。

《文心雕龙》虽非专门的修辞学著作，但正如梁教授所说，刘勰系统地论述了文章修辞的相关问题，而且具有较强的实践性与鲜明的时代特征，因而"对于建构符合汉语实际、具有民族特色的汉语修辞学，具有重要的价值"。作者本着"对待遗产，要先学习，还原弄懂"的精神，"采取实事求是的态度，尽可能对《文心雕龙》的修辞学内容进行发掘、阐释与分析论述"，从修辞学思想、字句篇章修辞论、七种专章论述的修辞方式、鉴赏修辞等几个方面，对《文心雕龙》的修辞学内容进行了整理与论析，对刘勰有关语言重要性的论述以及全书论作家作品之优劣与修辞有关内容进行了全面的梳理。作者用数据库的方式先行整理全部材料，细读文本，并在此基础上提取材料，进行归纳和总结，尽可能还原并阐释《文心雕龙》的修辞学内容。①

　　梁教授通过细致分析与深入研究，初步得出如下结论：第一，《文心雕龙》的语言论是有着长久生命力的。刘勰反复强调语言的重要性，并在阅读大量作品以及继承前人成果的基础上，对纷繁复杂的语言现象加以归纳和分析，以揭示中国古代书面语言的修辞规律。梁教授特别指出，刘勰对语言运用的重视与 20 世纪以来流行的"文学语言论""语言中心论"等思潮不谋而合，足见其识见是经得起时间考验的。第二，《文心雕龙》确立的修辞学原则和提出的修辞方式，为中国古代修辞学奠定了理论基础。如刘勰反复论及的"文"与"质"、"情"与"采"以及"华"与"实"的关系，至今仍被修辞学家普遍认为是修辞学的主要任务。刘勰从篇章与字句修辞之间的密切联系提出篇章修辞的要求，至今仍是篇章修辞重要的理论来源。梁教授认为，通过客观地描述《文心雕龙》在修辞理论上的特色和贡献，总结刘勰的修辞学理论对前代修辞理论的继承与创新，揭示现代修辞学对其修辞理论和修辞手法的借鉴和阐发，对于古代汉语与现代汉语的修辞及修辞学研究都具有参考价值和意义。第三，

---

　　① 梁祖萍：《〈文心雕龙〉的修辞学研究》，北京：中国社会科学出版社，2019 年，第 236 页。

鉴赏修辞是鉴赏中国古代文学作品尤其是南朝齐梁之前文章的切实可行的方法。梁教授认为，"六观"说是刘勰"鉴赏修辞"理论的核心，是"披文以入情""沿波讨源"的具体方法。她指出，从修辞的角度去欣赏文学作品，是汉语文学作品独特的视角，是探索语言和文学研究相结合的行之有效的途径。第四，汉语修辞学的研究必须尊重汉字汉语的实际，重视中国文化特有的形态。梁教授指出，汉语本身具有易于修辞的特点，而任何一种外来的理论体系，很难完全适应汉语语言的实际。《文心雕龙》专篇论述"练字""声律""章句"等等，充分体现了注重修辞的汉民族语言特点，其修辞学的杰出成就，基于刘勰对汉字汉语特点的深刻把握。第五，《文心雕龙》体大思精，刘勰表现出很强的分析能力和综合能力，其所揭示的修辞学理论是基于对前代修辞学理论的分析与总结，同时又加以丰富与完善，提出了不少新的见解与范畴，在中国古修辞学史上有重要的价值。第六，经典之研究与阐发需要多学科的知识积淀与理论修养，要想对《文心雕龙》作出符合原意的阐释，需要具有文学史、文体学、写作学、文学批评、哲学、美学等学科的理论素养，同时还需要较为严密的逻辑思维能力。①

　　在上述认识的基础上，梁教授总结了《文心雕龙》在中国修辞学史上的重要地位。她指出，《文心雕龙》蕴含了丰富的修辞学宝藏，是魏晋南北朝修辞学理论的集大成者；刘勰对汉字、汉语独有的特征及现象进行了全方位的把握与分析，奠定了中国古代修辞学的理论基础。她认为，刘勰继承了先秦两汉以来的修辞原则与修辞思想，建立了汉语修辞学的基本理论体系。"《文心雕龙》是魏晋南北朝文学自觉时期集古代修辞研究与修辞批评之大成的著作，《文心雕龙》对前代修辞学领域提及的所有问题进行了细致深入的分析论证，并

――――――――
　　① 梁祖萍：《〈文心雕龙〉的修辞学研究》，第237—238页。

加以综合分析与完善，甚至提出了一些新的重要的见解与概念范畴，逻辑严密，分析精当，表明中国古代的汉语修辞学走向成熟。"① 正因如此，《文心雕龙》的修辞理论对后世产生了深远的影响。

五、戚良德《百年"龙学"探究》

戚良德的《百年"龙学"探究》（上海：上海古籍出版社，2019 年 8 月）为国家社科基金一般项目"百年'龙学'探究"（12BZW064）的结项成果。全书虽着眼百年"龙学"的历史发展，但并非系统的"龙学"史著作，而是选取百年"龙学"史上重要的问题进行专题探讨。这些问题或以格外重要而需要进一步阐明，或以观点不一而需要略陈己见，或以少人问津而需要筚路蓝缕。总之，所有问题皆不作泛泛之谈，而必有一得之见。

首先，对百年"龙学"六个时期作总体审视，力图从宏观上对近代以来的百年"龙学"史做新的思考和探究。在对已出各种著作有关《文心雕龙》研究史分期进行详细考察的基础上，将大陆百年"龙学"史分为六个时期，这是一个具有清晰坐标的全新把握，有助于我们更为准确地了解这门学科的近现代历程。同时，对每个时期"龙学"的总结和概括亦有别于现行各种《文心雕龙》研究史，既突出每个时期"龙学"的重要成就和特点，更强调实事求是审视百年"龙学"的问题，尤其是其民族文化本位立场的缺失，以及由此造成的《文心雕龙》研究视野的狭窄和单一，希望以此为新世纪的"龙学"起到警示作用。

在上述"龙学"发展的六个时期中，该书着力对最后一个时期即新世纪"龙学"进行全新的概括和总结。如对百年"龙学"在大学课堂的风采予以典型呈现。百年"龙学"发端在大学课堂，主要

---

① 梁祖萍：《〈文心雕龙〉的修辞学研究》，第 242 页。

的研究力量也在高等学校，对这一重要的学术现象进行总结，不仅有助于"龙学"的开拓和创新，有助于发现和培育新的"龙学"力量，而且也在一定程度上有助于我们的大学教育，尤其是大学国学教育、人文教育。再如对"龙学"新生力量的关注和总结，以把握"龙学"脉搏的最新跳动，既有助于展示百年"龙学"的多彩和活力，从而揭示所谓"龙学"之形成和发展的深厚根基以及龙腾虎跃之壮观，更有助于我们为往圣继绝学，沿着前辈所开创的"龙学"之路，为中华文化的复兴尽绵薄之力。

其次，以黄叔琳《文心雕龙辑注》为百年"龙学"之根基和"龙脉"所系，对其进行了认真考察。"龙学"史历来关注黄侃的《文心雕龙札记》和范文澜的《文心雕龙注》，而对黄叔琳的"辑注"有所忽略，实际上前二者正是以后者为基础的。该书结合纪昀对《文心雕龙》以及黄注的评语、李详对黄注的补正，较为全面地梳理了三者的关系，并在此基础上对黄注做出公允、客观的评价，从而不仅还原近代"龙学"的根基和缘起，更是借此指出现当代"龙学"不能再以黄注本为起点，从而无论黄侃之"札记"还是范文澜之"注"，均当视为"龙学"的一个环节而需要有新的发展。正是从这个意义上，该书特别考察了林其锬先生对《文心雕龙》的集校，指出其于新世纪"龙学"的重要意义。

第三，对"龙学"的基础和根本，即《文心雕龙》的文本校正问题进行了集中探讨，虽以举例性的形式进行，但通过对百年"龙学"各种重要校勘成果的考察，仍然发现并解决了一些《文心雕龙》原文的校勘问题，其于"龙学"史的意义，一是说明文本问题之于"龙学"的基础地位和根本作用，其关乎对《文心雕龙》一书的准确理解和认识；二是提示我们虽经几代学者的不懈探求，《文心雕龙》的文本已具有更好的可读性，但问题仍然不少，其中不少问题还是颇为关键的，因而仍需要新一代学者继续努力。

第四，对近代国学大师刘咸炘的《文心雕龙》研究特别是其《文心雕龙阐说》进行了全面介绍和评价，这在学术史和"龙学"史上是第一次，可以说在黄侃《文心雕龙札记》之外，挖掘出现代"龙学"的另一部发端之作。由于对黄侃、范文澜等近现代"龙学"大家的研究成果已有不少，故该书另辟蹊径，发现近现代"龙学"的开山之作不只是黄侃的"札记"，而是还有一些很重要的著作。实际上，20世纪初叶关注《文心雕龙》的学者不在少数，有关的"龙学"著作亦需要我们进一步发掘和研究，而不能仅仅把目光聚焦于黄侃的"札记"。

第五，以较大篇幅对大陆的三位"龙学"家（王元化、詹锳和牟世金）进行了专题研究，以期深入把握20世纪的"龙学"成就。百年"龙学"的主要时间段在20世纪，主要成果或者说最重要的成果当然也在20世纪。20世纪最重要的"龙学"家是谁呢？这可以说是个言人人殊的问题。角度不同，标准不同，结论自然不同。该书以为，在对《文心雕龙》的文本进行校勘整理，乃至搜罗《文心雕龙》的历代研究资料等方面，杨明照先生的成就和贡献可以说无人能及；在对《文心雕龙》的理论研究和阐释方面，尤其从理论研究的深度而言，王元化先生的成果堪称第一；在对《文心雕龙》进行集成性研究方面，台湾的李曰刚和大陆的詹锳先生并称双璧；假如兼及各方面而综合考量，那么20世纪《文心雕龙》研究成就最大的是两位"龙学"家，那就是大陆的牟世金先生和台湾的王更生先生。因此，该书选择集中论述大陆"龙学"三大家的成就、贡献乃至不足，可以说这是对20世纪"龙学"的典型考察。

第六，对新世纪"龙学"的探究，选择了三位各具特点的学者。一是对罗宗强的"龙学"著作进行了全面研究，并着重从中国文学思想史的角度对其贡献作出评价，这在学术史上也是开创性的。周勋初先生曾指出："在理论探讨方面作出贡献的著作，可以王元化的《文心雕龙创作论》与罗宗强的《读文心雕龙手记》为代表。"①罗先生的著作确是值得研究的。二是对张长青的《文心雕龙新释》进行了研究和评述，尤其指出其在"龙学"史上的方法论意义。三是对张灯先生的《文心雕龙译注疏辨》进行了介绍和评述。

第七，以《文心雕龙》研究的儒学视野为突破口，对多维视野中的"龙学"进行新的考察和思考。这既是回应第一章对"龙学"的全面审视，更是企图为21世纪的"龙学"找到新的学术空间。任何学术史的研究不应只是还原历史，更应该立足当下而放眼未来。新世纪的"龙学"已经取得了骄人的成就，但面对百年"龙学"的积累，尤其是如何走出强大的西方文艺学话语体系的影响，仍是一个巨大的挑战。作者认为，《文心雕龙》研究的视野转换乃是力图还原这部文论经典的本来面目，从而得出新的认识和评价，以期开拓"龙学"新的空间，踏上"龙学"新的征程。

另外，该书还设置了相当篇幅的"附录"，作为对正文的补充，可与正文互为映照。最后则为《百年"龙学"书目》，这可以说是一个到目前为止搜罗最全也较为准确的"龙学"专著、专书目录，既是对百年"龙学"最重要成果的直观展示，也便于研究者的检视和利用。现代学术规则重视单篇学术论文，这对自然科学或许有其道理，但对百年"龙学"而言，可以说绝大多数的论文成果最终都以不同形式汇聚到了专著之中，且汇聚之后的论文大都经过了不同程度的修改和完善，因而可以说，百年"龙学"的最重要成果都体现在这个"书目"之中了。

---

① 周勋初：《文心雕龙解析》，南京：凤凰出版社，2015年，"前言"，第35页。

六、朱供罗《"依经立义"与〈文心雕龙〉的理论建构》

朱供罗的《"依经立义"与〈文心雕龙〉的理论建构》(昆明:云南人民出版社,2019 年 8 月)是在作者博士学位论文的基础上成书的,全书除"引论"外,分为七章,第一章为"'依经立义'的内涵与渊源",分为四节:"'依经立义'的思想基础""'依经立义'的内涵""'依经立义'的演变""魏晋南北朝文论'依经立义'举隅";第二章为《文心雕龙》'依经立义'概述,分为五节:"《文心》理论体系及其成因""从征引五经看'依经立义'""刘勰对'依经立义'之体认""'依经立义'的原因及效果""'依经立义'与兼采百家";第三章为"'依经立义'与《文心雕龙》的思维模式",分为三节:"整体性思维""折衷性思维""溯源性思维";第四章为"遍见于《文心雕龙》的'依经立义'",分为四节:"《序志》中的'依经立义'""'文之枢纽'中的'依经立义'""'论文叙笔'中的'依经立义'""'剖情析采'中的'依经立义'";第五章为"'宗经六义':《文心雕龙》'依经立义'的集中体现",分为三节:"'宗经六义'概说""'宗经六义'乃'依经'而'立义'""'宗经六义'在全书中的理论呼应";第六章为"《文心雕龙》核心文论对儒经的依立",分为七节:"原道论""奇正论""文体论""风骨论""通变论""文质观""和谐观";第七章为"《文心雕龙》一般文论对儒经的依立",分为六节:"功利教化""比兴美刺""修辞立诚""辞尚体要""微辞婉晦""立言不朽"。

正如作者所说,从"依经立义"的角度探讨《文心雕龙》的理论建构,这是一个较为新颖的思路。作者把"依经立义"作为《文心雕龙》学术生产方式与理论建构范式中一个重要而有效的途径和方法,认为这是一种普遍运用的学术生产方式,对《文心雕龙》理论的建构产生了重要作用,是《文心雕龙》理论体系成型的一个非常重要的原因。作者认为，"依经立义"对《文心雕龙》的积极影响表现在四个方面：一是内容上求"质"求"真"，强调"情深""事信""修辞立诚""为情而造文"等，从而使作品具有较为坚实的生活内容。二是表达上求"文"求"美"，如《风骨》要求"文明以健""风清骨峻，篇体光华"，体现的是风清骨峻的文章之美；自《镕裁》至《总术》所论各种创作技巧，是为了追求文章之美，包括整体结构的完整、声律的和谐、修辞手法的恰当甚至字形的搭配等。三是功能上讲求功利教化，所谓"炳耀仁孝""持人情性""彰善瘅恶"等，皆为"依经立义"，突显了文艺的功利教化价值。四是思维方式上讲求中和圆通，《文心雕龙》有三大主要的思维方式，即整体性思维、溯源性思维、折衷性思维，它们相互结合、相互作用，使其思维方式总体上显得中和而圆通，从而对全书的"体大虑周""体大思精"的特点产生了重要作用。

作者指出，《文心》全书有一千多处引用儒家经典，说明刘勰对"依经立义"有着清醒的体认和高度的自觉。而其之所以要"依经立义"，有三个原因，一是历史方面，刘勰意欲重振三代的雅正文风；二是现实方面，刘勰想要纠正越来越严重的形式主义文风；三是主体意愿方面，深受儒学影响的刘勰欲"立言不朽"。作者认为，就"依经立义"对《文心雕龙》理论建构的影响而言，最深的影响体现在思维模式层面，最广的影响则遍见于全书。"文之枢纽"五篇举正酌奇，前三篇《原道》《征圣》《宗经》强调遵循儒家思想，后两篇依经而正纬辨骚，强调酌取其有益成分而服务于"为文"之目的；"论文叙笔"二十篇之中，"原始以表末，释名以章义，选文以定篇，敷理以举统"的四大结构原则也有着丰富的"依经立义"现象；而"剖情析采"及《序志》中，"依经立义"的情况也很普遍。

具体而言，作者从三个方面把握"依经立义"对《文心雕龙》

理论建构的影响，一是"宗经六义"集中体现了《文心雕龙》的"依经立义"；二是刘勰的核心文论观点，如原道论、奇正论、文体论、风骨论、通变论、文质观、和谐观等，均体现了"依经立义"；三是《文心雕龙》的一般文论观点也遵循"依经立义"原则，比如"功利教化""比兴美刺""修辞立诚""辞尚体要""《春秋》五例""立言不朽"等。因此，总体而言，"依经立义"在《文心雕龙》中是一个非常突出的现象，对其理论建构产生了非常重要的影响。

作者同时指出，"依经立义"对《文心雕龙》的消极影响也较为明显，主要表现在三个方面：一是拘泥于儒家经义，对经典以外的材料、现象关注不够，因而其视野受到一定局限，如忽视小说以及民歌等；二是坚守儒家传统而态度显得保守，一再贬低魏晋以来求新求变的文学趣向；三是囿于儒家经典，所举例证未必尽当。

七、王万洪《〈文心雕龙〉雅丽思想研究》

王万洪的《〈文心雕龙〉雅丽思想研究》（北京：中华书局，2019 年 10 月）亦为其博士论文的修改稿，全书除"绪论"和"结论"之外，分为上、中、下三编，上编为"《文心雕龙》雅丽思想渊源论"，分为三章：一为"儒家思想的影响"，分别研究了孔子、荀子、扬雄等思想的影响；一为"其他思想流派的影响"，分别研究了道家、魏晋玄学、阴阳家与纵横家、法家、兵家、神秘文化等的影响；一为"史传文学的影响"，分为三节："'雅丽'词源与史传运用情况""复古商周的文学史观""《春秋》笔法，树德建言"。中编为"《文心雕龙》雅丽思想的内涵与表现"，分为两章：一章为"雅丽思想的基本内涵"，分为六节："征圣宗经的经典意识""原始表末的史论意识""中和之美的审美追求""尚雅贬俗的基本态度""知音鉴赏的批评方法""唯务折衷的辩证思维"；一章为"雅丽思想的基本表现",分为五节:"'文心''雕龙',宗经致用""圣文雅丽,衔华佩实""论文叙笔,贯穿雅丽""剖情析采,华实相副""批评鉴赏,雅丽为法"。下编为"《文心雕龙》雅丽思想运用论",分为三章:一为"《文心雕龙》雅丽风格论",又分为两节:"八体与雅丽""文风雅丽,华实新变";一为"风骨美与雅丽美",又分为四节:"《风骨》篇内容解析""风骨含采:论风骨与文采的关系""风清骨峻:作为审美理想的风骨论""确乎正式:《风骨》篇在创作论中的特殊地位";一为"隐秀论风格说辨正",亦分为四节:"'隐'与远奥""'秀'与新奇""'隐秀'与阴柔风格""辨明论题的意义"。

如所周知,"雅丽"是刘勰重要的衡文标准,因而雅丽思想在《文心雕龙》中有着重要的地位,有关探讨文章也并不鲜见,但以一部四十余万字的专著进行研究,可能还是第一次。在仔细梳理了雅丽思想之渊源以后,作者指出,《文心雕龙》雅丽文学思想包含有以下五个方面的内涵特征:一是征圣宗经的经典意识,二是"原始表末"的史论意识,三是中和之美的审美追求,四是"知音"鉴赏的态度方法,五是"惟务折衷"的思维方法。作者认为,刘勰在儒家思想指导下折衷诗骚、化合子史而形成的雅丽思想,在《文心雕龙》全书之序论、枢纽论、文体论、创作论和批评论五个部分中皆有所表现,可以说贯通于全书的各个版块:雅丽思想确立了创作原则,提倡正采正式,指导正确鉴赏,主导文学新变,纠正近代弊端,因而成为《文心雕龙》的主导文学思想。

作者指出,刘勰提出雅丽文学思想的背景与过程,在《文心雕龙》的序论中有直接的论述,主要有四个方面:一是文学创作实践的弊端,已经非常严重,刘勰希望运用回归根本的办法,解决文学新变、文学尚丽趋势中所出现的问题。二是文学理论探索的不足,缺乏全面、深刻、系统的理论著作,无法全面、正确地指导文学创作的实践。

三是《文心雕龙》之作的根本追求，在于文学之正美、文学之正丽，尚丽精神可以说贯通《文心雕龙》全书。四是作为经典派生的枝条，文章不能只具有经典华丽的一面，还应该具有经典雅正质实与为文尚用的功能。刘勰将三者相结合，提出文学的雅丽思想，乃是以"雅"来规范"丽"，以"雅"来指导"丽"，使文章内容充实、功能致用，"丽则"而非"丽淫"，从而为文学创作指示一条正确的道路。

在论证并确立《文心雕龙》雅丽思想的过程中，作者明确了以下五个方面的问题：一是《文心雕龙》以"为文之用心"为宗旨，刘勰从指导思想、创作原则、文体理论、作家作品、外部因素、内在规律、主体修养、风格体制、文术技法、批评鉴赏等角度全面深刻地阐述了这一主旨，因此作者认为，《文心雕龙》一书可以称之为写作理论专著。

二是《文心雕龙》雅丽文学思想在渊源上独尊先秦儒家，同时取法道家、阴阳纵横、魏晋玄学等，而不取佛家。作者认为，刘勰之尚雅主要出自儒家，尚丽则主要出自道家，其与作为魏晋显学的佛学思潮并无关系，虽与玄学思想有一定联系，但又以之为反面靶子，作为打击的对象。

三是《文心雕龙》中并不主张"文笔之分"。如所周知，大多数《文心雕龙》研究者认为刘勰基本同意"无韵者笔也，有韵者文也"之说，因而基本认同范文澜先生的说法，认为刘勰有关文体论部分的篇章结构安排，乃是"先文后笔"。但王万洪先生以为，这样的说法可以休矣。

四是不能简单地认为《文心雕龙》乃齐梁文学复古派与新变派折中的产物。从《文心雕龙》之思想渊源、主导思想、结构体系、论文方法、写作动机、目的宗旨等各方面着眼，作者认为刘勰所达到的理论高度，远远不是齐梁其他文论所能望其项背的，《文心雕龙》

乃是对魏晋齐梁文论"自觉"的再次"自觉"。

五是有关《文心雕龙》"风骨"含义、《隐秀》主旨等问题，以雅丽审美思想观照之，则可以消解其中的争议。作者认为，"风骨"是对"八体"风格的再次整合，有"风骨"的作品会具有丰富的想象力、极强的感染力、华丽的文采、充实的文气、正确的文术等要素，"风骨"是《文心雕龙》的共时审美理想论。"隐秀"则是五经"显隐异术"的对应体现，而不是"比显兴隐"的创作手法，论述的是"不写之写"与"突出之写"的特殊之美，并在"自然会妙"的自然美上重视"润色取美"的人工美，体现了"天人合一"的雅丽之美的正确创造。

除了上述七部著作，2019 年出版的其他专著或论文集尚有如下十三种：

1. 刘勰撰，黄叔琳辑注：《文心雕龙》（四部要籍选刊），杭州：浙江大学出版社，2019 年 1 月。

2. 王元化：《读文心雕龙》，上海：上海书店出版社，2019 年 1 月。

3. 刘勰：《文心雕龙》（经典国学读本），扬州：广陵书社，2019 年 1 月。

4. 刘勰：《文心雕龙》（国学经典文库），成都：四川美术出版社，2019 年 3 月。

5. 李平：《中国文艺理论研究论集》（安徽师范大学文学院学术文库，第三辑），芜湖：安徽师范大学出版社，2019 年 3 月。

6. 郑宇辰：《〈文心雕龙〉与徐庾丽辞》（古典文学研究辑刊，第十九编），新北：花木兰文化出版社，2019 年 3 月。

7. 黄侃：《文心雕龙札记》（蓬莱阁典藏系列），上海：上海古籍出版社，2019 年 5 月。

8. 中国文心雕龙资料中心、中国文选学资料中心编辑：《文心学林》2019 年第 1 期，2019 年 6 月。

9. 罗宗强:《读文心雕龙手记》(罗宗强文集),北京:中华书局,2019 年 7 月。

10. 戚良德主编:《中国文论》(第五辑),济南:山东人民出版社,2019 年 7 月。

11. 王万洪、田瑜娥、王昌宇、曹美琳:《巴蜀学者与〈文心雕龙〉》,成都:四川大学出版社,2019 年 8 月。

12. 刘勰撰,黄叔琳辑注:《文心雕龙辑注》(古典精粹),北京:中国书店,2019 年 9 月。

13. 杨明照著,杨珣、王恩平编:《余心有寄:杨明照先生未刊论著选编》,成都:四川大学出版社,2019 年 11 月。

另外,刘跃进先生主编的《汉魏六朝集部珍本丛刊》(北京:国家图书馆出版社,2019 年 9 月)收入了七种《文心雕龙》的重要版本,分别为第九十七册中的《文心雕龙》(敦煌遗书斯·五四七八号残卷本)、《文心雕龙》(宋刻《太平御览》本)、《文心雕龙十卷》(元至正十五年刻本)、《文心雕龙十卷》(吴翌凤等校,明嘉靖十九年汪一元刻本),第九十八册中的《杨升庵先生批点文心雕龙十卷》(杨慎批点、梅庆生音注、傅增湘校,明万历三十七年梅庆生刻天启二年重修本),第九十八、九十九册中的《文心雕龙训故十卷》(王惟俭训故,明万历三十九年自刻本),以及第九十九、一百册中的《刘子文心雕龙二卷注二卷》(杨慎等批点、梅庆生注,明闵绳初刻五色套印本)。显然,这七个版本乃《文心雕龙》产生之后,自唐代至明代所流传的最重要的版本,也是现存清代以前最重要的"龙学"成果;其集中刊出,无疑为《文心雕龙》研究者提供了难得的资料。

《中国文论》（第五至十辑）编后记

《中国文论》创刊于 2014 年 9 月，第一至四辑由上海古籍出版社出版，自第五辑开始由山东人民出版社出版。每辑之后，笔者都坚持写一个篇幅不短的"编后记"，主要是摘录每篇文章的重要观点，既是一个简要提示，也是一份阅读笔记。第一至四辑的"编后记"已经收录于笔者的《百年"龙学"探究》一书，以下收录的是第五至十辑的"编后记"。

一、第五辑编后记

在犹疑和蹒跚的步履之中，《中国文论》由上海古籍出版社出版了四辑，总字数近 150 万字。所以犹疑者，我在第二辑的"编后记"中说过，在当前的学术环境下，我对这样的丛刊信心不足；因为迟疑，步履自然不够坚定，故有蹒跚之态。事实也是，我们原本的设想是每年出版一到两辑，实际上四辑出了五年，除了稿件有所不足，主要是作为以书代刊的辑刊，出版周期我们难以把握。可以告慰于各位读者和作者的是，随着 2019 年新年钟声的敲响，我们的步伐将迈得更加坚定——从本辑开始，《中国文论》（丛刊）将由山东人民出版社每年出版两辑。

实际上，编完《中国文论》第五辑的时候，正值 2018 年的岁末。年初的 3 月 18 日，恰逢农历的二月初二，龙抬头的日子，我们召开了牟世金先生诞辰九十周年纪念会，同时进行了国家社科基金重大招标项目"《文心雕龙》汇释及百年'龙学'学案"的开题报告，恍如昨日。已然到来的 2019 年，是牟世金先生逝世三十周年，所以我们特别新增了一个栏目，表达对先生的怀念。三十年前，我在先生指导下编辑《文心雕龙学刊》第六辑，而今却在一个类似的丛刊上纪念先生逝世三十周年，真是世事无常，徒唤奈何！

本辑"文心雕龙"栏目下的第一篇文章，是袁济喜教授的《〈文心雕龙〉与子学精神》，这本是袁先生年初专门提供纪念牟先生诞辰九十周年文集的大作。袁先生认为，子学著作与子学精神对刘勰的影响不仅仅在于其《诸子》一篇，而是贯穿《文心雕龙》全书当中。从某种意义上来说，《文心雕龙》也是一部富有子学精神的文论著作，是南朝子学向着集部转化的著述。显然，这是一个重要的问题。近代以来，以《文心雕龙》为子书者不乏其人，从刘咸炘、刘永济到王更生，均有类似的主张。之所以如此，正如袁先生所说，"刘勰《文心雕龙》中对于传统子书的吸取是十分明显的，体现着一种自觉的意识"。首先是"在《文心雕龙》中，刘勰专门为诸子开辟一篇进行论述，可以看出刘勰对于诸子的重视"，"《诸子》是《文心雕龙》的'文体论'中的一部分，刘勰将诸子散文单列一体，表明其重要性。刘勰在此篇中力求总结诸子文章的写作特点与思想意义，深入探究诸子著作对于文学创作的借鉴价值"。同时，"诸子更重要的价值是他们所创造的那种学究天人的学术思潮以及担当忧患的家国情怀，刘勰正是认识到了诸子著作的双重价值，为了强调诸子著作的意义，故将其列为文体之一"。其次，"刘勰对于诸子思想的借鉴和吸收并非仅见于此篇，在其他篇章中也有对诸子文献的征引和吸纳"，"子学浸润于《文心雕龙》的各个方面"，而其"对于刘勰的泽溉，首先表现在老庄与玄学自然之道对于经学思想的互补上面。如果没有老庄子学的启发与运用，刘勰《文心雕龙》的儒家思想也无从构建"。

袁先生指出："经史子集是中国古代传统的图书分类法，同时也是学术的分类法。其内在的精神便是子学精神，包括成一家之言、和而不同、独立自由之学术精神等，而外在的则是从《汉书·艺文志》到《隋书·经籍志》，再到清代《四库全书》的分类。"就《文心雕龙》而言，"虽然被后世列为集部中诗文评，但同时可以算为论文之子书，何况在六朝后期，子书与集部交融的现象已经形成"，"刘勰对于汉魏以来论文发展的态势以及短长是看得很清楚的，他是自觉地担当起文艺批评的社会责任，传承了先圣的忧患意识，融入了自己的生命体验，从而写出了这本中国古代文学批评著作，也是一本他在《诸子》中所说的'入道见志之书'"。正因如此，"在我们看来，《文心雕龙》是中国文学批评史上的一部经典之作，其内容博大精深，体系完备，不仅全面总结了齐梁以前各类文体的源流和文章写作的丰富经验，而且还贯穿了作者对人文精神的深沉思考和执着追求，其开阔的视野，恢弘的器度，使它超越了一般的'诗文评'类著作，成为一部重要的国学经典"。袁先生此论，笔者是深以为然的。

"文心雕龙"栏目下的另一篇文章，是刘曼华的《语短意长，千载心在——论刘勰"江山之助"说的影响》。文章认为，"江山之助"说既是对文学创作中主客体关系论发展演变的总结和升华，又把中国古代文人对于人与自然关系的认识提升到了一个新的高度。刘勰之后，"江山之助"说得到了后世广大学者的普遍理解和响应，他们或在不同的案例中对这一理论直接引述和阐发，或结合自己的创作实践提出相似和相近的观点，甚至在刘勰"江山之助"说的基础上进一步发挥，使其理论内涵更加丰富和深化。但对于"江山之助"说的影响问题，学界还较少进行具体阐释。有鉴于此，文章从七个方面总结和概括了"江山之助"说对后代文学作品和文学批评的直接影响。这使我们看到，后世对"江山之助"说的接受有一个由模糊到具体的逐渐深入的过程，其影响之广泛，不仅常见于文论作品中，成为一个惯用术语为文论家们使用和讨论，而且还涉及书法、绘画等领域，为书画论家们所认识和接受。同时，在后代的许多文论著作中，虽然有些未必直接提及"江山之助"四字，然其实质和根本也在于阐述自然景物与作家创作的关系问题，可谓"取其意而不用其辞"。又有部分文论家将"江山之助"说与"性灵"说、"穷而后工"说等文学理论相结合，对"江山之助"说的内涵、意义做了进一步的拓展与深化。也有许多文论家在认识到"江山之助"的同时，注意到了文学对"江山"的反向助益作用，即"文亦助江山"。

因此，"江山之助"说作为中国古典美学范畴中的一个重要理论命题，其对古代文学及文艺理论所产生的影响是深远的，其涉及领域之多、范围之广、持续时间之久远，以及表现形式之多样，都是不容忽视的。作者指出："江山之助"说对于山水诗创作实践的开创性研究，是山水诗研究领域的一面先锋旗帜；而由"江山之助"所引发的关于文学创作与自然景物的关系问题，历经千载，也一直都是文论家们热衷于讨论和研究的一个重要议题；即便文学发展到今天，"江山之助"与"天人合一"等中国传统自然美学中的许多概念，仍然被作为解决生态环境问题、追求人与自然和谐的良方而发挥着重要作用。

在"文之枢纽"的栏目下，本辑隆重推出的大作是德高望重的学界前辈蒋凡先生的长文《〈左传〉春秋齐文化述略》的上篇——《春秋第一霸：齐桓公传叙》。其下篇为《春秋改革第一相：齐国管仲传叙》，我们留待下辑刊出。此文虽长，却只是蒋先生正在撰写的一部鸿著中的有关章节，因其所论"齐文化"与山东有关，故先生专门提交《中国文论》，以示对我们的支持。将齐桓公与管仲放在一起进行评说，并由此展示春秋齐文化的风采，其道理自然不难理解。正如蒋先生所指出："齐国称霸，管仲与桓公的默契必不可少。管仲成功推动桓公登上了历史舞台作有声有色的表演；而桓公则举贤授能，能够给予管仲信任，并具大局思考，同样成就了管仲改革的千秋功业。桓公与管仲，二人相得益彰，史上众口皆碑。"但具体如何评价"成败几乎与管仲合作相始终"的近四十载齐桓霸业，却需要具有穿云拨雾的慧眼和高屋建瓴的史识。蒋先生说："人或谓开春秋首霸者乃管仲之事而无关乎桓公。这是贬低桓公历史贡献的主观臆断。当然，倘无管仲的改革，岂有桓公霸业？充其量，齐桓公只能像其父兄一样，成为一个平庸的齐国君主而已。但若从全局观之，则此贬低之论，有失片面。"他认为："若失管仲，必无齐桓之霸，这是事实，道理成立；但反过来看，若无桓公专信，又岂有管仲改革不朽之功！须知，春秋时是君主专制社会，若乏君主支持与信任，任何改革都将失去推行的可能，纵然管仲充满聪明才智又浑身是胆，但又将如何施其拳脚而一展改革宏图呢？因此，公正地说，桓公管仲，相辅相成，齐桓霸业，是时代产品，集体智慧的结晶，在适当的温度土壤中，终于开花结果。管仲推行系列改革的成功，齐国'九合诸侯，一匡天下'的实现，桓公作为批准执行的最高统治者，其功劳与贡献是不可抹煞的。"

在此基础上，蒋先生详细分析了桓公霸业兴衰成败的主客观原因，不仅非常全面，而且评析深刻。如解剖桓公成其霸业的主观原因："一是敢于正视自己的缺点与错误，发挥自己的治国'大虑'，用理智压制了自己的内在心魔。……二是坚决推行举贤授能基本国策，从上到下一以贯之强制实现了一系列改革，不仅是政治，而且在经济，文化教育，军事诸方面，全面推广。……三是作为齐国君主，有大担当，而从不推卸责任。……四是胸襟宽阔，眼光深远，虽为齐国之君，却能从天下霸业角度来看问题，说是野心，也是理想，其思考早已超越一国而关心天下。"又如剖析桓公晚年迅速从成功顶峰跌落到失败深渊的主客观原因：首先，桓公晚年身边缺乏监督谏诤，贤臣核心无形解体消散，在此形势下，桓公内欲恶魔很快释放膨胀，也不再去发现或者扶植贤臣善人，不去努力培植下一代贤良臣下，于是政治乏善可陈。其次，桓公晚年没有妥善有序地安排自己的接班人，又为"好色"之疾所困，随心许诺诸姬之子继位，以此动摇国本，死后五子争位，梦如乱丝，国无强主，岂有力量向外争霸天下？第三，春秋时为血统宗法统治的专制社会，政治改革缺乏严格的制度保证，既可事因人成，也可事因人亡而败，管仲、桓公一死，霸业丧失，也就不足为怪了。这些分析都是非常中肯而富有启发意义的。

"文之枢纽"栏目下的另一篇文章是魏伯河先生的《〈文心雕龙〉"文之枢纽"新探》。魏先生认为，"枢纽"与"总论""总纲"或"导言"相较，不仅是古今用语的不同，在含义上也是存在某种差别的。"对这种看似细微的差别如果缺乏精确的认识，就可能导致对全书理论体系的把握和对刘勰文学观的认识上出现很大的问题"。他指出，"总论""总纲"或"导言"是全书的概要，可以包括若干并列的、有某种逻辑关系的条目，分别用来统领全书的不同部分；而"枢纽"，则无论包括了几篇文字，却只能是一个结构紧密的整体。以此认识为基础，魏先生认为在刘勰的设置中，《文心雕龙》的前五篇只能是一个"枢纽"。"看似并列的五篇文字，其实只是构成这一枢纽的不同构件。而在这些构件中，必定有其核心或主轴。这一核心或主轴，不仅统领其余四篇，而且也对全书起到统领作用。其余四篇，只不过是核心或主轴的附属物，是围绕核心或主轴来设置并为其服务的，并不要求每一篇都对全书起统领作用。"那么，"文之枢纽"的核心或主轴是什么？"揆诸刘勰的写作意图，显然应为在五篇里处于中间位置的《宗经》篇。因为'宗经'是他主要的文学思想，并且是贯穿于《文心雕龙》全书的。"

魏先生特别指出：尽管我们看到的文本，是由《原道》到《征圣》

再到《宗经》，是循着"道沿圣以垂文"的关系，呈顺流而下之势，但在刘勰的构思和写作中，其实是由《宗经》到《征圣》再到《原道》的，是循着"圣因文而明道"的方向，呈逆流而上之势。这样所要达到的效果，是让人们认识到五经是天道通过圣人在人间的具现，具有至高无上的神圣性，因之其宗经的主张便具有了"天经地义"的稳固地位。"明确了这一点，就可以知道，《原道》篇尽管居于全书卷首，但并非'开宗明义'，也不是用来统领全书，而主要是用来为《宗经》张目的。"进而，魏先生认为："《原道》之'原'，是推原，即把以五经为典范的文的根源推原到神秘的天道；'本乎道'之'本'，是说他的论文是本于'天道'的。"因此，他不赞成把《原道》之"原"与"本乎道"之"本"完全等同起来，而忽略了它与《宗经》之间的紧密联系，没有看出其事实上作为《宗经》铺垫的作用，以致于过分高抬了《原道》的地位，进而对所"原"究竟为何家之"道"产生种种疑窦，做出种种曲解，引发种种论争。

应该说，魏先生的思考是有其独到之处的。笔者尤其赞同他指出的《文心雕龙》研究中所存在的一些"简单问题的复杂化和复杂问题的简单化"倾向，但具体如何认定，哪些简单问题被复杂化了，哪些复杂问题被简单化了，却是并不容易的。魏先生认为，应当"摒除各种干扰和先入之见，对《文心雕龙》原著'深思熟玩'，根据'实事'来'求是'，切实进入原书的语境，并尽可能抵达作者的心境，弄清其构思、写作的思维脉络，从而在实现'平等对话'的基础上，正确揭示其本来意义，发现其当代价值，服务于当代文学理论体系的建设，才是龙学研究的正途"。对此，笔者大部分都是由衷赞同的，惟"服务于当代文学理论体系的建设"之论，可能也并非这样一个单向的关系问题。在笔者看来，"发现其当代价值"、服务于当代都是应该的，但仅仅强调"服务于当代文学理论"，可能是有问题的。《文心雕龙》是"文论",但这与当代所谓"文学理论"不是一回事;"龙学"理所当然要为当代服务,却并非只为当代文学理论服务。实际上,它们之间可能不是谁服务谁的问题,而是可以相互发现,相互借鉴,产生叠加或协同效应。当然,这也只是笔者的想法,与魏先生商讨而已。

本辑"论文叙笔"栏目下亦有两篇文章。首先是赵亦雅的《〈文心雕龙〉与〈文选〉的檄文观》。该文特别指出,《文心雕龙》和《文选》都体现出对武檄的重视,虽然刘勰说檄文"事兼文武",但他具体论述的内容都是针对武檄而言的,《文选》收录的檄文也以军事征伐类的武檄为主。文章认为,刘勰强调檄文的军事功能是有意为之的,这与《文心雕龙》的性质和刘勰的人生价值观有关。刘勰在《文心雕龙》中极力强调士人应具有处理政事的能力,所谓"盖士之登庸,以成务为用",所谓"雕而不器,贞干谁则",都显示了他对实际才干的重视。与此相关,刘勰对与政务相关的公文也很重视,《檄移》《章表》《诏策》等篇就可以视为公文写作论,所谓"章表奏议,经国之枢机",它们具有极其重要的价值,所以刘勰对文章的重视,关乎他孜孜以求的处理军国大事的人生抱负。作为战前的军事文书,檄文是当之无愧的"经国枢机",关乎国家存亡、人民生死,其价值正是"君臣所以炳焕,军国所以昭明"。从"纬军国""任栋梁"的人生价值观出发,刘勰在谈论檄文的写作规范时,其实展示了他的军事思想,其中不少地方可以看到《孙子兵法》的影响。文章指出,刘勰的军事思想具体体现在以下几个方面:一是兵以定乱,二是厉辞为武,三是不战而屈人之兵,四是重视开战前的谋划,五是兵者诡道。正因如此,刘勰在探讨檄文的文体规范时,其眼界远远超过了一位文论家的范围,而充分体现了他经邦纬国的政治抱负。该文认为,刘勰是以一个政治家的眼光而不是文学家的眼光去看待"檄"

这一文体的。应该说，这些总结深化了对刘勰檄文观的认识，是值得肯定的。

其次是王艺的《"论"体之"般若之绝境"》一文。如所周知，刘勰在《论说》篇谈"论"的部分，提出了"动极神源，其般若之绝境乎"之说。王艺的文章即以此为论题，从"般若之绝境"提出的具体情境出发，分析其出现的合理性。继而通过解构"般若之绝境"，说明"般若"的真实内涵，以及佛门之"论"的最高标准。最终在刘勰之"论"与佛门之"论"的相互参照中，探究二者之间微妙的重叠。文章指出，纵观般若学传入中土的历程，可以得知，刘勰所谓"般若"，不是泛泛而谈的智慧，亦不是般若学中土化前期与"格义"相关的"六家七宗"的思潮，而是自鸠摩罗什来长安后得到新变的、更为成熟的般若学。刘勰在《论说》篇中提及"般若之绝境"，虽是针对当时玄学的有无之争皆有所偏执，而称赞佛教般若学对世界本体的圆融解释，但在这背后，应当还有一种暗示，即刘勰本人对佛教论说方式的肯定，至少刘勰对佛教般若学在探讨"有""无"问题上的论说方式是赞同的。文章认为，这证明刘勰对佛教义理的理解非常之深，且对佛教论说的方式有认同之处；加之刘勰之"论"与佛门之"论"有诸多重合，因此不排除刘勰之"论"在一定程度上受到了佛门之"论"的影响。

本辑"剖情析采"栏目下的第一篇文章，是洪树华教授《明清词学视野中的辛弃疾述论》一文。文章指出，在清词话中，词论家对辛词格外关注，其对辛词的评论主要体现为如下几个方面：一是赞赏"稼轩体"；二是注意到辛弃疾的词以豪放为主，但又有妩媚、妍媚、昵狎温柔等风格；三是肯定辛弃疾驾驭语言的能力。洪教授通过阅读大量的资料，总结出清代词论家在评价辛词时，常常苏、辛并提，有时辛、柳与辛、刘等并提，尤其欣赏辛弃疾的慷慨豪放、悲壮沉郁的词风。他认为，辛词赢得清代词论家的更多评论，主要的原因是辛弃疾的人格与人品的魅力。同时，辛弃疾在词中表现出的爱国精神也深深感动了不满清朝统治者的汉族文人，从而引起清代词论家对辛词的青睐。洪教授还发现，清代词话中有四处明确标出辛弃疾词的文体名称，如清人张德瀛《词徵》卷五"南宋辛体"条标出"稼轩体"，还有两处出现于清人刘熙载《艺概·词概》之中，另有一处见于清人陈廷焯《白雨斋词话》卷一。这些细心的考辨出自辛苦的资料爬梳，值得嘉许。

另一篇文章是徐传武教授与黄海莲合作的《剖情析采，妙臻神工——从"情采"论看〈红楼梦〉》一文。利用《文心雕龙》的理论分析后世的作品，香港的黄维樑先生有过不少成功的尝试，但在大陆还不多见。正因如此，徐教授二人的文章虽然还需要深入和完善，但其方向是值得肯定的。文章认为，"情采"论是《文心雕龙》全书的理论中心，从这个角度看《红楼梦》，曹雪芹对"情采"问题的处理堪为典范。他很好地把握住了刘勰所说的情"经"辞"纬"关系，自然也就做到了"经正而纬成""理定而辞畅"。文章指出，《红楼梦》所剖之情，是丰富多彩的，有些还隐藏得很深，需要细细咀嚼，才能识得庐山真面目。曹雪芹之剖情，深而有情致，细而有纹理，令读者动容心随，击节叹赏。《红楼梦》之言情，不是粗俗的，而是富有文采的，正所谓"言以文远，诚哉斯验"。二位作者认为，《红楼梦》的作者曹雪芹用自己的创作实践证明，他对《文心雕龙》的"情采"之论，体味还是比较深透的。

本辑"知音君子"栏目下是两篇评述性文章。首先是万奇教授的《居今探古：论王志彬对〈文心雕龙〉的研究与应用》一文。作为王志彬先生的得意弟子，万奇教授对王先生的研究自然是令人信服的。他认为，王志彬的《文心雕龙》研究，主要体现在以下三个方面：一是辨析《文心雕龙》的本体性质。二是发掘《文心雕龙》文体论的独特价值。三是阐释《文心雕龙》文术论的关键词。王志彬在从学理上研治"龙学"的同时，亦注重《文心雕龙》的应用研究。首先是化用《物色》《神思》《通变》等篇的相关理论，描述写作基本规律。其次是借用《镕裁》篇的"三准"说，阐明写作构思步骤。再次是引用《论说》篇的有关论述，概括学术论文的写作特点。因此，王先生的《文心雕龙》研究，可谓居今探古，打通了"龙学"与写作学，堪称跨学科研究的典范。

正如万教授所说，王志彬先生的《文心雕龙》研究不仅数十年如一日坚持不懈，而且着眼古今的打通和古为今用，可谓独树一帜。如对《论说》篇的研究，"直接引用《论说》篇的有关论述，诠释学术论文创见性的写作特点"，从而"对今人的学术论文写作颇有启发"。万教授总结道：从今天的论文写作实践来看，"弥纶群言"是文献综述，它是论文具有创见性的基础；如果没有"弥纶群言"，也就无法"研精一理"。"钩深取极"是"接着讲"，它是论文具有创见性的保证；如果只是"照着讲"，也就了无新意。"辨正然否"是辨析有争议的论题，肯定一说，否定其余；它也是论文具有创见性的表现。"独抒己见"是敢于写出作者与众不同的独得之见，最具创见性。应该说，王先生对学术论文创见性的深入剖析，确乎彰显了《论说》篇的重要应用价值，对今人写出高质量的学术论文大有帮助。

笔者不仅赞同万教授对其师的用心研究，而且对他由此而生发出的有关"龙学"的方法论之见，亦深以为然。如谓："如果仅仅从文艺学角度研究《文心雕龙》，确实老话题居多，难见新意。反之，若能从写作学、文章学、修辞学、阅读学、文学史学、文学地理学、子学等多学科角度研究《文心雕龙》，则别有一番天地。"又如关于文体论的研究："就文体论的单篇研究来看，研究者多关注《明诗》《乐府》《铨赋》等几篇，而对其他篇章研究不够。这种不平衡的研究状况亟须改进。且不说论说、史传、哀吊、诔碑、书记等一些古老而年轻的应用文体，仍然具有生命力；就是那些已消亡的应用文体，也并非毫无价值，所谓'名亡而理存'。有鉴于此，强化《文心雕龙》文体论（尤其是应用文体理论）的研究，势在必行。"

其次是戚悦《一部新颖的〈文心雕龙〉英译本——黄兆杰等〈文心雕龙〉英译本评析》一文。文章认为，在《文心雕龙》的各种英译本中，黄兆杰、卢仲衡和林光泰三位先生的译本可谓最新颖的，其在翻译策略和文本理解上都有诸多与众不同之处，值得关注。一是对《文心雕龙》这一书名，该译本完全舍弃了对原书名的翻译，而基于自己对全文的理解，重新起了一个书名。这是大胆且有益的尝试，西方读者通过这一书名可以立即明白《文心雕龙》要谈的内容。二是该译本非常突出的特点是简洁，译者倾向于抓取原文最主要的意思，在译文中表达出来，甚至还会对原文进行改写和省略。三是对《文心雕龙》中涉及的不少中国传统文化的特殊名词，译者也进行了独立探索，提出了很多有益的想法和观点，甚至解决了一些陈陈相因的问题。四是赞语部分的翻译，确实称得上是一首首短小的英文诗，不仅具备换行的形式，而且句子简洁有力，相邻诗行结构相似，对应位置的单词词性相同，在必要时以倒装的手法突出重点，这些都是英文诗的典型特征。又非常注意押韵，有头韵、尾韵、谐元韵等多种韵脚，并且采取了两行转韵、隔行押韵、交错押韵等各类手法，这些也都符合英文诗的押韵规律。文章最后指出，中国传统典籍英译之难人所共知，而《文心雕龙》这一用精致骈文写成的文论元典，要准确地将其翻译为英文，更是难上加难。但也正因其难，才使得《文心雕龙》的英译本需要不断推陈出新，以反映"龙学"

的新进展，并接近我们的目标。

本辑"学科纵横"栏目下，有两篇颇有分量的文章。首先是李平教授《杨明照"范注举正"述评》一文。该文指出，范文澜的《文心雕龙注》是"龙学"史上的一座里程碑，但其讹误错失亦时或有之，故为之补正者代不乏人。杨明照乃一代校勘学大师，被誉为"龙学"泰斗、彦和功臣，故其"范注举正"也影响深远，引人注目。文章说，杨先生对范注的"举正"，具有"片言而存疑顿释，只字而纷讼立断"之效，于进一步完善范注具有十分重要的意义。但其中也有立说未惬或失之偏颇之处，故须对其进行具体辨析方不枉范注。李平教授对杨氏"范注举正"一文进行了认真分析，指出其共列37条，主要从出典和校勘两方面展开。"其中，可订范注讹失者6条；出典比范注更准确、更全面，可补范注之未备者5条；校字比范注更有据、更合理，可正范注之偏颇者9条；出典与范注各有所据，可与范注共观互照者8条；校字与范注各有所长，能与范注两说并存者7条；校字与范注均未当者1条；校字自身不当者1条。"如此确凿的分析说明，"杨明照'范注举正'，确能订其讹失、补其未备、正其偏颇，对于进一步完善范注，功莫大焉！"不过，文章也顺带提到，杨氏文中颇多意气之言，如"故有是瞽说耳""匪特未审文意，且惑同鲁哀公矣""真可谓笑他人之未工，忘己事之已拙者矣"之类，实在没有言之的必要。文章认为："人非圣贤，孰能无错？一味肆其意气，只能留人恃才傲物、目中无人之印象。"诚哉斯言！

其次是韩湖初先生《〈灭惑论〉撰于梁天监年间刘勰任萧绩记室任上——关于〈灭惑论〉撰年齐、梁两说评议》一文。刘勰《灭惑论》撰年有齐、梁两说，相差近二十年。正如韩先生所说，虽然争论已近半个世纪，但分歧仍在，故仍有辨析的必要。韩先生的观点可以说极为明确，他认为齐代并不具备产生《灭惑论》的客观条件，故赞同李庆甲先生撰于梁天监年间刘勰任萧绩记室任上之说。韩先生首先详细梳理了有关论争情况，并说明"学界齐代说似有定论之势"。他指出："齐代说最主要和最有力的证据是在版本资料方面，但问题的关键是：齐、梁两代到底哪一个具备产生《三破论》与《灭惑论》之争的客观条件？如果齐代并不具备，则无异于釜底抽薪，不管版本证据多么'有力'，都无济于事；而梁代说这方面则理据充分，尤其李庆甲对此作了详细辨析。但不知何故，齐代说论者对此似乎视而不见，并未作具体系统的反驳，多是反复申述版本资料方面的证据，便称梁代说'似是不能成立'，怎能服人？"韩先生由此还谈到了另一个重要问题：天监十七年刘勰由萧绩府入东宫迁升步兵校尉（由九品官升至六品），这是刘勰仕途生涯的最高官职。一般认为如杨明照所说，此因"陈表而迁"，即上表言二郊农社宜与七庙飨荐同改蔬果，由此获得武帝欢心所致。但李庆甲认为迁升与撰写《灭惑论》"不无关系"。韩先生赞同李说，"因为前此已有僧祐上表言二郊农社宜同改蔬果，刘勰不过窥得圣意而步其后尘，算不上什么大功劳；而撰《灭惑论》则令武帝一解心结，由此升职才更合情合理。"可见《灭惑论》撰年问题确乎至关重要，值得进一步探讨。

本辑"文场笔苑"栏目下，我们隆重推出涂光社教授总结自己四十年学术求索的取向和历程的长文——《从"转益多师"到"同中求异"——我投身刘勰及其〈文心雕龙〉研讨的经历》。涂老师说："我三十七岁才进大学，又未受过专业方面的基础教育，常有'笨鸟晚飞难入林'的惭愧。万幸的是一路走来，均获师长宿学训诲提点：除恩师张震泽先生外，还蒙王元化先生、赵仲牧先生、牟世金先生、罗宗强先生、张文勋先生、蔡锺翔先生和林其锬先生的耳提面命，有机会也向张伯伟、汪涌豪、胡晓明、朱良志、刘绍谨、张国庆等同好请教、切磋，故能端正守持，潜心'龙学'，与时俱进地调整探究的视角和切入点，而得遂初衷。"涂老师重点说到了四位老师，分别为张震泽、赵仲牧、王元化、牟世金诸先生，我在标题上分别定义为"恩师""良师""导师"和"师长"，如有不妥，理当由我负责。至于涂老师不断的求索之路，他以精炼的语言进行了概括：学习从"转益多师"弥补短板起步，研讨由"异中求同"向"同中求异"位移——以比较的视角考究民族文化基因独特性对文学实践和理论思考的影响，阐发其优长；从学术史的角度揭示齐梁时代有刘勰这样的思想大家和《文心雕龙》以及《刘子》问世的所以然。

涂老师指出："异中求同"多于"同中求异"是"龙学"早期研究的一个重大特点。本来，"异中求同"和"同中求异"都是古代文论研究中的基本手段，并无优劣高下之分。近代"龙学"兴起以来直到新中国成立十余年间，学者们曾热衷或者习惯于在《文心雕龙》的论述中去寻找与现代文艺理论的相同点，这种肯定往往是古代理论研究中价值发现的第一步，是人们从现代（也是西方）文艺思想体系的立场对中国传统理论某些部分的认同，这对揭示和印证一些文学艺术的普遍规律诚然是很有意义的。然而，古代文学理论研究的价值主要体现在"同中求异"之中。同为文学艺术论，中国和西方各有千秋未必不是好事。古代文论的"异"往往体现出民族的个性，是对于基本属西方体系的现代文论的挑战和补充。如果忽略了"同中求异"，不仅基本丧失了充实、修正和完善当代理论、古为今用的意义，也可以说是一种无视文化遗产个性、缺乏民族自信心的表现。在这些重要认识的基础上，涂老师还从"中西文学观念之异""语言媒介之异""范畴系列和理论体系之异"等角度探索"龙学"的新思路，寻求突破的切入点。比如他指出："'美文'二字抓住了文学的本质特征——以语言为媒介创造美。即使是现代，一些应用文虽然被划为非文学体裁，若写得美也会被认为有文学性或者有艺术性的！以文章为文学作品突出了两个特征：第一，它是以语言文学作为媒介的艺术门类；第二，它具有美的形式。"

涂老师近年着力研究的另一个重要领域是《刘子》。他认为，作为经典，《文心》在文学理论领域有极为突出的跨时空的理论价值；问世稍晚的《刘子》是政论，反映的社会现实无疑比《文心》更充分、更宽泛、更具体。涂老师是《刘子》刘勰著的坚定主张者，故他认为，作为一代杰出的思想家、理论家，刘勰在不同时期分别在两个领域的理论中都有非凡建树不足为奇。正因如此，他觉得当下的"龙学"有必要从学术史的角度揭示齐梁时代有刘勰这样的思想大家和《文心》以及《刘子》问世的所以然。"考论《刘子》的理论建树，不仅能更全面深入地了解刘勰及其时代学术思辨精神达至的高度和境界，还能一窥开放包容的三教合一学术传统形成的脉络和原委。"涂老师的系统著述尚在建构中，但这里已向我们展示了他对《刘子》一书的不少初步但是重要的思考和判断。

"文场笔苑"栏目下还收录了戴明贤与张灯先生《关于〈文心雕龙译注疏辨〉的通信》，这是有关"龙学"的可贵资料。戴先生对张灯先生的倾心之作《文心雕龙译注疏辨》一书作出了这样的评价："译笔信达雅三美并臻，不仅多重意蕴切实传导，更兼能化古奥为平易，变晦涩为明畅，故而不失美文之韵味。"又说："大作成一家之言，立龙学之林；功在学术，嘉惠后学。"笔者以为，这皆非虚饰之言，而是符合张先生大作之实际的。张先生在信中则谈到了自己的著述原则，即"既小心又大胆"六字。"小心"谓慎之又慎，"没有依据的诠解不取，标新立异的阐述不发"；"大胆"则指认准前人、今人训释不当或有误，有确凿的诂训依据，则毫不犹豫地另立新注，必要时设置辨条剖述，务使做到译注切实，文气畅达，逻辑严密。正如张先生所说，其著作之中，"批评言辞俯拾皆是，乍看似以他著为着力点"，实则"没有再三再四地夯实自身，斟酌思谋，对照突破，就没有新注新译和疑义疏辨的水到渠成"。

为了纪念牟世金先生逝世三十周年，我们首先以图片的形式展示了牟先生的部分著述、手稿以及书画作品，其次笔者新编了两个目录，一是《牟世金先生论著目录》，一是《牟世金研究论著目录》。后者是对牟先生进行研究和评介的著作和文章索引，还需要继续充实和完善；前者则是目前收录最为齐全的牟先生论著索引，凡是所能找到的有关牟先生的著述，皆纳入其中了。尤其是还发现了牟先生上大学以前在军队服役的时候所写的几篇文章。牟先生入伍之后在军械处服役，故其文章有《武器器材保养工作未能做好的原因何在？》《一五四六支队火炮保养工作的经验》等，于此可见，干一行爱一行是先生的宗旨；刘勰说"文武之道，左右惟宜"，其斯之谓与？

良德记于 2018 年 12 月 9 日
修改于 2019 年 1 月 22 日

二、第六辑编后记

四十年前，牟世金先生在其《雕龙集》的"前言"中有一个说法，那就是在中国文论的发展历程中，《文心雕龙》不仅起着重要作用，而且前者都是后者"已安排的体系的延伸"。近来，再次拜读汪春泓先生大著《文心雕龙的传播和影响》，其"后记"有云："《文心雕龙》在中国文学史乃至文化史上发挥着深远的影响，这种影响是任何一部其它文学和文学理论书籍所不可比拟的。自《文心雕龙》产生之后，它的影响就不间断地一直引导着中国文学创作与理论批评的发展，这在世界文学史上也属罕见。"窃以为此说不啻是牟先生之论的展开。著名"龙学"家涂光社先生在最近出版的大著《〈文心雕龙〉范畴考论》中，更以翔实的论证说明，刘勰在古代文论范畴创用上的贡献无与伦比，古代文学理论批评运用的所有范畴概念都不难在《文心雕龙》中找到自己的归属或者渊源。牟先生、涂先生和汪先生可以说是颇具代表性的三代"龙学"家，他们的共识说明，《文心雕龙》是中国文论的"枢纽"。正因如此，《中国文论》创办之初，即以《文心雕龙》为最重要的研究对象，希望以此为"枢机"和"关键"，贯通对中国文论的研究和探索；其本于《文心雕龙》结构体系的独一无二的栏目设置，亦体现了这样的初衷。比如，我们的第一个栏目以"文心雕龙"为名，一来表示对《文心雕龙》的研究将成为《中国文论》的重点和特色，二来揭橥《文心雕龙》乃"中国文论"的关键和枢纽，三则想说明，凡是对"中国文论"重要问题的探究，皆可以"文心雕龙"之名来概括。

本辑的中心内容仍然是"龙学"，尤其是对"龙学"史的探索。第一篇文章是朱文民先生的《黄侃与中国现代"龙学"的创建》。正如朱老师所说，怎样看待现代"龙学"的产生和发展，这是"龙学"发展史上的一件大事；尤其是如何看待现代"龙学"初创时期的一些重要人物，如何理清前前后后的一些历史事实，我们下的功夫还很不够，还有不少工作要做。比如，如何看待章太炎先生对现代"龙学"的作用，便是一个重要的问题。尽管有研究者注意到这个问题，本刊也曾经发过这方面的文章，但朱老师认为仍然有所忽略。他把章太炎先生称为现代"龙学"的播种者，认为其"龙学"成果"虽然不显眼，却是火种，可以燎原；具有酵母的能量，可以发酵，成为现代"龙学的种子"。为此，朱老师搞清楚了一些重要的问题，比如上海图书馆藏章太炎《文心雕龙札记》，"是 1909 年章太炎在东京《明报》馆内寓所讲授《文心雕龙》的内容，为钱玄同搜集其他听课记录综合整理而成","章太炎在日本给黄侃、朱蓬仙、鲁迅、朱希祖、钱玄同等人讲授《文心雕龙》的具体时间,是公元1909年3月11日至4月8日,每周一次,周四上午授课,每次讲授内容是10篇,共分五次授完。"如此详细的结论是前所未见的。朱老师说:"章太炎在日本向中国留学生播下的有关《文心雕龙》的种子,首先在北京大学黄侃那里生根、发芽、结果。"现代"龙学"创建的来龙去脉可以说更为清晰了。

当然,朱老师的文章题目特别点出黄侃,自然是因为黄侃之于现代"龙学"发端的重要性,而其中需要理清的问题也仍然有不少。通过仔细爬梳,朱老师指出:"我们可以断定,黄侃在北京大学既给1916年毕业的金毓黼班讲《文心雕龙》,也给1917年毕业的范文澜班讲《文心雕龙》,又给1919年毕业的傅斯年班讲《文心雕龙》,还给1920年毕业的赵亮功班讲《文心雕龙》(忽略跨年级、跨学科听课)。"又说:"资料证明,黄侃在接替朱蓬仙给傅斯年等人讲授《文心雕龙》之前,就已经在其他年级开设《文心雕龙》课。黄侃在蔡元培主政北大之前,讲授《文心雕龙》所属学科为'词章学',在蔡元培改革北大课程之后,其讲《文心雕龙》所属学科为'文学概论'。"这些都是以往不甚清楚的问题,有些还是非常重要的问题,而其结论则是不可能轻易得出的。正因为有此扎实的功夫,对有关问题的认识,朱老师也有不一般的看法,如谓:"把黄侃《文心雕龙札记》的结集出版并引起轰动,看成是现代'龙学'诞生的标志,对此我是同意的、赞成的。但是,在承认黄先生功绩的同时,我冒昧提一点不同看法:我同意金毓黼先生说的'非精心结撰'的看法。第一,体例不统一。……第二,无论作为讲义,还是专著,每篇文字,应该大体整齐。然而,三十一篇之中,篇幅有长有短,最短者如《情采》《镕裁》仅六七百字;最长者如《章句》篇,两万二千多字(包括引文）。当然《章句》篇内容，在清代以前属于小学，细分可划入训诂学范畴。这训诂学正是黄侃的长项，也许是原因之一，或许可以看成是与新文化派的论战。不管怎样解释，也掩盖不了黄侃的任性。"再如，对于刘咸炘的《文心雕龙阐说》，朱老师认为其"毕竟是初次'放胆作札记'，就全书来说，没有体例，没有系统，没有给予统筹全局关照，而是随着读书有感而发，给人以过于零碎之感。"这都是实事求是的认识。

值得一提的是，朱老师对所论人物均有颇为详尽而又要言不烦的生平简介。在一般学术论文中，类似简介本可不必，尤其是那些著名人物；但我还是有意保留了朱老师的这些简介内容，这是因为这些内容并非随便抄来的一般简介，而是自有其更为丰富而翔实的特点，其决非泛泛之谈，而是颇有针对性，可以帮助我们更好地把握相关问题，因而是不可或缺的。

"文心雕龙"栏目下的另一篇文章是蔡鑫泉先生的《〈文心雕龙〉的结构及其理论体系——基于"总论"与"批评论"的考察》。该文利用诠释学、文本分析等方法，对《宗经》《正纬》《辨骚》《物色》等篇主旨进行分析，从而确立它们在《文心雕龙》理论体系中的重要地位。作者认为，根据"枢纽"的比喻寓意和谶纬寓意，"总论"可以做新的分层；而《时序》等五篇，是对文体论和创作论所作的总结，宜称之为"综论"，可以作出与"总论"相应的分层。"综论"的《时序》《知音》《物色》，与"总论"的《辨骚》《正纬》《宗经》主旨相同，互为呼应、补充，共同对文体论、创作论发挥总则作用。以此认识为基础，蔡先生精心绘制了一个《文心雕龙》理论体系框图，以清晰显示各个板块之间的相互作用关系。他说："借助《文心雕龙》理论体系框图，可以更准确理解'盖《文心》之作也'段，准确掌握各部分之间的关系。《文心雕龙》理论体系结构匀称、完备，极为精美。刘勰匠心独运，不愧为谋篇高手，著作名家。"

应该说，该文的探讨和一些说法还不无可商榷之处，文章的论述也还不够细致和完善，但笔者以为，这篇文章对《文心雕龙》理论体系的把握和揣摩是"用心"的，由此得出的一些结论虽然看上去还比较笼统，但却并非泛泛之谈，而是有的放矢，有些则是颇有会心之处的。更为可喜的是，作者在用心理解《文心雕龙》文本的同时，心中没有忘记当下，时刻不忘运用，理论思维的跨度是不同凡响的；当然，总体而言，可能还只是点到为止，但笔者觉得，这是"龙学"的生命力所在，值得褒扬。

在"文之枢纽"栏目下，首先是蒋凡先生的长文《〈左传〉春秋齐文化述略》的下篇——《春秋改革第一相：齐国管仲传叙》。蒋先生学问老到，思维练达，笔力如椽。对于管仲相齐而推动改革，他认为这"标志了春秋时代士人阶层开始突破周朝旧贵族世卿世禄制度及贵族对思想文化的垄断，大踏步地走上了历史舞台，谱写了上古时代改革开放的新篇章"，因而"管仲是春秋时代真正意义上改革家中的第一名相"。文章特别指出，"从太公开国之后，改革已成齐人的重要思考，并逐渐成为齐国的文化传统"，"由于贤明君主齐桓公的支持，他与贤圣之臣管仲配合默契，因此把齐国改革的霸业，推向了成功的峰巅。政治改革，举贤授能必不可少，这是历史的经验"。蒋先生还把齐国与鲁国进行了对比，指出："鲁人少有甚或不思变革，已成习惯思维，连孔子也难以免俗，季氏初税亩，稍加变革，即遭孔圣抨击。此所以鲁国常受侵蚀欺侮也。直至战国时被楚所亡。鲁国的经验教训，也为近邻齐国从反面提供了必需改革的思考。不思变则不如人，不如人则国弱力小受欺侮，这对齐国管仲改革也是一种刺激和推动。"如此举重若轻的历史叙说，既是对先贤智慧的体认，亦富有鲜活的时代感，可谓发人深省。

改革是政治，也是文化，离不开文章之力，因而这不仅是中国文论的题中应有之义，而且可以视为中国文论的一个至关重要的特点。刘勰所谓"政化贵文""事绩贵文""修身贵文"等说法，正与此相通。实际上，在蒋先生所描绘的管仲改革之路上，"文"的力量不可或缺。如谓："管仲议论，义正辞严，堂堂正正，虽非华丽文章，但言辞恳切，朴实厚重，很有分量而感人至深，其逻辑推理谨严，具浑厚气势，自然具有感人服人的力量。"这不由得让人想起刘勰所谓"志足以言文，情信而辞巧，乃含章之玉牒，秉文之金科"的论断，所谓"五礼资之以成，六典因之致用；君臣所以炳焕，军国所以昭明"，这样的文章就决非雕虫小技了。

"文之枢纽"栏目下的另一篇文章是杨来来的《刘勰的"文心"论及其理想人格思想》。作者认为，纵观整部《文心雕龙》，"文心"可谓刘勰命意的关键；出于个体人格实现的需要，刘勰积极从事论文，将完善"文心"看作是实现人生价值的伟大实践。较之单纯把《文心雕龙》视为"文论"而言，这一认识是不无新意的。文章还谈到，刘勰对"文心"的认识经历了一个从初识到体悟，再到建设的完整过程；随着刘勰对"文心"认识的逐步扩充、完整，他追求理想之文的意识愈加明确，最终生成了他的理想人格思想。作者指出，"心哉美矣"是刘勰对"文心"的初步认知，"文果载心"乃是刘勰对"文心"的进一步体认，"余心有寄"意味着刘勰不遗余力地建设"文心"，而刘勰寻觅"文心"的根本目的则是建构理想人格。正是基于这样的认识，文章强调"我们需要进一步看清、看透刘勰寄寓《文心雕龙》之中的千古'文心'的真面目，理解其深刻涵义所在。与此同时，我们应当更为清楚地认识到，刘勰不仅是一位具有博大胸襟的文艺理论家，更是一位兼具深邃思想的文学思想家，他所寻求的理想人格思想正是其富有理论生命力的文学思想的最佳说明。"应该说，这些说法不一定完全符合《文心雕龙》的实际，但却是较为精细的领悟，体现了新一辈"龙学"学者的"用心"和真诚，因而是值得嘉许的。

在"论文叙笔"栏目下，首先是涂光社教授的大作《〈刘子〉与〈文心雕龙〉》一文。《刘子》一书谁属的问题短期内不可能有结论，因而涂老师此文主旨也不是探讨这个问题。作为《刘子》刘勰著的坚定支持者，涂老师说："《刘子》《文心》是否同为刘勰所作的问题笔者不再赘言，拟通过比较研究弥补目前《刘子》思想理论研究上的欠缺，更全面地了解思想理论大家刘勰的卓越成就。厘清两书思想理论与撰述方式同异之所在及其缘由，也分别进行同类论著——《文心雕龙》与其他文论著述、《刘子》与其他杂家子书的比较，揭示其在各自领域的理论贡献。如此也当有助于进一步澄清以往的争议。"这可以说是迂回战术，附带解决《刘子》作者问题。

涂老师指出，《刘子》与《文心雕龙》两书分属集部和子部，论述却有交叉和重合；两书皆成于齐梁，却以论文与论政分属而同中有异；两书思想宗尚有异，而异中有同。它们都是哲学思辨氛围下营造出的思想和理论经典，它们突出的成就是以范畴创用实现理论突破和境界提升。比如，"《文心雕龙》对进入自觉时代的文学评论作了系统总结并实现理论境界的全面跃升。《刘子》用古以说当前，兼综'九流'之'治道'，体现了开放包容的学术精神，'道者玄化为本，儒者德化为宗''二化为最'则清晰勾勒出先秦汉魏六朝学术发展的脉络和动向，乃至三教合一传统形成的趋势，又可谓典型的六朝杂家宣言。"尤其是对于《刘子》，涂老师有很多用心且精到的体会。如谓："《九流》中的子学综论不仅是一篇六朝杂家论著的宣言，也明示其思想理论的取法，透露两书有不同凡响建树的所以然；其先秦汉魏学术史脉流精切的表述，一个不应忽略的节点是：汉初的政绩仰仗黄老治国理念，西汉末出现补正经学倾向的尚'玄'之风，东汉渐炽，其后才有魏晋南北朝玄学昌盛。《九流》的表述能弥补汉魏学术史研讨的不足，某些尚嫌朦胧的问题或可从中找到明晰的答案，非常难得。"因而对《九流》一篇，涂老师格外看重其学术史的意义："《九流》的学术史论可补以往古代学术史论（尤其两汉学术史论）之不足，是《刘子》的重要闪光点，也为两书比较研究提供了一条思路：先从学术史的角度考究齐梁问世的文论和政论思想宗尚与理论模式异中有同之所由，然后分论玄学思辨推动下两书范畴概念组合的创用在各自领域成就的一系列非凡理论建树。"

细心的读者不难体会，涂先生的文章风格鲜明，那就是用语精炼，用先师牟世金先生的话说是老练，少用关联词语，行文要言不烦，意蕴丰富深厚。这对今天年轻的读者来说或有不适，但却是老一辈学人不尚空谈的扎实之风，值得我们学习。颇有意味的是，涂老师文章中有一段谈到汉字"特有的表意性、集约性和稳定性"，他说："由于有集约语义的功能、字形稳定，话语组合不全依靠语序语法，自身语义网络在词语搭配和组合上也能发挥作用; 名词有'意动''使动'用法，语法可放弃符号标识不显于语言形式，类似压缩助词等语法标识带出的隐性特征，拼接也较灵便自由……"应该说，涂老师的文章也较为充分地体现了汉字的这些特点，值得用心揣摩。

"论文叙笔"栏目下的另一篇文章是赵亦雅的《〈文心雕龙〉与〈文选〉诔文观之比较》。自硕士论文开始，亦雅便以全副精力投入《文心雕龙》与《文选》的比较研究，日积月累，颇为辛苦，收获亦不言而喻。刘勰的《文心雕龙》有《诔碑》专篇，萧统的《文选》则列有"诔"体。该文即通过《文心雕龙·诔碑》篇与《文选》所收诔文之比较，进一步阐述、辨析刘勰和萧统在评选代表作家作品及文体认识上的特点和异同，并指出二者在文学观念上的不同。文章从四个方面比较了《文心雕龙》和《文选》在选篇标准和文学观念上的差异：一是对于诔文的代表作家，《文选》首推潘岳，而刘勰既推重东汉诔文，也赞扬潘岳之文；二是刘勰认为诔文中的"叙哀"部分是"述功"部分的引申，而《文选》则显示了对诔文"叙哀"的重视；三是刘勰提倡"工在简要"的诔文，反对繁秽的文风，《文选》中诔文却多为长篇；四是刘勰与萧统对诔的定义都指出了其"美终"功能，但《文选》之诔文更多体现了魏晋以来偏重叙哀的特色，刘勰则显示出规范诔文文体的态度，并从"大夫之才"的角度看待诔文。应该说，《文心雕龙》与《文选》是两部不同性质的著作，但又有着千丝万缕的联系，两书的比较可以有不同的角度、不同的方式方法，自然也会有不同的结论，但都是非常必要的。

在"剖情析采"栏目下，首先是游志诚教授的大作《〈刘子·防欲〉细读》一文，此为游教授正在进行的《〈刘子〉五十五篇细读》之一。作者首先对《防欲》篇进行解题，而后爬梳其易学渊源，阐释其子学义理，复与《文心雕龙》进行互证，细读之功，着实了得。就《防欲》而言，作者指出其"全篇主旨在'节'欲，而不是禁欲、止欲，当然也没有'无欲'的意思。则本篇非从佛教、道家、道教之学，而是衍义易学易理，转化在人生德行修养的实际作为，树立'塞兑于未形，禁欲于脆微'之原则，此本篇用一卦易理进行全篇主题发挥之例。"寥寥数语，一显作者细读之功，二显游教授不愧为《周易》专家。尤其是后一方面，游教授指出："校订《刘子》单凭对校正误，不参取《周易》之学，不做'理论系统'之分析，则极容易望文生义，迷信校勘太过也。"无论已经完成出版的《〈文心雕龙〉五十篇细读》还是正在进行的《刘子》五十五篇之细读，对《周易》一书的熟悉让游教授如鱼得水、如虎添翼。

当然，《周易》的运用只是工具和方法之一，立足于《刘子》

文本的细读则是基础。游教授找出《防欲》篇最关键的两句话是:"情之伤性,性之妨情,犹烟冰之与水火也。""性贞则情销,情炽则性灭。"细读此二句的结果,则是"知刘子诠释性与情乃是处于'相生相妨'之关系,并不是只有'情出于性'而已",从而知《防欲》论述重点都在讲"性"与"情"之关系,而"《刘子》讲的'性情'有两大范畴,一个是指血气之性,另一个是指心性之性。"进而游教授以之与《文心雕龙》的相关思想进行了比较,指出:"比较《文心雕龙》同有'血气'与'志气'不同之说法,如出一辙,表明《文心雕龙》与《刘子》二书共通'血气'涵义,只差别在一个是谈作家如何由'学习'进而改善血气之性,另一个则是讲究如何全性不乱神,教导君子'防欲'之工夫。易言之,同样的'血气'概念,虽然各自在《文心》文论与《刘子》子论有不同的分析侧重,不同的论述对象,但是'血气'一词与志气之分别,则是《文心》《刘子》二书所共通的涵义。"

游教授细读《防欲》一篇,却着眼《刘子》全书,把握其基本思想,指出"《刘子》全书首三篇《清神》《防欲》《去情》三章联成一气,代表刘子在心性心神之学的基本思想。"则如此细读便颇有宏观的指导意义了。如谓:"细味上列养身四法,涉及与'身'有关连之情性、情欲、情感、心神、心性等诸语词概念,皆实有其义,实有其物,其防范养护之道,在禁于未形,收于未放,勿使泛滥势盛,颠倒不禁,最终有违'正性'之身。"如所周知,《刘子》一书具有重要的现实意义,《防欲》篇所论,可谓发人深省。

"剖情析采"栏目下的另一篇文章是王慧娟博士的《论隐与中国古典诗歌的创作、批评和审美》。该文尝试从中国古典诗歌创作过程中的"神思"与"用典",隐语化的解诗传统与以谶解诗,以及趣、味、境、象的审美风格追求等不同角度,探寻隐之思维在中国古典诗歌中的重要地位与影响。文章指出，中国古典诗歌创作向来讲究立象以尽意、摹景以传情，从艺术构思到锤字炼句的每个创作环节，隐之思维参与其中、贯穿始终，此亦造就了中国古典诗歌审美风格的含蓄蕴藉、寓意婆娑，孕育了"趣""味""境""象"等独具中国文化特色的审美范畴；不仅如此，在中国历代诗话中亦不乏古典诗歌批评妙用隐喻化思维的典型例证。因此，作者认为，隐之思维，贯穿于中国古典诗歌创作、批评和审美的方方面面。应该说，这些探讨都还只是初步的，许多认识还有待于深化和拓展，但文章得出的一些结论还是颇有意义的。如谓："与古人论画一样，中国古典诗歌就在这样一重又一重隐语化的过程中，在隐与显所构成的矛盾张力中，诗之大旨、诗之趣味、诗之境界就隐含在这个由隐语化所构成的层深结构中，昭示着古人对诗歌趣、味、境、象、意的特殊偏爱与追求。……正是由于这种崇尚隐语化表达的诗歌理念的影响，才最终孕育出中国古典诗歌空灵含蓄、言近旨远、令人回味无穷的审美特色和艺术本质。"

在"知音君子"栏目下，首先是魏伯河教授的《钱钟书论〈文心雕龙〉》一文。这无疑是一个颇有趣味的话题，正如魏教授所说，作为学术大师的钱钟书先生对刘勰和《文心雕龙》虽无专文进行研讨，但在其《管锥编》《谈艺录》等谈文论艺类著作中却随机发表过很多重要的见解和精彩的点评，表现出深刻的理解和独特的眼光；这些点评，从鉴赏品味语言艺术的角度出发，深入体察前人为文之用心，抉隐钩沉，细大不捐，从艺术观点，到文句字词，勿论褒贬，多能见人之所未见，发人之所未发，戛戛独造，别树一帜，为我们留下了极有价值的研究资料。魏教授认为，研究《文心雕龙》和中国文论，不应忽视钱先生的意见，认真阅读他的这些精到评骘，不仅可以释疑解惑，加深对《文心雕龙》原著的理解，还可受到治学方法的重要启示，有利于将学术研究引向深入。这无疑是非常正确的。

具体而言，魏教授发现了不少钱先生有关"龙学"的精到见解，如"尤其是指出'赋比兴'之'兴'为'诗之作法'、'兴观群怨'之'兴'为'诗之功用'；'诗具"兴"之功用者，其作法不必出于"兴"'，堪称发千古之覆。"又说："钱先生指出：'《文心雕龙·比兴》述"比之为义，取类不常"，其三为"或拟于心"，即西方修辞学所谓"抽象之形象"'，与一般把抽象的问题形象化不同，是用抽象之物比拟形象之物，即'取情理以譬物象'。这一点，是刘勰发前人所未曾发，经钱先生阐明而彰显。"这都是颇有意义的再发现。魏老师还特别指出："几十年来阅读钱先生的著作，深感其书如同知识的渊薮、学术的宝库。……除了许多疑惑得以解除，还在治学态度和方法上受到深刻启示。就治学态度而论，钱先生之《谈艺录》《管锥编》，初版即轰动一时，成为名著，但钱先生似乎永不满足，在长期的阅读思考中不断加以修订增补，乃至再三再四；而原文则一仍其旧，每次增补均按时间顺序排列，以保存认识不断深化、论述不断深入之轨迹。这种严谨的治学态度，令人特别敬佩。就治学方法而言，钱先生研究任何具体问题，都把眼界放得很宽，尽可能搜集、梳理古今中外有关资料，形成链条，以历史的眼光加以比照，进而得出己见；从不浅尝辄止，轻下结论。这对后学晚辈无疑有着重要的启发、引导作用。"

可以看出，魏教授不仅讨论钱先生对《文心雕龙》的观点，而且从中探究、取法为学之道，对此，笔者深为赞同。大约正是有钱先生为榜样，魏教授该文于钱先生论及《文心雕龙》之语全力抉发，片善不遗，尤其是不仅详细论述钱先生对《文心雕龙》的肯定性评价，而且也认真梳理钱先生对《文心雕龙》所存在之不足的批评，这对我们全面认识钱先生之于《文心雕龙》的意见，显然是极为有益的；其于"龙学"史之功，也就不言而喻了。当然，钱先生有关"龙学"之论尚夥，值得进一步挖掘。

"知音君子"栏目下的另一篇文章是于秋漪的《论〈文心雕龙〉中文学作品的存在方式》。文章指出，在刘勰的批评观念中体现出了客观看待文学作品的意识，提出了细致分析文本的方法，因而值得探讨。文章认为，针对文学作品的存在方式，刘勰一方面强调作品的整体性，突出主导力量的作用，这一点可以与西方传统中的有机整体观念形成对照；另一方面，可以将《文心雕龙》中涉及的文本内部结构初步总结为"语言—意义—复意"三个层面，通过与王弼的"言—象—意"系统和英伽登的文本层次结构进行对比，发现刘勰的文本层次构造的特点在于作者主观抒情需求的深度参与，文章各层面和文辞技巧都为情志的实现服务；这种整体观念和层次结构也在"六观"的批评方法中得到体现，促使我们进一步思考如何认识和评价作品。应该说，将刘勰与20世纪的新批评者进行比较是需要谨慎从事的，如秋漪的文章便特别指出二者的区别，指出他们"都承认文章中主导效果的作用，而他们的不同立场则体现了文学理论的演进过程。刘勰还是保持相对古典的态度，从指导作者出发谈问题；新批评者已经脱离了作者视角的限制而转向文本，在其诗歌评论中我们也能发现读者立场对价值判断的影响。"然而，千古文心一脉通，笔者认为这样的比较是必要而有意义的。

在本辑"学科纵横"栏目下，是李平教授的长文《论文化学社本"范注"的修订内容》。文章指出，范文澜的文化学社本《文心雕龙注》对其初版《文心雕龙讲疏》进行了全方位的、颠覆性的修订改造，从结构到体例，从校勘到出典，增删订补，匡讹纠谬，几于重造，从而为其定本开明书店本《文心雕龙注》奠定了坚实的基础。

正因如此，李教授这篇长文的研究就是非常必要而有意义的。文章把修订内容概括为三个大的方面，一是对初版存在的讹误和不足予以纠正，二是对初版失校失注之处给以增补，三是对初版注文内容进行完善。并对每一个方面进行了详细的比对、研究和总结，用力之勤，令人感叹。如："据统计，文化学社本新补注释条目共 375 条，仅次于修改原注条目，可见此次修订增补力度非常大，从而有效地解决了初版存在的大量失注失校问题，使文化学社本在征典释义、字句校雠方面有了长足的进步。"对文化学社本之有长足进步的评价来自一个数目的统计，真正一读原书，方知于此需下多少功夫。

当然，更重要的是通过对修订内容的把握，总结有用的研究信息。如谓："范老此次修订的增补工作，除了正常的出典、释义和校字外，还特别重视题注的增补。初版《讲疏》中没有一个题注，文化学社本给 26 篇的题目增加了题注。"这便是一个重要的问题。实际上，此后不少《文心雕龙》译注本都有"题注"或"题解"一项，范注或有开山之功。再如："对《物色》等篇篇次位置的怀疑滥觞于范老，后来杨明照、刘永济，尤其是郭晋稀诸先生，都对《文心》篇次提出了不同的调整意见。不管人们对范老等人的调整意见能不能接受，但有一点是肯定的，即篇次的调整是对文本内在逻辑性与合理性的探讨，而这种探讨对于研究《文心》的理论体系是十分有益的。"这一历史叙述概括了一个重要"龙学"话题的来龙去脉，因而也是极有意义的。又如："刘勰的身世，本传记载不详，其它史料又极简缺，致使他的生卒年代、家世经历、著作时间等重要问题，均有待探索。范老在刘毓崧《书文心雕龙后》的基础上，开榛辟莽、筚路蓝缕，经多方考订，细加推算，对刘勰的身世作了周详的论证，补充了《梁书·刘勰传》的空白与不足，也为后人编制更加详备细致的刘勰年谱奠定了坚实的基础。"事实的确如此。实际上，牟世金先生等对刘勰生平事迹的研究，亦无不受范注之启发。

　　这篇长文所论涉及问题繁杂、琐细，但李平兄不惮烦琐，不仅资料运用极为细心，一丝不苟，而且很多问题爬梳、分辨之细致，令人叹为观止。如对范文澜讲疏本与文化学社本注释条目分合的研究，既细辨其一条分为二至五条乃至更多条，又认真梳理其将原来两条及以上的注目合并为一条，甚或找出其将五条、六条、八条、九条、十条乃至十五条合为一条者。这看起来完全是一个功夫活，但如作者所说："与注释条目的扩展或合并相配合，必要时范老也对注文内容进行适当调整，以便更好地解释正文。"应该说，如此细致而严谨的为学精神，本为一个真正学者之本分，但在这样一个人文学术不无浮躁之风的时代，还是颇显书生本色及其可贵，因而令人敬佩。当年王元化先生曾称赞牟世金先生的《文心雕龙研究》一书"继承了清人不病琐"的"求实学风"，我们细读李平教授的这篇文章，也可以感受到对这种学风的继承和发扬。读完这篇大作，我觉得能够如此精读范老文化学社本《文心雕龙注》，并以之与讲疏本进行详细比较，从而完全把握其注疏演变情况者，惟李平先生一人耳！范老地下有知，其当惊知己于千古乎！

　　本辑"文场笔苑"栏目下，是两种《文心雕龙》英译本的两篇"序言"。这两篇序言都不长，这是将它们放在一起的原因，但这两篇不长的序言却都提供了一些难得的信息。首先是"施译《文心雕龙》双语版序言"。施友忠先生的《文心雕龙》英译本早已蜚声海内外，如所周知，该书"是翻译《文心雕龙》全书的首次尝试"，其意义和功绩早已无需多言，而且这个英译本长篇序言的主要内容，也早已为大陆读者所熟悉（该序言的大部分译文曾在《文心雕龙学刊》第二辑发表，译者为曦钟），而在这个译本出版十几年后，译者又有些什么话要告诉我们？这正是这篇双语版序言的价值所在。比如英译本有个副标题"中国文学思想与形式的研究",为什么用这样一个题目?施先生在这里明确指出,那是因为他"惊叹于作者对文学本质及形式的深刻见解",他对《文心雕龙》这个书名的理解是:"'文心'指本质,而'雕龙'指在艺术上呈现该本质的形式要素。"较之对《文心雕龙》书名的英译(The Literary Mind and the Carving of Dragons),施先生这一简洁的说明显然更符合《文心雕龙》的实际。由此我们也可以想见,当初之所以加上这样一个副标题,自然是因为对书名的英译不足以概括译者对《文心雕龙》内容的理解。这一更为符合刘勰思想的理解与书名英译之间的距离说明,包括书名在内的《文心雕龙》翻译中的一些问题,并非因为施先生不能很好地理解这部书,而是因为两种语言之间转化的困难,尤其是因为《文心雕龙》的"语言很难,它淋漓尽致地展示了刘勰所处时代的一种精妙文体",要想准确翻译,实在是并不容易的事情。

在这篇短短的序言中,施先生借用牛津大学霍克思教授的话,表达了这样一个认识,那就是《文心雕龙》是"所有同类见解中最伟大者",这话听起来有些笼统,但施先生的解释则非常具体:"从刘勰所处的时代开始,这本书便反复得到评论和引用,在数个世纪之间,有众多学者接受了这本书的观点,并将其融入自己的著述中,虽然他们采取了崭新的方式进行表达,但是《文心雕龙》的影响依旧清晰可见。"显然,这与笔者在本篇"编后记"一开始便引用的三代"龙学"家的观点可谓如出一辙。这不仅说明对《文心雕龙》的价值和意义,早已是英雄所见略同,而且再次提醒我们,施先生不仅仅是一个《文心雕龙》的英译者,更是一个对这部书有着深刻认识和把握的研究者,其译本产生虽早,却有着广泛影响,其中的原因也就不难理解了。

其次是黄兆杰、卢仲衡、林光泰三位先生的《文心雕龙》英译本"引言"。关于在香港出版的这部较新的《文心雕龙》英译本，本刊曾于第五辑发表一篇书评，有兴趣的读者可以参看。该书译者的这篇"引言"也很短，但其中仍然有着启迪智慧的观点。一是像施友忠先生一样，三位译者对《文心雕龙》在中国文论史上的地位有着高度的评价，那就是："它傲然挺立在中国文学批评史上，可谓前无古人后无来者，就像一座雄伟的纪念碑。"这也正是他们要翻译这部书的原因，"这也就解释了为什么《文心雕龙》非常重要并且值得翻译"。这一评价同样来自对《文心雕龙》特点的把握，即"《文心雕龙》堪称一部内容完整、结构缜密的巨著"。可见他们都不是为了翻译而翻译，而是出于对《文心雕龙》的深切把握和深入研究。二是他们对《文心雕龙》的把握也有着自己的独到之处，如谓："我们会发现，第三篇是后面各篇的源泉，而第一篇和第二篇只是作为一个遥远的背景而已。"为什么第三篇也就是《宗经》格外重要呢？"因为从中我们可以看出研究文学的文本方法，正是这一方法使刘勰变得格外具有现代意义。文本超越文本，文本危及文本，文本破坏文本，文本消灭文本。"由于这里的语言非常简洁，并未展开论述，所以笔者还不能很好地抓住其中的真正含义，但所谓"文本方法"，确实令人觉得颇具现代色彩。这不能不令人想起本期蔡鑫泉、于秋漪的文章，可见古老的《文心雕龙》完全可以焕发时代的光芒。

当然，三位译者也没有忘记《文心雕龙》的历史特点，他们特别指出："对于刘勰来说，文学是指所有的写作形式，在欧洲语言中，文学的本意也是如此。"应该说，这样的提醒是非常有益的。正如译者所说："我们也许永远都无法破解为文之'术'的奥秘，但是对于刘勰所作的尝试，我们理应心存感激。"话不在多，心诚则明。对一个《文心雕龙》与中国文论的研究者而言，我们无论能否探得

古人话语的奥秘，对留下如许不可多得之著作的先贤心存感激都是
应有的态度、第一位的态度。

良德

己亥年六月

三、第七辑编后记

在中国文论与《文心雕龙》的研究史上，过去不久的 2019 年
注定是不平凡的。在中华人民共和国成立 70 周年以及中国古代文
论学会成立 40 周年的时间节点上，研究者自然反思过去、展望未来；
在著名"龙学"家杨明照、祖保泉两位先生分别诞辰 110 周年、100
周年的日子里，其弟子和研究者亦自然缅怀其业绩，并望开拓新的
学术空间；2019 年也是中国《文心雕龙》学会最重要的创始人牟世
金先生逝世 30 周年，我们在第五辑曾设专栏予以纪念。有鉴于此，
本辑《中国文论》特开辟"龙学报告"专栏，对 2019 年的《文心雕龙》
研究情况进行总体介绍，以较为集中的方式记录《文心雕龙》研究
的历史进程。

本辑"龙学报告"共有三篇，总字数达七万字，分别为 2019
年的"龙学"专著述评、"龙学"论文概览、"龙学"会议纪要。虽
然这些报告的撰写还较为粗疏，有些内容难免挂一漏万，有些评述
未必确当，但仅此亦可见过去的一年里，"龙学"确乎有着不俗的
成绩。笔者曾指出："进入新世纪以后，随着对传统文化的重视乃
至国学热的兴起，'龙学'进入新的开拓发展时期"，并认为，"在
昌明中国传统文化的大背景下，新世纪'龙学'的盛况较之上个世
纪不仅毫不逊色，而且更为系统、深化而全面了，特别是更加回归《文
心雕龙》本体及产生、滋养它的中国文化本身"。2019 年，"龙学"

深化与拓展的脚步可以说迈得沉稳而扎实。无论专著的出版、论文的发表还是学术会议的举办，都为 21 世纪的"龙学"增添了浓墨重彩的一笔。

在"文心雕龙"栏目下，首先隆重推出陶礼天教授的大作《〈王官谷集〉与明代司空图研究的兴盛——兼考〈二十四诗品〉应为司空图所作之问题》。这篇长文本为陶先生即将出版的《〈王官谷集〉笺校》前言，我们经过简单删削并换成现在的标题，以适应辑刊的要求。礼天先生此文颇具乾嘉学风，展现出深厚的学术功力，不仅对《王官谷集》进行了空前系统全面的清理，而且就学界关注的《二十四诗品》作者问题，作了初步的考论。如所周知，礼天先生坚定捍卫司空图对《二十四诗品》的著作权，在沉寂数年之后，他推出了自己更为丰富而扎实的研究成果；限于篇幅和论旨，本文未能展开叙述，但钩玄提要，已对相关问题作了简要陈述，我们期待其大作早日面世。

据陶教授介绍，"《王官谷集》是一部主要为吟咏王官谷风景和颂扬司空图的地方文艺总集，虽然分量很小，但却具有丰富的文献价值和研究意义。除序跋四篇外，其余包括两篇史传和司空图的一篇节录之文及八首诗，全部（一百七十二篇诗文）都是王官谷当时（明嘉靖五年）还存在的书写或刻录在壁间和石上的作品"。对这部篇幅不大的诗文集，赵万里先生曾给予很高评价："此书所辑宋金元人诗文，均自石刻录出，可补《宋诗纪事》、《金文最》之遗，至可宝也。"而且显然也是研究晚唐著名文人和诗论家司空图的重要文献。陶先生认为："其编成出世并流传，是明代嘉靖至明末及清代继宋元以后进一步掀起司空图研究热潮的一个重要体现，也是一个重要助因。"他的这篇长文，就《王官谷集》的旧志著录、研究现状、篇目内容、成书过程与编辑体例、其传播与明代司空图研究的兴起、版式与藏传等六个方面，一一进行了考述。可以预见，此文将奠定与司空图有重要关系的《王官谷集》一书研究的坚实基础。正如文章所说："司空图一生在虞乡和王官谷生活达四十余年，晚年最后六载隐居王官谷别业。……司空图也留下了多篇描写王官谷的诗文作品，《王官谷集》卷一仅选录其中少数代表作品而已。"但同时，不仅该书与司空图密切相关，而且与著名的《二十四诗品》作者之争问题亦不可分，"对司空图的研究与评论，从有关文学文献记载来看，从《王官谷集》诗文作品的内容来看，北宋时期就很兴盛，其后南宋金元时代也不间断地受到关注。而明代《王官谷集》成书并刻行的嘉靖五年之后即中晚明时期，司空图的诗文创作和他的诗论更加受到重视。题为司空图所作的《二十四诗品》文本，在此过程被发现并确认。中晚明时期司空图研究的日益兴盛，应该是与《王官谷集》所产生的影响有一定关系。"因而，这一文集的整理和出版，必然具有极为重要的意义而令人瞩目。

当然，笔者格外感兴趣的是礼天先生有关《二十四诗品》作者的考证。他说："经深入研究与查考，已经发现《二十四诗品》在南宋前中期流传的确切文献，同时亦发现《二十四诗品》在北宋流传的有力旁证，可以证明此前学界或考证以为《二十四诗品》为元明人所作（如最初或考定为明代怀悦作、其后又或考定为元代虞集作），应是错误的结论。"这就更加令人兴味盎然了。一方面，陶先生指出，《二十四诗品》的作者在宋元乃至晚明前较少有文人明确提及，是因为《二十四诗品》的文本在流传过程中，被编入有关诗话、诗法著作中，没有题署作者姓名，以致逐渐失去明确的文献记载；但晚明毛晋、钱谦益等人直接认定《二十四诗品》的作者为司空图，应是有其确切依据的，可能仍有明确题署司空图撰的文本在流传，清初学者如王士禛等普遍接受这一认定，并未怀疑《二十四诗品》

作者非司空图，则亦有所据。如毛晋的《李翰林集纪略》、刘辰翁的《韦苏州集序》等，其中均有引用或化用《二十四品》之语句者，且非止一例。另一方面，陶先生考证，不仅有确切文献依据说明《二十四诗品》已经在南宋前中期有明确流传，而且也有文献依据可以说明《二十四诗品》在北宋便已为苏轼等人所引用，如苏轼引用和化用《二十四诗品》之文句，即非止一例。当然，也有研究者认为，并非苏轼引用《二十四诗品》，而是相反，是《二十四诗品》抄袭了苏轼之语，因而证明其并非晚唐司空图之作。陶先生则指出："从苏轼到郑樵再到刘辰翁所运用的与《二十四诗品》中的文句一样的句子，还可以列举不少，是较为明显引用或化用《二十四诗品》者，如果我们做相反的理解，那么这个所谓晚出的例如有人认为是元明某人所作，他要有多么的'掉书袋'，才把这些诗句都集中在自己的笔下呢？而且现在根据我发现的宋代的有关《二十四诗品》文本的文献来看，这种可能性已经是不可能存在的。……仅就所举苏轼、郑樵、刘辰翁所运用的与《二十四诗品》中文句一样的句子来看，就可以间接证明是司空图作的《二十四诗品》流传至宋代，这些有关的作者们读到之后，才分别引用或化用到他们的作品之中。"笔者觉得，这样的思路是具有说服力的，因而是令人充满期待的。

其次是刘业超教授的大作《关于〈文心雕龙〉整体性质的系统探析》，这也是一篇较长的论文。笔者不止一次地提到，刘教授在"龙学"园地默默耕耘数十载，奉献了迄今为止大陆地区规模最大的"龙学"专著——《文心雕龙通论》，因而对《文心雕龙》有着深厚的感情，自然更有着深入、独到的理解。本文则是刘教授最新的"龙学"成果，其以现代系统方法为思辨依据，对《文心雕龙》的整体性质进行由表及里、逐层掘进的探析，并由此认定：《文心雕龙》并非一般意义上的写作学教程，而是一部集中华文化全部精华的著作，是一部以自然之道作为哲学凭借、以伦理之道作为人文依据、以心性之道作为方法依据、以为文之道作为入门之阶，从而推动中华文化自身健康发展的大书，是一部来自中华文化精神并直接反映这种文化精神的文化通论。

刘先生指出，从基本的文本形态来看，《文心雕龙》确是一部写作学专著，但它又是一部以"用心"为内核而具有广阔认识视野与开掘力度的多维著作，具有多种多样的学科内涵，代表当时各学科的最高认识水平，从而具有更加深刻的理论品格。如儒道佛的融合，赋予了其高瞻远瞩的认识论品格，从而具有开放无垠的视野，在中国历史上极为罕见，"该著不仅在写作学上代表当时的最高成就，也在哲学上代表了当时哲学的最高成就。将该著称为中国历史上的哲学巨制，允无愧色"。再如《文心雕龙》的美学论述，"不仅是中国美学思想的最高综合与总结，也是中国美学思想的革命性的突破和发展，具有前无古人，后启来者的学术品格。把该著视为中国古代美学理论的最高成就与世界古代美学理论的最高成就，允无愧色"。甚至，《文心雕龙》"不仅实现了中国古代心理学的体系化，也使它在基本范畴上获得了极大拓展，为美学心理学的发展奠定了坚实基础。将该著视为美学心理学的经典之作，是当之无愧的"。即是说，从基本的哲学思想，到美学以及心理学思想，刘勰之作均具有经典性意义。

刘先生认为，《文心雕龙》的理论结构体系，既有其"外在工作平台"，即通常所谓枢纽论、文体论、创作论、批评论与序志论，亦有一个"内在的指挥平台"，即融摄于写作学中的内在的指导思想。"《文心雕龙》的指导思想，由哲学、美学、心理学、社会学四大学科组成，这四大学科的统一范畴，构成一个对写作运动具有优势控制作用的指挥中心，这就是它所标举的'为文之用心'。这一指挥中心卓越的学术品格，赋予它的工作平台以同样的学术品格。这种深层次的学术品格凭借浅层次的学术品格以自见，却又具有自己独立的学术地位和完整的学科体系，独标一格，斐然成家。四大指导性学科因聚焦写作学而实化，写作学因四大指导学科的切入而博大精深。这一个五维式的认识角度，在世界文学史、美学史与写作学史中，都是独标一格的。"那么，《文心雕龙》一书的学术属性究竟如何定位呢？刘先生说，即在四字书名之中。"文心雕龙"者，"即凭借为文之用心进行美的制作之学也，亦即以内在之心术总摄外在之文术之学也"。就其具体内容而言，乃是以文章写作作为入门之阶，以"原道""宗经""征圣""辨骚""正纬"作为理论纲领，"布堂堂之阵势，立正正之旌旗……由文章而及为文，由为文而及文心，最后针对整个社会文化中存在的种种弊端,进行整体性的评论、扬弃、升华和矫正：纠当代之倾斜，复传统之纯正，循通变之铁律，寄希望于未来，实现'矫讹翻浅，还宗经诰'的远大的战略目标。"笔者觉得，刘先生之把握气势恢宏，具有高屋建瓴之势，实乃"龙学"之幸。

在"文之枢纽"的栏目下，首先是宝刀依旧锋利的韩湖初教授的新作《四辨〈辨骚〉之"四异""博徒"——兼论屈原对融合我国古代南北巫史文化的伟大贡献》一文。从题目便可看出，韩先生不遗余力辨析《辨骚》之旨，其执着精神令人敬仰。早在三十多年前，韩先生便有《〈辨骚〉新识——从博徒、四异谈到该篇的篇旨和归属》（《中州学刊》1987 年第 6 期）之作，此后不断重申并深化其观点，继有《〈辨骚篇〉"博徒"应训"博通之徒"说》（《信息交流》2009 年第 2 期）、《〈文心雕龙·辨骚〉篇"博徒"、"四异"再辨析——兼论对该篇篇旨和刘勰文学理论体系的理解》（《文心雕龙研究》第九辑，河北大学出版社，2011 年）、《三辨〈文心雕龙·辨骚〉篇的"博徒"、"四异"和篇旨》(《百年龙学的会通与适变》,黑龙江人民出版社,2011 年),本文则成"四辨"之作了。

在本次辨析中,韩先生思路更为开阔,他首先回顾当代史学和美学界对屈原之研究,指出屈原本就具有融合南北文化之功,即其作品中既有古代南方充满神话传奇色彩的巫风,亦有以儒家典籍为主导的北方史官文化的特点;进而指出,刘勰通过对经书与屈骚之比较,发现其既有"四同"又有"四异",并从中总结出"执正驭奇"的文学新变规律。以此为基础,韩先生再次辨析"四异"应为褒义。他认为,把出自《招魂》的"荒淫之意"视为贬义乃是望文生义,不足为训;而刘勰视屈骚"笼罩"《诗经》,其"视屈骚远超《诗经》,则'四异''博徒'应为褒义"。韩先生特别引证牟世金先生之说,认为牟先生从"整体"语境和屈骚上承《诗经》、下启汉赋的历史地位考察,肯定"四异""荒诞""博徒"等均为褒义。韩先生最后指出:"刘勰顺应时代潮流把追求形式之美纳入其文学理论体系,对浮艳之风是有批判和抵制的,并没有视屈骚为'浮艳之根',强调刘勰是主张文学不断向前发展的,而不是要回到经典的老路。"值得一提的是,韩先生对不同的观点全力辩驳,文辞犀利,文章颇具论辩色彩,但论事不对人,展示了老一辈学者学术追求上的一丝不苟和独立精神,值得我们学习。

其次是刘晓亮先生的《明道与尊体:高步瀛的文章学思想》一文。高步瀛先生编有著名的古代诗文举要系列,但其文章学思想则少有人关注。晓亮先生认为,高步瀛任教北师大期间所编撰的系列举要文讲义兼具文章选本的性质,其中深隐着高步瀛对"文章"的看法,体现出高步瀛对《文选》及桐城派选文思想的继承,表达了他选文以致用、济世之目的,也体现出他对文章的尊体意识,因而可借以探讨他的文章学思想。文章特别指出,桐城派的古文选本都含有指导诸生学习、作为参考书的目的，高步瀛先生之历代文举要的编选目的亦是用作教导学生的讲义，但其所蕴含的深层编选思想则不容忽视，那就是除了继承桐城派"致用"目的，也因应时势之激荡而隐含着"济世"的思想。高步瀛曾谓："文之功用，其大者曰明道，曰济世。"正因如此，晓亮老师认为："高步瀛之历代文举要，不单单是一部文选，一部探析文体、文章源流的著作，更是对忧患时代寓以深切关怀，值得今人重新挖掘！"从这一认识出发，文章得出这样的初步结论："作为一名骈散兼擅的文章大家，高步瀛有着丰富的创作经验，并通过《文章源流》和历代文举要完成了他对文章理论和思想的建构。今人论及桐城末学的理论建构皆以姚永朴之《文学研究法》为殿军，其实高步瀛之选本实践和理论建构或与姚永朴难分轩轾。"因而，历代文举要具有一定的"典范"意义，值得今人去传习，也需要我们进一步研究。

在"论文叙笔"栏目下，首先是万奇教授的《〈文心雕龙·论说〉的理论内涵及其现实意义》一文。《论说》篇是《文心雕龙》文体论的第十三篇，叙述"论"与"说"两种文体。万先生从"正理""圆通""时利""义贞"等关键词入手，重新释读《论说》篇，指出刘勰认为"论之正体"是持"正理"、贵"圆通"，"说之枢要"是阅"时利"、守"义贞"，其论说观源自《周易》尚正应时之易理。这一认识显然是富有新意的。

万先生从《吕氏春秋》由十二纪、八览、六论三个部分组成，《白虎通义》着眼于社会生活与政治制度，分列四十三个条目，《广雅》有十八"释"等分析，认为先秦两汉至魏晋的经典给《文心雕龙》提供了师法的范本。他认为："从全书来看，《文心》受佛教影响不能说没有，但刘勰论文贯一的主旨是崇圣（周孔）宗经（五经），而非尊释（释迦牟尼）尚佛（佛经）；他探求的是'为文之用心'，而非佛心佛理；他推崇的是'风清骨峻，篇体光华'（《风骨》）的雅丽之文，似与佛教无涉。就本篇而言，也仅仅是借用'般若''圆通''迹''妄'等个别佛教术语，以助谈'论'之用。"

值得格外肯定的是，万教授落脚于《论说》篇的现代意义，指出"刘勰的'论'可视为学术论文，刘勰的'说'可视为学位论文之陈述与答辩"，因而它对今天的论文写作者，尤其对为学位论文写作所困扰的大学本科生、硕士生，乃至博士生启发良多。一是明确"有数"的研究对象，即提醒论文写作必须深入研究具体问题，乃至"穷于有数"，做到"弥纶群言、辨正然否、钻坚求通、钩深取极"。二是追求"圆通"的论证境界，即做到论文的全面通达，抛弃"尺接寸附"的拼贴式写法，以免前后抵触、漏洞百出。三是遵循"破理"的逻辑法则，讲究"条贯统序"，像"析薪"一样"破理"，即按照所研究问题的"内在理路"来剖析、阐释，从而做到"要约明畅"。万先生认为，《论说》篇可以说是学位论文的写作津梁。对此，笔者深以为然。

其次是倪志云教授的《苏轼〈赤壁赋〉高步瀛笺注献议》一文。《赤壁赋》乃苏轼名作，但存在两处异文，其中一处流行本作"而吾与子之所共适"，苏轼手书及最早刊本则为"而吾与子之所共食"，自南宋以来便有是非之论和取舍之分歧。倪教授发现，近代高步瀛著《古文辞类纂笺》，其中关于这一句的笺注，高步瀛舍"食"而取"适"，此乃受桐城派宗师姚鼐及其师友吴汝纶、吴闿生父子观点的局限，实不合苏轼原文。

对此一字之异，倪先生进行了多方考察。他指出，朱熹见过多本苏轼自书《赤壁赋》，其谓"皆作'食'字"；今中国国家图书馆藏宋刻《东坡集》卷十九《赤壁赋》，亦为"而吾与子之所共食"，不作"适"。因而，"明清以至当代认为'适'是而'食'非者，皆出臆断而无考证。而如今凭借古籍文献信息的完备易得和古籍电子数据库的便于检索，可以清晰地考知苏轼《赤壁赋》自书墨迹和自编文集于'而吾与子之所共食'句，实无一次改作'适'字的证据。"倪教授特别指出，"后人所改'适'字虽看似易解，但既非苏轼原文，则改字对于作者有失尊重；又从用韵角度来看，'食'字改作'适'，也破坏了用韵的严整，断不是苏轼所为。"倪先生还提到，王力主编《古代汉语》和郭锡良等编著《古代汉语》，于此"食"字，亦皆作"适"，显然都是采取了南宋后传本所妄改。可以看出，虽仅涉一字，却并非一件小事，所谓差之毫厘而失之千里；更况，类似问题在中国古代文本的研读中，可谓屡见不鲜。倪教授之辨，具有一定的普遍意义。

本辑"剖情析采"栏目下也有两篇文章，首先是宋民教授的《古典书法审美精神和审美格调与当代书法教育》一文。宋先生是周来祥先生之高足，既是著名书法家，又是美学教授，因而对书法的审美精神有着深透的领悟，对当代书法教育亦有着自己独特的理解。他认为，"生命精神，生命感的审美精神，是中国书法的本质性、根源性的审美因素。把握了生命精神，便领悟了书法的审美本质和基本审美价值。"他说："书法这种'信之自然，不得重改'的书写创造，显现着生命意味，洋溢着生动的气韵。书法艺术形象呈现出生命活动的典型特征。'书写'的方式使书家挥运创造的生命活动显现于纸面，存留在书写结果上。"笔者觉得，这些通透的概括体现出宋先生自己切身的领悟，又借鉴了古典书论的言说方式。比如宋先生重视"势"，认为这可以看成是书法的核心审美范畴，与生命之"筋"、生命之"力"具有密切的联系。这些概念显然都来自古典书论，这说明古代文艺理论原本有着不息的生命力，只是我们能不能发现而已。再如重视"写意精神"，并以之为"写意性的审美精神"，其谓："书法所'写'之'意'与人的精神、气质、风度具有密切的审美联系。所谓潇洒、儒雅、超脱、清淡……正是人格精神的概括性表现。所谓'文人气''书卷气''山林气''庙堂气'等等，在书法中成为体现不同人格精神气度的重要审美意味。"这些认识也都贯穿古典书论精神，而又包含自己的书法实践体悟。

作为著名书法家，宋民先生不尚长篇大论，其论书之语有时极为精炼，点到为止，这亦与古典书论具有异曲同工之妙。如谓："拙朴之拙，是大巧，它不露人为的痕迹，使人不觉其巧，只觉其妙。在平实朴素粗散的形式中，蕴含着深厚的审美素养和丰富的情感意味。没有一定的笔墨功夫，为拙而拙，片面追求'孩童体''民间风'，刻意突出粗服乱头的效果，只会流于低俗浅薄，远离了自然浑化的拙朴之境。"这些说法不仅深谙古典书法、书论之道，而且切中时弊，对当代书法教育有着重要而深远的意义。

其次是朱供罗先生的《〈文心雕龙·隐秀〉"依经立义"论略——兼论〈隐秀〉补文证伪的另一条新线索》一文。《隐秀》篇补文之真伪一直是"龙学"的一个重要问题，该文从"依经立义"角度着眼，认为《隐秀》原有之文的"依经立义"表现很明显，而后补之文中的"依经立义"则表现很少，这样的明显差异或许可以成为《隐秀》补文证伪的又一条新线索。这显然是有一定道理的。当然，《隐秀》补文之证伪只是供罗先生此文的"兼论"，他更为关注的是该篇"依经立义"的特点。比如，他指出，刘勰用互体变爻的理论来比喻"隐"的含义丰富，蕴藉深沉，其赞语中的"辞生互体，有似变爻"即是此意，这便体现了刘勰的依《易经》而立义的理论范式。笔者觉得，这样的探讨是具体而富有实证精神的。正是从这样的思路出发，文章发现《隐秀》篇补文的作者并未像其他的"文术论"那样追溯"隐""秀"两种修辞法的源头，也没有引用《诗经》《尚书》

《周易》等经典例证，而只是从汉魏乃至晋代作家中寻找"隐""秀"之例，"这说明伪作者根本没有刘勰那么清晰而自觉的'依经立义'意识"。

在"知音君子"栏目下，我们发表中国《文心雕龙》学会原副会长林其锬先生的书评《"学术独立也是人格独立"——读〈王元化谈话录：1986—2008〉》，以此纪念王元化先生诞辰一百周年。《王元化谈话录：1986—2008》一书是王元化先生高足吴琦幸先生之大作，林先生则与王先生有着二十余年的交往，他们二位都曾追随王先生之左右，则其书其评，自当与王先生会心不远。林先生文章的标题直接取自王先生之语，便正是"会心"之体现。据林先生介绍，王元化先生生前曾经说过："我还想再写一本回忆录。我对写回忆录感到一种乐趣。"他希望自己的回忆录具有"将时代、生活、思想熔于一炉"的特点。正是为了实现王先生的未竟之愿，吴琦幸先生最终完成了这部内容丰富的《谈话录》，正如林先生所说，"《谈话录》立体、鲜活地再现了王元化先生真诚、勇敢，维护人的尊严和人格独立，坚持思想自由和学术独立，始终关怀人文、关注学风、世风的本貌。可以说，《谈话录》的出版是真正实现了先生'还想再写一本回忆录'的遗愿"。林先生特别指出，以他与王先生二十二年的交往来验证，"深感《谈话录》真实、可靠，因而也倍觉可贵"，尤其是其"全面、系统、真实地展现了元化先生三次反思学术脉络，清晰地勾画出先生的心路历程，为研究王元化提供了宝贵历史资料，着实令人高兴"。

显然，林先生此文既是书评，更是一篇怀念王先生的纪念文章。如其中记有王先生自己书写的两段话，其一曰："中国本来就有三军可以夺帅，匹夫不可夺志的传统。每逢危难关头，总会有人挺身而出，甘冒不韪，迎着压力和打击，去伸张正义，去为真理而呼喊。

这些富贵不能淫、贫贱不能移，威武不能屈，在任何情况下也不肯降志辱身的人，堪称中国的脊梁。"其二曰："人文精神不能转化为生产力，更不能直接产生经济效益。但一个社会如果缺乏由人文精神所培养的责任伦理、公民意识、职业道德、敬业精神，形成精神世界的偏枯，使人的素质越来越低下，那么这个社会纵使消费发达，物品丰茂，也不能算是文明社会，而且最终必将衰落下去。"笔者觉得，这些话不仅没有过时，而且仍然振聋发聩。林先生不止一次地对笔者谈起，王先生在最后几年，对消费主义、物质主义日益猖獗，逐渐席卷中国、席卷世界以及人文精神日益偏枯的趋势，怀着深深的忧虑，其对人类发展前途并不乐观的想法不时溢于言表。今时今日，我们不禁对王先生的胸怀和远见感到由衷地敬佩！

在"学科纵横"栏目下，是王毓红教授和冯斯我博士的《世界"龙学"史上较早的跨文化、跨学科专题研究》一文。文章指出，1967年，美国人霍普·惠特克（Hope Whitaker）以题名为"宗炳《山水画序》与刘勰《文心雕龙》的比较"（A Comparison of Tsung Ping's Preface on Landscape Painting and Liu Hsieh's Wen Hsin Tiao Lung）的学位论文，取得夏威夷大学艺术硕士学位，因此，惠特克是世界上较早对以刘勰《文心雕龙》为代表的中国古代文学理论、艺术理论进行跨学科专题性比较研究的人。"无论是从世界'龙学'还是西方'龙学'研究来看，惠特克研究最大的亮点是跨学科。……她是世界比较文学史上，较早跨文化意义上对以刘勰《文心雕龙》为代表的中国文论与画论进行跨学科比较研究的学者。"

两位作者介绍，惠特克首次以宗炳《山水画序》与刘勰《文心雕龙》为中心，对中国古代诗论与画论进行了比较研究。与西方传统中把文学视作艺术的一部分不同，惠特克尊重中国文化传统，把文学、艺术作为两种不同的学科门类，认为中国古代文学与艺术比较的共同基础是它们之间相互影响的历史事实，她要比较的是中国古代文学理论和艺术理论在"历史语境中的嬗变"。因此，惠特克的跨学科比较研究属于比较文学领域里传统的法国学派。文章认为，尽管惠特克论文涉及的不少话题，谈论得都还比较浅显，但是，时至今日，"龙学"界依然鲜有这方面专题性的研究成果，"对以《文心雕龙》为代表的中国文学与绘画理论方面的跨学科研究，无疑对我们深入理解中国文论乃至中国文化意义重大。无论是从世界'龙学'史、西方跨文化意义上的中国古代文论或批评研究史，还是世界比较文学史来看，惠特克的《文心雕龙》研究都具有不容忽视的历史地位。"

在"文场笔苑"栏目下，我们选登了徐传武教授的《艺心诗鉴九十家》，其中包括徐教授论艺诗作四百余首。徐教授之作虽语不涉难，但四百余首作品一韵到底，实则不易；更兼由古至今名家纷呈，艺术百科无不涉猎，既有选择、提炼之功，尤见品酌、概括之力，其中更蕴含着徐教授自己的文艺思想乃至人生追求，值得细细品味。

良德记于庚子三月

四、第八辑编后记

16年前，笔者在《〈文心雕龙〉与中国文论话语体系》一文中曾有这样的说法："准确把握《文心雕龙》这一独特的中国文论话语体系，仍是一个十分艰难的工作和未完成的任务；而在此基础上进一步认识《文心雕龙》之于中国文论话语体系的关系和意义，则不仅是'龙学'进一步发展的迫切要求，更是中国古代文论研究取得突破性进展的一个关键。"① 而今，构建中国特色哲学社会科学话语体系已经成为我们人文社会科学研究的重要目标，在实现这一目标任务的过程中，《文心雕龙》与中国文论话语体系的建设自然是其中重要内容之一。应该说，十多年来，无论是被称之为"龙学"的《文心雕龙》研究，还是整个中国古代文论的研究，都取得了长足的进步和发展，以《文心雕龙》为中心的中国文论话语体系的探究，早已成为不少研究者的自觉行动，我们这本小小的《中国文论》之所以以《文心雕龙》的理论体系来设置栏目，也是这种自觉行动的一个体现；但又不能不说，"把握《文心雕龙》这一独特的中国文论话语体系"，进而建构中国文论话语体系，仍然是任重道远的。

本辑隆重推出的第一篇宏文是黄维樑教授的《〈文心雕龙〉的推广和应用：我的尝试》，这既是主动应用《文心雕龙》独特文论话语的范例，也是有意建构中国文论话语体系的生动实践。正如黄教授所说，百年龙学成果颇为丰硕，"龙学"已然成为显学，"但一般而言，龙学的成果及其影响，只限于龙学者的'群组'里"，因而"龙学"的"推广和应用"还有广阔的空间，依然大有可为。"《文心雕龙》不是过时的老古董，其学说和现代西方理论多有相通和契合之处"，如何进一步推广发扬龙学，如何应用这部不朽经典的理论，便是值得认真尝试的。黄先生通过中西比较，指出这部经典有普遍性的文学理论，"《文心雕龙》不但'体大虑周'，而且理论极具恒久性、普遍性，有巨大的现代价值"，他通过重新组织，为它建立了一个宏大的、中西合璧的、"现代化"的理论体系，即所谓"情采通变"体系。为了向英语世界介绍这一体系，黄先生把论述"情采通变"的长文改写为英文，以"Hati-Colt: A Chinese-oriented Literary Theory"为题，其中"Hati"是英文"Heart-art"（心－艺术）

---

① 戚良德：《〈文心雕龙〉与中国文论话语体系》，《文史哲》2004 年第 3 期。

和"Tradition-innovation"（传统－创新）的头字母缩写；"Colt"是英文"Chinese-oriented literary theory"（中国为本的文学理论）的头字母缩写。黄先生说："Hati 的声音容易读出来（不像 NBC、CBS 那类缩写要逐个字母读出声音）；Colt 亦然，而且有意义，意为'小马'或'新手'，寓意是这个体系虽来自古典，却是个新的尝试。拟定这个英文名称，可说是'用心良苦'吧。"黄先生特别指出："我们应当提出有中国特色的文论话语，最好自成体系，成立'中国学派'。我力量非常微薄，却愿意尝试；这个有中国特色而且是中西合璧的'情采通变'体系，这个'Hati-Colt'，就是'自发研制'出来的一个体系。"笔者认为，这就不仅是"用心良苦"的问题，而且是极富胆识和充满智慧的了。诚然，《文心雕龙》一书写于1500年前，"作者自然无法预见当代全球各地的种种文学现象，以及由此归纳演绎出来的文学理论；因此，上述新建构的体系，颇有增益补充的需要；而各种增益补充的观点，大可纳入这个泱泱大体系里面"，同时，黄先生认为，"20世纪西方文论百家争鸣，然而，诸如心理分析学说、女性主义理论、后殖民主义等，都不重视文学作品的文学性（艺术性）；说到文学性，《文心雕龙》的种种见解，基本上位居至尊，西方古今很多理论都难以伦比"，这无疑是令人鼓舞的。

黄先生另一个重要的尝试和贡献是对《文心雕龙》的"学以致用"："把《文心雕龙》的理论应用于文学作品的实际批评，是我数十年来的萦心之念，我一直在尝试。……白先勇的《骨灰》是现代小说，我用《文心雕龙》的'六观法'来析评；余光中的《听听那冷雨》是现代散文，我同样对待。《文心雕龙》的理论，当然适用于析评古代的诗歌，如屈原的《离骚》，如范仲淹的《渔家傲》——这些我都写成了论文。我还用刘勰'剖情析采'之刀，对待西方的不同文体，如马丁·路德·金（Martin Luther King）的演讲词《我有一个梦》

（I Have a Dream），如莎士比亚的戏剧《罗密欧与朱丽叶》。我又有论文题为《炳耀仁孝，悦豫雅丽：用〈文心雕龙〉理论析评韩剧〈大长今〉》。"这些大胆而富有创意的尝试，将古今"文心"贯通为一体，不仅给人耳目一新之感，而且切实推动了《文心雕龙》与中国文论话语体系的现代建构。正如黄霖先生所说："黄维樑教授已写过多篇论文用《文心雕龙》等传统的文论来解释中外古今的文学现象，很有意味。可惜的是，大家习惯于戴着西方的眼镜来看中国的文学，反而会觉得黄教授的分析有点不伦不类了，真是久闻了异味，就不知兰芝的芳香了。我们现在缺少的就是黄教授这样的文章。假如我们有十个、二十个黄教授这样的人，认认真真的做出一批文章来，我想，传统理论究竟能不能与现实对接，能不能活起来，就不必用干巴巴的话争来争去了。"①

除了专文、专著，黄先生还经常在各种书写中"宣传"刘勰的理论，让"文心"放光、使"雕龙"现身，以此引起更多人注意刘勰的伟大著作。黄先生说："我在文学理论或实际批评的书写中，尽量应用《文心雕龙》的理论，哪怕有时只用一二语句而已。这样的做法，可使学习《文心雕龙》的人，知道此书有很大的实用价值，因而更为重视它。我的尝试，乃为了向中华各地的人文教学界普及此书，向国外的文学理论界发扬此书。《文心雕龙》是活的理论著作，其应用性能甚高，其重大价值要传播到远方，让'雕龙'成为'飞龙'。"正因如此，"知我者甚至可以这样说：'黄维樑下笔不离《文心雕龙》！'"应该说，"龙学"大家庭的成员已有不少，但如此热爱"文心"、普及"文心"，并全力推动"文心"走向当代世界者，其惟先生乎！黄先生提醒我们，"在国家硬实力软实力都

---

① 黄霖：《〈中国古代文论新体系教程〉序》，孙秋克主编：《中国古代文论新体系教程》，杭州：浙江大学出版社，2014年，第3页。

大幅度提升的时代，'龙的传人'当各尽所能，凭着日益加强的文化自信，发扬这部旷世的文论经典。"而当"'龙的传人'在学术上坚毅勤苦奋斗后，'雕龙'应可在国际成为珍宝，以至凭着东风成为'飞龙'周游天下各国，为世人欢喜迎接"。显然，这是"龙学"大家庭所有成员的共同心愿。

本辑"文心雕龙"栏目下的另一篇重要文章是王万洪教授的《巴蜀文学名家与〈文心雕龙〉》的长文。说到对《文心雕龙》的热爱，万洪君真是堪比黄维樑教授，其于近年推出系列"龙学"专著，从不同角度深入挖掘刘勰这部旷世文论宝典的巨大蕴藏，用力之勤，在年轻一辈学人中可以说是颇为少见的。作为身居巴蜀的学人，万洪君不仅自觉承担起传承巴蜀"龙学"的重任，而且上溯巴蜀文化与《文心雕龙》的密切关系，可以说为巴蜀"龙学"找到了丰沛的根系。他指出："在巴蜀大地这块多民族聚居、富饶繁荣、物产富足的土地上成长、走出的著名人物，包括伏羲、颛顼、大禹、夏启、司马相如、王褒、扬雄等人，他们是中国历史上最杰出的政治家、文学家、思想家，根据《文心雕龙》全书的实际内容可知，他们的政治成就、生平事迹、创作实践、文学作品和思想理论成果，为《文心雕龙》的成书做出了巨大贡献。"这些看似极为概括的论断之中，包含着相当丰富而独具识见的内容，不仅需要对《文心雕龙》有着深入的了解，而且需要广泛的史学修养，理论视野是颇为开阔的。如谓："在这一广义的巴蜀文化区地域范围内，在刘勰的笔下，在《文心雕龙》最重要的开篇之作《原道》篇论述到的上古圣人之中，就有伏羲、炎帝、伯益、后稷、大禹、文王、周公直接生长于斯，传承于斯，就有帝尧与帝舜之先祖发源于斯，降居于斯，只有孔子不是。所以说，上古文明史，是以这一区域中心位置建构起来的。"这样的论断显然还不是定论，甚或会引起不少争论，但由此出发来认识《文心雕龙》的创作基础，则巴蜀文学、文化之于《文心雕龙》的独特价值，确乎就是值得注意的了。如《原道》篇有"《河图》孕乎八卦，《洛书》韫乎九畴"之论，万洪君认为："伏羲在黄河中根据河图创立了八卦，这是人类图像文学之始；大禹在洛水中根据洛书收获了洪范，这是国家有序治理之本——于是，从人类文学的起源到后代文学的巨大功能，从蒙昧的感悟体会到理性的政教指令，从仰观俯察的创造形式到逻辑严整的政治制度，都产生并形成了，这是中华文明发展史上最重要的两个标志性事件。而在中原河洛完成这两大壮举的伏羲和大禹，正是古巴蜀文化区奉献出来的两位巨人。"

以此认识为基础，万洪君指出："在广义的巴蜀文化区范围内产生的伏羲、炎帝、五帝世系部分人物、大禹、伯益、夏启、文王、周公等杰出的政治家、思想家，是《文心雕龙》在写作时极力赞美、尽力褒扬、歌功颂德的主要对象。上古传说中的圣王，以其卓越的政治功绩、伟大的发明创造、亲民的教化事业、优秀的文学创造，为《文心雕龙》的成书提供了评论对象、征引源泉、道德高标和文本体裁。"应该说，这些说法之中，既有确定无疑的"龙学"公论，也有值得商榷的新的认识，而这正是"龙学"向前发展的一个重要方式；就巴蜀文学与《文心雕龙》的论题而言，其中的新认识是非常重要的。笔者觉得，万洪君推出的不少"龙学"著述，都带有这样的特点，是值得总结的。如谓："没有蜀中三杰——尤其是扬、马二人的创作成就、学术贡献与理论推动，《文心雕龙》不仅将失去最值得依赖的征引取材对象，而且提不出贯通全书枢纽论、文体论并指导创作与批评实践的雅丽文学思想。"这样的论断既是立足巴蜀文学的，又显然并不违背《文心雕龙》的理论实际，可以说是从一个新的角度，对刘勰理论体系之形成进行了新的阐释。

在"文之枢纽"栏目下，我们首先推出韩湖初教授的一篇论辩文章《〈文心雕龙〉"文道自然"说的理论意义——兼评魏伯河先生对龙学界肯定该说的错误批评》。韩、魏两位先生都是本刊的老作者，他们对《原道》的基本思想尤其是刘勰的"自然之道"有着不同的认识，这可以说是非常自然的事情，本刊当然乐于提供论辩的阵地。正如牟师世金先生所说："若不知'原道'之'道'为何物，便无'龙学'可言。"① 先生此说，一方面当然是强调必须搞清刘勰所谓"道"的真正含义是什么，另一方面更是强调必须重视《原道》之"道"之于《文心雕龙》理论体系的根本作用，以此作为把握刘勰文论思想的逻辑起点。什么是刘勰之"道"固然非常重要，而重视这个"道"在《文心雕龙》文论体系中的地位和意义则尤为重要。实际上，就后一方面而言，韩、魏两位先生可以说没有任何分歧，分歧只在于这个"道"是什么。显然，这不是一个新问题，而是从 20 世纪 60 年代就存在着诸多争论，直到今天也没有形成一致的看法。牟先生曾借用袁枚"道其所道"之语，以此说明不同的研究者对"道"的不同理解，正是言人人殊、莫衷一是。

魏伯河先生在本刊第四辑所发文章的大标题是《走出"自然之道"的误区》，顾名思义，他显然不同意把"道"理解为"自然之道"，而认为"既然刘勰所'征'之'圣'是儒家的周、孔，所谓'征之周孔，则文有师矣'，所'宗'之'经'是儒家的五经，那么顺理成章，所'原'之'道'也只能是儒家所尊奉的道，而绝不可能与之背离或有大的歧异。"② 笔者在第四辑的《编后记》中曾指出："魏先生所言是不

① 牟世金：《〈文心雕龙〉研究的回顾与展望——祝〈文心雕龙〉学会成立并序〈文心雕龙研究论文选〉》，《文心雕龙学刊》第二辑，济南：齐鲁书社，1984 年，第 44 页。

② 魏伯河：《走出"自然之道"的误区——读〈文心雕龙·原道〉札记》，《中国文论》第四辑，上海：上海古籍出版社，2018 年，第 65 页。

无道理的，这种回归问题本原的思路更是笔者所赞同的，但刘勰所原之道是否真的如此简单，许多研究者指出的'自然之道'的问题是否是一个'误区'，笔者认为仍是大可商榷的。"①韩先生便认为，《文心雕龙·原道》篇的"道"乃指宇宙本体；所谓"道之文"，乃是视万物自然有文为宇宙普遍规律，刘勰以此构建体大思精的理论体系。因此，这个"道"不同于儒家传统文道观视道为儒家之道、文为载道的工具，其"意蕴丰富深厚，意义重大，影响深远"。因此，韩先生认为魏先生不明"自然之道"乃为"道"之异名，视龙学界普遍肯定其说为走入"误区"，"实则走入迷途，徒滋混乱"。韩先生进一步指出："刘勰所说的'自然之道'是指宇宙万物普遍的自然规律，近于老庄的'自然之道'……它是构建《文心雕龙》理论体系的基石和贯穿整个理论体系的主线。……它具有方法论的意义。"而"魏先生犯了两个错误：一是不明'自然'乃'道'之异名，并非形容词，而是一个哲学范畴（名词），指宇宙本体。它是万物的本原，故'标自然以为宗'；二是刘勰的'宗经'是宗奉儒家经典作为文章的典范，而不是作为文章的本原。"可以看出，他们的意见颇有针锋相对之势。

两位先生孰是孰非，抑或是否各有其理，自然要由读者和研究者予以判断，笔者想说的是，这种学术争鸣的精神是非常必要的。遥想三四十年前，牟先生与马宏山、刘长恒等先生就有着关于"原道"的学术论争，留下了不少"龙学"佳篇。而今，这种纯粹为学术而学术的争鸣可以说越来越少了。毫无疑问，韩老师也是"道其所道"、只为学术而争，从中我们不难窥见老一辈学者的淳厚学风。笔者觉得，刘勰的"道"固然重要，但这种良好的为学之道则尤为令人称

---

① 戚良德：《编后记》，《中国文论》第四辑，上海：上海古籍出版社，2018 年，第 274 页。

赏。我们期盼这种良好学风的回归，希望有越来越多的人加入这种为学术而学术的争鸣之中，哪怕面红耳赤，哪怕唇枪舌剑，岂好辩哉，不得已也！

其次是周纪文教授的《论〈礼记〉"哀乐相生"思想的内涵与意义》一文。周老师指出，儒家礼乐思想作为一种文化形态至今对社会生活的方方面面依然具有相当的影响力，礼乐文化观在《礼记》中有着集中的阐释，其中"哀乐相生"思想表达了礼乐文化的核心观念，但是其美育价值在当代还有待重新发现。应该说，"哀乐相生"的命题我们并不陌生，但正如周老师所说，儒家对"乐"的偏好深刻地影响了国人的情感心理结构的形成，如李泽厚先生便认为"乐"在中国哲学中实际上已经具有本体的意义，有着天地之情的理据。正因如此，周老师认为："从'哀乐相生'的思想中，我们发现事实上'哀'的生成性价值应该更大，没有对于'哀'的倾情体验，就不可能真正获得'乐'的丰富感受，没有对于'哀'的反思理解，就不可能真正领会'乐'的深刻内涵。"从而，"仁爱之心的情感感受也自然不是简单的快乐，而应该是对'哀乐相生'的深刻体验，这是乐中有哀、哀中有乐、超越哀乐、无哀无乐的心灵安静，是对天地之情的深刻理解。"她特别指出："如果说哀乐是硬币的两面，人生的这枚硬币似乎'哀'的一面出现的更为频繁，但是人总是会追求'乐'的，这也是人性的必然。……'哀乐相生'是一种自觉的精神追求，经历过哀痛的心灵，并不惧怕伤害，反而更加明白人生的真谛，更愿意激发出自我向上的动力，去完善自我、超越自我，去追求君子之乐，正像颜回'一箪食，一瓢饮，在陋巷，人不堪其忧，回也不改其乐'，这才是哀乐相生的思想内涵，也是礼乐文化的核心观念。"笔者觉得，这样的理解蕴含了作者深刻的人生体验，是对传统文化的一种生动解读，彰显出中华传统文化恒久的生命力。

以此为基础，周老师进一步指出，哀乐实际上也都是一种审美感受，它们就像情感的波浪线，波峰与谷底都是精神的紧张状态，只有恢复松弛才代表平静状态的心理愉悦，所以我们更可以从美育的角度来肯定"哀乐相生"的理论价值。她说："从审美教育的角度，我们认为在'哀乐相生'的思想中，'哀'的美育价值还没有被充分发掘，没有得到足够的重视，尤其是对于一直尊奉乐感文化的我们。无论是我们的艺术表达还是新闻传播，对于悲剧的表现都远远不够，对于'丑'的事物、'哀'的情感，我们习惯于将其转化，用以丑衬美、化哀为乐的方式逃避悲伤的氛围和哀痛的冲击，喜欢用大团圆和伪崇高制造幻觉，在消解真实的残酷性的同时，也消解了真实的力量，有时甚至是有意回避，这使得我们民族的心理长期缺乏哀的审美感受力锻炼，并进而使我们缺乏反思的能力和反省的勇气。"笔者以为，这不仅是非常正确的，而且是切中时弊的。正因如此，"我们需要在美育的实践活动中增加对于'哀'的内容和形式的审美鉴赏，从美学思想上，充分阐释'哀'的思想内涵和审美价值，用'哀乐相生'的思想来诠释社会和人生。"

在"论文叙笔"栏目下，首先是洪树华教授的长文《论〈四溟诗话〉中的"象喻批评"及其诗学意义》。"象喻批评"是中国古代文学批评中常见的一种批评方法，树华教授从解读《四溟诗话》中的有趣喻体出发，全面挖掘其中的"象喻批评"，进而分析其诗学意义，用力之勤，令人钦佩。据他统计，在《四溟诗话》中可以见到七十多处的"象喻批评"，其喻体丰富杂多，特色鲜明，饶有趣味。如在"取喻之天体景象"中，谢榛用日、月的光彩比喻诗歌的气韵，诗无神气也就相当于绘日月而无光彩，显示出对诗歌神韵、精神的重视。在"取喻之造酒、酿蜜"中，谢榛认为写诗就像江南各地造酒，不同地方的酒自有不同的特色，善于欣赏诗歌的人，要像"善饮者"那样，能分辨同中之异，能识别不同诗歌的不同特色。在"取喻之瓜果、蔬菜"中，谢榛提出了鉴赏诗歌的"剥皮"说，以"摘胡桃并栗，须三剥其皮"为喻，说明有些诗歌需要鉴赏者反复推敲，仔细斟酌，才能领会其中佳味。在"取喻之用兵（作战）、兵法"中，谢榛以陆机《为周夫人寄车骑》和唐代女诗人刘采春《啰唝曲》为例，以"将种临敌而不胜女兵"为喻，把陆机之作比作"将种"，把刘采春之作比作"女兵"，称道刘采春的抒发离愁的深婉之作。这些丰富多彩的"象喻批评"，一经点出，的确令人回味无穷。

不仅如此，谢榛有时还以一连串的物体为喻来论诗。如谓："凡作近体，诵要好，听要好，观要好，讲要好。诵之行云流水，听之金声玉振，观之明霞散绮，讲之独茧抽丝。此诗家四关。使一关未过，则非佳句矣。"① 洪教授解释说："诵之行云流水"，就是要求诗句诵读起来具有流畅自然而有节奏之美感；"听之金声玉振"，就是要求诗歌具有音调铿锵响亮和谐的声律之美；"观之明霞散绮"，就是要求诗歌要有"色"，即有文采，这是对诗歌的视觉审美要求；"讲之独茧抽丝"，就是要求诗歌条理分明，脉络清晰，也可以说要求欣赏者仔细咀嚼，玩味诗歌的无穷余味之美。这不禁让我们想起刘勰在《总术》篇的名论："数逢其极，机入其巧，则义味腾跃而生，辞气丛杂而至；视之则锦绘，听之则丝簧，味之则甘腴，佩之则芬芳：断章之功，于斯盛矣。"② 谢榛论近体诗，刘勰则论文章，但无论诗文，它们的美都可以"象喻"，确如树华教授所说，"象喻批评"乃

---

① 〔明〕谢榛著，李庆立校笺：《谢榛全集校笺》（下），南京：江苏古籍出版社，2003年，第983—984页。

② 〔梁〕刘勰：《文心雕龙·总术》，戚良德辑校：《文心雕龙》，上海：上海古籍出版社，2015年，第247页。

为中国传统文论中最基本的批评方式，具有不可忽视的诗学意义。

其次是佟子璇的《曹植〈文帝诔〉"其乖甚矣"辨析》一文。如所周知，刘勰在《诔碑》篇中对曹植的《文帝诔》有所批评，主要是谓其"旨言自陈，其乖甚矣"，亦即不符合诔文的写作规范。《辨析》一文则认为，刘勰有其时代和认识的局限，对诔文创作的看法是比较保守的；实际上，曹植之作强化了诔文的"传体"特征，增强了抒情性和文学性，其文末的"旨言自陈"在诔文体制中乃是一个承前启后的创新之举。文章通过具体分析指出，曹植的"自陈"之句是其个体意识的不自觉流露，意在借诔作抒难平之郁。"而私人情感因带有强烈的主观色彩，往往难以抑制，故《文帝诔》之述哀，最终是曹植作为创作者主动参与进诔文哀情表达的一次创新，打破传统诔文客观抒情，表现出'旨言自陈'的对话性与共情性。"因此，曹植的《文帝诔》"正式肯定哀情叙写在诔文中的地位，使诔文发生了真正意义上的明显转变"，从而使诔文的文体功能有所拓展。同时，由于曹植的《文帝诔》篇幅较长，刘勰还予以"体实繁缓"之评论。《辨析》一文则指出，正因其"体实繁缓"，才可以表现较为丰富的内容，从而抒发作者深切真挚的情感，"其实又是曹植在诔文创作中的一大创新"。文章认为，较之前人诔作，《文帝诔》"传体"特征更为鲜明，符合刘勰所谓"序事如传"的要求，《文帝诔》之"繁缓"，实为"传体"诔文的首创之作，"以其独特的形式展现出诔文的文体之美。因此，对《文帝诔》的'繁缓'，我们应认识到它的创新之处，以及对于古代诔文文体发展的贡献"。总之，该文认为，曹植之诔文具有诸多创新，一是扩大了诔文对象，二是增强了诔文的抒情性，三是强化了诔文的审美性，四是真正体现了"序事如传"，从而使传统诔文焕然一新。正因如此，《文心雕龙·诔碑》篇所谓"陈思叨名"的评价也就是不确切的。应该说，这些认识均不无道理，这些探索都是有益的，但笔者也觉得，以后世乃至今天掺杂了所谓"文学"标准的诔文观，来衡量刘勰"文章"观念中的诔文观，可能是龃龉难合的。

在"剖情析采"栏目下，首先是涂光社教授的大作《汉字书写的文化特色与功能优长——以〈庄子〉寓言话语和〈文心雕龙〉范畴的系统建构为例》一文。涂先生指出，汉字是四大文明中硕果仅存的象形系统文字，其文化特色与功能之优长往往因习以为常而被忽略。由于它对古代文学传达以及理论范畴创用的影响颇大，考究汉字这两方面的特点和优长便是极为必要的。涂老师是《庄子》研究和《文心雕龙》研究两个领域的专家，因此他以这两部书为例进行探索，既是顺理成章的，也是得天独厚的。就庄子而言，诚如涂老师所说，其寓言尽管浪漫主义文学色彩鲜明，但毕竟重说理论道而非抒情言志。"其语汇、范畴创用堪称古籍之最，很能体现汉字运用的文化特色。不仅予约定俗成的范畴某些新义，还创设了一系列形象性的范畴概念，在文学批评史和理论史中皆显示出强大的生命力。"就刘勰而论，则更是以系统的范畴创用成就了享誉千古的文论经典《文心雕龙》。"加上论证中标举和运用'剖情析采'的思想方法，在葆有汉字功能优长的同时，很大程度上弥补了古代理论系统建构与剖析论证、作抽象逻辑规定方面的欠缺。"

我们仅看涂老师对《庄子》之"内篇"语汇和范畴概念的举证，如《逍遥游》有：鲲鹏图南、越俎代庖、扶摇而上、无所至极、大相径庭、不近人情、大而无当，以及游、志怪、磅礴、陶铸、绰约、彷徨……《齐物论》有：朝三暮四、大梦大觉、师其成心、存而不论，以及天籁、真宰、孟浪、宇宙、吊诡、曼衍、有待……《养生主》有：庖丁解牛、薪尽火传、游刃有余、踌躇满志、依乎天理、安时处顺，以及神遇、肯綮……《人间世》有：螳臂当车、无可奈何、无用之大用，以及师心、心斋、坐驰、风波、散木、栋梁、溢美……《德充符》有：死生亦大、鉴于止水，以及觳中、一贯、灵府……《大宗师》有：相濡以沫、善始善终、唯命是从，以及真知、屈服、天机、自适、莫逆、造物者、造化、附赘、端倪、安排、坐忘……《应帝王》有：泣涕沾襟、虚以委蛇、雕琢复朴、体尽无穷、劳形怵心，以及心醉、气机、浑沌……如此丰富多彩，确乎是难以企及的。

显然，涂老师的举证和思考提出了一个传承中华文化的带有根本性的问题，那就是如何对待我们的汉字？他指出："晚清以来国势衰微发展艰困，出于振兴传统文化挽救民族危亡的目的一些学者倡导文字改革。上世纪二三十年代以来就有汉字拼音化的尝试，五十年代国务院颁布了汉字拼音和简化方案。汉字简化和推广普通话也颇有可取，拼音化后来则不得不终止。白话文的普及和广泛用于写作显然受中外文化交流的推动。"这些话点到为止，其中有很多值得我们深长思之的问题，比如，"诗词歌赋有独特的表现手段和艺术境界，是极其珍贵的文化遗存，其承传和发扬光大的前提是识其本真、知其优长，了解以汉字记录的汉语的文化个性，及其对思想表达、美学追求、艺术传达以及理论话语、范畴创用的积极影响。"实际上，诗词歌赋之外呢？上述庄子那些生动的语汇和范畴概念一直都存活在我们的语言实际中，假如换成拼音，将会如何呢？

其次是魏伯河教授《简论〈文心雕龙〉之"圆"》一文。文章指出，刘勰在《文心雕龙》中已大量运用"圆"来谈文论艺：就分布说，涉及全书50篇中的16篇；就内容说，涉及创作鉴赏的各方面和全过程。在以"圆"论文的发展上，刘勰实现了大幅度的跨越，已经将"圆"作为美的追求之一，并上升为审美范畴，赋予了丰富的内涵。比如"首尾圆合"，是刘勰对作品结构布局的追求之一，他将其作为艺术标准来要求文章写作，并使得《文心雕龙》的大部分篇章，成为"首尾圆合"的成功之作。魏老师举例说：如《征圣》篇结尾以"若征圣立言，则文其庶矣"回应篇首"作者曰圣，述者曰明"；《宗经》篇结尾以"正末归本，不其懿欤"回应篇首"三极彝训，其书曰经。经也者，恒久之至道，不刊之鸿教也"；又如《神思》篇末以"伊挚不能言鼎，轮扁不能语斤，其微矣乎！"呼应篇首"古人云：形在江海之上，心存魏阙之下。神思之谓也。文之思也，其神远矣"；《定势》篇末以"秉兹情术，可无思耶"照应篇首"夫情致异区，文变殊术"，《镕裁》篇末以"若情周而不繁，辞运而不滥，非夫镕裁，何以行之乎？"回应篇首"立本有体"等。……这样"首尾圆合"，使文章的整体美得以完美展现，给人以珠圆玉润的感觉。应该说，如此细心体察刘勰的理论及其在《文心雕龙》中的运用和体现，是我们能够深入刘勰之"用心"的关键。

魏老师进一步指出，《文心雕龙》一书的结构即体现了渗透于中国文化心理思维层面的太极圆形思维，全书犹如一幅由阴阳鱼构成的《太极图》，"《文心雕龙》字句圆、事圆、理圆，篇章圆，全书亦圆，几乎无所不圆，所以能在成为'体大虑周'的文论精品的同时，也成为难得的美文。"同时，文章还提出一个研究刘勰思想理论来源的重要问题："历史地看，刘勰《文心雕龙》以'圆'论文，是古代文学理论发展到一定阶段的产物。有的研究者将其来源追溯到佛教，尤其龙树的《中论》。如果考虑到刘勰写作《文心雕龙》时寄身佛寺，长期为僧祐抄写佛经、编定佛书，受其浸染，在书中或隐或显地有所表现，诚或有之，故此说不可为无据。但笔者以为，对此不可执于一偏，以致将某种次要因素视为主要因素，或者将偶然因素视为必然因素。中华民族由《易经》发展而来的传统文化，无疑才是其真正的、至少是主要的源头。后来传入的佛家思想的影响，最多只是起到辅助或旁证的作用。"应该说，这是较为符合刘勰的思想和《文心雕龙》的理论实际的。

在"知音君子"栏目下，首先是朱文民先生的文章《语言学家对"龙学"家的批评》。这里的"语言学家"指的是何九盈先生，"龙学"家则有一大批。何先生在研究刘勰的"声律"理论时，发现"龙学"家们"用先秦乐律中的调式来指摘齐梁时代声律中的五声，缺乏历史观念，而且对何谓'声''响'，也茫然无知"，因而误解了刘勰的话语，尤其是对刘勰所谓"商徵响高，宫羽声下"二句的理解，"迄今为止，海内外那么多'龙学'专家以及文学批评史家，无人对此二语做出正确解释"①。的确，多数"龙学"著作在注释刘勰的《声律》篇时，由于"商徵响高，宫羽声下"二句"既不符合'五音宫调'，也不符合'五音徵调'，于是遭到两方面的批评"②，结果或认为刘勰搞错了，或认为版本流传有误，而对刘勰的文本加以更改。但笔者于2007年初作《文心雕龙校注通译》（见"前言"，该书于2008年出版）时，明确指出刘勰此二句并无错误，认为"商徵响高，宫羽声下"二句乃"谓五音之高低强弱"，是"互文足义，非谓商徵声高而宫羽声低，不可胶柱鼓瑟"③。何九盈先生的《中国古代语言学史》（新增订本）出版于2006年6月，我却未能关注，这是令人惭愧的，我们应当虚心接受何先生的批评。诚如朱老师所说，"刘勰是一位通人，我们现在的学科分工过细，各学科的学者知识面相对狭窄，对刘勰这样一位通人的著作难以拥抱，其研究者往往依据自己的知识所长解说《文心雕龙》，一旦遇到自己知识以外的话题，就容易出现瑕疵。"实际上，在《文心雕龙》研究中，类似之例多有，而决不仅仅是"声律"的问题，正如何先生所指出"就是《文心雕龙》

① 何九盈：《中国古代语言学史》（第四版），北京：商务印书馆，2013年，第154页。

② 何九盈：《中国古代语言学史》（第四版），第154页。

③ 戚良德：《文心雕龙校注通译》，上海：上海古籍出版社，2008年，第383页。

中其他一些语句，被人误解者亦不少"①，因此，朱老师文章所提出的问题是令人深思的，我们要读懂刘勰的这部大书，要真正成为刘勰的"知音"，是需要多方面的知识储备和积累的。

其次是闫韵云和王毓红两位作者的《美国华人〈文心雕龙〉研究中的主体意识》一文。文章指出，《文心雕龙》在美国的接受范围主要集中在学界，研究人群大体分为两类：一类是美国本土学者或美籍西方学者，"他们的《文心雕龙》研究是真正意义上的跨文化研究"；另一类则是美国华人学者，"因其独特的文化身份，始终具有积极主动的文化主体意识和强烈的文化参与感，他们艰辛耕耘、砥砺传承，自觉地将中国文论推向西方世界。"本文即以美国华人学者为研究对象，"从他们推动《文心雕龙》在美国重构经典性以及这一群体由比较研究至理论建构的跨越两方面入手，通过对华人学者代表性成果的分析，探讨美国华人学者独特身份背后产生的文化行为，揭示其在文化外传过程中彰显的强烈自觉的主体意识。" 王毓红教授曾两度于美国访学，对美国的《文心雕龙》研究情况可以说了然于心，因此她们的文章提供了不少第一手资料，如首位直接以刘勰为博士论文研究对象的美国华人学者邵耀成、2001年出版的英语世界中第一部《文心雕龙》研究专书《中国文心：〈文心雕龙〉中的文化、创造与修辞》（Chinese Literary Mind：Culture，Creativity，and Rhetoric in Wen Xin Diao Long）、首次在西方英语世界的论文标题中直接出现"文心雕龙"的夏威夷大学学生霍普·惠特克（Hope Whitaker）的论文《宗炳〈山水画序〉与刘勰〈文心雕龙〉的比较》（A Comparison of Tsung Ping's Preface on Landscape Painting and Liu Hsieh's Wen Hsin Tiao Lung）等，让我们对美国华人学者群体在"龙学"上的贡献有了更为真切的了解。

---

① 何九盈：《中国古代语言学史》（第四版），第 154 页。

两位作者还特别指出，美国华人学者都带有强烈的文化"主人翁"意识，不甘于本文化中的优秀成果在世界文论中被湮没，因而清醒主动地推进作品经典性的确证，"他们通过翻译行为还原文本内涵，以文学史及文论教材帮助西方读者进行史实性的认知和阐释性的理解，最后顺理成章地进入专题研讨"，从而完成了《文心雕龙》的经典身份在异质文化语境中的重构，从根源上推动了中国古典文论的外传。文章认为，与西方汉学家仅仅将《文心雕龙》当作观照自己文化的"客体"、比较的目的在于"理解他人，反观自身"不同，美国华人并未止步于比较，而是"具有积极自觉的文化主体意识，因此他们有更大的雄心壮志和文化使命感，将比较作为理解的手段，最终目的在于通过比较，寻求中国文论话语建构的最大可能性。他们以《文心雕龙》为突破口，在跨文化的背景下借西释中、西学中用，开始尝试独立的理论建构。"这种理论的跨越"不仅意味着《文心雕龙》研究的深化，也是美国华人面对西方文学理论的冲击浪潮时，文化主体身份的充分觉醒以及对自身文论传统的反思与别样尝试。"笔者觉得，文章拈出美国华人学者《文心雕龙》研究中的主体意识，并对这种主体意识进行了具体分析，这对中国大陆的"龙学"是颇具启发意义的。如文章提到，李敏儒曾大胆提出假设：刘勰之后中国文论缺乏系统性的原因不在于后代文论家对此力不从心，而是有了刘勰所建立的文论体系范本后再如法炮制相当不必。这一具有创见性的认识应当与本文所说的主体意识密不可分。

在"学科纵横"栏目下，首先是笔者的《论〈文心雕龙〉的三大版本》一文。所谓"三大版本"，指的是唐写本、宋《太平御览》本和元至正本。这三个版本人所共知，本文则对一些相关问题进行新的思考，如著名的唐写本，除了具有无可替代的校勘学上的重要意义，本文指出它还具有两方面的重要历史意义：第一，它从一个侧面向我们展示了《文心雕龙》一书在唐代的流传情况。唐代著名史学家刘知幾说:"敦煌僻处西域,昆戎之乡也。求诸人物,自古阙载。盖由地居下国,路绝上京,史官注记,所不能及也。"①然而,《文心雕龙》的手抄本恰恰传到了这样的僻壤远方,岂非耐人寻味?第二,它意味着刘勰的著书理想初步得以实现,那就是:"按辔文雅之场,环络藻绘之府,亦几乎备矣。"②可以想见,如若不是《文心雕龙》有着指导文章写作的切实意义,何来奋力手抄,又何能传至"僻处"?同时,唐写本也给我们留下了好多难解之谜。一是我们目前看到的唐写本,完整的内容实际上只有从《征圣》至《杂文》的十三篇。既然已经见到了《原道》篇的最后几句,那么应该可以肯定此篇是抄完了的,除此之外,我们需要谨慎询问的一个重要问题是:这位抄写者只抄到《谐讔》篇的篇名为止呢,还是抄完了《文心雕龙》全书?显然,其中还存在着其他各种可能性,已然无从猜测。但事实是,目前已发现的存世的唐写本乃是《文心雕龙》"上篇"的前一半;换言之,被保存下来的《文心雕龙》抄本的主体是"论文叙笔"的"论文"部分。无论是否原抄写者只抄了这一部分,还是只有这一部分被完好地保存了下来,都说明这部分内容可能是非常重要的,是值得珍视的。二是唐写本的抄写者所用的底本是哪一个?这个问题不仅仅令人好奇,更重要的是,就目前我们所能看到的各种《文心雕龙》版本而言,仅有十三篇内容的唐写本显然具有无与伦比的准确性,而它只是一个抄本而已,这只能说明抄写者所依靠的版本是极为可靠的,然则,它何以没有被保存下来?进而,第三个重要的谜

① 〔唐〕刘知幾:《史通·杂说下》,〔清〕浦起龙释:《史通通释》,上海:上海古籍出版社,1978年,第520—521页。

② 〔梁〕刘勰:《文心雕龙·序志》,戚良德辑校:《文心雕龙》,上海:上海古籍出版社,2015年,第287页。

就是，后来的《文心雕龙》版本，比如宋代《太平御览》所引《文心雕龙》以及元至正本《文心雕龙》，其所依赖的底本又是哪个呢？

再如宋本《太平御览》对《文心雕龙》的采撷，一个引人注目的现象，是对《文心雕龙》上篇的重视，尤其是对"论文叙笔"之文体论部分的重视。本文指出，除《乐府》《祝盟》《谐隐》《诸子》《封禅》五篇之外，文体论的其余十五篇不仅被全部采撷，而且几近全文引录或大部引录者，也正是这十五篇。与之形成鲜明对照的是，《文心雕龙》下篇的二十五篇，不仅采撷篇目只有六篇，而且其引录内容也明显偏少，其中《神思》篇引录两段，《风骨》《定势》《事类》《指瑕》各篇分别引录一段，《附会》篇引录三段，这六篇引录总字数仅有六百余字，虽未可忽略不计，但与文体论之引录情况相比，显然是不成比例的。这不能不引起我们的思考。唐写本残卷正是《文心雕龙》"上篇"的前一半，主体则是"论文叙笔"的"论文"部分。因此，无论是否原抄写者只抄了这一部分，还是恰好只有这一部分被保存了下来，都说明这部分内容可能有其特殊的重要意义。但那只是一个残卷，我们毕竟不能肯定原本是否只有文体论。然而宋本《太平御览》对《文心雕龙》的引用则不同了，其明确无误的信息再次证明了文体论的被看重，因而不仅确证了上述对唐写本的判断，而且更进一步说明，在一个相当长的历史时期之内，《文心雕龙》最受重视的部分是"论文叙笔"的文体论，而不是"剖情析采"的创作论。换言之，自《神思》篇开始的创作论之受到研究者的重视或偏爱，可能是近现代"龙学"的突出特点了。

又如，元至正本与此前的宋御览本是什么关系？其与唐写本又是什么关系？按照钱惟善之说，元至正本的底本乃是刘贞所藏其先人刘节斋的"手录"本，但刘氏从何本而录，已经难以确考了，惟既有宋御览本在前，则按照常理推论，它们之间是不会没有关系的。

不过，其与唐写本的关系就没有这么简单了。一方面，这有赖于宋御览本和唐写本之关系，假如刘氏的"手录"本与宋御览本有关，则元至正本与唐写本之关系也就取决于宋御览本与唐写本的关系，这是不难理解的。另一方面，刘氏的"手录"本也完全有可能直接与唐写本有关，只是这个唐写本不一定是我们今天所见的唐写本残卷，抑或与我们未曾见过的唐写本之母本有关，这都是不得而知却又存在可能性的问题了。要之，从理论上说，元至正本基本可以肯定与宋御览本有着难以分割的关系，但与唐写本的关系就若即若离、难以说清了。总之，唐、宋、元三个版本之间的承继关系是较为复杂的。它们均为孤本，却又难说一线单传，并无明确的前后延续关系，因而有许多问题是值得思考和研究的。

其次是冯斯我博士的《日本"龙学"史上较早的〈文心雕龙〉文章载道说研究》一文。如所周知，户田浩晓是日本近代以来汉学研究的大家，也是"龙学"名家，其研究领域广博，著述丰赡。本文则集中介绍他对刘勰文学思想的研究，特别是其于1943年发表的《〈文心雕龙〉中文章载道说的构造》一文，指出这是世界"龙学"史上首个通过对刘勰《文心雕龙》关于文章载道说的分析，梳理阐释刘勰文学思想体系乃至整个中国古代文学理论批评史上文章载道思想的论文。户田浩晓之文围绕着文学与《五经》的文章、作为经世之器的文学、作为文学批评尺度的六义和文人道德论，论证了刘勰《文心雕龙》中文章载道说的"理论构造"。同时，他还有《文章载道说理论的创立与实践——刘勰与白乐天》一文，主要通过对刘勰和白居易相关论述的分析，一方面阐明二者分别从《易经》之道探究文学根源，从《诗经》讽刺诗论精神中追踪文学的本质，说明白居易既继承了刘勰又有进一步的发展；另一方面则说明文章为载道之器的思想贯穿中日文学史。应该说，我们对日本的"龙学"

成就并不陌生，但对他们具体的研究成果（尤其是单篇学术论文）进行分析的论著还比较少，这对"龙学"的进一步发展其实是非常必要和重要的。如斯我文章中提到的户田浩晓的这样一段论述："刘勰关于文学载道说的思想在《文选》中开了花，在白居易《白氏长庆集》里结了果。这是刘勰及其《文心雕龙》对后世产生深远影响的证明。刘勰从《周易》哲学思想出发，演绎创立了文学载道说的理论，把伟大的 50 篇《文心雕龙》留给世界。白居易继承了刘勰《文心雕龙》中文学载道的理论和思想，但把《诗经》作为文学的理想，留给人类大量文学作品，藉此实践了刘勰所倡导的文学载道理论和思想。"笔者觉得这是一段颇有新意的论述，不仅其研究成果是值得我们重视的，其研究思路也是值得我们借鉴的。

"文场笔苑"栏目下也有两篇文章，一篇是笔者为游志诚教授大作《文心雕龙五十篇细读》之大陆版所写的序言，题为《两岸"龙学"之交汇》。笔者指出，当中国大陆的《文心雕龙》研究在二十世纪六七十年代处于基本停滞状态的时候，台湾地区的"龙学"却正处于滋长繁荣的重要历史时期。因此，海峡两岸的"龙学"史颇有不同的轨迹。然而，不可忽略的是，台湾"龙学"实则以现代"龙学"奠基时期乃至大陆"龙学"发展初期的一些著作为基础而起步的。1954 年，从大陆迁至台湾的正中书局重新出版了刘永济的《文心雕龙校释》（该书曾由正中书局于 1948 年在上海出版）；1958 年，台湾开明书店又出版了范文澜的《文心雕龙注》（该书曾由开明书店于 1936 年在上海出版）；至 20 世纪 60 年代，杨明照的《文心雕龙校注》、黄侃的《文心雕龙札记》、王利器的《文心雕龙新书》以及黄叔琳注的《文心雕龙辑注》等陆续在台湾印出，从此中华"龙学"之一脉开始在台湾岛上发荣滋长，并最终开出了绚烂的花朵。因此，台湾"龙学"与大陆"龙学"乃是从一棵树上结出的两颗果实，这是毋庸置疑的。台湾"龙学"之根本在大陆，由于特殊的历史原因和人文环境，在二十世纪六七十年代，台湾地区的"龙学"可以说极好地延续了大陆之"龙脉"，因而是值得我们格外珍惜的；而大陆"龙学"在 20 世纪 80 年代有了突飞猛进的蓬勃发展，大有迎头赶上之势，于是，历史开启了颇富戏剧性的一幕，我们看到海峡两岸的"龙学"终于在 20 世纪末加快了相互融合的步伐。

同时，本文指出，台湾"龙学"的一大特点是重视专著的撰写和出版，此乃适应"龙学"及传统文化研究方式的必由之路。台湾出版界不仅重视台湾学者"龙学"成果的出版，而且随着两岸文化交流日渐深入，大陆学者的"龙学"著述也开始得以在台湾出版。进入 21 世纪之后，两岸"龙学"之融合可谓日新月异。一个看似并不起眼而可能具有重要意义的现象是，我们已然可以见到大陆出版社出版的台港澳学者的"龙学"著作：既有台湾老一辈学者的著述，也有台湾新一辈学人的著述；既有港澳地区著名学者的论著，也有年轻学人的撰述；尤为可喜的是，还出现了香港和内地学者合作的著述。总起来看，虽然数量还不算多，但已经足以令人鼓舞了，相信这样的著作一定会越来越多。崇文书局的出版人陶永跃先生便有着此类出版规划，他首先看中的是台湾彰化师范大学游志诚教授所著《文心雕龙五十篇细读》（台北文津出版社，2017 年），这显然是一部颇有分量的台湾"龙学"专著。笔者认为，尽管海峡两岸在其他方面还有种种的困难和阻隔，但对"龙学"大家庭的兄弟姐妹而言，可以毫不夸张地说，我们早已是两岸一家亲了。

另一篇文章是张然博士的《中国古代文论研究的"两创"如何进行？——以〈文心雕龙〉的应用与传播为中心》一文。显然，这篇文章与黄维樑教授的发端之作相互呼应，成为本期《中国文论》的重要主题之一。本文以《文心雕龙》研究为例，讨论中国古代文论研究何以进行"创造性转化"和"创新性发展"问题。有趣的是，文章正好重点介绍了黄维樑教授的《文心雕龙》研究成果。张然指出，在《文心雕龙》的理论中，黄教授"落实"得最好的是"六观"说。她认为，黄教授的"落实"分了两个步骤，第一是对古代文论的义理做现代阐释，这种思路正是一种对古文论的"创造性转化"，即让高深的古之文言"落"入显白的今之白话，以利于现代人的理解和应用；第二则是将经过现代阐释的古文论义理用到当下，进行实际批评，这无疑是对刘勰文论思想的有益拓展与延伸，属于古代文论研究的"创新性发展"。

文章也充分地注意到，从古代范仲淹的《渔家傲》到当代余光中的《听听那冷雨》，从纯粹的文学作品白先勇的《骨灰》到绝对的影视作品韩剧《大长今》，从对莎士比亚作品《铸情》做评析到对德国汉学家顾彬做评价，"六观"说在黄维樑教授的手中被给予了大跨度、多元化的使用。"由于他对《文心雕龙》的推崇与热爱，刘勰的诸多文学思想都已浸润到了他的批评语言体系中。他自然而然地阐发着刘勰的文学观点，使用着彦和的批评方法，这对于文论界一直热议的古代文论现代转换的话题具有重要启发意义。"张然还借助传播学中著名的拉斯韦尔模式，从传播过程的所谓"传者""受者""信息""媒介""效果"等方面，对《文心雕龙》的现代传播问题进行分析，从而研究以《文心雕龙》为中心的古代文论的"两创"问题。文章认为，《文心雕龙》与其它文论巨著虽然不是标准意义上的博物馆文物，但它却是图书馆里的"文物"，是华夏民族精神世界中的重要国宝；让这些国宝再次"活"起来，无论对学术研究还是对我们的现实生活都具有重要意义。

良德记于庚子年中秋

五、第九辑编后记

刚刚过去的 2020 年是极不寻常的一年，许多人在不安和抗争中度过，更有人失去了宝贵的生命，真是"譬如朝露，去日苦多"，令人徒唤奈何！在人类历史的长河中，这样的年份也许并不少见，但在我们的有生之年，它注定将会留下难以磨灭的印记。作为人类的精神活动之一，文学创作和研究受到人们日常社会生活的深刻影响，所谓"风动于上，而波震于下者"。作为文学研究的一隅，庚子年的《文心雕龙》与中国文论研究所受疫情的影响亦显然可见。有个小小的数据或能说明一点，在本刊第七辑，我们推出了 2019 年龙学报告，其中说到，"据不完全统计，本年度出版和再版'龙学'专著 20 种，其中新出研究专著 7 部，论文集 1 部，研究集刊 2 种，普及读本和研究资料 5 部，再版和修订再版著作 5 部。除此之外，刘跃进先生主编的《汉魏六朝集部珍本丛刊》在第九十七至一百册，收录自唐至明代《文心雕龙》版本七种。无论品种还是数量，都显示了'龙学'强大的生命力"。2020 年，出版和再版"龙学"专著的数量则不到 10 种，其中比较重要的成果主要是李平教授的《范文澜〈文心雕龙注〉研究》（北京：中华书局，2020 年 12 月）。实际上，这个影响短期内只见一斑而已，此后可能还会逐步显现出来。

值得欣慰的是，在各位同仁的关怀和支持下，本辑《中国文论》有着充实而丰富的内容。首先隆重推出的是左东岭会长的大作《不可忽视的"低音"——论王志彬先生的〈文心雕龙〉研究》。正如左会长所说，王志彬先生从写作理论视角对《文心雕龙》的研究，由于种种复杂原因，长期未能成为学界的主流声音，而是属于并不引人关注的"低音"。"然而，志彬先生的'低音'仅仅是表面的，或者说是被主流学术所掩盖、遮蔽而形成的'低音'。以前学界用角度独特、富于个性来概括与评价志彬先生的《文心雕龙》研究，可能大大低估了其学术研究的价值与地位，此一处于'低音'位置的研究方式与学术成果所蕴含的价值意义，需要在反思学术史的眼光下予以重新的讨论与认识。"他认为，王志彬先生的《文心雕龙》研究显示了其无可替代的价值，比如对《文心雕龙》这部古代经典基本性质的认识："就其本体而言，它是一部具有中国特色的典型的写作理论专著"。左先生指出，长期以来用现代文学观念与理论方法对《文心雕龙》进行研究，具有创造性转化之功，但在这一创造性转化的过程中，消耗性转换也在所难免，比如志彬先生所指出的，将"体大思精，旨深论宏，笼罩群言，而雄视百代"的"百科全书"式的《文心雕龙》切割成各种"专著"，并将《文心雕龙》讨论"为文之用心"这种实践性很强的性质与功能给遮蔽甚至丢失了。正因如此，从写作理论角度研究《文心雕龙》的方式，也从带有"永恒性"的常识性地位被挤压到学术的边缘，成为主流之外的"低音"。显然，这一分析是切中要害的，既关乎如何评价王志彬先生对"龙学"的重要贡献，更是"龙学"发展的紧要问题，可以说具有补弊救偏之力。左先生呼吁："时至今日，学界确实应该从方法论方面进行深入的反思，以使《文心雕龙》研究回到学术的正途。"

如所周知，王志彬先生"龙学"著述甚丰，但主要是专著，而他所发表的学术论文却为数不多，因而左会长专门列举了王先生的几篇论文，如《〈文心雕龙〉性质问题述评》对于《文心雕龙》写作理论性质的有力论证，《刘勰"论文叙笔"今辨》对于《文心雕龙》文体论内涵与价值的系统论述，《〈文心雕龙〉文术论今说》对于刘勰文术论性质与价值的反思，都是言之有物、持之有据的高水平文章，从中可以清晰感知到王先生学术的创造力与学风的严谨性。他特别指出："这些论文不因为它们发表在普通刊物上而减色，也不因为它们发表较早就失去其应有的学术价值。"这一评价放在当下，可以说具有极强的现实针对性，不能不令人深长思之。志彬先生的"龙学"何以成为"低音"？其中有着种种复杂的原因，论文数量不多、又发表在普通刊物上，这可能正是原因之一。然而，放眼学术史的长河，正如左会长所说："一位学者的一生成就既不在学术著作的厚薄，也不在发表论文的多少，而是在于他是否真正解决了学术问题。"志彬先生的"龙学"之音由低而高，其成就终究得以正确评价，正在于其"学术的创造力与学风的严谨性"，有赖于其对"龙学"问题的认识和解决。王志彬先生的《文心雕龙》研究之所以值得学界认真总结，正在于"无论从其论述角度、研究方法与行文风格方面，均带有鲜明的特点与学术的开创性"，也正是因为这种开创性，为我们留下了以此为基础继续向前推进的各种可能。

左先生便指出，在王先生对《文心雕龙》一书定位之基础上，我们对刘勰整体思想观念的把握，也依然有新的余地可供开掘。比如，"刘勰心目中的'文'非惟文章之一途，天文、地文与人文通谓之文，礼乐制度、人文教化与经国济世皆为文之内涵……包括了文明、文化、文教、文章、文学的丰富内容。刘勰的底线在于'穷则独善以垂文'，而理想则是'达则奉时以骋绩'。从此一点讲，他的人生是失败的，因为'逐物实难，凭性良易'，他没有机会在现实政治舞台上实现其礼乐教化的经国济世理想，就只能退而著述，论述'为文之用心'。在全书的结尾，他实在难以按捺自己的失落悲慨之情，写下如此的弦外之音，而这才是其'耿介于程器'的真实内涵。如此的深沉之音，实乃中国古代文人的千古之叹，也是中国古代文人贯穿千年的'文'之观念。"对此，笔者深以为然。实际上，刘勰及其《文心雕龙》亦曾为中国文论史上的"低音"，然而"青山遮不住，毕竟东流去"，深沉浑厚的"低音"终究会展露其华美有力的音符，为人们所欣赏、理解和陶醉。

在"文心雕龙"的栏目下，本辑推出的另一篇大作是张柏青、张泽寰两位先生的长文《〈二十四诗品〉作者问题辨疑》。如所周知，《二十四诗品》作者问题已然成为一个学术公案，数十年来并未达成共识，短时间内恐怕也难有定谳。本文另辟蹊径，以《诗品》文献的历史性为依据，以《一鸣集》包括其收入的《诗品》为中心论点，并以《一鸣集》与《诗品》互见及古籍著录《诗品》全诗等为佐证，又从《诗品》二十四首四言诗用韵情况，多方考求、探明其作者，认为《二十四诗品》的著作权仍应归于司空图。

两位张先生的大作以文献为依据，多侧面分析、论证，证明《二十四诗品》之作已收入《司空表圣集》十卷或司空图《一鸣集》三十卷之中；其考察的重要根据，则是所谓"大名"必包括其组成的"小名"这一理论。同时，苏轼在《书黄子思诗集后》中的那段著名论述亦必然成为考察的重点之一："唐末司空图，崎岖兵乱之间，而诗文高雅，犹有承平之遗风。其论诗曰：'梅止于酸，盐止于咸。饮食不可无盐梅，而其美常在咸酸之外。'盖自列其诗之有得于文字之表者二十四韵，恨当时不识其妙，予三复其言而悲之。"论文考释句意，证明苏轼谓司空图"有得于文字之表者二十四韵"是"同位语"，并有《宋人品诗韵语》中《二十四品》四言诗参证。文章进一步论证：唐宋有"韵"义同"诗"例，《诗品》《二十四品》之"品"字，义同晚唐《诗格》之"格"；苏轼所谓司空图"论诗""二十四韵"，洪迈易其语序作"二十四韵""论诗"，陈振孙则转述其名为《诗格》，亦置于"诗论"前，他们的理解证明苏轼其后列举"绿树连村暗"等语乃其"论诗"举例。文章还从《二十四诗品》的用韵考证，其韵脚分布的时代特征、个性特征与司空图诗韵相合，而与元代虞集的诗韵迥异。

笔者觉得，这些考证虽仍难说必是，但一方面作者用力至勤，多方探求，另一方面颇为细致，其中不无道理。如作者列举大量用例，认为苏轼所谓"二十四韵"前有"有得于文字之表者"，后有"不识其妙"，"瞻前顾后，它是比喻二十四种风格"。又如，《二十四诗品》都是用四言诗写成的，其用韵必然会留下时代特征和个性特征，作者"效法前贤刘盼遂先生等《胡笳十八拍》用韵考证，对《诗品》用韵作一分析，证明其作者"，这样的做法也是具有一定可行性的。

　　"文心雕龙"栏目下的第三篇文章是由王毓红教授审定的一篇译作、俄国汉学家的《俄译"文心雕龙"解析》。该文专门研究"文心雕龙"书名的翻译和解释，认为作为标题的翻译，必须最大程度接近作者所表达的思想；同时既要符合译语结构和表达习惯，又要不丢失译文的准确性。这样的原则显然是正确的，而要达到这样的标准又是非常困难的。对"文心雕龙"之理解，文章认为：如果只读《序志》第一段的开头和结尾，我们大概能得出"文心是雕龙"的认识；而刘勰对"文心"一语的详细解释与对"雕龙"一语的简短解释形成鲜明对比，这是因为"文心"这一词组对于当时读者来说有些陌生，而"雕龙"这一词组大家都听过，也就无须过多解释了。然而作者又指出，刘勰是"追求词藻华丽"的反对者，而且这一看法是根深蒂固的，因此"雕龙"一语实际上才难以理解——本不应该将文学作品比作"雕龙"。作者指出，刘勰认为文学是揭示人类本性和精神的共同事业，然而，这项任务不是文学家们一起完成，而是由各个文学家独立完成。笔者觉得，这些理解都不一定很准确地符合"文心雕龙"的实际和刘勰的用意，但却是很有意思的，也是颇有参考价值的，代表了国外汉学家们对刘勰之作的一种理解。《文心雕龙》一书要想走出国门，融入世界文论、文学和文化的大家庭，汉学家们的推动是重要的一环，中外学者的互动更是不可或缺的。

　　本辑"文之枢纽"栏目下，我们首先推出林其锬先生的宏文《历史唯物论与中国传统文化的传承与发展》。林先生指出，对于历史唯物论的内涵，马克思、恩格斯有前后两个不同的定义性表述：一是马克思在 1859 年撰写的《政治经济学批判·序言》的表述；一是恩格斯在 1884 年撰写的《家庭、私有制和国家的起源·第一版序言》中的表述。前后两《序言》表述的不同在于："历史中的决定因素"，前者为一种生产，即"物质资料"生产；后者是"两种生产"，即"生活资料生产"和"人类自身的生产，即种的繁衍"。后者定义更加全面、科学。林先生强调，由于东西方民族生存环境、自然条件和历史发展道路之不同，形成了不同的文化类型，用后者定义的历史唯物论为指南研究中国传统文化和儒家思想，将会发现中华民族更为丰厚的文化资源及其最基本的文化基因和独特魅力，特别是在农耕生产、农业经济"普照的光"和"特殊的以太"作用下形成的思维方式，以及由特殊历史发展道路所带来的家族网络和社会结构形成的"道德主体""和谐意识"等儒家思想。

据笔者所知，林先生对此一重大理论和现实问题的思考已历多年，此文亦反复修改，数易其稿。正如本文所论，马克思主义的"两种生产"理论乃唯物史观的前提，而如何将这一重要思想贯彻到我们的人文学术研究，尤其是对中华传统文化的认识和把握，从而发挥切实而具体的指导作用，乃是一个历久弥新的问题。林先生为五缘文化理论的创始人，又是著名的"龙学"家，且对六朝重要子书《刘子》有着深入全面的研究，他对历史唯物论的思考不作泛泛之谈，而是发挥自己所长，因而对中国传统文化尤其是儒学和中国文论的研究具有很强的理论和现实意义。比如，林先生指出："由人的生命生产和再生产形成的骨肉亲缘关系，及其社会结构——家庭，是后来随着人口的增加，社会交往的扩大，逐步衍生出来的诸如地缘、神缘、业缘、物缘以及政治和其他领域的社会关系和社会组织结构的源头，因而具有本原性。"这样的认识既贯彻了"两种生产"理论，又深入结合中国传统社会的特点，并融入著名的五缘文化学说，乃是生动而具体的。由此出发，林先生进而论证："由亲缘而产生的亲缘文化，其核心便是人类这种自然产生的亲情和爱心。正是这种亲情和爱心，跨越历史和地缘的时空，联结着人类生生不息的繁衍血脉，形成人群的强大、坚韧的亲和力、凝聚力，维系着大大小小民族群体的生存与发展，'在被人们认为是不可缺少和不可避免的人类的统一的过程中'也将成为'铸牢中华民族共同体意识'和'推动构建人类命运共同体'世界各族人民'心相通'的强大力量。"这样的论证，笔者觉得是言之有物的，因而是具有说服力的。

再如，林先生指出，中华传统文化乃是以汉文化为主体，包含诸多少数民族文化在内的多元一体的文化，是多民族文化的总汇，也是一个不断发展的文化体系。"就汉文化而言，早在魏晋南北朝时期，对其多元一体的文化结构就已经有了自觉。梁刘勰在其《刘子·九流》中就有明确的表述。他在分别指出先秦以后形成的道、儒、阴阳、名、法、墨、纵横、杂、农九家学派的特点和长短之后作了概括：'观此九家之学，虽理有深浅，辞有详略，偕儒形反，流分乖隔；然皆同其妙理，俱会治道，迹虽有殊，归趣无异……道者玄化为本，儒者德教为宗，九流之中，二化为最。'这就是肯定了汉文化是以道儒为主体，包含九流的文化结构。"显然，这样的认识充分利用了《刘子》研究的成果，而又具有更为宽广的理论视野。正是在这样的视野中，林先生总结道："刘勰把道、儒两家思维方式合二为一，形成中华民族独特的思维方式。成事需要知识，创新要靠智慧。这种思维方式使中国传统优秀文化具有强大创造力的特点，这也正是中华民族得以生生不息的内在因素，其中所包含的文化基因，具有跨越时空的'独特魅力'和'永恒魅力'。"类似阐述，在林先生宏文中可以说比比皆是，这里就不赘述了。

需要特别说明的是，在一本命名为《中国文论》的刊物中，我们何以推出林先生这样的大作？是否有越界之嫌，或曰名实不副呢？在本刊第五、六两辑的"文之枢纽"栏目中，我们曾经连续推出了蒋凡先生的长文《〈左传〉春秋齐文化述略》，分别为"春秋第一霸：齐桓公传叙"和"春秋改革第一相：齐国管仲传叙"，当时即有读者来函询问：这样的论题与《中国文论》的刊名是否相符？我的回答是，"中国文论"之"文"，延续的是中华传统文化中的"文"，也就是所谓"文章"，这是我们的办刊初衷和追求。刘勰说："唯文章之用，实经典枝条。五礼资之以成，六典因之致用；君臣所以炳焕，军国所以昭明。"这样的文章，决非诗歌、小说、散文等几种"文学"文体所能涵盖，而是包罗社会生活中所能用到的几乎所有动笔之事。正因如此，《文心雕龙》的"文之枢纽"是"本乎道，师乎圣，体乎经，酌乎纬，变乎骚"，"原道""征圣""宗经"乃刘勰"论文"的根本主张。一言以蔽之，"中国文论"不等于今天的"文学理论"或"文艺学"，《中国文论》也就不只是对所谓文学理论的研究；更何况，即使文学理论，也仍然关乎一切社会意识形态。正如本辑开篇左东岭会长所言："古今的时空转移，专业的分工差异，使身处当代的学者已经与古代以经理天下为己任的文人之间产生了巨大的历史鸿沟，因而在阐释他们的观念时不自觉地发生了'消费性的转换'。"这是一个至关重要的问题，短时间之内，我们或许无法扭转这一局面，但我们理应有这样的自觉意识，并略尽绵薄之力。

"文之枢纽"栏目下的第二篇文章是魏伯河先生的《再谈"走出自然之道的误区"——兼答韩湖初先生的驳议》一文。魏先生在本刊第四辑曾发表《走出"自然之道"的误区——读〈文心雕龙·原道〉札记》一文，对《原道》之"道"提出了自己的判断，并对已有相关研究成果提出了一些批评；韩湖初先生读到此文后，专门向我们提交了论辩文章《〈文心雕龙〉"文道自然"说的理论意义——兼评魏伯河先生对龙学界肯定该说的错误批评》，已发表在《中国文论》第八辑上。本期魏先生的文章则是针对韩先生文章的"驳议"而作，他坚持认为，《文心雕龙·原道》之"道"乃本于《易经》的"天道"，从刘勰所谓"自然之道也"这一叙述性语句中拿出"自然之道"四字，以之作为"刘勰论文原道之'道'并将其归本于老庄属于误读"，而这一误读的产生其来已久，需要澄清。魏先生表示，他欢迎韩湖初先生的批评，但认为其理据并不充分，"未能做到以理服人"，因此对所谓"自然之道"有必要作进一步探讨。

笔者在上一辑的《编后记》中即表示，我们欢迎这种相互辩难和争鸣的学术探讨，认为这是人文学术研究不可或缺的重要过程，所谓真理愈辩愈明，许多问题正是在切磋琢磨中得以发现甚或解决的。就此而言，笔者非常同意魏先生文章中的这段话："'龙学'研究要进入深水，见到真'龙'，不可能超越反复辩难的过程。即便对于名家大师的成说，也应该允许质疑。因为学术观点既经发布，便成为公共产品，要经受历史检验。即便今日碍于情面不去质疑，今后仍然会有人质疑，而且会愈来愈不讲情面。只要论辩中恪守学术规范，避免陷入意气用事即可。"因此，尽管笔者并不完全同意魏先生对刘勰"原道"之"道"的认识，但本刊仍然支持他的认真思考。同时，我们也真诚希望有更多的研究者像韩、魏两位先生一样，展开严肃的学术探讨与争鸣，从而促进"龙学"与中国文论研究的深化与发展。

"文之枢纽"栏目下的第三篇文章是黄炜博士的《庄子"齐物"思想的生态审美意蕴》一文。文章指出，"齐物"思想是从自然之道的立场出发，承认生态存在的多样性及合理性，故而能以平等的观念去看待万事万物，这体现出庄子潜在的生态智慧逻辑。文章分析道，庄子的"齐物"首先通过"吾丧我"来打破对主体"我"的执着，进入到物我冥合的"丧我"之境，认识到自然循环的可贵，从而尊重生态的平衡与发展。文章认为，"吾丧我"的生态智慧逻辑为当代人梳理生态文明观提供了宝贵的思想方向，反思过去在人类发展历史中所长期存在的人类中心主义观念，正视人不是生态自然唯一价值的事实。由此认识出发，文章对《庄子》书中一些有名的寓言故事有着生态美学角度的新的阐释，如庄周梦蝶的故事，"因为我与蝴蝶、与他者都是归属于悠然自得的自然世界，我与物之间不存在主客，不存在功利，因此物自在地存在，而我自由地回归道的本体。建立在道本体上的天地自然一切万物都有了安身立命的归宿，在这个自由平等的生态家园中，人的身体可以游于天地之间，与物同化，与自然相融。"又如庄子与惠子关于"鱼之乐"的辩论，"庄子不拘于个体生命有限视域，而通过'以道观物'的方式去体认世界，实现了由人身入鱼身，从而体悟到了'鱼之乐'的从容状态。这是一种物我冥合的状态，没有了物我彼此的分别，作为宇宙生态中的一种存在，是自然而然的契合与圆融。"通过这种颇具思辨意味的分析，文章得出了这样的结论："庄子的'齐物'思想真正意义上超越了人类中心主义，追求人与生态万物和谐共生的状态，并将这种同气连枝的关系转化为对生态万物的体贴，由平等带来共情，由共情转向尊重。"应该说，这些分析和结论未必是庄子思想中的清晰认识，但这种发掘不仅具有重要的理论和实践价值，而且对传统文化的研究也具有一定的启发意义。

本辑"论文叙笔"栏目下也有三篇文章，首先是张晓丽教授的《"按实而书"的〈文心雕龙·史传〉篇》一文。文章指出，刘勰在《史传》篇强调"依经以树则""附圣以居宗"，即运用征圣、宗经思想来指导史书的写作，但这与史书所需的"按实而书"之间是存在矛盾的。作者认为，如果说"实录无隐""按实而书"是史书这种文体所要求的历史真实，那么征圣、宗经则是要求文本具有一定社会教化功用，属于伦理之善。因此，实录与宗经之间便有着求真与尚善的矛盾。文章分析说，在刘勰的历史观与价值观中，至少有两种"实"的价值判断。一是所记录的历史真实，属于事实判断，是史学追求；二是所体现的历史建构真实，属于价值判断，为经学所需。这两种"实"的认识，在《史传》篇中同时存在，呈现出价值真实与事实真实之间的矛盾。那么如何认识这一矛盾呢？文章特别指出，刘勰论述"实录"所体现出的局限性，与他所处时代之文学观、史学观尚未完全明晰，经史、文史之文体混杂相关；同时，史书所要求的实录以及历来所谓实录精神与"世情利害"之间原本有着不易调和的矛盾。因此，作者认为，我们不能苛责一千多年前的刘勰，让他能够明晰各种文体之实；"相反，我们在刘勰所言史官的'素心'一说中，体味到了刘勰深深的无奈与乌托邦的理想期待。"

其次是徐维瑜的《〈文心雕龙·书记〉"书"体辨析》一文。如所周知，《书记》篇为"论文叙笔"之末，实际上论述了书牍、笺记等二十余种文体，但对《书记》篇的研究还很不够。本文指出，刘勰所论"书"体名目繁多，在发展流变过程中与"奏""表""笺"三种奏议类文体有着错综复杂的关系，因而对"书"与"奏""表""笺"三种应用文的书写对象、文体属性以及写作风格有必要予以辨析，从而明确"书"体属性与特质。文章通过多个角度的分析，得出这样的结论："书"与"奏""表""笺"虽然在战国时期同源一体，但随着秦汉体制的完善，礼制的不断发展，从而决定了"奏""表""笺"三种文体在书写对象、行文格式及文体功用三方面区别于"书"体文；因此，"书"体文不同于"奏""表""笺"，它是一种用于平级之间交流情感，写作上可以畅所欲言的文体。正如作者所说，刘勰的《文心雕龙·书记》篇成为我国古代文体学史上第一篇书信体研究的专篇。

第三是张丽华教授的《八旗诗歌总集〈遗逸清音集〉的文献价值》一文。据作者介绍，清末民初蒙古诗人延清辑录的《遗逸清音集》是一部极具特色又长期被忽视的选集型八旗诗歌总集，具有较重要的文学价值、史料价值和校勘价值。从文学研究角度而言，本文认为这部《遗逸清音集》乃是继《熙朝雅颂集》之后选诗规模较大的八旗诗歌总集之一，对于全面展现八旗诗人创作风貌、构建完整的八旗诗歌史具有重要意义。而且，从近代文学与遗民文学视角考量，"总集所收八旗诗人生年皆在 1840 年后，所收诗歌创作时间基本止于辛亥革命之前，恰在近代文学的时段之内。因此，总集所反映的正是近代诗坛八旗诗人的创作情况，为近代文学中最具特色的研究内容之一，自是研究近代文学发展不可忽略的要素。"从社会史研究角度而言，作者指出，《遗逸清音集》选录了大量八旗文士感知时代风气、关注社会离乱的作品，既展现出新旧交替时期之风气与思想观念的变迁、政坛风云的变幻，更反映了旗人在纷繁错综的历史环境中独特复杂的人生体验以及对时局的认知，具有突出的纪实性与即时性，因而具有重要的史料价值。从文献学角度考量，其在辑佚、校勘清代文献方面具有特殊意义。最后，文章特别指出："作为一位八旗蒙古文人，延清乱世修书的行为本身，以及于所选诗中表现出的深切的遗民情怀，都显现了汉民族传统道德文化对其深刻的影响，因而，《遗逸清音集》也是蒙汉、满汉文化融合的产物，在满蒙文学与清代社会、八旗文化研究方面也有重要的价值。《遗逸清音集》无疑是一部极具特色、颇有价值的清诗总集。"对笔者而言，阅读张教授的大作是一次愉快的学习过程，该文语言老练，深思熟虑，文笔简洁而要言不烦，令人称赏。

　　本辑"剖情析采"栏目下有两篇博士生的文章。首先是李鹏飞的《论〈文心雕龙·体性〉篇之"八体"》一文，作者认为，"八体"是从多种多样的文体中提炼出来的八种基本的篇章结构。为了让这一理论更明晰，刘勰特意给每一种加上了或情理、或事义、或字句、或文采的构成方式说明："典雅体"是模拟儒家经典的篇章结构，"远奥体"是谈论玄理的篇章结构，"精约体"是经过推敲、省字省句的篇章结构，"显附体"是言辞直白的篇章结构，"繁缛体"是运用比喻和铺排比较多、喜欢炫耀的篇章结构，"壮丽体"是议论宏伟壮阔、辞采明烁的篇章结构，"新奇体"是喜欢争奇斗艳、以稀奇古怪的事义为能的篇章结构，"轻靡体"则是文辞虚浮、内容庸俗的篇章结构。以此概括为基础，文章认为刘勰的"八体"是超脱于创作过程之外的一种抽象概括，它是各种"体"的总结，是所有文体的根本，也是文章篇章结构的基本种类；刘勰称"总其归途"，便是说虽然文体繁杂、波谲云诡，但基本的篇章结构就是这八种，创作者只要熟知了这八种结构，便能熟知"文辞"的"根"与"叶"，便能掌握一切文章的作法。应该说，如此理解刘勰著名的"八体"说，乃是颇有新意的，但行文中所用"文体"一词，常有古今混用之处而难与现代的"文体"相区分，某些理论思辨也还值得推敲。

　　为了说明刘勰"八体"理论的最终意义，本文还引入文学权力和文体秩序的概念，认为"八体"便是刘勰对当时文体秩序的建议。文章指出，"八体"不仅囊括了"五经"的创作范式与当时文坛新兴的文体形式，更是涵盖了作为基本创作方式的"繁、略、显、隐"四个范畴，这已然对所有文章的"体"进行了概述；刘勰通过"八体"的顺序排列，体现出了对每一种文体所应处位置的判定，也显示出其对每一种文体的褒贬，俨然对顺序意义上的文体秩序做出了规范；刘勰虽然将"典雅"体置于首位，让儒家思想掌握了文学权力，可这种权力却并非"霸权"，而是以兼容并蓄的方式来行使权力，体现出这种文体秩序的宽广与博大。因此，文章认为，"八体"的最终意旨，也就由最初的基本结构变成了对文学权力和文体秩序的规范；刘勰不仅接受了儒家的文学观念，更吸收当时全新的文学思想，进而于"八体"理论中构建了一种艺术性与实用性并存的文学权力模式，从而形成各体兼容并蓄、和谐发展的文体秩序规范。笔者觉得，此文对"八体"的思考远未成熟，值得商榷之处尚多，但却展现了新一辈学者的理论勇气，因而值得鼓励。

其次是马玥《论〈文心雕龙〉中的"清"》一文。文章指出，《文心雕龙》全书出现"清"字凡47处，其中37处直接关涉刘勰的文学观念。文章从《文心雕龙》的理论体系出发，对刘勰的"清"进行了系统考察。如在"论文叙笔"部分，刘勰选取"清"作为部分文体（包括诗歌赋颂、笔记）应该具有的规范性特点，这就意味着，"清"是这些文体为其整体的构成性要素。譬如对诗歌而言，"清"是诗之为诗的重要条件，这一观点，则对我国古代诗学产生了深远影响。在"剖情析采"部分，刘勰则对诗文何以有"清"美的原因进行追溯，其内涵包括作者生命中清纯善感的气质、清高超俗的追求和诗文中表达出的纯粹的情感与纯正的思想内容。从这层内涵出发，我们能够更进一步理解"清"作为一个重要的审美概念所追求的美学特点。总之，文章认为，《文心雕龙》中所用的"清"，涵盖了文章的文辞、内容、风格以及作者的才性、文体的特点和文章的风骨，其内涵可分为两层，一层与文章鉴赏论、风格论相联系，指文辞的简约精炼、文意明而不浅和文风的清新，一层与文章本质论、创作论相联系，指生命之气的清纯、作者才性之清高以及作品情感的纯粹、思想的纯正。这些内涵，与刘勰论文尚简尚精、以情为本和追求风骨的原则互为表里，既是刘勰文学思想的重要体现，又从另一个角度充实和丰富了刘勰的文学思想。

本辑"知音君子"栏目下也有两篇文章，首先是王术臻教授的《辨章考镜，质疑开拓——读龚鹏程先生新著〈文心雕龙讲记〉》一文。龚鹏程先生是蜚声中外的学者，他的学术成果历来不乏拥趸，《文心雕龙讲记》之作甫一上市即引人瞩目，本刊以《文心雕龙》为研究中心，自然亦关注龚先生的这一重要"龙学"成果。术臻教授曾受业于龚先生，其所感所评必能心领神会而切中要害。其总评曰："龚先生的学术研究，往往具有宏大的历史视野和强烈的方法论意识。统观《讲记》一书，颇能体现龚先生辨章学术、考镜源流的学术精神，以及质疑旧范式、开拓新视角的学术方法。"这应当是读过龚先生大著者的共同感受。具体而言，术臻教授的以下几点感评，笔者亦颇为赞同。

第一，龚先生指出，自近代以来，学者们是从文学理论、文学批评的角度来看《文心雕龙》的，但这并非《文心雕龙》的本质；从刘勰自述以及《文心雕龙》历代著录情况看，"古人主要是从作文的角度来看待《文心雕龙》，认为此书是讲为文之用心，谈的是怎样写文章，而不是评鉴文章"，因而《文心雕龙》的重心是在文体论部分，这跟今人所谈大不相同。笔者认为，这是符合刘勰的初衷和《文心雕龙》之实际的。第二，《文心雕龙》在历史上所承载的文化内涵和价值要远远超过一部文学理论著作，唯有采用中国固有的文学观念，做到以古释古，以刘解刘，方能彰显其全部价值和魅力；如果采用西方文学视角来评判讨论《文心雕龙》，一味纠缠于纯文学和杂文学之辨等命题，会使问题越来越混乱，实属无谓。笔者觉得，这一看法也是很有道理的。第三，《文心雕龙》属于经学传统影响下的文论，刘勰格外重礼，其讨论文学内部问题，无不围绕"文以经礼"来展开，因而南朝礼学的发达以及刘勰本人参与五礼建设的意志，才是刘勰文论背后起决定作用的因素。这一点既有龚先生的意思，又有术臻教授的发挥，我也觉得是颇有见地的。第四，对《原道》篇的解读，注意刘勰将宗教、哲学、文字、文学、文明融为一炉的特点，龚先生一则运用道门文字教理论，一则运用文字—文学—文化一体化理论，对此进行了高屋建瓴的剖析论断，对理解《文心雕龙》一书是颇有帮助的。

其次是李超的《金庸小说女性人名探析》，这是一篇饶有趣味的文章。作者通过对金庸小说中女性人名进行总结归类，得出六类典型的命名类型，探索每一类人名的内在联系，寻求这些联系所产生的作用及其带给人的审美体验，并分析其中的美学意义和价值。如金庸以香草为名，写出了众多女性的绰约身姿、婀娜体态、秀美形貌，也暗喻了其性格别异、身世浮沉的殊途人生，诸如"春花灿烂，只享受自己片刻爱情最终难敌秋霜凛冽的马春花；秀美绝伦，典雅高贵，聪颖过人却对爱情隐忍不语成人之美的霍青桐；痴情为爱轰轰烈烈可悲可叹但不知为谁而生的何红药；吹气如兰典雅秀敏娇柔无比从容娴雅的苗若兰；气度芳菲，清逸飘然，为了爱默默开放时而自怜自伤的公孙绿萼；外刚内柔正直善良似芙蓉一触即破的纪晓芙……"正如文章所说，"在每一个香草花木的人名符号下，是一个个独一无二的鲜活女子，是一个个无可比拟的激情生命，每一个故事的结束都是未知的远去，然而远闻其名，踏花归去，可知其香"。文章指出，金庸小说中的女性人物名称是一个庞大复杂的系统，除了表面的符号意义与社会意义，还蕴含着丰富的美学价值，针对不同类型的人物，金庸有着不同的命名习惯，在这些女性人名的背后，关涉着人物性格、人物命运、故事背景等甚多因素，因此，不管是富有诗意的香草美名，还是朴实平淡的奴仆之名，无论是亲切可爱的温柔名字，还是江湖侠气的豪情大名，都是对其人生的写照与反映。

在"学科纵横"栏目下，首先是笔者《论明人对〈文心雕龙〉的品评》一文。明代的《文心雕龙》刊本为数不少，一般均有序言或跋语，其中自然少不了对《文心雕龙》的评价，虽或有不实之词，但总体上代表了明代学者对《文心雕龙》这部文论名著的基本认识，值得重视。比如，从冯允中开始提出"作者之指南，艺林之关键"之论，此后类似说法一直不断，令人印象深刻，如方元祯所谓"方圆之规矩，声音之律吕"，程宽所谓"文苑独照之鸿匠，词坛自得之天机"，朱载玺所谓"文苑之至宝，而艺圃之琼葩"，佘诲所谓"文章之奥区，声音之律吕"，顾起元所谓"述作之金科，文章之玉尺"，加上经常被引用的张之象所谓"作者之章程，艺林之准的"，这些对《文心雕龙》一书的基本定位，皆非泛泛之谈，却一反唐宋人有所保留的态度，给予刘勰"论文"之书以无与伦比的崇高评价，成为此后对《文心雕龙》一书评价的主基调，直至今日。诚如程宽所说："后世讵知无沈之知音者耶！"不惟沈约堪为刘勰之知音，有明一代，刘勰可以说收获知音无数。

上述明代各家之序的另一个重要内容，则是对《文心雕龙》文论体系及其理论本身的把握，正如程宽所说："君子诚欲启此文心，能无把玩于五十篇之文？"把玩的结果是什么呢？乐应奎有序曰："《文心雕龙》一书，文之思致备而品式昭矣。"亦即思虑完备，纲领明晰。对此，朱载玺有准确认识，一则曰"纲领昭畅，而条贯靡遗"，这是从全书结构而言，谓其上下篇分工明确，即刘勰所谓"纲领明""毛目显"之意；二则曰"什伍严整，而行缀不乱"，这是从理论布局而言，谓其体系严整、秩序井然；三则曰"标其门户，而组织成章"，这是从论文主张而言，谓其有所遵循而观点明确；四则曰"雕镂错综，而辐辏合节"，这是从具体内容而言，谓其丰富多彩而前后照应，有类沈约所谓"深得文理"之意。朱氏之论，可以视为清代章学诚所谓"体大虑周""笼罩群言"之先声。

序跋之外，明人对《文心雕龙》多有评点，其中虽较少系统论述，却不乏真知灼见，对理解刘勰"论文"之用心，可谓颇有启发。最早对《文心雕龙》进行评点的是明代著名学者杨慎，他留下的评语虽不多，但其自谓"批点《文心雕龙》，颇谓得刘舍人精意"，实开有明一代评点《文心雕龙》之风。杨慎之后，对《文心雕龙》评点较多的首推曹学佺。曹氏对《文心雕龙》颇有研究，其对《文心雕龙》的批点虽表面上较为零散，却有着统一思考和全局观念，这是难能可贵的。明代还出现了《文心雕龙》选本，这是值得注意的现象。选本之产生，显然更着眼于读者之需要，也就更能体现编选者的主观色彩，在一定程度上显示出对《文心雕龙》的某种研究，如选择篇目、解说评论等。刻于崇祯年间的"汉魏别解"本《文心雕龙》即是这样一个选本，该本由黄澍、叶绍泰编选，共选三十二篇，不久后叶绍泰又刊出"增定"本，所选篇目大为减少，仅有十二篇，但篇目颇有不同。两种选本各篇篇末皆有叶绍泰的总评，对所选各篇内容从不同角度进行了概括和评述。

其次是刘尚才《创新阐释与创造借鉴：傅庚生先生对〈文心雕龙〉的接受》一文。应该说，包括笔者在内，我们以前对傅庚生先生的"龙学"成果关注不够，尚才此文对此是一个弥补。他认为，傅先生是新中国成立前的"龙学"代表性人物之一，为现代"龙学"的发展，做出了不容忽视的贡献，其《中国文学批评通论》《中国文学欣赏举隅》《中国文学欣赏发凡》等著作，对《文心雕龙》既有评论层面的创新阐释，也有文句引用、标题模拟、思想袭用等"互文性"层面的创造借鉴，其理论与实践结合、研究与应用并重的治学特色，对当代的"龙学"具有重要的启迪。文章特别指出，傅先生的学术研究分为前后期，前期以中国文学批评为主业，后期则以杜甫研究为重点；其杜甫研究，受到废名先生的沾溉及影响；其致力于《文心雕龙》及中国文学批评史的研究，则直接得益于黄侃先生的传授及影响。同时，傅先生在西北大学任教之后，在课堂上也是"龙学"的传播者，如党圣元先生便曾受其影响。文章也指出，由于受到西方文学观念的熏陶，傅先生对《文心雕龙》的创新阐释和创造借鉴，其对《文心雕龙》文体论多数篇章的重视程度都还远远不够。

在"文场笔苑"栏目下，首先是万奇教授的文章《那座山，那盏灯——怀念恩师志彬教授》。万教授深情地写道："志彬师是一座巍峨的山。这座高山并非遥而不可及，而是时时刻刻为我们挡风遮雨，关爱、呵护着我们。从工作、学习到生活，无微不至。每一位在志彬师身旁的人都能感受到阳光般的温暖。"又说："志彬师是一盏明亮的灯。他照亮了我们前进的道路。……我们正是在志彬师带领下，一步一个脚印，从苍凉塞外走到繁华京师，走到烟雨江南，走到锦绣巴蜀，走到多彩南粤，走到'东方之珠'香港。被写作学界誉为'内蒙古师大现象''内蒙古现象'。"确如万教授所说，王志彬先生"深谋远虑，对'龙学'（文心学）建设与发展有总体规划，不愧是内蒙古'龙学'（文心学）的奠基者和带头人。"本辑《中国文论》以左会长对王先生"龙学"作出高度评价的大作开篇，在最后一个栏目中，则是王先生高足万教授的深情怀念之文，我们以此表示对王先生"龙学"成就的敬意。

其次是书法家秦佑星先生的《大美书法，楷书为首》一文。作者以较为轻松的笔触，分析了楷书艺术之美。正如文章所说，书体的分类人们常习惯称之为"真（楷）、草、隶、篆"，楷书名列其首。

那么楷书为什么会被列为四体之首呢？作者指出，我们不能简单地认为，这是按四种书体产生的先后顺序排列的，而是还有更为重要的两个方面：一是楷书最美，它几乎涵盖了书法艺术最基本的审美要素，乃是饱含书法艺术基因的"母体书法"；二是楷书生命力最强，只要我们还在使用汉字，它就会永不泯灭。以此认识为基础，作者对现代书法艺术的走势进行了分析与反思："我们应该让书法艺术与时俱进，沿历史而行，随时代而动，守本质而生""衷心期待着唐楷能与其它书体一道为我们这个崭新的时代书写灿烂的盛世华章"。作者特别强调，"标准楷体汉字相比于其它字体，承载了更多民族的聪明智慧、良知正直和忠真善美，正可谓人字合一，字如其人，见其字就如同看到了我们堂堂正正的中国人！所以，标准楷体汉字才是我们这个时代当之无愧的楷书！"可以感受到，作者对楷书宠爱有加，因而倍加赞赏，本文不啻是一首楷书的赞歌，无论我们是否同意作者的观点，我们都可以为作者对楷书之爱所感染，由此对中华瑰宝之一的书法艺术亦顿生仰慕之情，这无疑展现了中华文化的强大魅力。

良德记于辛丑年春分

六、第十辑编后记

从 2014 年 9 月至今的七年多时间里，《中国文论》出版了九辑，总字数近 300 万字。从本辑（第十辑）开始，本刊编委会进行了较大调整。首先需要郑重说明的是，原编委会中的张长青先生、张可礼先生、刘文忠先生先后辞世，我们深感悲痛，对三位先生为本刊做出的巨大贡献，我们将永远铭记于心。本次编委会调整，一是设立编委会顾问，敦请一批为本刊的筚路蓝缕已然做出极大贡献的前辈，继续为本刊的发展出谋划策；二是聘请一批年富力强的"龙学"和中国文论专家，为本刊的进一步发展贡献力量。对各位德高望重的先生，对各位新任编委的支持，我们谨表达由衷的敬意和感谢！

　　本辑"文心雕龙"栏目下，是两位"龙学"老将的大作。首先是涂光社先生的《〈庄子〉寓言：哲思表述和文艺实践理论中的非凡建树》一文。涂老师是"龙学"大家，亦为庄子专家，近年对庄子研究付出极大心力，创获自然亦多。如所周知，《庄子》一书"寓言十九"，对此如何认识和评价，自然就成了庄子研究的永恒话题。涂老师认为，《庄子》寓言是先秦子书中以"谬悠""荒唐"笔触撰就的绝世精品，拥有跨越时空局限的文化意义和理论价值；而"寓言十九"的写作将《庄子》归诸文学范畴，是极为成功的文学实践，对两千多年中国的文学艺术创造有着深刻影响和引领作用。即是说，庄子之"哲思表述"的最大特点在于"中外古今学人哲思难能企及的艺术表达"，"《庄子》寓言是用绝妙的既荒诞又切中肯綮的笔触进行表述，也有若干造艺方式和规律的精要论证。可以说既是浪漫主义的文学实践，也是'道法自然''法天贵真'的文艺理论批评的经典著述"。应该说，这样的认识既是对《庄子》一书实事求是的概括，符合中国古代文化的基本特点，又立足当代哲学、文学学科的话语体系，从而较好地达到了古今话语的衔接和贯通，是颇为难能可贵的。

　　可以看出，涂老师既关注《庄子》的哲学品质，又深深沉入庄子营造的艺术境界，乃至将二者融为一体。如谓"其诗意表达上易被忽略的一点是民族特色鲜明的概念和语汇创用，运用'象形为先'的汉字令概念、语汇（包括成语）文词简约、意涵深蔚，首见于《庄子》被传承的广泛的范畴概念和词汇、成语之丰富在古今著述中首屈一指"，又说"'寓言十九'令《庄子》也归属文学领域，其'谬悠''荒唐''恣纵''无端崖'的表述令其成为绝世无双的浪漫主义作品"；一方面，"庄子寓言以浪漫笔触展示的精神视野和理论境界堪称卓异：庄周有古今哲人难以企及的宇宙观、人生观和社会发展观，即使当代学者也不能不惊叹其思维方式、生命理念及其政治学说逾越时空局限的非同凡响"，另一方面，"庄子充分发挥汉字在语词组合上的优长，创用了一系列有'天'的概念组合系列，多层面地阐扬了古人崇尚自然的美学追求，尤其是对'真'（包括对清纯、素朴、愚拙、本色）美学意蕴的肯定，凸显了传统审美意识和文学艺术创造上的一个重要文化特征"。笔者觉得，这种对庄子及其著作的体悟有类李泽厚先生所谓庄子哲学即是美学的论断，而又深入《庄子》一书所创造的哲学、美学和艺术境界，乃至庄子独特的语言世界，从而使我们真正深刻领悟《庄子》寓言的哲思表述及其文艺实践理论中的非凡建树。

其次是刘业超先生的《佛教心法观对〈文心雕龙〉心法说的历史性献功》一文。佛教和佛学对《文心雕龙》的影响是"龙学"的一个重要论题，但这一问题的难度也是可想而知的。刘先生不仅不避其难，而且迎难而上；不仅迎难而上，而且单刀直入，就佛教心法观对《文心雕龙》的影响展开正面论证，就笔者所知，这是不多见的，其理论勇气自然是令人敬佩的。如刘先生所说，对心性的探讨和体认在中华认识论中具有普遍性，但在儒释道不同的文化体系中，是存在着较大差异的，其间又有着诸多的交集与融会，种种复杂的情况，在《文心雕龙》的思想体系中都有所呈现，如何准确认识并充分观照其中的历史事实与逻辑关系，显然事关重大。刘先生认为，"佛教心法论所体认的心，不再是'心之官则思'的以人为本的纯人性化的体人之心，也不再是'绝圣弃智'的以物为本的纯自然化的体物之心，而是将宇宙万物融为一体的'万法唯心'之心。……这一带有鲜明佛教本体论色彩的有机整体具体表现在《文心雕龙》的心物论中，就是它的独标一格的理论界面。而其'神思'之说，就是这一心物融一的理论界面在美学领域中的集中表述"。

刘先生指出，"以心为本、以心为总、以心为美、以心为力、以心为用、以心为法，因而顺理成章地将心与物置于同一的心理界面进行冥思从而获得智慧的启迪和精神的解脱的思维理论与思维方法"，为佛教禅修所独擅，"刘勰《文心雕龙》以心总文的总旨和以心为法的用心之术及以心为力、以美为求的工程方法体系，显然是与佛教的这一强大的认识体系与方法体系的滋润和支持密不可分的"。如刘勰有著名的"神与物游"之论，刘先生解释说："神"者，主体之心也；"物"者，心外之感知对象也；"游"者，融合为一之谓也。"这种心物融一的心理境界，也就是佛教所标举的'色不异空，空不异色，色即是空，空即是色，受想行识，亦复如是'的'心物不二'般若境界。"诚如是，这确乎就是佛教心法观对刘勰及其《文心雕龙》的直接影响了。类似大胆的看法，本文还有不少。正是在这些重要认识的基础上，刘先生得出这样的结论："刘勰由点到线、由外及内、由面及体，构建了一个完整的心法论的理论体系和方法体系，其中的林林总总，点点滴滴，无一不与佛教以心为本的认识论的强大支持密切相关，无一不与佛教以心为总、以心为用、以心为力、以心为美的方法论的智慧启迪密切相关。《文心雕龙》用心之理与用心之术之卓越与精深，不言自明。佛教心性论对中华心性论之历史性补益与升举，于此可见一斑。"由于事关重大，加之笔者乃佛学研究之外行，这些结论是否确然如此，笔者尚难以遽断，但其带给我们的启发应该是多方面的，因而这些探索和思考是极为有益的。

在"文之枢纽"栏目下，首先是万奇教授的《以"文"为本：〈文心雕龙·原道〉篇新解》一文。刘勰的"原道"论是"龙学"的老问题，也是意见最难统一的问题之一，万教授贡献了自己最新的思考成果。他认为，《原道》篇虽标名"原道"，其实论述的重点在"文"，而不在"道"；学界对"德"的关注较多，而忽视了"德"之前的"文"。文章首先梳理了"《原道》篇的内在义脉"，指出该篇从"道之文"出发，析一为三，分述天文、地文与人文；又在与"无识之物"的对比中强调"有心之器"的人文之重要；进而指出人文始于文字产生之前的"象之文"，而有文字之后则发展为"言之文"，即道之文→人文→言之文。同时，文章还借鉴语言学家的研究成果，对《原道》篇至关重要的开篇之语"文之为德也，大矣"一句进行了认真剖析，指出"……之为……"句型有六种句式，刘勰的这句话属于"N之为 N3"的主语同位式。其中的"之"是代词，指代它前面的"文"，而"为"不是动词，是作为同位词组标志的助词，同时又兼有衬音作用，"这个'为'字在一般情况下是不能省去的，因为省去后'N之为 N3'就成了'N 之 N3'的名词性偏正词组了"，因此，"文之为德"不能简化为"文之德"。从而，"文之为德"可译为"人文这种文德"，"文之为德也，大矣"一句便可译作"人文这种文德（人文），真是很伟大（了不起）"，将其缩简为"文德大矣"也是可以的。应该说，这一解读是非常细致而具有启发意义的，对正确理解刘勰的"原道"论自然也具有重要价值。

值得一提的是，万教授还特别指出，研读古人著述，宜抱陈寅恪所倡导的"了解之同情"的态度，弄清楚"其持论所以不得不如是之苦心孤诣，表一种同情"；尽管由于研究者都有自己的"前见"（Vorurteil），似乎不大可能还原古人的本意，但却可以最大限度去贴近古人的语境与行文脉络，"始能批评其学说之是非得失"，而无以今律古的"隔阂肤廓之论"。对此，笔者深以为然，这不仅对研究刘勰的"原道"论是重要的，而且也应视为"龙学"的方法论，是值得提倡的。

其次是韩湖初先生《论"自然"为"道之异名"——复魏伯河先生》一文。虽然如万奇教授所说，刘勰在《原道》篇讨论的重点是"文"而不是"道"，但"原道"之"道"及其相关用语，如"自然""自然之道""神理"等的内涵所指，研究者一直有着不同的认识和结论，这也正是韩湖初与魏伯河两位先生所争论的问题。需要说明的是，韩先生本文的大标题原为"'自然'为道之体与用二义，故为'道之异名'"，笔者将其做了简化处理。韩先生认为，道、自然、体、用等范畴乃是我国传统的哲学范畴。"道"指宇宙本体，"自然"兼指道与用；"体"指道为宇宙万物的总根源，"用"指道化生万物及其演变是自来如此、自然如此。由于体、用密切不分，故"自然"为"道"之异名。韩先生指出，他与魏先生之争，从根本上来说，魏先生认为"自然"只是一般的叙述语言，不承认其已经作为哲学范畴指宇宙本体，兼有体、用二义，故是道之异名。因此，这确乎是一个带有根本性的问题，恐怕一时之间还难以达成一致的意见。

笔者想说的是，在学术发展的过程中，必要的争论和争鸣不仅是难以避免的，而且是非常重要的。虽然个别时候未必真理愈辩愈明，但大方向应该是这样的。在上一期的文章中，魏先生曾有这样的说法："在当今民主开放的学术氛围中，更应倡导平等讨论，任何企图'定于一尊'的想法和做法都是不可取的。"本辑韩先生的文章则专门引用了这段话，并称赞"说得好"，可见虽然两位先生暂时还没有就"道"和"自然"的概念达成一致的意见，但对学术争鸣的态度和原则，却有着一致的认识，这可能是最重要的事情，它将保证学术争论沿着正确的轨道进行。

在本辑"论文叙笔"的栏目下，首先是洪树华教授《论"诗言志"说的流变》一文。如所周知，"诗言志"是著名的先秦儒家诗论命题，但如何认识、评价这一命题，尤其是如何认识其后漫长而复杂的发展、流变过程，显然还有着深入研讨的学术空间。洪教授认为，从先秦儒家对诗的看法而言，"诗言志"这一命题表明了中国古代对诗歌本质特征的认识，那就是诗不仅表现诗人的思想、志向和怀抱，而且还要抒发诗人的情感。即是说，"诗言志"的"志"包含诗人的理性与情感两个方面。这一认识与若干批评史的说法是有所不同的，但可能是更为合乎实际的。洪教授特别指出，尽管先秦文论家对诗的看法有所差异，但最根本的一点却是相同的，那就是都认识到"志"是含"情"的因素在内的，它并不是一个排斥情感的纯理性范畴。然而，由于后来对诗歌的功能认识和对"志"的含义有不同理解，"诗言志"说在各个时代有所变化。

这种变化，"受儒家政教思想的影响，对'诗言志'说的解释偏重于政治教化的功能方面，将先秦文论家对诗的本质特征认识的'诗言志'说引向了歧途。从汉儒，梁代裴子野，唐代的韩愈、柳宗元，宋代的邵雍、周敦颐，一直到明清要求诗成为经世匡时、体现忠孝思想的工具的宋濂、翁方纲、沈德潜等，一步步将先秦儒家的'诗言志'作了扭曲的阐释，他们注重政教、风化，以致把诗当成传道的工具，从而将'诗言志'说推向了极端程度，这种忽略了文艺创作本身的内在规律，否定了艺术的审美情感特征的'言志'说，并不能代表在'诗言志'说流变中对诗的本质特征的正确看法"。同时，"诗言志"在流变的过程中，还出现了重视"志"与"情"的融合。"从汉代《毛诗序》开始，经魏晋南北朝时期刘勰等人，唐宋时期的吴融、孔颖达、白居易、陆游，直至清代的钱谦益、王夫之、叶燮等人的诗论，将传统'诗言志'说推向了重视情感的'情志'论。"洪教授认为，这种"情志"说，强调感物言志，既重视诗歌的社会作用，又强调了诗歌的抒情特点，继承和发展了先秦儒家"诗言志"说的传统。

其次是冷蕊的《〈文心雕龙·颂赞〉篇"末代之讹体"辨析——关于陆机〈汉高祖功臣颂〉的评价问题》一文。文章指出，在《文心雕龙·颂赞》篇中，刘勰以"褒贬杂居，固末代之讹体"评论了陆机的《汉高祖功臣颂》，这一评论引发了学术界较多的争论。文章认为，刘勰对《功臣颂》的贬抑并不表明他完全否定陆机这一作品的成就，而是在指出"褒贬杂居"的问题之外，也隐含着对其创作成就的肯定。本文特别指出，刘勰之所以会认为陆机这一"褒贬杂居"的颂不符合颂文的创作要求，这与他对颂文体的认识密切相关：在颂的名称性质上，刘勰将《诗经》之"颂"与同源于《诗经》的"风""雅"两体进行比较，申明颂文"美盛德之形容"的理论主张；刘勰明确了《诗经》颂文用以"告神"而"义必纯美"的要求，以区别于《诗经》中"风""雅"两体用以"序人"，所以"事兼正变"而有美有刺的特点。正因为刘勰以《诗经》颂文的特点彰显了颂文体"美盛德之形容"的创作要求，而陆机的《功臣颂》在"褒贬杂居"上违背了颂文体只褒不贬的原则，所以受到了刘勰严厉的批评。但文章认为，这并非是对《功臣颂》创作成就的笼统否定，而是有着一分为二的折衷态度，即在内容上肯定了其中歌功颂德的部分，在形式上也没有彻底否定《功臣颂》的艺术成就。

在本辑"剖情析采"栏目下，首先是朱文民先生的《〈文心雕龙〉之体势论》一文。正如朱老师所说，对于刘勰的文章体势理论，龙学界一直没有取得完全一致的意见，因而颇有认真研究的必要。尤其是刘勰的"势"字，笔者也一直觉得颇难准确把握。朱老师认为，就文论而言，"势"在文家笔下；就兵学而言，"势"在战争指挥者的谋略之中，因此，"体"在客观中，"势"在主观内。笔者觉得，这一说法视野较为开阔，对进一步理解刘勰的体势论是有帮助的。朱老师特别指出，在《孙子兵法》中，《形篇》在前，《势篇》在后；在《文心雕龙》中，《体性》篇在前，《定势》篇在后，这都不是偶然的巧合，而是刘勰有根有据的安排。他认为，刘勰的宗经，并不仅仅是宗儒家之经，孙武《兵经》各篇严密的逻辑结构和珠玉般的辞藻，也是刘勰可"宗"的范例，"因而刘勰《文心雕龙》中的'体'，也就是孙武《兵经》中的'形'"，刘勰给"势"下的定义"不仅源于《孙子兵法》，就是连《定势》篇的有些事例也来自《孙子兵法》"。

基于这样的认识，朱老师指出，"势"在军事学上可以称为军队布阵形势，简称阵势；在文章学上，可以称为文章体势，或者简称文势。"刘勰主张文势变化之无穷，目的就是为了提高作品的感染力，以征服读者为目的。作家在不同的文体里，无论是一派柔情，缠绵悱恻，还是慷慨激昂，义正词严，都是情的需要，都是为了打动读者。只要使文章能有感染力，无论刚柔，皆为任势。一位伟大的作家总是因情立体，因体变势，按照势之自然旨趣，以掌握其文学创作规律，这是文学创作的重要原则。"应该说，这些认识都是颇有见地的，有助于我们抓住刘勰"定势"思想的基本内涵。

其次是吕枫云的《遒：中国古代文论的一个独特范畴》一文。"遒"是一个很容易被忽略的文论范畴，正如本文所说，"遒"从日常用语进入文艺理论，经历了从先秦到魏晋南北朝的漫长历史时期。在六朝以前，"遒"的用法集中于其本义及引申义，到了魏晋之际开始在文论中出现，并随着人物品藻的流行，得以脱离一般语境而具备抽象的评鉴意义，广泛渗入六朝文艺批评的各个领域。那么，"遒"的本义以及引申义都是什么呢？作者通过检索中国基本古籍库，对隋以前古籍中"遒"字的用例进行分类归纳，将其义项分为若干种，按用例数量从高到低排序，由此对其各类语义及引申情况进行了直观把握，如作"超逸、卓拔"义有15条，作"急迫或迫近"义有14条，作"终尽"义有11条，作"美好"义有7条，作"完备、大成"义有6条，作"聚集"义有4条，作"强健有力"义有2条，作"坚固"义有1条等。文章进而指出，"遒"由急迫、行进的本义引申出聚集、坚固、终尽、完成、美好、劲健之义，并在人物品鉴风气的影响下，发展出超逸、卓拔等更为抽象的内涵，最终实现了从一般用语向文论术语的转化，成为文艺批评领域中的一个独特范畴。显然，这一研究有着较为扎实的文献基础，因而可望得出令人信服的结论。

如《文心雕龙·风骨》有"风力遒"的说法，多数研究者不觉得有什么难解之处，但是否如此呢？本文指出，此处的"遒"相对于骨力之强劲来说，更强调意气之骏爽，突出神采的方面而非形质的方面，当解作"超逸"；此前学者多将"遒"理解为劲健，而对"遒"这一概念所蕴含的风神、风采之高蹈远扬有所忽略。文章认为，"遒"的这类用法从人物品评而来，并在此一时期的书画理论中大量出现，其与风韵、风姿、风仪的关系更为紧密，往往形成"遒上""遒迈""遒逸""遒雅""遒举""遒越"等词语，而少与"劲""健"组合。这种对神韵风采、精神气度之英特俊迈、清逸洒脱的高扬，正是魏晋南北朝时代崇尚风神韵度的审美风尚的鲜明体现。同时，"遒"与"风力"的连用，又是刘勰提倡文章力度和刚健风貌的体现，为"遒"之美学内涵从"气"的圆融转向"力"的强劲提供了依据，为后世文论将"遒"与"壮""健""劲"等表示力量的词联合使用奠定了基础。应该说，这样的解说较之一般"劲健"的理解显然是更为细致而准确了。

文章还对六朝之后"遒"的语义演变进行了较为清晰的概括。作者指出，在一个历史阶段内，从语言运用的静态、数量的角度看，

"遒"的含义呈现出不偏不倚、多元并存的局面，而从动态、质量的角度看，则表现出优美婉丽向刚健壮大转变的趋势，这正体现了"遒"的美学内涵在唐代的过渡性特征，即其原有的神韵、风采、意趣方面的光芒逐渐被掩盖，而代表骨力劲健的质实一面逐渐凸显并凝固下来，并在宋代得到进一步发展，最终完成了由气韵、神采、风度向形质、骨格、力度的转型，尤其是南宋以后逐渐凝固为一种基于形质而不是神韵上的骨格劲挺、笔力雄健、结字精警，具有高峻豪宕、奇崛峭拔、苍劲雄直的审美特征。这也体现了由魏晋南北朝到唐、宋审美风尚与理想的转变。

值得一提的是，枫云这篇文章在初稿完成后，适逢《北京大学学报（哲学社会科学版）》2021年第4期发表了李飞的《论六朝时期"遒"作为文艺批评概念的四种意义》一文，她在认真研读该文之后，对自己的文章进行了数次修改，最终成为现在的样子。笔者觉得，这是一篇值得鼓励的研究生习作，尽管其中难免一些稚气和不成熟的地方，但总体而言，该文呈现了新一代研究者的灵活和生气，令人鼓舞。

在本辑"知音君子"的栏目下，首先是"龙学"前辈、曾担任中国《文心雕龙》学会副会长的缪俊杰先生的《论刘勰〈梁建安王造剡山石城寺石像碑〉的文学价值》一文。缪先生对很少有人关注的刘勰《梁建安王造剡山石城寺石像碑》一文进行了认真研究，提出要重视刘勰这篇作品的文学价值，这无疑是非常有意义的。他认为，杨衒之的《洛阳伽蓝记》和刘勰的《石像碑》是魏晋南北朝时期佛教文学双璧，"杨、刘之文章，在文学上的价值地位，伯仲之间耳"，但一般文学史著作或论文，除《文心雕龙》之外，谈到魏晋南北朝的佛教文学时，只提到杨衒之的《洛阳伽蓝记》，很少有人去论述刘勰的《石像碑》。"这是一个天大的遗憾，真正的'遗珠'之憾"，缪先生此文，就是想引起文学史家们的注意，"把这颗'遗珠'拾起来，让刘勰的这颗'文学之珠'在中国文学史上放出光彩"。缪先生指出，作为一篇具有文学价值的作品，刘勰的《石像碑》具有三个重要特点：一是记录历史，真实可信；二是艺术描写，文采飞扬；三是气韵生动，启人心智。笔者也觉得，《石像碑》在这三方面确实都很出色，是值得我们予以充分重视并加以认真研究的。

其次是魏伯河先生的《刘勰文学发展观述论——兼答韩湖初先生对"商周文学顶峰论"的否定》一文。文章指出，古人之所谓"文学"既与当今之"文学"有异，其"文学发展"也必然与当今之"文学发展"有所不同；这种不同，主要就是古代之"文学发展"是指整个文化学术的发展变化，其中包括文学，也与其他的学术文化、政治制度密不可分。魏先生强调，刘勰的思维方式带有经学思维的明显特征，他的论"文"，以"征圣""宗经"为"枢纽"，在"论文叙笔"中将各类文章都追溯到儒家经典，其"割情析采"也处处以儒家经典为标尺，因而刘勰的学术价值取向，其实是崇实黜虚，亦即崇儒黜玄。"今人或以为刘勰尊经崇儒限制了他的文学天才，否则的话《文心雕龙》会写得更好，殊不知儒家经典恰恰是他当时进行学术研究所能掌握的最得力的理论武器。没有尊经崇儒，便不会有《文心雕龙》，即便有之也将与我们所见大为不同。"

魏先生认为，刘勰之征圣、宗经不是可以简单否定的。"大抵古人所做选择，每有其只能如此或不得不如此之理由。刘勰选择征圣、宗经，一方面固然出于他对儒家圣人和经典发自内心的崇拜，另一方面，他要扭转文坛颓风，正末归本，在当时并没有比儒家经典更有力的理论武器"，因而"真要治国平天下，并使文风归正，只能依靠儒家经典"。本文还借鉴"轴心时代"的概念，以此来回顾、扫描中国传统社会"以经为纲"的历史和人们"经学思维"的普遍现象，并从中找到一个相对合理的解释。"在这种视角下，刘勰的文学发展观之所以受宗经思维的严重制约，乃至以五经产生的商周时代为文学发展的顶峰，便不是完全不可思议、而是有其内在的依据了。"

本辑"学科纵横"栏目下，是两篇"龙学"博士后的论文。首先是黄诚祯博士的《王利器与杨明照"龙学"研究异同论——从徐复观的"褒杨贬王"倾向谈起》一文。王利器与杨明照两位先生是我们熟知的"龙学"大家，尤其是在《文心雕龙》的文本校勘上做出了巨大贡献。但据诚祯研究，徐复观先生对于王利器的《文心雕龙校证》存在着较为明显的误解，且透露出一种鲜明的"褒杨贬王"倾向，这确是值得研究的。诚祯认为，徐氏对于王利器的批评，与批评其师黄侃一样，并非由于海峡阻隔所形成的意气之争，而是出于学术为天下之公器的考虑；最根本的原因，是此间涉及"新儒家"的治学宗旨，实为"箭在弦上，不得不发也"。文章指出，"不管是牟宗三抑或是徐复观，在熊十力的影响下，他们的治学均主张以'生命'为中心，崇尚儒家思想，尤其是推重宋明理学，极力反对考据，进而抨击以胡适、傅斯年为代表的'中央研究院'的治学理念。这种主张，落到徐氏的《文心雕龙》研究中，便是对于王利器的严厉批评。"笔者以为，这种跳出"龙学"看"龙学"的做法，对研究徐复观这样的文化大家的有关"龙学"成果而言，确是非常必要的。

当然，诚祯的重点是比较两位"龙学"大家的成就。他认为，《校证》与《拾遗》，恰如《文心雕龙》校注史上的双子星座，对它们的评价，不能简单地判定优劣，而是应当结合两人的优长，综合比较分析。正是在这种认真分析的过程中，体现出本文非常扎实的"龙学"功底。如就两书所录版本而言，杨氏所依据的版本数量看起来远比王氏要多，但实际上，"具体到《文心雕龙》的校勘操作时，所依据的关键性版本资料，其实不出唐写本、宋《太平御览》《玉海》、元至正本、明代诸本及清纪昀、黄叔琳辑注本等若干种"。又如明代《文心雕龙》版本颇多，"杨氏经眼的明代写本一种，单刻本十四种、丛书刻本七种，选本十三种，校本二种，合计三十七种，确实比王氏要多"，但比较重要的版本，如冯允中本、汪一元本、张之象本、王惟俭本、梅庆生音注本等，王氏实际上也已经搜罗殆尽，足以保障校勘工作的顺利开展。因此本文认为，在实际操作过程中，个别王氏所无而杨氏经眼的材料，对于文字校勘的最终裁定，虽然具有一定的参照作用，但并无重要的特殊价值。文章还特别指出了王、杨二书各自具有不同的学术价值，并分析了其所以具有不同风格的原因："杨明照后来考入燕京大学，师从郭绍虞进一步深造，而王利器后来则进入北京大学，师从傅斯年攻读研究生学位。不同的问学之路，直接导致了两人治学风格的差异。"同时，"尽管存在差异，《校证》却并不因《拾遗》的存在而挫其锐，而《拾遗》亦不因《校证》的优长而销其光，二书合而观之，恰能收到迭相辉映、优势互补的效果"。

其次是冯斯我博士的《唐僖宗初年〈文心雕龙〉传入日本考略》一文。文章指出，无论是日本还是国内，尚未有学者就《文心雕龙》何时传入日本问题进行专门考证。"一般来说，日本学者们都以宇多天皇宽平年间（889—897）藤原佐世辑录的《日本国见在书目录》为依据，认为《文心雕龙》一书正式传入日本的时间为平安朝（794—1185）初期，空海《文镜秘府论》（809—810）中对《文心雕龙》'声律'篇只是间接引用。"本文则爬梳大量原始文献资料，在比较空海《文镜秘府论》、都良香和菅原道真与《文心雕龙》关系的基础之上，对《文心雕龙》一书传入日本的时间进行了重新考论，从而有助于我们对《文心雕龙》在日本的传播与影响有新的认识。

关于《文镜秘府论》与《文心雕龙》的关系，文章认为《文镜秘府论》的思想体系确实受到《文心雕龙》的影响，具体有八个方面：一是《天卷》和《西卷》的"序"受刘勰"原道"思想的影响；二是《天卷·四声论》直接引用《声律》篇原文，并附有评论；三是《南卷·论体》所倡的"六体"说与刘勰在《体性》篇概括的"八体"说相似；四是《东卷·论对》言文之对偶，与《文心雕龙·丽辞》篇有共通之处；五是《南卷·定位》之论旨，系以《文心雕龙·镕裁》篇为蓝本；六是《南卷·论文意》述作文之要旨，与《文心雕龙·神思》篇大旨相近；七是《地卷·十七势》吸收刘勰《定势》篇思想；八是《地卷·九意》以四言韵文行文，与《文心雕龙》四六骈文的言语形式相仿。文章以此说明，"早在明确著录有《文心雕龙》且标明是刘勰撰的《日本国见在书目录》（891）之前，空海在《文镜秘府论》（809—810）中不仅间接援引《文心雕龙·声律》篇大段的文字，而且，在关于文学产生、文学创作构思和具体写作等方面明显受到刘勰《文心雕龙》的影响"。同时，文章还指出，空海之后的汉学大家都良香（844—879）、菅原道真（845—903）有关声律理论的一些思想也与刘勰《声律》篇有着渊源关系，尤其是都良香还以"刘勰云"字样，直接引用《文心雕龙》中的语言。因此，本文认为，《文心雕龙》一书最迟在 9 世纪 70 年代，已经在日本宫廷贵族文士中有一定范围的流传。

在"文场笔苑"栏目下，首先隆重推出英年早逝的鲍思陶教授的《用典论——中国古典诗歌创作论之四》，这是由倪志云教授整理的鲍先生遗著《中国古典诗歌创作论》一书的第四章。如该章所说，用典是古典诗歌创作的一个重要手段，而要阅读欣赏古典诗歌，也需对诗中的用典尽可能了解，才能更好地理解诗意和诗艺。文章认真分析了诗歌用典的种种好处，一是用古人或故事为比以寄意，可以简洁而恰当地表达自己的志尚和性情；二是用古人或故事为比以托喻，概括或委婉地表达对于他人他事的褒贬品评，或讽刺批判；三是援古以证今，鉴古以论今，对现实作历史的思考，以抒发感时抚事的忧乐之情；四是写景咏物诗，摹写景物之外，如果也用切合此景此物的事典或语典，可以使语言更精炼，可以在有限的字句空间内包含最大的信息量，从而拓展意境，丰富诗的内容和情趣；五是取用或化用前人诗文词句，雅化作品词采，添加作品意蕴，从广义上说也是用典，只是习以为常、习焉不察了。

该文并非一般用典的泛泛之论，其中不乏鲜活的学术新见。如关于李商隐《锦瑟》中著名的"沧海月明珠有泪"之句，其所据何典，钱锺书先生曾沿清人朱鹤龄等注，采"鲛人泣珠"故事。本文则认为，以"玉"对"珠"，以"沧海珠"与"蓝田玉"两个意象属对，并非李商隐的创造，而是化用前人诗赋的既有意象：《荀子·劝学》已有"玉在山而草木润，渊生珠而崖不枯"的比喻，陆机《文赋》"石蕴玉而山辉，水怀珠而川媚"，即用《荀子》的典故为对句；唐代与李白有交往的魏万，其存世诗作《金陵酬李翰林谪仙子》开篇有"君抱碧海珠，我怀蓝田玉"，杜甫诗也有对句云"盈把那须沧海珠，入怀本倚昆山玉"；《锦瑟》"沧海"一联，显然也应是参照魏万及杜甫诗语而得句。"用典论"中类似颇具功力的考论不时可见，体现了鲍先生及其整理者倪教授非凡的学识。

特别值得一提的是，《中国古典诗歌创作论》一书乃鲍思陶教授去世多年之后，倪先生不忘老友之嘱托，全力整理完成的一部书，虽署名鲍先生，实则具二人合著性质。尤其是本期所发"用典论"以及下期将发的"鉴赏论"这两章，更由倪教授"补撰完成"。对倪教授这一行为，笔者知之颇早，但在他真正完成之后，笔者不禁思忖良久，自问假如有人托我，我可以做到这样吗？信守朋友之约，忠于朋友之托，完成朋友之愿，虽然不是每个人都能做到，但相信做到的人还是有不少，但假如所托是一部书，这对一个学者、一个文人来说，能够完成的有多少？或许，首要的问题可能还不在于能否完成，而在于能否找到所托之人，尤其是对才华横溢的鲍先生而言，谁又堪为所托？以此而言，志云兄看似古道古风的侠义之举，如此不计个人得失的仁厚之行，实则诠释了一曲新的高山流水，岂止令人称赏乎！

其次是桑农的《旧学商量加邃密，新知培养转深沉——李平〈范文澜《文心雕龙注》研究〉简评》一文。从2020年底至2021年6月，李平教授相继推出两部研究范注的大著，《范文澜〈文心雕龙注〉研究》便是其中的一种。非常荣幸的是，本刊第五、六辑曾分别发表过其中的两章，笔者在第六辑的《编后记》中说过这样的话："读完这篇大作，我觉得能够如此精读范老文化学社本《文心雕龙注》，并以之与讲疏本进行详细比较，从而完全把握其注疏演变情况者，惟李平先生一人耳！范老地下有知，其当惊知己于千古乎！"那时候笔者并不知道李平兄于范注有如此庞大的研究规划，更没有想到有如此重大的研究成果。否则，此时再说"惊知己于千古"，更令人感同身受了。

桑农的简评，总结了李平兄大著的一些特别贡献，如范注的底本问题，按照范先生自述，乃以清代黄叔琳《文心雕龙辑注》为底本无疑，但《辑注》有不同的版本系统，杨明照根据范注屡将黄叔琳批语误为纪昀评语，指出底本当是"坊间流俗本"，并认为可能采用的是《四库备要》本。"本书通过细致地考证，断定为1915年出版的扫叶山房石印本。这个底本的确定，不仅可以给出时间上的合理解释，也解决了杨明照举出的错误以及其他讹失的来源。"又如关于人民文学出版社《文心雕龙注》的修订人，"作者也是将开明书店版与人民文学版放在一起比勘对照，逐一考察了五百余条订补，将其分为增补、订误、完善、厘正四大类，充分肯定了王利器对'范注'的贡献"，从而揭秘了一段重要的学术公案。不过，笔者觉得，只有"简评"还是远远不够的，范注固为名著，李平兄的大力研究则不仅是对范注的弘扬，更是"龙学"深入发展的重要标志之一，因而值得进一步总结。

良德记于辛丑年腊月

《〈文心雕龙〉范畴考论》序

为光社师大著作序，实在从未想到，难免诚惶诚恐，自然也倍感荣幸。虽然学术史上不乏后学为先进作序，或学生为老师作序的佳话，但以我之才疏学浅，确乎并不具备为光社师"龙学"鸿著作序的资格。惟先生俯委重任于学生者，固多厚爱和奖掖之意，更有一份独特的信任和高谊也，情实难辞，不如勉力为之了。

30 多年前，当我还是一名本科生的时候，涂光社先生的大名便如雷贯耳了。那时候选修牟世金先生的《文心雕龙研究》课程，先生讲课的过程中，不止一次地提到涂先生的大作，有时则会布置我们课后去看涂先生的某篇文章，如谈"风骨"的文章、论"物色"的文章，牟先生都向我们推荐过。记得牟先生对这些文章的突出评价是"文笔老练"，让我们不仅注意其中的观点，更要学习文章的写法。

第一次见到涂先生，是在医院里，牟先生的病床前，那时候我研究生毕业不到一年时间。涂先生远从沈阳赶赴济南，专程探望已经病重的牟先生。记得当时我和师母正站在牟先生的床前，一位身材魁梧、面相憨厚的男子走了进来，师母朝他点点头，他径直来到牟先生的面前，眼睛一眨不眨地看着先生，眼泪在又圆又大的眼里打转，那情景令人动容，历久难忘。他没有停留多久，便在师母的陪同下离开了病房。直到师母返回病房，我才知道他就是我早已熟悉的涂光社先生。

30 年来，皆以我是牟先生的学生之故，涂先生于我亦师亦友，看顾提携之情，直如同出一门，令人倍感温馨。正因如此，当我去年申请国家社科基金重大招标项目之时，我便不假思索地把涂先生的大名列入子课题负责人之中，当我征求先生的意见时，他笑笑说：不用告诉我，我的名字你随便用。先生又补充说：你的项目，我决不只是挂名而已，我不仅要为项目做些事情，而且尽可能多做一些。先生说到做到，这部大著，便是他专门提交课题组的第一个成果。师友如此，夫复何求？

这部书题名《〈文心雕龙〉范畴考论》，是在涂先生几部文论、美学范畴专著的基础上成书的。可以说，数十年致力并执着于中国古代文论、美学范畴的研究，卓然有成，著述不断者，其惟光社先生乎？从《文心十论》到《势与中国艺术》《原创在气》，是一个个重要范畴的专题研究；从《中国美学范畴发生论》到《中国古代文论范畴生成史》，则是文论、美学范畴生成、发展的历史梳理；至如《庄子范畴心解》《庄子寓言心解》等著作，则不惟属于文论范畴的研究，更是文化、哲学、思想的范畴探索了。如此大面积、大范围、大系列的范畴专题研究，其于中国古代文论、美学乃至哲学研究的意义是不言而喻的，但其难度也是可想而知的。面对如此系列著述，于笔者而言，系统研读尚且有待时日，遑论其他？

显然，这部《〈文心雕龙〉范畴考论》有类《庄子范畴心解》，属于对一部专书的范畴专题研究，但其突出特点却是并不专论《文心雕龙》，甚或相当的篇幅放在了《文心雕龙》成书之前，探究中国文论范畴的生发、演进及形成，而其指向则是《文心雕龙》的范畴系列，所谓"考论"者，乃考察刘勰创用系列范畴的来龙去脉也。正如光社师自述："作这些方面的考察皆有探源述流、宣示其然和所以然的必要。"因此，此书不惟揭示《文心雕龙》庞大的范畴系列，更是"厘清文论范畴从生成到《文心雕龙》系统建构的历程"，从而理解"刘勰如何以系统的范畴创用完成文论各层面（尤其是文学的基本理论问题）的经典性论证"，由此，光社师得出这样的结论：
"刘勰在完成《文心雕龙》各层面理论系统建构的同时，也廓定了
古代文论范畴的体系；他正是以文学理论范畴全面系统的创用，成
就了体大思精的文学理论经典著述。"笔者觉得，这样的认识无论
对《文心雕龙》还是整个中国古代文论而言，都是非常重要的，它
说明范畴建构之于中国文论的独特意义，或谓中国文论的内在体系
正可经由范畴的把握而得以彰显。

也许正是出于这种对中国文论范畴的独特认识，光社师不遗余
力地对范畴赖以形成的各种条件予以追索和探求。他认为："研讨
《文心雕龙》的范畴创设运用，开掘其理论价值，首先须明了古代
文学及其理论范畴生成的土壤，揭示华夏民族思维方式和理论建构
（包括范畴概念创用）的特点和优长所在；厘清汉魏六朝传统文学
观念演进、学术发展的脉络和理论思辨水平跃升的所以然。然后全
面解析《文心》的范畴体系、发掘其理论意义，宣示其历史地位，
一窥华夏民族思维方式和文学艺术追求的文化价值。"正因如此，
他致力于"认识中国古代范畴生成的土壤、独特的文化个性及其生
成衍化过程，揭示其学术思考与理论建构上之优长，尤其是探究汉
字运用对思维和语言表述以及范畴创用、传统文学观念形成的影响
等"，以此从根本上回答《文心雕龙》乃至中国文论范畴何以如此，
从而进一步研究或回答去向何方的问题。他说："沉潜其中，愈加
认识到只有通过比较，厘清传统的思维和范畴创用的文化特征，才
可能全面开掘和认识古代文学艺术创造与理论思考这笔遗产的价值
和意义。"可以说，这句简单的"沉潜其中"，提醒我们涂先生对《文
心雕龙》范畴的考索以及由此得出的认识，都是值得认真对待的。

比如，涂先生指出："体大思精的理论，必有统合有序、思考
严密精深的范畴系列。刘勰是文学领域创用范畴概念最多的理论家，

他以民族文化特征鲜明的概念组合所作的逻辑论证覆盖文论的各个层面，并达至'思精'之境，经受住了千百年来中外文学创造和理论批评的验证，葆有逾越时空局限的理论价值。这正是《文心》被一些近现代学者称许和赞叹的缘由。"他认为，"大思想家和理论家刘勰在范畴概念创用上的卓越贡献不仅当时无人可比，就是整个文艺理论史上的后继者也望尘莫及"，"除了那些以基础性理论名篇的专题之外，散见全书的其他范畴概念也在不同理论层面各得其所。刘勰移植和创用的范畴系列几乎覆盖了古代文论的各个层面，其中不少发挥着为后来理论批评发展导向的作用。当然，那些在未作为专题论证的范畴理论意义上一般有更大的开拓、深化的空间。古代文学理论批评运用的所有范畴概念都不难在《文心》中找到自己的归属或者渊源"。笔者觉得，涂先生之论绝不含糊、掷地有声，不仅并未夸张，而且令人信服者，皆以"沉潜其中"而"深极骨髓"也。

　　当然，既以"《文心雕龙》范畴"名书，自然决非仅止于渊源的梳理，而是通过追源溯流的疏浚，最终汇成《文心雕龙》范畴系列的一片汪洋。涂先生不仅对《文心雕龙》中以范畴名篇的专论进行了系统的阐释，并把它们分为"针对文学基础性理论问题的论证"和"文化特色尤为鲜明的论题"两个系列，前者有"神思""体性""定势""通变""情采""镕裁""附会""知音"等著名范畴，后者有"声律""章句""丽辞""练字""风骨""比兴""隐秀""物色"等著名范畴；而且还对《文心雕龙》中那些"不见于篇名、用而未释的范畴概念"进行了挖掘和整理，拈出"自然""中和""性灵""雅俗（郑）""韵""滋味""味""趣""巧""拙""圆""境""悟"等一系列范畴。如此全面而系统的范畴阐释，切实而有力地说明："出现在中国古代文学批评论著上的范畴概念，几乎都能在《文心》中找到其渊源，或者寻觅到它们生成、演化的一段历史印记。"可以说，现代"龙学"历经百年，名家专论异彩纷呈，但这种大规模集中论述《文心雕龙》范畴的专著，还是很少见的，因而仍然具有开创性的独特价值。

涂先生对众多范畴的阐释，多贯通《文心雕龙》全书，纵横论列，平实通达而无偏颇之见。如对"自然之道"的认识，其云："《原道》说作为'三才'之一的人，'心生而言立'合乎'自然之道'，以为一切有美质的事物皆有美文，'夫岂外饰，盖自然耳'；《明诗》说：'感物吟志，莫非自然'；《体性》指出作家创作个性的外显就是风格，'岂非自然之恒资，才气之大略'；《定势》以'机发矢直，涧曲湍回'和'激水不漪，槁木无阴'譬喻，事物的运动和展示都遵循'自然之趣''自然之势'；《丽辞》认为文辞对仗的依据是'自然成对'；《隐秀》称隐秀之美的出于'自然会妙'。凡此种种，都贯穿着自然论的宗旨：高境界的美自然天成；卓越的风格、美的表现形式，出神入化的艺术创造，都合乎艺术的客观规律。标举'自然之道'是对事物客观属性和规律的尊重，以及对真美和作家天成之灵慧和原创力的推崇，显然得益于老庄美学思想的滋养。"如此娴熟地汇通刘勰之论，彰显"沉潜"而久润之功；是非之间，自然臻于刘勰所谓"同之与异，不屑古今；擘肌分理，唯务折衷"之境。不惟如此，涂先生还上下贯通而谓："'自然'论系列概念义围绕对本真的追求。'自然'指本然和自然而然（原本如此、运作合乎客观规律）；老庄的'道法自然'和'法天贵真'之论以及'素''朴''纯''白'和后来'平淡''童心''本色'的概念义旨都指向真美，它们的创用使'自然'论得到多角度、多层面的阐扬。"如此纵横捭阖而为论，使得涂先生的范畴考索不仅探得六朝思想发展以及刘勰思想之实际，而且亦多符合中国文论的历史发展，从而可以把握其鲜明的民族特点，总结其重要的理论和现实意义。

　　至若光社师独到的创获和发明，这部大著中更是所在多有。如涂先生指出："学界早就认识到魏晋玄学对提高学术思考水平的积极影响。……然而，在玄学为何兴盛于中国哲学史的这一阶段，以及其哲学思考方面优势所在等方面，仍有进一步探讨的余地。"从而他强调玄学在学术发展史上的重要价值，以及刘勰对玄学思想方法的接受和范畴移植。他认为："玄学的优势正是得自对先秦范畴的重新解读和广泛运用，从而实现的思辨精神的复归与发扬。揭示其优长及其对那个时代学术思考的巨大推动作用，才能了解大理论家及其体大思精理论巨著问世的所以然。魏晋南北朝文论水平不断演进提升，从曹丕《典论·论文》的'文气'说……到刘勰体大思精《文心雕龙》各个层面的理论阐发，范畴概念组合的话语在学术思考和理论建构中发挥核心和关键性作用，随着时代推移层级越来越高，终至古代文论长足进步，有了能跨越时空的经典性贡献。"能够跳出文论而谈文论，认识自然得以深化，对一些传统问题的解读可能就有新的认识，如谓："《文心雕龙》中对'自然'和'真'美的追求，对文学现象的本质和规律的探索，对情感与个性价值的肯定，都是道家和玄学思想观念启迪和浸润的结果。"便是富有说服力的。

　　涂先生还从理论思维模式的角度探求六朝文论的发展和刘勰的成功之道。他借助庞朴先生关于"三分法"的学说，进一步指出"古代的理论思维模式，以分而为二和分而为三的分解组合为主"，并认为："'三分'移用于文学理论批评大大提升了思维和理论建构的层次。尤其是齐梁的刘勰，在《文心雕龙》中广泛运用三维的思维模式，令一些层面的重要论说几乎臻于精深和完备。"他进而区分"三维"与"三分"，其谓："三维不同于一般的三分。它不是无序状态下的分而为之，也不是在同一轴线运动过程三个阶段的划分，而是以三极鼎立的结构模式来理解事物现象的构成，并阐释左右事物运作变化的诸种因素之间的相互关系。"涂先生说："刘勰的思辨经常借助'分而为三'达于精微，尤其得益于三维模式的运用。"就笔者所知，关注刘勰思维模式，从研究方法的角度探索《文心雕龙》理论成就的论述有不少，但以"分而为三"予以明确概括，谓刘勰"得益于三维模式的运用"，这样的论断似乎属于涂先生的发明。

以上只是初学光社师这部《〈文心雕龙〉范畴考论》之后的一隅之见，浅而寡要，疏而未当，聊以充序云耳。

戊戌六月序于鸢都白浪河畔

"龙学"薪火

百年"龙学"与中华文脉

《文心雕龙》是中国文论史上最重要的"元典",更是一部独具特色的中华国学经典,为集部"诗文评"之首。问世 1500 多年来,由于其重要的元典性和独特地位,在文史哲等不同领域产生了广泛影响,从而积累了巨大的文献资源。20 世纪初期,《文心雕龙》更被黄侃、范文澜、刘永济等国学大师搬上大学讲坛;历经 100 多年的发展,对这本书的研究终于形成一门国内外瞩目的显学,被称为"龙学"。100 余年来,产生了大量的研究著作和论文,据本人最新统计,有关专著、专书已达 750 种,论文则达 1 万篇,总字数超过 2 亿字。毫无疑问,这是中华文化之幸,但对进一步的研究而言,却是一座横亘在面前的高山,对很多人来说是难以逾越的。这需要专业研究者集中一定力量对这些海量的资料进行全面清理,从而摸透家底,看清道路,轻装前行。

最早对"龙学"的百年历程进行梳理的是牟世金先生的《"龙学"七十年概观》(1987 年)一文及其专著《台湾文心雕龙研究鸟瞰》(1985 年)一书。此后,海峡两岸先后有六部著作涉及了这一课题,分别是杨明照先生领衔主编的《文心雕龙学综览》(1995 年)、张文勋先生的《文心雕龙研究史》(2001 年)、张少康等先生的《文心雕龙研究史》(2001 年)、李平等先生的《〈文心雕龙〉研究史论》(2009

年）、朱文民先生的《刘勰志》（2009 年）和台湾刘渼博士的《台湾近五十年来〈文心雕龙〉学研究》（2001 年）。这些论著对近百年的 "龙学" 史进程及其成就进行了初步的梳理和概括。但是，由于这些成果的规模有限，相对于大量的《文心雕龙》研究资料，尤其是近百年来的丰富 "龙学" 成果，不少研究者还是感到不能满足深入了解 "龙学" 之需。因此，"龙学" 的研究和发展已经到了需要进行全面总结的阶段。无论是《文心雕龙》从产生到清代以前的文本校勘和注释评说，还是近百年 "龙学" 的大量研究论著，都需要我们进行系统的清理，以全面总结 1500 年来的研究成果，充分展示《文心雕龙》研究的巨大成就，特别是近代 "龙学" 形成的必然及其辉煌，从而不仅为后来的研究者提供可以进阶的门径，而且为中国文论的研究提供切实的典型经验，更为中华国学的进一步发展提供可资借鉴的标本。

国家社科基金重大招标项目 "《文心雕龙》汇释及百年 '龙学' 学案" 的启动，正是因应上述要求的适时之举，也是中华元典文化研究的时代之需。基于此，这一课题有三大预期目标：一是对《文心雕龙》文本进行较为彻底的校勘和整理，最终拿出一个更为可靠的具有 "定本" 性质的文本，以解决迄今为止尚未有令人满意的《文心雕龙》文本的问题；二是汇聚古往今来的《文心雕龙》评论和阐释成果，尽可能做到集其大成，并在此基础上进行较为系统的阐释，从而使对《文心雕龙》文义的理解和把握迈上一个新的台阶，力求开创 "龙学" 的新境界；三是对近百年来丰富的 "龙学" 成果进行全方位集中清理，以充分展示其巨大成就，亦实事求是地指出其不足，从而为 21 世纪 "龙学" 的进一步发展奠定新的基石。可以说，本课题的提出和设计，正是因应 "龙学" 的发展和需要，力图对《文心雕龙》产生 1500 年来的研究成果进行全面检视，在中国文论和国学研究领域，都具有重要的学术和思想价值。

《文心雕龙》的元典性是形成"龙学"的根本，百年"龙学"的发展和兴盛则使其走向中国传统文化研究的前台，从而理应为中华优秀传统文化的复兴做出自己的贡献。需要进一步指出的是，"龙学"之于学科建设的意义，不仅是研究一部《文心雕龙》的问题，而是涉及到中国文论、中国美学、中国文学乃至中国哲学、中国史学等众多学科的研究。《文心雕龙》是中国文论和文化的一个典型，"龙学"也是中国文论和文化研究的一个典型，对这个典型的全面解剖，无疑将提供多方面的重要经验，具有多方面的启示意义。

一是对"龙学"性质的反思及其应用领域的拓展。近百年"龙学"的发展有着巨大的成就，但"龙学"主要属于文艺学，其应用范围和领域相对狭窄单一，有些本应发挥的重要作用一直被轻视或忽视。对百年"龙学"的清理为我们提供了极好的反思机会，使我们进一步看清了"龙学"的性质不仅是文艺学，更是中华文化之龙脉所系，对我们今天的文化建设有着重要的意义，可能比《三字经》《弟子规》之类的意义要大得多；从某种程度上说，也迫切、现实得多。

近百年来，《文心雕龙》虽然在大学讲台上展示了自己的魅力，但多数情况下只是作为一门选修课，课时量很少。之所以如此，应该说与我们对"龙学"性质的认识有关，也与我们缺乏对"龙学"的大规模清理和全面研究有关。实际上，《文心雕龙》不仅仅是专业人士研究的对象，而且与当今大学教育密切相关，如在思想文化教育、审美修养、写作训练等方面，《文心雕龙》均有着不可替代的重要作用，但我们的认识却非常不够。再如社会服务方面，"龙学"一直被作为学术金字塔的顶端，很少有人考虑《文心雕龙》这部中国文化的元典之作可以服务于社会实践。实际上，社会生活的很多方面是需要《文心雕龙》的，比如要考公务员，就要考"申论"，主要是写文章；各种场合的发言、报告，都是文章；就算干企业，也要做各种文件，这都是刘勰所讲的"文章"的功夫，也就都离不开《文心雕龙》的具体指导。至如我们中小学的作文课以及大学里的写作课等，《文心雕龙》更具有非常现实的指导意义。我们认为，今天的"龙学"研究之所以可以成为国家重大研究项目选题，正因有此深层的社会实践需求。

二是奠定中国文论话语研究的强大基石。近年来，中国文论话语的独特性及其在世界文论话语中的地位问题，已引起不少学者的关注和研究，包括一些海外汉学家。但中国文论真正走向世界学坛、从而彻底解决"失语症"问题的根本道路在哪里？有没有一个看得见摸得着的抓手？我们认为，牢牢抓住《文心雕龙》这把金钥匙，适时清理"龙学"的丰富成果，正是抓住了中国文论话语研究的"牛鼻子"，可以说是中国文论真正走上世界文论和文化舞台的最重要的基础性工程。

以《文心雕龙》为典型代表的中国文论资源十分丰富，是中华文化重要而独特的组成部分，有着自己完整的理论体系和话语系统，并涉及中华文化的方方面面。然而，自近代以来，随着西学传入以及文学观念的转变，中国文论对中华文章和文化的有效性、适应性被严重忽视或忽略，中国文论的完整性和独特性遭受削足适履的伤害。尽管我们近数十年来对《文心雕龙》和中国文论的重视是空前的，研究成果也颇为丰富，但研究理路、阐释方式以及价值尺度主要还是西方的，《文心雕龙》和中国文论的本来面目和独特价值仍然有待进一步彰显。《文心雕龙》和中国文论不等于今天的"文学概论"或者"文艺学"，而是有着独特的话语方式和理论体系，有着多样的内容和形式，并具有独特的意义，这一切均基于多姿多彩的中国文化和文章。正因如此，《文心雕龙》与中国古代文论的价值实际上远远超越今天的"文学理论"，从而直通 21 世纪的文化建设，乃至政治、经济和社会生活。

季羡林先生早就指出："我们中国文论家必须改弦更张，先彻底摆脱西方文论的枷锁，回归自我，仔细检查、阐释我们几千年来使用的传统的术语，在这个基础上建构我们自己的话语体系，然后回头来面对西方文论，不管是古代的，还是现代的，加以分析，取其精华，为我所用。"对此，我们深以为然，尽管这个检查和阐释要彻底摆脱西方文论的枷锁而回归自我，是一个相当艰苦的过程；但无论如何，我们都必须认真面对并最终踏上中国文论话语的回归和还原之路。

因此，超越从西方引进的所谓"文学"观念，回归中国文论的语境，还原中国文论的话语体系，从而原原本本地阐释《文心雕龙》及其与中国文章、文学以至文化的关系，发掘其独特的价值和意义，并在此基础上，放眼全球文化和文学，找到中国文论自己的位置，乃是《文心雕龙》与中国文论研究的归宿。我们清理 1500 年的《文心雕龙》研究史，开拓新的学术空间，就是要重新审视和把握《文心雕龙》这部旷世文论宝典，特别是其于中国文论话语体系之建构的根本意义。

三是中华文化魅力的生动呈现。《文心雕龙》全书只有三万七千余字，对这部书的研究何以形成一门著名的学问——"龙学"，其思想、文化价值到底是什么？一本书的研究形成一门学问，而且在这门学问中大师云集，从刘师培、黄侃、刘咸炘、钱基博，到范文澜、陆侃如、杨明照、王利器、周振甫、詹锳、王元化，等等，这个队伍可以说蔚为壮观，这不能不说是中华文化的奇观之一。如上所述，这与其元典性及其与中国文化的密切关系是分不开的。可以说，《文心雕龙》乃是源远流长的中华文脉之关键和枢纽，这是"龙学"之根本所系、意义所在。我们理应对这门学问的丰富成果予以认真总结和梳理，从而完整清晰地呈现在世人面前，相信它不仅会吸引世界文论学坛的目光，最终一定会在世界文论的舞台上熠熠生辉，而且也会引起人文学科众多领域的广泛关注，进而将其运用到我们思想文化的建设中，并作为中华文化的优秀代表汇入世界文化的长河，从而为人类文明做出自己的贡献。

当代“龙学”的多维视野

公元 6 世纪初年，刘勰撰成《文心雕龙》，并得到了当时文坛领袖沈约所谓“深得文理”的高度评价，可谓幸运之至。但此后的千余年时间里，其命运却是几经沉浮，直到明、清两代，刘勰用心血浇灌的这部文论巨著才受到了高度重视。明代的张之象谓之“作者之章程，艺林之准的”，评价极高，亦极为概括，却并非泛泛之议，应该说《文心雕龙》需要这样的宏观确评。清人臧琳推崇《文心雕龙》为“论文章”的“千古绝作”，堪称不易之论；孙梅则谓刘勰“探幽索隐，穷神尽状，五十篇之内，百代之精华备矣”，亦可谓言之不虚。至于章学诚所谓“体大而虑周”“笼罩群言”的评语，早已尽人皆知。其他如散文家刘开说：“至于宏文雅裁，精理密意，美包众有，华耀九光，则刘彦和之《文心雕龙》，殆观止矣！”以及著名词人、学者谭献所谓“文苑之学，寡二少双”，等等，清代对《文心雕龙》的重视确乎是空前的。正是在这些毫无保留的赞美和称赏的基础上，清人对《文心雕龙》开始了扎扎实实的研究。黄叔琳的《文心雕龙辑注》、纪昀对《文心雕龙》的评语，可以说都是由此而来的。

现代意义上的“龙学”始于 20 世纪初，至今已有了 100 多年的历史。笔者把近百年大陆“龙学”的发展历程分为六个阶段：一是从 20 世纪初至 1949 年，这是“龙学”的初创和奠基时期；二是“文革”前的十七年（1949—1966 年），这是“龙学”的重要发展时期；三是“文革”十年（1966—1976 年），则是“龙学”的停滞和倒退时期；四是从 1976 年至 1989 年，这是“龙学”的兴盛与繁荣时期；五是从 1989 年至 20 世纪末的十余年时间，《文心雕龙》研究进入一个相对沉寂的时期，这是"龙学"的徘徊和反思时期；六是进入新世纪（2000 年）以后，随着对传统文化的重视乃至国学热的兴起，"龙学"进入新的开拓发展时期。这是一个具有清晰坐标的把握，有助于我们更为准确地了解这门学科的近现代历程。同时，笔者对每个时期"龙学"的总结和概括，既突出每个时期"龙学"的重要成就和特点，更强调实事求是审视百年"龙学"的问题，尤其是其民族文化本位立场的缺失，以及由此造成的《文心雕龙》研究视野的狭窄和单一，希望以此为新世纪的"龙学"起到警示作用。

《文心雕龙》是一部"论文"之作，这是刘勰自己的定位。随着现代西方文艺观念的传入和现代文艺学的发展，《文心雕龙》很快被纳入了文学理论和文艺学的视野，从而结出了 20 世纪"龙学"的硕果。可以说，20 世纪"龙学"的主要视角便是文艺学。然而，进入 21 世纪以来，随着国学热的兴起和对中国传统文化的反思，研究者越来越多地意识到《文心雕龙》之"文"并不完全等同于西方文学艺术之"文"，从而刘勰的"论文"是否与西方的文艺学对等就是一个问题。因此，对新世纪的"龙学"而言，所谓文艺学视野中的《文心雕龙》，便与 20 世纪有了不同的思考路径，因而也就可能有不同的结果。这种不同，主要表现为不再那么理所当然地以西方文艺学的观念和体系来衡量中国文论，而是更为自觉地理解刘勰及其《文心雕龙》的中国话语。

同时，我们的近现代"龙学"史虽然走过了百年历程，但一则百年原本弹指一挥间，二则以文艺学为主要视野的百年"龙学"自然还需要更宽广的视野和胸怀。笔者曾以《文心雕龙》研究的儒学视野为突破口，对多维视野中的"龙学"进行新的考察和探索。这既是缘于对"龙学"的全面审视，更是企图为 21 世纪的"龙学"找到新的学术空间。任何学术史的研究不应只是还原历史，更应该立足当下而放眼未来。新世纪的"龙学"已经取得了骄人的成就,但面对百年"龙学"的积累,尤其是如何走出强大的西方文艺学话语体系的影响,仍是一个巨大的挑战。在笔者看来,《文心雕龙》研究的视野转换乃是力图还原这部文论经典的本来面目,从而得出新的认识和评价,以期开拓"龙学"新的空间,踏上"龙学"新的征程。所谓任重而道远,"龙学"的多维视野既为必由之路,则多维视野中的新世纪"龙学"必然更加灿烂辉煌,这可以说是百年"龙学"探究的结论。

毫无疑问,文艺学视野中的《文心雕龙》研究已经取得了丰硕的成果,但所谓"龙学",目前还基本处于自给自足的封闭或半封闭状态,即使在文艺学的视野中,其于当代文艺学的价值和意义,也还没有得到很好的阐释,更谈不上应用了。其中的原因,除了"龙学"本身的独立性和较大的研究难度,造成研究者很难进行古今的融会贯通以外,研究视野的局限是一个根本的问题。正是因为文艺学视野中的《文心雕龙》研究并未完全理解刘勰写作这部书的初衷,得出的很多结论也就未必完全符合这部书的理论实际,从而也就难以准确认识和阐释它的当代价值、理论和现实意义。多维视野中的《文心雕龙》研究就是要对这部中国古代文论的"元典"进行重新认识,既可能着眼局部而提出某些新观点,更要对这部书进行全新认识和评价。在此基础上,对这部书的理论和实践意义进行重新思考,从而重新评估《文心雕龙》的历史文化及其当代价值。

我们今天研究《文心雕龙》的很多学者都认识到,刘勰念过的书、刘勰的理论修养、刘勰的文化修养,是多方面的——儒、道、玄、佛,经、史、子、集,可以说刘勰把他那个时代、他所能看到的方方面面的书,都看到了,他的修养很全面,哲学、经济、政治、思想、文化,融会贯通。从而他的《文心雕龙》也不仅仅是一部文学著作,而是有着多方面的文化意义。所以，所谓"龙学"，其实是一个边缘学科、综合学科，或者说是一个交叉学科。王元化先生认为研究《文心雕龙》要三个结合：古今结合，中外结合，文史哲结合。因为只有这样，我们才可能离刘勰越来越近，离《文心雕龙》越来越近，从而离中国文化越来越近，对中国文化的精髓、精华、精要，才能有所体悟，有所把握，并最终对自己的人格、对自己的精神有重要的启发、启迪、修养、陶冶。研究古人，研究古代文化，首要的是学习古代文化，从古代文化中吸收营养，尤其是研究《文心雕龙》这样的元典著作。只有如此，才能真的有所体会，才能使自己的整个思想、境界有所提高。

这种提高，首先是理论思维、理论修养的提高。《文心雕龙》从形式上说，用的是艺术性的形式，用的是骈文，但是刘勰的理论思维是发达的，理论境界是极高的。我们读《文心雕龙》，要从中体会到刘勰的思维方式，体会到刘勰的理论追求，特别是他所追求的那样一种理论境界。《序志》篇说："有同乎旧谈者，非雷同也，势自不可异也；有异乎前论者，非苟异也，理自不可同也。同之与异，不屑古今；擘肌分理，唯务折衷。"这正是对《中庸》所谓"极高明而道中庸"的精确阐释，追求这样一种理论境界，对一个人的思维方式是至关重要的。正确的思维方式是需要训练、需要学习、需要修养的，《文心雕龙》提供给了我们这样一个良好的思维方式，供我们学习取法。

其次，便是写文章，为文能力和文章水平的提高。《文心雕龙》首先是文章学，什么是文章学？就是如何把文章写得力透纸背，写得花团锦簇，用刘勰的话说就是"风清骨峻""文明以健""辞采芬芳"。《文心雕龙》教给了我们，什么样的文章才是美的文章，它提供了这样的标准，更是不厌其详地讲了如何把文章写得美。比如你念《文心雕龙》,一个明显的感受是,刘勰说话一定不重复。他用的是四六句,两两相对,但同样的意思一定要想出不同的话、不同的词语、不同的范畴来表现。不要说重复的话,这样才能把文章写得美,写得漂亮,无愧于我们的汉语。我们的汉语是漂漂亮亮的语言,是丰富多彩的语言,是博大精深的语言,《文心雕龙》提供给了我们一个极好的范本,如果自己的文章写不好的话,那就没念好《文心雕龙》,更谈不上"龙学"了。

杜甫说"文章千古事",这个"文章"不同于我们今天所谓"文学"。我们古代的所谓文章,是"孔门四教"之首的"文行忠信"那个"文",它是人生修养的一个很大的问题。文章是我们生活当中须臾不可离的,不是一个简单的消遣或怡情悦性的问题。所谓"文章千古事",首先是说文章很重要,比我们今天所谓"文学"重要得多。从写文章的角度讲,则意味着要很严肃,很认真,不能随随便便。无论是一篇博士、硕士论文,还是一篇小文章,都要一丝不苟,一个标点符号、一个注释、一个人名,都要认真到一点差错都没有,这叫"文章千古事",这是一个态度。其实这两方面是密不可分的。立身行事离不开文章,因为离不开,所以很重要,所以要极为严肃、极为认真地去应对,来不得半点马虎,它是"千古事"。可以说,《文心雕龙》早就充分地体现了"文章千古事"的精神。

推动"龙学"薪火相传

一本书的研究成为一门学问，研究《红楼梦》的"红学"是一个最著名的例子；《文心雕龙》研究发展成"龙学"，也是一个不多见的例子。《文心雕龙》问世于公元6世纪初，至今已经1500余年。1500余年的《文心雕龙》传播和研究史，可以分为两个大的阶段，一是前"龙学"时期（20世纪以前），二是20世纪以来的"龙学"史。漫长的前"龙学"时期的《文心雕龙》研究，主要是文本的校勘、典故的解说以及原文的征引，对词语文意的训释尚且很少，更谈不上系统的理论研究了。进入20世纪以后，数位国学大师开启了近代《文心雕龙》研究之路，他们是刘师培、黄侃、刘咸炘、钱基博等。黄侃在1914至1919年间于北京大学讲授《文心雕龙》，把《文心雕龙》作为一门学科搬上大学讲坛。到1927年，黄氏讲义便集为《文心雕龙札记》一书出版。同时，近代著名国学大师刘咸炘于1917至1920年完成《文心雕龙阐说》一书，成为《文心雕龙》诞生以来第一次对其全书进行逐篇阐释的理论专著。这也说明，《文心雕龙》研究开始走出单纯校注和征引的阶段，踏上理论研究和全面阐释的近现代"龙学"的新征程。因此，现代意义上的"龙学"便有了整整100年的历史。

100年来，很多文化学者，特别是有很多大师，对《文心雕龙》兴趣盎然，从黄侃、刘咸炘、钱基博，到范文澜、陆侃如、杨明照、詹锳、王元化等，都有《文心雕龙》的专著。同时，很多大学，都开设了《文心雕龙》的专题课，黄侃在北大开讲，同时他在武汉大学的前身武昌高等师范学校也讲过《文心雕龙》，其后刘永济在武汉大学讲《文心雕龙》；范文澜在南开大学讲《文心雕龙》，后来形成《文心雕龙讲疏》，最终形成著名的《文心雕龙注》；陆侃如、牟世金先生在山东大学讲授《文心雕龙》，后来形成《文心雕龙选译》《文心雕龙译注》等。各个大学开设《文心雕龙》的专题课，必然吸引一批学生听课，自然也就有一批人慢慢地走上研究《文心雕龙》的道路。比如，北京大学后来有张少康研究《文心雕龙》，武汉大学在刘永济之后，有吴林伯、罗立乾、李建中，"龙学"代不乏人。南开大学在范文澜之后有罗宗强研究中国文学思想史，成就斐然，也出版了《文心雕龙》专著。山东大学也一直有人研究《文心雕龙》，出版各种《文心雕龙》专著，这都是由大学课堂上讲《文心雕龙》延伸出来的成果。这便是"龙学"之路，前后相传，薪火不断，自然就形成了一门学问。

《文心雕龙》研究成为一门学问，还有一个标志就是中国《文心雕龙》学会的成立。1982 年，在济南召开了第一次全国性的《文心雕龙》学术讨论会，那是成立《文心雕龙》学会的一个预备会议，到 1983 年就在青岛成立了中国《文心雕龙》学会。首任会长是著名诗人张光年——《黄河大合唱》的词作者光未然，名誉会长是当时的文联主席周扬，王元化和杨明照是副会长，牟世金为秘书长。学会一成立，中国社科院便成立了一个由王元化先生带队的《文心雕龙》考察团，访问日本。学会还创办了《文心雕龙学刊》（后改成《文心雕龙研究》），至今已出版近二十辑。与此同时，中华"龙学"的另一脉——台湾地区的"龙学"亦是硕果累累。还在大陆"文革"期间，台湾地区就产生了一批《文心雕龙》研究者，像黄侃的弟子李曰刚，有一百八十万字的《文心雕龙斠诠》；特别是王更生先生，出版了十几种《文心雕龙》的专著。目前，《文心雕龙》已被翻译为英文、日文、韩文、德文、法文、俄文、意大利文等多种文字，各国均有一些"龙学"专家。据笔者的最新统计,《文心雕龙》的专著、专书已达到七百部(种),文章、论文约有一万篇。

为什么大家会对一本书饶有兴致、如此用力?这不是谁来号召的,而是自发的。在中国文化当中,《文心雕龙》很独特,正是这种独特性吸引了大批著名的学者来研究它,从而产生了众多的成果,牟世金先生谓之"一入龙门深似海"。《文心雕龙》有什么独特之处呢?我概括为五个方面。第一,它是中国文论的元典。中国文论浩如烟海,但是,真正可以称之为元典的著作,我觉得只有一部《文心雕龙》。"元典"是武汉大学冯天瑜教授提出的一个概念,所谓"元典",就是首要之典、根本之典。《文心雕龙》是中国文论的元典,就是说中国文论后来很多著作、很多理论,特别是很多范畴,都是从它生发出来的。第二,它是中国古代文论和美学的枢纽。枢纽就是关键,《文心雕龙》是中国古代文论和美学的一个关键环节,不仅创造性地融汇了六朝之前的理论成果,而且完成了中国文论和美学范畴、体系的基本话语建构,奠定了此后千余年中国文论和美学的话语范式。第三,它是中国文学的锁钥。《文心雕龙》是中国文学的紧要之处,或者说,你要打开中国文学宝库的话,必须用《文心雕龙》这把钥匙。比如我们中国古代讲"《文选》烂,秀才半",但要读懂、读通《文选》,就离不开《文心雕龙》。《文选》的选文标准,《文选》的文体分类,和《文心雕龙》都密切相关;《文选》所选文章的写作方法,更是《文心雕龙》研究的主要内容。因此,《文心雕龙》是打开中国文学宝库的一把钥匙。第四,它是中国文章的宝典。我们今天所谓"文学",是从西方引进的一个概念,事实上在中国古代叫"文章"。中国古代的"文章"比我们今天的"文学"宽广得多,包括众多的实用文章和文体。要写好这些文章,读《文心雕龙》是一个捷径。正如清代黄叔琳所说,《文心雕龙》是"艺苑之秘宝"。第五，它是中国文化的教科书。《文心雕龙》的"文"，不仅不等于今天的"文学"，而且范围宽广得多，其地位也重要得多。重要到什么程度呢？那就是《文心雕龙·序志》篇里所说的："五礼资之以成，六典因之致用，君臣所以炳焕，军国所以昭明。"社会生活的各个方面——政治、经济、军事、仪节、制度、法律，都离不开这个"文"。因此，《文心雕龙》虽是一本文论著作，但这个"文"不同于今天的"文学"，则所谓"文论"也就不等于今天的"文学理论"，刘勰的论述实际上提供了一部中国传统文化的教科书。比如，黄侃是语言文字学家，但他专门讲《文心雕龙》；范文澜是史学家，他也要讲《文心雕龙》并为之作注；王元化是思想家，但他的《文心雕龙讲疏》成为其著述中最有名的一部。所以不同的人会从不同的角度对《文心雕龙》产生兴趣，希望去发掘它的重要价值——思想价值、理论价值、文化价值。

早在 30 年前，牟世金先生便指出："《文心雕龙》研究何以会成为一门系统化的学科即所谓'龙学'呢？除了发展民族文化的需要，主要是《文心雕龙》有其值得研究的价值。"又说："中国古代的许多学者，对《文心雕龙》做过大量不可磨灭的工作，但除校注之外，大都是猎其艳辞，拾其香草而已。真正的研究，还只是近几十年来的事。但这块古璞一经琢磨，很快就光华四溢，并发展成一门举世瞩目的'龙学'了。"（《"龙学"七十年概观》）台湾著名"龙学"家王更生先生更指出："经过改革开放后二十年的努力，《文心雕龙》研究，不但赢得了'龙学'的雅号，而从事研究的学者们，更被学术界尊之为'龙学家'。不仅如此，它更和当前所谓的'甲骨学''敦煌学''红学'同时荣登世界'显学'的殿堂。受到国际汉学家的重视。"（《中国大陆近五十年〈文心雕龙〉学研究概观——以戚良德著的〈文心雕龙学分类索引〉为依据》）。

进入 21 世纪以后，随着对传统文化的重视乃至国学热的兴起，"龙学"进入新的发展时期。新世纪"龙学"在十数年的时间里已取得不少重要成果，总体成就令人鼓舞，在很多方面甚至是空前的。尤其是大部头的"龙学"著作不断出现，充分展示出"龙学"的厚重及其强大的生命力。《文心雕龙》一书只有不到四万字，《文心雕龙》研究被叫作"龙学"，可以说一直是有人表示怀疑的，虽然随着百年"龙学"的不断发展和进步，怀疑的声音逐渐淡出，但包括不少《文心雕龙》研究者自己也在思考，所谓"龙学"，其合法性和可能性到底有多大？笔者以为，新世纪"龙学"的不少厚重之作，可以在一定程度上回答这样的问题了。如林其锬和陈凤金先生的《增订文心雕龙集校合编》（华东师范大学出版社，2011 年）、刘业超先生的《文心雕龙通论》（人民出版社，2012 年）、张灯先生的《文心雕龙译注疏辨》（复旦大学出版社，2015 年）、周勋初先生的《文心雕龙解析》（凤凰出版社，2015 年）等，大部分为超过八十万字的"龙学"专著，其中《文心雕龙通论》一书则有一百七十余万字，成为大陆近百年"龙学"史上规模最大的专著。当然，字数不能说明一切，但毋庸置疑的是，面对不足四万字的《文心雕龙》，我们说了这么多的话，涉及到如此众多的问题，这正是《文心雕龙》研究之所以成为"龙学"的根本；我们还有很多话要说，其中还有很多问题要阐明，此乃"龙学"的生命力之所在。

当然，面对百年"龙学"的积累，如何把这笔巨大的文化财富化为新时代学术的血肉，则是新一代研究者需要认真面对和思考的问题；尤其是如何走出强大的西方文艺学话语体系的影响，回归和还原中国文论和文化的话语之本，构建本土化的中国文论、文学、文化话语体系，既是一个巨大的挑战，也是我们义不容辞的历史重任。可以说，《文心雕龙》研究之所以发展成一门"龙学"，与"甲骨学"

"敦煌学""红学"同时荣登世界"显学"的殿堂,乃是一种历史的选择,其必将为中华文化的复兴增添力量,更会为世界文化和文明的发展做出自己的贡献。

两岸"龙学"之交汇

——序游志诚教授《文心雕龙五十篇细读》

笔者曾把近百年大陆"龙学"的发展历程分为六个阶段：一是从 20 世纪初至 1949 年，这是"龙学"的初创和奠基时期；二是"文化大革命"前的 17 年，乃是"龙学"的重要发展时期；三是"文革"十年，则是"龙学"的停滞和倒退时期；四是从 1976 年至 1989 年，其为"龙学"的兴盛与繁荣时期；五是从 1989 年至 20 世纪末的十余年时间，则为"龙学"的徘徊和反思时期；六是 21 世纪以降，"龙学"步入新的开拓发展时期。

值得注意的是，当中国大陆的《文心雕龙》研究处于上述停滞状态的时候，台湾地区的"龙学"却正处于滋长繁荣的重要历史时期。因此，海峡两岸的"龙学"史颇有不同的轨迹。据不完全统计，20 世纪下半叶，即从 1951 年至 1999 年的近 50 年间，台湾地区出版"龙学"专著、专书百余种（其中有些为翻印大陆著作），发表各类"龙学"论文六百余篇，堪称学术奇迹。

然而，不可忽略的是，台湾"龙学"实则是以现代"龙学"奠基时期乃至大陆"龙学"发展初期的一些著作为基础而起步的。1954 年，从大陆迁至台湾的正中书局重新出版了刘永济的《文心雕龙校释》（该书曾由正中书局于 1948 年在上海出版）；1958 年，台湾开明书店又出版了范文澜的《文心雕龙注》（该书曾由开明书店于 1936 年在上海出版）；至 20 世纪 60 年代，杨明照的《文心雕龙校注》、黄侃的《文心雕龙札记》、王利器的《文心雕龙新书》以及黄叔琳注的《文心雕龙辑注》等陆续在台湾印出，从此中华"龙学"之一脉开始在台湾岛上发荣滋长，并最终开出了绚烂的花朵。因此，台湾"龙学"与大陆"龙学"乃是从一棵树上结出的两颗果实，这是毋庸置疑的。

在 20 世纪的最后十年里，"龙学"发展的一个突出表现是开启了较大规模的两岸"龙学"交流。如上所述，台湾"龙学"之根本在大陆，由于特殊的历史原因和人文环境，在二十世纪六七十年代，台湾地区的"龙学"可以说极好地延续了大陆之"龙脉"，因而是值得我们格外珍惜的；而大陆"龙学"在 20 世纪 80 年代有了突飞猛进的蓬勃发展，大有迎头赶上之势，于是，历史开启了颇富戏剧性的一幕，我们看到海峡两岸的"龙学"终于在 20 世纪末加快了相互融合的步伐。

台湾"龙学"的一大特点是重视专著的撰写和出版，应该说，这是适应"龙学"及传统文化研究方式的必由之路。正因如此，台湾出版界不仅重视台湾学者"龙学"成果的出版，而且随着两岸文化交流日渐深入，大陆学者的"龙学"著述也开始得以在台湾出版。如刘纲纪的《刘勰》（"世界哲学家丛书"之一，东大图书公司，1989 年）、张少康的《文心雕龙新探》（文史哲出版社，1991年）、吴圣昔的《刘勰文学原理的建构与精髓》（贯雅文化事业有限公司，1992 年）、陈咏明的《刘勰的审美理想》（文津出版社，1992年）、李建中的《心哉美矣——汉魏六朝文心流变史》（文史哲出版社，1993 年）、王元化的《文心雕龙讲疏》（书林出版有限公司，1993 年）、詹锳的《文心雕龙的风格学》（正中书局，1994 年）、罗立乾注译的《新译文心雕龙》（三民书局股份有限公司，1994 年）、张文勋的《〈文心雕龙〉探秘》（业强出版社，1994 年，后数次重印）、龙必锟译注的《文心雕龙》（台湾古籍出版社，1996年）、张勉之和张晓丹的《雕心成文——〈文心雕龙〉浅说》（万卷楼图书有限公司，2000年）、林其锬和陈凤金的《文心雕龙集校合编》（台湾暨南出版社，2002年）等，这些著作在台湾的出版，可以说极大地促进了两岸"龙学"之交流。

当然，面对面的学术会议则是更直接的交流。1995年7月28至31日，《文心雕龙》国际学术讨论会在北京举行。会议是由中国《文心雕龙》学会和北京大学、韩国岭南中国语文学会、中国山东日照市（刘勰祖籍莒县所在地）联合召开的。值得注意的是，我国香港、台湾地区以及国外的"龙学"精英大多到会，如台湾地区的黄锦铉、王更生、张敬、李景溁、蔡宗阳、黄景进，香港地区的黄维樑、陈志诚、罗思美，日本的冈村繁、兴膳宏，俄罗斯的李谢维奇，加拿大的梁燕城，韩国的李鸿镇，美国的罗锦堂，马来西亚的杨清龙等，均出席此次会议，则说明这是一次空前规模的国际"龙学"盛会。会议期间，学会常务理事会还专门召开了会议，决定聘请台湾地区的黄锦铉、王更生、李景溁、蔡宗阳、黄景进教授和宋春青先生，香港地区的黄维樑、陈志诚、罗思美教授，日本的冈村繁、兴膳宏教授，作为学会顾问。① 从此，中国《文心雕龙》学会开始成为一个具有重要国际影响的学会。

两年之后的1999年5月份，大陆学者十六人应台湾师范大学国文学系和语文学会之邀，参加了刘勰《文心雕龙》学术研讨会和会后的参观、访问活动。本次会议与会人员除台湾地区各大学的有关专家学者，还有香港地区和新加坡的同行。参加这次研讨的大陆

---

① 参见《北京〈文心雕龙〉国际学术讨论会》，《文心雕龙研究》第二辑，北京：北京大学出版社，1996年，第393—394页。

学者有徐中玉（华东师范大学）、张少康（北京大学）、蔡钟翔（中国人民大学）、邱世友（中山大学）、穆克宏（福建师范大学）、蒋凡（复旦大学）、石家宜（南京师范大学）、郁源（湖北大学）、张文勋（云南大学）、詹福瑞（河北大学）、林其锬（上海社会科学院）、韩泉欣（浙江大学）、孙蓉蓉（南京大学）、韩湖初（华南师范大学）、罗立乾（武汉大学）、赵福海（长春师范学院）等。[①] 显然，这是一个颇具代表性的团队，可以说基本汇集了当时大陆"龙学"之精英，其赴台参与"龙学"盛会的意义是重大的。可以预期，随着上述两岸及国际交流的推进，"龙学"的研究视野亦随之扩大，思维方式和方法自然受益良多，"龙学"必将迎来又一个新的历史发展时期。

事实也正是如此，进入 21 世纪之后，两岸"龙学"之融合可谓日新月异。一个看似并不起眼而可能具有重要意义的现象是，我们已然可以见到大陆出版社出版的台港澳学者的"龙学"著作：既有台湾老一辈学者的著述，如王叔岷的《慕庐论学集·文心雕龙缀补》（中华书局，2007 年）、张立斋的《文心雕龙注订》《文心雕龙考异》（国家图书馆出版社，2010 年）、王梦鸥的《古典文华的奥秘——文心雕龙》（"中国历代经典宝库"之一，线装书局、中国友谊出版公司，2013 年）等，也有台湾新一辈学人的著述，如简良如的《〈文心雕龙〉之作为思想体系》（中国社会科学出版社，2011 年）；既有港澳地区著名学者的论著，如香港黄维樑的《从〈文心雕龙〉到〈人间词话〉——中国古典文论新探》（第二版，北京大学出版社，2013 年）、澳门邓国光的《〈文心雕龙〉文理研究：

---

① 参见《大陆学者参加台湾〈文心雕龙〉学术研讨会》，《文艺理论研究》1999 年第 4 期。

以孔子、屈原为枢纽轴心的要义》(上海古籍出版社，2012 年)，也有澳门年轻学人的撰述，如欧阳艳华的《征圣立言——〈文心雕龙〉体道思想研究》(上海古籍出版社，2015 年)等；尤为可喜的是，还出现了香港和内地学者合作的著述，如黄维樑和万奇编撰的《文心雕龙精选读本》(北京师范大学出版社，2017 年)。总体来看，虽然数量还不算多，但已经足以令人鼓舞了，相信这样的著作一定会越来越多。

据笔者所知，崇文书局的出版人陶永跃先生便有着此类出版规划。他首先看中的是台湾彰化师范大学游志诚教授所著《文心雕龙五十篇细读》(文津出版社，2017 年)，这显然是一部颇有分量的台湾"龙学"专著。游先生不仅学问淹通，而且士风潇洒，文笔旷达，格古调高。其于《文心雕龙》，不惟沉潜细读，更兼宏观体察，如其论曰："一言以蔽之，《文心雕龙》是一部子书，而刘勰的身份根本就是一位彻头彻尾皆未变本质的'子学家'，《文心》所以曾经一度而降为'论文'之专书，弊端全出在后人之不详查，尤不能详读《文心》文本早已内涵子学之故也。因此，《文心》学界若要认真反省当前研究新一步进展，首先要辨明《文心》此书的子学内涵，重探刘勰一生学术思想的真实'本色'。"[①] 如此高屋建瓴之说，何啻彦和"知音"乎！

两岸"龙学"之交汇，已成势不可当之潮流。近年来，由中国《文心雕龙》学会举办的数次年会，每一次均有相当规模的台湾"龙学"代表队参加，其中游志诚和徐华中教授夫妇的翩翩身影尤为令人瞩目，成为每次"龙学"会一道不可或缺的靓丽风景，其伉俪深情，

[①] 游志诚：《政事乎？文学乎？——〈文心雕龙·议对篇〉细读》，《中国文论》第一辑，上海：上海古籍出版社，2014 年，第 130 页。

谦谦儒风，令人向往。可以说，大陆和台湾学者欢聚一堂，对我们共同的文论宝典进行研讨，显示出两岸的"龙学"已然初步融为一体。而今，尽管海峡两岸在其他方面还有种种的困难和阻隔，但对"龙学"大家庭的兄弟姐妹而言，可以毫不夸张地说，我们早已是两岸一家亲了。

　　是所望焉，谨以为序。

　　　　　　　　　　庚子年初夏于鸢都白浪河畔

一入龙门，恩情似海

——纪念牟世金先生诞辰九十周年

写过好几篇有关牟先生"龙学"成就的文章，但很少涉及跟从先生治学的一些琐事。在纪念先生诞辰九十周年的时候，很想静下心来，回顾随侍先生左右的日子。那些充满温馨的时刻，那些不足挂齿的小事，并未如烟消散，而是历久弥新，镶嵌在记忆深处。据说，这便是人老的标志，该记的没记住，该忘的忘不了。

一、龙门翘望

1981年9月1日早上6点，我在沂水长途汽车站坐上开往省城济南的长途汽车，经过六个小时的颠簸，到达济南长途汽车站。下车等了约半小时后，连行李带人一起乘上了山东大学迎接新生的大卡车，经过约一个小时后到达学校的报到处，爬下大卡车，一位和蔼的中年女老师给我办理了入学手续。一位陌生而热情的男同学帮我提着行李，领我来到一栋新落成的六层楼，告诉我六楼西头的638就是我的宿舍。后来知道，那是10号宿舍楼，这里就是山东大学新校区（也就是现在的中心校区），我将在这里度过四年的大学生活。

随后，我买到了一本大红色封面的《山东大学手册》，装帧很像我见过的一种《毛选》，塑料封皮、软精装，封面上印着金色的"山东大学"（篆体）字样。手册的前半部分有关于山大的介绍，图文并茂，还有《常用古诗名句选注》《标点符号用法》，大概因为这个手册是山东大学校刊编辑室编的，所以里面还有一篇《校对符号及其用法》（我后来校对清样时，都是按照这个用法做的）。手册的后半部分是笔记本，那是我平生第一次拥有如此奢华的笔记本。这个手册我一直保存至今。手册中有一篇《山东大学的沿革和现状》，我当时读了不知多少遍，里面介绍了不少山大名人，尤其是后面的图片中，不时出现陆侃如的形象和他的大名，尽管那图片不甚清晰，但还是给我留下了最深刻的印象。

入学一年半后的 1983 年 3 月 9 日，我在山大新校区著名的小树林旁边的山大书亭，买下了我的第一本《文心雕龙》书——陆侃如、牟世金先生的《文心雕龙译注》下册（齐鲁书社 1982 年 9 月出版）。我没说"买到了"，而是说"买下了"，是因为那是略有犹豫之后才买的。这还要从刚入学说起。那时候大学新生没有军训，第一周是入学教育。在入学教育的间隙，好像是被上一级的老乡领到了山大书亭，看到了《文心雕龙译注》的上册（齐鲁书社 1981 年 3 月出版），当时之所以关注这本书，是因为看到封面上陆侃如的名字，感到非常亲切，很想买下，但不知道自己是否应该读《文心雕龙》，刚入校的我，对这么一大笔开支（上册定价 1.25 元），非常慎重。犹豫再三，还是放弃了。随着读书生活的开始，我熟悉了牟世金先生的大名，并从中文系图书馆借到了他的《文学艺术民族特色试探》（齐鲁书社 1980 年 9 月出版）一书。读完这本薄薄的大著之后，我毫不犹豫地跑到山大书亭，但那本《文心雕龙译注》（上册）已经没有了。这件事情也就暂时被搁置，直到我在书亭看到了《文心雕龙译注》的下册。我没有上册，先买下册吗？但一想到很快就没有了的上册，我来不及多想，便买下了。这就是上文所说的略有犹豫。买到下册之后，我开始寻找上册，3 月 28 日，我在济南火车站附近的古旧书店买到了。从此之后，我就准备做牟先生的学生了。屈指算来，至今正好 35 年。

二、龙门初入

大四上学期，也就是从 1984 年 9 月份开始，我便全力备考牟先生的研究生。与现在相比，那时的考研有两个明显不同：一是没有今天的考研大军，招的少，考的也少，由于本科毕业便可有不错的去处，多数同学也就不准备考研，凡是考研的同学，大概都是对学术研究有兴趣的。二是要先确定自己准备报考的导师，类似于今天考博，专业和研究方向的划分比现在要细得多。牟先生招生的专业是中国文学批评史，研究方向是《文心雕龙》。大约在 10 月份的一天，我壮着胆子敲开了先生的家门。我告诉先生，我要报考他的研究生，先生微笑着说，当然欢迎。然后说：也有来信问考研问题的，我都告诉他们《文心雕龙》可重点看七篇，你也可以以这七篇为主。今天想来，具体是哪七篇，却不能十分确定了。

大四下学期，也就是 1985 年的春天，牟先生为我们开设"《文心雕龙》研究"的选修课。那时考研才结束不久，尚未出成绩，学习委员田晓明同学知道我报考了牟先生的研究生，就安排我做了课代表。第一次上课前，先生告诉我这门课就用他和陆先生的《文心雕龙译注》做教材，但当时书店里已经没有这套书，我便辗转找到位于胜利大街的齐鲁书社，为选课的同学每人买了一套。选课的大概有二十人左右，平时听课的则只有十几位同学。实事求是地说，牟先生的课讲得并不十分生动，但平实质朴，没有任何废话，在诠释《文心雕龙》文本的同时，不时介绍"龙学"研究情况，以及他自己的研究观点，由于我刚刚考过研，听得极为认真，或者说，我大概是课上听得最为认真的一个学生了。不仅认真，而且由于我已经读过先生不少文章，特别是《文心雕龙译注》前面那个长长的"引论"，我已经读了好几遍，所以先生的讲课，我自然听得进去，非常投入。我自己觉得，牟先生应该也是这么认为的，因为我经常感觉到先生讲课间,不时略带嘉许地微笑着看看我,那若有所思的神情,还有那带有明显四川口音的普通话(先生自称"南腔北调"),至今想起,仍宛在目前,萦绕耳畔。

课程进行了不久,研究生初试成绩便出来了,我的成绩可以说喜忧参半,两门专业课分别是93、91(满分100),自然是最高的,总分也是最高的,但英语没过线(好像是差4分)。我不知道能否上学,也没有问牟先生,就是傻傻地等着,先生也没有为此找过我,一如既往地上课,直到我被通知参加面试。面试小组只有牟先生和萧华荣先生两位,萧先生给我上过文学史课,主讲魏晋南北朝文学。牟先生问我念过谁的批评史,我说读了郭绍虞和敏泽的,他就问我喜欢谁的?我说喜欢郭先生的。他听了略显惊讶,说:"噢?那你说说为什么喜欢郭先生的?"萧先生兼做记录,问了我几个有关文学史的问题,我在回答过程中说到了文学发展与社会经济发展不平衡的问题,萧先生让我展开谈谈这个问题。面试结束后没有几天,我在文史楼北边的路上遇见了散步的萧华荣先生,我只叫了一声萧老师,他便说:复试没问题,你的理论功底不错。其实,他不说,我也不会问,我根本没有准备问,不是不想问,那时我的性格比较内向,根本不敢问。后来,萧老师调到了华东师大,我留校当了老师后去上海看他,他亲赴菜市场买菜,亲自掌勺,请我喝啤酒,自然说起了这件事情。萧老师说:我知道你不会问,所以特地告诉你的,你那时候有些自卑,农村来的孩子都这样。我默默点头承认。不过萧老师只说对了一大半,像我这种一个小县城的文科最高分考入山大的学生,自卑中都还带有一点点不服气,现在想来殊为可笑。

后来,中文系分管研究生招生工作的副主任徐超先生(他是我的古代汉语老师)给我讲了我被录取的经过。他说,牟先生想收我,可是外语没过线,他们二人便去研究生处找领导。牟先生对处长说:

你不让我收这个学生，今年的两个名额我就不要了（牟先生那年有三个名额，已经录取了一个推免生，就是李景梅师妹）。就这样我如愿参加了面试，并最后被录取了。可以看出，当时的研究生招生政策相对较为灵活一些，同时，著名导师的话语权也比较大。要是现在，你那两个名额不要更好，能吓到谁呢？我被录取的这个过程，牟先生从未对我提起过。

如愿以偿地成了牟先生的研究生，本科毕业论文指导教师自然也就选择了先生。我给自己定了一个大题目：从孔夫子到白居易——中唐以前中国古代现实主义理论的发展。这个题目完全来自先生发表在《文心雕龙学刊》第一辑上那篇《刘勰对古代现实主义理论的贡献》的启发。初稿写了大概三万字，虽有"半折心始"之感，但还是不无得意地交给了先生。一个多星期后，先生便将改好的稿件给了我。记得先生说，文章还可以缩短一些，语言要精练。那是先生第一次为我修改文章，工整的小楷遒劲有力，在我那有些潦草的字迹边，显得颇为醒目。我按照先生的要求，把文章删减了不少，但什么是"精练"，当时并没有很深的体会。

本科毕业前夕，我抱着我们中文八一级专门印制的毕业纪念册，来到先生的书房，请他题字。先生思索片刻，拿起毛笔，在第一页上写下了八个字：继续前进，从头开始。下面还有一行略小的字"良德同志毕业志念"，后面是先生的署名，日期是7月2日（1985年）。

三、龙门问学

研究生期间，牟先生给我们开设了三门课程：六朝文学、古代文论和《文心雕龙》研究，上课地点都是先生的书房。先生不再像给本科生上课那样，按部就班地讲课，而是先听我们说。比如《文心雕龙》，我们每周读一篇，上课的时候便就这一篇谈自己的想法。

先是我们三个研究生各自谈，谈着谈着便产生不同的看法，大家开始争论，有时候还颇为激烈。牟先生听得很认真，略带微笑地看着我们的争执，偶尔会插几句话。待我们说得差不多了，他开始进行总结性的讲解，讲解的过程中便会涉及我们刚刚产生的争论，分析我们的主要观点，并略加评论。但他一般不会点出是谁的观点，只是把我们的一些看法融入其中，进行综合性的评说。我们三个从先生家（就在校园对面，中间只隔着一条马路）回到宿舍的路上，记得景梅师妹有时会指着我说：老师总是偏向他，从不批评他的观点。这时候，大师兄刘玉彬便宽厚地笑笑，不置可否。我听了自然是有些得意，便盼望下一次上课的日子，就像中学时代盼着周五下午的作文课一样。现在想来，亦颇为可笑，但那样单纯而温馨的学生时代，令人难忘。

先生鼓励我们提出自己的观点，尤其不止一次地说，要敢于向老师挑战。我一直记着这个话，并寻找机会，但那时读先生的书，读先生的文章，只觉得神完气足，论述精当，实在无从下手。但当我们讨论到《总术》篇的时候，机会终于来了。先生在他的《文心雕龙译注》的长篇"引论"中，有一小节的标题是："《总术》——创作论的总结"，但《总术》的开篇却是"今之常言，有文有笔；以为无韵者笔也，有韵者文也"，然后是一大段论述文笔之分的话。对此，纪昀曾表示有些不解。他说："此一段辨明文笔，其言汗漫，未喻其命意之本。"又说："此一段剖析得失，疑似分明，然与前后二段不甚相属，亦未喻其意。"黄侃在他的《文心雕龙札记》中则说："纪氏于前段则云汗漫，于次节则云与前后二段不相属，愚诚未喻纪氏之意也。"但黄侃还是从刘勰的本意来把握的，他说："案彦和云：文笔别目两名自近代；而其区叙众体，亦从俗而分文笔，故自《明诗》以至《谐讔》，皆文之属；自《史传》以至《书记》，皆笔之属。"

此虽就事论事，但我联系到《总术》篇的赞词："文场笔苑，有术有门。"觉得刘勰先讲文笔之分，可能是有意的，则前后两段也就未必"不甚相属"，所谓"术"，不仅是创作论的问题，而且也是文体论的问题，刘勰所讲的每一种文体，不是都有其"术"在吗？则所谓"总术"，就不仅是"创作论的总结"，而是意味着，所谓创作论，乃是从"论文叙笔"的文体论而来的。于是，我把这些想法写在了自己的笔记上，讨论课上便大体读了一遍。记得当时先生总结时，并没有对我的想法做过多的评论，只是说：把你这个想法写成一篇小文章给我。很快，我就整理了一篇四千多字的短文面呈先生，题目是"《文心雕龙·总术》篇的地位及其理论意义"。牟先生接过文章翻阅一遍，提笔（毛笔）把题目改成了"《文心雕龙·总术篇》新探"，说：我给《文史哲》试试。我知道，先生是《文史哲》的编委。

大约 1986 年底的一天上午，我正躲在研究生宿舍的小壁橱里用功，同宿舍的李蓝一下拉开壁橱的小门，大喊：戚良德，你先生来找你！我钻出壁橱，先生略为惊讶地笑了，说：你在这里面？我们的宿舍进门后，两边各有一个小壁橱，本来是供放置衣物用的，但都被我们改造成了一个读书的小窝，虽仅能容身，但躲进里面极为安静。我没想到先生到宿舍找我，显得颇为尴尬，手足无措，根本没注意到先生手里拿着几页纸。先生说：你尽快校一下，然后交给我。我慌忙接过那几页纸，等先生离开宿舍，我才看到，那上面印着我的"《文心雕龙·总术篇》新探"。我还没来得及多看几眼，李蓝兄便一把夺过去，说：先让我看一下。他很快看完了，我也很快校了一遍，然后午饭都没有来得及吃，便直奔先生家。先生显然心情不错，他笑眯眯地说："我把文章给《文史哲》，他们说，老牟啊，你这只是研究生的文章，《文史哲》能发吗？我说：虽然是研究生，但这篇文章解决了自黄侃以来的一个小问题，你们不发，我就给《文学评论》。他们说：那就发吧。"这篇小文发在了《文史哲》1987年的第2期。

四、龙门寒冬

1987年中秋节前夕，我们三个研究生一起到成都参加在四川大学举行的中国古代文论学会年会。牟先生原本说好带我们同行，但由于身体不适，未能成行，结果成了我们师兄妹三人的自由之旅。先生一向身体很好，中午没有午休，平时连感冒都很少有，所以偶尔的不适，我们都没往心里去，更不知道病魔已向先生袭来。我们三人先去了西安，然后去成都参会。说是开会，但没有老师跟着，我们三个都是第一次参加这样严肃的学术会议，谁也不认识，很难说上话，开始颇有些无所适从。但当说起我们是牟先生的学生，那些早闻其名但从未谋面的大家学者，顿时便热情有加，令人如沐春风。这不仅让我们感觉到牟先生的人缘极好，而且也使得自己颇增几分神气，现在想来也真是好笑。当时给我留下深刻印象的有两位学者，一位是祖保泉先生，一位是蔡厚示先生。蔡先生仪表堂堂、神采奕奕，说起牟先生来滔滔不绝。祖先生则是温文尔雅的忠厚长者，他脱掉鞋子、挽起裤腿，赤脚趟过都江堰的情景，颇为有趣，至今仍历历在目。

会议组织游览青城山的时候，我在山路旁边的小摊上，花了好像五块钱（现在记不清了），买了三块大理石的镇纸，一块是纯黑的，一块是花白的，一块是比较纯的白玉色。会议结束后，我们先去了重庆，过三峡时，我没能和师兄师妹同乘一艘船，结果一个人早到了武汉，又一个人坐火车至郑州，一路把那几块石头背回了济南。我拿了那块白玉色的镇纸，兴冲冲地来到先生家。牟先生给我开门，略显惊讶地说：哦，你回来了？甫一坐定，我鼓起勇气，拿出那块

石头，说：这是我从青城山上买的。先生慈祥地笑笑，说：你自己
留着用吧。我说，我还有两块，一起买了三块。先生便收下了。那
是我平生送给先生的唯一一件礼物。然后先生说：你把会议资料给
我看看。我说，那些资料我们嫌重，都留在宾馆了。先生听了脸色
一沉，说：那个怎么能扔了呢？从那以后，三十多年来，我无论参
加什么样的学术会议，所有的资料，都是片纸不落地带回来，再也
不敢丢了。

　　1987年的冬天，我们开始写毕业论文。我给自己定的题目是
"论刘勰的文艺观念"，下面列了十多个标题，满怀豪情地准备写一
篇大文章。但听说不管写多长，只能打印三万字（那时的打印技术
还比较落后，先用打字机打在蜡纸上，然后油印）。我用了一个星
期左右的时间写完了第一章"道之文与文之道"的初稿，正好接近
三万字，便以此为大题目，加了一个副标题"论刘勰的文艺观念之
一"，誊写在每页四百字的稿纸上，交给了牟先生。当我拿回自己
的稿子时，已经是在医院的病房里了。记得当时一进病房，便看见
先生倚靠在病床上，手里拿的正是我的那摞黄黄的稿纸。虽在病房，
但没觉得先生与平时有什么两样。他说，文章已经看完，并在上面
做了一些修改，建议我不要指名道姓地批评别人，直接谈自己的观
点就行了。

　　农历的1988年是戊辰龙年，牟先生的本命年，他的六十大寿。
3月份，他完成了自己最重要的一部"龙学"著作——《文心雕龙研
究》，他称这部著作是自己平生所能雕刻的一条"全龙"。不过，后
来我才知道，这部著作的最后一章（第八章）"几个专题研究"，当
时只在"目录"上列了四节标题的题目，只是从这些题目看，都是
先生发表过的文章。大概正因如此，先生没有及时整理这一章。直
到一年以后的1989年春天，当先生再次住院以后，由于出版社催稿，

先生才让我根据目录，把那一章整理出来。先生当时还说，你整理完后，可以写个后记，把情况说明一下。但当我整理完那四节内容后，直接寄给了人民文学出版社，并没有写后记。我当时想，说是整理，那其实是先生发表过的四篇文章，我只是把它们略微连缀了一下，成为一章的四节而已，没有什么好说明的吧？

戊辰龙年对先生有着非比寻常的意义，但这都是我后来才意识到的，当时并没有什么特别的感觉。甚至虽然知道先生得了大病，做了手术，但也没觉得有什么了不起，因为每次见到先生，从心理上从未承认他是个病人。我们研究生毕业了，师兄师妹都离开了学校，但我自己则好像没有毕业的感觉，还是在老师身边，和老师一个教研室，见老师的次数更多了。也许唯一的不同，是先生告诉我，以后我就是《文心雕龙》学会的秘书了，要处理学会来往的信件，并准备编辑一期《文心雕龙学刊》。当然，还要接替先生给本科生开设"《文心雕龙》研究"的选修课，毕竟自己已经是老师了。

1989 年从春至夏，我基本每两天去一趟医院，偶尔晚上也留下来，好让一直陪伴先生的师母休息一下。我一直觉得，先生当然会痊愈出院的，这还有问题吗？但事实是，先生的病情越来越严重，直到 6 月 19 日的下午，我眼睁睁地看到先生慢慢耗尽了他原本旺盛无比的生命力。看着师母给先生擦洗好身体，换上一套崭新的中山装，看着医护人员把先生推出病房，我不记得自己是否流泪了，只是怔怔地跟在后面，直到看不见先生为止。几天后，我再次来到先生躺着的冰冷的房间，和工作人员一起把先生抬上一辆大卡车，我和先生的两位公子一起蹲坐在先生的脚边，一路颠簸护送先生到了济南粟山殡仪馆。那是我平生第二次乘坐大卡车，应该也是最后一次乘坐这种车了吧。

送走先生，我病倒了，发了几天烧，休息了一个星期，然后开始为先生编辑《雕龙后集》，并把已经编好的《文心雕龙学刊》第六辑送到齐鲁书社。《学刊》第六辑里有我两篇文章，一篇是关于先生《刘勰年谱汇考》的书评，《汇考》一书出版时，先生正在北京做化疗，我赴京探望，先生亲手给我做了一个黄瓜炒鸡蛋，那应该是我吃到的先生亲手做的唯一一个菜（我们读研的时候常在先生家吃饭，但印象中先生一般不下厨），吃饭的时候，我告诉先生，《汇考》我看完了，准备写个书评，先生点头应允。另一篇是谈"论文叙笔"的文章，那是师母为我争取到的。记得研究生毕业后，先生让我帮助他编《学刊》第六辑，师母在旁边说：你光让人家干活，也不给人发篇文章！先生听了微微一笑，对着我说：那你写篇放上吧。我很快写了一篇《"论文叙笔"初探》面呈先生，先生拿过去翻了翻，说：你倒是快啊，等我看看吧。没过几天，先生把文章交给我，没说好也没说不好，只是说放上吧。我拿回去认真翻阅，上面依然有先生熟悉的修改笔迹，但不算多。没想到，那是先生为我看的最后一篇文章。从此之后，没有人再给我那样认真修改文章了。

五、龙门之道

从1984年10月份算起，到先生去世，我跟随先生正好五年时间。耳濡目染，耳提面命，潜移默化，有形无形，先生对我的影响，从人生态度到读书为学，可以说无处不在。比如，我从未想过要跟先生练习书法，也并没有意识地模仿先生的字，但先生说：你的字写得很像我。以至于先生主编的《中国古代文论家评传》出版时，先生正好躺在病床上，他说：你帮我题字送人吧，看不大出来。不只是先生这么认为，我后来的同事、精于书道的傅合远老师也经常说：你的字像极了牟先生的字。其实，他们说的都是我的硬笔字，我不懂书法，所谓像，当然只是字的外形；先生书法的风神骨力，我自然是并不具备的。但仅此一点便可说明，先生的言传身教，无形之中已成为我人生的楷模。

读研之前，先生对我最大的影响，不是《文心雕龙》研究，而是古代文学艺术理论的综合探索，因为我最先读到的先生的书是《文学艺术民族特色试探》，先生明确的综合研究意识给我留下了深刻印象。正是在那本书的影响下，当我读了莱辛的《拉奥孔》和钱锺书的《旧文四篇》之后，我试着写了一篇《“诗画一律”初探》的长文，请我当时的辅导员凌南申先生批改，凌老师是牟先生同乡和同学，那时我还见不到牟先生。那篇文章写了三万多字，里面抄了不少牟先生那本书里的资料。凌老师看完后对我说：你读了不少书啊。我只好承认，那是抄的。但凌老师还是说：你把文章第二部分整理出来给我。后来，凌老师把我整理出来的那篇文章推荐到我们学校的《稚虬》(《山东大学报》文艺增刊)发表了，凌老师给定的题目是《试论诗画艺术的意境》，那时候我还是大三的学生，那也是我平生发表的第一篇文章。

跟随先生读研之后，潜移默化之下，先生的很多为学理念融入了我的学术生命之中。举起荦荦大者，当有以下数端。首先，要建一座属于自己的图书馆。记得我们三个研究生第一次上课时，先生说：你们就算《文心雕龙》的专家了，还没听下一句，我们都笑了。先生显然看出我们的不以为然或愧不敢当，便说：全国专门研究《文心雕龙》的研究生没有几个，怎么不算专家？然后先生说，以后碰见《文心雕龙》方面的书，不管水平如何，只要自己没有，都要买下来。三十多年来，我认真执行了先生这一不成文的规定，因而积累了比较齐全的“龙学”著作。当然，不仅仅是“龙学”，先生还有个很有名的主张：一个人文领域的学者，一辈子要建一座适合自己的图书馆。对此，我也全力贯彻到了自己的实践中。尤其是数字时代到来后，不仅纸质书，我还特别喜欢收集电子资料。这样做的结果，那就是一般情况下，不必再去各种图书馆了，真正体会到了刘勰所谓"任力耕耨，纵意渔猎，操刀能割，必裂膏腴"之随心所欲的快意。

其次，要用第一手资料。这显然是和上面一点密切相关的。为什么要建一座图书馆？因为书到用时方恨少。更重要的是，先生说，真正的研究，决不能依靠二手资料，而必须找到原文，找到出处。先生还说，你可以通过别人的引文顺藤摸瓜，但决不可直接拿来用，尤其要看看别人没有使用的上下文，很可能你会有新的发现。我当了老师后，也经常跟学生这么说，其中的道理很容易理解，但真正这么做，才会让人受益无穷。比如，《文心雕龙·乐府》有"好乐无荒，晋风所以称远"二句，这个"远"字，我后来校勘时，根据唐写本，把它改成了"美"字。但唐写本的价值大家都是知道的，何以诸家《文心雕龙》校本皆作"远"，而不从唐写本作"美"呢？盖以各家均据《左传·襄公二十九年》所载吴公子季札观周乐时的一段话："思深哉！其有陶唐氏之遗民乎？不然，何忧之远也？"（陶唐氏，即唐尧，其后裔建立唐国，周成王时改为晋国，所以刘勰称"唐风"为"晋风"。）既然这里有"何忧之远"，则所谓"晋风所以称远"，似乎是确凿无疑的。但我想，"远"与"美"二字不同，唐写本何以抄成"美"字？只要我们继续往下看《左传》，问题便可解决，可惜一般注本不再往下征引了。其实，"何忧之远也"一句的后面，紧接着还有两句话："非令德之后，谁能若是？"这才是吴公子季札这段话的中心所在。"令德"者，美德也。所以，还是唐写本的"晋风所以称美"更符合刘勰之本义。"称美"者，称赞其美德之意也，较之"忧远"之"远"，不是更为合适而贴切吗？

第三，要敢于向老师挑战，尤其是先生"友、敌、师"的读书三字法，其中的"敌"给我以深刻影响。先生说，他每当翻开书本，便如临大敌，因此不少介绍读书方法的文章把他的这个读书方法叫作"如临大敌"法。当然，所谓"如临大敌"，并非真的把书本当成敌人，而是以此警示自己"尽信书，则不如无书"，尤其是必须提出自己的观点，在前人论述的基础上有所创造。我在当老师的过程中，经常听到研究生说，看人家的文章，觉得说的都对，自己提不出想法。每当这时，我就给学生们介绍牟先生的读书三字法，尤其是这个"敌"字。它的精义在于，不盲从，不迷信，从不同方面提出自己的问题或疑问，先生说，无论什么样的文章，很难经得起这样的"攻击"；当然，不是真的要"攻击"别人，而是在这样一个严格审视的过程中，锻炼了自己的思维，多方面深入地考察了研究对象，从而真正看清了人家的优点和长处所在，就算没有什么新的发现，也切实地提高了自己。

第四，就《文心雕龙》的研究而言，先生使我受益无穷的理念和方法是"读懂原文，搞清本义"这八个字。我经常想起先生的一个说法："龙学"的起点是读《文心雕龙》，"龙学"的终点是读懂《文心雕龙》。曾经有好多年，我一直有些疑惑：先生所说的这个"龙学"的终点，会到来吗？什么时候到来呢？后来，我宁愿把先生所说的"终点"的问题，理解成对"读懂原文"的大力强调，实际上，现代"龙学"一百多年，著述丰富，但我们离刘勰的原文和原意有时反而越来越远了。应该说，这也并不奇怪，一个时代有一个时代的"龙学"，谁能说自己离刘勰最近或更近呢？但这却恰恰彰显出，"读懂原文，搞清本义"乃是"龙学"的第一要务，应是我们的基本追求，只有以此为基础，才能进一步做出自己的阐释。多年来，我一直按照这样的要求去做，尽管有时会切实感觉到，每个人的"读懂原文"其实是非常不一样的，但是不是贯彻这样的要求，结果是完全不同的。

　　第五，就写文章而言，先生给我最大的影响是文章要老练。记得先生开设的"六朝文学"课结束时，我交了一篇写王粲《登楼赋》的小文章，先生说，我看你文笔比较老练了，那是我第一次听到先生说"老练"两个字。后来不止一次地听到先生这么要求，但我不记得先生有什么具体的解释，于是只能从先生的文章来体会。我们三个研究生共同的感受就是，先生的文章少用关联词语，没有很长的句子，更不会有废话，字字句句，铿锵有力，掷地有声，真正达到了"意少一字则义阙，句长一言则辞妨"的"精要"之境。后来，看到台湾王更生先生为牟先生《雕龙后集》写的序里，有这样一段话："书中第七十七页把我写的《文心雕龙研究》列为台湾七种论著之首；并率直地说：'此人（王更生）是台湾龙学界的重要人物。'当时觉得世金先生措语虽不修饰，自有一股撼人心弦的力量；从他那行文如流水的字里行间，透出高妙的学养和皎洁的人格。"我觉得，王先生所说，正是牟先生所谓"老练"的含义和境界了。以此而论，即使到今天，我也仍然觉得自己的文章离这样"老练"的境界还差得很远，但虽不能至，心向往之，老师的要求，却是从不敢忘的。

六、龙门启程

　　今年的 3 月 18 日，正是农历二月初二，龙抬头的日子，我们选择在这一天纪念牟先生诞辰 90 周年，同时进行国家社科基金"龙学"重大项目的开题报告。牟先生生于 1928 年 7 月 19 日，我们没有等到 7 月份开这个会，因为开题报告不能太晚了。为什么一定要和开题报告一起呢？

　　去年，国家社科基金专为"龙学"设立了一个重大招标项目：《文心雕龙》汇释及百年"龙学"学案，这是空前的，我想在可以预见的未来几年，可能也不会再有专门"龙学"的重大项目了。这个项目之所以花落山东大学，主要归功于牟先生所奠定的山大"龙学"的基石。前人栽树后人乘凉，没有牟先生 30 年前为山大栽下的"龙学"之树，就不可能有今天供我们乘凉的硕大树荫。所以，我觉得，这个项目的开题报告是纪念先生诞辰 90 周年的最佳方式。

我们在大会主席台的背景上特别设计了两条龙。一条当然是刘勰在 1500 多年前为我们雕刻的，是我们要研究的《文心雕龙》，另一条则象征着牟先生，这不仅因为先生毕生研究《文心雕龙》，是中国《文心雕龙》学会的创始人，而且还因为先生属龙，先生出生的 1928 年是戊辰龙年。同时，30 年前的 1988 年也是戊辰龙年，牟先生在那一年的 3 月完成了他最后一部也是最重要的一部"龙学"著作——《文心雕龙研究》，难怪先生说自己的一生与龙有缘。所以，我们选择龙抬头的日子纪念先生诞辰 90 周年，并进行"龙学"重大项目的开题报告，以此寄托我们对先生的深切怀念。

我相信，先生在天有灵，仍旧是嘉许的目光，依然是慈祥的凝视。

2018 年 3 月
写于鸢都白浪河畔
修改于泉城济南

附　录

百年"龙学"书目（1915—2021）

说　明

1. 本书目收入一百余年来所有关于《文心雕龙》的专著、专书，按出版地分为中国大陆、中国台湾、中国香港以及国外四个部分，前三个部分以出版或印制时间先后排列，国外部分则先以国别、后以时间排列。

2. 以下三种著作并非《文心雕龙》专著、专书，亦酌情收录：《文心雕龙》与其他著作合印成册者，有关《文心雕龙》章节篇幅较大者，以《文心雕龙》为中心或主要研究对象者。

3. 除少数出版时未标注月份以及个别出版信息未明的著作外，收录图书出版或印制时间均具体到月份，个别图书在版编目（CIP）数据与实际出版时间略有差异，一般以后者为准。

4. 同一著作的不同版本，均作为新的条目列出；但同一版本的重印（或有个别文字订正），则仅就所知情况，在同一条中列出重印时间。

5. 酌情收录少量非正式出版的自印本、油印本，但一般不收录未公开出版的会议论文集。

6. 暂不收录已通过答辩但未正式出版的博士、硕士学位论文。

7. 国外部分的目录全部翻译为中文，并附西文原文。

8. 本书目所录，大部分为笔者寓目，仅有少数未见原书或版权页，但也尽量予以核实。

9. 限于闻见，本书目必有重要遗漏，或有收入不当、信息不确者，切望知者赐正。

一、中国大陆部分

刘勰撰，黄叔琳注，纪昀评：《文心雕龙》（线装四册），上海：扫叶山房，1915 年。

刘勰：《文心雕龙》（四部丛刊），上海：商务印书馆，1919 年，1929 年。

刘勰：《文心雕龙》（四册），上海：上海会文堂书局，1923 年 5 月。

刘勰：《文心雕龙》（线装四册），上海：启新书局，1924 年春。

刘勰：《文心雕龙》（沈子英标点），上海：梁溪图书馆，1924 年 11 月。

刘勰撰，黄叔琳注，纪昀评：《文心雕龙》（新式标点），上海：扫叶山房，1925 年 9 月。

范文澜：《文心雕龙讲疏》，天津：新懋印书局，1925 年 10 月。

刘勰：《文心雕龙》（线装四册），上海：海左书局，1925 年。

刘勰著，李详补注：《文心雕龙补注》（线装四册），上海：中原书局，1926 年 10 月。

黄侃：《文心雕龙札记》，北平：北平文化学社，1927 年 7 月，1934 年 3 月。

冯葭初编：《文心雕龙》（二册，言文对照），湖州：五洲书局，1927 年 10 月。

刘勰撰，黄叔琳注，纪昀评：《新体广注文心雕龙》（线装四册），上海：大一统图书局，1928 年。

刘勰：《文心雕龙》（曹聚仁编），上海：新华书局，1929 年 3 月。

范文澜：《文心雕龙注》（上册），北平：北平文化学社，1929 年 9 月。

范文澜：《文心雕龙注》（中册），北平：北平文化学社，1929 年 12 月。

刘勰：《文心雕龙》（冰心主人标点），上海：大中书局，1930 年 1 月。

刘勰撰，黄叔琳注：《文心雕龙》（二册，万有文库），上海：商务印书馆，1931 年 4 月。

范文澜：《文心雕龙注》（下册），北平：北平文化学社，1931 年 6 月。

刘勰：《文心雕龙》（薛恨生标点），上海：新文化书社，1931 年 9 月。

刘勰：《文心雕龙》（新体广注），上海：扫叶山房，1931 年。

刘勰：《文心雕龙》（全二册，侯毓珩标点），上海：大东书局，1932 年 10 月。

刘勰：《文心雕龙》（新式标点），上海：启智书局，1933 年 4 月。

叶长青：《文心雕龙杂记》，福州铺前顶程厝衕叶宅，1933 年 7 月。

刘永济：《文心雕龙征引文录》，国立武汉大学讲义，1933 年。

庄适选注：《文心雕龙》（万有文库），上海：商务印书馆，1933 年 12 月。

刘勰：《文心雕龙》（诸纯鉴标点），上海：大达图书供应社，1933 年 12 月。

庄适选注：《文心雕龙》（学生国学丛书），上海：商务印书馆，1934 年 1 月。

钱基博：《文心雕龙校读记》，无锡：无锡国学专修学校，1935年6月。

杜天縻注：《广注文心雕龙》（与《诗品》合印），上海：世界书局，1935年10月，1936年2月。

刘勰：《文心雕龙》（国学基本丛书），上海：商务印书馆，1935年11月。

刘永济：《文心雕龙校释》，国立武汉大学讲义，1935年。

刘勰：《文心雕龙》（国学基本丛书简编），上海：商务印书馆，1936年2月。

刘勰撰，黄叔琳注：《文心雕龙》（万有文库简编），上海：商务印书馆，1936年2月。

范文澜：《文心雕龙注》（全七册），上海：开明书店，1936年7月，1947年12月。

刘勰撰，黄叔琳注，纪昀评：《文心雕龙辑注》（线装四册，四部备要），上海：中华书局，1936年8月。

刘勰：《文心雕龙》（与《唐诗纪事》合印，四部丛刊初编缩本），上海：商务印书馆，1936年12月。

杨明照：《范文澜文心雕龙注举正》，燕京大学文学年报第三期单行本，1937年5月。

刘勰：《文心雕龙》（丛书集成初编），上海：商务印书馆，1937年6月。

刘勰著，杜天縻注：《广注文心雕龙》，上海：世界书局，1943年12月，1947年10月，1949年4月。

朱恕之：《文心雕龙研究》，南郑：南郑县立民生工厂，1945年4月。

刘永济：《文心雕龙校释》（中国文史丛书），上海：正中书局，

1948 年 10 月。

王利器校笺：《文心雕龙新书》，巴黎大学北京汉学研究所，1951 年 7 月。

《文心雕龙新书通检》，巴黎大学北京汉学研究所，1952 年 11 月。

黄叔琳注，纪昀评：《文心雕龙辑注》，北京：中华书局，1957 年 8 月。

杨明照校注拾遗：《文心雕龙校注》，上海：古典文学出版社，1958 年 1 月。

范文澜：《文心雕龙注》（上、下，中国古典文学理论批评专著选辑），北京：人民文学出版社，1958 年 9 月，1960 年 4 月，1961 年 7 月，1962 年 12 月，2000 年 10 月，2006 年 1 月，2020 年 1 月。

杨明照校注拾遗：《文心雕龙校注》，北京：中华书局，1959 年 1 月。

刘永济校释：《文心雕龙校释》，北京：中华书局，1962 年 3 月。

黄侃：《文心雕龙札记》，北京：中华书局，1962 年 9 月。

陆侃如、牟世金：《文心雕龙选译》（上），济南：山东人民出版社，1962 年 9 月。

周振甫选译：《〈文心雕龙〉译注》（文艺理论专业学习参考材料，七），中共中央高级党校，1962 年 10 月。

陆侃如、牟世金：《刘勰论创作》，合肥：安徽人民出版社，1963 年 5 月。

陆侃如、牟世金：《文心雕龙选译》（下），济南：山东人民出版社，1963 年 7 月。

郭晋稀：《文心雕龙译注十八篇》，兰州：甘肃人民出版社，1963 年 8 月。

陆侃如、牟世金：《刘勰和文心雕龙》，上海：上海古籍出版社，1978 年 8 月。

王元化：《文心雕龙创作论》，上海：上海古籍出版社，1979 年 10 月。

詹锳：《刘勰与文心雕龙》，北京：中华书局，1980 年 1 月。

《文心雕龙选注》，山东大学中文系古典文学教研室，1980 年 6 月。

《文心雕龙选》，辽大中文系古代文学教研室，1980 年 7 月。

王利器校笺：《文心雕龙校证》，上海：上海古籍出版社，1980 年 8 月。

张文勋、杜东枝：《文心雕龙简论》，北京：人民文学出版社，1980 年 9 月。

周振甫：《文心雕龙选译》，北京：中华书局，1980 年 10 月。

陆侃如、牟世金：《文心雕龙译注》（上），济南：齐鲁书社，1981 年 3 月。

穆克宏：《〈文心雕龙〉研究》，福建师范大学中文系，1981 年 9 月。

穆克宏编：《〈文心雕龙〉学习参考资料》，福建师范大学中文系古典文学教研室，1981 年 10 月。

杜黎均：《文心雕龙文学理论研究和译释》，北京：北京出版社，1981 年 10 月。

周振甫：《文心雕龙注释》，北京：人民文学出版社，1981 年 11 月。

苏宰西编著：《文心雕龙通解》（上、中、下），宝鸡师范学院中文系，1981、1982 年。

郭晋稀：《文心雕龙注译》，兰州：甘肃人民出版社，1982 年 3 月。

赵仲邑：《文心雕龙译注》，南宁：漓江出版社，1982 年 4 月，1985 年 1 月。

陆侃如、牟世金：《刘勰论创作》（修订本），合肥：安徽人民出版社，1982 年 4 月。

詹锳：《〈文心雕龙〉的风格学》，北京：人民文学出版社，1982 年 5 月。

马宏山：《文心雕龙散论》，乌鲁木齐：新疆人民出版社，1982 年 5 月。

甫之：《文心雕龙选注》（上、下），辽宁大学中文系，1982 年 7 月。

张长青、张会恩：《文心雕龙诠释》，长沙：湖南人民出版社，1982 年 8 月。

钟子翱、黄安祯：《〈文心雕龙〉讲座专辑》，《吉林日报通讯》1982 年第 8 期。

陆侃如、牟世金：《文心雕龙译注》（下），济南：齐鲁书社，1982 年 9 月。

《〈文心雕龙〉学术会讨论稿》，山东大学中文系，1982 年 10 月。

杨明照：《文心雕龙校注拾遗》，上海：上海古籍出版社，1982 年 12 月。

王元化选编：《日本研究〈文心雕龙〉论文集》，济南：齐鲁书社，1983 年 4 月。

牟世金：《雕龙集》，北京：中国社会科学出版社，1983 年 5 月。

杜保宪编著：《魏晋南北朝文论选析》，济南：山东教育出版社，1983 年 6 月。

齐鲁书社编：《文心雕龙学刊》（第一辑），济南：齐鲁书社，1983 年 7 月。

张少康：《中国古代文学创作论》，北京：北京大学出版社，1983 年 12 月。

王元化：《文心雕龙创作论》，上海：上海古籍出版社，1984 年 2 月。

向长清：《文心雕龙浅释》，长春：吉林人民出版社，1984 年 3 月。

姜书阁：《文心雕龙绎旨》，济南：齐鲁书社，1984 年 3 月。

彭恩华编译：《兴膳宏〈文心雕龙〉论文集》，济南：齐鲁书社，1984 年 6 月。

《文心雕龙》学会编：《文心雕龙学刊》（第二辑），济南：齐鲁书社，1984 年 6 月。

钟子翱、黄安祯：《刘勰论写作之道》，北京：长征出版社，1984 年 8 月。

刘勰：《文心雕龙》（线装一册，影印元刻本），上海：上海古籍出版社，1984 年 10 月。

邱世友：《水明楼小集》，广州：花城出版社，1984 年 11 月。

张文勋：《刘勰的文学史论》，北京：人民文学出版社，1984 年 12 月，收入《张文勋文集》第三卷（昆明：云南大学出版社，2000 年 9 月）。

祖保泉：《文心雕龙选析》，合肥：安徽教育出版社，1985 年 4 月。

艾若：《神与物游——刘勰文艺创作理论初探》，北京：文化艺术出版社，1985 年 6 月。

《中日学者〈文心雕龙〉学术讨论会论文选辑》，《中华文史论丛》1985 年第二辑，上海：上海古籍出版社，1985 年 6 月。

穆克宏：《文心雕龙选》（注释本），福州：福建教育出版社，1985 年 7 月。

蒋祖怡：《文心雕龙论丛》，上海：上海古籍出版社，1985 年 8 月。

毕万忱、李淼：《文心雕龙论稿》，济南：齐鲁书社，1985 年 9 月。

杨明照:《学不已斋杂著》,上海:上海古籍出版社,1985年10月。

牟世金:《台湾文心雕龙研究鸟瞰》,济南:山东大学出版社,1985年12月。

刘勰:《文心雕龙》(丛书集成初编),北京:中华书局,1985年影印。

《文心雕龙》学会编:《文心雕龙学刊》(第三辑),济南:齐鲁书社,1986年1月。

王运熙:《文心雕龙探索》,上海:上海古籍出版社,1986年4月。

周振甫:《文心雕龙今译》,北京:中华书局,1986年12月。

牟世金:《文心雕龙精选》,济南:山东大学出版社,1986年12月。

涂光社:《文心十论》,沈阳:春风文艺出版社,1986年12月。

冯春田:《文心雕龙释义》,济南:山东教育出版社,1986年12月。

《文心雕龙》学会编:《文心雕龙学刊》(第四辑),济南:齐鲁书社,1986年12月。

张少康:《文心雕龙新探——刘勰文学理论体系及其渊源》,济南:齐鲁书社,1987年4月。

孙英:《古典文学理论之最》,石家庄:花山文艺出版社,1987年4月。

贺绥世:《文心雕龙今读》,郑州:文心出版社,1987年5月。

缪俊杰:《文心雕龙美学》,北京:文化艺术出版社,1987年6月,收入《缪俊杰文集》第六卷(北京:人民文学出版社,2020年9月)。

刘纲纪:《刘勰的〈文心雕龙〉》,李泽厚、刘纲纪主编:《中国美学史》第二卷,北京:中国社会科学出版社,1987年7月。

朱迎平:《文心雕龙索引》,上海:上海古籍出版社,1987年7月。

吴美兰编纂:《文心雕龙研究成果索引》(1907—1986),暨南大学图书馆,1987年10月。

牟世金：《刘勰年谱汇考》，成都：巴蜀书社，1988 年 1 月。

甫之、涂光社主编：《〈文心雕龙〉研究论文选》(1949—1982，上、下)，济南：齐鲁书社，1988 年 1 月。

林其锬、陈凤金：《敦煌遗书〈文心雕龙〉残卷集校》，《中华文史论丛》1988 年第 1 期，上海：上海古籍出版社，1988 年 5 月。

陈思苓：《文心雕龙臆论》，成都：巴蜀书社，1988 年 6 月。

杨森林：《〈文心雕龙〉与新闻写作》，北京：人民日报出版社，1988 年 6 月。

《文心雕龙》学会编：《文心雕龙学刊》(第五辑)，济南：齐鲁书社，1988 年 6 月。

易中天：《〈文心雕龙〉美学思想论稿》，上海：上海文艺出版社，1988 年 8 月。

刘勰：《文心雕龙》(与《诗品》合印)，北京：中国书店，1988 年 9 月影印。

赵盛德：《文心雕龙美学思想论稿》，桂林：漓江出版社，1988 年 10 月。

韩湖初编著：《文心雕龙研究》，华南师范大学中文系，1988 年 10 月。

林其锬、陈凤金集校：《敦煌遗书文心雕龙残卷集校》，《中华文史论丛》抽印本，1988 年。

刘勰撰，黄叔琳注，纪昀评：《文心雕龙》(《四部备要》第 100 册)，北京：中华书局，1989 年 3 月。

王运熙、杨明：《刘勰〈文心雕龙〉》，王运熙、杨明：《魏晋南北朝文学批评史》，上海：上海古籍出版社，1989 年 6 月。

詹锳：《文心雕龙义证》(上、中、下，中国古典文学丛书)，上海：上海古籍出版社，1989 年 8 月，1994 年 9 月，1999 年 12 月，

2011 年 12 月，2019 年 5 月。

郑在瀛：《六朝文论讲疏》，武汉：华中理工大学出版社，1989
年 10 月。

禹克坤：《〈文心雕龙〉与〈诗品〉》（中国文化典籍），北京：
人民出版社，1989 年 11 月。

〔美〕汪荣祖：《史传通说——中西史学之比较》，北京：中华
书局，1989 年 11 月，1992 年 2 月。

李庆甲：《文心识隅集》，上海：上海古籍出版社，1989 年 12 月。

赵仲邑：《文心雕龙译注》，南宁：广西教育出版社，1990 年 2 月。

曹顺庆编：《文心同雕集》，成都：成都出版社，1990 年 6 月。

中国文心雕龙学会选编：《文心雕龙研究论文集》，北京：人民
文学出版社，1990 年 8 月。

蔡润田：《泥絮集》，太原：北岳文艺出版社，1990 年 9 月。

冯春田：《文心雕龙语词通释》，济南：明天出版社，1990 年
10 月。

朱广成：《文心雕龙的创作论》，北京：中国广播电视出版社，
1991 年 5 月。

穆克宏：《文心雕龙研究》，福州：福建教育出版社，1991 年
10 月。

林其锬、陈凤金集校：《敦煌遗书文心雕龙残卷集校》，上海：
上海书店出版社，1991 年 10 月。

周振甫译注：《文心雕龙选译》，成都：巴蜀书社，1991 年 10 月。

《文心雕龙》学会编：《文心雕龙学刊》（第六辑），济南：齐鲁
书社，1992 年 1 月。

龙必锟译注：《文心雕龙全译》（中国历代名著全译丛书），贵阳：
贵州人民出版社，1992 年 8 月。

饶芃子主编：《文心雕龙研究荟萃》，上海：上海书店出版社，1992年6月。

〔日〕户田浩晓著，曹旭译：《文心雕龙研究》，上海：上海古籍出版社，1992年6月。

牟世金、萧洪林：《刘勰和文心雕龙》，牟世金、萧洪林等：《中国古代文论精粹谈》，济南：齐鲁书社，1992年6月。

王元化：《文心雕龙讲疏》，上海：上海古籍出版社，1992年8月。

王梦鸥：《古典文学的奥秘——文心雕龙》（中国历代经典宝库），海口：中国三环出版社，1992年10月。

刘勰：《文心雕龙》（敦煌唐写本残卷，斯五四七八），中国社会科学院历史研究所等编：《英藏敦煌文献》第七卷，成都：四川人民出版社，1992年11月。

《文心雕龙》学会编：《文心雕龙学刊》（第七辑），广州：广东人民出版社，1992年11月。

李炳勋：《文心雕龙理论体系新编》，郑州：文心出版社，1993年1月。

李蓁非：《文心雕龙释译》，南昌：江西人民出版社，1993年1月。

周振甫：《文论散记——诗心文心的知音》，北京：学苑出版社，1993年3月。

祖保泉：《文心雕龙解说》，合肥：安徽教育出版社，1993年5月。

贾锦福主编：《文心雕龙辞典》，济南：济南出版社，1993年6月。

石家宜：《〈文心雕龙〉整体研究》，南京：南京出版社，1993年8月。

徐季子：《文心与禅心》，北京：群言出版社，1993年8月。

刘勰：《元刊本文心雕龙》（中国古籍珍本丛书），上海：上海古籍出版社，1993 年 10 月。

牟世金：《雕龙后集》，济南：山东大学出版社，1993 年 11 月。

韩湖初：《文心雕龙美学思想体系初探》，广州：暨南大学出版社，1993 年 11 月。

吴林伯：《〈文心雕龙〉字义疏证》，武汉：武汉大学出版社，1994 年 4 月。

邢建堂、傅锦瑞译：《文心雕龙全译》，太原：山西人民出版社1994 年 4 月。

王明志：《文心雕龙新论》，哈尔滨：黑龙江教育出版社，1994 年 5 月。

孙蓉蓉：《文心雕龙研究》，南京：江苏教育出版社，1994 年 11 月。

于维璋：《刘勰文艺思想简论》，济南：山东大学出版社，1994 年 12 月。

刘勰：《文心雕龙》（24 篇），《中国古典文学名著分类集成·文论卷》（一），天津：百花文艺出版社，1994 年 12 月。

陆侃如、牟世金：《文心雕龙译注》，济南：齐鲁书社，1995 年 4 月。

左健：《体大思精的〈文心雕龙〉》，沈阳：辽宁古籍出版社，1995 年 5 月。

《文心雕龙学综览》编委会编：《文心雕龙学综览》（杨明照主编），上海：上海书店出版社，1995 年 6 月。

涂光社：《雕龙迁想》，沈阳：辽宁大学出版社，1995 年 6 月。

中国《文心雕龙》学会编：《文心雕龙研究》（第一辑），北京：北京大学出版社，1995 年 7 月。

牟世金：《文心雕龙研究》（中国古典文学研究丛书），北京：

人民文学出版社，1995 年 8 月。

蒋祖怡：《中国古代文论的双璧——〈文心雕龙〉〈诗品〉论文集》，济南：山东教育出版社，1995 年 9 月。

张灯：《文心雕龙辨疑》，贵阳：贵州人民出版社，1995 年 10 月。

王运熙、杨明：《刘勰〈文心雕龙〉》，王运熙、杨明：《中国文学批评通史——魏晋南北朝卷》，上海：上海古籍出版社，1995 年 12 月。

熊宪光主译：《文心雕龙》（白话今译），重庆：西南师范大学出版社，1996 年 1 月。

李天道：《文心雕龙审美心理学》，成都：电子科技大学出版社，1996 年 6 月。

卓支中：《中国古代文论探研》，广州：暨南大学出版社，1996 年 6 月。

黄侃：《文心雕龙札记》，刘梦溪主编：《中国现代学术经典·黄侃、刘师培卷》，石家庄：河北教育出版社，1996 年 8 月。

周振甫主编：《文心雕龙辞典》，北京：中华书局，1996 年 8 月。

中国《文心雕龙》学会编：《文心雕龙研究》（第二辑），北京：北京大学出版社，1996 年 9 月。

骆正深：《文心雕龙阅读纪要》，上海：百家出版社，1996 年 10 月。

罗宗强：《刘勰的文学思想》，罗宗强：《魏晋南北朝文学思想史》，北京：中华书局，1996 年 10 月。

黄维樑：《中国古典文论新探》，北京：北京大学出版社，1996 年 11 月。

黄侃：《文心雕龙札记》，上海：华东师范大学出版社，1996 年 12 月。

刘勰:《文心雕龙》,穆克宏、郭丹编著:《魏晋南北朝文论全编》,南京:江苏教育出版社,1996年12月。

刘勰:《文心雕龙》(萧华荣整理),徐中玉主编:《传世藏书·集库·文艺论评》(1),海口:海南国际新闻出版中心,1996年12月。

寇效信:《文心雕龙美学范畴研究》,西安:陕西人民出版社,1997年2月。

刘师培:《文心雕龙讲录》,刘师培:《中古文学论著三种》(新世纪万有文库),沈阳:辽宁教育出版社,1997年3月。

韩泉欣:《文心雕龙直解》,杭州:浙江文艺出版社,1997年5月。

詹福瑞:《中古文学理论范畴》,保定:河北大学出版社,1997年5月。

刘师培:《〈文心雕龙〉讲录二种》(罗常培笔述),陈引驰编校:《刘师培中古文学论文集》(二十世纪国学名著),北京:中国社会科学出版社,1997年6月。

郭晋稀:《白话文心雕龙》,长沙:岳麓书社,1997年7月。

刘勰、纪晓岚:《纪晓岚评文心雕龙》,扬州:江苏广陵古籍刻印社,1997年7月。

刘乐贤编:《文心雕龙》,北京:中国友谊出版公司,1997年7月。

林杉:《文心雕龙创作论疏鉴》,呼和浩特:内蒙古教育出版社,1997年12月。

董家平:《〈文心雕龙〉名篇探赜》,西宁:青海人民出版社,1997年12月。

王运熙、周锋:《文心雕龙译注》,上海:上海古籍出版社,1998年4月。

中国《文心雕龙》学会编:《文心雕龙研究》(第三辑),北京:北京大学出版社,1998年7月。

顾农:《文选与文心》,贵阳:贵州人民出版社,1998年6月。

王梦鸥:《古典文学的奥秘——文心雕龙》(中国历代经典宝库),海口:海南出版社、三环出版社,1998年10月。

左健:《体大思周的〈文心雕龙〉》,沈阳:辽海出版社,1998年。

刘勰:《文心雕龙》(与《千家诗》合印,传世名著百部),北京:蓝天出版社,1998年12月。

牟世金:《刘勰年谱汇考》(附:刘彦和世系表),刘跃进、范子烨编:《六朝作家年谱辑要》(下册),哈尔滨:黑龙江教育出版社,1999年1月。

周振甫:《文心雕龙译注》,《周振甫文集》第七卷,北京:中国青年出版社,1999年1月。

周振甫:《文心雕龙术语及近术语释》,《周振甫文集》第七卷,北京:中国青年出版社,1999年1月。

涂光社:《刘勰及其文心雕龙》,沈阳:春风文艺出版社,1999年1月。

刘纲纪:《刘勰的〈文心雕龙〉》,李泽厚、刘纲纪主编:《中国美学史》第二卷,合肥:安徽文艺出版社,1999年5月。

刘勰:《文心雕龙》(与《诗品》《曲品》《人间词话》合印,文白对照传世名著,第46卷),新疆奎屯:伊犁人民出版社,1999年10月。

胡晓明:《跨过的岁月——王元化画传》,上海:上海文艺出版社,1999年11月。

刘勰:《文心雕龙》,北京:团结出版社,1999年。

刘勰:《文心雕龙》(与《三曹集》合印),北京:中国社会出版社,1999年。

李平:《文心雕龙综论》,北京:中国文联出版社,1999年12月。

中国文心雕龙学会编：《论刘勰及其〈文心雕龙〉》，北京：学苑出版社，2000年2月。

中国《文心雕龙》学会编：《文心雕龙研究》（第四辑），北京：北京大学出版，2000年3月。

冯春田：《文心雕龙阐释》，济南：齐鲁书社，2000年4月。

刘勰：《文心雕龙》（与《诗品》等合印，中华文学名著百部），乌鲁木齐：新疆青少年出版社，2000年4月。

黄侃：《文心雕龙札记》（周勋初导读，蓬莱阁丛书），上海：上海古籍出版社，2000年5月。

周绍恒：《文心雕龙散论及其它》，北京：学苑出版社，2000年5月。

孙蓉蓉：《〈文心雕龙〉评介》，赵宪章主编：《美学精论》，北京：中国青年出版社，2000年5月。

刘文忠：《中古文学与文论研究》，北京：学苑出版社，2000年6月。

杨明照校注拾遗：《增订文心雕龙校注》（上、下），北京：中华书局，2000年8月。

张文勋：《“文心雕龙”研究》，《张文勋文集》第三卷，昆明：云南大学出版社，2000年9月。

周勋初：《〈文心雕龙〉解析》（十三篇），《周勋初文集》第二卷，南京：江苏古籍出版社，2000年9月。

林杉：《文心雕龙文体论今疏》，呼和浩特：内蒙古教育出版社，2000年11月。

刘勰：《文心雕龙》，长春：时代文艺出版社，2000年。

左健：《文论圭臬——体大思周的〈文心雕龙〉》，沈阳：辽海出版社，2001年1月。

曹顺庆主编：《岁久弥光：杨明照教授九十华诞庆典暨中国古典文献学国际学术研讨会论文集》，成都：巴蜀书社，2001 年 1 月。

李逸津：《文心拾穗——中国古代文学思想的当代解读》，天津：天津社会科学院出版社，2001 年 2 月。

张光年：《骈体语译文心雕龙》，上海：上海书店出版社，2001 年 3 月。

林其锬、陈凤金：《新校白文文心雕龙》，张光年：《骈体语译文心雕龙》，上海：上海书店出版社，2001 年 3 月。

韩泉欣校注：《文心雕龙》，杭州：浙江古籍出版社，2001 年 3 月。

杨明：《刘勰评传》（中国思想家评传丛书），南京：南京大学出版社，2001 年 5 月。

杨明照：《文心雕龙校注拾遗补正》，南京：江苏古籍出版社，2001 年 6 月。

张文勋：《文心雕龙研究史》，昆明：云南大学出版社，2001 年 6 月。

《文海双舟》编委会编：《文海双舟——20 世纪中国写作理论暨文心雕龙研讨会论文集》，呼和浩特：内蒙古教育出版社，2001 年 8 月。

龙必锟：《龙学与新闻——〈文心雕龙〉随笔》，成都：云从斋（自印本），2001 年 8 月。

张少康、汪春泓、陈允锋、陶礼天：《文心雕龙研究史》，北京：北京大学出版社，2001 年 9 月。

龙必锟译注：《文心雕龙全译》（中国历代名著全译丛书精华），贵阳：贵州人民出版社，2001 年 9 月。

石家宜：《〈文心雕龙〉系统观》，南京：江苏古籍出版社，2001 年 9 月。

王守信、孔德志：《刘勰与〈文心雕龙〉》，济南：齐鲁书社，2001 年 9 月。

刘勰：《文心雕龙》（文白，上、下，中国古典文学荟萃），北京：北京燕山出版社，2001 年 11 月。

刘勰：《文心雕龙》（与《随园诗话》等合印，中国古典名著百部），呼和浩特：远方出版社，2001 年 11 月。

王元化：《〈文心雕龙〉篇》，《清园文存》第一卷，南昌：江西教育出版社，2001 年 12 月。

王志彬：《文心雕龙新疏》（《五十年文萃》第十四卷），呼和浩特：内蒙古大学出版社，2001 年 12 月。

中国《文心雕龙》学会编：《文心雕龙研究》（第五辑），保定：河北大学出版社，2002 年 1 月。

林杉：《文心雕龙批评论新诠》，呼和浩特：内蒙古教育出版社，2002 年 1 月。

王峰注释：《文心雕龙》，北京：华夏出版社，2002 年 1 月。

吴林伯：《〈文心雕龙〉义疏》，武汉：武汉大学出版社，2002 年 2 月。

王毓红：《在文心雕龙与诗学之间》，北京：学苑出版社，2002 年 3 月。

刘勰：《文心雕龙》（与《诗经》、《楚辞》合印，中国古典文学名著百部），北京：中国戏剧出版社，2002 年 3 月。

张光年：《骈体语译〈文心雕龙〉》，《张光年文集》（第五卷），北京：人民文学出版社，2002 年 5 月。

汪春泓：《文心雕龙的传播与影响》，北京：学苑出版社，2002 年 6 月。

钟国本：《文心雕龙审美研究》，北京：中国文史出版社，2002

年7月。

王少良:《文心雕龙通论》,北京:中国文史出版社,2002年8月。

穆克宏:《文心雕龙研究》,厦门:鹭江出版社,2002年8月。

张少康编:《文心雕龙研究》,武汉:湖北教育出版社,2002年8月。

贾诚隽书:《贾诚隽楷书文心雕龙》,北京:北京体育大学出版社,2002年8月。

范文澜:《文心雕龙讲疏》,《范文澜全集》第三卷,石家庄:河北教育出版社,2002年11月。

范文澜:《文心雕龙注》(上),《范文澜全集》(第四卷),石家庄:河北教育出版社,2002年11月。

范文澜:《文心雕龙注》(下),《范文澜全集》(第五卷),石家庄:河北教育出版社,2002年11月。

刘勰:《文心雕龙》(钦定四库全书精编),长春:吉林摄影出版社,2002年。

杨清之:《〈文心雕龙〉与六朝文化思潮》,海口:南方出版社,2002年12月。

周振甫:《文心雕龙注释》(大学生必读),北京:人民文学出版社,2003年1月。

〔美〕宇文所安:《刘勰〈文心雕龙〉》,《中国文论:英译与评论》(王柏华、陶庆梅译),上海:上海社会科学院出版社,2003年1月。

刘勰:《文心雕龙》(学生版中国传统文化必读丛书,第80辑),长春:吉林人民出版社,2003年1月。

钟鸣、钟兴麒:《读写之道——〈文心雕龙〉整体观》,乌鲁木齐:新疆人民出版社,2003年3月。

钱钢编:《一切诚念终将相遇——解读王元化》,武汉:湖北教育出版社，2003 年 4 月。

骆文心：《文心雕龙译注》，昆明（自印本），2003 年 8 月。

孙多杰：《我眼中的〈文心雕龙〉》，北京：中国文联出版社，2003 年 8 月。

〔美〕汪荣祖：《史传通说——中西史学之比较》（中华学术精品），北京：中华书局，2003 年 12 月。

张灯：《文心雕龙新注新译》，贵阳：贵州教育出版社，2003 年 12 月。

杨国斌英译、周振甫今译：《文心雕龙》（2 册，汉英对照，大中华文库），北京：外语教学与研究出版社，2003 年 12 月。

刘勰：《文心雕龙》，叶朗总主编：《中国历代美学文库》（魏晋南北朝卷，下），北京：高等教育出版社，2003 年 12 月。

周绍恒：《文心雕龙散论及其他》（增订本），北京：学苑出版社，2004 年 1 月。

刘勰：《文心雕龙》（四库家藏），济南：山东画报出版社，2004 年 1 月。

中国文心雕龙学会、全国高校古籍整理委员会编辑：《〈文心雕龙〉资料丛书》（上、下），北京：学苑出版社，2004 年 3 月。

刘勰：《文心雕龙》（中国传世名著经典丛书），呼和浩特：远方出版社，2004 年 3 月。

刘勰：《文心雕龙》（中华文化典籍精华），哈尔滨：黑龙江人民出版社，2004 年 4 月。

刘勰：《文心雕龙》，杭州：西泠印社，2004 年 6 月。

刘勰：《文心雕龙》，穆克宏、郭丹编著：《魏晋南北朝文论全编》（修订本），南京：江苏教育出版社，2004 年 6 月。

张恩普：《儒道融合与中古文论的自觉演进》，长春：吉林文史出版社，2004 年 6 月。

郭鹏：《〈文心雕龙〉的文学理论和历史渊源》，济南：齐鲁书社，2004 年 7 月。

胡大雷：《〈文心雕龙〉的批评学》，桂林：广西师范大学出版社，2004 年 8 月。

黄侃：《文心雕龙札记》（吴方点校，国学基础文库），北京：中国人民大学出版社，2004 年 9 月，2009 年 11 月。

郭晋稀注译：《文心雕龙》，长沙：岳麓书社，2004 年 9 月。

涂光社主编：《文心司南》（中国历史文化名城镇江研究丛书），南京：江苏人民出版社，2004 年 9 月。

戚良德：《刘勰与〈文心雕龙〉》（齐鲁历史文化丛书），济南：山东文艺出版社，2004 年 9 月。

刘勰著，王惟俭训：《文心雕龙训故》（线装一函三册），扬州：广陵书社，2004 年 10 月。

王元化：《文心雕龙讲疏》，桂林：广西师范大学出版社，2004 年 11 月。

刘勰：《文心雕龙》（与《人间词话》合印），呼和浩特：远方出版社，2004 年 12 月。

刘勰：《文心雕龙》（四库精华之集部），呼和浩特：远方出版社，2005 年 1 月。

辛国刚：《六朝文采理论研究》，北京：中国社会科学出版社，2005 年 2 月。

王运熙：《文心雕龙探索》（增补本），上海：上海古籍出版社，2005 年 4 月。

戚良德：《文论巨典——〈文心雕龙〉与中国文化》（元典文化丛书），开封：河南大学出版社，2005 年 4 月。

孔祥丽、李金秋、何颖注译：《文心雕龙》（中国古典名著全译典藏图文本），北京：中国社会科学出版社，2005 年 4 月。

刘勰：《文心雕龙》（线装一函两册，中华再造善本），北京：北京图书馆出版社，2005 年 4 月。

王梦鸥：《文心雕龙快读——古典文学的奥秘》（中国历代经典宝库），海口：海南出版社、三环出版社，2005 年 4 月。

汪洪章：《〈文心雕龙〉与二十世纪西方文论》，上海：复旦大学出版社，2005 年 5 月。

刘勰：《文心雕龙》（与《翰苑集》合印，钦定四库全书荟要），长春：吉林出版集团有限责任公司，2005 年 5 月。

黄霖编著：《文心雕龙汇评》，上海：上海古籍出版社，2005 年 6 月。

詹福瑞：《中古文学理论范畴》，北京：中华书局，2005 年 7 月。

中国《文心雕龙》学会编：《文心雕龙研究》（第六辑），北京：学苑出版社，2005 年 7 月。

李映山：《文心撷美——〈文心雕龙〉与美育研究》，长春：吉林科学技术出版社，2005 年 8 月。

包鹭宾：《〈文心雕龙〉讲疏》（残稿），《包鹭宾学术论著选》，武汉：华中师范大学出版社，2005 年 8 月。

王志民、林杉、杨效春、高林广编著：《〈文心雕龙〉例文研究》，呼和浩特：内蒙古人民出版社，2005 年 9 月。

刘勰：《文心雕龙》（中学生经典诵读），北京：光明日报出版社，2005 年 9 月。

贾奋然：《六朝文体批评研究》，北京：北京大学出版社，2005 年 10 月。

周振甫：《周振甫讲〈文心雕龙〉》，南京：江苏教育出版社，

2005 年 11 月。

刘文忠:《正变·通变·新变》(中国美学范畴丛书),南昌:百花洲文艺出版社,2005 年 11 月。

戚良德编:《文心雕龙学分类索引》(山东大学文史哲研究院专刊),上海:上海古籍出版社,2005 年 12 月,2011 年 9 月。

张晶:《神思:艺术的精灵》(中国美学范畴丛书),南昌:百花洲文艺出版社,2006 年 3 月。

黄侃:《文心雕龙札记》(世纪文库),上海:上海古籍出版社,2006 年 4 月。

黄侃:《文心雕龙札记》(黄侃文集),北京:中华书局,2006 年 5 月。

周振甫译注:《〈文心雕龙〉译注》(修订本,周振甫译注别集),南京:江苏教育出版社,2006 年 5 月。

朱文民:《刘勰传》,西安:三秦出版社,2006 年 6 月。

祖保泉:《中国诗文理论探微》,合肥:安徽人民出版社,2006 年 6 月。

崔自默:《余心有寄——崔自默书〈文心雕龙〉句》,北京:华夏翰林出版社,2006 年 7 月。

左健:《文心雕龙》(中国文学知识丛书),沈阳:辽海出版社,2006 年 9 月。

刘勰:《文心雕龙》(中国传统文化读本),吉林人民出版社,2006 年。

张少康:《文心与书画乐论》,北京:北京大学出版社,2006 年 12 月。

王少良:《文心管窥》(黑龙江博士文库),哈尔滨:黑龙江人民出版社,2006 年 12 月。

董家平：《〈文心雕龙〉注译》，西宁：青海人民出版社，2006
年12月。

董家平：《〈文心雕龙〉咏惟》，西宁：青海人民出版社，2006
年12月。

陈祥谦：《刘勰及文心雕龙新探》（中南百家文丛），北京：中
国戏剧出版社，2006年12月。

曹顺庆主编：《文心永寄——杨明照先生纪念文集》，成都：巴
蜀书社，2007年3月。

刘勰：《文心雕龙》（上、下，中国古典文学荟萃），北京：北
京燕山出版社，2007年3月。

周明：《文心雕龙校释译评》，南京：南京大学出版社，2007年
4月。

周振甫今译，金宽雄、金晶银韩译：《文心雕龙》（2册，汉韩对
照，大中华文库），延吉：延边人民出版社，2007年4月。

邱世友：《文心雕龙探原》，长沙：岳麓书社，2007年6月。

刘小波书：《东泥隶书文心雕龙》，北京：中国电影出版社，
2007年7月。

中国《文心雕龙》学会编：《文心雕龙研究》（第七辑），保定：
河北大学出版社，2007年8月。

陈书良：《〈文心雕龙〉释名》，长沙：湖南人民出版社，2007
年9月。

王元化：《文心雕龙讲疏》，《王元化集》卷四，武汉：湖北教
育出版社，2007年10月。

罗宗强：《读文心雕龙手记》，北京：三联书店，2007年10月。

刘永济：《文心雕龙校释》（附征引文录），北京：中华书局，
2007年10月。

王叔岷：《文心雕龙缀补》，王叔岷：《慕庐论学集》（二，王叔岷著作集），北京：中华书局，2007 年 10 月。

唐仁平、翟飚译注：《文心雕龙》，北京：华文出版社，2007 年 10 月。

杨明：《文心雕龙精读》，上海：复旦大学出版社，2007 年 11 月。

刘勰：《文心雕龙》（上、下，郭边宇编），呼和浩特：远方出版社，2007 年 11 月。

王元化：《读文心雕龙》，北京：新星出版社，2007 年 12 月。

杨明照：《杨明照论文心雕龙》，上海：上海科学技术文献出版社，2008 年 1 月。

戚良德注说：《文心雕龙》（国学新读本），开封：河南大学出版社，2008 年 3 月。

徐正英、罗家湘注译：《文心雕龙》（国学经典），郑州：中州古籍出版社，2008 年 3 月。

童庆炳：《童庆炳谈文心雕龙》，开封：河南大学出版社，2008 年 4 月。

刘勰：《文心雕龙》（插图本，家藏四库系列），沈阳：万卷出版公司，2008 年 4 月。

海丁：《〈文心雕龙〉新论》，长春：吉林文史出版社，2008 年 7 月。

龙必锟译注：《文心雕龙全译》（修订版，中国历代名著全译丛书），贵阳：贵州人民出版社，2008 年 9 月。

袁济喜、陈建农编著：《〈文心雕龙〉解读》（国学经典解读系列教材），北京：中国人民大学出版社，2008 年 10 月。

权绘锦：《中国文学批评与〈文心雕龙〉》（博士原创学术论丛第二辑），北京：光明日报出版社，2008 年 10 月。

孙蓉蓉：《刘勰与〈文心雕龙〉考论》（文艺学语境中的文化认同问题研究丛书），北京：中华书局，2008 年 11 月。

戚良德：《文心雕龙校注通译》（山东大学文史哲研究院专刊），上海：上海古籍出版社，2008 年 12 月，2011 年 9 月。

黄霖整理集评：《文心雕龙》（世纪人文系列丛书·大学经典），上海：上海古籍出版社，2008 年 12 月。

李建中：《文心雕龙讲演录》（大学名师讲课实录），桂林：广西师范大学出版社，2008 年 12 月。

刘咸炘：《文心雕龙阐说》，《推十书》（增补全本）戊辑，上海：上海科学技术文献出版社，2009 年 1 月。

褚世昌：《〈文心雕龙〉句解》，哈尔滨：黑龙江人民出版社，2009 年 1 月。

刘勰：《文心雕龙》（中国传统文化经典丛书），呼和浩特：内蒙古人民出版社，2009 年 2 月。

刘勰：《文心雕龙》（中国古代文化集成），北京：北京燕山出版社，2009 年 3 月。

陆侃如、牟世金：《文心雕龙译注》（齐鲁文化经典文库），济南：齐鲁书社，2009 年 4 月。

朱文民主编：《刘勰志》（齐鲁诸子名家志），济南：山东人民出版社，2009 年 4 月。

李明高编著：《文心雕龙译读》，济南：齐鲁书社，2009 年 5 月。

刘勰：《文心雕龙》（中国传统文化经典文库），北京：大众文艺出版社，2009 年 6 月。

张长青：《文心雕龙新释》（经典通义丛书），长沙：湖南大学出版社，2009 年 7 月。

黄侃：《文心雕龙札记》（老北大讲义），长春：时代文艺出版社，2009 年 7 月。

中国《文心雕龙》学会编：《文心雕龙研究》（第八辑），保定：河北大学出版社，2009 年 8 月。

王元化：《王元化文论选》，上海：上海文艺出版社，2009 年 9 月。

李平等：《〈文心雕龙〉研究史论》，合肥：黄山书社，2009 年 10 月。

本书编辑组编：《风清骨峻——庆祝祖保泉教授 90 华诞论文集》，北京：人民出版社，2009 年 10 月。

中国《文心雕龙》学会编：《〈文心雕龙〉与 21 世纪文论研究国际学术研讨会论文集》，北京：学苑出版社，2009 年 11 月。

刘勰：《文心雕龙》（中国传统文化选编），北京：北京燕山出版社，2009 年 11 月。

刘勰著、陈蜀玉译：《文心雕龙》（法文），北京：外文出版社，2010 年 1 月。

刘永升主编：《文心雕龙》（青少年必读知识文丛），北京：大众文艺出版社，2010 年 1 月。

王承斌：《〈文心雕龙〉散论》，北京：国家图书馆出版社，2010 年 2 月。

刘永升主编：《最富文采的文字·文心雕龙》，沈阳：辽海出版社，2010 年 3 月。

张立斋：《文心雕龙注订》，北京：国家图书馆出版社，2010 年 4 月。

张立斋：《文心雕龙考异》，北京：国家图书馆出版社，2010 年 4 月。

贾锦福主编：《文心雕龙辞典》（增订本），济南：济南出版社，

2010 年 4 月。

〔日〕冈村繁编撰：《文心雕龙索引》（《冈村繁全集》别卷），上海：上海古籍出版社，2010 年 4 月。

袁济喜、陈建农编著：《文心雕龙品鉴》（大众阅读系列），北京：中国人民大学出版社，2010 年 5 月。

《山东省志·诸子名家系列丛书》编纂委员会：《刘勰志》（朱文民主编），济南：山东人民出版社，2010 年 7 月。

潘家森：《论文心雕龙》，北京：三叶书屋（自印本），2010 年 7 月。

耿素丽、黄伶编选：《文心雕龙学》（民国期刊资料分类汇编），北京：国家图书馆出版社，2010 年 7 月。

刘勰：《文心雕龙》（中华典藏国学精品），北京：大众文艺出版社，2010 年 8 月。

张少康：《刘勰及其〈文心雕龙〉研究》（博雅文学论丛·邃密书系），北京：北京大学出版社，2010 年 9 月。

刘勰：《文心雕龙》（中华国学经典），北京：华艺出版社，2010 年 9 月。

刘勰：《文心雕龙》（冯锐主编），延吉：延边人民出版社，2010 年 9 月。

刘凌：《古代文化视野中的文心雕龙》，长春：吉林大学出版社，2010 年 10 月。

张利群：《〈文心雕龙〉体制论》，桂林：广西师范大学出版社，2010 年 11 月。

周振甫：《〈文心雕龙〉二十二讲》，重庆：重庆大学出版社，2010 年 12 月。

刘勰：《文心雕龙》（线装二册），扬州：广陵书社，2010 年

12月。

刘勰：《文心雕龙》（国学典藏书系），长春：吉林出版集团有限责任公司，2010年12月。

李平、桑农注译：《文心雕龙》（历代名著精选集），南京：凤凰出版社，2011年1月。

李金宏、李珊珊编著：《刘勰与〈文心雕龙〉》（中国文化知识读本），长春：吉林文史出版社，2011年1月。

安徽师范大学中国诗学研究中心编：《中国诗学研究》第8辑（《文心雕龙》研究专辑），合肥：安徽大学出版社，2011年2月。

中国《文心雕龙》学会编：《文心雕龙研究》（第九辑），保定：河北大学出版社，2011年3月。

刘勰：《文心雕龙》（国学典藏书系），长春：吉林出版集团有限责任公司，2011年3月，2012年5月，2013年11月，2015年8月。

黄叔琳注：《文心雕龙》，杭州：浙江古籍出版社，2011年5月。

周振甫：《文心雕龙选译》（修订版，古代文史名著选译丛书），南京：凤凰出版社，2011年5月。

王毓红：《言者我也——〈文心雕龙〉批评话语分析》，北京：商务印书馆，2011年5月。

易中天：《〈文心雕龙〉美学思想论稿》，《易中天文集》第二卷《美学论著集》，上海：上海文艺出版社，2011年5月。

曹书杰、刘书惠：《名家讲解文心雕龙》（传统文化普及读本），长春：长春出版社，2011年6月。

卢心东编：《郑孝胥行书文心雕龙节录四条屏》（近现代书法名家丛帖），杭州：中国美术学院出版社，2011年6月。

陆侃如、牟世金：《刘勰和文心雕龙》，上海：上海古籍出版社，2011年7月。

陆侃如:《文心雕龙选译》(与牟世金合著),《陆侃如冯沅君合集》第柒卷(陆侃如古代文论研究集),合肥:安徽教育出版社,2011 年 8 月。

陆侃如:《刘勰论创作》(与牟世金合著),《陆侃如冯沅君合集》第柒卷(陆侃如古代文论研究集)(《文心雕龙》原文译注部分略),合肥:安徽教育出版社,2011 年 8 月。

陆侃如:《刘勰和文心雕龙》(与牟世金合著),《陆侃如冯沅君合集》第柒卷(陆侃如古代文论研究集),合肥:安徽教育出版社,2011 年 8 月。

林其锬、陈凤金:《增订文心雕龙集校合编》(历代文史要籍注释选刊),上海:华东师范大学出版社,2011 年 8 月。

陈蜀玉:《〈文心雕龙〉法译及其研究》,上海:上海社会科学院出版社,2011 年 8 月。

李壮鹰主编:《刘勰》(《文心雕龙》二十二篇注释),《中华古文论释林》(魏晋南北朝卷),北京:北京大学出版社,2011 年 8 月。

简良如:《〈文心雕龙〉之作为思想体系》,北京:中国社会科学出版社,2011 年 9 月。

刘勰著,黄叔琳辑注:《文心雕龙》(《山东文献集成》第四辑第 34 册),济南:山东大学出版社,2011 年 9 月。

钱基博:《文心雕龙校读记》(与《读庄子天下篇疏记》合印),上海:上海古籍出版社,2011 年 11 月。

李建中、高文强主编:《百年龙学的会通与适变》,哈尔滨:黑龙江人民出版社,2011 年 12 月。

刘永升主编:《文心雕龙》(牛书架·插图小经典八),长沙:湖南美术出版社,2011 年 12 月。

陶礼天:《中国文论研究丛稿》,北京:学苑出版社,2011 年

12 月。

王元化：《文心雕龙讲疏》，上海：上海三联书店，2012 年 1 月。

刘硕伟：《文心雕龙笺绎》，北京：线装书局，2012 年 1 月。

杨明照校注拾遗：《增订文心雕龙校注》（中华国学文库），北京：中华书局，2012 年 3 月。

戚良德:《〈文心雕龙〉与当代文艺学》，北京：中央编译出版社，2012 年 3 月。

李建中主编：《龙学档案》（中国学术档案大系），武汉：武汉大学出版社，2012 年 3 月。

姚爱斌：《〈文心雕龙〉诗学范式研究》（文化诗学文丛），长沙：湖南人民出版社，2012 年 4 月。

刘颖：《英语世界〈文心雕龙〉研究》（比较文学与文艺学丛书），成都：巴蜀书社，2012 年 4 月。

左健：《体大思周的文心雕龙》，沈阳：辽海出版社，2012 年 4 月。

王志彬译注：《文心雕龙》（中华经典名著全本全注全译丛书），北京：中华书局，2012 年 6 月。

万奇、李金秋主编：《文心雕龙文体论新探》，北京：中央民族大学出版社，2012 年 6 月。

刘勰:《文心雕龙》，穆克宏、郭丹编著：《魏晋南北朝文论全编》，上海：上海远东出版社，2012 年 7 月。

董家平、安海民：《〈文心雕龙〉理论体系研究》，北京：华龄出版社，2012 年 7 月。

杨明照校注拾遗：《增订文心雕龙校注》（三册，中国文学研究典籍丛刊），北京：中华书局，2012 年 8 月。

王运熙、周锋：《文心雕龙译注》（国学经典译注丛书），上海：

上海古籍出版社，2012年8月。

祖保泉：《文心雕龙解说》（上、下），《祖保泉选集》，合肥：安徽教育出版社，2012年8月。

刘勰：《文心雕龙》（线装二册，《国学典藏—文学经典》之一），郑州：中州古籍出版社，2012年9月。

钱基博：《文心雕龙校读记》，钱基博：《集部论稿初编》（钱基博集），武汉：华中师范大学出版社，2012年10月。

刘业超：《文心雕龙通论》（上、中、下），北京：人民出版社，2012年12月。

王运熙：《文心雕龙探索》，《王运熙文集》（3），上海：上海古籍出版社，2012年12月。

邓国光：《〈文心雕龙〉文理研究：以孔子、屈原为枢纽轴心的要义》，上海：上海古籍出版社，2012年12月。

胡海、杨青芝：《〈文心雕龙〉与文艺学》，北京：人民出版社，2012年12月。

王学礼、姜晓洁：《文心雕龙骈体语译》，西安：三秦出版社，2012年12月。

王弋丁：《文心雕龙译析》，桂林：广西师范大学出版社，2012年12月。

李清良、郭彬等：《刘勰——文心与道心》，曹顺庆主编：《中外文论史》第二卷，成都：巴蜀书社，2012年12月。

曾枣庄：《刘勰》（《文心雕龙》二十八篇选录），《中国古代文体学》（附卷一，先秦至元代文体资料集成），上海：上海人民出版社、上海书店出版社，2012年12月。

刘勰：《文心雕龙》（《读点经典》第9辑），南京：凤凰出版社，2013年1月。

黄侃:《文心雕龙札记》（民国学术文化名著），长沙：岳麓书社，2013 年 1 月。

黄维樑:《从〈文心雕龙〉到〈人间词话〉——中国古典文论新探》（第二版），北京：北京大学出版社，2013 年 1 月。

耿文辉笔记:《顾随讲〈文心雕龙〉》（赵林涛、顾之京整理），石家庄：河北教育出版社，2013 年 1 月。

赵耀锋:《〈文心雕龙〉研究》（宁夏师范学院学人文库），银川：阳光出版社，2013 年 1 月。

王晓军:《中西对比篇章语用学——〈文心雕龙〉个案研究》，北京：北京大学出版社，2013 年 1 月。

万奇、李金秋主编:《〈文心雕龙〉探疑》，北京：中华书局，2013 年 2 月。

温绎之编:《〈文心雕龙〉选讲》（百年河大国学旧著新刊），郑州：河南大学出版社，2013 年 4 月。

唐正立:《〈文心雕龙〉与校园文学创作》，北京：中国文史出版社，2013 年 4 月。

刘勰著，夏华等编译:《文心雕龙》（图文版，万卷楼国学经典），沈阳：万卷出版社公司，2013 年 4 月。

李建忠书:《李建忠小楷文心雕龙》，杭州：西泠印社出版社，2013 年 4 月。

王梦鸥编著:《古典文华的奥秘——文心雕龙》（中国历代经典宝库），北京：线装书局、中国友谊出版公司，2013 年 5 月。

中国《文心雕龙》学会编:《文心雕龙研究》（第十辑），北京：学苑出版社，2013 年 7 月。

刘勰:《文心雕龙》，《新编汉魏丛书》第五册，厦门：鹭江出版社，2013 年 8 月。

陈允锋:《〈文心雕龙〉疑思录》,北京:中央民族大学出版社,2013 年 9 月。

周振甫:《文心雕龙今译》(附词语简释,中国古典名著译注丛书),北京:中华书局,2013 年 9 月,2021 年 1 月。

黄侃:《文心雕龙札记》(武汉大学百年名典),武汉:武汉大学出版社,2013 年 10 月。

刘永济:《文心雕龙校释》(武汉大学百年名典),武汉:武汉大学出版社,2013 年 10 月。

吴林伯:《〈文心雕龙〉义疏》(上、下册,武汉大学百年名典),武汉:武汉大学出版社,2013 年 11 月。

刘勰:《文心雕龙》(线装一函八册,四库全书),北京:商务印书馆,2013 年 12 月。

徐复观:《中国文学论集》(《徐复观全集》之一),北京:九州出版社,2013 年 12 月。

杨清之:《〈文心雕龙〉与六朝文化思潮》(修订本),济南:齐鲁书社,2014 年 1 月。

陈志平译注:《文心雕龙译注》(中国古典文化大系),上海:上海三联书店,2014 年 1 月。

黄叔琳辑注:《文心雕龙辑注》(钦定四库全书),北京:线装书局,2014 年 1 月。

刘勰:《文心雕龙》(线装一函五册,崇贤馆藏书),合肥:黄山书社,2014 年 1 月。

李宏伟编著:《行书〈文心雕龙〉精选》,长沙:湖南美术出版社,2014 年 4 月。

李宏伟编著:《草书〈文心雕龙〉精选》,长沙:湖南美术出版社,2014 年 4 月。

刘勰：《文心雕龙》（线装一函四册，文渊阁四库全书珍赏），北京：线装书局，2014年5月。

黄侃：《文心雕龙札记》（中华现代学术名著丛书），北京：商务印书馆，2014年5月。

戚良德主编：《儒学视野中的〈文心雕龙〉》（山东大学文史哲研究专刊），上海：上海古籍出版社，2014年5月。

王万洪、黄健平、郭国庆、王姝：《儒家文艺思想视野下的文史研究新探》，成都：四川大学出版社，2014年5月。

刘勰：《文心雕龙》，北京：光明日报出版社，2014年6月，2019年5月。

牟世金：《刘勰年谱汇考》，范子烨编：《中古作家年谱汇考辑要》（卷三），西安：世界图书出版西安有限公司，2014年6月。

陈迪泳：《多维视野中的〈文心雕龙〉——兼与〈文赋〉〈诗品〉比较》，北京：中国社会科学出版社，2014年6月。

中国文心雕龙资料中心、中国文选学资料中心编辑：《文心学林》2014年第1期，2014年6月。

邵耀成：《〈文心雕龙〉这本书：文论及其时代》，北京：中国社会科学出版社，2014年7月。

刘勰撰，杨慎、曹学佺等批点：《刘子文心雕龙》（线装一函五册，中华再造善本续编），北京：国家图书馆出版社，2014年8月。

唐正立：《旷世刘勰》（长篇历史小说文库），北京：中国文史出版社，2014年8月。

庄适、司马朝军选注：《文心雕龙》（民国国学文库），武汉：崇文书局，2014年9月。

刘勰：《文心雕龙》（插图本，上、中、下，国学枕边书），沈阳：万卷出版公司，2014年9月。

刘勰：《文心雕龙》（中华经典典藏系列），北京：光明日报出版社，2014 年 9 月。

黄侃：《文心雕龙札记》（跟大师学国学），北京：中华书局，2014 年 9 月。

马骁英：《〈文心雕龙·谐隐〉的诙谐文学理论》，沈阳：辽宁大学出版社，2014 年 9 月。

戚良德主编：《中国文论》（第一辑），上海：上海古籍出版社，2014 年 9 月。

张文勋：《〈文心雕龙〉探秘》（云南文史书系），北京：三联书店，2014 年 10 月。

黄侃撰，王志彬译：《文心雕龙》（传世经典，文白对照），北京：中华书局，2014 年 10 月。

中国文心雕龙资料中心、中国文选学资料中心编辑：《文心学林》2014 年第 2 期，2014 年 12 月。

李建中：《体：中国文论元关键词解诠》，北京：中国社会科学出版社，2014 年 12 月。

刘勰：《刘子文心雕龙》（《辽宁省图书馆藏陶湘旧藏闵凌刻本集成》第一百二十二册、第一百二十三册），北京：中华书局，2015 年 1 月。

缪俊杰：《梦摘彩云：刘勰传》（中国历史文化名人传），北京：作家出版社，2015 年 2 月，收入《缪俊杰文集》第六卷（北京：人民文学出版社，2020 年 9 月）。

欧阳艳华：《征圣立言——〈文心雕龙〉体道思想研究》，上海：上海古籍出版社，2015 年 2 月。

陆晓光：《王元化人文研思录》，上海：华东师范大学出版社，2015 年 3 月。

张国庆、涂光社：《〈文心雕龙〉集校、集释、直译》，北京：中国社会科学出版社，2015 年 3 月。

岑亚霞、厉运伟、吴未意：《刘勰"知音"说的赏鉴交流理论研究》，成都：四川大学出版社，2015 年 3 月。

张灯：《文心雕龙译注疏辨》，上海：复旦大学出版社，2015 年 4 月。

中国《文心雕龙》学会编：《文心雕龙研究》（第十一辑），北京：学苑出版社，2015 年 5 月。

刘勰：《文心雕龙》（线装一函五册，崇贤馆藏书），北京：北京联合出版公司，2015 年 5 月。

吴琦幸:《王元化谈话录》，上海: 上海人民出版社，2015 年 6 月。

刘勰著，杨世民译：《文心雕龙今译》，广州：广东人民出版社，2015 年 6 月。

刘勰著，高文方译：《文心雕龙》（中华国学经典精粹），北京：北京联合出版公司，2015 年 7 月。

刘勰：《文心雕龙》（冯慧娟编，全民阅读·经典小丛书），长春：吉林出版集团有限责任公司，2015 年 7 月，2019 年 6 月。

中国文心雕龙资料中心、中国文选学资料中心编辑:《文心学林》2015 年第 1 期，2015 年 7 月。

周兴陆：《〈文心雕龙〉精读》（博雅导读丛书），北京：北京大学出版社，2015 年 9 月。

刘勰著，陈志平译注：《文心雕龙译注》，北京：北京联合出版公司，2015 年 9 月。

孙文刚、朱婷连、张凤琳、匡存玖：《〈文心雕龙〉文论思想研究》，成都：四川大学出版社，2015 年 9 月。

李建中、吴中胜主编：《〈文心雕龙〉导读》（中国文学批评史系列教材），武汉：武汉大学出版社，2015 年 10 月。

黄叔琳注，纪昀评，李详补注，刘咸炘阐说，戚良德辑校：《文心雕龙》（国学典藏），上海：上海古籍出版社，2015 年 11 月，2018 年 4 月，2020 年 4 月。

张少康：《〈文心雕龙新注〉选》，张健、郭鹏编：《古代文论的现代诠释》，北京：北京大学出版社，2015 年 11 月。

胡辉：《刘勰诗经观研究》，昆明：云南大学出版社，2015 年 11 月。

周勋初：《文心雕龙解析》（上、下），南京：凤凰出版社，2015 年 12 月。

戚良德主编：《中国文论》（第二辑），上海：上海古籍出版社，2015 年 12 月。

中国文心雕龙资料中心、中国文选学资料中心编辑：《文心学林》2015 年第 2 期，2015 年 12 月。

童庆炳：《〈文心雕龙〉三十说》，《童庆炳文集》第七卷，北京：北京师范大学出版社，2016 年 1 月。

冯慧娟主编：《文心雕龙》（全民阅读国学普及读本），乌鲁木齐：新疆美术摄影出版社，2016 年 2 月。

王运熙、周锋译注：《文心雕龙译注》（中国古代名著全本译注丛书），上海：上海古籍出版社，2016 年 4 月。

雍平编著：《文心发义》（上、下），广州：广东人民出版社，2016 年 5 月。

高林广：《〈文心雕龙〉先秦两汉文学批评研究》，北京：中华书局，2016 年 6 月。

黄侃：《文心雕龙札记》（跟大师学国学），北京：中华书局，2016 年 6 月。

李婧：《黄侃文学研究》，北京：中国社会科学出版社，2016 年 6 月。

刘勰：《文心雕龙》（跟着名师学国学），长春：吉林出版集团股份有限公司，2016 年 6 月。

中国文心雕龙资料中心、中国文选学资料中心编辑：《文心学林》2016 年第 1 期，2016 年 6 月。

詹锳：《文心雕龙义证》（上、中、下），《詹锳全集》卷一、卷二、卷三，石家庄：河北教育出版社，2016 年 7 月。

詹锳：《〈文心雕龙〉的风格学》，《詹锳全集》卷四，石家庄：河北教育出版社，2016 年 7 月。

詹锳：《刘勰与〈文心雕龙〉》，《詹锳全集》卷四，石家庄：河北教育出版社，2016 年 7 月。

杨倩：《明代〈文心雕龙〉接受研究》，北京：中国社会科学出版社，2016 年 7 月。

杨明：《文心雕龙精读》（第 2 版，汉语言文学原典精读系列），上海：复旦大学出版社，2016 年 8 月，2019 年 1 月。

祖保泉：《祖保泉诗文理论研究论集》（安徽师范大学文学院学术文库，第二辑），芜湖：安徽师范大学出版社，2016 年 9 月。

刘勰：《文心雕龙》（与《四部正讹》《庸言录》合印，李敖主编国学精要），天津：天津古籍出版社，2016 年 10 月。

王万洪、郭恒、余红艳：《〈文心雕龙〉儒家思想渊源论——孔子篇》，成都：四川大学出版社，2016 年 11 月。

中国文心雕龙资料中心、中国文选学资料中心编辑：《文心学林》2016 年第 2 期，2016 年 12 月。

戚良德主编：《中国文论》（第三辑），上海：上海古籍出版社，2016 年 12 月。

刘勰：《刘子文心雕龙》（《闵凌刻本诗词曲选辑》，"辽宁省图书馆藏陶湘旧藏闵凌刻本集成"系列之一），北京：中华书局，2017 年 1 月。

黄侃：《黄侃：文学史讲义》（名家国学大观），北京：当代世界出版社，2017 年 1 月。

周振甫译注：《文心雕龙选译》（珍藏版，古代文史名著选译丛书），南京：凤凰出版社，2017 年 1 月。

刘勰著，徐正英、罗家湘注译：《文心雕龙》（国学经典典藏版），郑州：中州古籍出版社，2007 年 1 月。

刘勰：《文心雕龙》，王星光主编：《国学经典藏书·诗词文论》，郑州：郑州大学出版社，2017 年 1 月。

张光年译述：《骈体语译文心雕龙》，武汉：华中师范大学出版社，2017 年 4 月。

戚良德：《〈文心雕龙〉与中国文论》（中国书籍·学术之星文库），北京：中国书籍出版社，2017 年 4 月。

刘勰撰，黄叔琳注：《黄叔琳注本文心雕龙》（全二册，国学基本典籍丛刊），北京：国家图书馆出版社，2017 年 6 月。

刘勰著，陈书良整理：《文心雕龙》，北京：作家出版社，2017 年 6 月。

中国文心雕龙资料中心、中国文选学资料中心编辑：《文心学林》2017 年第 1 期，2017 年 6 月。

王元化：《文心雕龙讲疏》（王元化精品集），上海：华东师范大学出版社，2017 年 7 月。

黄维樑、万奇编撰：《文心雕龙精选读本》，北京：北京师范大学出版社，2017 年 7 月。

孙兴义主编：《中国〈文心雕龙〉学会第十三次年会论文集》，

昆明：云南大学出版社，2017 年 7 月。

王万洪、黄璇、刘延超、郭明军、陈应：《儒家文艺思想对〈文心雕龙〉成书的影响》，成都：四川大学出版社，2017 年 8 月。

刘勰：《文心雕龙》（中国传统文化经典大系），青岛：青岛出版社，2017 年 8 月。

李长庚：《〈文心雕龙〉与〈易〉卦关系探微》，北京：人民出版社，2017 年 9 月。

王万洪、唐雪、杜萍：《〈文心雕龙〉思想渊源论——先秦诸子篇》，成都：四川大学出版社，2017 年 10 月。

孙蓉蓉：《示文心于千载：话说刘勰》（文化江苏读本），南京：江苏人民出版社，2017 年 11 月。

于景祥：《〈文心雕龙〉的骈文理论和实践》，北京：中华书局，2017 年 12 月。

黄侃：《文心雕龙札记》（中华现代学术名著丛书：120 年纪念版），北京：商务印书馆，2017 年 12 月。

中国文心雕龙资料中心、中国文选学资料中心编辑：《文心学林》2017 年第 2 期，2017 年 12 月。

黄侃：《文心雕龙札记》（鸿儒国学讲堂），苏州：古吴轩出版社，2018 年 1 月。

刘勰著，冯慧娟编：《文心雕龙》（众阅国学馆），沈阳：辽宁美术出版社，2018 年 1 月，2019 年 5 月。

刘勰著，李平、桑农导读：《文心雕龙导读》，芜湖：安徽师范大学出版社，2018 年 2 月。

刘勰：《文心雕龙》（四库全书·诗文评类），北京：中国书店，2018 年 2 月。

刘咸炘：《文心雕龙阐说》（手稿），《刘咸炘著述手稿汇编》第十三册，北京：国家图书馆出版社，2018年2月。

朱文民著，迟星飞绘：《刘勰献书》（毋忘在莒·连环画），济南：山东画报出版社，2018年2月。

刘勰著，东篱子编译：《文心雕龙全鉴》，北京：中国纺织出版社，2018年3月。

刘勰：《文心雕龙》（中华善本百部经典再造），杭州：浙江人民出版社，2018年4月。

刘勰：《文心雕龙》（线装经典），昆明：云南人民出版社，2018年4月。

王万洪、李嘉璐、刘志超、吕雪瑞：《巴蜀古史传说人物与〈文心雕龙〉》，成都：四川大学出版社，2018年4月。

王万洪、唐雪、李红波、陈立军：《〈文心雕龙〉汉代巴蜀辞赋四大家研究》，成都：四川大学出版社，2018年4月。

王万洪、孙太、赵娟茹、许劲松：《四川思想家与〈文心雕龙〉》，北京：科学出版社，2018年5月。

顾豫葭选编：《文心雕龙》，天津：天津人民出版社，2018年5月。

中国文心雕龙资料中心、中国文选学资料中心编辑：《文心学林》2018年第1期，2018年6月。

戚良德主编：《中国文论》（第四辑），上海：上海古籍出版社，2018年7月。

安海民：《〈文心雕龙〉枢纽论新探》，北京：经济科学出版社，2018年8月。

黄侃：《文心雕龙札记》（清末民初文献丛刊），北京：朝华出版社，2018年9月。

范文澜：《文心雕龙注》（中南财经政法大学经典文库"先贤文

集系列"），北京：经济科学出版社，2018 年 9 月。

陈志平译注：《文心雕龙译注》（国学经典），上海：上海三联书店，2018 年 9 月第二版。

刘勰：《文心雕龙》（"品读经典"图文版），长春：吉林文史出版社，2018 年 9 月。

杨明照：《炼辞凝意出文心：杨明照论〈文心雕龙〉》（"大家学术"丛书），北京：三联书店，2018 年 10 月。

戚良德编：《千古文心——牟世金先生诞辰九十周年纪念文集》，南京：凤凰出版社，2018 年 10 月。

穆克宏：《文心雕龙研究》（上、下），《穆克宏文集》第四册、第五册，北京：中华书局，2018 年 11 月。

杨东林：《汉魏六朝文体论与文体观念的演变》（荔园国学丛书），北京：科学出版社，2018 年 11 月。

雍平：《文心雕龙解诂举隅》，广州：广东人民出版社，2018 年 12 月。

中国文心雕龙资料中心、中国文选学资料中心编辑：《文心学林》2018 年第 2 期，2018 年 12 月。

王元化：《读文心雕龙》，上海：上海书店出版社，2019 年 1 月。

刘勰撰，黄叔琳辑注：《文心雕龙》（四部要籍选刊），杭州：浙江大学出版社，2019 年 1 月。

刘勰：《文心雕龙》（经典国学读本），扬州：广陵书社，2019 年 1 月。

刘勰：《文心雕龙》（国学经典文库），成都：四川美术出版社，2019 年 3 月。

涂光社：《〈文心雕龙〉范畴考论》（博士生导师学术文库），北京：中国书籍出版社，2019 年 3 月。

李平：《中国文艺理论研究论集》（安徽师范大学文学院学术文库，第三辑），芜湖：安徽师范大学出版社，2019 年 3 月。

李天道:《文心雕龙审美心理学》（博士生导师学术文库），北京：中国书籍出版社，2019 年 4 月。

黄侃：《文心雕龙札记》（蓬莱阁典藏系列），上海：上海古籍出版社，2019 年 5 月。

权绘锦：《〈文心雕龙〉与现代文学批评》（光明社科文库），北京：光明日报出版社，2019 年 6 月。

中国文心雕龙资料中心、中国文选学资料中心编辑:《文心学林》2019 年第 1 期，2019 年 6 月。

梁祖萍：《〈文心雕龙〉的修辞学研究》，北京：中国社会科学出版社，2019 年 7 月。

罗宗强：《读文心雕龙手记》（罗宗强文集），北京：中华书局，2019 年 7 月。

戚良德主编：《中国文论》（第五辑），济南：山东人民出版社，2019 年 7 月。

〔美〕宇文所安著，王柏华、陶庆梅译：《中国文学思想读本：原典·英译·解说》（第五章《文心雕龙》），北京：三联书店，2019 年 7 月。

戚良德：《百年"龙学"探究》（山东大学文史哲研究专刊），上海：上海古籍出版社，2019 年 8 月。

朱供罗：《"依经立义"与〈文心雕龙〉的理论建构》，昆明：云南人民出版社，2019 年 8 月。

王万洪、田瑜娥、王昌宇、曹美琳：《巴蜀学者与〈文心雕龙〉》，成都：四川大学出版社，2019 年 8 月。

刘勰撰，黄叔琳辑注：《文心雕龙辑注》（古典精粹），北京：

中国书店，2019 年 9 月。

　　刘勰著，东篱子解译：《文心雕龙全鉴》（珍藏版），北京：中国纺织出版社有限公司，2019 年 9 月。

　　刘勰撰，周勋初解析：《文心雕龙》（上、下，江苏文库·精华编），南京：凤凰出版社，2019 年 9 月。

　　刘勰：《文心雕龙》（敦煌遗书斯·五四七八号残卷本），刘跃进主编：《汉魏六朝集部珍本丛刊》（全一百册）第九十七册，北京：国家图书馆出版社，2019 年 10 月。

　　刘勰：《文心雕龙》（宋刻《太平御览》本），刘跃进主编：《汉魏六朝集部珍本丛刊》（全一百册）第九十七册，北京：国家图书馆出版社，2019 年 10 月。

　　刘勰：《文心雕龙十卷》（元至正十五年刻本），刘跃进主编：《汉魏六朝集部珍本丛刊》（全一百册）第九十七册，北京：国家图书馆出版社，2019 年 10 月。

　　刘勰撰，吴翌凤等校：《文心雕龙十卷》（明嘉靖十九年汪一元刻本），刘跃进主编：《汉魏六朝集部珍本丛刊》（全一百册）第九十七册，北京：国家图书馆出版社，2019 年 10 月。

　　刘勰撰，杨慎批点，梅庆生音注，傅增湘校：《杨升庵先生批点文心雕龙十卷》（明万历三十七年梅庆生刻天启二年重修本），刘跃进主编：《汉魏六朝集部珍本丛刊》（全一百册）第九十八册，北京：国家图书馆出版社，2019 年 10 月。

　　刘勰撰，王惟俭训故：《文心雕龙训故十卷》（明万历三十九年自刻本），刘跃进主编：《汉魏六朝集部珍本丛刊》（全一百册）第九十八、九十九册，北京：国家图书馆出版社，2019 年 10 月。

　　刘勰撰，杨慎等批点，梅庆生注：《刘子文心雕龙二卷注二卷》（明闵绳初刻五色套印本），刘跃进主编：《汉魏六朝集部珍本丛刊》

（全一百册）第九十九、一百册，北京：国家图书馆出版社，2019年10月。

王万洪：《〈文心雕龙〉雅丽思想研究》（全二册），北京：中华书局，2019年10月。

杨明照：《学不已斋杂著》（杨明照文集），北京：中华书局，2019年11月。

杨明照著，杨珣、王恩平编：《余心有寄：杨明照先生未刊论著选编》，成都：四川大学出版社，2019年11月。

戚良德主编：《中国文论》（第六辑），济南：山东人民出版社，2019年11月。

吴晓峰、公维军主编：《昭明文苑，增华学林：〈文选〉与〈文心雕龙〉国际学术研讨会论文集》，镇江：江苏大学出版社，2019年11月。

中国文心雕龙资料中心、中国文选学资料中心编辑:《文心学林》2019年第2期，2019年12月。

刘勰著，范文澜注：《文心雕龙注》（上、下），上海：华东师范大学出版社，2020年1月。

庄适、司马朝军选注：《文心雕龙》（新编学生国学丛书），北京：中国文史出版社，2020年2月。

王佑夫等编著：《〈文心雕龙〉论作家作品》，北京：学苑出版社，2020年5月。

刘永济著，徐正榜、李中华、熊礼汇整理：《刘永济手批〈文心雕龙〉》，武汉：武汉大学出版社，2020年6月。

中国文心雕龙资料中心、中国文选学资料中心编辑:《文心学林》2020年第1期，2020年6月。

李宏伟编著：《行书〈文心雕龙〉》（与行书《菜根谭》《小窗幽

记》《人间词话》合），胡紫桂主编：《书法集字创作宝典》，长沙：湖南美术出版社，2020 年 6 月。

李宏伟编著：《草书〈文心雕龙〉》（与草书《菜根谭》《小窗幽记》《人间词话》合），胡紫桂主编：《书法集字创作宝典》，长沙：湖南美术出版社，2020 年 6 月。

戚良德主编：《中国文论》（第七辑），济南：山东人民出版社，2020 年 7 月。

黄侃：《文心雕龙札记》（附刘勰《文心雕龙》全文），北京：北京理工大学出版社，2020 年 8 月。

缪俊杰：《文心雕龙美学》，《缪俊杰文集》第六卷，北京：人民文学出版社，2020 年 9 月。

缪俊杰：《梦摘彩云》，《缪俊杰文集》第六卷，北京：人民文学出版社，2020 年 9 月。

薛强：《〈文心雕龙〉与公文写作》，北京：科学技术文献出版社，2020 年 10 月。

李平：《范文澜〈文心雕龙注〉研究》（中国诗学研究专刊），北京：中华书局，2020 年 12 月。

赵树功：《才性与文学论集》，杭州：浙江大学出版社，2020 年 12 月。

黄侃：《黄侃讲文心雕龙》（大师讲堂·学术经典），南京：河海大学出版社，2021 年 1 月。

龚鹏程：《文心雕龙讲记》，桂林：广西师范大学出版社，2021 年 1 月。

王万洪：《〈文心雕龙〉文学思想渊源论》，北京：新华出版社，2021 年 1 月。

王万洪、拜昆芬、康扎西：《〈文心雕龙〉与成都文学》，北京：

新华出版社，2021 年 1 月。

周兴陆编：《民国〈文心雕龙〉研究论文汇编》，上海：东方出版中心，2021 年 1 月。

刘勰著，林宇宸主编：《文心雕龙》（百部国学传世经典），桂林：漓江出版社，2021 年 3 月。

刘勰：《文心雕龙》，《金陵全书》（丁编·文献类，与《诗品》《古画品录》《千字文》合编），南京：南京出版社，2021 年 4 月。

王万洪、贺雨潇：《儒家诸子对〈文心雕龙〉成书的贡献》，济南：齐鲁书社，2021 年 4 月。

刘勰著，黄叔琳注，李详补注，杨明照校注拾遗：《文心雕龙校注》（全本，上、中、下，中国古典文学基本丛书），北京：中华书局，2021 年 5 月。

吴林伯：《吴林伯学术论文集》，武汉：崇文书局，2021 年 5 月。

刘勰撰，王更生译：《文心雕龙》，西安：三秦出版社，2021 年 5 月。

刘勰著，车其磊注译：《文心雕龙》（全本全注全译），北京：团结出版社，2021 年 5 月。

杨明刚：《知音论文艺批评体系研究》，北京：人民出版社，2021 年 5 月。

王梦鸥编撰：《文心雕龙：古典文学的奥秘》，北京：九州出版社，2021 年 6 月。

李平：《范文澜〈文心雕龙注〉版本研究》（博士生导师学术文库），北京：光明日报出版社，2021 年 6 月。

张生编著：《我的学术道路——林其锬先生口述历史》（上海社会科学院院庆 60 周年口述系列丛书），上海：复旦大学出版社，2021 年 6 月。

刘文忠：《〈文心雕龙〉的思想渊源与古典散论》，自印，2021年8月。

黄侃：《文心雕龙札记》（大家学术文库），南昌：江西教育出版社，2021年10月。

赵红梅：《〈文心雕龙〉与楚辞之关系研究》，北京：人民出版社，2021年10月。

刘勰著，雷珍民释译：《雷珍民释译〈文心雕龙〉》（全四卷），西安：西安出版社，2021年10月。

二、中国台湾部分

刘永济：《文心雕龙校释》（中国文史丛书），台北：正中书局，1954年4月，1970年7月，1975年3月，1982年。

范文澜：《文心雕龙注》，台北：台湾开明书店，1958年4月。

范文澜：《文心雕龙注》（上、中、下），台北：台湾开明书店，1959年2月。

徐复观：《文心雕龙之文体论》（东海学报第一卷第一期抽印本），台中：东海大学，1959年6月。

杨明照：《文心雕龙校注》，台北：世界书局，1962年，1974年7月。

黄侃：《文心雕龙札记》，台北：文星书店，1965年。

刘勰撰，黄叔琳注：《文心雕龙辑注》（与《古文绪论》《说诗晬语》合印，四部备要），台北：台湾中华书局，1966年3月。

张立斋：《文心雕龙注订》，台北：正中书局，1967年1月。

刘勰撰，黄叔琳注：《文心雕龙》（人人文库），台北：台湾商务印书馆，1967年4月。

易苏民编：《文心雕龙专号》（《大学文选》第9、10期合刊），台北：昌言出版社，1967 年。

李景溁：《文心雕龙评解》，台南：翰林出版社，1967 年 12 月。

李景溁：《文心雕龙新解》，台南：翰林出版社，1968 年 4 月初版，1968 年 11 月再版，1970 年 4 月三版。

易苏民主编：《文心雕龙研究》（大学用书），台北：昌言出版社，1968 年 11 月。

王利器：《文心雕龙新书》（中法汉学研究所通检丛刊之十五），台北：成文出版社，1968 年影印。

《文心雕龙新书通检》（中法汉学研究所通检丛刊之十五），台北：成文出版社，1968 年影印。

张严：《文心雕龙通识》（人人文库），台北：台湾商务印书馆，1969 年 2 月。

〔美〕施友忠译：《文心雕龙》（英译本），台北：敦煌书局有限公司，1969 年。

刘勰：《文心雕龙注》，台北：明伦出版社，1970 年 9 月。

〔美〕施友忠译：《文心雕龙》（英译本），台北：台湾中华书局，1970 年 11 月，1975 年 6 月。

黄锦铉等：《文心雕龙研究论文集》，台北：惊声文物供应公司，1970 年 11 月。

彭庆环注述：《文心雕龙释义》，台北：华星出版社，1970 年 12 月。

黄侃：《文心雕龙札记》（三册），台北：学人月刊杂志社，1971 年 1 月。

饶宗颐编著：《文心雕龙研究专号》，台北：明伦出版社，1971 年 2 月。

李中成：《文心雕龙析论》（育乐文库），台北：大圣书局，

1972 年 2 月。

郑蕤：《文心雕龙论文集》，台中：光启出版社，1972 年 6 月。

刘勰：《文心雕龙》（国学丛书），台中：普天出版社，1972 年。

张严：《文心雕龙文术论诠》（人人文库），台北：台湾商务印书馆，1973 年 3 月。

黄侃：《文心雕龙札记》，台北：文史哲出版社，1973 年 6 月。

唐亦男：《文心雕龙讲疏》（总论），台北：兰台书局，1974 年 4 月。

陈弘治、陈满铭、刘本栋：《译注文心雕龙选》，台北：文津出版社，1974 年 5 月。

刘勰：《文心雕龙注》（增订本，中国学术名著，文学类），台南：平平出版社，1974 年 9 月。

徐复观：《中国文学论集》，台北：学生书局，1974 年 10 月。

杜天縻注：《广注文心雕龙》，台南：台南北一出版社，1974 年 10 月。

刘永济：《文心雕龙校释》，台北：华正书局，1974 年 10 月。

张立斋：《文心雕龙考异》，台北：正中书局，1974 年 11 月。

蓝若天：《文心雕龙的枢纽论与区分论》（人人文库），台北：台湾商务印书馆，1975 年 4 月。

王叔岷：《文心雕龙缀补》，台北：艺文印书馆，1975 年 9 月。

陈新雄、于大成主编：《文心雕龙论文集》（国学论文荟编第一辑第四册），台北：西南书局有限公司，1975 年 12 月，1979 年 2 月。

黄锦铉指导，王久烈等译注：《语译详注文心雕龙》，台北：弘道文化事业有限公司，1976 年 2 月。

王更生：《文心雕龙研究》，台北：文史哲出版社，1976 年 3 月。

杨明照校注：《文心雕龙校注》（夏学丛书），台北：河洛图书出版社，1976 年 3 月。

彭庆环注述：《文心雕龙释义》（全一册），台北：华星出版社，1976 年 9 月新版。

王金凌：《刘勰年谱》，台北：嘉新水泥公司文化基金会，1976 年 9 月。

王更生：《文心雕龙导读》，台北：华正书局，1977 年 3 月初版，1978 年 9 月再版，1980 年修订三版。

沈谦：《文心雕龙批评论发微》，台北：联经出版事业公司，1977 年 5 月，1984 年 9 月。

黄春贵：《文心雕龙之创作论》，台北：文史哲出版社，1978 年 4 月。

廖蔚卿：《六朝文论》，台北：联经出版事业公司，1978 年 4 月。

周荣华：《文心雕龙与佛教驳论》，自印本，1978 年 6 月。

庄严编辑部：《文心雕龙与诗品研究》，台北：庄严出版社，1978 年 10 月。

黄锦鋐编译：《文心雕龙论文集》，台北：学海出版社，1979 年 1 月。

黄侃：《文心雕龙札记》，台北：新文丰出版公司，1979 年 5 月。

王更生：《重修增订文心雕龙研究》，台北：文史哲出版社，1979 年 5 月，1981 年 10 月，1984 年 10 月，1989 年 10 月。

王更生：《文心雕龙范注驳正》，台北：华正书局，1979 年 11 月。

王更生编选：《文心雕龙研究论文选粹》，台北：育民出版社，1980 年 9 月。

刘勰：《文心雕龙注》，台北：学海出版社，1980 年 9 月。

黄锦鋐指导，王久烈等译注：《语译详注文心雕龙》，台北：天龙出版社，1980 年 12 月，1983 年 1 月。

李农编注：《文心雕龙》，台南：大夏出版社，1981 年 1 月。

沈谦：《文心雕龙之文学理论与批评》，台北：华正书局，1981 年 5 月。

王金凌：《文心雕龙文论术语析论》，台北：华正书局，1981 年 6 月。

陆建百：《文心雕龙选译今注》，台北：西南书局，1981 年 9 月。

刘永济：《文心雕龙校释》，台北：华正书局，1981 年 10 月。

冯吉权：《文心雕龙与诗品之诗论比较》，台北：文史哲出版社，1981 年 11 月。

王利器校笺：《文心雕龙校证》，台北：明文书局股份有限公司，1982 年 4 月。

李曰刚：《文心雕龙斠诠》（上编、下编），台北：台湾"国立"编译馆中华丛书编审委员会，1982 年 5 月。

龚菱：《文心雕龙研究》，台北：文津出版社，1982 年 6 月。

刘勰：《文心雕龙注》，台北：宏业书局，1982 年 9 月。

王梦鸥：《古典文学的奥秘——文心雕龙》，台北：时报文化出版社，1982 年 12 月。

杨明照、赵仲邑等：《文心雕龙研究、解译》，台北：木铎出版社，1983 年 9 月。

罗联络：《文心与诗心》，自印本，1983 年 11 月。

王利器校笺：《文心雕龙新书》，台北：宏业出版社，1983 年。

詹锳：《文心雕龙的风格学》，台北：木铎出版社，1983 年。

王梦鸥：《古典文学论探索》，台北：正中书局，1984 年 2 月。

周振甫注，周振甫、王文进、李正治、蔡英俊、龚鹏程译：《文心雕龙注释》（附今译），台北：里仁书局，1984 年 5 月。

王更生：《文心雕龙读本》（上、下），台北：文史哲出版社，

1985 年 3 月。

　　杨明照：《文心雕龙校注拾遗》，台北：嵩高书社，1985 年 5 月。

　　张仁青：《文心雕龙通诠》，台北：明文书局，1985 年 7 月。

　　陈兆秀：《文心雕龙术语探析》，台北：文史哲出版社，1986 年
5 月。

　　王礼卿：《文心雕龙通解》（上、下），台北：黎明文化事业股
份有限公司，1986 年 10 月。

　　杨家骆主编：《文心雕龙注等六种》，台北：世界书局，1986 年
10 月。

　　方元珍：《文心雕龙与佛教关系之考辨》，台北：文史哲出版社，
1987 年 3 月。

　　陈耀南：《文镜与文心》，台北：黎明文化事业股份有限公司，
1987 年 4 月。

　　程兆熊：《文学与文心》，台北：明文书局，1987 年 9 月。

　　刘荣杰：《文心雕龙譬喻研究》，台北：前卫出版社，1987 年
11 月。

　　王国良：《刘勰〈文心雕龙〉研究论著目录》，中国古典文学研究
会、台湾师范大学合办"中国文学批评研讨会"参考数据，1987 年
12 月。

　　王更生：《重修增订文心雕龙导读》，台北：华正书局，1988 年
3 月，1990 年，1993 年 7 月，2004 年 2 月。

　　中国古典文学研究会主编：《文心雕龙综论》，台北：台湾学生
书局，1988 年 5 月。

　　〔美〕汪荣祖：《史传通说——中西史学之比较》，台北：联经
出版事业公司，1988 年 10 月。

　　朱迎平编：《文心雕龙索引》，台北：学海出版社，1988 年。

中国古典文学研究会、台湾师范大学编:《中国文学批评研讨会论文集——以〈文心雕龙〉为中心》,台北:中国古典文学研究会、台湾师范大学,1988 年。

刘纲纪:《刘勰》(世界哲学家丛书),台北:东大图书公司,1989 年 9 月。

刘宗修:《文心雕龙风格论之研究》,台南:立宇出版社,1989 年 9 月。

李慕如:《由文心雕龙知音篇谈刘勰文学批评》,高雄:复文图书出版社,1990 年 6 月。

沈谦:《文心雕龙与现代修辞学》,台北:益智书局,1990 年 6 月。

彭庆环:《文心雕龙综合研究》,台北:正中书局,1990 年 10 月。

张少康:《文心雕龙新探》,台北:文史哲出版社,1991 年 1 月。

黄亦真:《文心雕龙比喻技巧研究》,台北:学海出版社,1991 年 2 月。

王更生:《文心雕龙新论》,台北:文史哲出版,1991 年 5 月。

日本九洲大学中国文学会主编:《〈文心雕龙〉国际学术研讨会论文集》,台北:文史哲出版社,1992 年 6 月。

吴圣昔:《刘勰文学原理的建构与精髓》,台北:贯雅文化事业有限公司,1992 年 10 月。

陈咏明:《刘勰的审美理想》,台北:文津出版社,1992 年 12 月。

颜崑阳:《六朝文学观念丛论》,台北:正中书局,1993 年 2 月。

金民那:《文心雕龙的美学——文学的心灵及其艺术的表现》,台北:文史哲出版社,1993 年 7 月。

李建中:《心哉美矣——汉魏六朝文心流变史》(文史哲学集成),台北:文史哲出版社,1993 年 9 月。

王元化：《文心雕龙讲疏》，台北：书林出版有限公司，1993 年 11 月。

詹锳：《文心雕龙的风格学》，台北：正中书局，1994 年 1 月。

罗立乾注译：《新译文心雕龙》，台北：三民书局股份有限公司，1994 年 4 月，2003 年 6 月。

王更生：《文心雕龙选读》，台北：巨流图书公司，1994 年 10 月。

香港中文大学中国语言文学系主编：《魏晋南北朝文学论集》（魏晋南北朝文学国际研讨会论文集），台北：文史哲出版社，1994 年。

张文勋：《文心雕龙探秘》，台北：业强出版社，1994 年，收入《张文勋文集》第三卷（昆明：云南大学出版社，2000 年 9 月）。

王更生：《中国古代文学理论的秘宝——文心雕龙》，台北：黎明文化事业股份有限公司，1995 年 7 月。

刘勰原著，龙必锟译注：《文心雕龙》（中国古籍大观，集评之部），台北：台湾古籍出版社，1996 年。

王更生：《更生退思文录》，台北：文史哲出版社，1997 年 7 月。

本书编委会编：《庆祝王更生教授七秩嵩寿纪念文集》，台北：文史哲出版社，1997 年 7 月。

沈谦：《文心雕龙与现代修辞学》，台北：文史哲出版社，1997 年 7 月。

吕武志：《魏晋文论与文心雕龙》，台北：乐学书局有限公司，1998 年 3 月。

王忠林：《文心雕龙析论》，台北：三民书局股份有限公司，1998 年 3 月。

华仲麐：《文心雕龙要义申说》，台北：学生书局，1998 年 10 月。

王更生总编订：《台湾近五十年〈文心雕龙〉研究论著摘要》，

台北：文史哲出版社，1999年5月。

陈拱：《文心雕龙本义》（上、下），台北：台湾商务印书馆，1999年9月。

台湾师范大学国文学系主编：《〈文心雕龙〉国际学术研讨会论文集》，台北：文史哲出版社，2000年3月。

张勉之、张晓丹：《雕心成文——〈文心雕龙〉浅说》，台北：万卷楼图书有限公司，2000年3月。

许玫芳：《〈文心雕龙〉文体论中自然崇拜与祖先崇拜之理路成变——从人类学及宗教社会学抉微》，台北：文史哲出版社，2000年5月。

黄端阳：《文心雕龙枢纽论研究》，台北："国家出版社"，2000年6月。

王更生：《岁久弥光的"龙学"家——杨明照先生在"文心雕龙学"上的贡献》，台北：文史哲出版社，2000年11月。

蔡宗阳：《文心雕龙探赜》，台北：文史哲出版社，2001年2月。

刘渼：《台湾近五十年来"〈文心雕龙〉学"研究》，台北：万卷楼图书有限公司，2001年3月。

林其锬、陈凤金：《文心雕龙集校合编》，台南：台湾暨南出版社，2002年6月。

黄侃：《文心雕龙札记》，新竹：花神出版社，2002年8月。

王义良：《〈文心雕龙〉文学创作论与批评论探微》，高雄：复文图书出版社，2002年9月。

方元珍：《文心雕龙作家论研究——以建安时期为限》，台北：文史哲出版社，2003年6月。

林中明：《斌心雕龙》，台北：台湾学生书局有限公司，2003年12月。

蔡宗阳：《刘勰文心雕龙与经学》，台北：文史哲出版社，2007年2月。

日本福冈大学文心雕龙国际学术研讨编委会主编：《日本福冈大学〈文心雕龙〉国际学术研讨会论文集》，台北：文史哲出版社，2007年3月。

王更生：《文心雕龙管窥》，台北：文史哲出版社，2007年5月。

赖欣阳：《"作者"观念之探索与建构——以〈文心雕龙〉为中心的研究》，台北：学生书局，2007年5月。

卓国浚：《文心雕龙精读》，台北：五南图书出版社股份有限公司，2007年5月。

罗立乾注译：《新译文心雕龙》（二版，古籍今注新译丛书），台北：三民书局股份有限公司，2008年6月，2014年4月。

文心雕龙国际学术研讨会论文集编委会主编：《2007〈文心雕龙〉国际学术研讨会论文集》，台北：文史哲出版社，2008年8月。

简良如：《〈文心雕龙〉研究——个体智术之人文图象》，台北：台湾大学出版中心，2008年12月。

高大威编注：《王梦鸥先生文心雕龙讲记》，台北：秀威资讯科技股份有限公司，2009年2月。

温光华：《文心雕龙"以骈著论"之研究》，台北：文史哲出版社，2009年2月。

游志诚：《文心雕龙与刘子系统研究》，台北：文史哲出版社，2010年4月。

杜天縻注：《文心雕龙注》（与《诗品注》合印），台北：世界书局，2010年7月。

王更生：《文心雕龙研究》，《王更生先生全集》第一辑第一册，台北：文史哲出版社，2010年8月。

王更生：《文心雕龙读本》（上、下），《王更生先生全集》第一辑第二册、第三册，台北：文史哲出版社，2010年8月。

王更生：《文心雕龙导读》，《王更生先生全集》第一辑第四册，台北：文史哲出版社，2010年8月。

王更生：《文心雕龙范注驳正》，《王更生先生全集》第一辑第五册，台北：文史哲出版社，2010年8月。

王更生：《文心雕龙新论》，《王更生先生全集》第一辑第六册，台北：文史哲出版社，2010年8月。

王更生：《文心雕龙管窥》，《王更生先生全集》第一辑第七册，台北：文史哲出版社，2010年8月。

王更生：《岁久弥光的"龙学"家》，《王更生先生全集》第一辑第八册，台北：文史哲出版社，2010年8月。

王更生：《台湾近五十年文心雕龙研究论著摘要》，《王更生先生全集》第一辑第九册，台北：文史哲出版社，2010年8月。

王更生：《更生退思文录》，《王更生先生全集》第一辑第十七册，台北：文史哲出版社，2010年8月。

王更生：《王更生自定义年谱初稿》，《王更生先生全集》第一辑第十八册，台北：文史哲出版社，2010年8月。

王更生教授辞世门生哀悼追思纪念文集录编辑小组编：《痛悼王师更生辞世——门生哀悼追思纪念文集录》，台北：文史哲出版社，2010年8月。

尤雅姿：《文心雕龙文艺哲学新论》，台北：学生书局，2010年12月。

李德材：《刘勰〈文心雕龙〉美学文质论》（古典文学研究辑刊，第五编），新北：花木兰文化出版社，2011年3月。

吕立德：《〈文心雕龙·时序〉研究》（古典文学研究辑刊，第二编），新北：花木兰文化出版社，2011 年 3 月。

吕素端：《六朝文论中的自然观》（古典文学研究辑刊，第二编），新北：花木兰文化出版社，2011 年 3 月。

黄端阳：《范文澜〈文心雕龙注〉研究》，台北：文史哲出版社，2012 年 8 月。

李平：《20 世纪〈文心雕龙〉研究史论》（上、下，古典文献研究辑刊，第十五编），新北：花木兰出版社，2012 年 9 月。

李逸津：《文心晔论》（古典文学研究辑刊，第六编），新北：花木兰文化出版社，2012 年 9 月。

王更生：《中国古代文学理论的秘宝——文心雕龙》，《王更生先生全集》第二辑（6），台北：文史哲出版社，2013 年 7 月。

王更生：《文心雕龙选读》，《王更生先生全集》第二辑（7），台北：文史哲出版社，2013 年 7 月。

游志诚：《文心雕龙与刘子跨界论述》，台北：华正书局，2013 年 8 月。

施筱云：《〈文心雕龙·辨骚〉研究》（古典文学研究辑刊，第八编），新北：花木兰文化出版社，2013 年 9 月。

黄侃：《文心雕龙札记》，台北：五南图书出版股份有限公司，2013 年 12 月。

兴膳宏著，萧燕婉译注：《中国文学理论》（现代名著译丛），台北：联经出版事业股份有限公司，2014 年。

郭章裕：《古代“杂文”的演变：从〈文心雕龙〉到〈文苑英华〉》（文学经典系列），台北：致知学术出版社，2015 年 1 月。

陈秀美:《〈文心雕龙〉"文体通变观"研究》（古典文学研究辑刊，第十一编），新北：花木兰文化出版社，2015 年 3 月。

林显庭：《〈文心雕龙〉的哲学与美学》，台北：五南图书出版股份有限公司，2015 年 4 月。

杨晓菁：《中文阅读策略研究——以〈文心雕龙〉"文术论"为理论视域》，台北：万卷楼图书股份有限公司，2016 年 8 月。

颜崑阳：《诗比兴系论》，台北：联经出版事业股份有限公司，2017 年 3 月。

游志诚：《〈文心雕龙〉五十篇细读》，台北：文津出版社，2017 年 6 月。

洪增宏：《道沿圣以传经：〈文心雕龙〉反馈〈周易〉关系研究》，台北：元华文创股份有限公司，2017 年 7 月。

李曰刚编著：《文心雕龙斠诠》（上、下），台北：南天书局有限公司，2018 年 3 月。

郑宇辰：《〈文心雕龙〉与徐庾丽辞》（古典文学研究辑刊，第十九编），新北：花木兰文化出版社，2019 年 3 月。

刘勰著，范文澜注：《文心雕龙注》，台北：商周出版，2020 年 6 月。

龚鹏程：《文心雕龙讲疏》，台北：台湾学生书局有限公司，2020 年 9 月。

三、中国香港部分

杨明照：《文心雕龙校注》，香港：龙门书店，1959 年。

范文澜：《文心雕龙注》，香港：商务印书馆，1960 年 7 月。

刘勰著，杜天縻注：《广注文心雕龙》，香港：中兴图书公司，1961 年 5 月。

黄侃：《文心雕龙札记》，香港：香港新亚书院，1962 年 12 月。

程兆熊：《文心雕龙讲义——刘勰文学批评理论之疏说与申论》，香港：鹅湖出版社，1963 年 3 月。

郭晋稀译注:《文心雕龙译注十八篇》,香港:建文书局,1964年,1966年,1971年。

饶宗颐主编:《文心雕龙研究专号》(香港大学中文学会1962年年刊),香港:龙门书店,1965年2月。

王利器:《文心雕龙新书》,香港:龙门书店,1967年2月。

中国语文学社编:《中国文学批评研究论文集》(文心雕龙研究专集),香港:龙门书店,1969年9月。

寇效信等:《文心雕龙研究论文集》,香港:汇文阁书局,1969年。

陆侃如、牟世金:《刘勰论创作》,香港:文昌书局,1970年。

周康燮编选:《文心雕龙选注》,香港:龙门书店,1970年3月。

潘重规:《唐写文心雕龙残本合校》,香港:新亚研究所,1970年9月。

石垒:《文心雕龙原道与佛道义疏证》,香港:云在书屋,1971年12月。

刘永济校释:《文心雕龙校释》,香港:中华书局香港分局,1972年2月,1980年2月。

刘勰撰,黄叔琳注,纪昀评:《文心雕龙辑注》,香港:中华书局香港分局,1973年2月。

杨明照、刘绶松等:《文心雕龙研究论文集》,香港:一山书屋,1977年9月。

石垒:《文心雕龙与佛儒二教义理论集》,香港:云在书屋,1977年12月。

高风:《文心雕龙分析研究》,香港:龙门图书股份有限公司,1980年10月。

施友忠译:《文心雕龙》(英译本),香港:香港中文大学出版社,

1983 年。

陈耀南：《文心雕龙论集》，香港：现代教育研究社有限公司，1989 年。

胡纬：《文心雕龙字义通释》，香港：文德文化事业有限公司，1997 年 2 月。

黄兆杰、卢仲衡、林光泰译：《文心雕龙》（英译本），香港：香港大学出版社，1998 年 7 月。

刘殿爵、陈方正、何志华：《文心雕龙逐字索引》，香港：香港中文大学，2001 年。

刘庆华：《操斧伐柯论〈文心〉》，香港：中华书局，2004 年 2 月。

武心波主编：《庆祝林其锬教授八十岁论文集》，香港：现代书局，2015 年 3 月。

黄维樑：《文心雕龙：体系与应用》，香港：文思出版社，2016 年 10 月。

四、国外部分

〔日〕近藤春雄：《支那文学论的发生——文心雕龙与诗品》，东亚研究会，1940 年 12 月。

〔日〕冈村繁：《文心雕龙索引》，广岛文理科大学汉文研究室，1950 年 9 月。

〔日〕兴膳宏译：《文心雕龙》（日译本，《世界古典文学全集》第 25 卷），东京：筑摩书房，1968 年 12 月。

〔日〕户田浩晓译：《文心雕龙》（日语选译本，《中国古典新书》之一），东京：明德出版社，1972 年 2 月。

〔日〕目加田诚译：《文心雕龙》（日译本，《中国古典文学大系》第 54 卷），东京：平凡社，1974 年 6 月。

〔日〕户田浩晓译：《文心雕龙》（日译本，上，《新释汉文大系》第 63 卷），东京：明治书院，1974 年 11 月。

〔日〕户田浩晓译：《文心雕龙》（日译本，下，《新释汉文大系》第 64 卷），东京：明治书院，1978 年 6 月。

〔日〕冈村繁：《文心雕龙索引》（改订版），名古屋：采华书林，1982 年 9 月。

〔日〕门胁广文：《文心雕龙研究》，东京：创文社，2005 年 3 月。

王元化：《文心雕龙讲疏》（冈村繁主编《王元化著作集》第一卷），东京：汲古书院，2005 年 4 月。

陈书良：《听涛馆文心雕龙释名》（中国学研究丛刊 1），福冈：中国书店，2006 年 6 月。

〔日〕兴膳宏：《中国的文学理论》，大阪：清文堂出版社，2008 年。

〔韩〕崔信浩译：《文心雕龙》（韩译本），汉城：玄岩社，1975 年 5 月。

〔韩〕李民树译：《文心雕龙》（韩译本），汉城：乙酉文化社，1984 年 5 月。

〔韩〕崔东镐译：《文心雕龙》（韩译本），汉城：民音社，1994 年 4 月。

〔韩〕金民那：《文心雕龙：东洋文艺学的集大成之作》，首尔：生活出版社，2005 年 5 月。

〔美〕施友忠译：《文心雕龙——中国文学思想与模式研究》（英译本），纽约：哥伦比亚大学出版社，1959 年。

Liu, Xie. *The Literary Mind and the Carving of Dragons: A Study of*

Thought and Pattern in Chinese Literature. Trans. Vincent Yu–chung Shih. New York： Colombia University Press, 1959. Print.

〔美〕宇文所安：《中国文论选读》，马萨诸塞州坎布里奇：哈佛大学东亚研究委员会，1992 年。

Owen, Stephen. *Readings in Chinese Literary Thought.* Cambridge, Massarchusetts： Council on East Asian Studies of Harvard University, 1992. Print.

〔美〕蔡宗齐主编：《中国文学思想——〈文心雕龙〉中的文化、创作与修辞》，加利福尼亚州斯坦福：斯坦福大学出版社，2001 年。

Cai, Zongqi, ed. *A Chinese Literary Mind: Culture, Creativity, and Rhetoric in Wen Xin Diao Long.* Stanford, California： Stanford University Press, 2001. Print.

〔美〕施友忠译：《文心雕龙——中国文学思想与模式研究》（英译本），蒙大拿州怀特菲什：文学出版公司，2011 年。

Liu, Xie. *The Literary Mind and the Carving of Dragons*: *A Study of Thought and Pattern in Chinese Literature.* Trans. Vincent Yu–chung Shih. Whitefish, Montana： Literary Licensing, LLC, 2011. Print.

〔德〕李肇础译：《文心雕龙》（德语选译本），波恩（自印本），1988 年 8 月。

Liu, Xie. *Der Schriftsteller und seine k ü nstlerische Leistung.* Trans. Zhaochu Li. Bonn： Selbstverlag, 1988. Print.

〔德〕李肇础译：《中国传统文学理论——刘勰的〈文心雕龙〉》（《文心雕龙》下篇德译本），波恩：项目出版社，1997 年 9 月。

Liu, Xie. *Traditionelle chinesische Literaturtheorie: Wen Xin Diao Long: Liu Xies Buch vom prächtigen Stil des Drachenschnitzens.* Trans.

Zhaochu Li. Bonn： Projekt Verlag, 1997. Print.

〔德〕李肇础译:《文心雕龙》（德译本），波恩：项目出版社，2007 年 3 月。

Liu, Xie. Wen Xin Diao Long: *Das Literarische Schaffen ist wie das Schnitzen eines Drachen*. Trans. Zhaochu Li. Bonn： Projekt Verlag, 2007. Print.

〔意大利〕兰珊德（亚历珊德拉·拉瓦尼诺）译:《文心雕龙》（意大利译本），米兰：卢尼出版社，1995 年。

Liu, Xie. *Il Tesoro Delle Lettere: un intaglio di draghi*. Trans. Alessandra C. Lavagnino. Milan： Luni Editrice, 1995. Print.

〔意大利〕贾西媚主编:《文心对话》，米兰：文学、经济与法律大学出版社，2017 年。

Simona, Gallo, ed. *Wenxin Duihua* 文心对话: *A Dialogue on The Literary Mind / The Core of Writing*. Milan： LED Edizioni Universitarie, 2017. Print.

〔匈牙利〕费伦茨·杜克义:《3—6 世纪的中国文体理论：刘勰的诗体理论》（英文），布达佩斯：匈牙利科学院出版社，1971 年。

Tőkei, Ferenc. *Genre theory in China in the 3rd‐6th centuries (Liu Hsieh's theory on poetic genres)*. Budapest：Akadémiai Kiadó , 1971. Print.

〔西班牙〕雷琳克（艾丽西娅·瑞林克·艾利塔）译:《文心雕龙》（西班牙译本），格拉纳达：科马雷斯出版社，1995 年 5 月。

Liu, Xie. *El corazón de la literatura y el cincelado de dragones*. Trans. Alicia Relinque Eleta. Granada： Editorial Comares, 1995.5. Print.

〔捷克〕奥德什赫·格拉尔译:《文心雕龙》(捷克译本),布拉格:布洛迪出版社,1999 年。

Liu, Xie. *Duch básnictví řezaný do draků*. Trans. Oldřich Král. Praha： Brody, 1999. Print.

后　记

　　这本小书大体按内容分为四个部分："龙学人物""龙学源流"
"龙学述评""龙学薪火"。其中前两个部分"龙学人物"和"龙学源流"
的主要内容来自笔者两年前完成的一本名为《文心雕龙学术史》的
小书，那是应著名史学理论家李振宏先生之约，为李先生主编的"中
华元典学术史"丛书而作，至今尚未出版。限于该丛书体例所要求
的规模，最终提交的稿件与我的原稿有较大的详略之别，这里所选
内容较之提交丛书的稿件自然更为详细一些，且经过重新整合，有
些内容则已作为单篇文章先行发表过。

　　"龙学述评"的主体内容乃是笔者主编的《中国文论》集刊第
五至十辑的"编后记"。"龙学薪火"中的几篇小文，或为应《光明
日报》之约而作，或为纪念之文。最后的"百年'龙学'书目（1915—
2021）"曾附于笔者的《百年"龙学"探究》一书，但那里所收书
目止于2017年上半年，这次更新到了2021年底，并对其中个别条
目做了修改，为目前最全的"龙学"书目，从中可以略窥"龙学"
一百多年来的发展和成就。

　　近几年笔者主要致力于"龙学"史的探索，一是希望理清"龙学"
的来龙去脉，尤其是搞清楚"龙学"何以走到今天、呈现此貌的所
以然之理，二是希望为新一辈年轻学人提供切实的参考资料和研究
借鉴。《文心雕龙》的基本面貌是不会改变了，但一代有一代之"龙
学"，"龙学"的历程一如任何学术的发展，必然是长江后浪推前浪，
同时后来者亦必须站在前人的肩膀上，方能登高望远，方可创新
前行。

良德记于壬寅年二月